GAVIN EXTENCE

Das unerhörte Leben des Alex Woods oder warum das Universum keinen Plan hat

GAVIN EXTENCE

DAS UNERHÖRTE LEBEN DES ALEX WOODS

ODER WARUM DAS UNIVERSUM KEINEN PLAN HAT

ROMAN

DEUTSCH VON ALEXANDRA ERNST

blanvalet

Die Originalausgabe erschien 2013 unter dem Titel
»The Universe Versus Alex Woods« bei Hodder & Stoughton, London.

FSC
www.fsc.org
MIX
Papier aus verantwortungsvollen Quellen
FSC® C014496

Verlagsgruppe Random House FSC® N001967

6. Auflage

Umschlaggestaltung und -motiv: www.buerosued.de
WR · Herstellung: wag
Satz: Uhl + Massopust, Aalen
Druck und Bindung: GGP Media GmbH, Pößneck
Printed in Germany
ISBN 978-3-7341-0098-7

www.blanvalet.de

Für Alix,
ohne die es dieses Buch nicht gäbe.

1

ENTENDER

Sie griffen mich in Dover auf, als ich wieder einreisen wollte. Ich hatte schon irgendwie damit gerechnet, aber trotzdem war es ein Schock, als die Schranke unten blieb. Es ist komisch, wie sich manche Dinge entwickeln. Nachdem ich so weit gekommen war, hatte ich gehofft, dass ich es unbehelligt bis nach Hause schaffen würde. Es wäre schön gewesen, wenn ich meiner Mutter alles hätte erklären können. Bevor sich andere Leute einmischen konnten.

Es war ein Uhr morgens. Ich hatte Mr. Petersons Wagen vor das Häuschen mit der Aufschrift »Nichts zu verzollen« gefahren, wo ein einzelner Beamter Dienst hatte. Er schaute aus dem Fenster des Zollhäuschens, dabei hatte er sein Gewicht auf die Ellbogen gestützt, die auf der Ablage ruhten, und das Kinn auf die Hände gelegt. Es sah so aus, als würde er ohne den Halt der Holzablage jeden Moment wie ein Sack Kartoffeln zu Boden sinken. Er hatte Nachtschicht – die Friedhofsschicht –, und das bedeutete tödliche Langeweile von Sonnenuntergang bis zum Morgengrauen. Ein paar Herzschläge lang wirkte dieser Zollbeamte, als ob ihm die Willenskraft fehlte, auch nur die Augäpfel zu bewegen und meinen Ausweis zu begutachten. Doch dieser Moment ging vorbei. Sein Blick wanderte, seine Augen weiteten sich. Er bedeutete mir zu warten und sprach in sein Funkgerät. Alle Müdigkeit war von ihm gewichen. In diesem Augenblick wusste ich es. Später fand ich heraus, dass mein Bild an jeden größeren Hafen zwischen Aberdeen und Plymouth geschickt worden war. Die Suchmeldungen im Fernsehen taten ihr Übriges. Ich hatte nicht den Hauch einer Chance.

An das, was als Nächstes geschah, kann ich mich nur noch verschwommen erinnern, aber ich bemühe mich, die Ereignisse so gut es geht zu beschreiben.

Die Seitentür des Zollhäuschens schwang auf, und im selben Moment spülte ein Duft von Flieder über mich hinweg, als stünde ich in einem blühenden Garten. Es kam ganz plötzlich, und ich wusste sofort, dass ich mich unbedingt konzentrieren musste, um in der Gegenwart zu bleiben. Im Nachhinein betrachtet, hatte sich ein solcher Vorfall schon eine ganze Weile angekündigt. Man muss bedenken, dass ich mehrere Tage kaum geschlafen hatte, und fehlende Nachtruhe war schon immer ein Auslöser gewesen. Stress ist ein weiterer.

Ich starrte stur geradeaus und konzentrierte mich. Ich konzentrierte mich auf die Scheibenwischer, die von rechts nach links schwangen. Ich versuchte, meine Atemzüge zu zählen, aber als ich bei fünf angelangt war, wurde mir klar, dass es nicht ausreichte. Alles verschwamm vor meinen Augen; die Zeit verlangsamte sich. Ich hatte keine andere Wahl: Ich drehte die Anlage im Auto voll auf. Händels *Messias* durchflutete den Wagen; der Chor sang sein Halleluja so laut, dass der Auspuff vibrierte. Ich hatte das nicht geplant. Wenn ich Zeit gehabt hätte, um mich vorzubereiten, hätte ich etwas Einfacheres und Ruhigeres gewählt. Chopins Nocturnes oder eine Cellosuite von Bach vielleicht. Aber seit Zürich hatte ich mich systematisch durch Mr. Petersons CD-Kollektion gearbeitet, und es war reiner Zufall, dass genau in diesem Moment der Chor das Halleluja aus Händels *Messias* schmetterte. Als würde das Schicksal mir eine lange Nase zeigen. Natürlich gereichte mir dieser Umstand später nicht zum Vorteil. Der Zollbeamte erstattete der Polizei einen ausführlichen Bericht, in dem er behauptete, dass ich mich lange Zeit der Festnahme verweigert hätte, dass ich einfach nur »dasaß und in die Nacht starrte, während diese religiöse Musik auf voller Lautstärke dröhnte. Er sah aus wie der Engel des Todes oder so etwas Ähnliches.« Vermutlich haben Sie dieses Zitat schon gelesen. Es stand in allen Zeitungen. Die lieben solche saftigen Details. Aber Sie müssen verstehen, dass ich zu dem Zeitpunkt einfach keine andere Wahl hatte. Ich konnte den Zollbeamten am Rande meines Blickfelds wahrnehmen, wie er mit krummem Rücken in seiner gelben Signalweste neben meinem Fenster stand, aber ich zwang mich, ihn zu ignorieren. Er leuchtete mit seiner Taschenlampe in meine Augen, aber auch das ignorierte ich. Ich starrte nur geradeaus und konzentrierte mich auf die Musik. Das war mein Anker. Der Flieder war immer noch da und tat sein Möglichstes, um mich abzulenken. Die Alpen schoben sich in meinen Sinn – zerklüftete, mit Eis bekränzte Erinnerungen, so spitz wie Nadeln. Ich wickelte sie in Musik ein. Ich redete mir ein, dass es nichts gäbe außer der Musik – rein gar nichts. Es gab nichts außer den Geigen und dem Schlagzeug und den Trompeten und diesen unzähligen Stimmen, die Gottes Lob sangen. Rückblickend betrachtet ist mir klar, wie verdächtig ich gewirkt haben muss, wie ich so dasaß mit ausdruckslosen Augen, gebadet in eine Musik, mit der man die Toten hätte aufwecken können. Vermutlich hörte es sich so an, als ob das gesamte Londoner Symphonieorchester auf meinem Rücksitz Platz genommen hätte. Aber was soll man machen? Wenn man es mit einer derart heftigen Aura zu tun bekommt, hat man keine Möglichkeit, allein damit fertigzuwerden. Um ehrlich zu sein, gab es mehrere Momente, wo ich am Abgrund stand. Ich war nur eine Haaresbreite von einem Anfall entfernt.

Aber nach einer Weile ebbte die Krise ab. Etwas in mir rutschte wieder an seinen Platz. Mir war undeutlich bewusst, dass der Strahl der Taschenlampe weitergewandert war. Er war nun starr auf etwas gerichtet, das ungefähr vierzig Zentimeter links neben mir sein musste, aber ich war in diesem Moment noch zu erschöpft und erkannte nicht, was es war. Erst später fiel mir wieder ein, dass sich Mr. Peterson noch immer auf dem Beifahrersitz befand. Ich hatte nicht daran gedacht, ihn woanders unterzubringen. Die Sekunden tickten vorbei, und irgendwann bewegte sich der Schein der Taschenlampe und verschwand aus dem Wageninneren. Ich schaffte es, meinen Kopf um fünfundvierzig Grad zu drehen, und sah, dass der Zollbeamte wieder in sein Funkgerät sprach. Mittlerweile war er putzmunter und erkennbar erregt. Dann klopfte er mit der Taschenlampe gegen die Seitenscheibe und gestikulierte, ich solle das Fenster öffnen. Ich kann mich nicht daran erinnern, den elektrischen Fensterheber bedient zu haben, aber so muss es gewesen sein, denn ich erinnere mich an den Schwall kalter, feuchter Luft, der hereinzog, als die Scheibe nach unten glitt. Der Mund des Zollbeamten bewegte sich; er sagte etwas, aber ich verstand nicht, was es war. Das Nächste, was ich weiß, ist, dass er durchs offene Fenster griff und die Zündung ausschaltete. Der Motor erstarb, und eine Sekunde später verklang das letzte Halleluja in der Nachtluft. Ich hörte das leise Zischen des Nieselregens auf dem Asphalt, das langsam die Stille ausfüllte, als löse sich die Realität in Säure auf. Der Zollbeamte sagte wieder etwas und wedelte mit seinen Armen. Er vollführte merkwürdige, wackelige Bewegungen, aber mein Gehirn war nicht in der Lage, irgendetwas von dem, was er sagte oder tat, zu decodieren. Denn da war etwas anderes, was mich beschäftigte – ein Gedanke, der sich mühsam den Weg ans Licht bahnte. Es dauerte eine halbe Ewigkeit, bis ich meine Gedanken zu Worten organisiert hatte, und als ich schließlich da angekommen war, wo ich hinwollte, sagte ich Folgendes: »Sir, ich muss Ihnen mitteilen, dass ich nicht länger in der Lage bin, ein Fahrzeug zu führen. Ich fürchte, Sie müssen sich jemand anderen suchen, der den Wagen wegfährt.«

Aus irgendeinem Grund schien dem Zollbeamten die Luft wegzubleiben. Auf seinem Gesicht zeigte sich eine ganze Reihe von seltsamen Ausdrücken, und dann stand er eine Zeit lang nur mit offenem Mund da. Wenn ich mit offenem Mund dagestanden hätte, hätte man mich für sehr unhöflich gehalten, aber ich glaube nicht, dass es der Mühe wert ist, sich über solche Dinge aufzuregen. Und so wartete ich einfach ab. Ich hatte gesagt, was gesagt werden musste, und es hatte mich verhältnismäßig große Mühe gekostet. Es machte mir nichts aus, geduldig zu sein.

Nachdem er seine Atemwege freigeräuspert hatte, befahl mir der Zollbeamte, aus dem Wagen zu steigen und mit ihm zu kommen. Und zwar sofort. Aber in dem Augenblick, in dem er das sagte, merkte ich, dass ich noch nicht bereit war, mich vom Fleck zu bewegen. Meine Hände umklammerten noch immer mit weißen Knöcheln das Lenkrad, und sie machten keinerlei Anstalten, ihren Griff zu lockern. Ich bat ihn, er möge noch einen Moment warten.

»Freundchen«, sagte der Zollbeamte, »du wirst jetzt sofort mitkommen.«

Ich schaute zu Mr. Peterson. »Freundchen« genannt zu werden, war kein gutes Zeichen. Es sah ganz so aus, als ob ich in einem überdimensionalen Haufen Scheiße hockte.

Meine Hände lösten sich vom Lenkrad.

Es gelang mir, aus dem Wagen zu steigen. Ich schwankte und lehnte mich ein paar Sekunden lang gegen die Karosserie. Der Zollbeamte versuchte, mich zum Mitkommen zu bewegen, aber ich machte ihm klar, dass er warten müsse, bis ich meine Füße wiedergefunden hatte, es sei denn, er wolle mich tragen. Der Nieselregen stach in die nackte Haut auf meinem Nacken und meinem Gesicht, und kleine Tränen aus Regen sammelten sich auf meiner Kleidung. Ich merkte, wie sich meine Sinne wieder einfanden und an ihren richtigen Platz zurückkehrten. Ich fragte, seit wann es regnete. Der Zollbeamte schaute mich an, ohne etwas zu sagen. Sein Blick zeigte deutlich, dass er an Geplauder nicht interessiert war.

Ein Streifenwagen kam, und man brachte mich zu einem Zimmer in der Polizeiwache von Dover, das man Gesprächszimmer C nannte. Aber vorher musste ich in einem kleinen Container im Zentrum der Hafenanlage warten. Ich musste lange warten. Ich bekam jede Menge Beamte von der Hafenbehörde zu Gesicht, aber niemand redete mit mir. Sie gaben mir bloß diese knappen Anweisungen, die meistens nur aus zwei Wörtern bestanden, wie »Warte hier« und »Nicht bewegen«, oder sie sagten mir, was als Nächstes mit mir passieren würde, wie ein Chor in einem antiken griechischen Drama. Und nach jeder Äußerung fragten sie nach, ob ich sie verstanden hätte, als ob ich ein Schwachkopf wäre. Aber vermutlich wirkte ich so auf sie. Ich weiß es nicht. Ich hatte mich immer noch nicht von meinem Anfall erholt. Ich war müde, meine Koordination glich der eines Betrunkenen, und insgesamt fühlte ich mich ziemlich abwesend, als wäre mein Kopf in Watte eingewickelt. Ich hatte Durst, aber ich wollte nicht fragen, ob irgendwo ein Getränkeautomat stand, weil sie sonst vielleicht dachten, ich wollte abhauen. Wenn man in Schwierigkeiten steckt, reicht schon eine einfache, völlig berechtigte Frage, um einen in noch mehr Schwierigkeiten zu bringen. Vielleicht haben Sie diese Erfahrung auch schon gemacht. Ich weiß nicht, warum das so ist. Man könnte fast meinen, dass man eine unsichtbare Linie überschritten hat, und plötzlich erscheint den Leuten das Vorhandensein ganz alltäglicher Dinge wie Getränkeautomaten und Cola light als etwas Ungeheuerliches. Möglicherweise werden einige Situationen als derart gravierend betrachtet, dass man sie nicht mit kohlensäurehaltigen Getränken trivialisieren will.

Auf jeden Fall kam irgendwann die Streife und brachte mich zum Gesprächszimmer C, wo sich meine Lage nicht im Mindesten verbesserte. Das Gesprächszimmer C war kaum größer als ein Wandschrank und nur mit dem Nötigsten ausgestattet. Die Wände und der Boden waren nackt. In der Mitte stand ein rechteckiger Tisch mit vier Plastikstühlen, und hoch oben in der rückseitigen Wand befand sich ein Fenster, das aber nicht so aussah, als ob man es öffnen könnte. An der Decke hing ein Feuermelder und in einer Ecke eine Überwachungskamera. Das war alles. Es gab nicht einmal eine Uhr.

Ich wurde angewiesen, mich zu setzen, und dann ließ man mich allein. Die Zeit kam mir endlos lang vor. Ich denke, das war vermutlich Absicht, damit ich unruhig und nervös wurde, aber ich habe keine Beweise für meine Vermutung. Glücklicherweise macht mir das Alleinsein nichts aus; ich fühle mich wohl mit mir selbst und kann mich gut beschäftigen. Ich kenne mindestens eine Million verschiedener Übungen, um ruhig und konzentriert zu bleiben.

Wenn man müde ist, aber wach bleiben muss, braucht man etwas Kniffeliges, um die Gedanken zu beschäftigen. Daher konjugierte ich unregelmäßige spanische Verben, angefangen mit dem Präsens und dann immer weiter durch die Zeiten. Ich sprach sie nicht laut aus, wegen der Überwachungskamera, sondern sagte sie im Stillen auf, dabei bemühte ich mich, die Betonung und die Aussprache in Gedanken korrekt wiederzugeben. Ich war gerade bei *entiendas*, dem Konjunktiv Präsens der zweiten Person Singular von *entender* (verstehen), als sich die Tür öffnete und zwei Polizisten hereinkamen. Einer war der Beamte, der mich am Hafen abgeholt hatte. Er hatte ein Klemmbrett dabei, auf dem sich einige Blätter Papier befanden. Den anderen Polizisten hatte ich noch nie gesehen. Beide sahen nicht erfreut aus.

»Guten Morgen, Alex«, sagte der Polizist, den ich nicht kannte. »Ich bin Chief Inspector Hearse. Deputy Inspector Cunningham hast du ja schon kennengelernt.«

»Ja«, sagte ich. »Hallo.«

Ich werde Sie nicht mit einer ausführlichen Beschreibung von Chief Inspector Hearse oder Deputy Inspector Cunningham langweilen. Mr. Treadstone, mein alter Englischlehrer, hat immer gesagt, wenn man über eine Person schreibt, muss man nicht jedes Detail bezüglich dieser Person erwähnen. Stattdessen soll man sich ein charakteristisches Merkmal herauspicken, das es dem Leser ermöglicht, sich diese Figur vorzustellen. Chief Inspector Hearse hatte ein Muttermal von der Größe einer Fünfpencemünze auf der rechten Wange. Deputy Inspector Cunningham trug die glänzendsten Schuhe, die ich je gesehen hatte.

Sie setzten sich mir gegenüber und wiesen mich an, ebenfalls Platz zu nehmen. Erst da wurde mir bewusst, dass ich aufgestanden war, als sie den Raum betreten hatten. Das lernte man in meiner Schule – aufzustehen, wenn ein Erwachsener das Zimmer betritt. Eigentlich sollte es eine Respektsbezeugung sein, aber nach einer Weile tat man es, ohne nachzudenken.

Sie betrachteten mich eine Zeit lang wortlos. Ich wollte wegschauen, aber das hätte vielleicht unhöflich gewirkt, und deshalb starrte ich sie an, so wie sie mich anstarrten, und wartete.

»Weißt du, Alex«, sagte Chief Inspector Hearse schließlich, »du hast in der letzten Woche für ziemliche Aufregung gesorgt. Du bist regelrecht berühmt geworden …«

Die Richtung, in die dieses Gespräch lief, gefiel mir gar nicht. Ich hatte keine Ahnung, was sie von mir erwarteten. Auf manche Bemerkungen gibt es einfach keine passende Antwort, also hielt ich den Mund. Dann zuckte ich mit den Schultern, was ziemlich ungeschickt wirkte, aber in einer solchen Lage nichts zu tun, ist fast unmöglich.

Chief Inspector Hearse kratzte sich das Muttermal. Dann sagte er: »Dir ist doch klar, dass du in großen Schwierigkeiten steckst, oder?«

Das mochte als Frage gemeint sein, konnte aber genauso gut eine reine Tatsachenbehauptung sein. Ich nickte trotzdem, nur für alle Fälle.

»Und weißt du auch, warum du in Schwierigkeiten steckst?«

»Ja. Ich denke schon.«

»Und dir ist klar, wie ernst die Lage ist?«

»Ja.«

Chief Inspector Hearse schaute Deputy Inspector Cunningham an, der bislang noch nichts gesagt hatte. Dann blickte er wieder zu mir. »Nun, Alex, einige deiner Verhaltensweisen in den letzten Stunden lassen uns daran zweifeln. Wenn du wirklich wüsstest, wie ernst die Situation ist, wärst du mit Sicherheit sehr viel beunruhigter, als du es zu sein scheinst. Wenn ich da sitzen täte, wo du jetzt sitzt, wäre ich auf jeden Fall beunruhigter als du.«

Er hätte sagen müssen: Wenn ich da sitzen *würde* – das fiel mir sofort auf, weil ich beim Satzanfang den korrekten Konjunktiv bereits im Kopf hatte –, aber ich verbesserte ihn nicht. Die Leute mögen es nicht, wenn man sie auf derartige Fehler aufmerksam macht. Das war etwas, das mir Mr. Peterson immer wieder gesagt hatte. Er meinte, wenn ich mitten in einem Gespräch anfinge, die Grammatik meines Gesprächspartners zu korrigieren, würden alle denken, ich sei ein Oberklugscheißer.

»Sag mal, Alex«, fuhr Chief Inspector Hearse fort, »bist du denn wenigstens ein bisschen beunruhigt? Ich meine, du wirkst irgendwie zu ruhig, zu lässig, wenn man deine Lage bedenkt.«

»Ich kann es mir nicht leisten, in Stress zu geraten«, sagte ich. »Das ist nicht gut für meine Gesundheit.«

Chief Inspector Hearse stieß den Atem aus. Dann schaute er Deputy Inspector Cunningham an und nickte. Deputy Inspector Cunningham reichte ihm ein Blatt Papier von seinem Klemmbrett.

»Alex, wir haben deinen Wagen durchsucht. Du wirst verstehen, dass es ein paar Dinge gibt, die wir besprechen müssen.«

Ich nickte. Ein Ding fiel mir sofort ein. Aber dann überraschte mich Chief Inspector Hearse: Er stellte nicht die Frage, die ich erwartet hatte. Stattdessen bat er mich – für das Protokoll –, meinen vollen Namen und mein Geburtsdatum anzugeben. Das brachte mich etwas aus der Fassung. Alles in allem schien mir das reine Zeitverschwendung zu sein. Sie wussten doch bereits, wer ich war. Sie hatten meinen Ausweis. Es gab keinen Grund, nicht gleich zur Sache zu kommen. Aber ich hatte keine andere Möglichkeit, als das Spielchen mitzumachen.

»Alexander Morgan Woods«, sagte ich. »23. September 1993.«

Ich bin nicht so glücklich mit meinem Namen, besonders mit dem mittleren Teil nicht. Aber die meisten Leute nennen mich Alex, genauso wie die Polizisten. Wenn man auf den Namen Alexander getauft ist, muss man damit rechnen, abgekürzt zu werden. Meine Mutter treibt es auf die Spitze und kürzt sogar die Abkürzung ab. Sie nennt mich Lex, wie Lex Luthor – und das tat sie bereits, lange bevor mir die Haare ausfielen. Heute sieht sie darin etwas Prophetisches, früher fand sie es einfach nur süß.

Chief Inspector Hearse runzelte die Stirn, schaute wieder

zu Deputy Inspector Cunningham und nickte. Er machte das ständig, als wäre er ein Zauberkünstler und Deputy Inspector Cunningham sein Assistent, der ihm die Requisiten reichen muss.

Deputy Inspector Cunningham holte hinter seinem Klemmbrett einen durchsichtigen Plastikbeutel hervor, den er auf die Tischplatte warf, wo er mit einem leisen Aufklatschen landete. Es war eine sehr dramatische Geste, ja wirklich, sehr dramatisch. Und man merkte, dass sie es dramatisch wirken lassen wollten. Die Polizei hat jede Menge solcher psychologischen Tricks. Aber das wissen Sie wahrscheinlich selbst, wenn Sie Fernsehen schauen.

»Etwa hundertdreizehn Gramm Marihuana«, bemerkte Chief Inspector Hearse, »aus deinem Handschuhfach.«

Ich will ehrlich zu Ihnen sein: Das Marihuana hatte ich völlig vergessen. Tatsache ist, dass ich das Handschuhfach in der Schweiz das letzte Mal geöffnet hatte. Seitdem hatte es dafür keinen Grund mehr gegeben. Aber versuchen Sie mal, das um zwei Uhr morgens der Polizei zu erzählen, wenn Sie gerade bei der Einreise ins Land verhaftet wurden.

»Das ist ziemlich viel Gras, Alex. Alles für den Eigenbedarf?«

»Nein …« Ich besann mich eines Besseren. »Ich meine, ja. Ich meine, es war für den Eigenbedarf, aber nicht für meinen.«

Chief Inspector Hearse hob die Augenbrauen etwa einen halben Meter in die Höhe. »Du willst damit sagen, dass diese hundertdreizehn Gramm Marihuana nicht für dich sind?«

»Das Marihuana gehörte Mr. Peterson.«

»Ich verstehe«, sagte Chief Inspector Hearse. Er kratzte sich wieder an seinem Muttermal und schüttelte den Kopf.

»Es wird dich nicht überraschen, dass wir auch eine beträchtliche Menge Geld in deinem Wagen gefunden haben.« Er warf einen Blick auf die Inventarliste. »Sechshundertfünfundvierzig Schweizer Franken, zweiundachtzig Euro und dreihundertachtzehn Pfund. Die Scheine befanden sich in einem Umschlag in der Ablage der Fahrertür, zusammen mit deinem Ausweis. Das ist verhältnismäßig viel Geld für einen Siebzehnjährigen, meinst du nicht auch?«

Ich sagte nichts.

»Alex, das ist sehr wichtig. Was genau hattest du mit diesen hundertdreizehn Gramm Marihuana vor?«

Ich dachte eine Weile darüber nach. »Ich weiß nicht. Ich hatte gar nichts damit vor. Wahrscheinlich hätte ich es weggeworfen. Oder vielleicht verschenkt. Keine Ahnung.«

»Du hättest es *verschenkt*?«

Ich zuckte mit den Schultern. Es wäre vermutlich ein nettes Geschenk für Elli gewesen. Sie hätte es zu schätzen gewusst. Aber das behielt ich für mich. »Ich habe kein persönliches Interesse daran«, erklärte ich. »Ich meine, es macht Spaß, das Zeug anzubauen, aber das ist auch alles. Ich hätte es bestimmt nicht behalten.«

Deputy Inspector Cunningham bekam einen Hustenanfall. Es war das erste Geräusch, das er machte, und ich erschrak ein bisschen. Ich hatte schon angefangen zu glauben, er sei stumm.

»Du hast es angebaut?«

»Ich habe es in Mr. Petersons Auftrag angebaut«, stellte ich klar.

»Ich verstehe. Du hast es angebaut, und dann hast du es verschenkt. Also ein Akt der Wohltätigkeit?«

»Nein. Ich meine, es gehörte mir ja nicht. Es gehörte Mr.

Peterson, also konnte ich es gar nicht verschenken. Wie ich schon sagte, ich habe es bloß angebaut.«

»Ja. Du hast es angebaut, aber du hast keinerlei *persönliches* Interesse an der Substanz?«

»Nur ein pharmazeutisches.«

Chief Inspector Hearse schaute Deputy Inspector Cunningham an und trommelte dann mit seinen Fingerspitzen eine Weile auf der Tischplatte herum. »Alex, ich frage dich noch einmal«, sagte er. »Nimmst du Drogen? Stehst du im Moment unter dem Einfluss von Drogen?«

»Nein.«

»Hast du jemals Drogen genommen?«

»Nein.«

»Also schön. Dann musst du mir eine Sache erklären.« Deputy Inspector Cunningham reichte Chief Inspector Hearse ein weiteres Blatt Papier. »Wir haben mit dem Zollbeamten gesprochen, der dich unter Arrest gestellt hat. Er meinte, du hättest dich sehr merkwürdig benommen. Er sagte, als er versuchte, dich in Gewahrsam zu nehmen, hast du dich geweigert zu kooperieren. Er sagte – und ich zitiere: ›Der Verdächtige drehte die Musik im Auto so laut auf, dass man sie wahrscheinlich noch in Frankreich hören konnte. Dann ignorierte er mich ein paar Minuten lang. Er starrte stur geradeaus, und dabei war sein Blick verschleiert. Als ich ihn schließlich dazu brachte, das Fahrzeug zu verlassen, erklärte er mir, er sei nicht mehr in der Lage zu fahren.‹«

Chief Inspector Hearse legte das Blatt Papier auf den Tisch und schaute mich an. »Kannst du uns das erklären, Alex?«

»Ich leide an Temporallappenepilepsie«, antwortete ich. »Ich hatte einen partiellen Anfall.«

Chief Inspector Hearse hob wieder die Augenbrauen und legte dann die Stirn in tiefe Furchen, als ob dies das Letzte war, was er hören wollte. »Du hast Epilepsie?«

»Ja.«

»Davon hat mir niemand etwas gesagt.«

»Es fing an, als ich zehn war, kurz nach meinem Unfall.« Ich tastete nach meiner Narbe. »Als ich zehn war, da …«

Chief Inspector Hearse nickte ungeduldig. »Ja. Ich weiß über deinen Unfall Bescheid. Jeder weiß über deinen Unfall Bescheid. Aber niemand hat jemals epileptische Anfälle erwähnt.«

Ich zuckte mit den Schultern. »Seit zwei Jahren hatte ich auch keinen mehr.«

»Aber du sagtest doch, dass du vorhin einen hattest. Im Auto.«

»Ja. Deshalb konnte ich ja auch nicht mehr fahren.«

Chief Inspector Hearse schaute mich lange Zeit an. Dann schüttelte er den Kopf. »Mr. Knowles hat uns einen recht detaillierten Bericht gegeben, und von einem Anfall hat er nichts erwähnt. Dabei wäre das doch etwas, was er bestimmt nicht vergessen hätte, nicht wahr? *Falls* du einen Anfall gehabt hättest. Er meinte, du hättest vollkommen still dagesessen und überhaupt nicht aufgeregt gewirkt. Im Gegenteil: Für seine Begriffe warst du ein bisschen zu ruhig, unter den gegebenen Umständen.«

Chief Inspector Hearse gefiel meine angebliche Ruhe anscheinend überhaupt nicht.

»Es war ein *partieller* Anfall«, sagte ich. »Ich habe weder das Bewusstsein verloren noch hatte ich irgendwelche Zuckungen. Ich konnte den Anfall aufhalten, bevor er sich zu weit ausbreitete.«

»Und das ist die volle Wahrheit?«, fragte Chief Inspector Hearse. »Wenn ich jetzt eine Blutprobe entnehmen würde, wäre die sauber? Du hast bestimmt keine Drogen genommen?«

»Nur Carbamazepin.«

»Was ist das?«

»Ein Antiepileptikum.«

Chief Inspector Hearse sah so aus, als hätte er am liebsten Gift und Galle gespuckt. Er dachte, ich würde mich über ihn lustig machen. Er sagte mir, selbst wenn ich die Wahrheit sagte, selbst wenn ich tatsächlich an Temporallappenepilepsie leiden würde und ich wirklich einen partiellen Anfall gehabt hätte, würde das mein Benehmen noch lange nicht erklären, jedenfalls nicht in seinen Augen. Man hatte hundertdreizehn Gramm Marihuana in meinem Handschuhfach gefunden, und diese Tatsache nahm ich schlicht und einfach nicht ernst.

»Ich glaube tatsächlich nicht, dass es besonders schlimm ist«, gestand ich ein, »jedenfalls wenn man das große Ganze betrachtet.«

Chief Inspector Hearse schüttelte etwa zehn Minuten lang den Kopf, und dann sagte er, dass der Besitz von Betäubungsmitteln mit der mutmaßlichen Absicht des Verkaufs derselben in der Tat eine schlimme Sache war, und wenn ich versuchte, ihm etwas anderes weiszumachen, wollte ich ihn entweder auf den Arm nehmen oder ich war ohne Frage der naivste Siebzehnjährige, dem er je in seinem Leben begegnet war.

»Ich bin nicht naiv«, sagte ich. »Sie denken in die eine Richtung, ich in eine andere. Das ist lediglich eine völlig normale Meinungsverschiedenheit.«

Ich muss wohl nicht betonen, dass sie die Sache mit den Drogen noch endlos wiederkäuten. Es war eine groteske Situation: Je offener und ehrlicher ich war, desto überzeugter waren sie davon, dass ich log. Schließlich sagte ich ihnen, dass ich auf einem Bluttest bestand. Sie konnten bis zum Jüngsten Tag mit mir diskutieren, aber eine wissenschaftliche Tatsache konnten sie schlecht in Zweifel ziehen. Aber als ich die Forderung nach einem Bluttest stellte, hatten sie wohl schon beschlossen, sich einer anderen Sache zuzuwenden. Denn wir mussten noch über etwas anderes reden. Eigentlich hätte es auf der Agenda ganz oben stehen müssen, aber wie ich schon sagte: Die Polizei liebt dramatische Effekte, wenn sie glaubt, dass sie damit etwas erreicht.

»Der letzte Gegenstand auf der Inventarliste …«, setzte Chief Inspector Hearse an. Dann stützte er die Ellbogen auf die Tischplatte und legte den Kopf in die Hände. Er schaute nach unten und schwieg eine ganze Weile.

Ich wartete.

»Der letzte Gegenstand«, wiederholte Chief Inspector Hearse, »ist eine kleine silberne Urne, die auf dem Beifahrersitz stand. Gewicht: etwa vier Komma acht Kilogramm.«

Ganz ehrlich, ich habe keine Ahnung, warum sie sich die Mühe machten, die Urne zu wiegen.

»Alex, ich muss das fragen: Der Inhalt dieser Urne …«

Chief Inspector Hearse schaute mir in die Augen und schwieg. Es war eindeutig, dass er *nicht* fragen würde, obwohl er das doch ausdrücklich angekündigt hatte, aber ich wusste sowieso, wie die Frage lautete. Es war offensichtlich. Und ich hatte die Nase voll von diesen psychologischen Spielchen. Ich war müde und durstig. Also wartete ich nicht ab, ob Chief Inspector Hearse jemals seinen Satz beenden würde, sondern nickte einfach und sagte ihm, was er wissen wollte.

»Ja«, sagte ich. »Das ist Mr. Peterson.«

Wie Sie sich sicher vorstellen können, stellten sie danach noch Hunderte Fragen. Natürlich waren sie hauptsächlich daran interessiert, was genau in der letzten Woche passiert war, aber um die Wahrheit zu sagen, bin ich selbst jetzt noch nicht dazu in der Lage, darüber zu reden. Ich finde, es macht keinen Sinn – und in jener Nacht machte es noch viel weniger Sinn. Chief Inspector Hearse verlangte von mir eine »unzweideutige, verständliche und lückenlose Erklärung« aller relevanten Umstände, die dazu führten, dass man mich mit hundertdreizehn Gramm Marihuana und Mr. Petersons sterblichen Überresten am Zollhafen festgenommen hatte. Aber sein Ansinnen war von vornherein zum Scheitern verurteilt. Manchmal, wenn Leute eine lückenlose Erklärung verlangen, ist völlig klar, dass sie genau das nicht wollen. Was sie wollen, ist eine Bestätigung dessen, was sie längst zu wissen glauben. Sie wollen etwas, das exakt in ein Kästchen auf einem polizeilichen Formular passt. Und auf eine lückenlose Erklärung trifft das nie im Leben zu. Lückenlose Erklärungen sind chaotisch. Man kann sie nicht völlig unvorbereitet innerhalb von fünf Minuten fein säuberlich und geordnet zu Protokoll geben. Man muss ihnen Raum und Zeit lassen, um sich zu entfalten.

Und deshalb will ich zurück zum Anfang, wohin die Polizei mich nicht lassen wollte. Ich will Ihnen meine Geschichte erzählen, die ganze Geschichte, in der Art und Weise, wie sie meiner Meinung nach erzählt werden sollte. Und ich fürchte, dass sie eins nicht sein wird: kurz.

2

IRIDIUM-193

Ich könnte mit meiner Zeugung anfangen. Meine Mutter war förmlich begierig darauf, sich über diesen Aspekt meiner Existenz auszulassen – vermutlich, weil sie mir so wenig über meinen Vater erzählen konnte. Sie wollte es irgendwie wiedergutmachen. Es ist eine ganz interessante Geschichte, wenn auch etwas seltsam und ein bisschen unangenehm, aber ich bin nicht sicher, ob dies der beste Anfang wäre. Es ist auf jeden Fall nicht der bedeutsamste Zeitpunkt. Vielleicht werde ich später noch darauf zurückkommen.

Es gibt einen näherliegenden Moment, mit dem meine Geschichte beginnt: der Unfall, der mir widerfuhr, als ich zehn Jahre alt war. Vermutlich wissen Sie schon, was ich meine, oder haben zumindest etwas darüber gehört. Die Sache war wochenlang das Topthema in allen Nachrichten auf der ganzen Welt. Aber das ist mehr als sieben Jahre her. Menschen haben ein kurzes Gedächtnis, doch da dieses Ereignis die Richtung bestimmte, in der mein Leben verlaufen sollte, kann ich es schlecht ignorieren.

Ich nenne es Unfall, weil mir kein passenderes Wort dafür einfällt, aber es trifft die Sache nicht wirklich. Ich bin nicht sicher, ob es überhaupt ein passendes Wort dafür gibt. Die Presse sprach von einem »außergewöhnlichen Ereignis« oder von einem »in der Menschheitsgeschichte einzigartigen Vorfall« – obwohl sich das als nicht ganz zutreffend herausstellte. In den zwei Wochen, in denen ich bewusstlos war, wurden wohl Hunderttausende von Wörtern darüber geschrieben, und das ist für mich das Merkwürdigste an der ganzen Angelegenheit. Das Letzte, woran ich mich mit Gewissheit erinnern kann, ist ein Schulausflug in den Zoo von Bristol, wo man mich dafür tadelte, dass ich versuchte, einen Klammeraffen mit einem Marsriegel zu füttern. Das war mehr als zwei Wochen, bevor ich ins Krankenhaus kam. Eine Menge dessen, was ich Ihnen jetzt erzähle, musste ich daher aus den Berichten anderer Leute zusammensetzen, aus den Zeitungsartikeln, die ich später las, aus den Erklärungen der Ärzte und Wissenschaftler, die während meiner Genesung mit mir redeten, und von den Tausenden Augenzeugen, die sahen, was mich traf, nur wenige Momente, bevor es mich traf. Viele dieser Augenzeugen schrieben mir oder meiner Mutter, als klar wurde, dass ich es schaffen würde, und wir haben all diese Briefe aufgehoben. Zusammen mit den Hunderten von Zeitungsausschnitten ergeben sie ein knapp zehn Zentimeter dickes Album, das ich bestimmt ein Dutzend Mal durchgelesen habe. Mittlerweile weiß ich genauso viel darüber, was mit mir geschehen ist, wie jeder andere, aber all das Wissen stammt nur aus zweiter Hand. Was meine persönliche Erinnerung an den Vorfall betrifft: Da ist nichts. Ich war vermutlich der letzte Mensch auf diesem Planeten, der erfuhr, was mit mir geschehen war. Und das war am 3. Juli 2004, einem Samstag, an dem ich im Yeovil-Bezirkskrankenhaus aufwachte und feststellte, dass ich gerade einen ganzen Monat meines Lebens verloren hatte.

Als ich zu mir kam, dachte ich erst, ich sei im Himmel. Ich nahm an, es müsste der Himmel sein, weil alles so schmerzvoll weiß war. Nach einigen Zuckungen wurde mir klar, dass ich immer noch Augen und funktionierende Augenlider besaß, obwohl ich mein irdisches Dasein hinter mir gelassen hatte, und dass ich für den Bruchteil einer Sekunde durch die zusammengekniffenen Augen blinzeln konnte – was mir ratsam erschien, bis sich meine Augen an das Milliarden-Watt-starke Leuchten des Jenseits gewöhnt hatten.

In der Schule hatten wir hin und wieder etwas über den Himmel erfahren, und während der Versammlungen sangen wir darüber, aber ich war mir nie sicher gewesen, ob es ihn tatsächlich gab, bis ich selbst im Himmel aufwachte. Ich hatte keine religiöse Erziehung genossen. Meine Mutter glaubte nicht an den Himmel. Sie glaubte an eine unsichtbare Geisterwelt, in die wir eingingen, wenn wir starben. Diese Welt war nicht vollständig von der Welt der Lebenden getrennt. Es war lediglich eine andere Existenzebene, und obwohl wir sie nicht sehen, riechen oder berühren konnten, gingen ständig Nachrichten von dort bei uns hier ein. Meine Mutter verdiente ihren Lebensunterhalt, indem sie diese Nachrichten interpretierte. Sie war »empfänglich« für jene andere Welt, auf eine Weise, die nur wenigen vergönnt war. Ich stellte mir das immer so vor wie eine Art Radio: Sie hatte Empfang, während wir anderen nur statisches Rauschen hörten.

Aber ich war mir ziemlich sicher, dass ich im Himmel gelandet war und nicht bloß auf einer anderen Existenzebene. Als weiteren Beweis für meine Hypothese erblinzelte ich mir das Bild von zwei Engeln – einer blond, der andere dunkelhaarig, beide in Türkis gewandet –, die rechts und links von mir schwebten. Allerdings war mir nicht klar, was sie da taten. Ich entschied, dass dies genauer untersucht werden musste, und zwang mich, den Schmerz zu ignorieren und meine Augen weit aufzureißen. Woraufhin der blonde Engel einen Satz rückwärts machte und einen ohrenbetäubenden, schrillen Schrei ausstieß. Dann spürte ich ein scharfes Ziehen, hatte aber keine Ahnung, was es war. Ich schloss wieder die Augen.

»Oh Scheiße!«, sagte der blonde Engel. »Scheiße, Scheiße, Scheiße!«

Da merkte ich, dass ich eine linke Hand hatte, denn der blonde Engel hatte sie gepackt.

»Herrgott noch mal, was ist denn los, zum Teufel?«, fragte der dunkelhaarige Engel.

»Er ist wach! Hast du's nicht gesehen?«

»Er ist *wach*? Scheiße, ist das Blut?«

»Die Kanüle ist rausgerutscht!«

»Sie ist *rausgerutscht*?«

»Er hat mich zu Tode erschreckt! Es war ein Unfall!«

»Das ganze Bettzeug ist voll Blut!«

»Ich weiß! Ich weiß! Aber es sieht schlimmer aus, als es ist. Hol Patel – aber schnell! Ich muss hierbleiben und das Blut abdrücken.«

Ich hörte schnelle Schritte, und nur ein paar Augenblicke später sprach die Stimme eines Mannes zu mir. Sie war tief, ruhig und befehlsgewohnt.

»Alex?«, sagte die Stimme.

»Gott?«, gab ich zurück.

»Nicht ganz«, sagte die Stimme. »Ich bin Dr. Patel. Kannst du mich klar und deutlich hören?«

»Ja.«

»Kannst du bitte die Augen öffnen?«

»Das tut weh«, sagte ich.

»Okay«, sagte Dr. Patel. »Darum kümmern wir uns später.« Er legte die Hand auf meine Stirn. »Kannst du mir sagen, wie du dich fühlst?«

»Keine Ahnung«, antwortete ich.

»Alles in Ordnung. Du musst dir keine Sorgen machen. Schwester Jackson ist schon unterwegs und holt deine Mutter. Sie wird gleich hier sein.«

»Meine Mutter?« Ich fing an zu bezweifeln, dass dies wirklich der Himmel war.

»Wo bin ich?«, fragte ich.

»Du bist im Krankenhaus. Du bist seit dreizehn Tagen bei uns.«

»Das sind fast zwei Wochen«, bemerkte ich.

»Das ist korrekt«, bestätigte Dr. Patel.

»Warum bin ich hier?«

»Du hattest einen Unfall«, sagte Dr. Patel. »Mach dir deswegen keine Sorgen.«

Einen Augenblick lang tastete ich in der Dunkelheit herum. »Ist im Zoo irgendwas passiert?«

Pause. »Im Zoo?«

»Im Zoo.«

»Alex, du bist im Moment ein bisschen durcheinander. Es kann eine Weile dauern, bis dein Gedächtnis zurückkehrt. Ich möchte dich bloß bitten, ein paar einfache Fragen zu beantworten, und dann kannst du dich ausruhen. Kannst du mir deinen vollen Namen nennen?«

»Ja«, sagte ich.

Ich fand, das war eine merkwürdige Frage.

»Kannst du ihn mir bitte *jetzt* nennen?«

»Mein Name ist Alexander Morgan Woods.«

»Ausgezeichnet. Und wie heißt deine Mutter?«

»Rowena Woods.«

»Gut. Sehr gut«, sagte Dr. Patel ernst.

»Sie ist Kartenlegerin«, fügte ich hinzu.

»Wann hast du Geburtstag, Alex?«

»Erst im September«, sagte ich. »Muss ich sterben?«

Dr. Patel lachte. Schwester Engel drückte meine Hand. »Nein, Alex, du musst nicht sterben.«

In diesem Moment hörte ich wieder laute, schnelle Schritte, gefolgt von seltsamen Schreien und Schluchzern. Ich musste die Augen nicht öffnen, um zu wissen, dass es meine Mutter war. Schwester Engel ließ meine Hand los, und eine Sekunde später fühlte ich, wie mein Hals zur Seite gezogen wurde und mir ein Schwall weicher, krauser Haare aufs Gesicht fiel.

»Mrs. Woods, bitte!«, warnte Dr. Patel.

Meine Mutter schluchzte weiter. Ich fühlte, wie warme Tränen mein Gesicht benetzten.

»Mrs. Woods, Sie müssen auf die Stiche aufpassen!«

Aber meine Mutter hatte beschlossen, dass sie mich mindestens vierundzwanzig Stunden lang nicht mehr loslassen würde. Sie hielt mich immer noch fest, als ich wieder einschlief.

Ich fand bald durch Tasten heraus, dass mein Kopf rundherum bandagiert war, von einem Ohr zum anderen. Darüber und darunter fühlte sich meine Kopfhaut an wie kurzer Filz. Meine Haare waren fast völlig verschwunden.

»Wir mussten sie abrasieren, damit wir operieren konnten«, erklärte mir Dr. Patel. »Das ist ganz normal.«

»Sie mussten mich operieren?« Ich war sehr beeindruckt.

»Oh ja!«, sagte Dr. Patel fröhlich. »Du wurdest sofort in den OP-Saal gebracht, gleich nachdem du angekommen warst. Ein ganzes Team von Chirurgen war stundenlang damit beschäftigt, dich wieder zusammenzuflicken. Dein Schädel war kurz oberhalb des rechten Ohrs gebrochen – aufgeplatzt wie eine Eierschale.«

Meine Kinnlade klappte nach unten. Ich hatte das Gefühl, sie würde jeden Moment auf dem Boden aufschlagen. »Wie eine *Eierschale*?«

»Wie eine Eierschale«, bestätigte Dr. Patel.

»Dr. Patel, bitte!«, protestierte meine Mutter. »Das ist kein sehr schönes Bild. Lex, mach den Mund zu.«

»Konnten sie mein Gehirn sehen?«, fragte ich.

»Ja, ich glaube schon«, sagte Dr. Patel. »Aber erst, nachdem sie die überschüssige Flüssigkeit abgesaugt und den ganzen Schmutz und den Staub entfernt hatten, der sich in der Wunde angesammelt hatte.«

»Schmutz und Staub von dem Brocken?« (Seit ich zum ersten Mal von dem Brocken gehört hatte, war ich von ihm fasziniert.)

»Nein, eher Putz von der Wohnungsdecke.«

»Oh.« Ich muss wohl nicht betonen, dass ich ein bisschen enttäuscht war. »Sind Sie sicher, dass es bloß Putz war?«

Dr. Patel warf meiner Mutter einen Blick zu. Sie betrachtete ihn mit hochgezogenen Augenbrauen, die Arme vor der Brust verschränkt. »Wir werden schon bald mehr wissen«, sagte er zu mir. »Ich glaube, man hat einige Abstriche ins Labor geschickt.«

»Abstriche?«

»Das ist eine Möglichkeit, um Proben zu nehmen«, erklärte Dr. Patel.

»Man hat einen Abstrich von meinem Gehirn gemacht?«

»Nein, von deiner Schädeldecke und den Bruchkanten. Wenn man Staub im Gehirn hat, sollte man besser nicht daran reiben.«

»Also wirklich, Dr. Patel!«, rief meine Mutter. »Lex, fass das nicht an.«

Ich zog die Hand von dem Verband weg. Ein paar Sekunden lang war alles still.

»Dr. Patel?«, fragte ich.

»Ja, Alex?«

»Wenn sie mein Gehirn nicht anfassen durften, wie haben sie dann den ganzen Dreck rausbekommen?«

Dr. Patel lächelte. Meine Mutter schüttelte den Kopf. »Sie haben ihn weggesaugt.«

»Wie mit einem Staubsauger?«

»Ja. Genau so.«

Ich rümpfte die Nase. »Und das soll sicherer sein als abreiben?«

»Es ist ein sehr kleiner und sehr präziser Staubsauger.«

»Oh.« Ich schaute zu meiner Mutter. Sie hatte ihre steife Haltung aufgegeben und tat so, als würde sie in ihrem Buch lesen. »Und dann?«, wollte ich wissen. »Ich meine, was war, nachdem sie den Abstrich genommen, die Flüssigkeit weggemacht und den Dreck abgesaugt hatten?«

»Danach war alles ganz einfach«, sagte Dr. Patel. »Sie haben die Wunde mit Salzlösung gereinigt, deinen Schädel über der Bruchstelle mit einer Spezialplatte verschlossen, ein kleines Stück Haut aus deinem Oberschenkel entnommen, um die Platte zu bedecken, und dich dann zugenäht. Jetzt bist du so gut wie neu.«

»Wow!« Das erklärte den Verband an meinem Bein. »Soll das heißen, dass ich unter diesen ganzen Verbänden eine Art Frankenstein bin? Mit diesen vielen Stichen, die meinen Kopf zusammenhalten, und einer großen Metallplatte, die auf meinen Schädel genietet ist?«

»Ja, ganz richtig«, sagte Dr. Patel. Dann, nach einer kurzen Pause, fuhr er fort: »Nur, dass die Platte nicht aus Metall ist. Sie besteht aus einem besonderen Material, das sich über die nächsten Monate nach und nach auflöst, während dein Schädel darunter heilt. Schließlich wird die ganze Platte verschwunden sein, die Fäden aus den Stichen lösen sich ebenfalls auf, und dann bist du wieder ein ganz normaler Junge.«

»Aber ich werde doch wenigstens eine Narbe haben, oder?«

»Möglicherweise.«

Ich runzelte die Stirn und klopfte mir gegen den Kopf.

»Lex!«, warnte meine Mutter, ohne von ihrem Buch aufzublicken.

Ich hörte mit dem Klopfen auf. »Dr. Patel, wohin geht das ganze Zeug, wenn es sich auflöst?«, fragte ich. »Ich meine die Fäden und diese Platte?«

»Nun«, sagte er, »alles, was der Körper gebrauchen kann, wird recycelt und in andere nützliche Dinge umgewandelt, wie Muskeln und Körperfett. Und der Rest wird einfach ausgeschieden.«

Ich dachte kurz darüber nach. »Sie meinen, es kommt mit meinem Stuhlgang wieder raus?«

»Lex!«, kläffte meine Mutter.

»So nennt man das hier im Krankenhaus«, erklärte ich ihr. »Das ist der korrekte medizinische Begriff.«

»Tatsächlich wird das meiste davon mit dem Urin ausgeschieden«, sagte Dr. Patel.

»Okay, ich glaube, das sind genug Informationen für einen Tag«, entschied meine Mutter.

Danach weigerte sich Dr. Patel, mir irgendwelche interessanten Details zu erklären, es sei denn, meine Mutter war nicht im Zimmer. Und das kam leider nur äußerst selten vor.

Obwohl mein Kopf zusammengeflickt war und unter dieser speziellen, selbstauflösenden Knochenplatte heilte, musste ich noch eine Woche zur Beobachtung im Krankenhaus bleiben. Die Ärzte wollten sichergehen, dass ich ausreichend Ruhe bekam und genügend Proteine zu mir nahm. Unzählige Ärzte kamen zu mir und etwa doppelt so viele Krankenschwestern. Ich musste zum Röntgen, damit der Verlauf der Heilung überprüft werden konnte, und dann musste ich Fragen beantworten und komische kleine Aufgaben lösen, die man sich ausgedacht hatte, um festzustellen, ob mein Gehirn richtig funktionierte.

Anscheinend tat es das.

Meine fünf Sinne waren in Ordnung. Ich konnte immer noch lesen und schreiben und meinen Stundenplan auswendig aufsagen. Meine Fähigkeit, merkwürdig geformte Holzklötze zu sortieren, war nicht beeinträchtigt, und nach ein paar Tagen reichhaltigen Essens und langsam gesteigerter Bewegung hatten sich meine Körperfunktionen und meine

Koordination weitgehend normalisiert. Einzig mein Erinnerungsvermögen zeigte Anzeichen von Beeinträchtigung, doch dies schien kaum ein Problem zu sein. Ich konnte mich ja immer noch an Wörter und Zahlen erinnern, und ich brachte gute Leistungen bei Suchbildern, wo man den Unterschied erkennen oder etwas Fehlendes finden musste. Ich konnte mich daran erinnern, was ich gefrühstückt hatte und was am Vortag passiert war, ich konnte mich an meinen ersten Schultag erinnern und an den Ausflug ans Meer, als ich mich auf eine Wespe gesetzt hatte. Ich konnte fast jedes Tier benennen, das ich in Bristol im Zoo gesehen hatte: den Klammeraffen, den ringelschwänzigen Lemuren, den Goldmanteltamarin und so weiter. Und auf Grundlage dieser Tatsachen schloss man, dass es kein generelles Problem mit meinem episodischen oder semantischen Gedächtnis gab. Mir fehlte bloß ein Monat; vier Wochen meiner persönlichen Lebensgeschichte waren in ein tiefes schwarzes Loch gefallen. Trotz Dr. Patels gegenteiliger Beteuerung fragte ich mich immer wieder, ob dieser Monat nicht irgendwie im Beutel dieses winzig kleinen, sehr präzisen Gehirnstaubsaugers gelandet war.

Meine Mutter hatte mich an jenem Tag gefunden. Sie war in der Küche und hatte beide Explosionen gehört. Zwischen der ersten und der zweiten lag etwa eine Minute Stille. Die erste, sagte sie, hörte sich an wie ein weit entfernter Gewehrschuss oder vielleicht eine Fehlzündung. Die zweite klang, als würde das Dach einstürzen. Das obere Stockwerk war völlig verwüstet – ein Trümmerfeld aus heruntergefallenen Bildern, zerbrochenem Glas und verstreut herumliegendem Nippes aus der Vitrine, die gegenüber der Treppe stand. Die

Badezimmertür war zu, aber nicht verschlossen. Ich lag auf dem Boden in einer Pfütze aus Blut und Porzellansplittern. Meine Mutter sagte, dass es vermutlich ihr Schreien gewesen sei und nicht die Explosion, das Mr. und Mrs. Stapleton, unsere ältlichen Nachbarn, aufscheuchte, woraufhin beide im Laufschritt zu uns eilten. Es war gut, dass sie kamen, denn ich vermute, meine Mutter war viel zu hysterisch, um einen Krankenwagen zu rufen.

In den folgenden zwei Wochen wich sie kaum von meiner Seite. Sie bestand darauf, im Krankenhaus zu übernachten. Die Schwestern mussten ein Bett in mein Zimmer fahren, nachdem sie deutlich gemacht hatte, dass sie zur Not auch auf dem Boden schlafen würde, falls das Krankenhaus nicht in der Lage sei, ihr ein anständiges Bett zu besorgen. So, wie sie es erzählte, klang es ziemlich peinlich. Glücklicherweise lag ich da noch im Koma. Um die Wahrheit zu sagen, war ich zu diesem Zeitpunkt völlig weggetreten. Ich sah, fühlte und hörte rein gar nichts. Aber diese medizinische Tatsache wischte meine Mutter mit einer einzigen Handbewegung beiseite.

»Ich habe jeden Tag mit dir geredet«, sagte sie zu mir. »Ich wusste, dass ein Teil von dir mich noch immer hören konnte.«

»Ich glaube nicht, dass ich dich hören konnte«, sagte ich – bestimmt zum hundertsten Mal.

»Doch, ein *Teil* von dir konnte mich hören«, beharrte meine Mutter.

»Aber ich kann mich nicht *erinnern*, dich gehört zu haben«, widersprach ich.

Meine Mutter stieß ein leises Glucksen aus. »Natürlich kannst du dich nicht daran erinnern. Du warst im Tiefschlaf.

Und wir erinnern uns nicht an Dinge, die geschehen, wenn wir tief schlafen, nicht wahr? Das heißt aber nicht, dass du mich nicht trotzdem hören konntest.«

Ich runzelte die Stirn. Irgendwie ergab das für mich keinen Sinn, aber andererseits traf das auf die meisten Ereignisse des vergangenen Monats zu.

Ganz oben auf der Liste dieser Ereignisse stand natürlich der eigentliche Unfall. Ich kannte die Fakten, wusste, was mir widerfahren war – von meiner Mutter, von Mr. und Mrs. Stapleton und den Sanitätern, die mich besuchen kamen, nachdem ich aufgewacht war –, aber das war trotzdem nur sehr wenig. Man hatte den Brocken gleich gefunden, na ja, er war ja auch nicht zu übersehen, aber niemand wusste mit Sicherheit, ob er mich tatsächlich getroffen hatte. Einer der Sanitäter sagte mir, es sei viel wahrscheinlicher, dass ich von einem Splitter getroffen worden sei oder von einem Stein aus der Zimmerdecke. »Wenn dich der Brocken erwischt hätte«, sagte er, »würden wir dieses Gespräch jetzt vermutlich nicht führen.«

Zu meiner Enttäuschung stützte Mr. Stapleton, der den Brocken als Erster angefasst hatte, diese Theorie. Er hatte ihn aufgehoben, und er meinte, dass er zwar nur so groß sei wie eine Orange, seiner Schätzung nach aber mindestens vier oder fünf Pfund wiegen müsste, was etwa so viel ist wie eine Zweiliterflasche Cola light. »DAS DING WAR SO SCHWER WIE BLEI«, schrie er. (Mr. Stapleton schreit immer, weil er fast völlig taub ist.) Als ich ihn fragte, wie der Brocken aussähe, erklärte er mir, er sei »SCHWARZ UND KOMISCH GEFORMT, WIE GEGOSSEN«. Aber diese Beschreibung reichte mir bei Weitem nicht aus.

»Was meinen Sie?«, fragte ich. »Wieso gegossen?«

»STIMMT. GESTERN HAT'S WIE AUS EIMERN GEGOSSEN«, nickte Mr. Stapleton.

»NEIN, ICH MEINE DEN BROCKEN. WIESO HAT DER AUSGESEHEN WIE GEGOSSEN?«

»WEGEN DER FORM, ALS OB ER VON AUSSERIRDISCHEN GEMACHT WORDEN WÄRE.«

Ich war begierig darauf, den Brocken zu sehen, aber als ich meine Mutter danach fragte, meinte sie, jemand hätte ihn schon vor Wochen mitgenommen.

»Wer?«, wollte ich wissen.

Meine Mutter zuckte mit den Schultern. »Ich weiß gar nicht genau, wer sie war. Sie meinte, sie sei Wissenschaftlerin. Dr. Monica Irgendwas. Ich war viel zu durcheinander, um mich um so etwas zu kümmern. Sie stand vor der Tür, als ich gerade einen Koffer für das Krankenhaus packte.«

»Aber wer war sie? Woher kam sie? Und wohin hat sie den Brocken gebracht?«

»Lex, ich habe es dir doch gesagt – ich weiß es nicht! Sie meinte, sie müsse ihn mitnehmen, um irgendwelche wichtigen Tests zu machen. Es war mir, ehrlich gesagt, völlig egal.«

»Kommt sie wieder?«

»Das hat sie nicht gesagt.«

»Hast du sie nicht gefragt?«

»Lex! Ich werde mich nicht noch einmal wiederholen.«

Ich war am Boden zerstört. Ganz gewiss würde ich meinen Brocken dank der Nachlässigkeit meiner Mutter niemals zu Gesicht bekommen, und niemand würde mir meine Fragen dazu beantworten können. Für den Augenblick waren die Zeitungsartikel, die ich von den Stapletons und den zahlreichen Ärzten und Schwestern bekam, mein einziger Trost. Diese Quellen halfen mir dabei, das Loch in meiner

Erinnerung zu stopfen, das ansonsten wohl ein ewiger Abgrund geblieben wäre.

Der Feuerball wurde zuerst über der nordöstlichen Spitze von Nordirland gesehen, und zwar am Sonntag, dem 20. Juni 2004, um 15.27 Uhr. Jeder, der sich zu diesem Zeitpunkt im Freien aufhielt oder aus dem Fenster in die richtige Richtung schaute, sah ihn. Er war dreimal so hell wie der Vollmond und schoss wie eine Kanonenkugel über den Himmel. Nachdem er von etwa Hunderttausend Menschen in und um Belfast gesehen worden war, überquerte er die Irische See in wenigen Sekunden, sauste über Anglesey hinweg und verschwand dann über Nordwales hinter dicken Wolken. Nördlich der Mündung des Severn tauchte er wieder auf und versetzte halb Bristol in Panik. Und dann endete seine Reise irgendwo über Somerset. Zu diesem Zeitpunkt wusste noch niemand, wo genau, aber es gab etliche Vermutungen. Hunderte von Menschen behaupteten steif und fest, er wäre direkt über der Kathedrale von Wells explodiert, und eine Zeit lang wurde diese Behauptung von lokalen und nationalen Zeitungen als Tatsache ausgegeben. Nach ein paar Tagen tauchte ein Wissenschaftler von der Universität Oxford auf und behauptete, da der besagte Impaktor die Erde in einem sehr spitzen Winkel getroffen habe und hoch in der Atmosphäre explodiert sei, »dürfte es für einen einzelnen Augenzeugen sehr schwierig sein, den genauen Detonationspunkt festzulegen«. Als Reaktion darauf bemerkte Graham Alcock, ein Journalist des *Wells Herald*, dass es sich nicht um einen einzelnen Augenzeugen handle, sondern um »zwei Polizisten, drei Busse voller Touristen und eine Pilgerschar Nonnen«. Woraufhin zwei Tage später ein Brief von Professor

Miriam Hanson, einer Psychologin aus Bristol, veröffentlicht wurde, die erklärte, dass »die Frage der Glaubwürdigkeit in diesem Fall nicht an der Anzahl der Personen gemessen werden darf, die das Phänomen beobachtet haben, und schon gar nicht am Charakter derselben. Tatsache ist, dass die scheinbare Explosion des Meteors über der Kathedrale von Wells aller Wahrscheinlichkeit nach eine optische Täuschung war, hervorgerufen durch die Höhe und die Ausdehnung des Gebäudes in Relation zu den Beobachtern. Bei einem derartigen Szenario muss ein Augenzeugenbericht mit außerordentlicher Vorsicht genossen werden.« Ihr Brief, der unter der Überschrift »28 Nonnen *können* sich irren« erschien, fachte die Debatte erst richtig an, die auf diese und ähnliche Weise noch wochenlang weiterging und hochrangige Persönlichkeiten wie den Erzbischof von Canterbury in halbseidene Talkshows trieb.

Ich fand diese ganzen Auseinandersetzungen ungeheuer interessant – was der Grund dafür ist, warum ich sie hier erwähne –, aber ich sollte wohl nicht verschweigen, dass die »Wells-Kontroverse« lediglich ein Nebenschauplatz war. Die meisten Leute waren nicht daran interessiert, wo genau der Meteor explodiert war, und sie wollten auch nicht dessen ursprüngliche Umlaufbahn um die Sonne rekonstruiert haben. Sie waren nur an dem »menschlichen« Aspekt des Vorfalls interessiert, und dahin gehend waren sich alle einig: Der Erzbischof, die Wissenschaftler, die Journalisten und die Briefeschreiber – alle sagten das Gleiche: Nach der Masse und der Zusammensetzung meines Meteoritenfragments zu urteilen – beides war rasch ermittelt worden – und gemessen an der Geschwindigkeit, mit der dieser Brocken durch unser Hausdach gedonnert war – nämlich unvorstellbar schnell –, war es ein wahrhaftiges Wunder, dass ich noch am Leben war.

Fünf Tage später, einen Tag, bevor ich aus dem Krankenhaus entlassen wurde, bekam ich endlich die Antworten auf meine Fragen. Es war der Tag, an dem Dr. Monica Irgendwas wieder auftauchte. Aus heiterem Himmel stand sie plötzlich neben meinem Bett. Sie kam unangemeldet und brachte eine abgewetzte Sporttasche und so viele Informationen über Meteore, Meteoriten und Meteoroide mit, dass mir eine Woche lang der Schädel brummte.

Ihr richtiger Name war Dr. Monica Weir, aber ich verstand ihn beim ersten Mal nicht richtig. Sie war keine Ärztin, sondern ein Doktor der Astrophysik mit dem Spezialgebiet Planetenkunde am Imperial College in London. Und sie war ganz anders als alle Erwachsenen, die ich bis dahin kennengelernt hatte. Sie schien jede Frage beantworten zu können, die man ihr stellte, und – was noch viel überraschender war – sie beantwortete sie auch. Bei den meisten Erwachsenen (besonders bei meiner Mutter) war irgendwann der Punkt erreicht, meistens nach der dritten oder vierten Frage, wo sie aufhörten zu antworten. Oder aber die Antwort, die sie gaben, war gar keine Antwort, sondern eine Behauptung wie etwa »Es ist einfach so!« oder eine ähnlich ärgerliche Variante. Aber bei Dr. Weir nahmen die Antworten kein Ende. Sie schien in der Lage zu sein, alles zu erklären, bis hin zur kleinsten Kleinigkeit. Und je mehr Fragen man stellte, desto bereitwilliger schien sie einen mit Informationen zu überschütten. Sie war allerdings nicht fähig, auch nur einen einzigen Satz zu äußern, der sich nicht wie ein Auszug aus einem wissenschaftlichen Vortrag anhörte. Und sie zog sich komisch an. Nicht komisch wie meine Mutter, die sich »alternativ« kleidete, sondern altmodisch und bunt zusammengewürfelt, so als hätte sie ihre Sachen willkürlich aus einem Altkleidersack aus den 1950ern geklaubt. Vermutlich war ihr Geist mit »Höherem« beschäftigt, wenn sie morgens vor dem Kleiderschrank stand, was mir nichts ausmachte. Allerdings begegnete ich ihr anfangs mit Misstrauen, das hatte aber eher damit zu tun, dass ich das Gefühl hatte, sie habe meinen Brocken gestohlen. Und wie sich herausstellte, war ich nicht der Einzige, der so dachte.

Eine ganze Menge Leute – besser gesagt: eine Menge anderer Astrophysiker – sahen das genauso wie ich. Nachdem sie erfahren hatten, dass Dr. Weir schnurstracks nach Somerset gesaust war und den Meteoriten an sich genommen hatte, nur wenige Stunden, nachdem die Nachricht von seinem Einschlag veröffentlicht worden war, erhob sich ein Sturm der Entrüstung. Die Begriffe »unsensibel« und »unethisch« wurden genannt, gefolgt von etlichen pampigen E-Mails diverser Wissenschaftler der Universitäten von Bristol und Bath, die stinksauer waren, dass ein so bedeutender regionaler Fall nach London verschleppt worden war, bevor sich noch der Staub gelegt hatte. Aber Dr. Weir schien davon nicht sonderlich beeindruckt zu sein. Sie erklärte später gegenüber der Zeitschrift *New Scientist*, das Wichtigste sei gewesen, »den Meteoriten schnell, unversehrt und ohne weitere Kontamination zu bergen. Wenn ich ihn noch länger dort liegen gelassen hätte, hätte ihn womöglich ein privater Sammler in die Hände bekommen. Immerhin war dies eine außergewöhnliche Situation. Das ganze Land wusste genau Bescheid, wo dieses Fragment gelandet war. Und innerhalb von vierundzwanzig Stunden waren schon Scharen von Meteoritenjägern unterwegs. Es war meine Pflicht, dieses Fragment im Namen der Wissenschaft sofort sicherzustellen.«

Nachdem sie mir ihr Verhalten erklärt hatte, war ich sehr froh, dass Dr. Weir so schnell gehandelt und meinen Meteoriten im Namen der Wissenschaft gerettet hatte. In den zwei Wochen, die er in ihrem Besitz war, hatte sie eine Menge über meinen Brocken herausgefunden. Und als Allererstes verkündete sie mir, dass es kein Stein im herkömmlichen Sinne war.

»Weißt du, Alex«, sagte sie begeistert, »dein Meteorit besteht zu einem großen Teil aus Metall. Er gehört zur Eisen-Nickel-Untergruppe. Solche Stücke findet man viel seltener als die üblichen Chondriten und Achondriten – die steinigen Meteoriten. Sie haben auch eine größere Dichte. Das ist einer der Gründe, warum er so mühelos euer Dach durchschlug, ohne zu zerbrechen. Dein Meteorit wiegt etwas mehr als zwei Komma drei Kilogramm und flog mit einer Geschwindigkeit von fast dreihundertzwanzig Kilometer pro Stunde, als er auf euer Haus prallte. Es ist ein absolutes Wunder, Alex, dass du noch hier bist.«

»Ja«, nickte ich und rollte mein Körpergewicht über meine Fingerknöchel. Ich saß auf meinen Händen, weil ich sehr zappelig war, und meine Augen hingen an der abgewetzten Sporttasche. Ich weiß, dass es unhöflich ist, jemanden nicht anzuschauen, der mit einem redet, aber ich konnte nicht anders. Ich war wie gebannt. Ich starrte diese Tasche mit einem so brennenden Blick an, dass ich Angst hatte, sie würde in Flammen aufgehen.

»Dr. Weird …«, setzte ich zögerlich an. Es war mir ein bisschen peinlich, sie als »Dr. Seltsam« anzusprechen, auch wenn das ihr Name war.

»Ähm, Alex, ich heiße Dr. *Weir*.«

»Oh.«

»Aber du kannst mich Monica nennen, wenn du willst.«

»Dr. Weir«, sagte ich, »haben Sie meinen Eisen-Nickel-Meteor in dieser Tasche?«

Dr. Weir lächelte nachsichtig. »Was ich in dieser Tasche habe, Alex, ist dein Eisen-Nickel-*Meteorit*. So nennen wir ihn, wenn er auf der Erde ankommt. Man nennt ihn nur dann einen Meteor, wenn er noch in der Erdatmosphäre brennt. Und davor, wenn er noch im Weltall fliegt, heißt er Meteoroid. Möchtest du deinen Meteoriten anfassen?«

»Unbedingt.«

Er war tatsächlich etwa so groß wie eine Orange, hatte aber eine merkwürdige Form – spitz zulaufend an dem einen Ende, wo er von dem ursprünglichen Stoßkörper abgespalten worden war, und am anderen Ende gewölbt durch die glühende Hitze beim Eintritt in die Erdatmosphäre. An der spitzen Seite waren kleine Risse und mindestens ein Dutzend winziger Krater, wie die Fingerabdrücke von einem Außerirdischen. Dr. Weir hielt ihn sehr vorsichtig in beiden Händen und drückte ihn an ihre Brust, als wäre er ein empfindliches und verschrecktes Tier. »Pass auf, Alex«, sagte sie. »Denk daran, dass er viel schwerer ist, als er aussieht.«

Ich hielt meine Hände zu einer flachen Schale geformt vor mich hin. Auf das Gewicht war ich vorbereitet, nicht aber auf die Kälte. Meine Hände, auf denen ich gesessen hatte, waren noch immer warm, und der Eisen-Nickel-Meteorit fühlte sich an, als ob er frisch aus dem Kühlschrank käme.

»Der ist ja eiskalt!«, keuchte ich. »Ist er so kalt, weil er aus dem Weltraum kommt?«

Dr. Weir lächelte wieder. »Er hat Zimmertemperatur, Alex. Er fühlt sich nur so kalt an, weil er so extrem leitfähig ist. Er entzieht deinen Händen die Wärme. Was seine Herkunft betrifft: Nun, darüber haben wir relative Gewissheit. Er stammt vermutlich aus dem geschmolzenen Kern eines großen Asteroiden, der durch eine Kollision vor Milliarden von Jahren zerstört wurde. Weißt du, was ein Asteroid ist?«

»Asteroide sind riesige Brocken im Weltraum«, sagte ich. »Der *Millenium Falke* musste durch ein ganzes Asteroidenfeld fliegen, um Darth Vaders Sternzerstörer zu entkommen.«

Dr. Weir nickte begeistert. »Ja, das stimmt. Aber das war in einer weit entfernten Galaxie. In unserem Sonnensystem kreisen die meisten Asteroiden, und davon gibt es viele Millionen, in einem breiten Gürtel zwischen Mars und Jupiter um die Sonne.«

Nun zeichnete Dr. Weir für mich ein detailliertes Diagramm, das die Sonne, die Planeten und den Asteroidengürtel zeigte. Es sei nicht maßstabsgerecht, meinte sie, aber für unsere Zwecke würde es genügen.

»Also, Alex. Wie du sehen kannst, kommen diese Asteroiden normalerweise nicht in die Nähe der Erde. Aber gelegentlich werden sie aus ihrer ursprünglichen, festen Umlaufbahn geschleudert. Manchmal prallen sie zusammen wie Billardkugeln, und manchmal werden sie von Jupiters enormer Anziehungskraft eingefangen, und dann biegen sie auf einen neuen Weg um die Sonne ein. Wie du vielleicht weißt, ist Jupiter extrem massereich und hat ein sehr starkes Gravitationsfeld. Einige dieser eingefangenen Asteroiden schlagen irgendwann auf Jupiter ein, und manche werden so weit weggeschleudert, dass sie unser Sonnensystem ganz verlassen. Und einige – ein winzig kleiner Prozentsatz – werden zu Meteoroiden. Das bedeutet, sie werden in eine Umlaufbahn geworfen, die sie auf direkten Kollisionskurs mit der Erde bringt.«

Dr. Weir malte eine kleine gepunktete Linie auf ihr Diagramm, die den hypothetischen Weg eines aus der Bahn geratenen Asteroiden darstellen sollte, der in die Umlaufbahn der Erde geraten war. Ich dachte, dass dies meiner Mutter gewiss gefallen hätte. Sie redete oft darüber, dass die Bewegungen der Planeten die Ereignisse auf der Erde beeinflussten, aber sie hatte mir nie erklärt, wie das funktionieren sollte. Dr. Weirs Erklärung war viel einleuchtender.

»Allerdings«, fuhr Dr. Weir fort, »sind die meisten Meteoroiden, die mit der Erde kollidieren, winzig und verdampfen hoch oben in der Atmosphäre. Aber einige wenige – wie deiner – sind groß und dicht genug, um es bis zum Boden zu schaffen, ohne zu verdampfen. Und eine noch kleinere Anzahl ist so groß und so schwer, dass ihr Tempo durch die Atmosphäre nicht einmal verringert wird. Sie führen zu einer riesigen, mächtigen, unglaublich zerstörerischen Explosion und hinterlassen Krater. Die meisten Wissenschaftler sind der Meinung, dass es vermutlich ein Meteorit aus dem Asteroidengürtel war, der die Dinosaurier vernichtete.«

Ich betrachtete den orangengroßen Meteoriten in meinen Händen. »Ich glaube ehrlich gesagt nicht, dass ein einziger Meteorit *alle* Dinosaurier töten konnte«, sagte ich skeptisch.

Dr. Weir erklärte mir ausführlich, dass der Meteorit, der vermutlich die Dinosaurier auf dem Gewissen hatte, viel, viel, viel größer war als meiner – vermutlich mehrere Kilometer breit – und dass ein Körper von dieser Größe Wellen verursachen kann, die so hoch sind wie Gebirge. Nach dem Einschlag kamen saurer Regen und Waldbrände und eine Staubwolke, die jahrelang das Sonnenlicht verdeckte. Von diesem Meteoriten war nichts übrig geblieben, weil er mit der Kraft von einhundert Milliarden Megatonnen TNT explodiert war, aber es gibt einen riesigen fünfundsechzig Millionen Jahre alten Krater im Meer in der Nähe von Mexiko. In den fünfundsechzig Millionen Jahre alten Gesteinsproben hatte man eine verdächtig hohe Konzentration von Iridium-193 gefunden. Iridium-193 ist eins der beiden stabilen Isotope von Iridium, und es ist extrem selten auf der Erde, kommt aber oft in Meteoriten vor. Ein Isotop hat etwas mit der atomaren Masse zu tun und mit winzig, winzig kleinen Teilchen, die man Neutronen nennt, aber das war etwas schwieriger zu verstehen, und Dr. Weir meinte, es sei nicht nötig, dass ich jetzt schon alle Einzelheiten begriff. Wichtig sei, so sagte sie, dass der Fund dieser Menge von Iridium-193 in den fünfundsechzig Millionen Jahre alten Gesteinsproben ein ähnlich überzeugender Beweis war wie die Entdeckung einer rauchenden Waffe nach einer Schießerei.

Über diese Informationen dachte ich lange nach.

»Dr. Weir?«, fragte ich. »Hat man Iridium-193 in meinem Kopf gefunden? Sie wissen schon, nachdem man die Stücke entfernt hatte. Das wäre doch auch so etwas wie eine rauchende Waffe, oder?«

Dr. Weir zeigte sich äußerst erfreut über diese Frage. Sie meinte, es sei genau die Art von Frage, die ein Wissenschaftler stellen würde. Und die Antwort lautete: Ja, die Abstriche waren einer ganzen Reihe chemischer Tests unterzogen worden, und diese Tests hatten eine Anzahl von Meteoritenmetallen bestätigt, einschließlich Eisen, Nickel, Kobalt und jede Menge Iridium-193. Nicht genug, um eine Zündkerze zu bauen, sagte sie, aber trotzdem ziemlich viel, gemessen an normalen, irdischen Maßstäben. Und das bedeutete, es war zu 99,99 Prozent sicher, dass mein Kopf direkt von dem Meteoritenfragment getroffen worden war und nicht bloß von herunterfallendem Putz, wie der Sanitäter behauptet hatte. Das machte mich zu dem zweiten Menschen in der Geschichte, der von einem direkten Meteoritentreffer ernsthaft verletzt worden war. Ich empfand Triumph angesichts dieser Tatsache, aber auch eine gewisse Unruhe. Denn es gab eine Frage, die ich noch nicht gestellt hatte.

»Dr. Weir«, sagte ich, »was passiert mit meinem Eisen-Nickel-Meteoriten? Müssen Sie ihn wieder mitnehmen?«

Dr. Weir lächelte und blieb eine Zeit lang stumm. Dann sagte sie: »Nun, Alex, ich denke, das solltest du entscheiden. Ich brauche ihn nicht mehr. Ich habe genug Daten und Proben von diesem Meteoriten genommen, sodass ich die nächsten sechs Monate noch damit beschäftigt bin. Normalerweise würde ich sagen, dass ein Meteorit dieser Qualität unbedingt in ein Museum gehört, denn ich bin mir sicher, dass es viele Menschen gibt, die ihn gerne sehen würden. Aber das ist einzig und allein deine Entscheidung. Wenn du ihn behalten möchtest, dann solltest du ihn behalten. Lass dir von niemandem etwas anderes einreden.«

Ich drückte den Meteoriten fest an meine Brust. »Ich glaube, ich möchte ihn behalten«, sagte ich. »Vorläufig wenigstens.«

Und das tat ich. Fünf Jahre lang hatte der Meteorit einen Ehrenplatz auf dem Regal in meinem Zimmer. Dann, im

Juni 2009, entschied ich, ihn mit anderen Menschen zu teilen. Ich hatte das Gefühl, die Zeit sei reif, aber dazu später mehr. Im Augenblick habe ich wohl genug über meinen Meteoriten erzählt. Wenn Sie ihn sehen wollen, dann gehen Sie ins Naturhistorische Museum in London. Dort liegt er in einem Glaskasten im ersten Stock – etwa hundert Meter von den Dinosauriern entfernt.

3

DIE KÖNIGIN DER KELCHE

Als sämtliche Ärzte sich einig waren, dass es meinem Gehirn gut ging und mein Schädel unter der selbstauflösenden Knochenplatte ordentlich heilte, wurde ich aus dem Krankenhaus entlassen und geriet sofort in die Fänge der Medien. Der erste Reporter wartete keine zwei Meter neben dem Haupteingang des Krankenhauses, der zweite am Auto meiner Mutter, der dritte an unserer Gartenpforte, ebenso wie der vierte am folgenden Morgen, der fünfte stand vor dem Laden meiner Mutter, als sie morgens öffnete, und der sechste, als sie abends abschloss, und so ging es die nächsten zwei Tage weiter. Überraschenderweise hatte mein dreizehntägiges Koma den Verkauf von Zeitungen angekurbelt, obwohl zwölf dieser dreizehn Tage völlig ereignislos verlaufen waren. Ein ganzes Universum aus Spekulationen war aus ein paar winzigen, wenig aussichtsreichen Teilchen erschaffen worden. Aus glaubwürdigen, aber namentlich nie genannten Quellen im Krankenhaus erfuhr man, dass mein Zustand zuerst kritisch war, dann lebensbedrohlich, dann kritisch und stabil, dann nur stabil, dann unsicher, dann (etwa zwölf Stunden lang) hoffnungsvoll, dann wieder unsicher, und dann stetig düsterer mit jedem Tag, der verging, bis sich alle einig waren, dass die Chancen für mein Erwachen nahezu null waren. In diesem Moment schlug ich die Augen auf und entkam der Sackgasse, in die mich die Zeitungsschreiber verbannt hatten.

Natürlich wurden Journalisten im Krankenhaus nicht geduldet – es sei denn, sie hatten sich die Knochen gebrochen oder litten an einer schrecklichen Krankheit –, aber das hielt einige »Besucher«, die sich als Freunde der Familie oder als entfernte Verwandte vorstellten, nicht davon ab, auf der Station aufzutauchen. Unsere »Familie« hatte ungefähr drei Freunde und keinen einzigen Verwandten. Meine Mutter gab die Anweisung, dass niemand ohne ihre ausdrückliche Genehmigung durchgelassen werden dürfe, woraufhin die Besuche aufhörten. Die Artikel, die über meinen Genesungsverlauf geschrieben wurden, waren daher genauso spekulativ und ereignisarm wie jene, die die unterschiedlichen Phasen meiner Bewusstlosigkeit dokumentierten. Aber während der Woche, in der ich wach im Krankenhaus lag, hatten die Medienvertreter genügend Zeit, sich die besten Stellen für einen Hinterhalt zu suchen – für den Moment, in dem ich in die Freiheit entlassen wurde.

Der Weg vom Eingang des Krankenhauses zum Parkplatz dauerte eine halbe Ewigkeit, und als wir endlich im Wagen saßen und darauf warteten, in den Kreisverkehr einfahren zu können, beschloss meine Mutter, dass ich keine Fragen mehr beantworten oder für weitere Fotos stillhalten würde. Sie konnte die Reporter nicht davon abhalten, um unser Auto herumzulungern oder in unserem Müll zu wühlen, aber sie würde mich nicht zur Schau stellen wie ein seltenes Tier, und der einzige Moment, in dem sie kurz davorstand, ihren Entschluss zu widerrufen, war während der letzten Phase der sogenannten »Badezimmerdecken-Story«, von der ich Ihnen vermutlich auch erzählen sollte.

Als ich nach Hause kam, entdeckte ich zu meinem Schrecken, dass die Badezimmerdecke bereits repariert worden war und nun wieder völlig normal aussah. Und so bekam ich die Zerstörung, die durch den dreihundertzwanzig Kilometer pro Stunde schnellen, 2,3 Kilogramm schweren Metallbrocken an unserem Haus angerichtet worden war, nur durch die Zeitungsausschnitte zu Gesicht. Es stellte sich heraus, dass unser Dach bereits vor Wochen repariert worden war, und zwar von einem Bauhandwerker aus der Gegend, der seine Dienste umsonst angeboten hatte. Er hatte meine Mutter gleich nach dem Unfall zu kontaktieren versucht, aber sie war noch im Krankenhaus und hatte andere Dinge im Kopf als ein undichtes Dach. Glücklicherweise hatten die Stapletons, die sich um unsere Post und um Lucy kümmerten, das Angebot in unserem Namen angenommen. Aber dann wachte ich auf, und meine Mutter konnte wieder denken, und sie war so überwältigt vor Dankbarkeit, dass sie dem Handwerker unverzüglich mitteilte, dass sie nicht im Traum daran dachte, seine Großherzigkeit unbelohnt zu lassen. Immerhin hatte er nur ein kleines Familienunternehmen, und unser Badezimmer war ein Trümmerhaufen gewesen. Es ging ja nicht nur um das einen Quadratmeter große Loch im Dach – der Boden musste neu gefliest werden und das Waschbecken ersetzt. Die Arbeits- und Materialkosten mussten erheblich gewesen sein. Und weil wir eine gute Versicherung hatten, war es lächerlich, dass der Handwerker die Sache aus eigener Tasche bezahlen sollte.

Durch diesen Umstand ließ er sich schließlich erweichen. Er schickte meiner Mutter eine Rechnung, die meine Mutter wiederum der Versicherung schickte, und zwei Tage später schickte die Versicherung uns einen sehr langen, sehr wortreichen Brief, in dem stand, dass sie bedauerlicherweise nicht in der Lage und nicht willens sei, die Rechnung zu begleichen. In einem Anfall von Kurzsichtigkeit hatte meine Mutter unser Haus zwar gegen Feuer, Überflutung, Bodenabsenkungen, Erdbeben, Vandalismus, Terrorismus und jede Form von extremem Wetter versichert – einschließlich Schneestürmen, Tornados und Hurrikans –, aber nicht gegen Meteoriten, die in die Kategorie »höhere Gewalt« fielen. Die Versicherung sprach von einem »Akt Gottes« und war der Meinung, dass sie angesichts ihres internationalen Renommees und aus Rücksicht auf die Anteilseigner und die Prämien geradezu die moralische Pflicht hätte, die Ansprüche meiner Mutter abzulehnen – noch dazu, da ja der Handwerker bereit gewesen war, umsonst zu arbeiten. Dieses Detail hatte den Weg in die Lokalzeitungen gefunden und war der Versicherung natürlich nicht entgangen.

»Ein *Akt Gottes*?« Meine Mutter schäumte und knüllte den Brief zu einem Ball von der Dichte eines Neutronensterns zusammen.

»Dr. Weir meint, es sei vermutlich Jupiters Schuld«, sagte ich zu ihr.

Meine Mutter schaute mich eine ganze Weile an. Ihr Gesicht war irgendwie schief verzogen. Dann sagte sie etwas, das ich nicht verstand: »Ich glaube, Lex, dass eher der Mars Schuld hat.«

Meine Mutter sagte oft Dinge, die ich nicht verstand, und normalerweise war es sinnlos, um eine Erklärung zu bitten, weil die wiederum einer Erklärung bedurft hätte. Manchmal begriff man, was sie meinte, und manchmal eben nicht. In diesem Fall fand ich heraus, wovon sie sprach – es hatte etwas mit Tarot zu tun und mit dem Turm und einer wahrhaft bizarren Prophezeiung, aber Sie müssen sich noch etwas gedulden, bis ich Ihnen davon erzähle. Zunächst haben wir es noch mit der Badezimmerdecken-Story zu tun.

Meine Mutter gerät normalerweise nicht so leicht in Rage – sie ist eher der Typ, der in einer Art Blase durch die Welt schwebt (so ähnlich wie die Zelte, in denen sie Kinder ohne Immunsystem aufbewahren) –, aber als sie den Brief der Versicherung bekam, loderte ihr gerechter Zorn auf. Sie sah sich drei gleichermaßen unangenehmen Alternativen gegenüber: 1. Sie musste dem Bauhandwerker sagen, dass er nun doch kein Geld bekommen würde. (Diese Alternative fiel von vornherein flach, denn meine Mutter hatte noch nie in ihrem Leben ein Versprechen gebrochen.) 2. Sie musste eine zweite Hypothek aufnehmen. 3. Sie musste mich verkaufen beziehungsweise ein Exklusivinterview über meine Geschichte an den Höchstbietenden verscherbeln. Und wie ich schon sagte, war diese dritte Möglichkeit einige Stunden lang für meine Mutter das kleinste von drei Übeln. Seit mindestens einem Monat hinterließen Reporter von Printmedien und Fernsehanstalten Nachrichten auf unserem Anrufbeantworter. Wir beide wussten, dass sie nur ein Wort zu sagen brauchte, und die Macher von *Richard & Judy* würden ohne zu zögern unser Dach mit meteoritensicheren Dachpfannen bestücken. Aber meiner Mutter ging es nicht in erster Linie ums Geld. Ihrer Meinung nach hatte die Versicherung vielleicht nach den buchstabengetreuen vertraglichen Vereinbarungen gehandelt, dabei aber den Geist dieses Vertrages gebrochen, und das war für meine Mutter eine ernste Sache. Sie würde nicht ruhen, ehe die Versicherung ihre Verfehlung einsah.

Den Rest des Abends und die frühen Morgenstunden des folgenden Tages verbrachte sie tief in Gedanken versunken. Beim Frühstück dann erkannte ich an ihrer entschlossenen Haltung, dass sie eine Lösung gefunden hatte. Wie sich herausstellte, bestand diese Lösung im Grunde genommen aus einer Art Erpressung, aber ich glaube nicht, dass meine Mutter es so sah. Aus Gründen, die ich schon genannt habe, wollte sie lediglich für ein moralisches Gleichgewicht sorgen.

Sie rief die Versicherung um Punkt neun Uhr morgens an und sagte ihnen Folgendes: Wenn sie (die Versicherung) ernsthaft glauben würde, dass sie nicht für die Reparatur unseres Daches zahlen müsse, weil es sich um eine Art göttliche Strafe handle, die unsere Familie befallen habe – kurz gesagt: ein Risiko, das im Versicherungsvertrag nicht abgedeckt war –, dann würde sie (die Versicherung) doch sicher gern die Presse darüber informieren, um diesen Standpunkt öffentlich zu machen. Falls nicht, wäre sie (meine Mutter) gewillt, das für die Versicherung zu übernehmen.

Am nächsten Tag erhielten wir einen zweiten Brief der Versicherung, in dem diese erklärte, dass sie zwar nicht verpflichtet sei, die Reparatur des Daches zu bezahlen, dies aber nichtsdestotrotz als ein Zeichen ihres guten Willens tun würde. Meine Mutter schrieb zurück, sie habe ihre Zweifel an der Aufrichtigkeit dieses sogenannten guten Willens, würde aber nichtsdestotrotz das Angebot akzeptieren.

Allerdings wies sie noch einmal ausdrücklich darauf hin, dass man doch in Zukunft die Wortwahl in seinen Schreiben überdenken solle. Sie regte sich immer noch über den »Akt Gottes« auf, und es dauerte lange Zeit, bis sie darüber hinwegkam.

Nachdem ich aufgewacht und aus dem Krankenhaus entlassen worden war, nachdem ich den Medien entkommen und die Sache mit dem kaputten Dach zu einem zufriedenstellenden Abschluss gebracht worden war – da begannen die Sommerferien, und meine Mutter wusste nicht recht, was sie mit mir machen sollte. Da sie solange ich denken konnte sechs Tage die Woche in ihrem Laden arbeitete, war dies kein neues Problem. Aber in diesem Sommer sah es meine Mutter als ihre heilige Pflicht an, mich rund um die Uhr zu überwachen. Sie wollte nicht, dass ich allein blieb, was ich verstehen konnte, aber in meinen Augen war die beste Lösung auch die einfachste. Diese Lösung kam mir so offensichtlich vor, dass ich mich fragte, warum meine Mutter nicht selbst darauf gekommen war.

»Ich verstehe nicht, warum ich nicht hier zu Hause bei Lucy bleiben kann«, sagte ich. »Sie ist doch meistens im Haus, also bin ich nicht allein.«

»Lex, das ist ungefähr das Dämlichste, was du heute Morgen von dir gegeben hast«, sagte meine Mutter.

»*So* dämlich ist das nicht«, knurrte ich.

»Ich finde nicht, dass Lucy eine geeignete Aufpasserin ist.«

»Sie kann mich im Auge behalten, und ich behalte sie im Auge. Du weißt schon, für den Fall, dass sie wieder Lust bekommt, schwanger zu werden.«

Als sie das hörte, wandte mir Lucy den Kopf zu und bedachte mich mit einem vernichtenden Blick. Meine Mutter schnaubte. »Lex, du weißt doch genau, dass wir nicht das Geringste tun können, wenn Lucy sich entschließt, wieder schwanger zu werden.«

»Ja, aber wenn sie ein bisschen Gesellschaft hätte, dann …«

»Lex!«

Und meine Mutter warf mir diesen Blick zu, der mir sagte, dass dieses Gespräch beendet war. Lucy dagegen erhob sich aus ihrem Stuhl und stolzierte mit hocherhobenem Haupt aus dem Zimmer. Ein paar Sekunden später hörte ich die Katzenklappe zuschlagen. Das war typisch für Lucy. Sie benahm sich eigentlich nie wie eine richtige Katze – ich hatte sie noch nie auf einen Baum klettern oder einem Vogel nachjagen sehen –, und seit ich denken kann, betrachte ich sie mehr als eine ältere Schwester. Ich bin mir darüber im Klaren, dass das merkwürdig klingt, aber Sie müssen bedenken, dass meine Familie sehr klein war. Ich hatte weder menschliche Geschwister noch einen Vater, von dem ich Kenntnis gehabt hätte. Ich hatte auch keine Großeltern mehr, keine Tanten und Onkel und daher auch keine Cousinen oder Cousins. Ich hatte meine Mutter, und sie hatte mich, und wir beide hatten die Katze. Und so kam es, dass ich Lucy als gleichwertigen Teil unserer Familie betrachtete. Sie war die Einzige, die in unserem Fall das Konzept »Familie« zahlenmäßig aufwerten konnte. Außerdem war es offensichtlich – wie ich bereits erwähnt habe –, dass Lucy meine Ansicht über die besorgniserregend geringe Zahl der Familienmitglieder teilte. Als ich zehn war, hatte sie bereits viermal Junge bekommen, und jetzt, wo ich diese Geschichte aufschreibe, sind es neun Würfe. Das mag unvorstellbar erscheinen, aber man darf nicht vergessen, dass Katzen während ihres ganzen Lebens fruchtbar bleiben und in der Lage sind, mehrmals im Jahr Nachwuchs zu bekommen. Der Weltrekord an Jungtieren, die von einer einzigen Katzenmutter in Laufe ihres Lebens geboren wurden, liegt bei vierhundertzwanzig.

Unglücklicherweise kämpfte Lucy mit ihrem Versuch, unsere Familie zu vergrößern, gegen Windmühlen. Meine Mutter weigerte sich zwar standhaft, sie sterilisieren zu lassen, weil das ihrer Meinung nach der natürlichen Ordnung zuwiderlief, aber gleichfalls weigerte sie sich, auch nur ein einziges Katzenbaby zu behalten – egal ob es lang- oder kurzhaarig war, weiblich oder männlich, schwarz, weiß oder gefleckt. Jeder neue Wurf war von unbekannter Vaterschaft geprägt, doch jedes Mal führte das Erbgut zu herrlichen und manchmal skurrilen Variationen des Lebens. Diese Variationen waren der Schlüssel zu der Frage, wie lange es dauerte, bis meine Mutter den Zettel mit ihrer Beschreibung und dem Spruch »Nur in gute Hände abzugeben« von ihrer Schaufensterscheibe nehmen konnte. Im Allgemeinen gingen die Langhaarigen schneller weg als die Kurzhaarigen, weil sie »Rasse« zu haben schienen, obwohl in meinen Augen die mit dem kurzen, rauen Fell die freundlicheren und lustigeren Katzen waren. Diejenigen, die das lange weiße Fell ihrer Mutter erbten, bekamen auch ihre Reserviertheit mit in die Wiege gelegt; man könnte annehmen, dass zwischen diesen beiden Attributen irgendeine Verbindung bestand. Aber das ist reine Spekulation. In Katzen-Genetik kenne ich mich nicht aus.

Um es auf den Punkt zu bringen: Aus welchem Grund auch immer, betrachtete meine Mutter Lucy nicht als geeigneten Babysitter für mich. Nach dem Koma und allem anderen schien sie mich keine zehn Minuten mehr aus den Augen lassen zu wollen, was ich weder für fair noch für vernünftig hielt. Später, nachdem mir Dr. Weir ein dickes Buch über Meteoroiden, Meteore und Meteoriten geschickt hatte, konnte ich meiner Mutter erklären, dass die Chance, von einem weiteren Meteoriten getroffen zu werden – also von zwei Meteoriten innerhalb einer Lebensspanne –, etwa bei eins zu vier Trillionen liegt. (Das ist eine Vier mit achtzehn Nullen dahinter.) Und dieses Verhältnis würde sich nicht ändern, ob sie nun auf mich aufpasste oder nicht. Wenn es ihr tatsächlich ernst damit war, mich vor einem weiteren solchen Ereignis zu bewahren, dann musste sie mich in einer Eisenkiste im Keller einschließen. Ich übte diese Rede mindestens zehnmal, bevor ich sie zum Besten gab, und ich darf Ihnen versichern, dass ich eine ziemlich gute Vorstellung ablieferte. Aber für meine Mutter machte es keinen Unterschied. Die achtzehn Nullen waren ihr völlig egal; ich musste trotzdem jeden Tag mit ihr zur Arbeit gehen. Entweder das, oder ich verbrachte den Tag bei den Stapletons, was – unter uns gesagt – keine besonders erfreuliche Alternative war. Also trieb ich mich den Großteil des Sommers im Laden meiner Mutter herum.

Manchmal durfte ich kleine Arbeiten erledigen, wie Bücherregale einräumen oder das Wechselgeld herausgeben, und wenn meine Mutter einem Kunden die Karten legte, trug ich die Verantwortung für die Beleuchtung und die Überwachung der Kerzen. Aber die restliche Zeit musste ich still sein und lesen – entweder hinter dem Tresen oder, wenn ich Glück hatte, oben in der Wohnung von Justine und Sam. Justine arbeitete ebenfalls im Laden. Was Sam machte, wusste ich nicht genau. Sie war ein paar Jahre jünger als Justine und schien die meiste Zeit zu Hause zu sein. Sam war die Abkürzung für Samantha. Sam und Justine waren Lesbierinnen. Dies bedeutete, wie mir meine Mutter erklärte, als ich sechs Jahre alt war, dass sie lieber miteinander zusammen waren als mit Männern. (Glücklicherweise galt ich in diesem Alter noch nicht als Mann, weswegen sie mich tolerierten.) Als ich meine Mutter fragte, ob sie auch eine Lesbierin sei – weil sie ebenfalls lieber mit Justine und Sam zusammen war als mit Männern –, bekam sie einen Lachkrampf. Als sie sich nicht länger vor Lachen auf dem Boden wälzte, erklärte sie mir, dass ihr im Augenblick nicht mehr viel an der Gesellschaft von Männern oder Frauen lag, weil sie im Zölibat lebe. Aber das war wieder so eine Sache, die sie nicht näher erklären wollte, und als ich versuchte, das Wort im Lexikon nachzuschlagen, konnte ich es nicht finden. Ich hatte damals noch Probleme mit der Rechtschreibung und dachte, »Zölibat« würde mit »Ts« anfangen.

Aber keine Sorge: Mit zehn Jahren hatte ich längst herausgefunden, was meine Mutter damit meinte. Sie meinte, dass in unserer Familie die Katze die Einzige mit einem aktiven Sexleben war.

Der Laden meiner Mutter befand sich in einer kleinen Seitenstraße in der Nähe der Glastonbury High Street. Er hieß »Königin der Kelche«. Vielleicht haben Sie den James-Bond-Film *Leben und sterben lassen* gesehen und wissen daher, dass die Königin der Kelche eine Tarotkarte ist. In einer Sache waren meine Mutter und ich uns ausnahmsweise einig: Wir beide hielten *Leben und sterben lassen* für den besten Bond-Film. Meiner Mutter gefielen das Tarot und der Voodookram. Ich dagegen mochte die Stelle, wo der Bösewicht eine Druckluftpatrone schluckt und über dem Haifischbecken explodiert. Aber das war, bevor ich Pazifist wurde.

Wenn Sie den Film gesehen haben, dann wissen Sie vielleicht noch, dass die Königin der Kelche auf dem Kopf stehend (oder besser gesagt in einer »unwürdigen Position«) eine verräterische, hinterhältige und unglaubwürdige Frau repräsentiert. Aber richtig herum, wie sie auf der Ladentür meiner Mutter abgebildet war, hat sie die gegenteilige Bedeutung: eine Frau, die mit Weisheit und Sensibilität gesegnet ist, mit Intuition, Visionen und so weiter. Diese Bedeutung hatte meine Mutter im Sinn, als sie den Namen auswählte.

Im Erdgeschoss gab es vier Räume: den Verkaufsraum, ein Hinterzimmer, ein Lager und eine Toilette. In dem Verkaufsraum boten wir viele verschiedene Bücher über Wicca, Astrologie, Numerologie, Weissagungen, Runen und natürlich auch über Tarot an. Wir hatten auch verschiedene Tarotkarten und unterschiedliches Tarotzubehör auf Lager, ebenso wie Kerzen und Kristalle, Räucherwerk, Öle und Destillate. Meine Mutter mischte die Öle und die Destillate selbst zusammen, aber nicht in einem Kessel. Sie benutzte dazu einen Siebenliterkanister.

Im Hinterzimmer, das genauso klein war wie das Lager, fand das Kartenlegen statt. In diesem Raum war das Licht stets gedämpft. Das einzige Fenster war mit einem Fensterladen abgedunkelt, und die Wände waren in einem Farbton gestrichen, der an getrocknetes Blut erinnerte. Wie ich bereits erwähnte, zog meine Mutter Kerzen der elektrischen Beleuchtung vor, weil es ihr mit den psychischen Vibrationen half. Und es schaffte eine angemessene Atmosphäre.

Ohne diese vielen Kerzen und ohne den Tarottisch mit seinem schwarzen Seidenüberwurf wäre der Raum lediglich eine kleine, rot gestrichene Kammer gewesen.

Weil ich auf die Kerzen aufpassen musste, durfte ich an den meisten Sitzungen meiner Mutter teilnehmen, was normalerweise ganz und gar nicht erwünscht ist. Tarot erfordert eine Menge Konzentration, darum wird die Anwesenheit einer unbeteiligten Person während des Kartenlegens als unliebsame Ablenkung betrachtet, sowohl für denjenigen, der die Karten legt, als auch für den Kunden. Aber was mich betrifft, so schien sich niemand an mir zu stören, vielleicht, weil die meisten Menschen ein Kind nicht als vollwertige Person betrachten. Ich saß still in der hintersten Ecke, wo man mich leicht übersehen konnte, und wenn ich meinen Pflichten als Kerzenanzünder nachgehen musste, versuchte ich, mich so langsam, so ernsthaft und so leise wie möglich zu bewegen, wie meine Mutter es mir beigebracht hatte. Auf diese Weise würde ich die delikate Atmosphäre des Kartenlegens so wenig wie möglich beeinflussen. Ich glaube sogar, dass ich der Atmosphäre guttat; ich war wie ein fremdländischer, stummer Zwerg, der hin und wieder aus dem Schatten auftauchte, um sich um die flackernden Flammen zu kümmern. Solange ich die Karten nicht berührte, störte meine Anwesenheit den reibungslosen Ablauf der Sitzungen nicht im Mindesten. Die Karten zu berühren, egal wann, wo und unter welchen Umständen, war ABSOLUT VERBOTEN.

Meine Mutter hielt mindestens drei oder vier Sitzungen pro Woche ab, auch vor meinem Unfall. Und danach – oder besser gesagt: nach dem Interview, das sie der Zeitschrift *Psychic News* gegeben hatte – bekam sie deutlich mehr Anfragen. Eine Weile kamen die Leute sogar von weit her, nur um an einer vierzigminütigen Sitzung meiner Mutter teilzunehmen.

Nur, damit Sie nicht auf falsche Gedanken kommen: *Psychic News* ist keine Zeitschrift, die einem die Nachrichten der nächsten Woche voraussagt. Sie erscheint einmal im Monat und berichtet über die neusten Entwicklungen in der Welt der Prophezeiungen. Meine Mutter ließ sich ein paar Monate, nachdem ich aus dem Koma erwacht war, zu einem Interview überreden, lange nachdem das allgemeine öffentliche Interesse an meinem Unfall versiegt war.

Ich muss wohl nicht betonen, dass unter allen merkwürdigen Artikeln, die über das Ereignis geschrieben wurden, derjenige in *Psychic News* der allermerkwürdigste war. In diesem Artikel enthüllte meine Mutter, dass sie die Katastrophe vorausgesehen hatte. Natürlich erkannte sie diesen Umstand erst, nachdem es passiert war. Das war einer der Gründe, warum sie keine Vorkehrungen hatte treffen können. Der andere Grund lag in der Unausweichlichkeit des Ereignisses selbst.

Obwohl ich bei besagter Sitzung, die sich acht Tage vor dem Meteoriteneinschlag in unser Haus ereignet hatte, anwesend gewesen war, konnte ich mich nicht daran erinnern. Diese Sitzung gehört zu den Erinnerungen, die im Krankenhausstaubsauger landeten. Sie müssen also bitte bedenken, dass ich das, was ich Ihnen jetzt erzähle, nur von meiner Mutter weiß. Mit anderen Worten: Es ist mit Vorsicht zu genießen.

Der Name der Kundin war Mrs. Coulson. Sie kam regelmäßig zu meiner Mutter, etwa alle zwei Monate. Gewöhnlich brauchte sie Hilfe bei einem besonderen Problem. Bei Tarot geht es nicht darum, die Zukunft vorauszusagen, die noch in weiter Ferne liegt. Viele Leute haben präzise Fragen, die sie beantwortet haben wollen – zu ihrer Karriere, ihren Beziehungen oder ihren Finanzen. Bei diesem Besuch kam Mrs. Coulson allerdings nicht mit irgendeinem Problem oder mit einer Frage zu meiner Mutter; sie befand sich in einer ungewöhnlich ruhigen Lebensphase und wollte lediglich einen allgemeinen Überblick über die Kräfte, die im Augenblick in ihrem Leben wirkten, und darüber hinaus ein paar Hinweise, was dies für die kommenden Wochen bedeutete. Mrs. Coulson war nicht scharf auf Überraschungen.

Als erfahrene Kartenlegerin war meine Mutter es gewohnt, einen gewissen Prozentsatz an schlechten Nachrichten so schonend wie möglich an den Kunden zu bringen. Aber in Mrs. Coulsons Karten gab es an diesem Tag nur und ausschließlich schlechte Nachrichten. Den Schlag zu mindern, war beileibe keine leichte Angelegenheit. In ihrem Interview mit *Psychic News* erklärte meine Mutter, dass sie sich an keine Gelegenheit erinnern könne, bei der sie ein schlechteres Blatt gelegt habe. Ein paar Jahre später berechnete ich die Wahrscheinlichkeit eines solchen Blattes, das aus sieben Karten bestand. Die Chancen, dass man – ohne zu mogeln – ein solches Blatt auslegte, standen etwa eine Million Milliarden zu eins. Aufgrund dieser Berechnung darf ich mit Fug und Recht behaupten, dass – falls man meiner Mutter Glauben schenken will – das Blatt, das sie an jenem Tag aufdeckte, das schlimmste war, das jemals auf einem Tarottisch gelegen hatte und vermutlich liegen wird, solange die Menschheit existiert.

Es ist ein weit verbreiteter Irrtum, dass der Tod die ungünstigste Karte im Tarot ist. Obwohl man verstehen kann, warum diese Auffassung vertreten wird, stimmt es einfach nicht. Die meisten traditionellen Tarotkarten, die ihren Ursprung in mittelalterlicher Bildsprache haben, zeigen den Tod in seiner üblichen Gestalt: als Knochenmann in schwarzer Kutte, der durch eine öde und karge Landschaft zieht und seine Sense schwingt, um die Schädel der Verstorbenen einzustreichen. Aber wenn man genauer hinschaut, sieht man noch etwas anderes auf diesen Bildern: Hinter dem Tod sprießen kleine grüne Stängel aus dem Boden. In den meisten Tarotblättern ist der Tod nicht so furchterregend, wie er aussieht. Der Tod bedeutet lediglich Veränderung, oft sogar ein Loslassen oder einen Neuanfang: Das Ende einer Sache ist immer auch der Anfang einer anderen.

Im Gegensatz dazu haben die wirklich schlimmen Tarotkarten relativ harmlose Namen – wie zum Beispiel der Turm, der stets Unheil bedeutet. Das Bild zeigt einen riesigen Turm, der von einem Blitz aus einem strahlend blauen Himmel getroffen wird. Auf einigen Abbildungen sind noch zwei Gestalten zu sehen, die kopfüber aus dem Fenster stürzen. Natürlich zog Mrs. Coulson den Turm, gefolgt von dem auf dem Kopf stehenden Wagen, was auf einen plötzlichen und entsetzlichen Kontrollverlust hinwies, und dem Mond, das Omen für Angst, Täuschung und böse astrologische Einflüsse.

»Sie sind unter dem Sternzeichen Waage geboren, nicht wahr?«, fragte meine Mutter Mrs. Coulson, wobei ihre Stimme nichts von ihrem Erschrecken preisgab.

Mrs. Coulson bestätigte dies.

»Hmm«, sagte meine Mutter. »Das ist … interessant.«

»Tatsächlich?« Mrs. Coulson rutschte unruhig auf ihrem Stuhl hin und her.

»Im Augenblick steht Mars in der Waage«, erklärte meine Mutter. »Mars wird auch oft mit dem Turm in Verbindung gebracht, genauso wie der Wagen unter dem Zeichen der Waage steht. Ich fürchte, das ist kein Zufall. Möglicherweise steht Ihnen ein anstrengender Monat bevor, aber die Dinge sollten sich um den Dreiundzwanzigsten herum beruhigen, wenn der Mars in das Sternbild des Löwen eintritt. Danach geht es bestimmt wieder aufwärts.«

Nach dieser beruhigenden, aber nichtssagenden Versicherung drehte meine Mutter die nächste Karte um und wurde um einiges blasser.

»Die Neun der Schwerter«, verkündete sie mit nach wie vor bewundernswert ruhiger Stimme.

»Das ist nicht gut, nicht wahr?«, fragte Mrs. Coulson und schluckte.

»Es ist keine besonders wohlmeinende Karte«, gab meine Mutter zu, »aber auch nicht die schlimmste, die man sich vorstellen kann. Wir sollten uns erst die Karte anschauen, die für die Lösung steht, bevor wir ein Urteil fällen.«

Mit diesen Worten drehte meine Mutter hastig die letzte Karte um, die sich als die auf dem Kopf stehende Zehn der Schwerter entpuppte. *Das* war die schlimmste vorstellbare Karte. Die »unwürdige« Zehn der Schwerter ist ein weiteres Zeichen für eine unausweichliche Katastrophe. Darüber hinaus signalisiert diese Karte, anders als die Todeskarte, oft tatsächlich einen Todesfall. Als meine Mutter die Bedeutung dieses letzten, fatalen Puzzleteilchens begriffen hatte, überschlugen sich ihre Gedanken in dem Versuch, das Weltuntergangsszenario, das sich ihr darbot, in ihrer üblichen Zusammenfassung so hinzubiegen, dass ihre Kundin nicht auf der Stelle einen Herzinfarkt bekam. Der einzige Trost, den sie finden konnte, war der Umstand, dass die Karten wenig Genaues preisgaben, was für ein Tarotblatt sehr ungewöhnlich war. Es gab etliche eindeutige Zeichen für eine nahende Katastrophe, aber die Kombination der Karten ließ keinen Schluss auf die Natur dieses Unglücks zu. Und nicht nur das: Die Karte, die gewöhnlich präzise Informationen über den gegenwärtigen Zustand der Fragerin preisgab – sozusagen zur Ausgangssituation –, war die rätselhafteste überhaupt: Es war der Bube der Münzen, der einen ernsthaften und fleißigen jungen Mann repräsentierte, einen engen Freund oder einen Verwandten. Aber Mrs. Coulson war eine fünfundvierzigjährige, alleinstehende Dame ohne Familie, deren Fruchtbarkeit sich mit Riesenschritten dem Ende zuneigte. In ihrem Leben gab es keine jungen Männer, die irgendeine Bedeutung hatten, und es schien unwahrscheinlich, dass sich das – zumindest in naher Zukunft – ändern würde.

Und so konnte meine Mutter am Ende der Sitzung, nach vielen Fragen und ratlosem Kopfschütteln, Mrs. Coulson lediglich sagen, dass es in der nahen Zukunft zu einem Ungemach kommen würde. Dieses Ereignis würde völlig unerwartet eintreffen und sich komplett ihrer Kontrolle entziehen. Möglicherweise hatte ein junger Mann damit zu tun, möglicherweise war es auch das Resultat scheinbar guter Nachrichten. Mrs. Coulson war gut beraten, weder dem einen noch dem anderen zu vertrauen. Mittelfristig musste sich Mrs. Coulson auf schwierige Zeiten einstellen und möglicherweise auf eine gewisse Unsicherheit.

Insgeheim fürchtete meine Mutter das Schlimmste. Sie umarmte Mrs. Coulson ausgiebig, als sie sich von ihr verabschiedete, und hatte ein ganz schlechtes Gewissen, weil sie Geld für die Sitzung annehmen musste. Aber anders ging es nicht. Wenn sie sich weigerte, ihr übliches Honorar zu nehmen, würde das auf Mrs. Coulson sehr verdächtig wirken. Und es wäre eine sinnlose Geste. Nach der Schätzung meiner Mutter blieben Mrs. Coulson nicht einmal mehr elf Tage.

Im Nachhinein betrachtet war es – abgesehen von einem oder zwei unwichtigen Details – eine erstaunlich akkurate Voraussage. Das einzige Problem war, dass die Voraussage nicht beim richtigen Adressaten ankam. Nach meinem Unfall wollte meine Mutter mehr als einmal von mir wissen, ob ich vielleicht, unter gewissen Umständen, an den Karten herumgespielt hatte, während ich eigentlich nur die Kerzen hatte anzünden sollen, bevor sie und Mrs. Coulson das Zimmer betraten. Aber da ich an Gedächtnisverlust litt, konnte ich diese Frage natürlich nicht beantworten. Ich konnte ihr nur versichern, ich wüsste ganz genau, dass das Berühren der Karten unter allen Umständen ABSOLUT VERBOTEN war.

Was die vermeintliche Bedeutung dieser Episode betrifft, so möchte ich lieber keine Meinung dazu äußern. Ich lege lediglich die Tatsachen dar, wie sie mir geschildert wurden.

Meine Mutter deckte ein äußerst bedrohliches Tarotblatt auf – das schlimmste, das ihr je untergekommen war. Kurz danach wurde ich (im wahrsten Sinne des Wortes) aus heiterem Himmel von einem Unheil befallen. Mrs. Coulson dagegen hatte eine recht ereignislose Woche.

Nachdem meine Mutter einige Monate lang regelmäßig in ihrer Seele geforscht und in ihren Erinnerungen gewühlt hatte, um Klarheit zu bekommen, was an jenem Tag passiert sein mochte, kam sie zu dem Schluss, dass meine Anwesenheit bei ihren Sitzungen nicht länger wünschenswert war. Es hatte nicht nur damit zu tun, dass mein Geist reifer wurde und meine eigenen psychischen Vibrationen lauter und störender. Da war auch noch etwas anderes – etwas, das sie spüren, aber nicht benennen konnte. Mehrmals, wenn es im Laden ruhig war, ertappte ich sie dabei, wie sie mich mit nachdenklich geschürzten Lippen und gerunzelter Stirn betrachtete. Eines Tages kam sie zu mir und fragte mich ganz direkt, ob es etwas gäbe, das sie wissen sollte. Dies war eine der beunruhigenden Fragen, die mir meine Mutter von Zeit zu Zeit stellte, und normalerweise hätte ich lediglich verneint und die Sache wieder vergessen. Aber dies waren keine normalen Umstände, und mir war klar, dass sie das Thema nicht einfach fallen lassen würde. Ich dachte also gebührend darüber nach.

Nachdem ich selbst eine Weile die Stirn in Falten gelegt hatte, entschied ich mich, meiner Mutter anzuvertrauen, dass ich in letzter Zeit ein paar merkwürdige Träume gehabt hatte.

»Was für Träume?«, fragte sie interessiert.

»So ähnlich wie Tagträume«, sagte ich, »aber komische.«

Ich sah meiner Mutter an der Nasenspitze an, dass es nicht das war, was sie erwartet hatte. Ich versuchte es noch einmal.

»Mir ist letztens etwas Komisches passiert«, sagte ich nach kurzem Zögern.

Meine Mutter nickte mir ermunternd zu.

»Als ich im Lager war«, fuhr ich fort, »bildete ich mir ein, nebenan brennende Kerzen zu riechen. Aber als ich die Tür aufmachte und nachsah, waren alle Kerzen aus.«

Ich wusste, dass ich dem Ereignis mit meinen Worten nicht gerecht wurde, tröstete mich aber damit, dass meine Mutter unter den gegebenen Umständen die Sache wohl auf sich beruhen lassen würde.

»Das hat wahrscheinlich gar nichts zu bedeuten«, schloss ich.

»Oh nein«, widersprach meine Mutter, und die Furchen auf ihrer Stirn vertieften sich. »Das *hat* etwas zu bedeuten.«

»Was denn?«, fragte ich zaghaft.

»Etwas«, wiederholte meine Mutter.

Und wieder einmal bewies sich die Intuition meiner Mutter als mächtige Kraft, denn etwa sechs Monate nach diesem Vorfall, im Alter von elfeinviertel, hatte ich meinen ersten epileptischen Anfall.

4

ELEKTRISCHE STÜRME

Es geschah um neun Uhr abends an einem Wochentag, kurz nach Weihnachten. Meine Mutter hörte, wie ich in der Küche hinfiel. Es war wie der Einschlag des Meteoriten, nur irgendwie kleiner. Nachdem meine Mutter einen prüfenden Blick zur Zimmerdecke geworfen hatte, kniete sie sich neben mich und hielt meinen Kopf, während ich mit weit aufgerissenen, nach oben verdrehten Augen, in denen nur das Weiße sichtbar war, zuckte und mir der Schaum vor dem Mund stand. Ich selbst habe davon natürlich nichts mitbekommen; ich hatte schon längst das Bewusstsein verloren. Erst Minuten, nachdem die Krämpfe aufgehört hatten, kam ich wieder zu mir. Das Letzte, woran ich mich erinnerte, war mein Gang in die Küche, um mir ein Glas Milch einzuschenken. Mein Kopf hämmerte zum Steinerweichen. Mir war eiskalt, und meine Pyjamahose war nass. Während der Bewusstlosigkeit hatte sich meine Blase entleert. Ich kann Ihnen versichern, ein generalisierter Anfall ist kein besonders würdevolles Erlebnis.

Dr. Dawson, der auf der anderen Straßenseite wohnte, kam zehn Minuten später zu uns und untersuchte mich. Er gab mir Diazepam, ein Beruhigungsmittel, das einen schläfrig macht und außerdem Anfälle unterdrückt. Dann bat er uns, am nächsten Morgen zu ihm in die Praxis zu kommen. Er war der Ansicht, dass ich einen epileptischen Anfall gehabt hatte, aber er meinte, wir müssten ins Krankenhaus, um weitere Tests machen zu lassen.

Diesmal kam ich nicht ins Yeovil-Bezirkskrankenhaus. Ich wurde ins Königliche Spital von Bristol eingewiesen, weil sich dort die besseren Geräte – und die Spezialisten – befanden. Der Arzt, der mit mir und meiner Mutter sowohl vor als auch nach den Tests sprach, hieß Dr. Enderby, und er war sogar ein dreifacher Spezialist. Er war Neurologe, spezialisiert auf Epilepsie mit dem Fachgebiet Epilepsie im Kindesalter. Ich halte es für einen Glücksfall, dass ich an Dr. Enderby geriet. Es gab nicht viele Ärzte im Land, die so viel über Epilepsie im Kindesalter wussten wie er.

Ich sollte wohl noch ein paar Dinge über Dr. Enderby erzählen, denn er sollte in den kommenden Jahren für mich sehr wichtig werden.

Ich mochte Dr. Enderby sehr. Aber andererseits mochte ich die meisten Ärzte und Wissenschaftler, die ich kennenlernte – und zu dieser Zeit begegnete ich einer ganzen Menge. Eine Zeit lang kam es mir so vor, als ob ich Ärzte und Wissenschaftler sammelte, wie normale Kinder Fußballbildchen sammelten. Aber ich will damit sagen, bei Dr. Enderby hatte ich gleich das Gefühl, dass wir uns ähnlich waren – abgesehen von der Tatsache, dass er ein berühmter Neurologe und ich noch in der Grundschule war.

Genau wie ich war Dr. Enderby kahlköpfig. Ich hatte eine

Art Glatze, weil nach meinem Unfall meine Haare oberhalb meines rechten Ohrs nicht mehr richtig nachwuchsen. Da war immer dieses fehlende Büschel. Meine Mutter meinte, es würde überhaupt nicht auffallen und man müsse meinem Haar Zeit lassen, um wieder zu seiner alten Pracht zurückzufinden. Nach ein paar Monaten wäre die kahle Stelle wieder völlig bedeckt. (Meine Mutter mochte kurze Haare nicht besonders.) Aber nach meinem Unfall fühlte ich mich nicht mehr wohl, wenn meine Haare eine bestimmte Länge erreicht hatten. Zwei Zentimeter, mehr ging nicht. Sichtbare Narben machten mir nicht so viel aus wie unregelmäßig nachwachsende Haare. Und so trage ich seit meinem Unfall einen Bürstenschnitt. Ich habe einen Langhaarschneider und rasiere mir alle drei Wochen den Schädel.

Natürlich unterschied sich meine Kahlköpfigkeit von der Dr. Enderbys. Während ich die Wahl hatte, ob ich mein Haar nachwachsen lassen wollte oder nicht, blieb Dr. Enderby diese Möglichkeit verwehrt. Im Alter von achtzehn Jahren begannen ihm die Haare auszufallen, und als er seinen Universitätsabschluss machte, war er schon gänzlich kahl. Und während meine Haarlosigkeit das Resultat eines schrecklichen Unfalls war – wie bei Lex Luthor –, hing es bei Dr. Enderby mit der Vererbung zusammen. Dazu musste er nicht einmal seine DNS untersuchen lassen. Er hatte zwei Brüder, die auch kahlköpfig waren. Beide arbeiteten ebenfalls als Ärzte im Königlichen Spital. Dr. Enderby (der Neurologe oder auch Dr. Enderby I., wie ich ihn insgeheim immer nannte, obwohl er der jüngste der Brüder war) erzählte mir, dass er und seine beiden Brüder es vermieden, auf dem Gelände des Krankenhauses zusammen gesehen zu werden. Die meisten Patienten befanden sich unfreiwillig im

Krankenhaus, und der Anblick von drei kahlköpfigen Ärzten mit demselben Namen konnte ihren Zustand nur verschlimmern. Dr. Enderby war ein echter Komiker, wenn er wollte.

Er war außerdem ein merkwürdiger Mann. Auf seine Weise war er vermutlich genauso merkwürdig wie Dr. Weir. Er war nicht nur ein Neurologe, er war auch praktizierender Buddhist. Das bedeutete, dass er nicht an Gott oder den Himmel glaubte, sondern daran, dass wir alle nett zueinander sein sollten, weil dies die praktischste Art war, um durchs Leben zu kommen. Er glaubte auch daran, dass regelmäßige Meditationen einen besseren und klügeren Menschen aus einem machten (obwohl er es mir aus einem anderen Grund vorschlug). Er meinte, Meditation würde einem dabei helfen, auf die eigenen inneren Kräfte zurückzugreifen, damit man Glück erschaffen und unbeschadet durch die Höhen und Tiefen des Lebens manövrieren konnte. In dem gottlosen buddhistischen Universum waren die inneren Kräfte besonders wichtig.

Dr. Enderbys Meinung über Gott und Meditation hing direkt mit seinen Ansichten über das Gehirn zusammen. An der Wand in seinem Sprechzimmer war eine komische kleine Tafel angebracht mit spinnenartiger Schrift darauf – wie eine alte Schreibschrift.

Das Hirn ist völlig paar mit Gott –
Wiegst du sie – Pfund um Pfund –
Weicht eins vom anderen nur ab –
Wie Silb und Laut im Mund –

Als ich die Tafel das erste Mal sah, verstand ich kaum, was der Spruch bedeutete, und was ich gar nicht verstand, waren diese ganzen Bindestriche und die Großbuchstaben. (Mr. Treadstone, der Englischlehrer, der mich in naher Zukunft erwartete, hätte jeden einzelnen Bindestrich und jeden falschen Großbuchstaben mit roter Tinte als Fehler markiert.) Aber mir gefiel der Klang der Worte.

Als ich mich schließlich ein paar Jahre später traute, Dr. Enderby nach der Tafel zu fragen, erzählte er mir, dass es sich um den letzten Vers eines Gedichtes einer sehr alten, sehr toten amerikanischen Dichterin namens Emily Dickinson handelte. Als ich ihn fragte, was es bedeuten sollte, wollte er mir darauf keine Antwort geben. Stattdessen fragte er mich, was *ich* dachte, was es bedeutete.

»Ich weiß nicht«, sagte ich, nachdem ich ein paarmal in meinem Bürstenhaarschnitt herumgekratzt hatte. »Ich weiß zwar, was die Wörter bedeuten, aber insgesamt ergibt das keinen Sinn.«

»Hmm«, sagte Dr. Enderby und kratzte seinerseits seine Glatze. »Nun, kennst du den Unterschied zwischen einer Silbe und einem Laut?«

»Da gibt es keinen so großen Unterschied«, sagte ich. »Ein Laut ist ein Laut, und eine Silbe ist auch eine Art Laut. Eine Silbe ist ein Stückchen Laut in einem Wort. Oder manchmal ist sie auch ein ganzes Wort. So wie das Wort ›Laut‹ ein Laut ist, der aus einer Silbe besteht.«

Ich war nicht so ganz zufrieden mit meiner Erklärung, aber Dr. Enderby schien zu wissen, was ich meinte. »Vielleicht ist genau das der Punkt«, sagte er. »Vielleicht gibt es tatsächlich keinen großen Unterschied. Genauso wie es zwischen Gott und dem Gehirn keinen großen Unterschied gibt.«

»Wieso gibt es zwischen Gott und dem Gehirn keinen Unterschied?«, fragte ich stirnrunzelnd.

Dr. Enderby grinste und rückte seine Brille zurecht. »Nun, unser Gehirn erschafft für jeden individuellen Menschen ein eigenes, einzigartiges Universum. Darin existiert alles, was wir wissen. Alles, was wir sehen oder berühren. Alles, was wir fühlen und woran wir uns erinnern. In gewisser Weise erschaffen unsere Gehirne die Realität. Ohne das Gehirn gibt es nichts. Einige Menschen finden diese Vorstellung angsteinflößend, aber mir erscheint sie wunderschön. Das ist der Grund, warum ich diese Tafel an die Wand gehängt habe, wo ich sie jeden Tag sehen kann.«

Ich sagte Dr. Enderby, ich sei jetzt doch ein bisschen verwirrt – er sei doch Buddhist.

»Wenn ich dieses Gedicht betrachte, ist Gott nur eine Metapher«, erklärte Dr. Enderby.

»Also glauben Sie nicht, dass Gott das Gehirn erschaffen hat?«, wollte ich wissen.

»Nein, das glaube ich nicht«, antwortete Dr. Enderby. »Ich glaube, das Gehirn hat Gott erschaffen. Denn das menschliche Gehirn, wie wunderbar es auch sein mag, ist immer noch fehlbar – wie wir beide sehr gut wissen. Es ist ständig auf der Suche nach Antworten, aber selbst wenn es so funktioniert, wie es sollte, sind die Erklärungen, die es liefert, nur selten vollkommen – besonders wenn es sich um die großen, komplizierten Fragen des Lebens handelt. Das ist der Grund, warum wir es pflegen müssen. Wir müssen ihm Raum geben, damit es sich entwickeln kann.«

Das war in etwa der Kern dessen, was Dr. Enderby mir erklärte. Sein Gehirn hatte sehr viel Zeit damit verbracht, über das Gehirn nachzudenken.

Als wir uns das erste Mal begegneten, sagte er zu mir, dass der Anfall, den ich gehabt hatte, vermutlich nicht mein erster gewesen sei. Es war vielleicht mein sechster oder siebter, vielleicht auch der dreizehnte oder der dreiundzwanzigste, das konnte niemand mit Gewissheit sagen. Wie ich schon erwähnte, hatte ich in den Monaten vor meinem Kollaps in der Küche oftmals merkwürdige Gedanken. Gedanken, die völlig fehl am Platz waren, die von seltsamen Bildern und Geräuschen und Gerüchen begleitet wurden. Sie fühlten sich an wie Tagträume – kurze, sonderbare Träume, die mich ohne Vorwarnung mitrissen und sich dann genauso schnell wieder in die Gegenwart verwandelten. Sie waren schlimm und kamen so häufig, dass man in der Schule darauf aufmerksam geworden war und mir »Konzentrationsschwierigkeiten« bescheinigt hatte.

Als ich Dr. Enderby davon erzählte, sagte er mir, dass dies die klassischen Symptome von partiellen epileptischen Anfällen seien, die im Temporallappen ihren Ursprung hatten, und normalerweise würde er mich jetzt fragen, ob ich mir in den letzten achtzehn Monaten irgendwelche Kopfverletzungen zugezogen hatte. In meinem Fall war das unnötig. Dr. Enderby sah die Narbe klar und deutlich auf meinem Kopf, und er wusste auch über den Meteoriten Bescheid. Jeder wusste darüber Bescheid.

Trotzdem musste ich eine Reihe von Tests durchlaufen, ehe Dr. Enderby seine endgültige Diagnose stellte. Er leuchtete mir mit einem Lichtstrahl in die Augen und drückte und zwickte mich an verschiedenen Stellen meines Körpers, um meine Sensibilität und meine Reflexe zu überprüfen. Dann kamen Blutuntersuchungen und eine Elektroenzephalografie, bei der man Drähte auf die Kopfhaut geklebt bekommt, womit die elektrische Aktivität des Gehirns gemessen wird. Falls Sie es nicht wissen: Epilepsie kommt von einer Überaktivität des Gehirns. Das funktioniert folgendermaßen:

Das Gehirn jedes Menschen ist eine Ansammlung elektrischer Aktivität, und normalerweise benehmen sich alle elektrischen Signale so, wie sie sollen. Sie fangen an, breiten sich aus und hören auf, wie es von ihnen verlangt wird. Aber während eines epileptischen Anfalls passiert etwas Abnormales. Die Neuronen fangen an, völlig willkürlich herumzufunken, und statt eines geordneten, regulierten Flusses pulsiert eine chaotische Flut aus Elektrizität durch das Gehirn. Dabei verraten einem die jeweiligen Symptome, wo die Elektrizität aus dem Ruder gelaufen ist. Zuckungen oder Krämpfe deuten darauf hin, dass es im motorischen Kortex passiert, in dem Bereich des Gehirns, der für die kontrollierte Bewegung zuständig ist, und Halluzinationen kommen vor, wenn das Problem in einem der Wahrnehmungszentren auftritt. Und bei einem generalisierten Anfall verliert man völlig das Bewusstsein, was nichts anderes heißt, als dass die Fehlfunktion sich durch den gesamten Kortex bis zum Hirnstamm ausgebreitet hat. Das widerfuhr mir an jenem Tag in der Küche, und diese Art von Anfall verbinden die meisten Menschen mit Epilepsie. Dr. Enderby erklärte mir, dass ein epileptischer Anfall mit einem Gewittersturm zu vergleichen sei, der sich im Gehirn abspielt – ein Sturm, der kurzzeitig alle Kommunikationsverbindungen kappt, sodass Botschaften von außen entweder nicht durchdringen oder nur verstümmelt ankommen. Das Gehirn nimmt nichts anderes wahr außer sich selbst.

Ich muss wohl kaum betonen, dass mein EEG jede Menge

pathologischer Spitzen aufwies. Zusammen mit den anderen Symptomen war dies der letzte Beweis, der aus der vorläufigen Diagnose eine endgültige machte. Ich litt an Epilepsie. Allerdings war immer noch nicht klar, wo die Sache ihren Ursprung hatte. Dazu musste eine Kernspintomografie gemacht werden, wo mithilfe von riesigen Magneten und Radiowellen ein 3-D-Bild der Hirnstruktur angefertigt wird. Dr. Enderby warnte, dass in mehr als der Hälfte aller Fälle keinerlei körperliche Gründe für Epilepsie gefunden wurden. Aber in meinem Fall gab es Anlass zu der Vermutung, dass ein Grund ausgemacht werden konnte – und so war es auch.

Die Kernspintomografie brachte eine leichte Beschädigung an meinem rechten Temporallappen ans Tageslicht, und genau das hatte Dr. Enderby erwartet. Aber die Bestätigung, dass es eine physiologische Ursache für meine Epilepsie gab, war nicht unbedingt eine gute Nachricht. Ein Schaden an der Hirnstruktur ließ daran zweifeln, dass die Symptome von selbst wieder verschwinden würden. Vermutlich standen mir weitere Anfälle bevor, die mit Medikamenten kontrolliert werden mussten.

Genau das geschah zwei Wochen später. Ich hatte einen weiteren generalisierten Anfall und wurde auf Antiepileptika eingestellt, die ich seitdem regelmäßig einnehmen muss.

5

GEHIRN GEBUNDEN

Was als Nächstes geschah (die Kurzfassung):

Die Anfälle wurden schlimmer. Ich konnte nicht mehr in die Schule gehen. Wir mussten mit Sam und Justine die Wohnungen tauschen, damit ich zu Hause bleiben konnte, während meine Mutter im Laden arbeitete. Meine Welt schrumpfte auf fünf kleine Zimmer zusammen. Ich hatte merkwürdige Visionen. Ich las viel. Ich korrespondierte weiterhin mit Dr. Weir. Ich gewöhnte mich daran, mit meinem Zustand zurechtzukommen. Es wurde langsam besser. Eines Tages, etwa ein Jahr später, kehrte ich wieder in die Schule zurück. Wir zogen wieder in unser Haus ein.

Und hier ist die Langversion.

Es wurde ziemlich schlimm, bevor es mir langsam besser ging. Gleich nach der Diagnose hatte ich jede Woche einen generalisierten und fast jeden Tag einen komplexen partiellen Anfall. Ich litt an einem schweren Fall von Epilepsie, die ich nicht kontrollieren konnte. Anfangs war sie völlig unberechenbar – so schien es mir wenigstens –, und das machte sie so aufreibend. Ich konnte nicht einmal mit meiner Mutter in den Supermarkt gehen, weil ich Angst hatte, vor dem Müsliregal zusammenzubrechen. Während eines schlimmen Anfalls war mir die Dramatik der Ereignisse natürlich glücklicherweise nicht bewusst. Die Demütigung und die Scham kamen erst später, wenn ich wieder bei mir war. Tränen und Speichel waren ständige Begleiter der Anfälle, und oft auch eine erhebliche Menge Urin, genauso wie die Gaffer, wenn es in der Öffentlichkeit passierte. Menschen werden von beängstigenden und peinlichen Auftritten förmlich angezogen, und es gibt wohl kaum etwas Beängstigenderes und Peinlicheres als einen elfjährigen Jungen, der sich zuckend in einer Pfütze aus Pipi windet.

Schon bald wurde die Außenwelt, das Verlassen des Hauses, einer der Hauptauslöser für die Anfälle. Dr. Enderby erklärte mir, dass es mit dem erhöhten Stress zu tun habe, den ich aus Angst vor öffentlichen Anfällen empfand. Es war sozusagen die Angst vor den Anfällen, die die Anfälle hervorrief. Ich musste es schaffen, meine Angst zu kontrollieren.

Das gelang mir aber nicht. Jedes Mal, wenn mich meine Mutter irgendwohin mitnehmen wollte, geriet ich sofort in Panik, was einen Krampf auslöste. Die einzigen Orte, an denen ich mich sicher fühlte, waren unser Haus, der Laden, unser Wagen und das Krankenhaus. Es macht nichts, wenn man im Krankenhaus einen Anfall hat, denn die Leute erwarten ein solches Benehmen in Krankenhäusern, und dort gibt es Menschen, die sich um einen kümmern können. Ich hatte überhaupt keine Angst davor, im Krankenhaus einen Anfall zu bekommen, und deshalb hatte ich im Krankenhaus auch nie einen Anfall. Mein Zustand war schrecklich und absolut dämlich.

Aber während dieser frühen Phase war es nicht nur die Häufigkeit meiner epileptischen Anfälle, die mich im Haus hielt. Es waren auch die Nebenwirkungen der Antiepileptika. Es dauerte Monate, bis sich mein Körper an das Carbamazepin gewöhnt hatte. Anfangs war ich völlig durcheinander. Mein Kopf war schwer und benebelt. Ich war ständig müde. Mir war oft schlecht und schwindelig. Mein Schädel brummte. Alles verschwamm vor meinen Augen. Ich hatte weiche Knie. Ich legte mir »Babyspeck« zu, wie meine Mutter es nannte. Irgendwann verschrieben mir die Ärzte noch weitere Medikamente – starke Schmerzmittel und Tabletten gegen Übelkeit –, um die Nebenwirkungen abzumindern. Das half auch eine Weile, aber an den Anfällen änderte sich nichts. Also wurde die Dosis Carbamazepin erhöht, und die Nebenwirkungen, die sich langsam abgeschwächt hatten, blühten erneut auf. Dr. Enderby meinte, wir sollten uns keine Sorgen machen. Jeder Patient sei ein Individuum, und oft würde es Monate dauern, bis die passende Dosis gefunden war.

Meine Mutter erklärte, sie wolle mich einer begleitenden Therapie unterziehen, irgendetwas Homöopathisches. Dr. Enderby zögerte. Er meinte, es gebe einige alternative Therapien, die sich bei Epilepsie als hilfreich erwiesen hätten, aber Homöopathie gehöre nicht dazu. Von einem wissenschaftlichen Standpunkt aus betrachtet, hatte Homöopathie sich noch bei rein gar nichts als hilfreich erwiesen. Und es bedeutete oft eine Abkehr von der Behandlung, die bewiesenermaßen etwas brachte. Eine teure Abkehr.

Meine Mutter wies ruhig darauf hin, dass sie etliche Leute kannte, die durch homöopathische Medizin gesund geworden waren.

Dr. Enderby wies ruhig darauf hin, dass er etliche Leute kannte, die durch homöopathische Medizin nicht gesund geworden waren. Dann redeten sie über Placebos.

Was folgte, war eine lange, geduldige und völlig sinnlose Diskussion.

Schließlich gab Dr. Enderby nach und sagte, dass meine Mutter bei mir eine homöopathische Behandlung versuchen könne, solange ich weiterhin meine verschriebenen Medikamente einnahm. Er drückte es etwa so aus: Selbst im schlimmsten Fall könne eine homöopathische Behandlung mir wenigstens keinen Schaden zufügen.

Nachdem sie einen Homöopathen konsultiert hatte, verabreichte mir meine Mutter Cuprum metallicum und Belladonna – Kupfer und tödliche Tollkirsche. Ich begann bei beidem mit einer D12-Potenz, was bedeutete, dass der Wirkstoff in einem Verhältnis von eins zu einer Billion verdünnt war. Als dies kein Resultat zeigte, wurde die Dosis zu einer D24-Potenz erhöht – eins zu einer Billion Billionen. Wiederum später erhielt ich eine D100-Potenz der tödlichen Tollkirsche. Diese Dosis war noch verdünnter und noch potenter. Sie war dermaßen verdünnt, dass ihre pure Existenz einem Stinkefinger im Angesicht von vierhundert Jahren wissenschaftlichen Fortschritts gleichkam. Nur zur Veranschaulichung (und ich denke mir das jetzt nicht aus): Wenn man ein einzelnes Molekül des Wirkstoffs der tödlichen Tollkirsche in einem Glas Wasser auflösen würde, das etwa so groß wäre wie das bekannte Universum, dann wäre die Belladonna-Dosis, die ich zu mir nahm, etwa hundert Millionen Billion mal mehr verdünnt als das.

Das war vermutlich auch der Grund, warum Dr. Enderby der Meinung war, homöopathische Medikamente würden keinen Schaden anrichten. In dieser Konzentration ist die tödliche Tollkirsche nicht mehr tödlich. Aber mir wurde das erst viel später klar. Im Alter von elfeinhalb waren die homöopathischen Pillen lediglich zwei Pillen mehr, die ich schlucken musste. Ich nahm mindestens sechs pro Tag und stellte keine Fragen.

Weil ich das Haus nicht mehr verlassen konnte, konnte ich auch nicht mehr zur Schule gehen, und weil ich nicht mehr zur Schule gehen konnte, hatte meine Mutter ein Problem. Sie konnte es sich nicht leisten, ihre Arbeit aufzugeben, aber ich war viel zu jung und viel zu krank, um allein bleiben zu können. Ein Vollzeit-Babysitter kam nicht in Frage. Meine Mutter wollte mich in ihrer Nähe haben, sodass sie sofort für mich da sein konnte, wenn ich einen Anfall bekam, und unser Zuhause und der Laden lagen zehn Autominuten voneinander entfernt.

Unser Haus lag (und liegt noch) in Lower Godley, etwa neun Kilometer nordöstlich von Glastonbury. Möglicherweise haben Sie nie von dem Ort gehört, aber das macht nichts. Lower Godley ist ein sehr kleines Dorf. Es besteht eigentlich nur aus einer langen, geraden, von Häusern gesäumten Straße. Hinter den Häusern liegen Felder, und in der Mitte des Dorfes wird die Straße etwas breiter. Dort gibt es einen Laden, eine Kirche und ein Postamt. Der Ort hat etwa vierhundertzwölf Einwohner und eine sehr unregelmäßig fahrende Buslinie. Das einzig Interessante, was ich Ihnen über Lower Godley erzählen kann, ist Folgendes: Der Name Lower Godley impliziert die Existenz eines Upper Godley, aber (aus Gründen, die niemand im Dorf kennt) gibt es kein Upper Godley. Falls es jemals existiert hatte, so war es vom Erdboden verschwunden. Es ist auch möglich, dass derjenige, der unserem Dorf seinen Namen gab, der Meinung war, Godley allein wäre ein blöder Name für einen Ort, und so wurde das »Lower« lediglich aus einer Laune heraus ergänzt. Ich weiß es nicht. Aber warum auch immer, das Dorf bekam einen irreführenden Namen, und das ist bei Weitem das Spannendste, was man über den Ort sagen kann.

Doch um zu der Geschichte zurückzukehren: Unser Haus in Lower Godley war zu weit vom Laden meiner Mutter entfernt. Ich konnte tagsüber nicht dortbleiben; sie hätte sich sonst zu Tode geängstigt. Und deshalb tauschten wir mit Justine und Sam die Wohnungen. Meiner Mutter gehörte sowohl die Wohnung über dem Laden als auch der Laden selbst. Sie hatte beides mit dem Geld gekauft, das mein Großvater (ihr Vater) ihr hinterlassen hatte, nachdem er an einem Herzinfarkt gestorben war. Das war kurz nachdem er erfahren hatte, dass sie mit mir schwanger war.

Sam und Justine hatten nichts dagegen zu tauschen: Erstens war unser Haus in Lower Godley viel größer und schöner als die Wohnung über dem Laden. Zweitens lag hinter dem Haus ein hübscher, verwilderter Garten. Drittens halfen sie uns gerne. Es machte ihnen auch nichts aus, sich um Lucy zu kümmern. Lucy konnte uns nicht begleiten, weil die Wohnung zu klein und ihr die Gegend nicht vertraut war. Überall waren Straßen, und deshalb hätten wir sie nicht ins Freie lassen können. Aber Lucy war schon immer eine Freigängerin gewesen, und meine Mutter glaubte nicht, dass es ihr gefallen würde, eingesperrt zu sein.

»Wenigstens würde sie das davon abhalten, sich fortzupflanzen«, sagte ich missmutig.

Ich war beleidigt, denn mir gefiel es schließlich auch nicht, eingesperrt zu sein. Aber nachdem wir umgezogen waren, wurde mir klar, dass die Wohnung wirklich nicht groß genug für die Katze war. Sie war ja kaum groß genug für meine Mutter und mich. Wir hatten hier gelebt, bis ich drei Jahre alt war, aber daran erinnere ich mich nicht. Und damals war ich viel kleiner gewesen, deshalb vermute ich, dass es sich nicht so beengt angefühlt hatte.

Die fünf Zimmer der Wohnung variierten in der Größe von klein bis extrem klein, so ähnlich wie diese russischen Puppen, die man ineinanderstecken kann. Das Schlafzimmer meiner Mutter war der einzige Raum, der tatsächlich Zimmergröße besaß. Die Küche war ein wenig kleiner, und das Wohnzimmer war wiederum kleiner als die Küche. Das Badezimmer war so eng, dass man das Waschbecken, die Dusche und die Toilette gleichzeitig benutzen konnte, allerdings nicht ohne gewisse Konsequenzen. Und schließlich – am Ende der Hierarchie, die kleinste Puppe – gab es »die Schachtel«. Sam hatte es geschafft, einen Schreibtisch und einen Stuhl hineinzuquetschen, und sie benutzte den Raum als Arbeitszimmer für das, was sie eben so arbeitete. Ich dagegen schaffte es, ein ganzes Bett hineinzuzwängen. Nachdem das Bett drinnen war, blieb noch ein etwa dreißig Zentimeter breiter Korridor frei. Die Tür ließ sich nicht mehr vollständig öffnen. Meine Mutter hatte behauptet, dass man unmöglich ein Bett in die Schachtel stellen konnte, und hatte mehr oder weniger darauf bestanden, dass wir uns ein Zimmer teilen, aber sie hatte das Ausmaß meines Bedürfnisses nach Privatsphäre unterschätzt. Unmöglich oder nicht, ich war fest entschlossen, mein Bett in dieses Zimmer zu bringen, und nachdem ich die Rollen abgenommen und den Bezug entfernt hatte, schob ich es hinein wie einen Tetrisblock in eine passende Lücke. Dann erforschte ich meine Seele und beschloss, den Streifen, den man begehen konnte, einem schmalen Bücherregal zu opfern. Auf das Regal stellte ich eine Lampe und meinen Meteoriten. Danach blieb nur noch eine Ecke in meinem Zimmer, in der ich stehen konnte. Die Ecke war kleiner als das Innere einer Telefonzelle.

Meine Kleidung musste ich in einer Truhe im Wohnzimmer aufbewahren, aber die meiste Zeit trug ich sowieso einen Schlafanzug.

Meine Welt war sehr klein geworden, und so blieb sie auch, für eine sehr, sehr lange Zeit.

Nach einer Weile wurde alles zur Routine, selbst die Anfälle. Ich gewöhnte mich an sie, und meiner Mutter ging es ebenso. Dr. Enderby hatte uns gleich am Anfang erklärt, dass epileptische Anfälle schlimmer aussehen, als sie sind. Sie tun nicht weh, es sei denn, man fällt hin und schlägt sich den Kopf auf oder beißt sich auf die Zunge, während man bewusstlos ist. Ernsthafte Verletzungen sind sehr selten, und meine Anfälle dauerten immer nur wenige Minuten.

Ich lernte, die Anfangsstadien meiner Anfälle zu erkennen, lange bevor ich lernte, wie ich sie aufhalten konnte. Es gibt eine Art Frühwarnsystem, das »Aura« genannt wird, und es äußert sich gewöhnlich in einem sehr speziellen Empfinden oder einem Gefühl – einem Klingeln in den Ohren, einem Schwindel oder Taumeln, einem plötzlichen Déjà-vu. In meinem Fall war die Aura immer dieselbe: ein plötzlicher, übermächtiger Geruch. Das mag kurios klingen, ist es aber nicht. Dr. Enderby meinte, dass viele Menschen mit Temporallappenepilepsie starke Geruchshalluzinationen hätten. Die Aura, die mich überkam, bewies, dass meine Anfälle ihren Anfang im olfaktorischen Kortex nahmen, ehe sie sich in andere Teile meines Schläfenlappens ausbreiteten, Teile, die für mein Gedächtnis, meine Gefühle und so weiter zuständig waren.

Als es mir schließlich gelang, meine Aura zu erkennen und den Ablauf zu begreifen, büßte ich während eines Anfalls meine Orientierung und die Kontrolle über mich nicht mehr völlig ein. Manchmal, wenn ich partielle Anfälle hatte, bei denen ich das Bewusstsein nicht verlor, war es fast so wie kurz vor dem Einschlafen, wenn man noch halb wach ist und winzige Bilder im Kopf aufblitzen wie Filmfetzen. Diese Bilder waren immer noch seltsam, aber als ich verinnerlicht hatte, was da geschah, waren sie nicht mehr so verstörend.

Meine Mutter kaufte mir ein Buch über Epilepsie, das ihr Dr. Enderby empfohlen hatte, und in diesem Buch stand, dass Menschen, die an Temporallappenepilepsie litten, manchmal tiefreligiöse Visionen erlebten. Die Art der Visionen hing davon ab, wie gläubig die Person erzogen worden war. Patienten hatten von allen möglichen Halluzinationen berichtet, von Engeln, Dämonen, blendend weißen Lichtern, perlenbesetzten Toren, bärtigen Männern, vielarmigen Elefantengöttern, der Jungfrau Maria, von Jesus mit einer Trompete – so etwas in der Art.

In der Vision, die zu jener Zeit am häufigsten auftrat, sah ich einen hageren, schmutzigen und nackten Bauern kopfüber an einem Baum hängen, mit einem Fuß an einen Ast gefesselt.

»Das ist der Gehängte«, flüsterte meine Mutter, als ich ihr davon erzählte.

»Ich weiß, dass es der Gehängte ist«, gab ich unwirsch zurück. Und ich erkannte sofort, dass ich besser meinen Mund gehalten hätte. Jetzt würde sie eine große Sache daraus machen.

»Er bedeutet oft Stillstand – ein Leben, das nicht vorankommt«, erläuterte meine Mutter.

»Ich weiß, wofür der Gehängte steht«, versicherte ich ihr.

»Du sagst mir, wenn du noch etwas siehst, nicht wahr?«, bat sie.

Ich beschloss, dass es besser war, ihr nichts zu sagen, selbst wenn ich noch etwas anderes sehen würde. Ich wusste, was sie dachte. Sie dachte, ich hätte das zweite Gesicht. Trotz allem, was Dr. Enderby uns gesagt hatte, glaubte sie dennoch, dass ich die »Familiengabe« geerbt hätte. Sie dachte, mein Gehirn hätte angefangen, die Zukunft vorauszusagen – oder wenigstens die Gegenwart zu bestätigen.

Die Zeit meiner Einkerkerung war auch die Zeit, in der ich einen unstillbaren Appetit auf alles Lesbare entwickelte. Das Lesen, so stellte sich heraus, war eins der wenigen Dinge, die ich tun konnte. Ich konnte nirgends hingehen, und ich sah auch nicht gerne fern, außer es lief ein James-Bond-Film. Die einzige Sendung, die mir sonst noch gefiel, war *Die Simpsons*. Manchmal leistete mir meine Mutter dabei Gesellschaft, nachdem sie Feierabend gemacht hatte. Aber meistens war ich allein, und wenn ich im Schlafanzug vor dem Fernseher hockte, kam ich mir vor wie ein Invalide.

Lesen andererseits gab mir niemals dieses Gefühl. Und ich merkte, dass die stille Konzentration, die dazu erforderlich ist, tatsächlich die Anzahl der Anfälle pro Tag reduzieren half. Lesen versetzte mich in einen Geisteszustand, der gut für mich war.

Nachdem ich das Buch über Epilepsie ein paar Mal gelesen hatte, ließ ich mir von meiner Mutter noch ein paar ähnliche Titel aus der mobilen Bücherei besorgen, zusammen mit einer Einführung in die Funktionen des Gehirns und in die Neurologie – *Das menschliche Gehirn für Dummies*. Ich las auch noch mehrmals das Buch über Meteore und Meteoriten, das mir Dr. Weir geschickt hatte. Es war von einem Mann namens Martin Beech geschrieben worden, der in Wiltshire lebte, was nicht weit von Somerset entfernt ist. Mein Lieblingskapitel war dasjenige, in dem Mr. Beech über die Wahrscheinlichkeit sprach, von einem Meteoriten getroffen zu werden, der schwerer ist als ein Gramm. Er setzte die Chance dafür bei etwa eins zu zwei Milliarden an – wenn man einhundert Jahre lebte. Mr. Beech (der das Buch vor dem »Woods-Einschlag« geschrieben hatte) sagte, dass es zwar bereits einige Fälle gegeben hatte, in denen ein Meteorit einen Menschen nur knapp verfehlt hatte, aber nur ein einziger Fall bekannt war, bei dem eine Person durch einen Meteoriteneinschlag ernsthaft verletzt worden war. Besagte Person war Mrs. Annie Hodges aus Sylacauga, Alabama, USA, die am 28. November 1954 von einem vier Kilogramm schweren Meteoriten in den Bauch getroffen worden war. Sie lag auf ihrem Sofa. Ihr Meteorit brach genau wie meiner durch die Decke, aber ihre Verletzungen waren nicht so schwer, weil ein Bauch einen solchen Aufprall leichter wegstecken kann als ein Kopf.

In Martin Beechs Buch war ein Foto von Mrs. Hodges abgedruckt. Auf dem Foto steht sie unter dem Loch in ihrer Decke, zusammen mit dem Bürgermeister von Sylacauga und dem Polizeichef. Der Bürgermeister und der Polizeichef lächeln in die Kamera. Mrs. Hodges nicht. Sie betrachtet ihren vier Kilogramm schweren Steinmeteoriten, den sie mit beiden Händen hält. Sie sieht ziemlich missmutig aus.

Folgendes schrieb Martin Beech über Mrs. Hodges und ihren Meteoriten: »Diese Geschichte gemahnt uns daran, dass selbst sehr unwahrscheinliche Ereignisse eintreten können und in der Tat auch eintreten.«

Der Satz gefiel mir, und ich unterstrich ihn mit schwarzem Kugelschreiber.

Ich las nicht nur über Gehirne und Meteoriten; meine Interessen waren breiter gefächert. Ich las auch *Alice im Wunderland* und *Alice hinter den Spiegeln*. (Aus meinem Epilepsiebuch hatte ich erfahren, dass Lewis Carroll ebenfalls an Temporallappenepilepsie gelitten hatte, was vermutlich der Grund für seine merkwürdigen Fantasien war.) Nachdem ich mit Lewis Carroll fertig war, las ich noch mehr Fantasybücher, die ich mir hauptsächlich von Sam auslieh. Ich las *Der Hobbit* zweimal. Danach las ich zweimal *Der Herr der Ringe*. Dann las ich *Der Goldene Kompass*, ebenfalls zweimal. Ich las all diese Bücher zweimal, weil sie mir so gut gefielen, dass ich, nachdem ich sie zu Ende gelesen hatte, sofort wieder anfangen wollte. Wenn ich heute auf dieses Jahr zurückblicke, das ich in der Schachtel verbracht hatte, glaube ich, dass es diese Bücher waren, die mich daran hinderten, vor Selbstmitleid zu zerfließen. Sie gaben mir das Gefühl, dass mein Leben doch eigentlich nicht so schlimm war. Wenn ich diese Bücher las, war ich nicht länger in einer winzigen Welt eingesperrt. Ich fühlte mich nicht länger ans Haus und an mein Bett gebunden. Ich sagte mir, dass ich letzten Endes nur an mein Gehirn gebunden war, und das war eigentlich kein bedauernswerter Zustand. Mein Gehirn konnte mich – mit ein bisschen Hilfe von den Gehirnen anderer Leute – an einige ziemlich interessante Orte führen und allerlei wunderbare Dinge erschaffen. Trotz seiner Schwächen war mein Gehirn, so fand ich, gar kein so übler Aufenthaltsort.

Meine Korrespondenz mit Dr. Weir begann, nachdem man mich aus dem Krankenhaus entlassen hatte, und setzt sich bis zum heutigen Tage fort. Hier ein Brief, den ich in der Schachtel schrieb (2005), sowie die Antwort, die ich von Dr. Weir erhielt.

Liebe Frau Dr. Weir,
vielen Dank für die Weihnachtskarte. Jupiter ist ein sehr hübscher Planet, aber bei Weitem nicht so hübsch wie die Erde. Ich fand es sehr verblüffend, dass der Große Rote Fleck dreimal größer ist als die Erde. Das muss ein sehr mächtiger Sturm sein. Jupiter ist noch massereicher, als ich dachte. Wenn Sie noch mehr Fotos der Planeten haben, würde ich die wirklich sehr gerne sehen. Normalerweise würde ich sie googeln, aber im Augenblick habe ich leider keinen Internetzugang.

Tut mir leid, dass ich nicht eher geschrieben habe, um mich zu bedanken, aber ich habe im Moment ziemlich viele epileptische Anfälle. Falls Sie es nicht wissen: Bei einem epileptischen Anfall läuft die Elektrizität im Gehirn Amok und verursacht Krämpfe, Halluzinationen und so weiter. Bei mir wurde kurz nach Weihnachten Temporallappenepilepsie (TLE) festgestellt, als ich bewusstlos in der Küche zusammenbrach. Mir geht es aber schon ein bisschen besser. Dr. Enderby, mein Neurologe, ist sehr nett. Er hat mir Carbamazepin verschrieben, ein Antiepileptikum. Anfangs wurde mir davon schwindelig und schlecht, aber jetzt, wo ich mich daran gewöhnt habe, ist es nicht mehr so schlimm.

Leider kann ich schon seit Monaten nicht mehr in die Schule gehen, weil meine Anfälle zu häufig und zu schlimm sind. Dr. Enderby sagt, dass Stress im Moment einer der häufigsten Auslöser bei mir ist, aber es gibt Dinge, die ich lernen kann und die mir helfen, die Sache in den Griff zu bekommen. Das Gute daran, dass ich nicht in die Schule gehe, ist die viele Zeit, die ich jetzt zum Lesen habe. Ich habe Martin Beechs Meteoritenbuch mindestens fünfmal gelesen und auch einige Bücher über das Gehirn. Dr. Enderby meint, es sei gut, wenn ich über meinen Zustand Bescheid wüsste, und es macht Spaß, mehr über meinen Schläfenlappen, über Neuronen und Synapsen und das alles zu lernen. Ich hatte ja keine Ahnung, dass das Gehirn so kompliziert ist. Dr. Enderby sagt, es sei die komplizierteste Ansammlung von Atomen im bekannten Universum. Das hat mich echt umgehauen! Ich glaube, wenn ich erwachsen bin, würde ich gerne Neurologe werden, es sei denn, ich beschließe, stattdessen Astrophysiker zu werden. ☺

Aber obwohl ich so viel für mich selbst lerne, hat das Schulamt meiner Mutter geschrieben, dass sie mir einen Privatlehrer schicken, der mich unterrichtet, solange ich nicht zur Schule gehen kann. Glücklicherweise müssen wir nichts dafür bezahlen. Das ist alles in den Steuern drin, die meine Mutter bezahlt.

Nochmals vielen Dank für die Karte und für Martin Beechs Buch. Ich hoffe, es geht Ihnen gut und Ihre Forschungsarbeiten kommen gut voran. Und ich hoffe, dass die anderen Astrophysiker Ihnen verziehen haben, weil Sie die Erste waren, die meinen Eisen-Nickel-Meteoriten untersucht hat. Ich will ihn immer noch irgendwann einem Museum spenden, aber im Moment möchte ich ihn noch in meiner Nähe haben, um ihn anschauen zu können, wann immer ich will. Er liegt auf dem Regal neben meinem Bett und ist gewöhnlich das Erste, was ich sehe, wenn ich aufwache. Das ist irgendwie schön.

Mit freundlichen Grüßen

Alex Woods

Dr. Weirs Antwort.

Lieber Alex,

es ist schön, von dir zu hören, obwohl es mir sehr leid für dich tut, dass du so krank warst. Ich weiß, dass Epilepsie sehr schlimm sein kann und man lange braucht, um damit zurechtzukommen. Ich habe Dr. Enderby gegoogelt, und es scheint mir, als ob du dich in den besten Händen befindest. Lass den Kopf nicht hängen; ich bin mir sicher, dass es dir bald besser geht.

Ich finde es fantastisch, dass du dich so sehr für die Wissenschaft interessierst! Es klingt, als ob du bereits jetzt eine ganze Menge über das Gehirn wüsstest, und deshalb wirst du vermutlich einen ganz wunderbaren Neurologen abgeben (und falls du beschließt, Astrophysiker zu werden: umso besser!)

Da dir Martin Beechs Meteoritenbuch so gut gefallen hat, wirst du vermutlich auch »Das Universum. Eine Einführung« mögen. Ich schicke es dir mit diesem Brief. Es ist ein Geschenk, das dir helfen soll, bald gesund zu werden, und außerdem stehen darin viele Informationen über die Sterne, die Planeten und den Asteroidengürtel. Und es enthält außergewöhnliche Fotos, die mit dem Hubble-Weltraumteleskop gemacht wurden.

Bitte schreib mir bald wieder. Ich bin sehr interessiert daran, wie du vorankommst – besonders mit dem Lesen.

Alles Gute!

(Dr.) Monica Weir

PS: Bitte grüße auch deine Mutter von mir.

Innerhalb der nächsten Monate gelang es mir allmählich, meinen Zustand immer besser zu kontrollieren. Dr. Enderby brachte mir einige Übungen bei, mit denen ich meine Anfälle bereits zu einem sehr frühen Zeitpunkt aufhalten konnte – nämlich sobald mir meine »Aura« bewusst wurde. Diese Übungen basierten alle darauf, ruhig, wachsam und konzentriert zu bleiben. Ich musste meine Aufmerksamkeit von unerwünschten Gedanken und Gefühlen fernhalten und sie auf eine Art Anker richten.

Ich hielt den Atem an. Ich zählte bis fünfzig. Ich benannte alle Planeten und ihre Hauptmonde, angefangen bei der Sonne und dann nach außen weitergehend bis zum Kuipergürtel. Ich listete die Figuren aus *Die Simpsons* auf. Ich blieb ruhig und wachsam und vertrieb jede unerwünschte Störung in den hintersten Winkel meines Gehirns, konzentrierte meinen Geist wie einen Laser. Es war eine denkwürdige Erfahrung. Ich sagte Dr. Enderby, ich käme mir vor wie ein Jedi-Schüler. Dr. Enderby antwortete, dass ich genau das sei. Was er mir beizubringen versuchte, war eine Art von Meditation – eine Möglichkeit, wie mein Gehirn ausgeglichen und friedlich bleiben konnte.

Ich versuchte es auch mit Musik als Anker. Dr. Enderby meinte, die Forschung hätte gezeigt, dass die Musik vielen Menschen half, das Fortschreiten eines Anfalls aufzuhalten. Aber man musste wirklich und wahrhaftig hinhören, und einige Arten von Musik wirkten besser als andere. Idealerweise war diese Musik ruhig und hatte eine relativ verschlungene Struktur. Klassische Musik ohne Gesang hatte die besten Ergebnisse geliefert.

Unglücklicherweise besaß meine Mutter keine klassische Musik, weder mit noch ohne Gesang. Es gab in unserer Wohnung ganze fünf CDs. Vier davon waren mit Entspannungsmusik – Walgesänge und Delfine und Panflöten und so weiter – und die fünfte war ein Sampler mit Liedern aus den 1980er-Jahren. Das erste Stück auf dieser CD war *Enola Gay*, ein uraltes Lied über den Atombombenabwurf von Hiroshima von einer Band namens Orchestral Manoeuvres in the Dark. Das zweite Lied war *Neunundneunzig Luftballons* von Nena, in dem es auch um nukleare Zerstörung ging. In den 1980ern war dies ein beliebtes Thema gewesen; Ronald Reagan war Präsident der Vereinigten Staaten geworden, und man fürchtete das Schlimmste. Aber das war ebenfalls etwas, das ich erst viel später verstand, nachdem ich mich ausgiebig mit Mr. Peterson unterhalten hatte.

Nach einigen Selbstversuchen hatte ich herausgefunden, dass die Delfine keine Wirkung zeigten, die Panflöten zu einer leichten Verbesserung führten und *Enola Gay* meine Anfälle um ein Vielfaches schlimmer machte.

Die Privatlehrerin, die uns das Schulamt schickte, hieß Mrs. Sullivan. Sie war ganz nett, aber sie bekam nur drei Stunden wöchentlich bezahlt, und diese Zeit verbrachten wir hauptsächlich damit, die Dinge durchzugehen, die ich bereits wusste. Mrs. Sullivan meinte, im Moment sei es das Wichtigste, sicherzustellen, dass ich den Stoff der Grundstufenprüfungen beherrschte, die ich vor einigen Monaten hätte absolvieren sollen. Sie wollte mir nichts Neues beibringen – nichts von dem, was ich eigentlich jetzt schon hätte lernen sollen.

»Eins nach dem anderen, Alex«, betonte sie.

Das machte die Unterrichtseinheiten leider sehr unproduktiv. Ich konnte mich kaum konzentrieren, und ich entschied, dass ich viel besser lernte, wenn ich allein in meinem Schlafanzug in der Schachtel saß.

Als ich die Grundstufenprüfung endlich ablegen durfte, bestand ich ohne Probleme. Aber zu dem Zeitpunkt hinkte ich meinem Jahrgang bereits ein ganzes Jahr hinterher. Als ich wieder in die Schule zurückkehrte, steckte mich das Schulamt ins erste Jahr der Mittelstufe statt ins zweite, wo ich altersmäßig eigentlich hingehörte. Aber ich wusste nicht genug, um ein Jahr zu überspringen.

Ich hätte der Person, die für diese Entscheidung verantwortlich war, gerne gesagt, dass ich tatsächlich sogar ziemlich viel wusste – Dinge, von denen die meisten Zwölfjährigen keine Ahnung haben. Ich wusste eine Menge über die Anatomie und Physiologie des Gehirns. Ich kannte den Unterschied zwischen Meteoriten, Meteoren und Meteoroiden. Ich kannte Worte wie Achondrit, olfaktorisch und zerebral. Aber ich vermute, das hätte keinerlei Eindruck gemacht. Meine autodidaktische Ausbildung war bestenfalls fragmentarisch, und das meiste Wissen in meinem Kopf war die falsche Art von Wissen. Ich wusste nicht einmal die Hälfte von dem, was man mit zwölf Jahren wissen sollte.

Ich wusste, dass Iridium-193 eins der beiden stabilen Iridium-Isotope war, ein sehr seltenes, sehr dichtes Metall, aber ich wusste nicht, was ein Periodensystem war.

Ich wusste, wie viele Nullen eine Quintillion hatte, aber Algebra hielt ich für einen Zierfisch, der in Gartenteichen lebt.

Ich hatte ein paar lateinische Wörter aufgeschnappt und konnte ganz gut Elbisch übersetzen, aber von Französisch hatte ich keine Ahnung.

Ich hatte mehr als ein Buch mit mehr als eintausend Seiten gelesen (und zwar mehr als einmal), aber ich hätte eine Metapher nicht erkannt, wenn sie mir ans Bein gepinkelt hätte.

Gemessen an Mittelstufenstandards war ich eine absolute Niete.

6

WILLKOMMEN IM AFFENHAUS

Falls Sie es nicht wissen: In der Mittelstufe, besonders am Anfang, wird Vielfalt nicht geschätzt. In der Mittelstufe ist anders zu sein das schlimmste Verbrechen, das man begehen kann. Eigentlich ist anders zu sein in der Mittelstufe das *einzige* Verbrechen, das man begehen kann. Die meisten Dinge, die von der UN als Verbrechen betrachtet werden, sind in der Mittelstufe durchaus akzeptiert. Grausam zu sein, ist in Ordnung. Brutal zu sein, ist in Ordnung. Widerlich zu sein, ist in Ordnung. Oberflächlich zu sein, ist besonders in Ordnung. Gewaltausbrüche sind in Ordnung. An der Demütigung anderer Gefallen zu finden, ist in Ordnung. Jemandes Kopf in eine Toilettenschüssel zu drücken, ist in Ordnung (und je schwächer das Opfer und je dreckiger die Toilette, umso besser). Nichts davon wird den sozialen Status beeinträchtigen. Aber anders zu sein – das ist unverzeihlich. Anders zu sein, ist die Überholspur in die Welt der Parias. Ein Paria ist jemand, der von der Gesellschaft ausgeschlossen wird. Und wenn das jemand weiß, der gerade einmal zwölf Jahre ist, ist er wohl in der Welt der Parias angekommen.

Anders zu sein klingt wie eine ganz simple Angelegenheit, ist aber in Wahrheit ziemlich komplex. Erstens gibt es einige Arten von Andersartigkeit – wenige ausgewählte –, die akzeptiert werden und nicht dazu führen, dass mit Schlamm und Steinen nach einem geworfen wird. Wenn man etwa anders ist, weil die Familie ungewöhnlich reich ist (solange es die richtige Art Reichtum ist) und drei Autos hat (die richtigen Autos), dann kommt man wahrscheinlich ungeschoren davon. Zweitens gibt es verschiedene Kombinationen von Andersartigkeit, bei der die eine die andere aufwiegt. Wenn man etwa zu neunundneunzig Prozent dumm ist, aber dafür eine außergewöhnlich gute Hand-Auge- oder Fuß-Auge-Koordination besitzt – also außergewöhnlich gut ist in Sport –, dann hat man definitiv nichts zu befürchten.

Ein Verbrechen wird das Anderssein dann, wenn man bedrohlich anders ist, und diese Form des Andersseins kann in verschiedene Unterverbrechen aufgeteilt werden:

1. **Arm zu sein.** Das ist das schlimmste Verbrechen, das man begehen kann, aber auch das ist nicht so einfach, wie es klingt. »Arm« zu sein heißt eigentlich nur, nicht die richtigen Sachen zu besitzen – Nike-Turnschuhe, eine angemessene Menge Taschengeld, eine Playstation oder Xbox, ein Mobiltelefon, einen Flachbildfernseher und einen Computer im eigenen Schlafzimmer und so weiter. Es spielt keine Rolle, ob man diese Dinge aus anderen Gründen als aus finanziellem Unvermögen nicht besitzt. Man ist trotzdem arm.

2. **Körperlich anders zu sein.** Zu klein, zu schlaksig, zu pickelig, schiefe Zähnen, eine Zahnspange (um die schiefen Zähne zu begradigen), zu dünn, zu dick (ist gleich *sehr* fett), zu haarig, nicht haarig genug, unbeschreiblich hässlich, Tendenz zum Stottern, Kieksstimme, unzumutbarer Akzent, unzumutbarer Geruch, ungelenker Körper oder ungleichmäßige Gesichtszüge, Schielen, hervorquellende Augen, hängende Augenlider, Kurzsichtigkeit/hässliche Brille, Beulen, Blasen oder Biberzähne, Sommersprossen am ganzen Körper, große auffällige Warzen, unpassende Hautfarbe oder -färbung, Kränklichkeit oder Behinderung, kräftige Knochen, rote Haare.
3. **Geistig anders zu sein.** Zu klug, zu dumm, zu streberhaft, ein Bücherwurm, ein Klugscheißer, komische Hobbys und Interessen, einfach seltsam, falscher Sinn für Humor.
4. **Uncoole Freunde oder Verwandte zu haben.** Sich mit den Leuten abzugeben, die oben (und unten) genannte Verbrechen begangen haben, ist ebenfalls ein Verbrechen – selbst wenn sie bloß im gleichen Haus wohnen und man keine andere Wahl hat. Eltern zu haben, die einem nicht alles erlauben, was man tun sollte, um angesagt zu sein, ist ebenfalls kriminell.
5. **Schwul zu sein.** Das hat überraschend wenig damit zu tun, was für ein Sexleben man führt (oder führen möchte). Schwul zu sein, ist mehr eine Geisteshaltung, nicht so sehr ein körperlicher Zustand. Man könnte es beinahe als Unterkategorie der Verbrechen Nr. 2 und Nr. 3 bezeichnen, aber andererseits geht es auch über diese beiden Kategorien hinaus. Und weil es ziemlich häufig als Anklagepunkt genannt wird, verdient es eine eigene Ka-

tegorie. Die beste Art zu erklären, was »schwul zu sein« bedeutet, ist, ein paar schwule Dinge aufzuzählen.

Wenn man ein Junge ist, ist jede Zurschaustellung von Empfindsamkeit schwul. Weinen ist superschwul. Lesen ist in der Regel schwul. Bestimmte Lieder und bestimmte Musikarten sind schwul. *Enola Gay* würde garantiert als schwul gelten. Liebeslieder sind schwul. Liebe an sich ist *unglaublich* schwul, genauso wie jedes von Herzen kommende Gefühl. Singen ist schwul, Johlen ist es nicht. Wichswettbewerbe sind nicht schwul, genauso wenig das rein männliche Kuscheln während besonderer Anlässe, etwa beim Fußballspielen oder beim Bad in der Menge. (Ich habe die Regeln für das Schwulsein nicht erfunden, ich zähle sie bloß auf.)

Mädchen können auch schwul sein, aber für sie ist es schwieriger. Und Mädchen beschimpfen sich nicht gegenseitig als schwul, so wie Jungen es tun. Wenn ein Mädchen schwul ist, wird sie Lesbe genannt. Merkmale einer Lesbe sind üblicherweise ein grobschlächtiger Körper, fettige Haare oder flache Schuhe.

In der Regel muss man ein paar dieser Verbrechen begehen (oder ein sehr ernstes Verbrechen aus einer der Kategorien), um einen dauerhaften Wohnsitz in der Welt der Parias zu ergattern. Aber wie Sie sich vielleicht denken können, habe ich mich in allen Kategorien kriminell betätigt.

1. Ich war arm – obwohl meine Mutter ein gut gehendes Ladengeschäft führte, ein Haus, eine Wohnung und ein Auto besaß. Verglichen mit manch anderer alleinerziehender Mutter war meine ein Tycoon. Aber wie ich schon

sagte, Armsein und Armut sind nicht dasselbe in der Mittelstufe. Ich hätte die Kontoauszüge meiner Mutter vorlegen können, ohne dass es irgendetwas geändert hätte. Die Beweise gegen mich waren überwältigend. Ich hatte nicht die richtigen Sachen, also war ich arm.

2. und 3. Meine Epilepsie bedeutete, dass ich sowohl körperlich als auch geistig unübersehbar anders war. Ich war krank an Körper und Geist. Ich war außerdem ziemlich klein und ein Spätentwickler, was aber nicht weiter auffiel, weil ich einem ein Jahr jüngeren Jahrgang zugewiesen wurde. Dieser Umstand war ein weiterer Beleg dafür, dass ich vermutlich geistig zurückgeblieben war – obwohl ich vieles wusste, allerdings nicht die richtigen Dinge. Außerdem war ich ein Streber. Irgendwie war ich einzigartig: Ich war gleichzeitig zu klug und zu dumm.
4. Über meine Mutter wissen Sie ja schon Bescheid.
5. Die meisten meiner Eigenschaften und alles, was ich mochte, waren superschwul.

Ich muss wohl nicht betonen, dass die frühen Jahre in der Mittelstufe keine glückliche Zeit für mich waren.

Meine Schule hieß Asquith Academy. Meine Mutter hatte sie ausgewählt, weil dort gute Prüfungsergebnisse erzielt wurden und sie hervorragend ausgestattet war. Außerdem wurden dort »zeitlose Werte« in den Mittelpunkt gestellt. (Das stand in der Werbebroschüre der Schule und auch auf der Website: »Die moderne Schule mit zeitlosen Werten.«) Es war die Art von Schule, die meine Mutter selbst gehasst hätte, wenn man sie gezwungen hätte, dorthin zu gehen. Aber für sie und mich gab es unterschiedliche Regeln.

Das Wichtigste für sie war die Freiheit, sich zu entfalten und ihre eigenen fantastischen Überzeugungen auszuleben, egal wohin das führte und ohne Rücksicht auf irgendwelche Logiklöcher. Das Wichtigste für mich waren gute Noten, damit ich die Chance hatte, *später* das zu tun, was ich wollte. Das war noch wichtiger geworden, seit ich Epilepsie hatte. Ich durfte auf gar keinen Fall benachteiligt werden; meine Mutter bestand darauf, dass ich auf jede Schule gehen konnte, die sie aussuchte. Egal, wie begehrt die Plätze dort auch waren – es wäre einer Diskriminierung gleichgekommen, wenn sie mich abgelehnt hätten.

Die Asquith Academy war nach Robert Asquith benannt, dem Mann, der die Schule hatte bauen lassen und auch weiterhin einen Großteil der laufenden Kosten übernahm. Robert Asquith, wie wir im ersten Jahr der Mittelstufe lernten, war ein Selfmade-Multimillionär, was so ziemlich das Beste ist, was man werden kann. Seine Firma hatte anfangs Rollkugeln für Mäuse hergestellt (Computermäuse, keine Nager), und lange Zeit waren dies die besten Rollkugeln auf unserem Planeten. Als eine andere Firma anfing, bessere Rollkugeln anzufertigen, nahm Robert Asquith ein paar seiner Millionen und fegte besagte Firma vom Antlitz der Erde. Das nennt man freie Marktwirtschaft. Dann verlegte er seine Produktion nach China, wo die meisten Menschen arme Bauern sind, die sehr gern für sehr viel weniger Geld arbeiten als die meisten Menschen in Europa. Das nennt man Globalisierung. Irgendwann brauchten Computermäuse aufgrund neuer Lasertechnologie keine Rollkugeln mehr, und die Fabriken in China wurden geschlossen. Die chinesischen Arbeiter verloren ihre schlecht bezahlten Jobs, genauso wie die englischen Arbeiter, als die Fabriken nach

China abgewandert waren. Aber mittlerweile hatte Robert Asquith seine Millionen in Software und Elektronik und Internetberatungsfirmen investiert.

Robert Asquith hatte mit vielen Problemen und Hindernissen zu kämpfen gehabt, aber letztlich war sein Leben als Erfolgsgeschichte zu betrachten. Der Leitsatz lautete: Arbeite hart und gib niemals auf.

Vorbild für die Asquith Academy war eine alte Oberschule in der Nähe von Shepton Mallet, wo Robert Asquith im Alter von elf bis achtzehn Jahren seine Schulbildung genossen hatte und die in den 1980ern bei einer Explosion im Heizungskeller in die Luft geflogen war. Glücklicherweise hatte sich die Detonation sehr früh am Morgen ereignet, sodass außer dem Hausmeister niemand ums Leben gekommen war.

Dass die Asquith Academy explodierte, war äußerst unwahrscheinlich, schließlich besaß sie eine der modernsten Fußbodenheizungen. Sie besaß außerdem ein lateinisches Motto, das inmitten eines kleinen Banners auf allen Schildern und Briefbögen der Schule auftauchte. Es war dasselbe Motto, das schon zu Robert Asquiths explodierter Oberschule gehört hatte: *Ex Veritas Vires.*

Übersetzt heißt das: »Willkommen im Affenhaus.«

Ich mache nur Spaß. Aber im Grunde wäre das ein sehr passendes Schulmotto.

Ex Veritas Vires heißt in Wirklichkeit: »Stärke aus Wahrheit!«

Das waren edle Ansprüche, aber ich bin mir nicht sicher, wie sich dieses Motto mit der allgemeinen Gesinnung der Schule vereinbaren ließ.

In der Asquith Academy war der Unterricht »zielorientiert«. Das heißt, man lernte dort, wie man in Prüfungen gut abschnitt, was der Grund für die stets hervorragenden Prüfungsergebnisse war. Alles passte zusammen. Wenn es nicht in einer Prüfung vorkam, musste man es nicht wissen – das war das Credo der Asquith Academy. Wenn wir Inspiration brauchten, mussten wir uns nur unseren superreichen Gründer anschauen. Bildung war kein Selbstzweck; Bildung brachte einen im Leben weiter. Wenn wir hart arbeiteten, unsere Prüfungen bestanden und niemals aufgaben, konnten wir eines Tages so reich sein wie Robert Asquith.

»Zielorientiert« bedeutete auch, dass der Unterricht meistens sehr didaktisch war, das heißt, man musste jede Menge Fakten lernen und auch, wie man über diese Fakten denken sollte. Fakten zu lernen, machte mir nichts aus – ich liebe es, Fakten zu lernen –, aber es wäre schön gewesen, wenn man sie auch in irgendeinen Zusammenhang gebracht hätte. In Physik zum Beispiel brachte man uns alles über die Erdanziehungskraft bei und dass F = ma ist und auch den Inhalt von Newtons Bewegungsgesetzen – die wir auswendig lernen mussten –, aber sie erzählten uns nichts über Newton selbst. Als ich im Internet googelte, stellte ich fest, dass Newton ein ziemlich abgedrehter und interessanter Typ gewesen war. Er hatte die Gravitation und seine Bewegungsgesetze entdeckt, während er nichts anderes zu tun hatte, weil er zu Hause eingeschlossen saß und sich vor der Pest versteckte. Er war an sein Gehirn gebunden. *Das* war ziemlich interessant. Außerdem erfand er eine neue Art von Teleskop und verbrachte eine Menge seiner freien Zeit mit dem Versuch, gewöhnliches Metall in Gold zu verwandeln. Das war auch ziemlich interessant. Und dann fand ich heraus, dass er wilde, stechende Augen hatte, abstehende silbergraue

Haare und einen Erzfeind namens Robert Hooke, der möglicherweise ein Buckliger war. All das war *unglaublich* interessant. In der Wissenschaft, so schien es, gab es einige großartige Geschichten und Gestalten, aber darüber erfuhr man in der Schule nichts. Ich will nicht sagen, dass wir endlos viel Zeit mit Newtons Lebenslauf hätten verbringen sollen, aber fünf Minuten wären schon nett gewesen. Ein bisschen Wissen über Newton macht F = ma gleich viel lebendiger. Aber leider wurde Wissen über Newtons Leben in der Prüfung nicht abgefragt. Es war irrelevant.

Sie haben es sich vielleicht schon gedacht: In der Asquith Academy ging es relativ steif zu. Die männlichen Lehrer mussten mit »Sir« angesprochen werden und die weiblichen mit »Miss«, und jedes Mal, wenn ein Erwachsener den Raum betrat, mussten die Schüler als Zeichen des Respekts aufstehen. Und es gab für alles eine korrekte Art, und alles musste korrekt gemacht werden. Es gab ein korrektes Aufstehen und ein korrektes Hinsetzen, ein korrektes Händeschütteln und einen korrekten Krawattenknoten und eine korrekte Aus- und Ansprache. Die korrekte Aus- und Ansprache waren besonders wichtig.

Mr. Treadstone, der mich von der siebten bis zur elften Klasse in Englisch unterrichtete, war der stellvertretende Schulleiter und außerdem der Ordnungspolizist in Sachen englische Sprache, die niemals verunglimpft werden durfte, weder in Schrift noch in lockerer Unterhaltung. Mr. Treadstone verlangte korrekte Aussprache, bevorzugt ohne jeglichen Akzent – »kein West-County-Näseln, bitte sehr!« Er bestand ebenfalls darauf, dass man die korrekten Begriffe benutzte und nicht die umgangssprachlichen Ableitungen: »Hallo« statt »Hi«, »Ja« statt »Jo«. In meinem Fall bemerkte

Mr. Treadstone recht schnell ein bestimmtes Problem, und zwar meinen Hang, ungenaue und überflüssige Ausdrücke zu verwenden. Ich sagte viel zu oft »ziemlich« und selten im korrekten Zusammenhang. Ich sagte »scheinbar«, wenn ich »anscheinend« meinte. Ich sagte »wissen Sie« als sinnloses Füllsel mitten im Satz. (Er wusste es *nicht* – darum sagte ich es ihm ja.) Und am schlimmsten war meine Unfähigkeit, drei Sätze hintereinander auszusprechen, ohne an irgendeiner Stelle ein »irgendwie« einzufügen. Dieses Wort hatte schlichtweg keine Daseinsberechtigung. Wenn ich ein Adverb dieser Gattung benötigte, sollte ich auf »einigermaßen« zurückgreifen oder auf »ungemein« oder »etwas« oder »größtenteils«. Alles war besser als meine ungeschickt klingende sprachliche Marotte.

Obwohl ich das Wort nicht mehr so häufig benutze, habe ich vor fünf Jahren entschieden, dass Mr. Treadstones Urteil über »irgendwie« ungerecht war. Natürlich kann dieser Begriff in einigen Sätzen überflüssig oder einfach nur dämlich sein, aber eben nicht in allen. Ich würde zum Beispiel nicht sagen: »In der Antarktis ist es irgendwie kalt« oder »Hitler war irgendwie böse«. Aber manchmal sind die Dinge nun einmal nicht schwarz oder weiß. Und manchmal drückt »irgendwie« diese Grauzone besser aus als jedes andere Wort. Wenn ich Ihnen zum Beispiel sage, dass meine Mutter irgendwie merkwürdig war, dann trifft das genau den Punkt. Ich kann mir keine passendere Formulierung vorstellen.

Mr. Treadstone betrachtete »irgendwie« – das Unwort schlechthin – lediglich als den ärgerlichsten Teil eines allgemeinen Problems. Ich müsse mich, so meinte er, grundsätzlich mit Adverben beschäftigen. Mr. Treadstone war der Überzeugung, dass es für alles ein passendes Wort gab. Die englische Sprache sei immerhin die reichste der Welt. Wenn man den treffenden Begriff nicht finden konnte, wenn man merkte, dass die eigene Sprache in den Abgrund aus Ungenauigkeit und Schwammigkeit abrutschte, dann bedeutete das nichts anderes, als dass man an seinem Vokabular arbeiten musste. Denn das passende Wort existierte – und wartete nur darauf, Bekanntschaft mit einem zu machen.

In den Anfängen in Asquith arbeitete ich ständig an meinem Vokabular, und weil ich so viel las – besonders obskure medizinische und naturwissenschaftliche Abhandlungen –, stieß ich oft auf Wörter, die sonst niemand kannte. Aber trotzdem hatte ich, wenn ich etwas erklären wollte, Schwierigkeiten, das passende Wort oder den treffenden Begriff zu finden. Dann überlegte ich, was Mr. Peterson an meiner Stelle sagen würde. Mr. Peterson hatte die Fähigkeit, immer direkt auf den Punkt zu kommen. Er nannte das »den Scheiß beiseitelassen«.

Über Mr. Treadstone hätte Mr. Peterson vermutlich Folgendes gesagt: Mr. Treadstone war ein kleinlicher Korinthenkacker.

Die Asquith Academy war eine Schule voller seltsamer Gegensätze. Es war ein ultramodernes Gebäude – als ich dort hinkam, war es erst fünf oder sechs Jahre alt –, erbaut aus Quadraten aus Stahl und Glas, aber mit einem steinalten lateinischen Motto. Im Unterricht lernte man Prüfungen zu bestehen, und außerhalb des Unterrichts bekam man korrekte Sprache, korrektes Benehmen und korrekte Haltung beigebracht. Die Asquith Academy versuchte stets, den Schülern die Bedeutung von Moral und Werten zu verdeutlichen, aber in vielen Fällen war dies eine Schlacht, die nicht gewonnen werden konnte. Wie ich bereits andeutete, waren etliche der Schüler in Asquith nicht wirklich helle. Mehr noch, einige von ihnen befanden sich auf einer früheren Stufe der Evolution. Sie hatten zwei Gesichter. Unter Aufsicht verhielten sie sich korrekt, und wenn sie anderswo waren, benahmen sie sich wie Gorillas.

Die Gorillas in meinem Jahrgang hatten zumeist bedeutungsvolle Spitznamen. Da gab es Jamie Ascot, den alle – Freund und Feind gleichermaßen – Jamie Asso nannten, wegen dem, was er im Teich seiner Nachbarn angestellt hatte. Dann war da noch Ryan Goodwin, der »Bulle« genannt wurde, nicht wegen seines Erfolgs bei den Mädchen oder der Qualität seiner Gene (die fragwürdig war), sondern wegen einer fiesen Blutgrätsche, nach der Peter Dove mit Blaulicht ins Krankenhaus gebracht werden musste. Dann gab es noch Drake Mackenzie, der bei den meisten Leuten bloß »Drescher« hieß. Das war einfach eine Verballhornung seines Vornamens. Die Tatsache, dass er gerne Leute verprügelte, war lediglich ein glücklicher Zufall. Asso, der Bulle und Drescher bildeten die perfekten Verbündeten, wenn es galt, Schwächere zu quälen. Es gab auch andere Tyrannen in der Schule; ich erwähne diese drei nur deshalb namentlich, weil sie in meiner Nähe wohnten. Wir fuhren immer mit demselben Bus. Sie waren diejenigen, die mich am meisten peinigten, und sie spielen in meiner Geschichte eine wichtige Rolle.

Drake Mackenzie war der Anführer. Er war nicht der stärkste des Trios. Der Bulle, dessen Schultern beinahe doppelt so breit waren wie die eines normalen Jungen seines Alters, hätte ihn in einem Faustkampf zu Brei schlagen können. Und er war auch nicht der schlagfertigste Junge unter der Sonne. Jamie Asso hatte da einen viel schärferen, grausameren Verstand. Drake Mackenzie war einfach der Lauteste und Aggressivste der Bande. Ich weiß zwar nicht genau, wie das Leben in der Wildnis abläuft, aber auf dem Spielplatz war Drake Mackenzie allein durch seine Willenskraft zum Alphamännchen geworden – durch seinen unerschütterlichen Glauben an sein Recht, andere zu beherrschen. Der Bulle und Asso waren seine Untertanen, seine treuen Gefolgsleute.

Am anderen – dem unteren – Ende der sozialen Leiter gab es die Gequälten, denen ebenfalls aussagekräftige Spitznamen zugeteilt wurden (die sich meistens Jamie Asso ausdachte). Ian Stinkehose (vormals Ian Stintson), Fettbacke Johnson, Brian »Billigbuxe« Beresford (dessen Mutter all seine Klamotten flickte, anstatt ihm neue zu kaufen), »Rotznase« George Friedman und so weiter und so weiter. Ich bekam gleich mehrere unterschiedliche Spitznamen. Eine Zeit lang war ich »Ally Trottel« (eine wenig überzeugende Abwandlung von Harry Potter, die darauf beruhte, dass ich eine sichtbare Narbe hatte, eine Hexe als Mutter, krampfartige Anfälle bekam und natürlich ein Trottel war.) Später wurde ich zu Wauwau Woods und dann zu Wichser Woods mit diversen Varianten (Flachwichser, Vollwichser, Wichsfresse). Aber meistens war ich bloß Woods, und das war alles, was ich mir wünschte: so unscheinbar zu sein wie mein Nachname – weit verbreitet, leicht zu vergessen, gewöhnlich.

7

KREOSOT

Ich möchte, dass Sie einmal über zweierlei nachdenken:

1. Im Leben gibt es keinen Anfang und kein Ende.

Die Ereignisse fließen ineinander, und wenn man versucht, sie in Schubladen zu sortieren, dann quellen diese über, wie das Wasser in einem künstlich angelegten Kanal über die Ufer tritt. Ereignisse, die wir als »Anfang« und »Ende« bezeichnen, sind in Wahrheit oft nicht zu unterscheiden. Sie sind ein und dasselbe. Das ist beispielsweise eine der Bedeutungen der Karte des Todes im Tarot – ein Ende, das gleichzeitig ein neuer Anfang ist.

Nur in Geschichten finden wir klar umrissene Anfänge und Schlusspunkte, und die wurden aus einer schier unerschöpflichen Quelle an Möglichkeiten ausgewählt. Ich hätte meine Geschichte mit der Schilderung meiner Zeugung beginnen können oder mit den Jugendjahren meiner Mutter oder der Entstehung des Sonnensystems – der Geburt der Sonne, der Planeten und des Asteroidengürtels vor viereinhalb Milliarden Jahren –, und jeder dieser Anfänge wäre ein genauso vernünftiger Einstieg gewesen wie der, für den ich mich letztendlich entschieden habe.

2. Das Universum ist geordnet und chaotisch zugleich.

Im Großen betrachtet herrscht mechanischer Determinismus – Newtons Bewegungsgesetze, Schwerkraft, Billardkugeln, Ballistik, die Umlaufbahnen von Himmelskörpern. Dazu gehört auch die Chaostheorie, die ebenfalls eine Form der Vorherbestimmtheit ist, nur unglaublich komplex – Systeme, die sehr schwer zu verstehen oder zu berechnen sind wegen ihrer extremen Anfälligkeit für die geringste Abweichung und alle möglichen Möglichkeiten (ein Beispiel: der Schmetterlingseffekt). Dann gibt es die Quantenzufälligkeit auf der subatomaren Ebene – Unsicherheit, Ungewissheit, Glücksspiel, Wahrscheinlichkeit anstelle von klassischer Vorausberechnung. Und in all das könnte sich möglicherweise noch der freie Wille einmischen.

Es ist möglich, Ordnung im Chaos zu entdecken, und es ist gleichfalls möglich, Chaos hinter einer augenscheinlichen Ordnung vorzufinden. Ordnung und Chaos sind schlüpfrige Begriffe. Sie sind wie Zwillinge, die manchmal die Kleider tauschen. Ordnung und Chaos mischen und überlappen sich hier und da; die Dinge sind oft komplizierter – oder einfacher –, als sie dem ersten Anschein nach wirken. Und häufig kommt es auf den eigenen Blickwinkel an.

Ich glaube, eine Geschichte zu erzählen, ist der Versuch, die Komplexität des Lebens begreiflicher zu machen. Es ist das Bemühen, Ordnung von Chaos zu trennen, Muster von Willkür. Andere Mittel dafür sind Tarot und Wissenschaft.

Der Augenblick, von dem ich jetzt erzählen werde, ist der Höhepunkt einer ganzen Reihe chaotischer Umstände und der Beginn einer weiteren. Es ist ein Moment, der mir zeigt, dass das Leben unglaublich geordnet und gleichzeitig unglaublich chaotisch sein kann. Es ist ein Ende und ein neuer Anfang.

Es war der 14. April 2007, ein Samstag, drei Tage, nachdem Kurt Vonnegut gestorben war. Das wusste ich damals allerdings noch nicht, sondern habe es erst später herausgefunden. Damals sagte mir der Name Kurt Vonnegut noch nichts.

Ich war im Dorfladen gewesen und hatte ein paar Dinge besorgt. Jetzt nahm ich den landschaftlich schöneren Weg, um wieder nach Hause zu kommen: um den Friedhof herum, am Ententeich vorbei, über den Zaunübertritt, den Feldweg entlang, durch das Schwinggatter, hoch zur Kreuzung und dann ein kurzes Stück parallel zur Straße. Ich hatte eine Jutetasche von meiner Mutter dabei, auf der in grüner Farbe »Recycling – für eine grüne Umwelt« stand. Das war eigentlich nicht die Art von Tasche, mit der man sich in der Öffentlichkeit sehen lassen sollte – ein Umstand, der mir absolut klar war, aber da ich ja bloß zum Laden und wieder zurück ging und das Publikum in Lower Godley nicht mit Mailänder Verhältnissen zu vergleichen war, dachte ich, es würde nichts ausmachen. Wie sich herausstellte, hatte ich mich geirrt.

»Hübsche Tasche, Woods!«

Es war Drake Mackenzie. Er saß auf der Friedhofsmauer, die Gott in seiner Weisheit gerade hinternhoch hatte errichten lassen, und trank eine Dose Red Bull, ein Energydrink, der aus Koffein und Taurin und jeder Menge Zucker besteht. Wie üblich wurde er von dem Bullen und Drescher flankiert. Der Bulle hatte seine Nike-Baseballmütze so tief in die Stirn gezogen, dass ein Großteil seines Gesichts verdeckt wurde. Er hielt einen dicken Ast in der Hand, der vermutlich aus einer Eiche oder einer Platane gefallen war, und stocherte damit herum wie ein Neandertaler, der sich gerade seiner opponierbaren Daumen bewusst geworden war. Asso drehte eine Zigarette. Asso drehte ständig eine Zigarette. Kein einzelner Zwölfjähriger kann so viele Zigaretten rauchen, wie Asso an einem Tag drehte. So viele unbeaufsichtigte Stunden gibt es gar nicht. Möglicherweise verbrachte Asso eine Menge Zeit damit, gedrehte Zigaretten wieder auseinanderzurollen. Ich weiß es nicht. Ich war blindlings in ihr Territorium gelaufen, ohne sie zu bemerken. Ich hatte sie nicht bemerkt, weil ich völlig in das Titelbild meiner Zeitschrift vertieft gewesen war, die ich jetzt in die inakzeptable Tasche meiner Mutter stopfte. Das stellte sich als ziemlich dämlich heraus – die Geste lenkte die Aufmerksamkeit noch mehr auf die Tasche und nun auch auf die Zeitschrift.

»Was hast'n da, Woods?«

Ich hielt die Augen gesenkt und ging weiter. Das war das einzig Vernünftige. Ein paar Schritte noch, dann war ich an ihnen vorbei und in Sicherheit.

»Was hast'n in der Tasche da, Woods?«, schnaubte Drescher.

»Wenn man das eine Tasche nennen kann«, fügte Asso hinzu.

»Wohl eher 'n Müllbeutel«, spann Drescher den Gedanken weiter. »Was is'n drin?«

In der Tasche befand sich Folgendes: die neueste Ausgabe von *Sky at Night*, die ich, ehe ich sie abonnierte, jeden Monat im Dorfladen bestellen musste; eine Schachtel Katzenkekse für Lucy, die schon wieder für fünf fraß; ein paar

Weintrauben, die ich an die erst drei Wochen alten Entenküken verfüttern wollte. Es gab keinen Gegenstand in dieser Tasche, der einer Erwähnung wert gewesen wäre. Besonders nicht die Trauben. Enten zu füttern war – wie Sie sich sicher denken können – das Schwulste, was man sich vorstellen konnte.

Ich wollte an ihnen vorbeischlurfen, aber der Bulle hatte seinen muskelbepackten Arm ausgestreckt und versperrte mir den Weg.

»Komm schon, Woods«, johlte Jamie Asso. »Nicht so schüchtern!«

»Da sind nur Einkäufe drin«, murmelte ich.

»Hmm«, sagte Drescher nachdenklich. »Nur Einkäufe. Hört sich verdächtig an.« Er zerdrückte die Red-Bull-Dose in der Hand und warf sie über seine Schulter auf den Friedhof. Sie prallte von einem Grabstein ab und landete schließlich auf der letzten Ruhestätte von Ernest Shuttleworth, liebender Ehemann und Vater. Dabei schreckte sie noch eine Amsel auf, die hektisch flatternd das Weite suchte.

»Meine Güte!«, rief Drescher plötzlich laut, als ob ihn ein Geistesblitz durchzuckt hätte. »Es ist doch nicht etwa ein Porno, oder, Woods?«

»Schwulenporno«, stellte Asso richtig.

»Logisch, Schwulenporno«, nickte Drescher.

»Ts, ts.« Der Bulle schüttelte den Kopf. Mehr hatte ich ihn im Leben noch nicht äußern hören.

»Es ist ein Porno, richtig?«, bohrte Drescher nach.

Auf diese Frage gab es keine korrekte Antwort. Sie war unbeantwortbar. Wenn ich »Ja« sagte, würden sie mich einen Perversen schimpfen und meine Tasche in den Dreck ausleeren. Wenn ich »Nein« sagte, würden sie behaupten, ich hätte keine Eier in der Hose, und dann ebenfalls meine Tasche in den Dreck ausleeren. Ich hätte dabei bleiben und gar nichts sagen sollen. Stattdessen ließ ich mich auf die blödeste Alternative ein: Ich versuchte, Idiotie mit Logik zu bekämpfen.

»Das kann kein Pornoheft sein«, bemerkte ich, »weil sie so was im Dorfladen nicht verkaufen. Schwul oder nicht.«

Das löste johlendes Gelächter aus.

»Du musst es ja wissen, Woods«, höhnte Drake Mackenzie. Der Bulle hatte begonnen, den Ast auf sehr eindeutige Weise zu reiben. Ich denke jedenfalls, dass es eindeutig war. Vielleicht versuchte er aber auch bloß, ein Feuer zu machen.

»Ich gehe jetzt nach Hause«, sagte ich. Und damit trat ich ein Stück zurück, außerhalb der Reichweite des Astes. Dann ging ich schnell die Straße hinunter davon.

Unglücklicherweise hat nicht das Opfer zu entscheiden, wann es genug ist, und jeder Versuch, diesen Beschluss an sich zu reißen, zieht umgehend Vergeltungsmaßnahmen nach sich. Ich merkte sofort, dass sie von der Mauer gesprungen waren und mir folgten, ein paar Meter hinter mir.

»Geh doch noch nicht heim, Woods. Es ist doch noch stundenlang hell. Deiner Mami macht's bestimmt nichts aus.«

»Seine Mami sitzt wahrscheinlich auf ihrem Besenstiel.«

Ich knirschte mit den Zähnen und ging schneller. Ich wusste genau, was sie damit meinten.

»Woods, warum magst du uns denn nicht? Warum willst du nicht unser Freund sein?«

Ich muss Ihnen wohl nicht sagen, dass dies reiner Sarkasmus war, von dem Oscar Wilde behauptete, er sei die niedrigste Form des Humors. Aber Oscar Wilde hatte bestimmt nicht seine eigenen Fürze in Flammen gesetzt, was an meiner Schule zu den populären Formen des Humors zählte.

Ich bewahrte die Ruhe und ging weiter. Ich achtete auf den Atem, mit dem sich meine Brust hob und senkte. Etwas traf mich an der Schulter. Ich tastete mit den Fingern danach. Schlamm. (Zumindest hoffte ich, dass es bloß Schlamm war.) Ich bewahrte weiterhin die Ruhe. Ich fing an, bis zehn zu zählen und mir dabei jede einzelne Zahl in goldener Kursivschrift vorzustellen. *Eins, zwei, drei, vier…* Ein weiteres Geschoss segelte an meinem rechten Ohr vorbei. Wo zum Teufel waren all die Leute? Die Hundebesitzer. Die Jogger. Der Postbote. Es war ein milder, sonniger Tag. Warum waren die Straßen wie leer gefegt? Ich empfand Hilflosigkeit, wie in einem Albtraum, und ich hatte keine Ahnung, was ich tun sollte. Was *konnte* ich denn tun? (Über die Friedhofsmauer hechten, im Zickzack zwischen den Gräbern hindurchsausen, an die schwere, geschlossene Eichentür der Kirche hämmern und »ASYL!« kreischen?)

Ich bog um die Ecke und beschleunigte meine Schritte. Vor mir sah ich den Zaunübertritt, aber immer noch keine Leute. Ich versuchte zu berechnen, ob ich meinen Verfolgern durch einen Sprint entkommen konnte. Aber das war unwahrscheinlich. Obwohl sich meine körperliche Kondition verbessert hatte, kämpfte ich immer noch mit dem »Babyspeck«, der mir aus dem Jahr, das ich im Schlafanzug verbracht hatte, geblieben war. Meine Verfolger dagegen waren in der Fußballmannschaft. Andererseits waren sie Raucher. Vielleicht hatte Mr. Banks, unser Biologielehrer, die Wahrheit gesagt, als er behauptete, dass Rauchen das Lungenvolumen verringere. Mir jedenfalls erschien das logisch. Obwohl die Behauptung, es würde das Wachstum hemmen, eine glatte Lüge war.

Wieder traf mich etwas am Rücken, begleitet von einem dreifachen Jubelschrei.

In diesem Moment gingen meine Ruhe und Gelassenheit über Bord. Mein Geist sprang hektisch und völlig sinnlos im Kreis. Dann setzten meine Beine und mein Rückenmark zu einem *coup d'etat* an. Für eine Entscheidung der Exekutive blieb keine Zeit mehr: Ich rannte los.

Wie die meisten Entscheidungen, die sich am Neokortex vorbeimogeln, erwies sich auch diese als falsch. Es bestand die große Wahrscheinlichkeit, dass meine Quälgeister es bald leid gewesen wären – solange ich gleichmütig blieb. Das ist auch der Grund, warum sich gejagte Tiere tot stellen. Aber sobald ich anfing zu rennen, setzte der Instinkt des Raubtiers ein. Ich rannte, sie jagten mich, und wir alle vier waren in einem gemeinsamen Schicksal gefangen. Außerdem stand jetzt mehr auf dem Spiel. Wenn sie mich erwischten, waren sie nun geradezu verpflichtet, aktiv zu werden. Sie konnten mich nicht mehr einfach gehen lassen. Sie konnten nicht zurückrudern und mich mit ein paar Spötteleien vom Haken lassen. Ich würde gefangen werden, man würde mich anspucken, vermutlich nackt ausziehen und dann in das nächste Brennnesselgebüsch werfen. Die Zeit der Demütigungen war vorbei, und die Zeit der Schmerzen hatte begonnen.

Ich flitzte an der Abzweigung zum Ententeich vorbei. Die Entenküken würden sich ihr Futter selbst besorgen müssen; tot nutzte ich ihnen gar nichts. Stattdessen rannte ich schnurstracks geradeaus, und zwar mit voller Kraft. Ich hatte das Überraschungsmoment auf meiner Seite, was es mir ermöglichte, unbeschadet über den Zaunübertritt zu kommen – ein Hindernis, das für meine Verfolger eine ziemliche Herausforderung darstellte, weil sie sich absprechen und einer nach dem anderen hinübersteigen mussten. Aber mein Vorteil konnte nicht von langer Dauer sein. Wie alle Beutetiere hatte ich bei der Jagd mehr zu verlieren als die Jäger, aber die hatten, so vermutete ich, mehr Ausdauer. Außerdem wurde ich durch die Jutetasche behindert. Sie war zwar nicht schwer, aber sie war lästig. Der Karton mit den Keksen für Lucy schlug mir klappernd wie eine Soldatentrommel gegen die Beine. Mein Herz schlug ebenfalls laut, das Blut rauschte in meinen Ohren, und mein Atem ging in hektischen, rasselnden Zügen. Und noch immer war keine Menschenseele zu sehen.

Ein gefährlicher, zeitraubender Blick über die Schulter verriet mir, dass sich der Abstand weder verringert noch vergrößert hatte. Sie waren immer noch eine gute Lastwagenlänge hinter mir, aber sie zeigten keine Anzeichen der Ermüdung. Für sie war es wie eine sportliche Übung, kaum etwas anderes als ein lockeres Fußballtraining. Es war mir absolut klar, dass irgendein Teil von mir – meine Beine, meine Lunge – aufgeben würde, lange bevor sie auch nur annähernd so weit ermüdet waren, um die Jagd zu beenden. Ich hatte keine Chance, sie durch eine Flucht über offenes Gelände abzuschütteln. Ich bog von dem Feldweg ab, stolperte über ein schlammiges Brachfeld auf eine Hecke zu, die – so hoffte ich – den Anfang der zivilisierten Welt darstellte.

Der Boden war uneben und schwer begehbar. Meine Füße taten weh, meine Beine taten weh, meine Brust tat weh, und mein Kopf tat weh. Vor mir lag ein Entwässerungsgraben, ein schmale Rinne mit grün-braunem Wasser, das mich von meinem Ziel trennte. Ich wurde nur unmerklich langsamer. Ich rutschte die Böschung hinunter, sprang, stolperte auf der anderen Seite wieder hinauf. Mit ein paar taumelnden Schritten erreichte ich die Hecke. Ich schaute mich um. Meine Verfolger hatten den Entwässerungsgraben erreicht, und ich war an einem Punkt angekommen, an dem ich nicht mehr rennen konnte. Die Hecke war meine einzige Chance, so wenig hoffnungsvoll sie mir nun auch erschien. Sie bestand aus alten, stacheligen Koniferen, die dicht beieinanderstanden und eine schier undurchdringliche Mauer bildeten – dicht genug, dass eine vernunftbegabte, mittelgroße Kreatur es sich zweimal überlegte, ob sie ein Eindringen wagen sollte. Aber diese mittelgroße Kreatur hatte ihren Verstand auf dem Feldweg hinter dem Friedhof verloren. Ich drückte den Jutebeutel meiner Mutter gegen meine Brust und stürzte mich zwischen zwei Koniferenstämmen in die Hecke. Die feuchte Dunkelheit verschluckte mich. Etwas zerriss. Zweige splitterten und stießen in mein Gesicht. Nadeln stachen mir in die Hand. Ich schloss die Augen, senkte den Kopf und schob mich vorwärts wie ein angreifender Bulle. Und dann war ich frei. Ich fiel förmlich in strahlenden Sonnenschein. Etwas unter meinen Füßen gab nach – eine kleine Pflanze oder ein Busch. Ich hörte Geschrei in den Koniferen, und dann regnete ein Hagel aus Stöcken, Steinen und Schlamm auf mich nieder.

Blitzschnell nahm ich meine Umgebung in Augenschein. Ich befand mich in einem lang gezogenen, schmalen Garten. Das dazugehörige Haus wurde komplett von Bäumen und bewachsenen Rankgittern verdeckt. Links von mir stand ein Schuppen und rechts von mir ein Gewächshaus. Dahinter wurde das Grundstück durch einen hohen Zaun von der Außenwelt abgetrennt. Ich hörte es hinter mir rascheln, aber meine Beine versagten mir den Dienst. Jetzt, da ich aufgehört hatte zu rennen, konnte ich nicht wieder damit anfangen. Ich humpelte zum Schuppen. Die Tür war nicht verschlossen, der erste glückliche Zufall an diesem Tag, und auch der einzige. Hastig suchte ich das Innere mit den Augen nach etwas ab, das mir helfen konnte. Alte Pflanztöpfe, ein Stück Schlauch, ein paar Bambusstöcke, Gartenhandschuhe, eine rostige Harke. Dann, mit dem letzten Rest meines ohnehin erbärmlichen Kräftekontingents, schaffte ich es, einen schweren Kompostsack vor die geschlossene Tür zu zerren. Schließlich setzte ich mich auf den Sack, den Rücken gegen die Tür gepresst, die Beine fest in den Boden gestemmt und mein ganzer Körper so starr wie die Atome in einer Kohlenstoffnanoröhre.

Eine Sekunde später versuchte jemand, die Tür zu öffnen. Der Druck wurde stärker. Ein paar dumpfe Schläge ließen das Holz erzittern. Aber es war klar, dass die Tür nicht nachgeben würde. Ihre Basis wurde einfach von zu viel Gewicht gestützt.

Draußen ertönten Flüche und wütende Schreie. Dann hörte ich das Splittern von Glas und noch mehr Geschrei. Schließlich wurde alles still.

Ich zählte bis hundert.

Als ich nach draußen spähte, war niemand mehr zu sehen. Aber der Menge an Glasscherben nach zu urteilen, die in der Sonne glitzerten, war das halbe Gewächshaus demoliert worden. Später fand ich heraus, dass lediglich sieben Scheiben zerbrochen waren. Aber momentan war ich viel zu durcheinander, um auf Kleinigkeiten zu achten. Jetzt, wo die Jagd vorüber und ich nicht mehr mit der reinen Notwendigkeit zu überleben beschäftigt war, setzte mein Geist zu seinem vertrauten, flatternden Tanz an. Ich wusste, dass ich mich beruhigen musste. Ich musste still sitzen und mich konzentrieren und warten, bis es vorbei war.

Ich ging wieder in den dämmrigen Schuppen, mein Zufluchtsort vor der Zerstörung draußen, und hockte mich an der hinteren Wand auf den Boden, den Kopf in die Hände gelegt. Ich war völlig orientierungslos. Ich versuchte, mich zu konzentrieren, aber in der Hütte roch es nach Marzipan und Kreosot, und das hinderte meinen Geist daran, klar zu denken. Es war zu spät, um irgendwo hinzugehen. An diesem Punkt angelangt, würde jede Bewegung die Sache nur verschlimmern. Ich musste ganz ruhig dasitzen und meine Übungen machen. Ich sah Streitwagen vor mir und sich aufbäumende Pferde. Ich versuchte zu atmen. Ich fing an, Primzahlen aufzusagen. Ich sah Amseln ihre Kreise ziehen. Ich war völlig erschöpft.

Ich habe keine Ahnung, wie viel Zeit verging, aber als ich aus meinem Traum wieder zu mir kam, hatte sich die Atmosphäre verändert. Etwas hatte mich aufgeweckt. Ein Luftstrom durchschnitt das Kreosot; die Tür des Schuppens war aufgestoßen worden, und im Türrahmen stand eine Gestalt – eine Silhouette, eingerahmt vom Licht der tief stehenden Sonne.

Es war ein Mann. Ein Mann ragte im Türrahmen auf, und er hatte einen Stock auf mich gerichtet, einen langen Stock, der zylindrisch geformt war. Der Stock schimmerte matt im Dämmerlicht. Das Herz klopfte mir bis zum Hals.

Der Mann zielte mit einem Gewehr auf mich.

8

BUßE

»Nicht schießen!«, japste ich und hob beide Hände hoch über den Kopf. »Ich bin Epileptiker«, fügte ich hinzu. Ich weiß nicht, warum ich das sagte. Vielleicht dachte ich in meinem durchweichten Hirn, ich würde damit alles erklären können, vielleicht wollte ich aber auch nur um Nachsicht bitten.

Der schmale Gewehrlauf blieb unbeirrt auf mich gerichtet.

Es fühlte sich an, als würden Eiskristalle in meinem Inneren wachsen. Meine Augen tränten, sodass ich alles verschwommen sah und die Konturen des bevorstehenden Unheils nur noch undeutlich erkennen konnte. Dann blitzte plötzlich etwas orange vor dem dunklen Hintergrund auf. Ich erwartete einen Knall und eine Kugel, den trockenen Geruch von Schießpulver. Stattdessen knisterte es nur leicht, und es roch intensiv nach Petersilie. Ich dachte schon, ich bekäme wieder einen Anfall.

»Also«, sagte mein Henker, »sagst du mir jetzt gefälligst,

was im Namen von Jesus Fucking Christ du in meinem Schuppen zu suchen hast?«

Ich war gar nicht überrascht, dass er mit einem breiten amerikanischen Akzent sprach. In dem Fiebertraum, den mein Geist zusammengesponnen hatte – inspiriert von Hollywood und blinder Panik –, kam es mir nur logisch vor, dass ich von einem Cowboy ermordet wurde. Und mir blieb bestimmt keine Zeit, mir Gedanken über Jesus' zweiten Vornamen zu machen.

»Nun?«, sagte die Stimme auffordernd. »Was ist los? Hast du deine Zunge verschluckt?«

»Ausgeruht!«, quiekte ich. »Ich habe mich bloß ausgeruht.«

Daraufhin erklang ein kurzes, scharfes Schnauben, wie das warnende Knurren eines wütenden Hundes. »Tja, ich schätze, mein Glashaus zu demolieren, war ganz schön anstrengend für dich, was?«

Ich sagte nichts. In einer Krise kann ich meinem Gehirn einfach nicht trauen.

»Bist du jetzt fertig mit Ausruhen, Junge? Willst du rauskommen, damit wir reden können? Oder soll ich später wiederkommen?«

Ich wog meine Möglichkeiten ab und entschied, dass ich lieber aufrecht im Sonnenlicht stehend sterben wollte als zusammengerollt in der Dunkelheit. Aber als ich versuchte, mich hochzuhieven, knickten meine Beine unter mir weg. Ich gab es auf und vergrub den Kopf in meinen Armen.

»Wenn Sie mich umbringen wollen«, sagte ich weinerlich, »dann machen Sie es besser gleich.«

»Wovon zur Hölle redest du da, Junge?« Der Cowboy zog wieder an seiner Petersilienzigarette. »Was ist hier eigentlich los? Bist du ein bisschen wirr im Kopf oder was?«

Ich nickte heftig.

»Auf jetzt – hoch mit dir!«

Der Cowboy trat zurück ins Sonnenlicht und gab die Tür frei, damit ich herauskommen konnte. Er senkte seine Waffe – die sich in das zurückverwandelte, was sie die ganze Zeit gewesen war: eine etwa einen Meter zwanzig lange Aluminiumstange mit einem grauen Plastikgriff. Eine Krücke.

Das Eis schmolz. Ich spürte meine Glieder wieder, und mit einem Atemzug, der die Erleichterung in jede Körperzelle trug, stand ich auf und taumelte ins Licht, wiedergeboren und bereit, jede Strafe auf mich zu nehmen.

Angst verzerrt die Welt. Angst lässt uns Dämonen sehen, wo es nur Schatten gibt. Das war die Lektion, die ich daraus gelernt habe.

Der Mann, der mich aufgespürt hatte, war kein dunkler Bösewicht, wie ihn meine Vorstellungskraft hatte erscheinen lassen. Er stützte sich schwer auf seine Krücke und hinkte deutlich mit seinem rechten Bein. Er war hager und drahtig. Sein Gesicht war bleich und ausgemergelt, mit silbrigen, struppigen Bartstoppeln. An den Schläfen wuchsen noch Haarbüschel, oben auf dem Schädel dagegen kaum noch. Er war alt. Das Einzige, was zu der schneidenden Autorität passte, die ich mir in der Dunkelheit zusammenfantasiert hatte, waren seine Augen – scharf und steingrau – und seine Stimme, die hart und grimmig klang.

»Du wirst doch nicht abhauen, Junge, oder?«, fragte er.

Ich schüttelte den Kopf.

»Kann ich mich drauf verlassen?«

Ich nickte, immer noch stumm.

Er deutete mit der Krücke auf mich. »Hast du irgendwas bei dir, was dir nicht gehört?«

Ich starrte ihn verständnislos an.

»In der Tasche, Junge. Was ist in der Tasche?«

Ich senkte den Blick. Ich hielt immer noch die Jutetasche meiner Mutter in der Hand. Schützend drückte ich sie gegen meine Brust. »Katzenkekse!«, sprudelte ich hervor. »Katzenkekse, eine Zeitschrift und ein paar Trauben. Gehört alles mir. Sie können es überprüfen. Ich bin kein Dieb!«

»Bloß ein Rowdy, was?«

Der alte Mann schaute mich eindringlich an, schüttelte den Kopf und ließ seine Zigarette zu Boden fallen. Mit dem linken Fuß trat er sie aus.

»Weißt du, ich habe schon ziemlich viele dämliche Sachen in meinem Leben gesehen, aber das ist vermutlich die dämlichste. Ich weiß, dass Zerstörungswut und Vernunft selten Hand in Hand gehen, aber diese ganze Sache ist mir ein absolutes Rätsel.« Er deutete mit der Krücke zunächst auf das Gewächshaus, dann auf den Schuppen. »Vermutlich verschwende ich bloß meine Zeit, wenn ich dich frage, aber es würde mich doch interessieren, ob du eine Erklärung dafür hast.«

»Ich war das nicht«, sagte ich.

»Ach so. Wer dann?«

»Ein paar andere Jungs.«

»Welche Jungs?«

Ich schluckte. »Bloß irgendwelche Jungs. Sie waren hinter mir her.«

»Alles klar. Und wo sind sie jetzt?«

»Weiß ich nicht.«

»Haben sich wohl in Luft aufgelöst, was?«

»Wahrscheinlich sind sie wieder durch die Hecke.«

Wir beide schauten zu der Hecke, die sich wie eine undurchdringliche graugrüne Mauer auftürmte.

»Deine Freunde müssen ja wahre Houdinis sein«, sagte der alte Mann.

»Das sind nicht meine Freunde!«, widersprach ich.

Er schaute mich eine ganze Weile an und schüttelte dann wieder den Kopf.

»Hast du auch einen Namen, Junge?«

»Alex«, sagte ich, sehr leise.

»Nur Alex?«

»Das ist die Abkürzung für Alexander«, erklärte ich.

Der Mann schnalzte mit der Zunge und runzelte die Stirn. »Wer ist dein Vater, Junge?«

»Ich habe keinen Vater.«

»So so, eine unbefleckte Empfängnis, was?«

Glücklicherweise wusste ich mit dieser Bemerkung etwas anzufangen. Es war sarkastisch gemeint. Er wollte damit andeuten, dass ich wie Jesus war – nicht das Resultat von Geschlechtsverkehr, der in der Bibel immer als schreckliche Sünde dargestellt wurde.

»So habe ich das nicht gemeint«, sagte ich. »Ich habe einen Vater, aber meine Mutter weiß nicht genau, wer er war. Ich wurde ganz normal gezeugt. Irgendwo in der Nähe von Stonehenge«, erklärte ich.

»Deine Mutter lässt wohl nichts anbrennen, was?«

»Sie lebt jetzt im Zölibat«, sagte ich.

»Okay, das ist ja alles sehr interessant, aber lassen wir den Scheiß mal beiseite. Wer ist deine Mutter, Junge? Ich will ihren Namen wissen. Ihren Vor- und ihren Nachnamen.«

»Rowena Woods«, sagte ich.

Diese Offenbarung führte zu einem ungläubigen Blinzeln und einem weiteren kurzen, knurrenden Lachen. »Gott verdammich! *Der* Junge bist du?«

Abgesehen von dem Fluch war dies eine mir durchaus geläufige Reaktion, wenn ein Fremder herausfand, wer ich war.

Der alte Mann hatte seinen Kopf schräg gelegt, und ich sah, dass er die weiße Linie auf meiner rechten Schläfe sehr genau betrachtete, wo meine Haare immer noch nicht nachwuchsen.

Ich wartete geduldig.

Der alte Mann atmete aus und schüttelte noch einmal den Kopf.

»Wo ist deine Mom jetzt?«, fragte er. »Ist sie zu Hause?«

»Sie arbeitet«, sagte ich.

»Okay. Dann sag mir, wann sie heimkommt.«

Ich schaute auf die Glassplitter, die den Boden bedeckten, und biss mir auf die Lippe.

An dieser Stelle sollte ich etwas erklären.

Es gab zwei Dinge, die ich meiner Mutter über diesen Samstag nicht erzählen konnte. Unglücklicherweise waren es genau die beiden Dinge – die beiden *einzigen* Dinge –, die meiner Geschichte Glaubwürdigkeit verliehen.

Erstens konnte ich ihr die Namen meiner Verfolger nicht sagen. Das wäre einem Selbstmord gleichgekommen. Ich war sicher, dass nur mein Schweigen – zusammen mit der Drohung, dass ich dieses Schweigen möglicherweise brechen würde, wenn meine Peiniger es zu weit trieben – mein Überleben in den kommenden Wochen sicherte. Wenn man den drei Schlägern den Vandalismus nicht nachweisen konnte, würden sie es vermutlich gut sein lassen. Für den Augenblick – und vielleicht sogar für eine geraume Zeit in der Zukunft – mussten sie sich jemand anderen suchen, den sie piesacken konnten.

Zweitens durfte ich nichts von meinem Anfall erzählen. So wie die Dinge lagen, bestand sowieso die Gefahr, dass ich meine hart erkämpfte Freiheit wieder verlor. Wenn meine Mutter auch nur den leisesten Verdacht hegte, dass meine Epilepsie wieder zu ihrer anfänglichen Form zurückkehrte, würde sie mich in Ketten legen und rund um die Uhr überwachen. Ich würde die Samstage verlieren. Ich würde die Sonntage verlieren. Die Nachmittage nach der Schule. Wie sollte ich sie davon überzeugen, dass dies ein Einzelfall gewesen war, dass ich – obwohl die Beweislast dagegen sprach – ganz hervorragend mit dem strengen Regime aus Medikamenten und Meditationen zurechtkam?

Damit war meine Verteidigung von vornherein ruiniert. Was blieb, waren die unstrittigen Tatsachen: Einbruch, ein zerstörtes Gewächshaus und so wenig Schuldbewusstsein – oder himmelschreiende Dämlichkeit –, dass ich nicht einmal versucht hatte, unerkannt den Ort des Verbrechens zu verlassen.

Meine Mutter war entsetzt.

»Lex, wie *konntest* du nur?«, sagte sie.

»Ich sagte dir doch: Ich war's nicht!«

»Ich habe dich nicht zu einem Menschen erzogen, der Spaß daran hat, Dinge zu zerstören. Ich habe dir Prinzipien beigebracht. Ich habe dich zu einem freundlichen, höflichen und liebevollen Menschen erzogen. Zu einem wahrheitsliebenden Menschen!«

»Ich *habe* Prinzipien!«

»Dein Verhalten sagt etwas anderes.«

»Aber das war nicht mein Verhalten.«

»Ja. Das hast du gesagt. Und ich würde dir gerne glauben, Lex, ganz ehrlich. Aber du gibst mir keinen Anlass dazu.«

»Nur, weil du mir nicht zuhörst!«

»Sag mir, wer deine Komplizen waren. Dann höre ich dir vielleicht zu.«

»Es waren nicht meine *Komplizen*. Ich habe mit dem, was sie gemacht haben, nichts zu tun.«

»Wenn du sie schützt, wirst du automatisch zu ihrem Komplizen. Dann bist du genauso schuldig wie sie.«

Stirnrunzelnd blickte ich zu Boden und versuchte, gegen die Logik dieses Arguments anzukommen.

»Sag mir, wer es war«, verlangte meine Mutter noch einmal.

»Das habe ich schon. Es waren nur ein paar Jungen aus dem Dorf.«

»Namen, Lex. Ich will Namen.«

»Ihre Namen sind nicht wichtig. Hauptsache ist doch, dass sie Schuld haben, nicht ich.«

»Lex, es ist wirklich ganz einfach. Wenn du mir nicht sagst, welche deiner Freunde das gemacht haben, wirst du dafür zur Verantwortung gezogen werden.«

»Das sind nicht meine Freunde! Kapierst du eigentlich gar nichts?«

»Werde bloß nicht frech! Sag mir, wer sie sind!«

»Frag doch deine Karten«, sagte ich patzig.

Meine Mutter schwieg und schaute mich nur an. Ich konnte ihren Blick nicht ertragen. Sie sah nicht wütend aus. Nur verletzt.

Ich starrte zu Boden. Aus irgendeinem Grund fühlte ich mich jetzt, nach einem fünfminütigen Streit mit meiner

Mutter, gar nicht mehr unschuldig. Ich fühlte mich tatsächlich wie ein Komplize.

»Ich möchte dir etwas sagen, Lex«, fuhr meine Mutter schließlich fort. »Ich bin zwar nicht sicher, ob dir das irgendetwas bedeutet, aber ich möchte, dass du mir zuhörst. Und ich möchte, dass du gründlich nachdenkst, bevor du irgendetwas dazu sagst.

Isaac Peterson ist kein gesunder Mann. Er ist alt, und er ist krank. Und er ist ganz allein auf dieser Welt. Kannst du dir vorstellen, wie das ist?«

Ich wusste ganz genau, was meine Mutter vorhatte: Sie wollte mir Schuldgefühle einreden. So krank war Mr. Peterson gar nicht. Sein lahmes Bein machte ihn ein bisschen langsam, aber nicht gebrechlich. Und was sein Alter betraf – ja, er war fast doppelt so alt wie meine Mutter, aber er war nicht annähernd so alt wie etwa Mr. Stapleton, der bestimmt schon auf die hundert zuging. Die einzige unstrittige Tatsache in der Darstellung meiner Mutter war die Aussage, dass er allein auf der Welt war, und das machte meine angebliche Zerstörung seines Gewächshauses zu einem besonders widerwärtigen Vergehen.

Für den Fall, dass Sie nicht in einem kleinen Dorf wohnen, muss ich Ihnen etwas erklären: In einem kleinen Dorf weiß jeder mindestens drei Dinge über jeden anderen, egal, wie zurückgezogen man auch lebt. Die drei Dinge, die man im Dorf über Mr. Peterson wusste, waren folgende:

1. Eins seiner Beine war im Vietnamkrieg zerschmettert worden. Im Vietnamkrieg kämpften in den 1960er- und 1970er-Jahren Amerikaner auf der Seite von Südvietnam gegen die Nordvietnamesen.

2. Seine Frau, eine Engländerin namens Rebecca Peterson, war vor drei Jahren nach langem Kampf an Bauchspeicheldrüsenkrebs gestorben.
3. Wegen der Umstände aus 1. und 2. war er nicht mehr bei klarem Verstand.

Als mir meine Mutter die ersten beiden Tatsachen kundtat – die dritte konnte ich mir selbst daraus ableiten –, zerbröselten meine Hoffnungen, mit einem blauen Auge davonzukommen, zu Staub. Aufgrund von Mr. Petersons bemitleidenswerter Situation hatte ich keine Chance. Jemand musste für die mutwillige Zerstörung seines Gewächshauses büßen, und das war ganz offensichtlich ich.

Was noch zu klären war, waren die genauen Rahmenbedingungen meiner Buße.

Mr. Petersons Haus war das ideale Haus für einen Einsiedler. Es lag am Ende einer schmalen, gewundenen Gasse, mindestens zweihundert Meter von der Hauptstraße entfernt, und hatte eine lange Einfahrt, flankiert von fünfzigjährigen Pappeln, die wie Soldaten den einzigen Ein- und Ausgang bewachten. Den Bäumen und Büschen auf dem Grundstück hatte man erlaubt, bis weit über Kopfhöhe hinauszuwachsen, und durch das Fenster neben der Eingangstür konnte man nur ein paar Zentimeter der Fensterbank erkennen. Die Vorhänge waren geschlossen. Sie waren auch gestern geschlossen gewesen. Es sah nicht so aus, als ob sie jemals geöffnet wurden. Streifen aus Schmutz und Staub hatten sich in den Falten des Stoffs angesammelt. Ich rümpfte die Nase. Meine Mutter versetzte mir einen leichten Stoß ins Kreuz.

»Autsch!«, protestierte ich.

»Nicht trödeln, Lex.«

»Tue ich doch gar nicht!«

»Es wird nicht leichter, wenn du es hinauszögerst.«

»Aber was ist, wenn er nicht gestört werden will?«

»Sei kein Feigling.«

»Ich meine doch bloß, dass wir vorher anrufen sollten.«

»Das ist nicht nötig. Du bringst das jetzt in Ordnung.«

Ein paar Schritte noch, und wir standen auf der überdachten Veranda.

»Mach schon«, drängte meine Mutter. »Das ist deine Aufgabe.«

Ich klopfte an die Tür, etwa so, wie eine hungergeschwächte Fliege anklopfen würde.

Ein atemloser Moment verging.

Meine Mutter schaute mich an, verdrehte die Augen und klopfte noch einmal. Es klang wie Donnergrollen.

Sofort erhob sich lautes Gekläff im Inneren des Hauses. Ich erschrak dermaßen, dass ich regelrecht in die Höhe sprang.

»Lex, immer mit der Ruhe! Es ist bloß ein Hund.«

Was mich nicht wirklich beruhigte. Hunde waren mir schon immer unheimlich gewesen. Wir waren eine Katzen-Familie. Glücklicherweise stellte sich heraus, dass Mr. Petersons Hund ein noch größerer Feigling war als ich. Er bellte immer nur dann, wenn er aus dem Schlaf gerissen wurde, und dieses Bellen war ein Ausdruck kläglicher Panik – instinktiv, hektisch und bar jeglicher Aggression. Aber das wusste ich zu diesem Zeitpunkt noch nicht. Ich wusste nicht, dass dem Gebell ein hastiger Rückzug hinter das Sofa folgte. Ich dachte, dass der Hund der Baskervilles nach meinem Blut lechzte.

Ein Licht ging an und warf einen schmalen Streifen Helligkeit durch das Milchglas über der Tür. Ich fühlte, wie sich die Hand meiner Mutter um meine Schulter krampfte. Mein moralisches Gewissen stand noch immer auf dem Prüfstand.

Die Tür ging auf.

Mr. Petersons steingraue Augen betrachteten mich über eine Lesebrille hinweg, zuckten dann kurz zu meiner Mutter und kehrten wieder zu meinem Gesicht zurück. Er wirkte nicht überrascht. Er wirkte auch nicht erfreut.

Ich fühlte wieder einen Stoß, diesmal kurz oberhalb meines Steißbeins.

»Ich möchte mich bei Ihnen entschuldigen und es wiedergutmachen«, platzte ich heraus. Es klang eingeübt. Es *war* eingeübt, aber das war nicht der Punkt. Der Punkt war, dass es glaubwürdig klingen sollte. Wenn ich den falschen Ton erwischte, konnte ich die Sache gleich vergessen.

Mr. Peterson hob die Augenbrauen. Dann verzog er das Gesicht ein bisschen, sodass es einen leicht zerknautschten Eindruck machte.

Ich wartete.

Er trommelte mit den Fingern gegen den Türrahmen.

Ich wartete immer noch.

»Okay, Junge«, sagte er schließlich. »Dann entschuldige dich schon. Spuck's aus!«

Ratlos schaute ich zu meiner Mutter.

»Das ist eine Redewendung«, sagte meine Mutter. »Es bedeutet, dass du weitersprechen sollst.«

»Oh.«

Ich räusperte mich. Mr. Peterson verlagerte sein Gewicht von einem Fuß auf den anderen. Er machte den Eindruck, als wäre er genauso scharf darauf, die Sache hinter sich zu bringen, wie ich. Das gab mir Hoffnung.

»Es tut mir sehr leid um Ihr Gewächshaus, und es tut mir leid, dass ich unerlaubt Ihr Grundstück betreten habe«, sagte ich. Wieder ein Stoß im Rücken. »Und«, fügte ich hinzu, »ich möchte es wiedergutmachen, wie auch immer. Ich könnte zum Beispiel kleine Arbeiten für Sie erledigen, wenn Sie möchten.«

»Kleine Arbeiten?«

Ich merkte, dass dieses Angebot nicht willkommen war. Mr. Peterson sah aus, als hätte er Zahnschmerzen. Ich stürmte weiter voran, ohne Rücksicht auf Verluste, und leierte den Rest meiner Rede herunter, wobei ich den Fußabtreter ansprach.

»Ich könnte Ihre Fenster putzen«, sagte ich, »oder Unkraut jäten oder für Sie einkaufen.«

»Kannst du mein Gewächshaus reparieren?«

Ich hielt das für Sarkasmus und entschied mich, nicht zu antworten.

»Ich habe auch bemerkt«, sagte ich stattdessen, »dass Ihr Auto schon lange nicht mehr gewaschen wurde, und ich dachte mir, dass ... Au!«

Ich vermutete, dass dieser Stoß mich ermahnen sollte, mich an das Drehbuch zu halten, anstatt zu improvisieren.

»Also«, sagte ich abschließend, »da ich Ihr Gewächshaus nicht reparieren kann, biete ich Ihnen meine Hilfe an bis zu dem Zeitpunkt, an dem Sie entscheiden, dass ich den Schaden abgearbeitet habe. Das ist meine Buße«, ergänzte ich noch und blickte endlich vom Fußabtreter auf.

Mr. Peterson runzelte die Stirn, räusperte sich und runzelte wieder die Stirn.

»Hör zu, Junge«, sagte er. »Ich glaube nicht, dass das eine so gute Idee ist. Ich denke, ich akzeptiere einfach deine Entschuldigung, und dabei sollten wir es belassen.«

»Ja, das ist genau das, was …«

In diesem Moment trat meine Mutter vor. »Bitte entschuldigen Sie, Mr. Peterson. Wenn ich etwas dazu sagen darf?« Sie wartete nicht ab, ob sie durfte, sondern sprach sofort weiter. »Das ist sehr großzügig von Ihnen, wirklich *sehr* großzügig, aber ich glaube kaum, dass eine einfache Entschuldigung in diesem Falle ausreicht, wenn man die Schwere des Vergehens bedenkt.«

Der Hoffnungsschimmer in meinem Herzen erlosch traurig flackernd.

Auf Mr. Petersons Gesicht lag noch immer dieser verkrampfte, unbehagliche Ausdruck.

»Sie finden doch auch, dass es eine ernste Angelegenheit ist, nicht wahr?«, bohrte meine Mutter nach. »Denn gestern hatte ich noch den Eindruck, Ihnen sei sehr daran gelegen, dass Alex angemessen bestraft wird.«

»Nun ja, auf jeden Fall, aber …«

»Können Sie sich denn eine angemessenere Strafe vorstellen?«

»Nun, vielleicht nicht. Aber das ist trotzdem nicht ganz das, was ich im Sinn hatte. Ich meine, um ehrlich zu sein, Mrs. Woods, ich glaube nicht, dass es mir zusteht …«

»Mr. Peterson, das ist eine Sache des Prinzips«, beharrte meine Mutter. »Alex muss eine Lektion lernen. Er muss begreifen, dass sein Handeln Konsequenzen hat.«

»Okay, das sehe ich ein. Und ich will auch keinesfalls verhindern, dass Ihr Sohn eine wichtige Lektion lernt, aber …«

»Ausgezeichnet! Ich bin so froh, dass wir einer Meinung

sind. Denn ich darf Ihnen versichern, dass Alex und ich die Sache lang und breit diskutiert haben und wir uns einig sind, dass er seine Schuld *Ihnen* gegenüber begleichen muss, wenn er ernsthaft Buße tun will, nicht mir gegenüber. Das ist die einzige Möglichkeit, diese Angelegenheit abzuschließen.«

Mr. Peterson warf mir einen Hilfe suchenden Blick zu. Ich gab ihm mit meinem Blick zu verstehen, dass nichts davon *meine* Idee gewesen sei und dass ich gegen meine Mutter nichts ausrichten könne.

Er wedelte ein bisschen mit den Armen und fluchte dann leise vor sich hin. Meine Mutter tat so, als habe sie es nicht gehört. Ich wusste, dass die Schlacht bereits verloren war. Die Niederlage war in dem Moment beschlossene Sache gewesen, als er die Tür geöffnet hatte.

»Ach, zum Teufel!« Mr. Peterson rieb sich die Schläfen.

Meine Mutter schaute ihn erwartungsvoll an.

»Klar, toll. Warum nicht? Ich habe bestimmt irgendwas für ihn zu tun, er lernt seine Lektion, und dann haben wir alle wieder unsere Ruhe. Großartig.«

Sarkasmus prallte von meiner Mutter ab wie ein Gummiball. »Wunderbar«, sagte sie. »Dann machen wir gleich einen Termin aus. Ich denke, der nächste Samstag wäre passend?«

»Sehr passend.«

»Ausgezeichnet. Dann ist es abgemacht.«

Mr. Peterson schaute mich an. Sein Blick war irgendwie belustigt. Ich zuckte ganz leicht mit den Schultern, ohne dass meine Mutter es bemerkte.

»Komm mit, Alex«, sagte sie und versetzte mir einen letzten Stoß in die Rippen. »Ich glaube, du hast Mr. Petersons Zeit schon genug in Anspruch genommen. Jedenfalls genug für ein Wochenende.«

Dieser Spruch ergab vielleicht für meine Mutter irgendeinen Sinn, aber unter Berücksichtigung des Handels, den sie gerade abgeschlossen hatte, erschloss sich mir seine Logik nicht.

9

METHAN

Es regnete, als ich am folgenden Samstag die Einfahrt zwischen den Pappeln entlangging. Es war ein trüber, nebelfeiner Nieselregen, der wie Nadelspitzen in meine Haut stach. Ich hoffte sehr, dass ich nicht Unkraut jäten oder den Rasen mähen oder die Fenster von außen putzen musste; aber je öfter ich nach oben in den bleigrauen Himmel schaute, desto sicherer war ich mir, dass dies oder eine ähnlich gemeine Aufgabe mein Schicksal sein würde. Doch wie sich herausstellte, hatte Mr. Peterson andere Pläne.

»Kannst du Auto fahren?«, fragte er. Es war das Erste, was er zu mir sagte, nachdem er die Tür geöffnet hatte.

Ich wies ihn darauf hin, dass ich erst dreizehn war.

Mr. Peterson betrachtete mich kritisch, als ob dies genau die »Ich kann das nicht«-Einstellung war, die er von mir erwartet hatte. »Du kannst also kein Auto fahren, was?«

»Nein.«

»Junge, ich spreche nicht von einem Hundertkilometertrip. Ich brauche nur ein paar Sachen aus dem Laden.« Er blickte böse zum Himmel. »Meinem Bein geht's bei dem Wetter nicht besonders gut.«

»Ich bin erst dreizehn«, wiederholte ich entschuldigend. Irgendwie fühlte ich mich nun auch für die Schmerzen in Mr. Petersons Bein verantwortlich.

»Weißt du, ich bin mir ziemlich sicher, dass ich in deinem Alter schon den Truck von meinem Dad gefahren bin.«

»Ich habe keinen Dad«, erinnerte ich ihn. »Die unbefleckte Empfängnis, wissen Sie noch?«

Das sollte ein Witz sein. Er lächelte nicht.

»Ich könnte Ihr Auto *waschen*«, schlug ich vor.

Das rief ein humorloses bellendes Lachen hervor. »Bei dem Wetter? Ich denke, mein Wagen kriegt heute auch so eine anständige Wäsche, meinst du nicht?«

»Ja, kann schon sein«, sagte ich mutlos. Ich fühlte, wie das beträchtliche Gewicht meiner Nutzlosigkeit meine Schultern nach unten drückte.

»Außerdem«, fuhr Mr. Peterson fort, »ist körperliche Betätigung bei Regen ja gut und schön, aber ich weiß nicht genau, wie deine Mutter reagieren würde, wenn ich dich mit einer Lungenentzündung nach Hause schicke.«

»Sie würde ganz gewiss mir die Schuld geben, nicht Ihnen«, sagte ich.

Mr. Peterson räusperte sich, wie es manche Leute tun, wenn sie in einer verzwickten Situation Zeit gewinnen wollen. »Nun ja«, sagte er, »ich hatte ohnehin etwas Lehrreicheres für dich im Sinn. Deine Mutter scheint ziemlich versessen darauf zu sein, dass du hier etwas lernst, richtig?«

Ich nickte düster. Meine Mutter und Mr. Peterson wollten mir beibringen, dass die willkürliche Zerstörung eines Gewächshauses falsch war. Das wusste ich bereits. Meine

Buße war eine bedauerliche, aber notwendige Scharade, damit sich alle Beteiligten besser fühlten. Ich hatte mich bereits damit abgefunden, dass ich kein Recht hatte, mich wegen dieser Tatsache zu grämen. Aber ich hätte nicht erwartet, tatsächlich etwas zu lernen.

Wie ich feststellen sollte, hatte ich Mr. Petersons Bestreben in Sachen moralische Belehrung unterschätzt.

»Kannst du tippen?«, fragte er.

»Ja«, antwortete ich.

»Wie steht's mit deiner Rechtschreibung?«

»Ganz okay.«

»Denn wenn du nicht richtig schreiben kannst, dann geht das hier gründlich in die Hose.«

»Meine Rechtschreibung ist im Allgemeinen korrekt«, versicherte ich ihm. »Und Mr. Treadstone, mein Englischlehrer, sagt, dass ich für mein Alter über einen angemessenen Wortschatz verfüge. Auch wenn es natürlich immer Verbesserungspotenzial gibt. Was soll ich für Sie tippen?«

»Wir werden ein paar Briefe schreiben«, sagte Mr. Peterson.

Das Erste, was ich an diesem Tag lernte, war Folgendes: Was man über einen Menschen zu wissen glaubt, ist nur ein Bruchteil der ganzen Geschichte.

Wie ich schon sagte, glaubte man in Lower Godley, alles übereinander zu wissen, was wichtig war (in der Regel drei Dinge). Mehr musste man nicht wissen. Alle wussten, dass Mr. Peterson ein zurückgezogen lebender Vietnamveteran war, dessen Frau an Bauchspeicheldrüsenkrebs gestorben war. Alle wussten, dass meine Mutter eine Wahrsagerin war und eine alleinerziehende Frau mit komischen Ansichten und komischen Haaren. Und alle wussten, dass ich von einem Meteoriten getroffen worden war und deshalb einen Dachschaden hatte und manchmal Krampfanfälle.

Das stimmte alles. Aber das war nicht die ganze Wahrheit.

Mr. Petersons Haus war nicht düster und staubig, wie ich erwartet hatte. In den hinteren Räumen war es sauber und ordentlich, und obwohl es ein trüber Tag war, war das Wohnzimmer lichtdurchflutet, denn das große Fenster ging hinten in den Garten hinaus. Es gab zwei Lampen, hohe Bücherregale und Kunstdrucke an den Wänden. Und auf einem großen Bodenkissen döste Mr. Petersons Hund. Er schaute hoch und schnüffelte neugierig, als ich eintrat. Dann klappte er die Augen wieder zu und schlief weiter. Er war sehr alt und verbrachte daher die meiste Zeit mit Schlafen. Später erfuhr ich, dass er vor ein paar Jahren aus dem Tierheim geholt worden war. Ein Teil seines Ohrs fehlte, und er hieß Kurt, nach Kurt Vonnegut Jr., dem Lieblingsschriftsteller von Mr. Peterson, der vor zehn Tagen gestorben war. Mr. Peterson fand es in Ordnung, einen alten Hund aufzunehmen, denn alte Hunde brauchten nicht mehr viel Bewegung und waren dankbar für ein warmes Plätzchen, wo sie schlafen konnten. Als ich fragte, was für eine Art Hund Kurt sei, meinte Mr. Peterson, er sei ein Mischling.

Nur wenige Meter von Kurt entfernt befand sich der Gegenstand, der mich am meisten überraschte, nämlich ein sehr neuer, sehr glänzender Computer. Er stand neben einem großen Flachbildmonitor auf einem Schreibtisch. Aus irgendeinem Grund hatte ich angenommen, dass ich mich mit einer dieser uralten Schreibmaschinen würde abkämpfen müssen. Aber manchmal haben die Leute Häuser und Besitztümer, mit denen man nicht rechnet, und Hobbys, die man sich nicht einmal vorstellen kann.

Mr. Petersons Hobby war das Schreiben von Briefen an Politiker und – gelegentlich – an Gefangene. Er war in einem besonderen Briefklub. Man musste einen monatlichen Mitgliedsbeitrag entrichten und bekam eine Klubzeitschrift zugeschickt, in der die Namen und Adressen von Menschen überall auf der Welt standen, denen man vielleicht schreiben wollte, obwohl die meisten von ihnen niemals antworten würden. Die Politiker waren meistens zu beschäftigt oder kümmerten sich nicht um ihre persönliche Korrespondenz, und den Gefangenen war oft nicht erlaubt, die Briefe zu beantworten. Sie hatten Glück, wenn sie die Briefe überhaupt bekamen. Mr. Petersons Briefklub hieß »Amnesty International«.

Anfangs hatte ich so meine Zweifel, ob meine Mutter das Briefeschreiben an verurteilte Gefangene für moralisch lehrreich halten würde, aber Mr. Peterson, der durch und durch verrückt war, meinte, das sei es ganz sicher. Er sagte mir, dass die meisten Gefangenen, denen wir schrieben, überhaupt nicht ins Gefängnis hätten kommen dürfen. Es waren gute Menschen, die eingesperrt und ihrer grundlegenden Menschenrechte beraubt worden waren. Es war ihnen nicht gestattet, ihrer Überzeugung entsprechend zu handeln oder selbst ihre Meinung zu äußern, ohne befürchten zu müssen, verfolgt oder misshandelt zu werden – obwohl Mr. Peterson nicht glaubte, dass ich mir vorstellen konnte, wie das war. Ich sagte Mr. Peterson, dass ich mir das sehr wohl vorstellen könne, schließlich ging ich in die Mittelstufe. Und wenn diese Gefangenen zu Unrecht im Gefängnis saßen, ohne fairen Prozess oder wegen Verbrechen, die sie wahrscheinlich nicht begangen hatten, so war das ebenfalls etwas, das ich gut nachvollziehen konnte.

Ich tippte, was mir Mr. Peterson diktierte, wobei er die Namen und Orte buchstabierte, die mir Probleme bereiteten. Nach einer Weile sagte er, dass mein Tippen wie Hufschläge auf Pflastersteinen klingen würde, und er legte Musik auf. Es war, so erklärte er mir, ein Schuh-Bart-Quintett. Ich hatte keine Ahnung, was das war, und ich fragte auch nicht nach. Aber die Musik war nett; es wurde nicht gesungen, und daher wurde meine Konzentration nicht gestört.

An diesem Nachmittag schrieben wir fünf oder sechs Briefe. Es sah ganz so aus, als gäbe es eine Menge Menschen auf der Welt, denen man ihre Grundrechte verweigerte. Wir schrieben an unseren Abgeordneten im Parlament und verlangten, er möge den Fall von britischen Gefangenen, die ohne Gerichtsverfahren in einem amerikanischen Gefängnis auf Kuba inhaftiert waren, in den Parlamentssitzungen zur Sprache bringen. Wir schrieben einem Richter in China und forderten die sofortige Freilassung von fünf Männern und Frauen, die ins Gefängnis gebracht worden waren, weil sie gegen den Abriss ihrer Häuser protestiert hatten, die einem Olympiastadion hatten weichen müssen. Und wir schrieben einen Brief an den Gouverneur von Nebraska und baten, er möge noch einmal das Todesurteil eines Verurteilten überdenken, der für schuldig befunden worden war, im Alter von achtzehn Jahren einen Polizisten getötet zu haben. Er war mittlerweile zweiunddreißig, und es gab keinerlei Beweise, die ihn mit dem Verbrechen in Verbindung brachten, außer zwei Zeugen, die später ihre Aussagen widerrufen hatten. Der Staat Nebraska hatte vor, ihn mithilfe von Elektrizität zu töten, die man durch seinen Körper leiten wollte, bis das Herz aufhörte zu schlagen. Das war eine sehr dramatische und ziemlich eklige Art, das Leben eines Menschen zu beenden. Die meisten anderen Bundesstaaten der USA – selbst Texas – benutzten keinen elektrischen Stuhl mehr für Hinrichtungen. Nur Nebraska hielt an seinen altertümlichen, verdrehten Traditionen fest.

Mr. Peterson war dagegen, dass man möglicherweise Unschuldige von Staats wegen tötete. Und er war auch dagegen, dass man definitiv Schuldige von Staats wegen tötete. Er war ein Pazifist, was bedeutete, dass er gegen Gewalt war. Punkt. Diese Information, die vor einer Woche überaus nützlich für mich gewesen wäre, brachte mehrere Fragen auf den Plan.

»Aber was ist, wenn man jemanden töten muss, damit er sonst niemanden tötet?«, fragte ich. »Was, wenn es Notwehr ist?«

»Ich glaube nicht, dass man es als Notwehr bezeichnen kann, einen Mann zu töten, der hinter Gittern sitzt.«

»Nein, aber nur mal angenommen – wenn es wirklich Notwehr ist. Was ist, wenn jemand versucht, Sie zu töten?«

»Dann habe ich die Moral auf meiner Seite, wenn ich sterbe.«

Ich dachte, das sollte vermutlich ein Witz sein, aber ich war mir nicht sicher.

»Ich möchte gerne von mir glauben, dass ich nicht mehr gewalttätig sein kann«, stellte Mr. Peterson klar. »Egal, unter welchen Umständen.«

»Wegen dem, was in Vietnam passierte?«, fragte ich. »Mit Ihrem Bein und überhaupt?«

»Zum Teufel, Junge! Du stellst eine Menge Fragen.«

»Sie wollten doch, dass ich etwas lerne«, entgegnete ich.

»Hat dir deine Mutter nicht gesagt, dass es Fragen gibt, die man aus Gründen der Höflichkeit und Rücksichtnahme nicht stellt?«

»Doch«, gab ich zu. »Das hat sie mir gesagt.«

»Nun, und ich würde sagen, *das* ist so eine Frage, meinst du nicht auch?«

»Doch, wahrscheinlich schon.«

Alle interessanten Fragen schienen in diese Kategorie zu gehören.

»Mr. Peterson«, sagte ich nach einer Weile. »Ich glaube, ich bin auch ein Pazifist. Ich will damit sagen, ich bin der Meinung, dass die Menschen nicht kämpfen sollten, jedenfalls in neunundneunzig Komma neun Prozent aller Fälle.«

»Gut so. Es ist wichtig, Prinzipien zu haben.«

»Außerdem kann ich nicht gut kämpfen«, gestand ich ein.

»Das ist auch okay. Es ist kein Verbrechen, nicht kämpfen zu können.«

»Oh.«

Das war neu für mich. In der Schule wurde es im Allgemeinen als positiv betrachtet, wenn man gut kämpfen konnte. Es war gleichzusetzen mit gut in Sport zu sein.

»Aber ich glaube, ich würde kämpfen, wenn ich keine andere Wahl hätte«, setzte ich hinzu. »Wenn jemand zum Beispiel Lucy angreifen würde.«

»Ich weiß nicht, wen du meinst.«

»Lucy ist unsere Katze.«

»Hübscher Name.«

»Es ist die Abkürzung für Luzifer.«

»Aber sicher doch … Warum sollte jemand deine Katze angreifen?«

»Das ist bloß hypothetisch. Das bedeutet, es ist bloß ein Beispiel.«

»Ich weiß, was hypothetisch bedeutet, Junge.«

»Oh. Na ja, wie auch immer. Lucy ist gerade schwanger, deshalb kann sie nicht besonders schnell laufen, wenn sie einem Feind entkommen müsste. Und sie kann sich auch nicht gut verstecken, weil sie ganz weiß ist. Sie leuchtet irgendwie, selbst in der Nacht. Deshalb auch der Name. Luzifer bedeutet ›Lichtbringer‹.«

»Ich weiß. Es ist außerdem der Name des Teufels. Das ist dir doch klar, oder?«

»Ja, sicher. Aber meine Mutter hat eine Menge Sympathie für den Teufel. Sie meint, er werde im Allgemeinen missverstanden. Sie meint, es gebe eine gewisse Balance in der kosmischen Ordnung, und Schöpfung und Zerstörung seien zwei Seiten ein und derselben Medaille.«

»Ich will ehrlich sein, Junge: Diese Lebensphilosophie deiner Mutter ist reine Hirnwichserei. Ich glaube nicht, dass ich viel Zeit damit verschwenden will, die Sache zu begreifen.«

Mir war mittlerweile klar, dass Mr. Peterson seine Zunge nur selten im Zaum hielt.

»Sie meint auch, dass es manchmal okay ist, ein Rebell zu sein«, sagte ich. »Sie findet nicht, dass Gott ein so toller Boss ist, jedenfalls wenn man sich ansieht, wie er in der Bibel dargestellt wird. Sie meint, wenn sie ein Engel gewesen wäre, hätte sie vermutlich auch gekündigt.«

»Lieber in der Hölle regieren als im Himmel dienen.«

»Ja«, sagte ich, »das trifft es in der Tat sehr gut, obwohl meine Mutter auch mit dem Regieren so ihre Schwierigkeiten hat. Sie kann Hierarchien nicht leiden – außer in unserer

Familie, da ist sowieso alles anders. Aber egal, Lucy ist nicht böse. Sie ist bloß eine Katze. Und wenn sie jemand angreifen würde, also hypothetisch gesprochen, dann würde ich dazwischengehen. Ich glaube, es ist in Ordnung zu kämpfen, wenn man jemanden verteidigt, der in Gefahr ist und sich nicht selbst helfen kann, finden Sie nicht auch?«

»Für jede Regel gibt es eine Ausnahme.«

»Also würden Sie auch aufhören, ein Pazifist zu sein, wenn es keine andere Möglichkeit mehr gäbe?«

Mr. Peterson knetete seine Augenbrauen. »Hör zu, Junge, Moral ist nicht schwarz oder weiß. Es gibt einige sehr große graue Flächen. Ich glaube, dass deine Mutter mir da zustimmen würde.«

»Ich verstehe«, sagte ich.

Ich muss mich schuldig bekennen: Es ist durchaus möglich, dass ich hier mehrere Gespräche zu einem einzigen zusammenmische. Es ist nicht leicht, sich zu erinnern, wer was wann gesagt hat. Aber das ist auch nicht so wichtig. Das Wichtige ist, dass im Laufe dieses Tages entgegen allen Erwartungen meine Buße aufhörte, eine Buße zu sein. Obwohl er total verrückt war, ergaben die Gespräche mit Mr. Peterson wesentlich mehr Sinn als die Gespräche mit meiner Mutter.

Später, als wir mit dem Briefeschreiben fertig waren und Mr. Peterson draußen seine Kräuterzigarette rauchte, durchforstete ich das Archiv aus Briefen auf seinem Computer. Dieses Archiv war sehr umfangreich. Ich schnüffelte nicht herum; Mr. Peterson hatte mir gesagt, ich solle die Briefe, die wir geschrieben hatten, in diesem Ordner abspeichern, und ich dachte mir, wenn er nicht gewollt hätte, dass ich mich dort umschaute, hätte er mich die Briefe gar nicht oder woanders abspeichern lassen. Außerdem dachte ich, es sei vielleicht moralisch lehrreich.

Ich schaute nach, wie viele Briefe es insgesamt gab. Es waren Hunderte, fein säuberlich sortiert in separate Ordner mit Monats- und Jahresangaben. Ich las eine Handvoll, die interessant klingende Dateinamen hatten. Dann schloss ich die Ordner und schaltete den Computer aus. Schließlich schaute ich mir noch die Unterseite der Maus an, was ich jedes Mal tat, wenn ich einen unbekannten Computer benutzte. Es war ein neues Modell mit einem roten Laserstrahl anstatt einer Rollkugel, war also auf keinen Fall von Robert Asquiths chinesischen Bauern hergestellt worden.

Dann kreiselte ich ein bisschen auf dem Drehstuhl herum.

Mitten in einer Drehung fiel mir ein Foto an der Wand neben einem der hohen Bücherregale auf. Es war das einzige Foto im Zimmer. Ich hielt es für durchaus möglich, dass es das einzige Foto im ganzen Haus war. Ich trat näher, um es mir genauer anzuschauen. Das war auch kein Herumschnüffeln. Ich war bloß neugierig.

Das Foto zeigte eine Frau, die etwas jünger aussah als meine Mutter – höchstens dreißig Jahre alt. Ihr Haar war kurz geschnitten, und sie trug eine schwarze Baskenmütze. Sie hatte den Kopf leicht schräg gelegt und lächelte schelmisch in die Kamera.

»Ist das Ihre Tochter?«, fragte ich höflich, als Mr. Peterson wieder hereinkam. Wenigstens dachte ich, es sei eine höfliche Frage. Aber es stellte sich heraus, dass es keine Frage war, die ich hätte stellen sollen. Ich merkte es gleich; die Atmosphäre im Raum veränderte sich spürbar.

Ich sollte hier vielleicht erklären, dass ich die Aussage

meiner Mutter, Mr. Peterson sei ganz allein, lediglich auf seine häusliche Situation und den nicht allzu weit zurückliegenden Tod seiner Frau bezogen hatte. Ich wusste nicht, dass er tatsächlich überhaupt keine Familie mehr hatte. Mir war immer bewusst gewesen, dass es für Menschen (andere Menschen) völlig normal ist, überall im Land und sogar in anderen Ländern Generationen von Verwandten zu haben. Und dass ich diese Frau auf dem Foto nicht mit Mrs. Peterson in Verbindung brachte, lag daran, weil dieses Abbild Millionen Meilen weit von dem Bild entfernt war, das ich mir im Geiste von Mrs. Peterson gemacht hatte. Mir war nicht in den Sinn gekommen, dass Mr. und Mrs. Peterson einmal jung gewesen waren. Außerdem sah das Foto überhaupt nicht aus wie ein altes Foto. Mit ihrem kurzen Haar und dem schräg gelegten Kopf wirkte Mrs. Peterson überaus modern.

Wie sich herausstellte, war das Foto 1970 während einer Antikriegsdemonstration in Washington, D.C., gemacht worden, ein paar Jahre, nachdem Mr. Peterson mit einem verkrüppelten Bein und dem Purple Heart aus Vietnam zurückgekehrt war. Das Purple Heart ist ein Orden, den amerikanische Soldaten bekommen, die sich bei der Arbeit verletzt haben, und den Mr. Peterson nicht mehr besaß, weil er ihn von einer Klippe in Oregon aus in den Pazifischen Ozean geworfen hatte. Mrs. Peterson, die damals noch nicht Mrs. Peterson war, war mit einem Studentenvisum in die Vereinigten Staaten von Amerika eingereist. 1971 wurde sie ausgewiesen, und Mr. Peterson entschied sich, sie zu begleiten. Er hatte genug von seinem Land.

Der Grund, warum er dieses Bild behalten und aufgehängt hatte – und nur dieses eine Bild – war folgender:

Dieses Bild war das genaue Gegenteil seiner letzten Erinnerung an seine Frau – kurz vor ihrem Tod, als sie all ihre Haare und die Hälfte ihres Körpergewichts verloren hatte und sterbend im Krankenhaus lag. Dieses Foto zeigte sie, wie er sie im Gedächtnis behalten wollte.

Ich sollte vielleicht noch erwähnen, dass Mrs. Peterson keine Kinder bekommen konnte wegen eines Problems mit ihren Eileitern, was ein weiterer Grund war, warum meine ursprüngliche Frage bezüglich des Fotos so fehl am Platz gewesen war. Aber natürlich erfuhr ich all das erst viel später. Zu diesem Zeitpunkt sagte mir Mr. Peterson lediglich, dass das Foto seine Frau zeigte. Darauf folgte ein unbehagliches Schweigen, währenddessen ich mit den Füßen scharrte und nicht wusste, was ich sagen sollte.

Schließlich zog ich ein Buch aus dem Regal. Ich hatte das Bedürfnis, meine Hände mit irgendetwas zu beschäftigen.

Unglücklicherweise sahen sich meine Hände und Augen mit drei Paar Brüsten an drei fast völlig nackten Frauen konfrontiert. Die Frauen trugen sehr knappe weiße, durchsichtige Gewänder. Ich nahm die Farbe von Roter Bete an. Meine Mutter hatte mir stets versichert, dass an der nackten menschlichen Gestalt nichts Peinliches oder Furchterregendes sei. Aber ich war mir da nicht so sicher. Man konnte ihre *Nippel* sehen.

Ich richtete meine Augen etwa zehn Zentimeter nördlich. Das Buch hieß *Die Sirenen des Titan*. Es war eins von Mr. Petersons Kurt-Vonnegut-Büchern, das ich aus dem dritten Fach des Regals gezogen hatte, wo mindestens noch fünfzehn oder zwanzig andere standen, alle ordentlich nebeneinander.

»Das ist ein komischer Titel für ein Buch«, sagte ich und schluckte den Kloß im Hals herunter. »Werden diese Frauen verhaftet?«

Mr. Peterson erklärte, er hätte in drei Teufels Namen keine Ahnung, wovon ich spräche.

»Sie haben nicht viel an«, stellte ich klar.

»Na und?«, sagte er ratlos.

»Ich dachte, die Sirenen würden deswegen heulen.«

Mr. Peterson runzelte die Stirn.

»Ich glaube, man wird verhaftet, wenn man in der Öffentlichkeit nicht genug anhat.«

Mr. Peterson schien ein Licht aufzugehen. »Nein, Junge. Keine Polizeisirenen. Sirenen wie bei Homer.«

»Simpson?«, fragte ich verwirrt.

»Die *Odyssee*!«

Ich schaute ihn verständnislos an. Irgendwann, vor etwa einer halben Minute, hatten wir aufgehört, dieselbe Sprache zu sprechen.

Mr. Peterson seufzte und rieb sich die faltige Stirn. »Die *Odyssee* ist eine sehr alte griechische Geschichte, geschrieben von einem sehr alten Griechen namens Homer. Und in der *Odyssee* gibt es diese sehr schönen Frauen, die man Sirenen nennt. Sie leben auf einer Insel im Mittelmeer und sind verantwortlich für viele untergegangene Schiffe. Sie singen verzauberte Lieder, mit denen sie die Seeleute in ihr Verderben locken.«

»Ach so«, sagte ich. »Also sind die Frauen die Sirenen? Und deshalb haben sie so wenig an?«

»Richtig. Aber in Kurt Vonneguts Buch leben die Sirenen nicht im Mittelmeer. Sie leben auf Titan, das ist einer der Monde des Planeten Saturn.«

»Ja, *das* weiß ich«, sagte ich. (Ich wollte nicht, dass mich Mr. Peterson für einen Dummkopf hielt.) »Es ist der zweitgrößte Mond im Sonnensystem, nach Ganymed, dem größten Jupitermond. Er ist sogar größer als Merkur, wenn auch von geringerer Dichte.«

Mr. Peterson runzelte die Stirn und schüttelte den Kopf. »Augenscheinlich legt man heute in der Schule mehr Wert auf die Naturwissenschaft als auf bildende Künste, was?«

»Nein, eigentlich nicht. Die Schule legt Wert auf Prüfungsfragen. Atmen Sirenen Methan?«

»Methan …? Was soll das denn jetzt wieder, Junge?«

»Na, atmen sie Methan ein – die Sirenen, meine ich? Es ist nämlich so, dass die untere Atmosphäre des Titan aus einer Mischung aus Stickstoff und Methan besteht, weshalb einige Wissenschaftler glauben, dass falls es Leben auf dem Titan gibt, es eher auf Methan als auf Sauerstoff basiert – oder besser gesagt auf dem Wasserstoff, der sich im Methan befindet. Aus Stickstoff kann kein Leben entstehen, weil Stickstoff chemisch träge ist.«

»Ich glaube nicht, dass die Qualität der Luft eine Rolle spielt.«

»Oh.« Ich las den Text auf der Innenseite des Einbands. »Da steht, dass das Buch 1959 veröffentlicht wurde. Die Pioneer- und Voyager-Missionen erreichten den Saturn erst in den späten Siebzigern und den frühen Achtzigern, also wusste Kurt Vonnegut vielleicht nicht viel über Methan.«

»Methan spielt keine Rolle. Darum geht's nicht in dem Buch. Es ist eine erfundene Geschichte, Herrgott noch mal!«

»Okay.« Ich wartete ein paar Sekunden. »Worum geht es in der Geschichte?«

Mr. Peterson atmete langsam durch seine Zähne aus. »Es

geht um einen sehr reichen Mann, der zum Mars, zum Merkur und zum Titan reist.«

»Ach ja? Ist er ein Forscher?«

»Nein, er ist das Opfer einiger unglücklicher Zufälle.«

Mein konzentriertes Stirnrunzeln vertiefte sich. »Das hört sich ein bisschen weit hergeholt an. Ich glaube nicht, dass man zufällig zu all diesen Orten reisen kann.«

»Er schließt sich aus Versehen der Marsianischen Armee an und erleidet dann mit seinem Raumschiff Schiffbruch. Zweimal. Erst auf dem Merkur, dann auf dem Titan.«

»Wie schließt man sich denn *aus Versehen* einer Armee an? Das klingt auch ein bisschen weit hergeholt.«

»Es ist völlig egal, ob es weit hergeholt ist oder nicht. Das ist nicht der Punkt. Es ist eine Satire. Bitte, sag mir, dass du weißt, was eine Satire ist!«

»So was Ähnliches wie Sarkasmus, nur cleverer?«

»Nein, nein, das trifft es nicht. Hör zu, dieses Gespräch könnte noch ewig so weitergehen. Wie wär's, wenn du das verdammte Buch einfach liest?«

»Sie leihen es mir aus?«

»Das kommt darauf an. Kannst du drauf aufpassen?«

»Ich passe auf alle meine Bücher auf«, versicherte ich ihm.

»Dann darfst du es dir ausleihen. Herrje, das ist allemal einfacher, als hier zu stehen und den ganzen Tag lang deine Fragen zu beantworten!«

»Ich interessiere mich sehr für den Weltraum«, gab ich zu.

»Was du nicht sagst! Verknote dir bloß nicht die Eier mit dem ganzen Chemiekram.«

Ich blickte nach Süden.

»Halte deinen Unglauben ein paar Stunden lang im Zaum. Weißt du, was ich damit meine?«

Ich dachte kurz darüber nach. »Ich soll die Sache mit dem Methan erst mal vergessen?«

»Richtig. Vergiss die Sache mit dem Methan.«

Und so kam es, dass ich mein erstes Kurt-Vonnegut-Buch auslieh. Es war mehr oder weniger ein Zufall.

Obwohl meine Mutter nichts gegen die nackte menschliche Gestalt einzuwenden hatte, war ich mir nicht sicher, ob sie mit dem Einband des Buches einverstanden gewesen wäre. Etwas in mir sagte, dass dies möglicherweise einer der Fälle war, wo ich *dachte*, ihre Regeln verstanden zu haben, sich diese aber als komplizierter erwiesen, als sie zunächst den Anschein hatten. Zwei Nippel mochten ja noch angehen, aber bei sechs regten sich leise Zweifel. Ich wusste allerdings ohne jeden Zweifel, dass ein Buch, das dermaßen viel Weiblichkeit zur Schau stellte, ein peinliches Gespräch zur Folge haben würde. Darum verstehen Sie vermutlich, dass ich die Leihgabe von Mr. Peterson erst gar nicht erwähnte. Ich vergrub mich in mein Zimmer und verbrachte den Großteil des Abends und des folgenden Tages mit der Lektüre.

Ich sehe mich nun demselben Problem gegenüber, das Mr. Peterson seinerzeit hatte: Jede Zusammenfassung der Handlung klingt völlig verrückt. Ich versuche es trotzdem …

Auf dem Flug zum Mars werden Winston Niles Rumfoord und sein Hund Kazak mit ihrem Raumschiff in ein chronosynklastisches Infundibulum eingesaugt, das sie in einer langen, spiralförmigen Energiewelle durch die halbe Galaxis spuckt, einer Energiewelle, die sich von der Sonne bis zu Betelgeuse erstreckt, jenem roten Superriesen, der auf Orions rechter Schulter sitzt. (Immer angenommen, dass Orion uns seine Vorderseite zuwendet.) Obwohl Rumfoords

Körper sich augenscheinlich in pure Energie verwandelt, rematerialisiert er sich von Zeit zu Zeit wieder – auf der Erde, dem Merkur und dem Titan –, um über das Wesen Gottes zu philosophieren (gleichgültig) und Voraussagen über die nahe Zukunft der Menschheit zu machen. Eine dieser Voraussagen lautet, dass der reichste Mann der Erde, Malachi Constant, sich erst zum Mars, dann zum Merkur und schließlich zum Titan begeben wird, wo er Rumfoords halb verwitwete Exfrau schwängern wird. Diese Dinge geschehen auch, genau wie prophezeit. Es gibt auch noch Nebenhandlungen mit einem winzig kleinen außerirdischen Roboter, gigantischen Singvögeln und den Sirenen, die nicht ganz das halten, was sie versprechen. Am Ende stirbt Malachi Constant während einer angenehmen Halluzination, und Winston Niles Rumfoord und sein Hund werden in unterschiedliche Richtungen quer durch den Kosmos geschleudert.

Etwa nach der Hälfte des Buches meinte ich, verstanden zu haben, was eine Satire war. Ich dachte, Satire sei, wenn man eine wichtige Sache auf eine lustige Weise betrachtete. Aber statt die Bedeutsamkeit der Sache zu verschleiern, wird sie durch die Satire irgendwie noch klarer, reiner – und leichter zu verstehen. Zum Beispiel haben die Soldaten der Marsianischen Armee in *Die Sirenen des Titan* alle winzige Radioantennen in ihren Köpfen implantiert, sodass die Generäle ihre Gedanken kontrollieren und über sehr große Entfernungen direkt Befehle in die Köpfe einpflanzen können. Als ich das Buch am folgenden Samstag zurückbrachte, fragte ich Mr. Peterson, ob ich mit meiner Vermutung, dass dies ein Beispiel für Satire sei, recht habe.

»Bingo«, sagte Mr. Peterson.

»Das ist eine wirklich lustige Vorstellung«, bemerkte ich.

»Es ist eine wirklich *korrekte* Vorstellung«, entgegnete Mr. Peterson. »Es entspricht ziemlich genau dem, was man als einfacher Soldat in der Armee erlebt – man wird zu einer ferngesteuerten Waffe für das Vaterland.«

»Halten Sie es für gut, seinem Land zu dienen?«, fragte ich.

»Nein, tue ich nicht«, sagte Mr. Peterson. »Ich halte es für gut, seinen Prinzipien zu dienen. Und in der Armee hat man nicht die Möglichkeit, sich seine Kämpfe und Schlachten entsprechend den eigenen moralischen Grundsätzen auszusuchen. Man tötet auf Befehl. Gib niemals dein Recht auf deine eigene moralische Entscheidung auf, mein Junge.«

»Ich werd's versuchen«, sagte ich.

Ich redete gerne mit Mr. Peterson, und merkwürdigerweise schien er auch gerne mit mir zu reden. Ich meine, er stöhnte und jammerte immer und meinte, ich würde zu viele Fragen stellen – von denen die meisten idiotisch seien –, und erklärte, ich sei so seltsam, dass er keine Worte finden würde, aber trotzdem duldete er meine Besuche an den Samstagen, und manchmal sogar sonntags, damit ich ihm bei den Briefen helfen und mit dem Hund spazieren gehen konnte. Offiziell war dies immer noch Teil meiner Buße, die erst vorüber sein würde, wenn Mr. Peterson entschied, dass ich nun für den Schaden an seinem Gewächshaus bezahlt hätte. Aber dazu kam es nie. Nach ein paar Wochen sprach niemand mehr von Wiedergutmachung; ich tauchte einfach jeden Samstag um zehn Uhr vormittags auf und fand die Tür stets unverschlossen vor.

Die andere Rechtfertigung für mein regelmäßiges Erscheinen war, dass mir *Die Sirenen des Titan* sehr gut gefallen und ich beschlossen hatte, auch den Rest von Mr. Petersons Kurt-Vonnegut-Sammlung zu lesen. Wir waren uns darin einig, dass dies meiner moralischen Bildung nur guttun konnte.

Nachdem ich mich mit den Sirenen und der Satire vertraut gemacht hatte, fuhr ich mit *Katzenwiege* fort, in dem es um eine Art Eis geht, das zur Waffe umfunktioniert wird und schließlich die Welt zerstört. Danach las ich *Schlachthof 5*, eine Geschichte über Zeitreisen und den Flammentod von hunderttausend Deutschen in Dresden, einer wahren Begebenheit, die Kurt Vonnegut während des Zweiten Weltkriegs selbst miterlebt hatte. Dann nahm ich mir *Frühstück für Helden* vor, was vermutlich das am meisten geschätzte Buch in Mr. Petersons Sammlung war. Es war eine Erstausgabe und ein frühes Geschenk von seiner Frau. Auf dem Vorsatzpapier war eine Widmung: *Ich glaube, die Geschichte wird dir gefallen – die Bilder jedoch ganz sicher. In Liebe, R.*

»Ich muss wohl nicht betonen, dass du auf dieses Buch ganz besonders gut aufpassen musst, oder?«, fragte mich Mr. Peterson.

»Nein, das müssen Sie nicht«, bestätigte ich ihm.

Ich begriff sofort, was es bedeutete, dass mir Mr. Peterson dieses Buch auslieh. Obwohl er kein Wort darüber verlor, wusste ich, dass er mir die Sache mit dem Gewächshaus endgültig verziehen hatte.

Später, als ich das Buch in meine Tasche steckte, fasste ich es so behutsam an, als wäre es eins von Lucys neugeborenen Kätzchen.

10

SARS

Weil meine Mutter arbeitete und mein Vater nicht vorhanden war, fuhr ich jeden Tag mit dem Schulbus nach Hause. Der Schulbus war nicht direkt ein Schulbus. Es war ein öffentlicher Bus der SARS, der Somerset and Avon Rural Stagecoach, jener Firma, die die meisten Buslinien hier in der Gegend bediente. Aber weil der Fahrplan so abgestimmt war, dass dieser Bus jeden Nachmittag um Viertel vor vier vor der Asquith Academy hielt, waren die meisten Fahrgäste Schulkinder. Der Bus, der um diese Zeit die Strecke fuhr, war mit Sicherheit das schlimmste Vehikel der ganzen SARS-Flotte. Das mag ein Zufall sein, aber es schien mir doch wahrscheinlicher, dass irgendwo irgendjemand eine sehr berechtigte Angst davor hatte, ein anständig gepolstertes Gefährt auf einer Schulstrecke einzusetzen. Der Bus, der um Viertel vor vier an der Asquith Academy hielt, war nicht anständig gepolstert. Und er war auch sonst in keinem guten Zustand – was im Übrigen auch auf den Fahrer zutraf. Es war eine rostige, rumpelnde Schrottlaube, die – wie das

Space Shuttle – viel mehr Missionen erfüllt hatte, als von den Ingenieuren jemals geplant oder vorhergesehen. An einer roten Ampel keuchte und bebte der Bus wie ein riesiger asthmatischer Cyborg. Wenn man ihn beschleunigte oder abbremste, ächzte und klapperte der Rahmen äußerst beunruhigend. Dieses fatale Klappern war ganz hinten auf der unteren Ebene am schlimmsten, direkt über dem Motor, aber man konnte es überall fühlen, egal, wo man saß. Das war einer der Gründe, warum es nicht ratsam war, im Schulbus zu lesen. Der andere war, dass Lesen – wie ich bereits sagte – als außerordentlich schwul galt und daher besser ein heimliches Laster bleiben sollte.

An vier von fünf Tagen hätte ich nicht gewagt, im Schulbus zu lesen. Normalerweise bemühte ich mich um einen Platz im Unterdeck, inmitten der normalen Fahrgäste – die sich nie nach oben wagten – und so nah wie möglich am Fahrer, der so aussah, als ob er in dem Augenblick, in dem seine fragwürdige Autorität auf den Prüfstand gestellt wurde, explodieren würde. Wenn sich diese Strategie nicht in die Tat umsetzen ließ, weil das Unterdeck voller Zivilisten mit Kinderwagen und Einkaufstaschen war und mir nur die lärmende Anarchie des Oberdecks als Alternative blieb, suchte ich mir so weit vorne wie möglich einen Sitz und schaute während der Fahrt zu Boden, sagte nichts und machte keine plötzlichen Bewegungen. Die meiste Zeit verbrachte ich in dieser Haltung: stumm auf meine Füße starrend. Wenn ich mich einmal besonders wagemutig fühlte, schaute ich stattdessen aus dem Fenster.

Der Mittwochnachmittag stellte die einzige Ausnahme dar – die Insel der Ruhe in einem ansonsten brüllenden und schäumenden Ozean. Und das hatte ich dem Sport zu verdanken. Im Einklang mit einer sehr alten Tradition, die in Robert Asquiths Oberschule hochgehalten, aber wohl schon viel früher erfunden worden war, gehörte der Mittwochnachmittag dem Sport. Mittwochnachmittags fand das Fußballtraining statt, und Fußballtraining versprach eine viel ruhigere, glücklichere Busfahrt.

Und das war der Grund, warum ich an diesem Tag nicht auf der Hut war.

Um zwanzig vor drei war das Oberdeck halb leer. Ich hatte einen Platz ganz vorne, so weit weg von dem stotternden Motor und den anderen Fahrgästen wie nur irgend möglich, und ich hatte nicht vor, die nächsten zwanzig Minuten zu Boden zu starren. Ich hatte vor zu lesen.

Zu dem Zeitpunkt hatte ich *Frühstück für Helden* zu zwei Dritteln durch. Das Buch handelte von einem Künstlertreffen in Ohio, einem alten, verarmten Science-Fiction-Schriftsteller namens Kilgore Trout und von Dwayne Hoover, einem reichen Autohändler, der den Verstand verliert und zu der Überzeugung kommt, jeder auf dem Planeten Erde sei ein Roboter – überzeugend gestaltet, aber ohne Gefühle, Vorstellungskraft, freien Willen und all die anderen Zutaten, aus denen die Seele besteht. Die Idee kommt Dwayne Hoover beim Lesen von einer von Mr. Trouts Geschichten, woraufhin er Amok läuft.

Wie bei vielen von Kurt Vonneguts Büchern war die Handlung völlig verrückt und im Grunde genommen unwichtig. Man hätte, dachte ich, das Buch zerreißen, die Seiten wie ein Kartenspiel mischen und dann willkürlich wieder zusammensetzen können, ohne dass die Lektüre darunter ernsthaft gelitten hätte. Das Buch würde immer noch funktionieren. Der Grund dafür war, dass jede Seite – sogar beinahe jeder Absatz – eine unfassbar brillante, unabhängige Einheit bildete.

Am besten an *Frühstück für Helden* gefiel mir, dass dieses Buch – anders als die meisten anderen – kein besonderes Wissen voraussetzte – weder über Menschen noch über ihre Gebräuche oder den Planeten, den sie bewohnten. Es war auf eine Art geschrieben, als wäre der Leser ein Außerirdischer aus einer weit entfernten Galaxie. Was ich damit sagen will: Es wurde alles erklärt, wirklich alles, jede kleinste Kleinigkeit, oft begleitet von Bildern und Diagrammen – all das, was in anderen Büchern augenscheinlich für zu selbstverständlich angesehen wurde, um es erklären zu müssen. Und je weiter ich las, desto mehr wurde mir bewusst, dass die meisten dieser Dinge ganz und gar nicht selbstverständlich waren. Sie waren ausgesprochen merkwürdig.

Ich muss an diesem Tag tief in Mr. Vonneguts Werk versunken gewesen sein, denn es dauerte eine Weile, bis ich merkte, dass etwas nicht stimmte. Als sich der Bus von der Schule aus ächzend auf den Weg machte, war es im Inneren viel lauter und voller, als es hätte sein sollen. Eine verschwommene, aber hartnäckige Irritation drängte in den Mittelpunkt. Dann traf mich etwas am Ohr. Ein Papierkügelchen. Aber das war doch völlig unmöglich. Es war Mittwoch, der Tag der Gnadenfrist – Alex Woods' freier Tag. Ich drehte mich um, zu diesem Zeitpunkt noch eher verblüfft als beunruhigt.

Und da befand ich mich auch schon Auge in Auge mit Drescher, dem Bullen und Asso. Sie saßen einige Reihen hinter mir, mit ein paar anderen der A-Mannschaft, obwohl doch Mittwoch war. Ich war so verdattert von dieser grausamen und rücksichtslosen Wendung der Ereignisse, dass ich versehentlich ein Gespräch anfing. Das schrie geradezu nach Ärger.

»Ihr müsstet doch eigentlich beim Fußballtraining sein«, erklärte ich.

»Mr. Hale hat's Scheißen«, sagte Drake Mackenzie.

Mr. Hale hat's Scheißen. Das klang wie der Titel eines Theaterstücks. Ein Stück mit fragwürdigem Inhalt. Entweder das oder aber es war einer jener verschlüsselten Sätze, mit denen Spione sich gegenseitig identifizierten. Aber natürlich war es weder das eine noch das andere. Drescher versuchte, mir etwas Tatsächliches und Reales zu sagen.

»Mr. Hale ist krank?«, erkundigte ich mich.

»Das Scheißen«, wiederholte Drescher. »Ist nach dem Mittagessen heimgegangen.«

Mr. Hale war der Fußballtrainer. Ohne ihn gab es kein Fußballtraining. Die Puzzleteilchen fügten sich zusammen. Was die Genauigkeit von Drake Mackenzies medizinischer Diagnose betrifft, möchte ich mir kein Urteil erlauben, aber ich stellte sie auch nicht in Frage. Obwohl Mr. Hale jemand war, der nicht um den heißen Brei herumredete und der seine Aussagen nicht mit nutzlosen Ausschmückungen verzierte, schien es mir unwahrscheinlich, dass er die Art seiner körperlichen Beschwerden mit einer derart unerschrockenen Freimütigkeit herausposaunen würde. Aber solche Neuigkeiten verbreiteten sich schnell, ob man wollte oder nicht. Und es würde mich nicht im Mindesten überraschen, meine dunkelsten Vermutungen über das Essen in der Schulkantine dergestalt bestätigt zu finden.

»Tut mir leid, das zu hören«, sagte ich, nachdem ich mir ein paar Sekunden Zeit zum Nachdenken genommen hatte.

Drake Mackenzie bedachte mich mit einem Blick abgrundtiefer Verachtung, als ob er mich persönlich für den Zustand von Mr. Hales Verdauungsorganen verantwortlich machte. Er suchte Streit, das merkte ich ziemlich deutlich. Weil das Training ausgefallen war, musste er auf andere Art und Weise Dampf ablassen. »*Liest* du etwa, Woods?«

»Ich versuche es jedenfalls.« Das war eine denkbar blöde Antwort, aber unerwartete Abweichungen von der Routine werfen mich meistens aus der Bahn.

Drescher Mackenzie spuckte aus.

Ich drehte mich wieder um, so ruhig und gleichmütig wie möglich.

Das war der Moment, in dem ich das Buch – jenes Buch, das Mr. Petersons tote Frau ihm geschenkt hatte – in die relative Sicherheit meiner Schultasche hätte zurückstecken müssen. Aber im Nachhinein ist man immer schlauer. In dem besagten Moment hatte ich einfach Angst, noch mehr Aufmerksamkeit auf mich zu lenken. Sie hatten das Buch bereits gesehen, und ich dachte, dass jeder Versuch, es zu verbergen, Misstrauen und Wut hervorrufen würde. So starrte ich stattdessen auf die aufgeschlagene Seite, ohne etwas davon wahrzunehmen, und hoffte und betete, dass meine Quälgeister das Interesse verloren.

Und wundersamerweise schien es zu funktionieren. Es kamen keine weiteren Beleidigungen und auch keine sonstigen Geschosse mehr angeflogen. Ich fühlte, wie sich meine Muskeln entspannten. Ich zählte bis sechzig, um ganz sicher zu sein, dass die Gefahr vorüber war. Ich zählte bis einhundertzwanzig, um mich doppelt abzusichern. Dann fing ich wieder an zu lesen, ganz langsam und sehr konzentriert, um meinen Geist zu beruhigen.

Fünf Minuten später blieb mir das Herz plötzlich stehen.

So schnell und leise wie eine Kakerlake war Drake Mackenzie hinter mich gehuscht und hatte mir das Buch aus den Händen gerissen.

Ich stieß einen verzweifelten Schrei aus. Der Bulle und Asso johlten begeistert.

»Gib es mir wieder!«, keuchte ich. In meiner Stimme lag keinerlei Autorität. Es klang nach dem, was es war: das angsterfüllte Quieken einer Maus.

»Teilen ist eine Tugend«, verkündete Drake Mackenzie dämlich.

»Bitte«, flehte ich. »Es ist nicht mein Buch.«

»Wenn es nicht dein Buch ist«, sagte Drescher, »dann muss ich es dir auch nicht zurückgeben.« Die unangreifbare Logik eines Schlägers. Er schlug die erste Seite auf, wobei er dem Buch mit seinen groben Händen rücksichtslos den Rücken brach.

»Bitte! Du machst es kaputt.«

Mackenzies Augen weiteten sich in bösartiger Freude. Er hatte die Widmung gefunden. *»Ich glaube, die Geschichte wird dir gefallen«*, las er mit unnatürlich hoher, weinerlicher Stimme. *»die Bilder jedoch ganz sicher. In Liebe, R.«*

Geschichte, Bilder, Liebe – jedes Wort wurde wie ein Echo von den Wänden des Busses zurückgeworfen, trotz des stotternden Motors. Jedes Wort brachte mich dem Abgrund ein Stück näher.

Der Bulle kicherte. Asso heulte vor Vergnügen auf. Hier und da erklang leises Lachen, das sich wie kleine Wellen bis zur hintersten Reihe des Busses fortsetzte. Das war offensichtlich die Art von verbaler Lynchjustiz, an der jeder seinen Spaß hatte.

Ich merkte, dass ich aufgestanden war, das Gesicht krebsrot vor öffentlicher Erniedrigung. Aber meine Demütigung war zweitrangig. Oberste Priorität hatte die Rettung von Mr. Petersons Buch. Ich griff danach; Drake Mackenzie schob mich so mühelos zurück, wie er einer Mücke die Beine ausreißen mochte.

»Bitte!«, versuchte ich es noch einmal – ein letztes Mal, wie sich herausstellte.

Drescher hatte das Buch irgendwo in der Mitte aufgeschlagen und suchte nach weiterer Munition. Er wurde nicht enttäuscht. Er hatte eine Seite mit einem großen handgemalten Bild eines Stegosaurus vor sich und las die Bildunterschrift laut vor: »Ein Dinosaurier war ein Reptil von der Größe einer Eisenbahn.«

Noch mehr Gelächter. Der Satz war lustig, aber das war wohl nicht der Grund, warum sie lachten.

»Verdammte Scheiße, Woods!«, quiekte Drescher. »Du bist ja echt zurückgeblieben.« Oder er quiekte etwas in der Art. Ich hörte nicht mehr zu. Er hielt das Buch in die Höhe und wedelte damit durch die Luft, wie der Affe am Anfang von *2001 – Odyssee im Weltraum* den Knochen schwenkt.

In diesem Moment beschloss ich, dass ich kein Pazifist mehr sein wollte. Wenn es jemals einen gerechten Krieg gegeben hatte, dann war es dieser hier.

Wie schon erwähnt, hegte ich den Verdacht, dass ich in einem Kampf keine besonders gute Figur abgeben würde. Das stellte sich als die reine Wahrheit heraus. Das Wenige, was ich über das Kämpfen wusste, hatte ich mir aus James-Bond-Filmen abgeguckt und bei dem einen oder anderen Scharmützel zwischen Lucy und den Katern aus der Nachbarschaft, deren Annäherungsversuche nicht immer willkommen waren. Keine dieser Quellen erwies sich als besonders hilfreich für eine reale Handgreiflichkeit.

Immerhin hatte ich das Überraschungsmoment auf meiner Seite, außerdem meine völlige Unkenntnis der Regeln eines »fairen« Kampfes – darüber hinaus einen gewissen Einblick in das Verhalten von sich bewegenden Körpern. Und so lieh ich mir ein bisschen kinetische Energie von dem anfahrenden Bus, sprang Drake Mackenzie an und fuhr ihm mit meinen Fingernägeln ins Gesicht. Es gelang mir, mehrere Furchen zu reißen, von denen die längste von seinem linken Augenwinkel bis zu seiner Unterlippe reichte. Er stieß ein Geheul aus, das von Unglauben und Schmerz zeugte, gewürzt mit pulsierendem Blut, hob einen Arm in lahmer Abwehrhaltung – und außerdem zu spät – und berührte seine verschrammte Wange. Das, so dachte ich mir, sei meine Chance. Ich ließ von meiner wilden, ungestümen Attacke ab und griff nach dem Buch. Unglücklicherweise hatte ich nicht bedacht – falls ich überhaupt gedacht hatte –, dass mein Angriff meinen Gegner dazu brachte, angesichts des plötzlichen und unerwarteten Schmerzes seinen Griff um das Objekt meiner Begierde zu verkrampfen. Meine Finger schlossen sich um das Buch, zogen und rutschten ab. Dann wurde mein Arm von der Schulter abwärts taub. Ich fiel nach vorne in eine typische Boxerumarmung hinein. Es wurde viel geschrien und gebrüllt, und die Leute schoben und drängten hin und her, um Platz für die Prügelei zu machen oder sich einen Sitz näher am Ring zu suchen. Ich zielte wieder auf das Gesicht meines Gegners, packte aber stattdessen eine Hand voll Haare – und zog kräftig daran. Empörtes Gemurmel erhob sich, selbst von den Mädchen. Meine Kampfkunst fand keine Gnade vor den Augen des

Publikums. Dann verschwand plötzlich die Luft aus meiner Lunge. Es tat gar nicht so weh, wie ich gedacht hatte. Drake Mackenzie hatte keinen Platz gehabt, um einen K.o.-Schlag anzubringen, aber ich taumelte trotzdem rückwärts gegen den Metallrand des nächsten Sitzes. Ich war ziemlich stolz, dass ich nicht zu Boden fiel – obwohl ich letzten Endes trotzdem dort landete. Ich konnte immer noch nicht richtig atmen und wich zum vorderen Ende des Busses zurück. Dann ließ ich mich mit stummer Würde in eine sitzende Position in den Gang sinken. Drake Mackenzie baute sich drohend über mir auf, den Fuß erhoben, als könnte er sich nicht entscheiden, ob er mich treten oder auf mir herumtrampeln sollte. Mir war es egal, was davon er in die Tat umsetzen würde, denn meine Defensive sah für beide Fälle gleich aus: Ich zog die Knie an, so weit es ging, umklammerte die Beine mit beiden Armen und zog den Kopf ein, wie eine Schildkröte, die sich in ihren Panzer verkriecht. Ein halbherziger Stiefeltritt traf die Außenseite meines Oberschenkels, aber es tat nicht wirklich weh. In der warmen, feuchten Dunkelheit meiner Umklammerung spürte ich, dass ich dank meiner Embryonalhaltung keine reizvolle Zielscheibe für physische Gewalt mehr war. Es war ein geplanter, vorsätzlicher Angriff nötig, um mir ernsthaften Schaden zuzufügen, und wenn ein solcher bisher nicht erfolgt war, würde er gar nicht mehr erfolgen.

Wie sich herausstellte, hatte Drake Mackenzie etwas anderes im Sinne. Er trat einen Schritt zurück, schob das Oberlicht des nächsten Fensters auf und warf Mr. Petersons Buch aus dem fahrenden Bus. Dann spuckte er mich an und kehrte auf seinen Platz zurück.

Keiner machte Anstalten, den Bus anzuhalten oder mir zu

helfen. Ich zog meine Tasche an mich, und dann bewegte ich mich halb krabbelnd, halb fallend die Stufen hinunter zum Unterdeck. Mein Körper war geschlagen, aber mein Geist war überraschend klar. Erst Stunden später sollte der unausweichliche Anfall kommen, in der Geborgenheit meines Schlafzimmers, mit dem Eisen-Nickel-Meteoriten an meine Brust gedrückt.

»Sie müssen anhalten!«, sagte ich zu dem Busfahrer.

Noch niemals zuvor hatte ich den Fahrer angesprochen; der machte nicht den Anschein, als ob er einen solchen Versuch zu schätzen wüsste. Selbst unter normalen, ruhigen Umständen strahlte der Busfahrer eine nur mühsam unterdrückte Wut aus. Sein üblicher Gesichtsausdruck sprach für eine leidenschaftliche Sehnsucht nach Pensionierung oder dem Tod – je nachdem, was früher vor der Tür stehen würde. Er hatte, was meine Mutter eine rabenschwarze Aura nennen würde, und in diesem einen Fall hätte ihr wohl niemand widersprochen.

Auf mein Ansinnen hin grunzte der Busfahrer etwas Unverständliches.

»Entschuldigung«, unterbrach ich ihn, »aber Sie sprechen zu undeutlich, und ich habe keine Zeit zu verlieren. Dies ist ein Notfall. Halten Sie den Bus an.«

»Ich sehe hier keine Haltestelle. Du etwa?«

»Das ist ein Notfall! Sie müssen den Bus anhalten!«

»Ich muss überhaupt nichts«, knurrte der Fahrer.

Ich merkte, dass man mit ihm nicht vernünftig reden konnte. Kein Wort, das ich sagte, würden ihn dazu bringen, einen unplanmäßigen Stopp mitten auf der B3136 einzulegen. Draußen nieselte es; umgehendes Handeln war erforderlich. Ohne über die sehr wahrscheinlich eintretenden Konsequenzen nachzudenken, drehte ich mich zur Tür um und zog die Notbremse. Ringsum keuchten die Fahrgäste auf, gleichzeitig zischten kreischend die Bremsen, und alles fiel mit einem mörderischen Ruck nach vorn. Mein Arm wurde von der vertikalen Haltestange weggerissen. Etwas traf meine Schulter, und etwas anderes schlug mir einen blauen Fleck auf den Hintern. Aber wundersamerweise blieb ich auf den Beinen.

In dem Moment, in dem der Bus zum Stehen kam, war ich auch schon draußen. Später erfuhr ich, dass der Busfahrer geschlagene fünf Minuten mit wedelnden Armen am Straßenrand stand, außer sich vor Zorn, und keine Ahnung hatte, was er nun tun sollte. Für eine solche Situation gab es weder ein Protokoll noch einen Präzedenzfall. Ich bekam von diesem Drama jedoch nichts mit. Ich sah mich nicht um. Ich rannte wie ein Irrer. Mein ganzes Sein war auf ein einziges Ziel gerichtet. Irgendwie musste ich die Zeit zurückdrehen.

Jedes Problem, sagte ich mir, hat eine mathematische Lösung. Mein Problem war, dass ich keine Ahnung hatte, wo entlang der B3136 Mr. Petersons Buch den Schulbus verlassen hatte. Ich hatte zu besagtem Zeitpunkt auf dem Boden gehockt.

Also, was genau wusste ich?

Ich wusste, dass die B3136 eine gewundene Landstraße war, und ich wusste, dass der Schulbus alt, klapprig und schwerfällig war. Es schien daher unwahrscheinlich, dass er sonderlich schnell gefahren war. Er hatte, so schätzte ich, eine Durchschnittsgeschwindigkeit von etwa sechzig Kilometer pro Stunde – und das war noch großzügig bemessen.

Sechzig Kilometer pro Stunde, dachte ich, lag vermutlich am oberen Limit dessen, wozu dieser Schulbus in der Lage war.

Wie viel Zeit war zwischen dem Hinauswurf des Buches und dem Anhalten des Busses vergangen? Da ich nicht die Geistesgegenwart besessen hatte, auf meine Armbanduhr zu schauen, war diese Schätzung schwieriger zu bewerkstelligen. Ich musste mich auf meine subjektiven Eindrücke verlassen, die bestenfalls schwammig waren. Wie lange hatte es gedauert, bis ich wieder zu Atem gekommen war, meine Tasche genommen hatte, die Treppe hinuntergefallen war, mit dem Fahrer gestritten und schließlich den Bus angehalten hatte? Ich kam zu der Überzeugung, dass es mindestens zwei Minuten gewesen sein müssen, eher drei.

Sechzig Kilometer pro Stunde ist gleich ein Kilometer pro Minute. Entfernung ist gleich Geschwindigkeit multipliziert mit Zeit. Nach meiner Berechnung war Mr. Petersons Buch etwa zwei bis drei Kilometer weit weg.

Wie schnell konnte ich laufen? Ich wusste, dass einen Kilometer in zweieinhalb Minuten zu laufen als eindrucksvolle sportliche Leistung galt. Ich war voller Adrenalin, aber ich war ganz gewiss kein Athlet. Ich gab mir siebeneinhalb Minuten Laufzeit. Dann fing ich an zu suchen.

Über eine Stunde suchte ich in dem nassen Gras und den Hecken. Ich fand so viele leere Getränkedosen, Chipstüten und Schokoriegelpapiere, um damit mehrere Mülltonnen zu füllen. Ich fand Toilettenrollen und zerbrochenes Glas, Hamburgerverpackungen und eine Müslischachtel. Ich fand alle möglichen Dinge, die verloren gegangen oder weggeworfen worden waren – ein Plüschkaninchen, einen Außenspiegel, einen Scheibenwischer. Ich fand ausgesprochene Merkwürdigkeiten: ein Handtuch, ein Paar karierte Hausschuhe, einen Tennisschläger, eine Unterhose. In der Nähe eines Rastplatzes fand ich ein Kondom – ein *benutztes* Kondom. Es lag ordentlich und glatt auf einem kleinen grauen Stein. An diesem Punkt fing ich an zu weinen. Ich setzte mich auf den Bordstein – in einem sicheren Abstand von fünf Metern von dem Kondom entfernt –, starrte auf meine schlammigen, nassen Schuhe und weinte. Ich fand den Zustand des Universums gelinde gesagt zum Kotzen. Nicht nur, dass Leute neben der B3136 Geschlechtsverkehr hatten. Das war im Großen und Ganzen betrachtet wohl okay; immerhin trafen sie Vorsichtsmaßnahmen, um nicht noch mehr Kinder in die Welt zu setzen. Ich hatte nämlich entschieden, dass die Welt kein guter Ort für Kinder war. Aber trotzdem machten sich diese Leute offenbar keine Gedanken um andere. Sie machten sich keine Gedanken über Umweltverschmutzung. Niemand tat das. Je mehr Zeit man suchend am Straßenrand verbrachte, desto klarer wurde einem diese Tatsache. Dieses Kondom war nicht biologisch abbaubar – offensichtlich. Es würde vermutlich Jahrhunderte hier liegen. Es würde die Bäume überleben, die Vögel und alle Bücher, die jemals existiert hatten.

Frühstück für Helden war ein hoffnungsloser Fall. Meine Berechnungen waren von Anfang an lächerlich gewesen. Es gab zu viele Vermutungen und zu viele Variablen, und ich wusste nichts über die Flugbahn eines Buches, das vom Oberdeck eines fahrenden Busses geworfen wird. Es konnte überall gelandet sein. Es konnte über eine Hecke auf ein Feld geflogen sein, wo man es weder sehen noch erreichen konnte. Und selbst wenn ich es hätte finden können, wäre das Buch ruiniert gewesen. Eine Stunde in diesem Nieselregen hatte den Einband durchweicht. Mich ebenfalls. Ich hatte eine Regenjacke in meiner Tasche, aber ich hatte mir nicht die Mühe gemacht, sie überzuziehen. Ich hatte nicht gemerkt, wie nass ich war, bis ich meine Suche einstellte.

Nach einer Weile hörte ich auf zu weinen, stand auf und ging wieder die Straße entlang. Ich schätzte, dass ich etwa anderthalb Stunden bis nach Hause brauchen würde. Mit etwas Glück würde ich vor meiner Mutter heimkommen. Ich wollte nicht, dass meine Mutter erfuhr, was geschehen war. Zu diesem Zeitpunkt dachte ich noch, dass ich es für mich behalten könnte.

Ich war etwa eine halbe Stunde über die Stelle hinaus, wo der Bus angehalten hatte (ich hatte die Buchen erkannt und die Radspuren am Straßenrand gesehen), als wieder ein Wagen anhielt. Alle fünf Minuten hatten Leute angehalten, um zu fragen, ob es mir gut ging. Wahrscheinlich sah ich alles andere als gut aus. Es gab keinen vernünftigen Grund, bei Regen an der B3136 spazieren zu gehen.

Diesmal war es jemand, den ich kannte. Es war Mrs. Griffith, die in der Post arbeitete und fließend Elbisch sprach. Mrs. Griffith wusste, dass ich *Der Herr der Ringe* mochte, und jedes Mal, wenn ich zu ihr in die Post kam, begrüßte sie mich in Quenya, der Sprache der Hochelben. Mrs. Griffith mochte Sprachen. Sie war nicht unbedingt versessen darauf, in der Post zu arbeiten, aber unglücklicherweise war die Beherrschung der Elbensprache keine Fähigkeit, die auf dem Arbeitsmarkt verlangt wurde.

An diesem Tag begrüßte sie mich nicht auf Elbisch. Als das Fenster nach unten fuhr, sah ich, dass sie ihre Lippen besorgt kräuselte.

»Hallo, Alex«, sagte sie.

»Hallo«, antwortete ich.

»Alles in Ordnung?«, fragte sie.

»Ja«, sagte ich.

»Was machst du hier auf der Straße?«

»Ich habe den Bus verpasst«, log ich. Ich erzählte ungern Lügen, besonders jemandem wie Mrs. Griffith, aber in diesem Fall war es wohl besser so.

Mrs. Griffith runzelte die Stirn und schüttelte den Kopf. »Du *läufst* nach Hause?«

»Ja. Ich dachte, das geht schneller, als auf den nächsten Bus zu warten.« Diese Lüge war durchaus plausibel, weil die SARS-Busse nur sehr unregelmäßig fuhren.

»Es ist ein sehr langer Weg«, erklärte Mrs. Griffith.

»Ja, ich weiß«, sagte ich.

»Und es regnet«, setzte sie hinzu.

»Ja, in der Tat«, antwortete ich und nickte.

»Ich glaube nicht, dass deine Mutter es gern sehen würde, wenn du in diesem Regen eine so weite Strecke läufst.«

»Nein, vermutlich nicht. Es wäre nett, wenn Sie es ihr nicht erzählen würden. Ich glaube nicht, dass ich das noch einmal mache. Es ist wirklich zu weit.«

»Kann ich dich mitnehmen?«

»Ja, das wäre sehr hilfreich. Vielen Dank.«

»Dann spring rein.«

Mit meiner feuchten Hand rieb ich den Stiefelabdruck weg, den Drake Mackenzie auf meinem Hosenbein hinterlassen hatte. Dann stieg ich in den Wagen.

Ich kam zwanzig Minuten vor meiner Mutter nach Hause. Mir blieb also noch genug Zeit, Lucy zu füttern und meine nassen Klamotten auszuziehen.

11

DAS PASSENDE WORT

Um zehn Uhr am nächsten Vormittag wurde ich in Mr. Treadstones Büro gerufen. Der Busfahrer hatte sich natürlich über mich beschwert, genauso wie einige Fahrgäste vom Unterdeck. Wenn man in einem kleinen Dorf wohnt (und von einem Meteoriten getroffen wurde), dann kennen einen die meisten Leute. Im Nachhinein betrachtet, hatte ich nicht den Hauch einer Chance.

In Sachen Disziplin – wie in den meisten Dingen – legte Mr. Treadstone großen Wert auf Details. Um zehn Uhr, eine Stunde nach Beginn der offiziellen Untersuchung, hatte er bereits eine ganze Reihe von Informationen bezüglich des gestrigen »Vorfalls« gesammelt. Er hatte mit dem Busfahrer gesprochen – ein kurzes, frustrierendes Gespräch, wie ich vermute – und die Aussagen von zwei Personen aufgenommen, die in der Schule angerufen hatten, um sich zu beschweren. Außerdem hatte er noch zwei der fügsameren Schüler aus meinem Jahrgang befragt: Amy Jones, deren Vater Mitglied des Schulbeirats war, und Paul Hart, dessen

Mutter Kunst unterrichtete. Aus diesen Befragungen wusste Mr. Treadstone über die Prügelei Bescheid. Er wusste, dass ich Drake Mackenzies Gesicht blutig gekratzt hatte, und dass in der darauffolgenden Rangelei etwas, das mir gehörte, über Bord geworfen worden war. Die nackten Tatsachen des Konflikts waren schnell dokumentiert. Nur die Motive lagen noch im Dunkeln, doch dies würde sich bald ändern. Mr. Treadstone war besonders gut darin, Motive zu enthüllen. Er sagte immer, wer Unkraut vernichten wolle, müsse es mit der Wurzel ausreißen.

Das Unkraut war eine Metapher für jegliches Fehlverhalten.

Wie jede Urteilsverkündung, die jemals in Mr. Treadstones Büro stattgefunden hat, verlief auch unsere kurz und knapp. Da die Laufarbeit bereits erledigt war und das Urteil bereits gefällt, gab es nur noch wenig, was dem scharfen Schwert der Gerechtigkeit im Wege stand. Die gegenseitigen Anschuldigungen würden auf den Tisch gelegt, Aussagen verlesen, Erklärungen verlangt und verweigert und dann das Strafmaß verkündet werden. Dieser beschleunigte Prozess würde von dafür umso ausführlicheren Vorträgen – sowohl vor als auch nach der Urteilsverkündung – begleitet werden, die Mr. Treadstone für den wichtigsten Teil bei einem Disziplinarverfahren hielt. Diese Vorträge gaben ihm Gelegenheit, allen klarzumachen, um was für ein spezielles Unkraut es sich handelte und dass es unbedingt ausgerottet werden musste.

Seltsamerweise waren Mr. Treadstones Ansichten über Vergehen und ihre Bestrafung denen meiner Mutter verblüffend ähnlich – obwohl die beiden in allem anderen unterschiedlicher nicht hätten sein können. Kriminalität, Ungehörigkeit, Schluderigkeit, falsche Wortwahl – Mr. Treadstone betrachtete all diese Dinge als Gefahr für die kosmische Ordnung, als eine allgemeine Nachlässigkeit, die unbedingt korrigiert werden musste. Und es durfte auch nicht irgendeine Strafe sein. Ausgleichende Gerechtigkeit war oberstes Gebot. Mr. Treadstone glaubte – wie meine Mutter – an passende Strafen und öffentliche Zurschaustellung von Reue. Als zum Beispiel ans Licht kam, dass Scott Sizewell auf dem Schulfoto eine obszöne Geste gemacht hatte – ein überaus dämliches Vergehen –, zwang ihn Mr. Treadstone, vor die versammelte Schulgemeinde zu treten und vor sechshundert Schülern seine Entschuldigung abzugeben. Und das war kein einfaches »Tut mir leid« – Scott Sizewells dramatische Rede, die unter strengster Aufsicht vorbereitet worden war, dauerte volle vier Minuten und erinnerte an die Beteuerungen von zurückgetretenen Politikern.

Im Falle von Prügeleien war Mr. Treadstone der Meinung, dass es nur eine einzige zufriedenstellende Lösung für eine derartige Rechtsverletzung gab. Beide Parteien mussten sich entschuldigen – zunächst bei Mr. Treadstone und dann beieinander –, und zwar mit einem adäquaten Maß an Ernsthaftigkeit. Dann mussten sie sich die Hand geben (fest und mit Augenkontakt; das war die *einzig* korrekte Art, wie man eine Hand schüttelte). Es war ein feierliches Ritual, welches das definitive Ende der Feindseligkeiten und die Rückkehr zu zivilisiertem Verhalten und Regeltreue signalisieren sollte.

Zivilisiertes Verhalten war auch das Thema des Vortrags, der unserem Gerichtsverfahren vorausging und der um genau 10.02 Uhr begann.

»Wir leben in einer zivilisierten Gesellschaft«, sagte Mr. Treadstone, »und in einer zivilisierten Gesellschaft bereinigen wir unsere Differenzen auf eine zivilisierte Art und Weise. Wir lösen unsere Probleme nicht mit Gewalt.«

Mr. Treadstone sprach natürlich rein hypothetisch – über Ideale, nicht über die Realität. Zumindest dachte ich, dass Mr. Treadstones Worte hypothetisch seien. Ansonsten wäre dieser ganze Vortrag, wie Mr. Peterson sagen würde, erstklassige Pferdescheiße. Im Augenblick befanden wir – die zivilisierte Welt – uns in zwei Wüstenkriegen, und nach dem, was ich im Fernsehen gesehen hatte, wurden die Männer, die in diesen Kriegen kämpften, im Allgemeinen als Helden betrachtet. Wir besaßen mit Raketen bestückte Atom-U-Boote, die ganze Städte dem Erdboden gleichmachen konnten, und viele hochzivilisierte Leute fanden dies durchaus angemessen angesichts der vielen unzivilisierten Länder (und ihrer Einwohner), die es bekanntermaßen auf der Welt gab.

Ich sollte vielleicht erwähnen, dass sich in mir an diesem Morgen eine Menge Hysterie aufgestaut hatte. Ich hatte den größten Teil der Nacht nicht schlafen können. Als der Tag anbrach, hatte ich drei Anfälle hinter mir – zwei partielle und einen Krampfanfall. Alle drei konnte ich vor meiner Mutter geheim halten. Ich fühlte mich körperlich und geistig völlig erschöpft. Ohne übertreiben zu wollen, konnte man den Zustand meines Geistes an diesem Morgen mit einem Topf voller Schlangen vergleichen, und die einzige Möglichkeit, den Deckel auf dem Topf zu halten, war eine unerschütterliche und zielgerichtete Wachsamkeit. All die vielfach trainierten Meditationen und Beruhigungstechniken kamen zur Anwendung. Ich durfte nicht hoffen, mir meine übliche Gelassenheit bewahren zu können, und so zielte ich stattdessen auf eine Art gleichmütige Starre ab. Schicht um Schicht legte ich eine dicke Dämmung um mich, die mich vor weiteren Verletzungen schützen sollte. Und eine Zeit lang funktionierte das auch ganz gut. Es gab nur einen oder zwei Momente, als mir zum Lachen oder Weinen zumute war. Oder beides.

»Ihr seid Botschafter dieser Schule, meine Herren«, psalmodierte Mr. Treadstone. »Wenn ihr euch in der Öffentlichkeit bewegt, wenn ihr auf dem Schulweg seid oder wo auch immer, dann tragt ihr stets das Banner der Schule – und werdet euch entsprechend benehmen.«

Mit ernster Miene starrte ich zu Boden und zählte bis fünfzig. In römischen Ziffern. Meine Haltung war den Umständen angemessen. Mr. Treadstone erwartete lediglich dann Augenkontakt, wenn er einen direkt ansprach, mit Namen oder mit einer ausnahmsweise nicht rhetorischen Frage; und als es an diesem Tag so weit war, befand sich mein Geist bereits ganz woanders. (Ich dachte an Kurt Vonnegut in seinem Schlachthofversteck, während Dresden über ihm in Flammen aufging.) Mr. Treadstones Verlangen nach einer Antwort schien aus dem Nichts zu kommen.

»Nun?«, sagte er. »Was habt ihr zu eurer Verteidigung zu sagen?«

Mein Geist tastete nach Worten. Drake Mackenzie dagegen reagierte mit den blitzschnellen Reflexen eines in die Enge getriebenen Wiesels. »Sir«, sagte er. »Ich weiß, dass es falsch ist, sich zu prügeln. Und normalerweise verabscheut niemand Gewalt mehr wie ich …«

»Mehr *als* ich«, verbesserte ihn Mr. Treadstone.

»Niemand verabscheut Gewalt mehr als ich«, nickte Drake Mackenzie eifrig, »aber das war Notwehr. Sie können fragen, wen Sie wollen. *Er* hat *mich* angegriffen.« Er tastete mit der Hand nach seiner linken Wange. Beweisstück A:

drei oder vier scharlachrote Striemen. Sein linkes Auge war geschwollen und blutunterlaufen. Die Wunden sahen recht beeindruckend aus, aber ich hatte den Verdacht, dass sie lediglich oberflächlich waren. Verglichen damit waren meine Blutergüsse enorm farbenprächtig, aber sie befanden sich an Stellen – an meiner Hüfte und meinem Hintern –, die ich ungern zur Schau stellen wollte. Darüber hinaus hätte ich bei Rückfrage zugeben müssen, dass ich mir technisch betrachtet die meisten meiner Blessuren selbst zugefügt hatte, nämlich während ich die Treppe hinuntergefallen und durch den halben Bus geschleudert worden war, nachdem ich die Notbremse gezogen hatte. Dem Augenschein nach war Drake Mackenzie klar im Vorteil. Für ihn sprach außerdem, dass seine künstlich auf falsch getrimmte Grammatik zumindest überzeugend und ernst gemeint klang. Meine Worte dagegen waren die hohlen Nichtigkeiten eines ewigen Verlierers.

»Ja«, gab ich zu. »Ich habe ihn angegriffen. Aber das ist ziemlich irrelevant.« Mr. Treadstones Lippen kräuselten sich, vielleicht wegen der Wahl des Adverbs, vielleicht wegen meiner Anmaßung, ihm vorschreiben zu wollen, was relevant war und was nicht. »Es ist nicht relevant«, fuhr ich tonlos fort, »weil er angefangen hat. Er hat mich provoziert. Es war seine Schuld, nicht meine.«

»Zu einem Konflikt gehören immer zwei«, bemerkte Mr. Treadstone.

Das war eine dieser Bemerkungen, die auf den ersten Blick korrekt waren, sich aber nicht richtig anfühlten. Überrascht registrierte ich einen leichten Drang zum Widerspruch in meinen Eingeweiden. Unglücklicherweise wurden meine Eingeweide nicht in den Zeugenstand gerufen. Was immer ich sagen wollte, entglitt mir in dem Moment, in dem ich es packen wollte. Ich brachte nichts weiter zustande als eine roboterhafte Wiederholung. »Es ist seine Schuld. Er hat angefangen.«

»Habe ich nicht!«, sagte Drake Mackenzie weinerlich. »Ich habe nur herumgealbert. Es ist nicht meine Schuld, wenn er keinen Spaß versteht.«

»Diebstahl ist kein Spaß«, sagte ich.

Ich war mir sicher, dass Mr. Treadstone mir in dieser Beziehung den Rücken stärken würde, aber das tat er nicht. Er war am Ende seiner Geduld. »Das reicht«, sagte er und hob die Hände. »Ich bin sehr enttäuscht, wirklich sehr enttäuscht… Ich merke, dass keiner von euch bereit ist, seinen Anteil an der Verantwortung für den gestrigen beschämenden Vorfall zu übernehmen. Aber ich werde zur Wurzel dieses Übels vordringen.«

Mr. Treadstone nahm in seinem Stuhl mit der hohen Rückenlehne Platz, um zu signalisieren, dass er bereit war zu warten, wie lange es auch dauern mochte.

»Eure Ausreden interessieren mich nicht«, sagte er. »Ich will Antworten. Ehrliche Antworten. Woods!« Sein Zeigefinger schwang theatralisch in meine Richtung. »Warum hast du Mackenzie angegriffen?«

»Er hat mein Buch gestohlen. Er hat es aus dem Fenster geworfen.«

»Mackenzie?«

»Ich war aufgeregt. Er hat mich angegriffen!« Wieder berührte er seine Wange unterhalb des geschwollenen Auges. »Er hätte mir ein Auge ausstechen können.«

»Es ist gar nicht so einfach, jemandem ein Auge auszustechen«, bemerkte ich.

»Er ist mit seinen *Fingernägeln* auf mich losgegangen!«

Mr. Treadstone runzelte die Stirn, was wohl die einzig angemessene Reaktion auf eine derartige Enthüllung war.

»Aber erst, nachdem du mein Buch gestohlen hattest«, stellte ich klar.

»Woods, du redest mit mir, und auch nur dann, wenn du etwas gefragt wirst. Mackenzie, warum hast du Woods' Buch genommen?«

Drake Mackenzie starrte trotzig zu Boden.

Mr. Treadstone schnalzte mit der Zunge. »Woods, warum hat Mackenzie dein Buch genommen?«

»Ich glaube, das müssen Sie ihn fragen«, sagte ich.

»Ich habe ihn gefragt. Jetzt frage ich dich.«

Ich blieb stumm, aber es wurde mir bald klar, dass Mr. Treadstone dieses Thema nicht ruhen lassen würde. Er war entschlossen, der Sache auf den Grund zu gehen. »Nun?«, sagte er. »Ich will eine Antwort, Woods. Warum hat Mackenzie dein Buch genommen?«

Zu meiner Verteidigung muss ich sagen, dass es eine sehr dumme Frage war, und es war gewiss die falsche Frage für *mich*. Ich bin kein Psychologe. Drake Mackenzies Motive waren mir schon immer ein Rätsel gewesen. Wie sollte ich in der Lage sein, eine vernünftige Antwort zu geben, wenn ich ernsthaft bezweifeln musste, dass es eine solche überhaupt gab? Wer wusste schon, was in Drake Mackenzies Kopf vorging? Er war ja nicht gerade das vernunftbegabteste Exemplar der Spezies Mensch. Meine vage Vermutung war, dass sein Motiv – falls er überhaupt eins hatte – irgendetwas mit Demütigung zu tun haben musste, mit dem Verlangen, anderen Menschen das Gefühl zu geben, der letzte Dreck zu sein. Aber je mehr ich darüber nachdachte, desto unbegreiflicher wurde mir das Ganze.

Ich kämpfte eine Zeit lang mit dieser mentalen Blockade, während meine aufgestaute Hysterie im Wechsel anstieg und absank. Mr. Treadstone hob die Augenbrauen und trommelte mit den Fingern auf der Schreibtischplatte.

»Sie wollen wissen, warum er es getan hat?«, fragte ich. »Warum er mein Buch gestohlen hat?«

»Ja, Woods. Ich dachte, das hätte ich schon vor geraumer Zeit klargemacht. Ich werde mich nicht wiederholen. Ich möchte, dass du die Frage in einfachen, verständlichen Worten beantwortest.«

Das passende Wort hatte sich seinen Weg zu meiner Zungenspitze gebahnt, und einmal da, hatte ich wenig Verlangen, es zurückzuhalten.

»Weil er eine Fotze ist«, sagte ich.

Das Wort hing eine ganze Weile in der Luft, als hätte es sich in eine Sprechblase gehüllt. Niemand reagierte. Niemand hatte damit gerechnet, am allerwenigsten ich selbst.

Dann platzte die Blase.

Mr. Treadstone nahm die Farbe eines Blutschwamms an, Drake Mackenzie die von Pfefferminzeiscreme. Und ich glaube, ich bewahrte mir meine natürliche Hautfarbe. Aber innerlich … innerlich hatte sich etwas verändert.

Es gibt einen Geisteszustand, den die Ärzte Euphorie nennen. Schläfenlappenepileptiker können so etwas während eines Anfalls erleben, wenn die emotionalen Zentren des Gehirns plötzlich überlastet sind und anfangen, Amok zu laufen. Normale Menschen bekommen es manchmal auch, wenn sie das Gefühl haben, sie haben etwas Außergewöhnliches erreicht, oder wenn sie auf Drogen sind. Wie auch immer, ich bin mir sicher, dass es Euphorie war, was ich in diesem Augenblick erlebte, und ein paar Sekunden lang dachte ich, ein Anfall stünde bevor. Ich befand mich in dem gleichen traumartigen Zustand, fühlte die gleiche Abgehobenheit, fast eine Schwerelosigkeit. Aber gleichzeitig war von meiner Aura nichts zu spüren. Es gab keine Aufmerksamkeitsstörung, keine Halluzinationen. Ich fühlte mich eher, als stiege ich aus einem dichten Nebel in einen strahlend blauen Himmel und goldenes Sonnenlicht auf. Ich konnte alles deutlich sehen, und mein Kopf war klar. Ich fühlte eine Ruhe, die weit über meine normale Gelassenheit hinausging.

»Was?«, fragte Mr. Treadstone. Nicht »Wie bitte?« oder »Entschuldigung?« oder irgendeine andere der höflichen Alternativen, die er uns täglich einbläute. Und an seiner Gesichtsfarbe war glasklar zu erkennen, dass er mich gleich beim ersten Mal verstanden hatte. Aber aus irgendeinem Grund gab er mir die Gelegenheit, die Sache noch einmal zu überdenken.

Ich wollte die Sache aber nicht überdenken.

Meine Worte waren die einzigen wahrhaftigen Worte, die während dieser Veranstaltung in Mr. Treadstones Büro geäußert worden waren. Ich hätte sie nicht für alles Geld auf Robert Asquiths Bankkonto zurückgenommen. Drake Mackenzie war genau das, als was ich ihn bezeichnet hatte, und ich fand es durchaus in Ordnung, das einmal klargestellt zu haben. Es war ja nicht so, dass mir deswegen etwas Schlimmes passieren würde – jedenfalls nichts Schlimmeres, als mir ohnehin passiert wäre. Mr. Treadstone konnte mich von der Schule verweisen – aber das wäre wirklich keine so schreckliche Konsequenz. Dann würde ich wieder zu Hause unterrichtet werden und wenigstens etwas lernen. Drake Mackenzie konnte mich wieder verprügeln, aber dadurch würden meine Worte wohl kaum weniger wahr. In diesem Moment merkte ich, dass ich keine Angst mehr vor Drake Mackenzie hatte. Wie er dasaß mit seinem grünen Gesicht und seinem geschwollenen Auge und seinen feigen Lügen, da merkte ich, was für eine unbedeutende Person er doch war. Und so wiederholte ich meine Aussage, als ich die Chance dazu bekam, der ich im Übrigen nichts hinzuzufügen hatte – bis auf das Schulmotto *Ex Veritas Vires*, das mir in diesem Zusammenhang äußerst passend erschien.

Drake Mackenzie fiel die Kinnlade fast bis zum Boden. Mr. Treadstone sprang wie ein Feuerwerkskörper aus seinem Stuhl.

»Mackenzie: Raus! SOFORT! Woods: Kein Wort mehr! Keinen weiteren ATEMZUG!«

Der Vortrag, der daraufhin folgte, war sehr lebhaft, aber viel zu lang und voller Wiederholungen, sodass ich ihn hier nicht wiedergeben möchte. Nachdem er vorbei war, rief Mr. Treadstone meine Mutter auf der Arbeit an, und meine Mutter bat um Nachsicht wegen mildernder Umstände. Sie spielte auf meine Krankheit und meine bislang weiße Weste an. Sie einigten sich schließlich darauf, dass eine Woche Beurlaubung von der Schule – in Verbindung mit weiteren Disziplinarmaßnahmen zu Hause – das Mindeste sei, was ich an Strafe für jenes schreckliche Wort erdulden müsste. Drake Mackenzie dagegen wurde nur einen einzigen Tag lang beurlaubt. Mein Vergehen – jenes Wort zu benutzen – wurde für fünfmal schlimmer erachtet als alles, was er mir angetan hatte.

Am Abend war das Gefühl der Euphorie nur noch eine Erinnerung. Ich war erschöpft und fühlte mich elend, und wieder einmal fehlten mir die Worte.

Ich hatte nicht genug Zeit gehabt, um mir zu überlegen, was ich Mr. Peterson erzählen wollte. Mir blieb nur ein Zeitfenster von zwei Stunden, ehe meine Mutter nach Hause kam – und dann würde ich gewiss einen Monat lang Hausarrest bekommen (zwei Monate, wie sich herausstellte). Und je mehr ich darüber nachdachte, desto klarer wurde mir, dass es gar nichts gab, was ich hätte sagen können. Ich konnte die Fakten auf den Tisch legen, konnte meine Entschuldigung vorbringen, eine detaillierte Schilderung der Qualen geben, die ich seither erlitten hatte – und nichts davon würde irgendetwas an der verdammten Situation ändern. Das Endergebnis war katastrophal, so oder so.

Als ich an den Wächter-Pappeln vorbeikam, schlug mir das Herz bis zum Hals. Und als die Tür aufging, waren alle eloquenten Worte so ausgestorben wie der Dodo.

»Ich habe Ihr Buch verloren«, platzte ich heraus. Es war ein so schrecklicher, unpassender Satz. Aber was hätte ich sonst sagen können? Ich hatte nicht das Talent meiner Mutter, schlechte Nachrichten schönzureden. Ich wollte die Worte einfach nur herausbringen, ehe mich mein Mut gänzlich verließ.

»Du hast es verloren?« Mr. Peterson wirkte erschüttert.

Ich nickte. Meine Stimme war wie gelähmt.

»Du hast es *verloren*?«

»Ja, ich …«

»Du wusstest doch, was mir dieses Buch bedeutet!« Mr. Peterson hielt seinen Kopf in den Händen, als hätte er Migräne.

»Es war nicht meine Schuld!«, jammerte ich. »Ich war im Schulbus und …«

»Im Schulbus? Du hast es in den Schulbus mitgenommen?«

Und da wurde mir klar, wie unverantwortlich ich gewesen war. Ich gab auf, so zu tun, als hätte irgendjemand außer mir daran schuld.

»Es tut mir so unsagbar leid«, sagte ich. »Ich weiß, das ist nicht genug. Ich weiß, dass ich es nicht ersetzen kann …«

»Nein, das kannst du nicht! Herrgott noch mal! Ich bin so ein Idiot!«

Ich wusste nicht, was ich sagen sollte.

»Geh nach Hause, Junge«, sagte Mr. Peterson schließlich. »Ich möchte dich im Moment nicht sehen.«

Ich dachte keinen Augenblick lang daran zu bleiben und zu versuchen, alles zu erklären. Ich drehte mich um und rannte weg. Und ich hörte erst auf zu rennen, als ich wieder zu Hause war.

12

PIERCING

Die nächsten acht Wochen, bis zu den Sommerferien, stand ich wieder unter der schlimmsten Form von Hausarrest – in allen Dingen gelenkt von meiner Mutter. Nach drei Vergehen hintereinander (Vandalismus, Prügelei, das Wort), konnte man mir nicht länger die Verantwortung für meine eigene Buße übertragen. Sie ließ mich kaum noch aus den Augen. Jeden Morgen fuhr sie mich zur Schule, und jeden Nachmittag holte sie mich auch wieder ab. Meistens kam sie selbst, aber manchmal schickte sie auch Justine, und ein- oder zweimal ließ sich sogar Sam breitschlagen, mich aufzusammeln. Es war sehr lästig für alle Beteiligten. Nicht, dass sich Justine oder Sam jemals beklagten – sie waren immer sehr geduldig mit mir –, aber ich merkte genau, dass sie mich so schnell wie möglich wieder loswerden wollten. Und wenn die Sprache auf meine diversen Vergehen und mein Fehlverhalten kam, sah ich mich einer solidarischen Front gegenüber.

»Du weißt doch, dass Prügeleien selten etwas bewirken«, sagte Justine. »Das macht die Dinge nur noch schlimmer.«

»Ja, ich weiß«, sagte ich.

»Und das Wort, das du benutzt hast«, ergänzte Justine und runzelte die Nase. »Das Wort ist sehr beleidigend. Besonders Frauen gegenüber.« Und an der Heftigkeit ihrer Behauptung erkannte ich, dass das, was für Frauen im Allgemeinen schlimm war, für Lesbierinnen doppelt schrecklich war – obwohl ich diese Logik in hundert Jahren nicht begreifen werde.

Natürlich hatte mich meine Mutter schon ausgiebig über die Widerwärtigkeit dieses Wortes belehrt. Das Gleiche galt für Sam, die normalerweise solche Sachen nicht so eng sah.

»Es ist ein vulgäres, abscheuliches männliches Wort«, sagte Sam, was mich ein bisschen verwirrte.

»Was ist denn ein *männliches* Wort?«, fragte ich.

Sam schaute mich ein paar Sekunden lang an, als wolle sie abschätzen, ob ich mich dumm stellte oder es tatsächlich war. »Du weißt doch, was das Wort bedeutet, oder?«, sagte sie dann.

»Natürlich weiß ich, was es bedeutet.« Ich durchforstete meinen mentalen Thesaurus, verwarf alle möglichen Erklärungsversuche und sagte dann: »Es bezieht sich auf den Körperteil einer Frau, wo die Babys rauskommen.«

»Genau! Und du verstehst doch, warum das so erniedrigend ist, nicht wahr? Du verstehst, warum es so beleidigend ist?«

Ich dachte darüber nach. »Nein, eigentlich nicht«, erklärte ich schließlich. »Ich habe es ja in einem ganz anderen Zusammenhang benutzt. Außerdem glaube ich, das Beleidigende an der Sache ist nicht das Wort selbst, sondern die beleidigende Bedeutung, die es hat.«

Sam ließ mich diesen Satz wiederholen, meinte dann, ich sei pedantisch und pflege ein sexistisches Gedankengut. Das kränkte mich.

»Ich kann nichts dafür, dass es das schlimmste Schimpfwort auf der Welt ist«, sagte ich.

Nachdem man mich von der Schule abgeholt hatte, durfte ich nicht allein zu Hause bleiben. Stattdessen musste ich zwei Stunden im Laden verbringen (samstags sogar neun), was ebenfalls sehr umständlich für alle war. Zu dieser Zeit bekamen Justine und Sam »Probleme«, Probleme, die mich nichts angingen. Meine Mutter wollte mir darüber nicht mehr sagen, als dass sie eine »schwierige Zeit« durchmachten und Justine aus diesem Grund manchmal nicht ganz auf dem Posten war. Das hatte ich auch schon bemerkt. Oft wirkte Justine so geistesabwesend, dass man glauben konnte, sie sei in eine jener »anderen Existenzebenen« meiner Mutter übergegangen, und manchmal, wenn sie aus ihrer Pause zurückkam, waren ihre Augen rot und geschwollen. Einen schlechteren Zeitpunkt, um allen im Weg zu sein, hätte es nicht geben können – was ich natürlich sofort meiner Mutter unter die Nase rieb.

»Du hast recht«, sagte sie. Und damit war die Sache erledigt.

Justine war schlecht gelaunt. Meine Mutter war schlecht gelaunt. Sam war schlecht gelaunt. Und natürlich war auch ich schlecht gelaunt. Die ersten Tage war ich sehr trübsinnig und danach zunehmend gelangweilt. Meine Mutter versuchte, mich mit kleinen Arbeiten zu beschäftigen – Schecks ablegen und so etwas –, aber meistens gab es nichts, womit ich mir die Zeit vertreiben konnte. Dann saß ich in der Ecke hinter dem Tresen – so weit in der Ecke wie möglich, damit auch alle mitbekamen, wie sehr ich schmollte – und beobachtete das Kommen und Gehen der Kunden.

Ich muss Ihnen vermutlich nicht sagen, dass eine Menge merkwürdiger Leute in den Laden meiner Mutter kamen. Ich schätze, dass höchstens ein Drittel nicht in die Kategorie »seltsam« fiel – die Touristen und manchmal ein paar Schülerinnen in meinem Alter oder ein bisschen älter. Einige von ihnen kannte ich aus Asquith, aber falls sie mich ihrerseits erkannten, so ließen sie das mit keinem Wimpernzucken erkennen. Das störte mich nicht weiter. Ich war es gewohnt, dass ich von Mädchen nicht bemerkt wurde. Was mich hingegen störte, war die Meinung meiner Mutter, nämlich dass Schülerinnen dieser Altersgruppe besonders anfällig seien für Ladendiebstahl und deshalb eine Sonderbeobachtung benötigten – und zwar von dem Moment an, in dem sie den Laden betraten bis zu seinem Verlassen.

»Behalte diese Mädchen im Auge«, sagte sie dann zu mir.

»Warum ich?«, protestierte ich. »Behalte du sie doch im Auge!«

»Mach doch kein Theater«, zischte sie mir zu. »Das wird dir doch wohl nicht zu viel Mühe machen, oder?«

»Die denken doch, ich glotze sie an.«

»Na und? Das macht dir doch sonst nichts aus, oder?«

»Das ist etwas anderes. Das ist peinlich. Was, wenn sie mich dabei erwischen? Was, wenn sie hochgucken und merken, dass ich sie beobachte?«

Woraufhin meine Mutter ein gedämpftes, belustigtes Lachen ausstieß. »Nun, Lex, du könntest zum Beispiel lächeln. Du wirst merken, dass sie nicht beißen.«

Das ärgerte mich maßlos. Zunächst einmal fand ich, dass

meine Mutter nicht der ideale Typ für eine Beziehungsberatung war. In Wahrheit fühlte ich mich Auge in Auge mit einem Mädchen viel wohler als mit einem Jungen. Das war schon immer so gewesen. Es waren nur Mädchen*horden*, mit denen ich meine Probleme hatte, denn in der Gruppe waren Mädchen tatsächlich zum Fürchten. Sie flüsterten ständig und kicherten und wechselten mysteriöse Blicke. Es war unfair, von mir zu erwarten, damit zurechtzukommen. Aber wie immer ließ meine Mutter nicht mit sich reden. Es fiel mir zu, sie zu beobachten, mich zu winden und zu erröten und alles, was mir »verdächtig« vorkam, umgehend zu berichten.

Das war eine unmögliche Aufgabe und zwar aus zwei Gründen: Erstens war eine Gruppe von Mädchen *immer* verdächtig. Und zweitens sahen die meisten anderen Kunden meiner Mutter mindestens ebenso bedenklich aus. Im Laden meiner Mutter war verdächtiges Aussehen reine Ansichtssache und daher zumeist bedeutungslos. Ich erinnere mich zum Beispiel an einen Mann in einem langen Ledermantel und einem breitkrempigen Lederhut, der extrem viel Zeit vor den eingelegten Tieren verbrachte – etwa eine Dreiviertelstunde. Dann drehte er sich um und ging wortlos aus dem Laden. Und ein derartiges Benehmen war nicht ungewöhnlich. Ich erinnere mich nur aus einem einzigen Grund an diesen besonderen Mann, nämlich weil ich Männern von diesem Typ immer besondere Beachtung schenke – einzelne Männer in einem bestimmten Alter, die scheinbar ziellos irgendwo herumlungern. Dies basiert auf einer Fantasie aus meiner früheren Kindheit, in der einer dieser anonymen Männer sich plötzlich als mein unbekannter Vater offenbarte. In einigen Versionen dieser Vorstellung hatte mich der Mann vorher absichtlich im Geheimen beobachtet, ehe er sich zu erkennen gab. In anderen Versionen tauchte er durch puren Zufall auf; erst, wenn er von dem Buch, das er zu kaufen wünschte, aufblickte, erkannte er mich oder manchmal auch meine Mutter – oder sie würde ihn erkennen, ganz plötzlich und immer mit einem dramatischen Anhalten des Atems.

Erst als ich ein bisschen älter war, wurden mir die verschiedenen Schwierigkeiten und Unwahrscheinlichkeiten dieses Tagtraums bewusst. Zum einen war kaum damit zu rechnen, dass mein Vater von meiner Existenz wusste oder auch nur einen Verdacht hegte. Ich hatte auch Grund zu der Annahme, dass sich meine Eltern nach so vielen Jahren nicht einmal mehr erkennen würden. Als ich meine Mutter nach Informationen bezüglich ihres Verhältnisses befragte, antwortete sie mit Begriffen wie »kurz« und »zweckmäßig«. Ich hatte herausfinden können, dass ihre Affäre die Morgendämmerung der Wintersonnenwende nicht überlebt hatte, und meiner Mutter war es sowieso nur um den Aspekt der Fortpflanzung gegangen. Alles, was sie mir über meinen Vater sagen konnte, war, dass er gesund war (oder zumindest so gewirkt hatte) und potent (offensichtlich). Und nachdem sie diese Tatsachen bestätigt gesehen hatte, war alles andere überflüssiges Beiwerk. Sie hatte keinen großen Wert auf etwas so Abstraktes wie sein Aussehen und seinen Charakter gelegt, und nichts von ihm war ihr im Gedächtnis geblieben. Ohne meiner Mutter zu nahe treten zu wollen – ich glaube nicht, dass es ihr ein paar Monate nach ihrer Vereinigung gelungen wäre, ihn bei einer Gegenüberstellung wiederzuerkennen. Selbst wenn sie nur zwischen drei Männern hätte wählen können.

Obwohl meine Kindheitsfantasien nach einer Weile ihren Glanz verloren, hielt mich die Vorstellung von meinem Vater noch eine ganze Weile in ihrem Bann. Ich hatte mir ein Bild gemacht, wie mein Vater aussehen und sich benehmen würde, ein Bild, das auf keinerlei Tatsachen beruhte. Ich stellte ihn mir als eine Art Tom Bombadil vor, mit Stiefeln und einem Bart, voller Liebe für den Wald und seine Unabhängigkeit. Die meisten der verdächtig aussehenden Männer, die den Laden meiner Mutter betraten, schienen diesem Profil zu entsprechen, aber ich muss dazu sagen, dass solche Exemplare eher die Seltenheit waren. Ich musste Glück haben, um mehr als zwei in der Woche zu Gesicht zu bekommen, und wenn sie wieder gegangen waren, kehrte die Langeweile zurück.

Unglücklicherweise hatte ich keine Chance, meine Einkerkerung zu verkürzen – jedenfalls nicht, ohne meine Schuld einzugestehen und überzeugend und ausgiebig Reue zur Schau zu stellen. Meine Mutter verlangte von mir, mich schriftlich bei Mr. Treadstone, Drake Mackenzie (und wahrscheinlich auch bei dem mürrischen Busfahrer) zu entschuldigen – selbst nachdem ich ihr ganz genau bis (fast) ins kleinste Detail dargelegt hatte, was der Grund für mein Verhalten und meine Wortwahl gewesen war. Wir hatten immer wieder das gleiche Gespräch; es war, als würden wir uns im Kreis drehen. Ich sagte meiner Mutter, dass ich mich nicht schuldig fühlte, weil meine Worte und Taten (wie unangenehm sie auch sein mochten) durch die Umstände gerechtfertigt wurden, und aus diesem Grund war ich nicht bereit, mich bei irgendjemandem zu entschuldigen. Lieber würde ich sterben. Meine Mutter blieb dabei, dass ich mich ohne Umschweife entschuldigen würde, wenn ich erst einsah, wie ernst und abscheulich mein Verhalten gewesen war. Das war für sie gar keine Frage. In ihren Augen war ich bloß stur und tat so, als würde ich es nicht begreifen.

»Ich glaube nicht, dass dir klar ist, wie beleidigend dieses Wort ist«, sagte meine Mutter eines Nachmittags zu mir, als wir wieder einmal darauf zu sprechen kamen. »Wenn es das wäre, hättest du es nie in den Mund genommen.«

»Ich weiß genau, wie beleidigend es ist«, versicherte ich ihr.

»Nein, weißt du nicht! Ganz offensichtlich nicht. Also wirklich, Lex, ich weiß nicht, was schlimmer ist: dass du es überhaupt gesagt hast oder dass du dich weigerst anzuerkennen, wie schlimm es ist.«

»Ich weiß, wie schlimm es ist! Es ist das schlimmste Wort auf der ganzen Welt. Jeder weiß das. Deshalb habe ich es ja benutzt. Ich habe es nicht einfach grundlos so gesagt.«

»Du solltest niemanden so beschimpfen. Niemals! Es ist mir egal, wie sehr du *glaubst*, provoziert worden zu sein.«

»Er hat es verdient!«

»Nein, hat er nicht! Niemand verdient diese Beleidigung.«

»Niemand?«

»Niemand!«

Ich wartete kurz ab. »Was ist mit Hitler?«, fragte ich dann. Ich hatte schon eine Weile überlegt, wann ich die Hitler-Karte ausspielen sollte, obwohl mir klar war, dass es meiner Sache kaum dienlich sein würde. Der Gegenangriff – mit dem ich gerechnet hatte – folgte auf dem Fuße.

»Also, Lex, ehrlich!« Sie stützte die Hände in die Hüften. »Ich glaube ja nicht, was ich da höre! Willst du allen Ernstes den jungen Mackenzie mit *Hitler* vergleichen?«

»Nun … ich weiß nicht. Vielleicht nicht. Aber andererseits

hatte Drake Mackenzie noch keine Zeit, seine Boshaftigkeit zu entwickeln. Er hatte nicht die gleichen Möglichkeiten. Ich bin mir sicher, dass niemand ahnte, wie schlimm Hitler mal werden würde, als er noch ein Kind war.«

»Lex, das ist absolut lächerlich! Geradezu beleidigend idiotisch.«

»Ich meine damit doch nur, dass es noch ein bisschen zu früh ist, um Genaues sagen zu können. Aber wenn man Drake Mackenzie ein Land anvertrauen würde, dann bin ich mir ganz sicher, dass nach kurzer Zeit alles den Bach runtergehen würde.«

»Lex, hör mir mal genau zu: Drake Mackenzie ist *nicht* böse. Er mag unausstehlich sein, unreif, aufbrausend und unangenehm und alles, was du sonst noch über ihn behauptest, aber das heißt nicht, dass du ihn dämonisieren solltest. Du weißt nicht alles über ihn. Du hast nicht das Recht zu sagen, was du gesagt hast. Ansonsten bist du nicht besser als er. Nun? Was hast du *dazu* zu sagen?«

»Er hat es verdient! Er ist nicht nur unangenehm – er ist grausam. Es macht ihm Spaß, andere Menschen zu demütigen.«

»Ach tatsächlich?«

»Ja – tatsächlich!«

»Und was genau hast du deiner Meinung nach getan, als du ihn so beschimpft hast?«

Ich gab keine Antwort.

»Nein, ehrlich, Lex: Das würde ich gerne wissen. Du hast ihn gedemütigt. Wie hast du dich dabei gefühlt?«

»Das ist was anderes«, murmelte ich. »Er hat es verdient.«

»Wir reden hier nicht darüber, ob er es verdient hat. Wir reden darüber, wie du dich dabei gefühlt hast?«

»Das spielt keine Rolle«, sagte ich. »Das ist etwas völlig anderes.«

Aber irgendwie, trotz all meiner guten Vorsätze, hatte meine Mutter eine Möglichkeit gefunden, mir meinen kurzen Moment des Triumphs zu vermiesen. Jenes Glücksgefühl, das ich angesichts meiner Auflehnung gegen Drake Mackenzie empfunden hatte, verschwand.

»Ich nehme es trotzdem nicht zurück«, sagte ich trotzig.

Meine Mutter zuckte mit den Schultern. »Dazu kann ich dich nicht zwingen.«

Aber was sie wirklich damit meinte war, dass es nicht mehr nötig war. Sie hatte wenigstens einen Aspekt meiner Rebellion diskreditiert, und damit hatte sie der ganzen Sache die Rechtfertigung geraubt. Es war ein kleiner Sieg, aber nichtsdestotrotz ein Sieg. Obwohl ich mir treu blieb und in säuerlichem Schweigen den Rest meiner Strafe absaß, wussten wir beide, dass sie gewonnen hatte.

Ich hatte es mir zur Gewohnheit gemacht, jeden Tag zwei Runden auf dem Schulgelände zu drehen. So konnte ich die einstündige Mittagspause herumbringen und gleichzeitig so weit weg sein von anderen Menschen wie möglich. Es war zwar nicht der schönste Spazierweg in Somerset, aber zu dieser Zeit, als ich abends und an den Wochenenden im Haus eingesperrt war, war es alles, was ich hatte. An einigen Stellen war es auch gar nicht so übel. Der Gärtner, der mit der Pflege der Außenanlagen beauftragt worden war, machte sich die Arbeit leicht und kümmerte sich nur um die rechteckigen Rabatten, den Fußballplatz und die Bereiche, die von Passanten und Besuchern eingesehen werden konnten. Die Randbereiche dagegen, die von hohen Zäunen und

Hecken eingerahmt waren, wurden von dem Gärtner stets vernachlässigt und verwilderten zusehends. Im Sommer war das Gras auf diesem Randstreifen dicht und verschlungen und roch frisch und süß, und es gab Unkraut und wilde Blumen, die Bienen und Schmetterlinge anlockten. Wenn man Glück hatte, konnte man auch eine Feldmaus durch das Gestrüpp am Boden huschen sehen oder ein Eichhörnchen, das an einem Baum hinaufkletterte. Und je weiter man sich vom Schulhaus wegbewegte, desto wilder wurde die Wildnis und desto weniger Leute verdarben einem die Stimmung. Am anderen Ende des Sportplatzes lag die Wahrscheinlichkeit, eine Elster zu sehen oder eine Finkenfamilie, wesentlich höher, als einem Menschen zu begegnen (Mrs. Matthews, die Musiklehrerin, nicht eingerechnet; sie war eine begeisterte Ornithologin).

Ich ging diese zwei Runden ein paar Wochen lang jeden Tag, ohne Rücksicht auf das Wetter. Ich musste mit niemandem reden. Ich war allein mit meinen Gedanken; es war die erfüllendste Stunde des Tages, und ich hoffte – und erwartete –, sie mir auch in Zukunft bewahren zu können. Aber dann, an einem ansonsten ereignislosen, bewölkten Tag, veränderte sich alles. Das war der Nachmittag, an dem ich Ellie begegnete. Sie lauerte mir auf, mit voller Absicht, während alle anderen mir nur zu gerne aus dem Weg gingen. Aber wenn ich heute darüber nachdenke, war das typisch Ellie. Sie war ein sehr gegensätzliches Mädchen.

Ich kannte sie schon ein bisschen – besser gesagt: ich wusste von ihrer Existenz –, obwohl sie mir vierzehn Monate und drei ganze Schuljahre voraus war. Ihr voller Name lautete Elizabeth Fitzmaurice, und sie war bekannt dafür, in alle möglichen Schwierigkeiten zu geraten. Meistens ging es dabei um ihre abgrundtiefe Verachtung für die Kleiderordnung der Schule. Sie trug lieber eine Mischung aus Emo und Goth. Über Goths wissen Sie vermutlich Bescheid, und vielleicht auch über Emos, aber falls nicht, kann ich es kurz erklären, denn mir sind beide Typen aus dem Laden meiner Mutter vertraut.

Goths tragen gern dramatisches schwarzes Make-up und dramatische schwarze Kleidung (hohe Nietenstiefel, Korsagen, Ketten und Halskragen und so weiter). Emos haben ebenfalls eine Vorliebe für Schwarz, aber sie sind weniger theatralisch und mehr streber-schick in ihrer äußeren Erscheinung (was sich deutlich von »streberhaft« unterscheidet). Ihre Kleidung ist normalerweise ziemlich adrett, aber auch extrem eng – besonders die Hosen. Goths stehen auf Vampirismus, Satanismus, laute Musik und öffentliche Zurschaustellung ihres Egos, während Emos im Allgemeinen eine tiefe, innere Verzweiflung pflegen und eher auf Dinge wie Ironie und Selbstverletzung abfahren.

In Ellie kamen diese beiden Kategorien zusammen. Sie war verzweifelt, hatte aber kein Interesse daran, diese Verzweiflung nach außen zu tragen. Und ich glaube, wenn sie sich selbst verletzte, dann geschah es meistens aus einer Fehleinschätzung heraus. Sie legte jede Menge Eyeliner und Lidschatten auf, und ihre Haare waren so schwarz wie Rabenflügel. Ihr Pony war so lang, dass sie ihn, um etwas sehen zu können, auf ihre linke Gesichtshälfte strich, was ihr das Aussehen eines Zyklopen gab.

»Woods!«, keuchte sie aus zehn Metern Entfernung. »Warte mal!«

Bis zu diesem Zeitpunkt hatte ich sie erfolgreich ignoriert, aber nachdem sie mich angesprochen hatte, war das nicht mehr möglich. Ich konnte entweder weglaufen oder stehen bleiben. Ich blieb stehen.

»Verdammt!«, sagte Ellie und hielt schwer atmend an. »Verdammte Scheiße, Woods! Wie schnell läufst du eigentlich?«

Diese Frage verlangte nicht nach einer Antwort.

»Hallo, Elizabeth«, sagte ich und sah, wie sie gereizt den Mund verzog.

Ich erfuhr später, dass Ellie sehr empfindlich ist, wenn es um ihren Namen geht. Sie erzählte mir, dass sie nach der »verdammten Mutter von Johannes dem verdammten Täufer« benannt worden war. Johannes der verdammte Täufer und seine verdammte Mutter waren Figuren aus der Bibel.

»Ich heiße Ellie, verdammt!«, sagte Ellie zu mir.

»Ich wollte nicht zu vertraulich werden«, erklärte ich.

Ellie schaute mich verständnislos an.

»Ich wollte höflich sein.«

Das löste ein schnaubendes Lachen aus. »Höflich!«

»Ja.«

»Scheiße, Woods, ausgerechnet du! Seit wann kümmerst du dich um *Höflichkeit*? Alle wissen doch, dass du das größte Schandmaul der Schule hast.«

»Das war ein einziges Mal«, sagte ich. »Und ich hatte einen sehr guten Grund dafür.«

Ellie warf ihren Pony aus den Augen, verschränkte die Arme vor den kleinen, aber nichtsdestotrotz furchteinflößenden Brüsten und betrachtete mich aufmerksam. Ich war mir sicher, dass jede ihrer Bewegungen und Gesten einzig und allein dazu diente, mich zu verunsichern.

»Also gut, Mr. Höflich«, sagte sie. »Warum hast du's gesagt?«

Ich dachte einen Moment nach und überlegte, wie ich es am besten ausdrücken konnte, und dann entschied ich mich für Folgendes: »Weil etwas zu benennen ihm die Macht raubt.«

Ellie schaute mich an und verdrehte die Augen. Ellie verdrehte ständig die Augen. Gemessen an der Häufigkeit, wie oft sie in einem Gespräch durchschnittlich die Augen verdrehte, sollte man meinen, sie hätte das Augenverdrehen erfunden und patentiert. »Du bist echt komisch«, sagte sie.

»Ja, ich weiß«, sagte ich.

»Das ist nicht böse gemeint«, sagte sie. »Es ist nur ... na ja, es gibt Schlimmeres.«

»Danke.« Für mich war nicht beleidigt zu werden schon eine Art Kompliment. »Darf ich jetzt *dir* eine Frage stellen?«, fragte ich.

»Wenn es eine *höfliche* Frage ist«, sagte Ellie.

»Ähm, nein ... nicht direkt. Es geht um das, worüber wir eben geredet haben, um das F-Wort.«

»Frag schon.«

»Na ja«, setzte ich an und räusperte mich. »Seit ich das Wort ausgesprochen habe, stehen die Leute förmlich Schlange, um mir zu sagen, wie schlimm es ist: du weißt schon – das schlimmste aller schlimmen Wörter, und dass es *besonders* beleidigend für Frauen ist. Und, na ja, da wollte ich dich fragen, wie ...«

»Du willst meine Meinung hören?«

»Ja.«

»Meine Meinung *als Frau*?«

»Ja.«

Ellie verdrehte wieder die Augen. »Was soll das ganze Theater? Es ist doch bloß ein Wort.«

»Genau.«

»Fotze, Fotze, Fotze, Fotze, Fotze, Fotze, Fotze!«, sang Ellie, um ihre Aussage zu unterstreichen. (Ellie machte ihren Standpunkt immer gern unmissverständlich klar.)

Insgesamt fühlte ich mich durch ihre Einschätzung in meiner Meinung bestätigt. »Danke«, sagte ich. »Das war sehr interessant.«

Ich wollte weitergehen. Sie packte mich am Arm.

»Warte mal!«, sagte Ellie. »Hör doch mal eine Sekunde auf, komisch zu sein. Ich muss dich noch was anderes fragen. Es sei denn natürlich, du hast einen dringenden Termin«, setzte sie sarkastisch hinzu.

»Na ja, ich wollte eigentlich noch eine Runde um das Feld drehen«, sagte ich.

Ellie verzog das Gesicht. »Wieso das denn? Ach, ist ja auch egal. Ich gehe mit. Gib mir bloß eine Sekunde.«

Sie zog ein Päckchen Zigaretten aus ihrer Schultertasche und zündete sich eine an. Ich blickte mich nervös um.

»Immer mit der Ruhe«, befahl Ellie. »Es guckt doch niemand.«

»Aber wir sind auf offenem Gelände«, sagte ich. »Jeder könnte uns sehen.«

»Vertrau mir«, sagte Ellie. »Offenes Gelände ist der beste Ort, um zu rauchen, weil niemand damit rechnet. Die ganzen Verstecke, wo man sonst so raucht… du weißt schon, hinter dem Pavillon oder neben dem Kunsttrakt« – davon hatte ich nichts gewusst, ließ mir aber nichts anmerken – »na ja, die Orte sind doch total von gestern. Dort wird man nur erwischt. Man muss schon ein Depp sein, um da zu rauchen. Aber hier draußen – keine Chance, dass man hier erwischt wird. Man sieht doch sofort, wenn jemand kommt.«

»Und jeder kann dich sehen.«

»Ja, aber sie brauchen ein verdammtes Teleskop, um zu sehen, was man macht.«

»Mrs. Matthews hat ein Fernglas«, erklärte ich.

»Mrs. Matthews ist eine Maus«, gab Ellie zurück. »Die gehört zu den Frauen, die sich eher umdrehen und in die Hose pinkeln würden, bevor sie irgendeinen Konflikt riskieren.«

»Ach so.«

»Ich sollte dir vermutlich keine anbieten, oder?«

»Nein.«

Danach ging sie neben mir her und erzählte mir lang und breit von ihrem Piercing. Ellie hatte beschlossen, sich zu ihrem fünfzehnten Geburtstag ein Augenbrauenpiercing zu schenken. Das erklärte auch das merkwürdige Pflaster über ihrem rechten Auge, das ich nicht anzustarren versuchte. Weniger klar war mir, wie sie hatte erwarten können, dass ein Gesichtspiercing unentdeckt bleiben würde.

»Ich dachte, es würde gehen, wie bei meinen Haaren«, sagte sie. »Wie damals, als ich aus dem Haus ging, mir die Haare färben ließ, und das war's. Meine Eltern hatten keine andere Wahl, als es zu akzeptieren. Was hätten sie denn machen sollen? Klar, sie haben wochenlang getobt, aber das war es wert.

Ich dachte, es würde genauso ablaufen. Aber als ich am Samstag heimkam, sind die beiden total ausgerastet. Ehrlich, man hätte meinen können, ich sei schwanger oder so was.«

Ich blieb stumm. Ich denke nicht, dass ich etwas Vernünftiges hierzu hätte sagen können.

»Und jetzt«, fuhr Ellie fort, »sieht es so aus, als ob ich mit dem Piercing nicht mal in die Schule kommen darf. Kannst du dir das vorstellen?«

»Ja«, sagte ich.

»Es verstößt gegen die Kleiderordnung. Un-fucking-fassbar!« Wütend zog sie an ihrer Zigarette. »Na ja, nachdem mich meine Eltern ein paar Billionen Jahre lang angeschrien haben, haben sie mich gezwungen, den Ring rauszunehmen, und jetzt muss ich dieses blöde Pflaster auf die Augenbraue kleben, bis das Loch verheilt ist.«

»Oh«, sagte ich. »Ja, das ist blöd.«

Ein unbehagliches Schweigen setzte ein. Ellie blickte verstohlen nach rechts und links. »Es ist immer noch drin«, flüsterte sie.

Ich empfand unwillkürlich ein leises Schaudern. »In der Augenbraue?«

»Genau. Meine Mutter hat den Ring konfisziert, den man eingesteckt hatte, aber ich habe auch noch ein kleines Stäbchen gekauft. Davon wusste sie nichts. Ich dachte, unter dem Pflaster kann es sowieso niemand sehen, also, was soll's?«

Dieser Plan, dachte ich, hatte einen offensichtlichen Haken.

»Ja, ich weiß, was du denkst«, sagte Ellie. »Aber ich habe eine Idee. Ich werde ein Riesentheater daraus machen, dass ich dieses Pflaster tragen muss, und dann werde ich meine Frisur ändern, sodass der Pony auf der anderen Seite liegt, und zwar so.« Sie deutete es mit ihrer freien Hand an. »Das ist ärgerlich, weil es auf der anderen Seite besser aussieht, aber niemand wird Verdacht schöpfen, weil ich mich so wegen des Pflasters beklagt habe. Und dann, wenn ich es in ein paar Wochen abnehmen kann, lasse ich meine Haare einfach so, und die Sache ist erledigt.«

»Das ist dein Plan?«, fragte ich. »Du willst dir die Haare über das Piercing kämmen und sie ewig da lassen?«

»Nicht ewig. Nur ein Jahr lang oder so. Ich muss wahrscheinlich jede Menge Haarspray kaufen. Willst du's mal sehen? Meine Augenbraue?«

Sie wartete nicht auf eine Antwort. Sie trat ihre Zigarette aus und zog dann vorsichtig das Pflaster ab, das sie in eine Hecke warf.

»Du solltest deinen Müll nicht einfach so in die Gegend werfen«, wies ich sie zurecht.

»Herrje, Woods«, sagte Ellie, »du bist ja ein echter Komiker.«

»Das war ernst gemeint.«

»Ja, ich weiß. Das ist ja das Komische daran.«

Von Ellies »Stäbchen« waren nur zwei winzige blaue Kugeln zu sehen – wie aus einem Kugellager –, die an ihr Gesicht geklebt waren, eins über das andere, rechts und links von den feinen schwarzen Haaren, die am äußeren Rand ihrer Augenbraue wuchsen. Die umgebende Haut war rot und entzündet. »Ziemlich cool, was?«, sagte Ellie. Ohne auf eine Antwort zu warten, zog sie ein neues Pflaster aus ihrer Tasche und klebte es auf das Piercing.

Wir gingen weiter, und Ellie zündete sich eine zweite Zigarette an. Endlich kam sie auf den Punkt zu sprechen, der sie zu mir geführt hatte.

»Ich möchte, dass du deine Mutter fragst, ob sie mir einen Job gibt«, sagte Ellie zu mir.

Ich wusste nicht, was ich erwartet hatte – das jedoch gewiss nicht. »Einen Job?«, wiederholte ich dämlich.

»Ja, einen Job. Am Wochenende, an den Abenden, in den Ferien – egal wann oder wie. Ich brauche Geld. Ich kriege kein Taschengeld mehr, und ich glaube nicht, dass sich daran in absehbarer Zeit etwas ändert.«

Das glaubte ich auch nicht.

»Und wenn ich schon einen Job machen muss, dann wenigstens einen, der Spaß macht«, sagte Ellie.

Ich runzelte die Stirn. Ich konnte mir nicht vorstellen, dass sich irgendjemand einbildete, für meine Mutter zu arbeiten, würde Spaß machen. Ebenso wenig konnte ich mir vorstellen, dass Ellies Eltern ihre Einwilligung geben würden. Ich fühlte mich verpflichtet, sie darauf aufmerksam zu machen. Ellie verdrehte die Augen. »Ich werde es ihnen nicht sagen – ist doch logisch! Ich erzähle ihnen, ich arbeite in irgendeinem Scheiß-Klamottenladen oder so was.«

»Oh«, sagte ich. Dann dachte ich kurz nach. »Ich weiß nicht, ob meine Mutter dich überhaupt einstellen darf«, sagte ich schließlich, »ohne dass deine Eltern zustimmen.«

Ellie zuckte mit den Schultern. »Würde so etwas deine Mutter stören?«

»Nein, wahrscheinlich nicht«, gestand ich ein. Ich hatte keine Wahl. Ich bin ein schlechter Lügner, besonders, wenn man mich unter Druck setzt.

»Kannst du sie dann wenigstens *fragen*? Vielleicht ein gutes Wort für mich einlegen?«

»Ja, das könnte ich schon«, sagte ich.

Ich war ehrlich gesagt nicht besonders begeistert von der Idee. Aber der Sommer war die Touristensaison, und Justine rutschte immer weiter auf eine andere Existenzebene. Vielleicht konnte meine Mutter wirklich Unterstützung im Laden gebrauchen. Und ich vermutete, dass Ellie genau die Art von Mädchen war, die sie mit Freuden einstellen würde. Außerdem vermutete ich, dass es sich als unerträglich herausstellen würde, länger als zehn Minuten am Stück in Ellies Gegenwart zu verbringen. Aber ich konnte mich jetzt nicht mehr drücken. Ich musste wenigstens fragen.

»Woods, das war echt aufregend«, sagte Ellie und trat ihre zweite Zigarette aus. »Das sollten wir mal wiederholen.«

Das war Sarkasmus. Oder Ironie. Oder sonst irgendwas. Ich sah darüber hinweg.

»Du redest mit deiner Mutter?«, fragte sie noch einmal und fixierte mich mit einem Blick, der mir sagte, dass es unklug wäre, ihre Forderung abzulehnen.

»Ja, ich frage sie«, versprach ich.

»Wunderbar.«

Ellie zog eine Art Körperspray aus ihrer Tasche, kniff die Augen zu und sprühte sich von Kopf bis Fuß damit ein. Dann salutierte sie vor mir, drehte sich auf dem Absatz um und ging auf direktem Weg wieder zum Schulgebäude zurück.

Mein Spaziergang machte mir keinen Spaß mehr.

Ein paar Tage später traf ein Paket ein. Meine Mutter fuhr den Wagen in die Garage – was gewöhnlich eine Weile dauert, weil sie keinerlei räumliches Vorstellungsvermögen hat –, und deshalb war ich wie üblich der Erste, der ins Haus ging und die Post aufsammelte. Aber es dauerte einen Moment, bis mir klar wurde, dass das Paket an mich adressiert war. Normalerweise bekam ich keine Post, und Pakete hatte ich bislang erst von einer einzigen Person bekommen. Diese Person war Dr. Weir. Sie hatte mir Martin Beechs Meteoritenbuch geschickt und später noch *Das Universum. Eine Einführung*. Auch dieses Paket sah von der Form her aus wie ein Buch, aber die Schrift auf dem Adressaufkleber war nicht die von Dr. Weir. Dr. Weir schrieb wie ein Arzt: mit einer fast unleserlichen Handschrift voller Kringel und Schnörkel und Häkchen. Die Schrift auf dem Paket bestand aus eckigen Blockbuchstaben. Ich fütterte Lucy, nahm das Paket mit in mein Zimmer und machte es auf.

Was da auf meinen Schreibtisch fiel, war eine neue Taschenbuchausgabe von *Frühstück für Helden*. Es lag kein Brief bei, aber als ich das Buch aufschlug, fand ich Folgendes auf dem Vorsatzpapier vermerkt:

Ich dachte, du willst vielleicht wissen, wie es ausgeht.
Komm rüber und sag mir, was du davon hältst, wenn du es fertig gelesen hast.

Eine ganze Zeit lang betrachtete ich diese beiden Sätze. Dann nahm ich Papier und einen Stift zur Hand und schrieb diese Antwort, die ich am folgenden Tag abschickte.

Lieber Mr. Peterson,
vielen Dank für das Buch. Damit habe ich nicht gerechnet. Ich dachte, Sie würden für immer böse auf mich sein wegen dem, was passiert ist, und wegen meiner miesen Erklärung. Ich möchte noch einmal versuchen, es zu erklären, so gut ich kann. Aber es könnte sein, dass einiges für Sie keinen Sinn ergibt. Die Schule war zu Ihrer Zeit sicher ganz anders als heute, und die Leute haben sich vermutlich besser benommen und nicht wie Affen.

[Hier folgte ein genauer Bericht der Ereignisse, die zum Verlust von Mr. Petersons Buch führten.]

Es tut mir sehr leid, dass ich Ihnen das nicht schon früher erzählt habe, aber ich war von dem, was passiert ist, sehr traumatisiert, und ich wollte auch nicht, dass Sie denken, ich würde nach Ausreden suchen oder mich aus der Verantwortung stehlen. Ich fühle mich verantwortlich für das, was passiert ist, weil es passierte, als das Buch in meiner Obhut war, und im Nachhinein halte ich mein Verhalten für sehr rücksichtslos. Ich habe beschlossen, dass ich wieder ein Pazifist werde, nicht nur, weil ich nicht gut kämpfen kann und weil es mir überhaupt keinen Spaß macht, sondern weil mir jetzt klar geworden ist, dass Kämpfen selbst als Letzter Ausweg ziemlich lausige Resultate bringt.

Aber obwohl meine Entscheidungen eine schlimme Situation noch schlimmer gemacht haben, wollte ich Ihnen erklären, dass nicht mich allein die Schuld trifft. Ich habe dumm gehandelt, aber in guter Absicht, und das zählt doch auch, oder meinen Sie nicht?

Leider bin ich in nächster Zeit nicht in der Lage, zu Ihnen zu kommen und mit Ihnen über »Frühstück für Helden« zu sprechen, weil ich im Augenblick unter Hausarrest stehe – für die Prügelei und weil ich später in Anwesenheit des stellvertretenden Schulleiters das schlimmste aller schlimmen Wörter benutzt habe. (Sie wissen vermutlich, welches Wort ich meine, deshalb muss ich es nicht aufschreiben.) Aber ich werde kommen, wenn (oder falls) meine Mutter entscheiden sollte, dass ich meine Lektion gelernt habe, und mir wieder die Freiheit schenkt.

Nochmals vielen Dank.

Mit freundlichen Grüßen
Alex Woods

Nachdem ich diesen Brief geschrieben hatte, war ich überrascht, dass ich nicht früher daran gedacht hatte zu schreiben. Wenn man die Dinge in Schriftform erklärte, hatte man genug Zeit und Raum, um vorher darüber nachzudenken, und kann dann genau das aufschreiben, was man wirklich meint. Das war so viel besser, als in Echtzeit miteinander zu reden.

Ich wünschte, ich könnte immer schriftlich kommunizieren. Das, so dachte ich, würde mein Leben um einiges leichter machen.

Irgendwann endete mein Hausarrest, und gleich am folgenden Samstag ging ich ohne Voranmeldung zu Mr. Peterson. Ich traf ihn in der Einfahrt. Er wollte gerade mit Kurt einen »kurzen« Spaziergang machen – wobei »kurz« im Sinne der Entfernung zu verstehen war, nicht im zeitlichen Sinn. Angesichts von Kurts Alter und Mr. Petersons Bein waren all ihre Spaziergänge kurz, dauerten allerdings geraume Zeit. Aber es war Hochsommer, und der Tag war trocken und freundlich, und wie Sie wissen, war ich mittlerweile an einen einstündigen Marsch pro Tag gewöhnt. Ich hatte nichts dagegen mitzukommen, egal wie lange dieser kurze Spaziergang auch dauern würde.

Seit meinem Brief hatte ich einige Wochen Zeit gehabt, an einer vollständigen und angemessenen Entschuldigung zu arbeiten, die ich Mr. Peterson meiner Meinung nach immer noch schuldete. Aber nachdem ich meine Rede aufgeschrieben, umgeschrieben, auswendig gelernt und eingeübt hatte, kam ich nicht über den ersten (makellos formulierten) Satz hinaus. Aus irgendeinem Grund, den ich nicht begreifen konnte, schien Mr. Peterson zu glauben, dass er mehr Schuld an der Sache trug als ich, und um ehrlich zu sein, war mir das ziemlich peinlich. Ich fühlte mich gezwungen, ihn mindestens dreimal darauf hinzuweisen, dass diese seltene Erstausgabe von *Frühstück für Helden* mit einer Widmung der verstorbenen Mrs. Peterson vernichtet worden war, während sie sich in meiner Obhut befand – noch dazu als Resultat meines Handelns.

»Weißt du, was Mrs. Peterson dazu gesagt hätte?«, fragte mich Mr. Peterson.

Ich dachte darüber nach. »Ich denke mal, sie hätte gesagt, dass Sie mir das Buch überhaupt nicht hätten leihen dürfen – Sie wissen schon, das konnte ja nicht gut gehen.« Eigentlich war es das, was meine Mutter gesagt hätte, aber eine andere Vergleichsmöglichkeit hatte ich nicht.

Mr. Peterson verzog das Gesicht. Wie ich später erkannte, war dies eine Art Lächeln. »Nein, das hätte sie nicht gesagt. Das ist ungefähr das Letzte, was sie gesagt hätte. Sie hätte gesagt, dass ein Buch ein fantastisches Medium ist, um Gedanken und Ideen zu verbreiten, aber darüber hinaus besteht es lediglich aus zermanschten Bäumen. Sie hätte mir gesagt, dass ich mich wie ein Idiot benommen habe. Verstehst du, was ich damit sagen will?«

Ich musste ziemlich lange überlegen. »Ich bin mir nicht sicher«, sagte ich schließlich. »Ich glaube, Sie wollen mir damit sagen, dass Bücher selbst nicht wichtig sind, sondern nur die Ideen, die darin geschrieben stehen. Aber ich weiß, dass *dieses* Buch doch wichtig war, weil es ein Geschenk war und weil es nicht …«

»Ich will nicht behaupten, dass das Buch nicht wichtig war. Ich will damit nur sagen, dass es Dinge gibt, die wichtiger sind. Ich will damit sagen, dass all die Dinge, die wichtig waren an diesem Buch … na ja, die hatten mit dem Buch selbst nichts zu tun. Die sind alle hier« – und dabei tippte sich Mr. Peterson an den Kopf, kurz oberhalb der Schläfe – »und da werden sie auch bleiben. Verstehst du jetzt?«

»Ich denke schon«, sagte ich.

»Okay. Also bitte – keine Entschuldigungen mehr.«

»Okay.«

»Und so, wie du es mir erzählt hast, scheint es auch nicht wirklich deine Schuld gewesen zu sein. Ein paar von den Typen an deiner Schule sind wohl erstklassige Arschlöcher.«

»Ja«, sagte ich, »in dieser Disziplin könnten sie sogar Preise gewinnen.«

Dann erklärte ich Mr. Peterson die komplizierten Regeln und Normen, die das Verhalten und die Beziehungen auf dem Schulhof bestimmten – und dass von allen erwartet wurde, das Gleiche zu denken und zu tun, und wenn man sich nicht daran hielt, wurde man wie ein Aussätziger behandelt. Meine Mutter sagte mir immer, dass die Dinge mit der Zeit einfacher werden würden, dass die Menschen toleranter werden und all diese Probleme einem irgendwann einmal lächerlich vorkommen würden, aber Mr. Peterson meinte, das sei bloß die halbe Wahrheit.

»Deine Mom ist nicht unbedingt normal«, sagte er zu mir.

Dem konnte ich nicht widersprechen.

»Und für sie mag es einfach sein, aber für die meisten Leute ist es das nicht. Es ist immer leichter, sich dem anzupassen, was andere denken. Aber Prinzipien zu haben bedeutet, das zu tun, was richtig ist, nicht das, was leicht ist. Es bedeutet, eine gewisse Integrität zu haben, und das ist etwas, das man nur selbst kontrollieren kann. Niemand sonst kann sich daran vergreifen.«

Integrität. Ich drehte das Wort in meinem Kopf hin

und her und merkte es mir für die Zukunft. Denn sobald Mr. Peterson es ausgesprochen hatte, wusste ich, dass es das passende Wort war. Mir ging auf, dass es genau diese Idee war, über die ich in den vergangenen Wochen nachgedacht – oder es jedenfalls versucht – hatte.

»Mr. Peterson«, sagte ich, »ich glaube, ich habe versucht, so etwas wie Integrität auszudrücken, als ich dieses Wort benutzt habe. Sie wissen doch, welches Wort ich meine, oder?«

»Ja, ich weiß, welches Wort du meinst«, bestätigte mir Mr. Peterson.

»Also, ich habe das irgendwie niemandem klarmachen können, weil alle immer nur sagen, dass dieses Wort verboten ist und unter gar keinen Umständen benutzt werden darf. Aber ich glaube wirklich, es musste gesagt werden. Und als ich es sagte, da hatte ich nicht das Gefühl, irgendetwas Böses zu tun. Ich hatte das Gefühl, etwas … na ja, *Prinzipientreues* zu tun. In diesem Moment hatte ich das Gefühl, Integrität zu besitzen. Hört sich das für Sie blöd an?«

»Nein, gar nicht. Ich finde, dass Integrität auf ganz unterschiedliche Weise ausgedrückt werden kann, und manchmal kann man die Regeln brechen und trotzdem integer sein. Manchmal muss man es sogar. Du darfst bloß nicht erwarten, dass die Mehrheit das akzeptiert.«

»Tue ich auch nicht«, sagte ich. »Obwohl ich unter normalen Umständen gar kein Mensch bin, der die Regeln bricht – oder unhöflich ist. Ich war immer sehr gut in der Schule. Das ist ja einer der Gründe, warum mich meine Mitschüler nicht leiden können. Es ist gewissermaßen tabu, gerne zu lernen. Es ist falsch, Interesse zu zeigen. Die Leute werden misstrauisch, wenn man Dinge wie Lesen und Mathematik und so weiter gerne macht. Aber ich vermute, das wird

Ihnen seltsam vorkommen. Bei Ihnen in der Schule war das wahrscheinlich ganz anders.«

Mr. Peterson schnaubte. »Junge, ich bin Amerikaner. Wir sind seit Hunderten von Jahren Intellektuellen gegenüber misstrauisch. Als ich in deinem Alter war, in den 1950ern, war es unpatriotisch, zu viel zu denken, und seitdem hat sich nicht viel verändert. Schau dir doch an, wer bei uns alles Präsident werden kann! Bush! Der verdammte Ray Gun!«

Ich wusste natürlich, wer Bush war. Er war oft im Fernsehen, wegen des Irakkriegs und so weiter. Er hatte eine besonders gute Beziehung zu Tony Blair, unserem Premierminister, und ich fand, dass er einem Affen ein bisschen ähnlich sah. Aus dem, was ich über ihn wusste, entnahm ich, dass die Leute ihn nicht besonders mochten. Mr. Peterson behauptete, es sei ein Wunder, dass dieser Kerl schon aufrecht gehen könne. Aber was Ray Gun betraf, so hatte ich keine Ahnung, wer gemeint war. Ich mutmaßte, es könnte sich um eine Art Spitznamen handeln, aber ich fragte zur Sicherheit noch einmal nach.

»Rea-gan!«, betonte Mr. Peterson. »Er war der vierzigste Präsident der Vereinigten Staaten. Davor war er Gouverneur von Kalifornien und davor ein mittelmäßiger Schauspieler, der in B-Movies aufgetaucht ist. Ehrlich, wenn du ihn in den Fünfzigern in diesen entsetzlichen Filmen gesehen hättest, hättest du es nicht für möglich gehalten, dass es einen Job geben könnte, den er noch schlechter macht. Nicht, bis er Präsident wurde. Das war in den Achtzigern.«

»Damals war ich noch nicht auf der Welt«, erklärte ich.

»Da hast du Glück gehabt. Es war das Jahrzehnt des Satans, egal, auf welcher Seite des Großen Teichs man lebte.«

»Oh.« Ich beschloss, seine Behauptungen später bei Wikipedia nachzuprüfen und »B-Movie« und »Großer Teich« zu googeln.

Manchmal erforderten unsere Gespräche eine gewisse Nacharbeit, aber ich war sehr froh, dass Mr. Peterson und ich wieder Freunde waren.

13

TOD

Ein Jahr verging. Es war eine Zeit der Stärkung und der Festigung. In der Schule hatte ich keine Probleme mehr, oder wenigstens keine, die der Rede wert gewesen wären. Hin und wieder wurde ich von Drake Mackenzie und seiner Bruderschaft von Blödmännern beleidigt, aber insgesamt waren sie ihrer Macht beraubt worden und keine Herausforderung mehr für meine neu entdeckte Integrität, die mich einhüllte wie ein schützender Mantel. Im Unterricht kehrte ich zu meinem natürlichen Verhalten zurück. Ich arbeitete hart, ohne mich dessen zu schämen. Ich hob die Hand und beantwortete Fragen. Ich verbrachte viel Zeit mit Recherchen und dem Feilen an meinen Hausaufgaben – mehr Zeit, so könnte ich mir vorstellen, als die meisten anderen Vierzehnjährigen auf diesem Planeten. Ich machte es mir zur Gewohnheit, jeden Abend in der Woche zwei Stunden in der Bücherei von Glastonbury zu verbringen, und noch einige mehr am Wochenende. Nach kurzer Zeit kannte ich die Bibliothekarinnen dort sehr gut. Ich mochte sie, weil sie immer sehr ruhig und gut organisiert waren, still und außerdem sehr hilfreich. Wenn man ein Buch wollte, das sie nicht hatten, bestellten sie es – kostenfrei. Die Gemeinde bezahlte dafür, weil die Gemeinde der Meinung war, Lesen sei gut für die Seele und solle auf jede nur mögliche Art unterstützt werden. Es musste sehr befriedigend sein, für eine Einrichtung mit so hehren Idealen zu arbeiten, und ich beschloss, dass nach Neurologe und Astronom Bibliothekar mein dritter Berufswunsch sein würde.

Während ich mich in meine schweigsamen Studien vergrub, bekam Ellie mindestens drei- bis viermal pro Woche Scherereien. Zum einen war da ihr Plan mit dem Piercing, der von vornherein zum Scheitern verurteilt war. Wie ich vorausgesehen hatte, konnte keine noch so große Menge Haarspray die Wahrheit verbergen. Ich glaube, es war nur wenige Tage nach unserer ersten Unterhaltung, dass Ellies Stäbchen entdeckt, beschlagnahmt und vernichtet wurde. Ellies Mutter suchte daraufhin alle Schmuckhändler und Tattooshops im Umkreis von fünfzehn Kilometern auf und verteilte DIN-A4-große Fotografien ihrer Tochter. Über dem Foto standen Ellies Geburtsdatum und die Telefonnummer ihrer Eltern, und darunter – für den Fall, dass es irgendjemand nicht kapiert haben sollte – hatte Ellies Mutter geschrieben: *Es ist VERBOTEN, dieses Kind zu piercen!!* Zusätzlich zu den Großbuchstaben und den doppelten Ausrufezeichen hatte Mrs. Fitzmaurice auch noch rote Tinte benutzt. Mrs. Fitzmaurice traute den Schmuckhändlern und den Tätowierern von Glastonbury kein bisschen.

Dann gab es ein zweites (gleichermaßen demütigendes) Donnerwetter, als Ellies Eltern ein paar Monate später herausfanden, dass ihre Tochter nicht in einer Boutique arbeitete, wie sie behauptet hatte. Ich hatte das Pech, dem darauf folgenden Streit beizuwohnen. Mr. Fitzmaurice kam zu uns nach Hause, um zu verdeutlichen, dass er nichts vom Laden meiner Mutter hielt und nicht erlaubte, dass sich seine Tochter in einer solchen Umgebung herumtrieb. Dies brachte meine Mutter dazu, einen langen, langatmigen Vortrag auf unserer Türschwelle zu halten, in dem es um die Grundsätze der Hexerei ging, um spirituelle Entwicklung, Kommunikation mit der Natur, die Harmonie der inneren und äußeren Elemente, Astralprojektion, die sieben Reiche des Wissens und des Seins … Schwarze Magie, erklärte sie, sei nur ein kleiner Teil des großen Ganzen und von Laien überwiegend missverstanden. Im Grunde genommen sei sie nicht erschreckender als die Wunder, die Jesus gewirkt hatte: übers Wasser gehen, von den Toten wiederauferstehen und so weiter. An diesem Punkt drohte Mr. Fitzmaurice mit seinem Anwalt, und schließlich musste meine Mutter eingestehen, dass sie Ellie angesichts dieses Widerstands nicht länger beschäftigen konnte.

Leider war dieser Rückschlag nur von kurzer Dauer. Ellie trat wieder in den Dienst meiner Mutter, sobald sie sechzehn geworden war, kurz nach ihren Prüfungen (die, wenn man es sich mit Ellie nicht verderben wollte, besser nie erwähnt wurden). Und nicht lange danach entschied sie, dass sie das Leben bei ihren Eltern nicht mehr ertrug, und zog in die Wohnung über dem Laden. Zu der Zeit war Sam längst ausgezogen und Justine nach Indien gegangen, um »sich selbst zu finden«.

Wie ich mir bereits gedacht hatte, war ein Aufenthalt in Ellies Gegenwart in jenen Tagen selten stressfrei. Man musste nicht nur mit der dicken Wolke aus Weltschmerz klarkommen, mit der sie sich typischerweise umgab, jenseits davon gab es auch noch das freundliche – oder nicht so freundliche – Necken, das ständige Augenverdrehen, den überbordenden Sarkasmus und Mascara. Und dann, hin und wieder und völlig unerwartet, benahm sie sich ganz lieb und schwesterlich, mit weichem Lächeln und spielerischem Schubsen und Zwicken. Das war das Schlimmste. Bei einer sarkastischen, stirnrunzelnden Ellie wusste ich, woran ich war. Eine lächelnde Ellie brachte mich aus dem Takt. Oft hatte ich es nur geduldiger Meditation im Lagerraum zu verdanken, dass ich keinen Anfall erlitt.

Zu diesem Zeitpunkt bekam ich meine Krankheit endlich besser in den Griff. Ich musste immer noch alle sechs Monate zu Dr. Enderby, aber nachdem ich vierzehn geworden war, erlaubte meine Mutter mir widerstrebend, diese Verabredungen allein wahrzunehmen. Es war immerhin lästig, wenn sie sich an einem Samstag freinehmen musste, um mich nach Bristol zu fahren, und Dr. Enderby meinte, er sehe keinen Grund, warum ich nicht ohne sie ins Krankenhaus kommen könne. Er fand, es war eine positive Entscheidung, weil es bedeutete, dass ich meine Situation »in die Hand« nahm. Ich fuhr mit der Linie 376, die an der Glastonbury High Street anhielt und mich zum Hauptbahnhof nach Bristol brachte, von wo aus ich noch fünf Minuten zum Krankenhaus laufen musste.

Als ich begann, allein zu diesen Terminen zu gehen, hatte ich im Durchschnitt noch einen oder zwei generalisierte Anfälle pro Monat, und Dr. Enderby bezweifelte, dass eine höhere Dosis meiner Medikamente diese Situation spürbar verbessern würde. Wir hatten festgestellt, dass meinen Anfällen klar vorhersehbare Auslöser vorangingen – Stress,

Angst, Schlaflosigkeit –, und wir fanden, dass es mehr bringen würde, wenn ich weiter an meinen Strategien für »den Umgang mit Unvermeidlichem« arbeitete (kognitive Verhaltenstherapie und so weiter). Dr. Enderby war besorgt, dass ich meine Meditationsübungen zu unregelmäßig und zu spät machte, dass ich diese Techniken nur zur »Krisenbewältigung« einsetzte, während ich sie idealerweise als langfristige Präventionsmethoden betrachten sollte. Er gab mir ein Beispiel, um mir zu erklären, was schieflief.

»Es ist so, als würdest du versuchen, mitten in einem Sturm Wasser aus einem leckgeschlagenen Boot zu schöpfen«, sagte Dr. Enderby. »Das Wasser kommt aus allen Richtungen – durch die Lecks, die Wellen, den Regen –, und gleichzeitig musst du dich mit unzähligen anderen Widrigkeiten herumschlagen: dem Donner, dem Wind, dem schaukelnden Boden unter dir. Unter diesen Umständen ist es nahezu unmöglich, über Wasser zu bleiben. Du musst stattdessen dafür sorgen, dass dein Boot immer gut in Schuss ist, damit es nicht untergehen kann, wenn du in einen Sturm gerätst. Verstehst du, was ich meine?«

»Ja, ich denke schon«, sagte ich. »Mein Gehirn ist das seeuntaugliche Boot, und der Sturm ist Stress oder Ärger. Und meine Meditationen sind der Hammer, die Nägel und Planken und der Teer und so weiter; damit soll ich die Lecks flicken, ehe ich segeln gehe.«

Dr. Enderby lächelte. »Stimmt. Obwohl ich dein Gehirn nicht als untauglich bezeichnen würde. Nicht direkt jedenfalls. Aber du hast das Wichtigste begriffen: Du musst deine Übungen regelmäßig machen – jeden Tag, wenn du kannst –, damit du die besten Chancen hast, nicht unterzugehen.«

Damit begann das strenge Meditationsregime – und dieses Regime ist seitdem unangefochten im Amt. In den vergangenen vier Jahren ist es mir nur ein- oder zweimal passiert, dass ich einen Tag nicht mit einer halbstündigen Meditation begonnen habe. Von Anfang an war mir klar, dass die frühen Morgenstunden sich dafür am besten eigneten, denn zu dieser Zeit war mein Kopf klar und frei von jeglicher Ablenkung. Meistens stand ich irgendwann zwischen halb sechs und sieben Uhr auf und begann sofort mit meinen Übungen. Auf Dr. Enderbys Rat hin errichtete ich mir einen kleinen »Schrein« in der Ecke meines Zimmers. Dort befanden sich eine weiche Matte und Kissen, eine Tischlampe mit drei Helligkeitsstufen und eine kleine Nische für Bücher und CDs. Während der Meditation schaltete ich keine Musik ein, weil mich das zu sehr ablenkte, aber danach hörte ich oft noch eine Viertelstunde lang CDs mit klassischer Musik, die ich mir aus der Bücherei oder von Mr. Peterson auslieh. Was die Entspannung anging, waren Chopins Nachtstücke unschlagbar.

In der Abgeschiedenheit meines Kopfes nannte ich diese neue Behandlungsmethode – aus Gründen, die ich nicht mehr erklären muss – die »Arbeit an meinem Boot«, und diese Metapher erwies sich als so passend, dass ich merkte, wie ich sie als bildliche Vorstellung in meine Meditationsübungen einbaute. Ich fing damit an, dass ich mir mein Boot in seiner perfekten Form vorstellte – ein kleines, aber tüchtiges Gefährt mit einem flachen Kiel, dessen Name (*Gelassenheit*) in türkisfarbenen Lettern auf die Seite gemalt war. Ich stellte mir vor, wie es ruhig auf einem friedlichen Ozean unter einem bedeckten Himmel dahinglitt. Allmählich fügte ich ein paar kleine Wellen hinzu, dann Wind und Regen und Blitz und Donner, ich steigerte die Wucht des Wetters so lange, bis ein ausgewachsener, brüllender Gewittersturm toste. Mein Boot hob und senkte sich inmitten dieser Urgewalten, wurde hin und her geworfen, vom Wind gepeitscht und von den Wellen geprügelt, aber es erduldete alle Prüfungen klaglos. Seine Integrität war unumstößlich. Dann wurde die See wieder ruhiger. Der Wind legte sich, die Wellen flachten ab, die Wolken rissen auf, und schließlich war alles wieder hell und friedlich. Mein Boot schaukelte mitten auf einem funkelnden, sonnenüberfluteten Meer, und der flache Horizont erstreckte sich, so weit das Auge reichte.

Das war das Bild, zu dem ich immer zurückkehrte, wenn meine Gelassenheit von meiner Mutter oder von Ellie bedroht wurde, und schon bald merkte ich, dass ich mit den täglichen Stresssituationen viel besser umgehen konnte. Ich schlief auch besser. Ich hatte weniger Anfälle. Mein Geist war klarer. Aber ich hatte noch eine schwierige Prüfung vor mir.

Bis zu dem Tag, von dem ich Ihnen jetzt erzähle, hatte ich keine Ahnung, wie stark mein Boot wirklich geworden war.

Es passierte ganz in der Nähe der Post. Ich habe das genaue Datum vergessen, aber es muss im Frühsommer 2008 gewesen sein. Es war ein Samstag, irgendwann nach dem Mittagessen, vielleicht gegen zwei oder drei Uhr.

Wir waren gerade von dem Feldweg auf die Hauptstraße eingebogen, und das war der Grund, warum Kurt noch nicht an der Leine ging. Eine Minute später, vielleicht nur eine halbe, wäre er sicher angeleint gewesen. Wie bei allen Unfällen war es auch hier eine Ansammlung von zufälligen Ereignissen, die zusammengenommen zu dem führten, was passierte. Wenn irgendetwas davon nur ein bisschen anders gelaufen wäre, wäre es anders gekommen.

Ich erinnere mich vage, dass ich Mrs. Griffiths Golf näher kommen sah, als Mr. Peterson und ich an der hohen Ligusterhecke vorbeigingen, die Mr. Lloyds Vorgarten einrahmte. Sie fuhr nicht besonders schnell, gewiss nicht schneller als fünfzig Kilometer pro Stunde, aber irgendwie habe ich sie nicht sofort erkannt. Mr. Peterson sah sie vor mir und hob als Erster die Hand, um sie zu grüßen. Mrs. Griffith gehörte zu den wenigen Menschen im Dorf, mit denen sich Mr. Peterson wenigstens ab und zu unterhielt (wegen der vielen Briefmarken, die er regelmäßig bei ihr kaufte). Aber ich glaube, an diesem Tag winkten wir ihr beide nur mechanisch zu. Wir waren in ein Gespräch vertieft, und deshalb nahmen wir unsere Umgebung nur am Rande wahr. Nicht, dass es einen Unterschied gemacht hätte. Es blieb keine Zeit zum Reagieren. Es war in dem Moment vorbei, in dem wir es begriffen.

Der Lärm, so erfuhren wir später, stammte von der Motorsäge, die Mr. Lloyd in diesem Moment einschaltete, um seine Hecke zu schneiden. Aber da wir ihn nicht sehen konnten, konnten wir auch keine Vorkehrungen treffen. Es gab eine Geräuschexplosion direkt rechts neben uns, und Kurt schoss instinktiv in die entgegengesetzte Richtung – auf die Straße und direkt vor Mrs. Griffiths heranrollenden Wagen. Sie hatte keine Zeit zu reagieren, und als sie auf die Bremse trat, war der Aufprall schon vorüber. Es gab diesen dumpfen Rums, ein metallisches Kreischen und den Geruch nach verbranntem Gummi. Mrs. Griffiths Wagen kam nach etwa zwanzig Metern zum Stehen, und eine Sekunde später war alles totenstill. Mr. Lloyd hatte die Motorsäge bei den Geräuschen, die von der Straße her kamen, ausgeschaltet.

Kurt lag reglos einen Meter vom gegenüberliegenden Straßenrand entfernt. Unter seinen Hinterläufen bildete sich bereits eine Pfütze aus Blut. Erst als wir zu ihm kamen, sahen wir, dass er noch atmete.

Mrs. Griffith, die ausgestiegen war, zitterte, und ihr Gesicht war kreidebleich. Sie hatte die Fingerspitzen an die Lippen gelegt und stammelte immer wieder: »Ich h…h… habe ihn nicht gesehen. Er ist mir direkt vors Auto g…g… gelaufen.«

Mr. Lloyd stand mittlerweile in seiner Einfahrt, den Mund weit aufgerissen und die dicken Gartenhandschuhe noch an den Händen. Er sah so hilflos und ungläubig aus wie ein Fisch auf dem Trockenen. Ein paar Augenblicke lang war ich genauso nutzlos wie er. Ich wusste nicht, was ich tun oder sagen sollte. Mein Geist war zu Eis gefroren. In der Zwischenzeit versuchte Mr. Peterson, sich um Kurt zu kümmern und gleichzeitig Mrs. Griffith zu trösten.

»Es war nicht Ihre Schuld«, versicherte er ihr. »Aber wir müssen ihn zum Tierarzt bringen. Können Sie uns hinfahren?«

Mrs. Griffith schien die Frage nicht zu verstehen. Mr. Peterson musste sie zweimal wiederholen, ehe sie schließlich nickte, und dann noch einmal, damit sie sich endlich in Bewegung setzte. Er wandte sich mir zu, während sie den Wagen wendete. »Ich kann ihn nicht allein hochheben. Kannst du mir helfen, Junge?«

Ich versuchte zu sprechen, bekam aber kein Wort heraus. Es kam immer mehr Blut aus Kurts verletztem Hinterbein, und der Muskel zuckte alle paar Sekunden. Ich hatte noch niemals so viel Blut gesehen. Aber Mr. Peterson hatte vermutlich Wunden erlebt, die viel schlimmer waren als das hier. Er blieb ganz ruhig und gelassen.

»Es ist okay, Junge«, sagte er. »Es wird alles gut. Wir müssen ihn nur in den Wagen schaffen. Wir machen es zusammen.«

Er zog seine Jacke aus und wickelte sie um Kurts Hinterläufe. Dann winkte er mich zu sich. »Du musst nur seinen Kopf stützen und die Vorderbeine. Wir heben ihn hoch, auf drei.«

»Ich glaube, das kann ich nicht«, platzte ich heraus.

»Doch, du kannst. Du schaffst das. In einer halben Minute ist alles vorbei. Ich brauche dich jetzt, hörst du? Okay?«

Ich schloss die Augen und holte mehrmals rasselnd Luft.

»Alex? Mach die Augen auf. Bleib bei mir.«

Ich öffnete die Augen.

»Dir passiert nichts. Reiß dich nur für ein paar Minuten zusammen. Auf drei …«

Kurt winselte laut, als wir ihn hochhoben, und eine Sekunde lang gefror mir das Blut in den Adern. Aber dann war er still, und das Schlimmste war vorbei. Es war schwierig, ihn zu tragen, aber er war nicht schwer, und in kürzester Zeit hatten wir ihn auf den Rücksitz von Mrs. Griffiths Golf gelegt. Mr. Peterson stieg hinten bei ihm ein, und ich setzte mich auf den Beifahrersitz. Eine Viertelstunde später waren wir bei der Tierärztin.

Nachdem Kurt betäubt und sein Hinterbein verbunden worden war, rief uns die Tierärztin ins Behandlungszimmer. Kurt lag ausgestreckt auf dem Stahltisch in der Mitte des

Raums. Er sah sehr friedlich aus, als ob er tief und traumlos schlafen würde.

»Die Blutung ist nicht so schlimm, wie es zuerst aussah«, sagte uns die Ärztin mit ernster Miene. »Aber sein Bein ist an zwei Stellen gebrochen. Ich fürchte, wenn die Betäubung nachlässt, wird er starke Schmerzen haben.«

»Aber er wird doch wieder gesund, nicht wahr?«, fragte ich. »Ich meine, er wird es überleben, ja?«

Sie schaute Mr. Peterson an, und etwas schien zwischen den beiden vorzugehen. »Seine Verletzungen können behandelt werden«, sagte sie zu mir. »Aber du musst bedenken, dass Kurt ein sehr alter Hund ist. Die Chancen, dass er sich vollständig erholt, sind sehr gering. Selbst im günstigsten Fall ist es sehr unwahrscheinlich, dass er das verletzte Bein wieder belasten kann. Jedenfalls nicht ohne starke Schmerzen.«

Mr. Peterson nickte, sagte aber nichts.

»Aber er wird leben«, beharrte ich.

Die Tierärztin schaute erst mich an und dann Mr. Peterson. »Soll ich Sie beide ein paar Minuten allein lassen?«

»Ja, das wäre nett«, sagte Mr. Peterson.

»Wozu?«, fragte ich. Und zu diesem Zeitpunkt hatte ich wirklich keine Ahnung, was los war. Ich war noch niemals in einer solchen Situation gewesen. Außerhalb der doch recht ungewöhnlichen Atmosphäre im Laden meiner Mutter hatte ich keine Erfahrungen mit Gesprächen – oder dem Schweigen – über den Tod.

Mrs. Griffith hatte ein Taschentuch aus ihrer Jacke gezogen und tupfte sich die Augen ab. Mr. Petersons Gesicht war grimmig und entschlossen. »Junge, es tut mir leid. Die Tierärztin wird Kurt einschläfern. Etwas anderes können wir nicht für ihn tun.«

Mir drehte sich der Magen um. »Aber sie sagte doch, es sei bloß das Bein! Sie sagte, es könne behandelt werden!«

Mrs. Griffith legte mir die Hand auf die Schulter. »Alex«, sagte sie sanft. »Ich glaube, du hast die Ärztin nicht ganz richtig verstanden. Sie sagte, dass die Verletzungen behandelt werden *können*, nicht dass sie behandelt werden *sollten*.«

»Aber wenn sie behandelt werden können, dann *müssen* sie natürlich auch behandelt werden. Das muss man doch nicht extra erwähnen. Das ist doch klar!«

»Damit würde man ihm keinen Gefallen tun«, sagte Mr. Peterson. »Das musst du verstehen.«

»Die Ärztin kann ihn retten!«

»Es wäre keine Rettung, nicht wirklich. Ich weiß, es ist nicht leicht, aber das musst du begreifen. Wenn er aufwacht, wird er große Schmerzen haben, und das ist nicht die Art von Schmerz, die wieder weggeht. Er wird damit leben müssen, und zwar die ganze Zeit, die ihm noch bleibt. *Davor* müssen wir ihn retten.«

»Wir können ihn doch nicht einfach sterben lassen!«

Mrs. Griffith drückte meine Schulter.

Mr. Peterson schaute mich lange an. Dann sagte er: »Tut mir leid, Junge. Aber wir *werden* ihn sterben lassen.«

Ich fing an zu weinen. Mr. Peterson verzog keine Miene.

»Er wird nicht leiden«, sagte er zu mir. »Er wird einfach friedlich einschlafen. Das ist der einzige gute Dienst, den wir ihm noch erweisen können. Das weißt du selbst, nicht wahr?«

Eine Zeit lang sagte niemand etwas.

»Was wird danach passieren?«, fragte ich schließlich. »Nachdem er eingeschlafen ist?«

»Ich weiß nicht, was du meinst«, sagte Mr. Peterson.

»Können wir ihn beerdigen?«
»Glaubst du, das würde dir helfen?«
»Ja.«
»Okay. Dann können wir ihn beerdigen.«

Der Platz, den wir aussuchten, war so ziemlich der einzige Fleck auf Mr. Petersons Grundstück, der für ein Grab infrage kam. Es war ein großes Blumenbeet in der Nähe der westlichen Begrenzung des Gartens, hinter dem Schuppen und dem Gewächshaus. Die früheren Anwohner des Beetes waren ein paar Rosenbüsche gewesen, die vor etwa einem Jahr von einer Krankheit dahingerafft worden waren. Mr. Peterson hatte immer etwas anderes einpflanzen wollen, aber erst nach der Beerdigung setzte er sein Vorhaben in die Tat um.

Es dauerte ziemlich lange, bis das Loch ausgehoben war. Es war etwa einen Meter siebzig lang, sechzig Zentimeter breit und einen Meter tief. Das war mehr als ein Kubikmeter Erde, die ich bewegen musste – mehr oder weniger allein. Anfangs half mir Mr. Peterson, aber ich merkte, wie er sich abmühen musste, und im Übrigen war dieses Projekt meine Sache, nicht seine. Immerhin hatte ich darauf bestanden. Also erklärte ich ihm nach ein paar Minuten, dass es mir nichts ausmachen würde, das Loch allein zu graben. Es war auch nicht genug Platz für zwei Leute mit Schaufeln. Er rauchte eine seiner Marihuanazigaretten und schaute mir eine Weile zu. Dann ging er ins Haus. Ich glaube, er verstand, dass dieses Grab auszuheben etwas war, was ich allein tun musste.

Es war wie gesagt das erste Mal, dass ich dem Tod leibhaftig begegnete, nicht als einem abstrakten Konzept auf einer Tarotkarte, und das erklärt vielleicht die Intensität meiner Reaktion. Rückblickend betrachtet habe ich wohl zunehmend lächerlich gewirkt, während ich dieses Loch in Mr. Petersons ehemaliges Rosenbeet grub. Als ich fertig war, stand ich bis zur Hüfte in dem Loch, todmüde und von oben bis unten mit Dreck verschmiert. Aber damals kam ich mir überhaupt nicht lächerlich vor. Was ich tat, war wichtig. Ich wusste, dass meine Mühe nichts an den Tatsachen ändern würde, und Kurt war die ganze Angelegenheit sowieso egal, aber so ist das nun einmal mit Begräbnissen. Begräbnisse sind nicht für die Toten. Sie sind für die Lebenden.

Ich machte keine Pause. Ich ackerte ununterbrochen mit der Schaufel weiter. In dreißig Zentimetern Tiefe wurde es schwieriger. Die Erde war hier fester, es gab mehr Steine und alte Wurzeln, die ich umwälzen musste, und je weiter ich nach unten kam, desto höher musste ich die voll beladene Schaufel heben. Als ich fertig war, spürte ich jeden Muskel in meinen Armen und Beinen und in meinem Rücken, und ich hatte Blasen an beiden Händen. Aber diese körperlichen Schmerzen gaben mir trotzdem ein gutes Gefühl.

Mein Loch war ziemlich beeindruckend und sehr ordentlich gegraben. Die Ecken waren rechtwinklig – oder jedenfalls so rechtwinklig, wie ich sie nur hatte machen können. Ich dachte mir, Mr. Peterson würde sich sicherlich darüber freuen, dass es mir gelungen war, ein so ordentliches Grab zu graben. Ich hatte das Gefühl, etwas Wichtiges geleistet zu haben.

Ich ging ins Haus, rief meine Mutter an und sagte ihr, was geschehen war und dass es heute später werden würde. Dann rief ich Mrs. Griffith an und fragte sie, ob sie zur Beerdigung kommen wolle. Das schien mir angemessen. Immerhin hatte auch sie heute viel durchgemacht. Ich dachte, dass ihr die Zeremonie guttun würde, und sie war derselben Meinung. Sie sagte, sie sei gleich da.

In diesem Moment wurde mir klar, dass ich wohl auch ein paar Worte würde sagen müssen, ehe wir Kurt zur letzten Ruhe betteten – immerhin hatte ich die ganze Sache organisiert. Ich war noch nie zuvor bei einer Beerdigung gewesen und hatte nicht gerade eine konventionelle religiöse Erziehung genossen, aber ich hatte genug Fernsehsendungen und Filme gesehen, um mir in etwa vorstellen zu können, wie eine Beerdigung ablief. Es gab zwar die gebräuchlichen Worte wie »Asche zu Asche, Staub zu Staub« und so weiter, aber ich dachte, es wäre vielleicht nicht angemessen, wenn ich so etwas von mir gab. Es würde zu pompös klingen, und ich war mir nicht ganz sicher, ob man so ein formelles Begräbnis überhaupt abhalten durfte, wenn man kein Geistlicher war. Und das war ich ja nicht. Am Ende entschied ich mich für eine kurze Lesung. Etwas von Kurts Namensvetter erschien mir am passendsten. Ich holte Mr. Petersons Exemplar der *Sirenen* aus dem Regal, das meiner Erinnerung nach verschiedene geeignete Textstellen über Hunde und den Tod enthielt.

Die Szene, die mir vorschwebte, stand auf Seite 206, aber sie war viel düsterer, als ich sie in Erinnerung hatte:

> »Eine Explosion auf der Sonne hatte Herrn und Hund voneinander getrennt. Ein gnädiger geplantes Universum hätte Herrn und Hund beisammen gelassen.
> Das Universum, welches Winston Niles Rumfoord und sein Hund bewohnten, war nicht auf Barmherzigkeit eingestellt. Kazak war vor seinem Herrn ausgesandt worden,

um den großen Auftrag im Nirgendwo und Nichts zu erfüllen.
Kazak hatte sich heulend in einer Wolke aus Ozon und ungesundem Licht davongemacht, und das hatte gesummt wie ein Bienenschwarm.
Rumfoord entglitt das leere Würgehalsband. Das Halsband wirkte wie der Tod, verursachte ein unbestimmtes Geräusch und einen kleinen Haufen ohne bestimmte Form, war ein seelenloser Sklave der Schwerkraft, mit gebrochenem Rückgrat auf die Welt gekommen.«

So passend und poetisch das auch war, es war zu trostlos, um es bei einer Beerdigung vorzutragen. Stattdessen nahm ich mir Rumfoords Abschiedsrede vor, die so begann: »Ich sterbe nicht. Ich nehme lediglich meinen Abschied vom Sonnensystem«, und endete mit: »Ich werde immer hier sein. Ich werde immerdar dort sein, wo ich stets gewesen bin.«

Es war acht Uhr, als wir ihn begruben, aber im Garten gab es noch genügend Tageslicht, und so stellte meine Lesung kein Problem dar. Danach half mir Mr. Peterson, das Loch zu füllen. Wir hatten nur zwei Schaufeln, darum konnte Mrs. Griffith nicht mitmachen, aber ich glaube, sie war ganz zufrieden damit, dass sie uns nur zuschauen durfte. Erde *in* ein Loch zu bekommen ist viel einfacher als heraus. Innerhalb weniger Minuten war das Blumenbeet äußerlich wieder in seinen ursprünglichen Zustand zurückversetzt.

Ein bisschen später, während Mr. Peterson eine seiner Zigaretten rauchte, sagte mir Mrs. Griffith, dass sie meine Lesung sehr schön gefunden habe.

»Das war von Kurt Vonnegut«, sagte ich, »der Kurt, nach dem Kurt benannt worden ist.«

»Ach so«, sagte Mrs. Griffith. »Na, jedenfalls hat es mir gefallen.«

Wiederum später, nachdem Mrs. Griffith gegangen und die Sonne hinter der Hecke abgetaucht war und sich der Himmel hellviolett verfärbt hatte, kam Mr. Peterson aus dem Haus und meinte, ich solle jetzt besser nach Hause gehen, ehe sich meine Mutter noch Sorgen mache.

»Okay«, sagte ich. »Kann ich noch ein paar Minuten bleiben?«

»Klar. Soll ich warten?«

»Ja, bitte. Es dauert nicht lange.«

Ich war in Gedanken versunken gewesen und hatte die Zeit aus den Augen verloren, aber ich muss Ihnen sagen, dass ich nicht mehr so traurig war. Ich war auch nicht mehr aufgeregt. In mir war nichts von dem Tumult, den ich in der Ruhe nach einem anstrengenden und stressigen Ereignis erwartet hätte. Es war sehr friedlich hier draußen im Garten, während sich der Himmel verdunkelte und kein Laut zu hören war, bis auf den Wind in den Bäumen. Wenn ich meine Augen schloss, hatte ich das Gefühl, in die letzte Szene meiner Meditation zu gleiten, wo mich nichts umgab außer dem weichen Sonnenlicht und dem tiefblauen Meer.

»Mr. Peterson?«, fragte ich nach einer Weile. »Was glauben Sie, was passiert, wenn wir sterben?«

Er schaute mich ein paar Sekunden lang an, als wollte er etwas in mir einschätzen. Dann sagte er: »Ich glaube nicht, dass irgendetwas passiert, wenn wir sterben.«

Ich dachte kurz nach. »Ich auch nicht«, sagte ich.

Es war das erste Mal, dass ich das jemandem erzählte. Es war vermutlich das erste Mal, dass ich es mir selbst eingestand. Es schien mir ein überwältigendes Bekenntnis zu sein, aber ich war trotzdem froh, dass ich es gesagt hatte. Es war wichtig, also musste es gesagt werden.

Danach wandten wir uns vom Blumenbeet ab und gingen zurück zum Haus.

14

EIN HALBER MONAT SONNTAGE

In den folgenden Wochen machte ich mir zunehmend Sorgen um Mr. Petersons geistige Gesundheit. Ich hoffe, ich habe klar dargestellt, dass ich mit Kurts Tod meiner Meinung nach so gut wie möglich umgegangen war – wenn man die Umstände in Betracht zog. Nach dem ersten Schock trauerte ich, grub das Loch und war am Ende ein ganzes Stück stärker. Aber Mr. Peterson … nun, bei ihm gab es nur diese leere Wand, ein stummes Durchleiden. Ich war mir nicht sicher, ob diese Reaktion gesund war.

Mir fiel auf, dass er immer größere Mengen Marihuana rauchte. Er baute es unter zwei Reihen Natriumdampf-Hochdrucklampen im Dachgeschoss seines Hauses an – was meine ursprüngliche Befürchtung zerstreute, er würde mit seiner Drogensucht den Terrorismus finanzieren. Doch über die körperlichen Nebenwirkungen seiner Angewohnheit war ich mir noch nicht ganz im Klaren. Es hob seine Laune, aber nur kurzzeitig. Danach war er lustlos und in sich gekehrt. Er wurde träge und schwerfällig. Mehrmals sagte ich ihm, dass er vielleicht zu viel davon rauchte. Er gab mir folgende Antwort: »Scheiße, Junge – du bist anders als alle anderen Fünfzehnjährigen auf diesem Planeten!«

Ich wurde erst in zwei Monaten fünfzehn, erwähnte diesen Umstand aber nicht. Mr. Peterson schien sich nie sicher zu sein, wie alt ich wirklich war. Und für seine Verhältnisse lag er diesmal mit seiner Schätzung sogar ziemlich gut.

»Ich mache mir Sorgen, was es mit Ihrem Gehirn anstellen könnte«, versuchte ich ihm – durchaus vernünftig – zu erklären. »Ich weiß nicht, ob Ihnen das bewusst ist, aber Gehirnzellen sind nicht so wie Hautzellen oder Leberzellen. Sie regenerieren sich nicht. Leute mit vollkommen gesunden Gehirnzellen finden immer wieder Möglichkeiten, sie kaputtzukriegen, und ehrlich gesagt kotzt mich das an.«

»Junge, ich rauche dieses Zeug seit vierzig Jahren«, erklärte mir Mr. Peterson. »Ich werde jetzt nicht damit aufhören, bloß weil du dir in den Kopf gesetzt hast, dass es irgendein schlimmes Laster ist.«

»Ich habe nicht behauptet, es sei ein Laster«, konterte ich. »Ich habe bloß gesagt, dass es nicht gut für Sie ist.«

»Scheiße! Nichts, was Spaß macht, ist gut oder gesund. Jedenfalls nicht so, wie du es verstehst. So viel du auch über das Gehirn weißt, vom menschlichen Geist hast du überhaupt keine Ahnung.«

»Doch, habe ich«, widersprach ich, »und ich weiß, dass ein gesunder Geist ein gesundes Gehirn braucht.«

»Tja, deine Ansichten über ein gesundes Gehirn sind ziemlich beschränkt«, behauptete Mr. Peterson. »Wir alle brauchen irgendeine Krücke.«

Ich würde nicht noch einmal versuchen, Mr. Peterson für die Wunder der Meditation zu begeistern. Das hatte ich schon versucht, und ich war gescheitert. Er schien die Boot-Metapher überhaupt nicht zu verstehen. Aber für mich war es offensichtlich, dass er etwas anderes als Marihuana brauchte, um die Lücke zu füllen, die Kurt hinterlassen hatte.

Wenn ich ihn darauf ansprach, weigerte er sich hartnäckig, sich einen neuen Hund anzuschaffen, jedenfalls nicht in absehbarer Zeit. Und ich denke, es war diese Einstellung, die mir wirkliche Sorgen bereitete. Vielleicht hatte Kurts Tod ihn schwerer getroffen, als er zugeben wollte. Immerhin war Kurt mehr oder weniger der einzige Gefährte gewesen, den er in den vergangenen drei Jahren gehabt hatte. Schwarz auf weiß sieht diese Tatsache sehr düster aus, aber es war die reine Wahrheit; daran ließ sich nichts ändern. Ohne Kurt würde er das Haus vermutlich noch seltener verlassen. Er würde ein einsamer Eremit werden.

Möglicherweise ist es einem außenstehenden Betrachter nicht bewusst, aber das Ausführen eines Hundes ist auf dem Land eine sehr gesellige Angelegenheit. Bei einem ein- bis zweistündigen Spaziergang trifft man Dutzende von Leuten, und die Anwesenheit eines Tieres oder zweien schmiert die kommunikativen zwischenmenschlichen Räder wie kaum etwas anderes. Das Mindeste, was man zu hören bekommt, ist: »Hallo!« oder »Was für ein netter Hund.« Und die Leute, die man öfters sieht, bleiben manchmal stehen, um ein kleines Schwätzchen zu halten, sich nach dem Befinden zu erkundigen oder sich über das Wetter zu beklagen. Mr. Peterson würde diese kleinen Gespräche gewiss vermissen, selbst wenn er es nicht offen zugab.

Er hatte zwar immer noch die ganze Korrespondenz für Amnesty International – und manchmal bekam er auf seine Briefe auch eine Antwort –, aber das war nicht dasselbe, wie von Angesicht zu Angesicht mit jemandem zu reden. Es war nicht dasselbe, wie Teil einer Gemeinschaft zu sein.

Bei mehreren Gelegenheiten hatte ich schon gedacht, wie schade es doch war, dass wir beide Atheisten waren. Ansonsten hätten wir in die Kirche gehen können, was ebenfalls Gelegenheit bot, unter Leute zu kommen. Dann wäre er auch sonntags regelmäßig vor die Tür gegangen, wenn der Laden und die Post – die einzigen anderen Treffpunkte in Lower Godley – geschlossen hatten. Natürlich wusste ich nicht ganz genau, was in einer Kirche passierte, aber ich hatte die Vorstellung, dass dort viel über Moral und den Zustand des Universums geredet wurde, was ich sehr anregend fand. Das Einzige, was mich abschreckte, war der Aspekt des Übernatürlichen – und natürlich die Tatsache, dass außer der Bibel kein anderes Buch gelesen wurde. Die Bibel war nicht gerade ein fesselndes Buch.

Ich dachte, wenn man diesen Punkt in den Griff bekommen könnte, hätte man eine Gemeinschaft gefunden, an der teilzuhaben sich lohnen würde. Und aus diesem Gedanken heraus wurde die Säkulare Kirche geboren.

Als ich die Idee Mr. Peterson gegenüber erwähnte, hatte ich sie schon eine Weile mit mir herumgetragen. Sie schien mir die Lösung für mehr als ein Problem zu sein.

Nach der Lektüre von *Mann ohne Land* vor ein paar Monaten, hatte ich den Wunsch verspürt, alle Kurt-Vonnegut-Bücher noch einmal zu lesen. Ich stellte mir vor, dass sie mir jetzt, beim zweiten Mal, noch mehr sagen würden, weil ich etwa zehn Prozent älter war als zu dem Zeitpunkt, als ich das erste zur Hand genommen hatte. Und ich dachte mir, dass ich das nicht unbedingt allein tun müsste.

Weitergehende Erkundigungen in der Bücherei von Glastonbury brachten ermutigende Resultate. Fiona Fitton, die leitende Bibliothekarin, meinte, eine Lesegruppe sei eine sehr gute Idee. Im Eingangsbereich der Bücherei gab es ein Schwarzes Brett, wo man solche Dinge aushängen konnte.

»Hätten Sie denn Interesse daran mitzumachen?«, fragte ich.

»Ja, Alex«, sagte sie. »Auf jeden Fall.«

»Ich meine nicht nur hypothetisch«, stellte ich klar. »Ich meine, wenn ich die Sache geklärt habe – soll ich Sie auf die Liste setzen?«

Dieser Satz schien sie zu amüsieren, jedenfalls tauchten eine Menge Lächelfalten in ihren Augenwinkeln auf. »Lächelfalten« war ein Wort, das Fiona Fitton benutzte, um die Falten in ihrem Gesicht zu erklären, die nicht immer sichtbar waren. Sie benutzte es oft, um auszudrücken, wie sehr ihr ein Buch oder eine Erzählung gefallen hatte. »Da kamen all meine Lächelfalten heraus«, sagte sie dann. Sie war ein paar Jahre älter als meine Mutter, vielleicht vierzig, und ihr Haar war rotblond, wobei es an den Wurzeln immer röter wurde. Ich sagte ihr schon seit geraumer Zeit, dass sie unbedingt Kurt Vonnegut lesen müsse. Ich dachte, dass viele seiner Sätze ihre Lächelfalten hervorlocken würden.

»Alex, setz mich auf die Liste«, sagte sie. »Und zwar nicht nur hypothetisch. Aber du musst einen Tag auswählen, an dem ich nicht arbeite.«

»Ich dachte mir, dass Sonntag den meisten Leuten gut passen würde«, sagte ich.

»Ja, Sonntag wäre prima«, nickte sie.

Damit war der Grundstein gelegt. Ich fing an, mir Gedanken über die anderen Leser zu machen, die möglicherweise an einem Beitritt zu meinem Kurt-Vonnegut-Leseklub interessiert sein könnten.

Da war zum Beispiel Mrs. Griffith. Seit sie auf der Beerdigung gesagt hatte, meine Lesung habe ihr gefallen, wollte ich ihr die *Sirenen* vorbeibringen. Es war zwar nicht *Der Herr der Ringe*, aber aus persönlicher Erfahrung wusste ich, dass man beides mögen konnte. Als Nächstes fiel mir Dr. Enderby ein. Er wusste schon ein bisschen über Kurt Vonnegut, weil wir bei einigen unserer Treffen über ihn gesprochen hatten. Dr. Enderby hatte *Schlachthof 5* auf der Universität gelesen, vor drei Jahrzehnten, und er meinte, er wisse noch, dass er es sehr lustig und sehr traurig fand. Aber seitdem hatte er nichts mehr von Kurt Vonnegut gelesen. Es sei, so sagte er, immer schwieriger für ihn geworden, Zeit zum Lesen zu finden – jedenfalls wenn es sich um etwas anderes als medizinische Zeitschriften handelte, die er lesen musste, oder um Gedichte von Emily Dickinson, die sehr kurz waren.

Meiner Meinung nach musste Dr. Enderby sich einfach die Zeit zum Lesen nehmen, was ich ihm bei unserem nächsten Termin auch sagte. Ich sagte ihm ebenfalls, dass er das Lesen genauso betrachten solle wie die Meditation. Regelmäßiges Lesen half einem, ein ruhigerer und klügerer Mensch zu werden. Es war gut für das eigene Boot.

Ich muss wohl nicht betonen, dass er diesem Argument nichts entgegenzusetzen hatte.

»Ein Leseklub?«, fragte Mr. Peterson.

»Ja, genau. Aber nur mit Kurt-Vonnegut-Büchern. Wir lesen sie alle, von Anfang bis Ende. Sonst nichts.«

Ich konnte ihn nicht anschauen, um sein Gesicht zu sehen, aber ich hatte den Eindruck, dass er nicht besonders erfreut blickte. Ich konnte nicht zu ihm hinsehen, weil ich Auto fuhr und meine Augen geradeaus auf die Straße richten musste. Man sollte als Autofahrer *immer* auf die Straße blicken, es sei denn, man muss in die Rückspiegel schauen, was man schnell und oft tun sollte, besonders, wenn man abbiegt oder in eine Kreuzung einfährt. Ich war noch nicht ganz fünfzehn, und meine Fahrstunden waren auf Mr. Petersons Einfahrt (die gewöhnlich leer war) und seinen Privatweg (der immer leer war) beschränkt, aber es empfahl sich trotzdem, stets wachsam zu sein. Im Grunde genommen sollte ich überhaupt nicht fahren. Ich war nicht nur zweieinhalb Jahre zu jung, ich war auch Epileptiker und würde in meinem augenblicklichen Zustand sowieso keinen Führerschein bekommen. Man darf erst Auto fahren, wenn man ein ganzes Jahr lang keinen Anfall hatte. Meine Anfälle kamen immer seltener, aber sie hatten noch nicht ganz aufgehört.

»Aber du merkst doch, wenn du einen Anfall bekommst«, hatte Mr. Peterson ganz am Anfang unserer Fahrstunden gesagt. »Du hast doch diesen komischen sechsten Sinn, richtig?«

»Ja«, sagte ich. »Ich weiß es im Voraus. Ich habe eine sehr starke Aura, die einen schlimmen Anfall ankündigt.«

»Na also! Und wenn du einen Anfall kriegst, sagst du mir einfach Bescheid und hältst den Wagen an. Du meine Güte, du fährst ja nicht schneller als vielleicht dreißig oder vierzig. Ich glaube nicht, dass wir uns in unmittelbarer Gefahr befinden.«

Mr. Peterson fand, es sei gut, wenn ich so früh wie möglich Autofahren lernte. Es sei nicht nur nützlich, sondern –

so dachte er – außerdem gut für mein Selbstbewusstsein. Und wenn ich jetzt darüber nachdenke, hatte er wohl recht. Es überraschte mich, dass ich ein Gespür für das Autofahren hatte; ich war ein Naturtalent, ein vorsichtiger Fahrer, aber kein ängstlicher. Ich hatte nie den Eindruck, dass mir hinter dem Lenkrad ein Anfall drohte. Im Gegenteil, die ruhige Konzentration, die zum Autofahren gehört, tat meinem Geist sehr gut.

Nach einer halben Stunde wusste ich, wie man einen Wagen startet und anhält, wie man einen toten Winkel erkennt und wie man mit den Rückspiegeln umgeht. Kurz danach meisterte ich die Kupplung: Ich konnte anfahren, ohne dass der Wagen ruckte, und vom ersten in den zweiten Gang schalten und vom zweiten in den dritten. (Vom vierten Gang war nie die Rede.) Nach einigen weiteren Unterrichtseinheiten war ich der Meinung, dass ich die Kunst des Einparkens – sowohl vorwärts wie rückwärts – schon recht elegant beherrschte. Mr. Peterson hatte keine Garage, aber wir markierten einen Parkplatz mit Pflanztöpfen. Keiner dieser Töpfe bekam auch nur einen einzigen Kratzer.

Wie auch immer, da ich während unseres Gesprächs über den Leseklub hinter dem Lenkrad saß, konnte ich Mr. Peterson nicht anschauen, um zu überprüfen, ob er die Stirn runzelte, aber in seiner Stimme lag tiefe Skepsis.

»Ein Leseklub, nur mit Büchern von Kurt Vonnegut?«, vergewisserte er sich.

»Ja, genau.«

»Ich weiß nicht, ob du damit die Bude vollkriegst«, sagte Mr. Peterson.

Auf dieses Argument war ich vorbereitet. »Tatsächlich«, sagte ich, »habe ich schon ein paar Leute beisammen, die interessiert sind: Mrs. Griffith, Dr. Enderby – mein Neurologe – und Fiona Fitton, die in der Bücherei in Glastonbury arbeitet. Sie meinte, wir könnten vielleicht sogar mehrere Exemplare der Bücher bestellen, die wir brauchen, falls Leute mitmachen möchten, die sich die Bücher nicht leisten können. Die Gemeinde bezahlt dafür, weil die Gemeinde denkt, Lesen sei gut für die Seele.«

»So so.«

»Ja, und ich übernehme gerne die Organisation. Aber wir brauchen einen Raum, wo wir den Leseklub abhalten können.«

»Aha. Und was schwebt dir da vor?«

»Na ja, Ihr Haus wäre ideal. Ich denke schon, dass wir uns mit ein paar Leuten ins vordere Wohnzimmer quetschen können, ohne uns dort gegenseitig auf die Füße zu treten. Und es gibt jede Menge Parkplätze«, ergänzte ich und wedelte mit meiner linken Hand. Wir fuhren gerade zum Haus hinauf.

»Beide Hände ans Lenkrad, Junge!«, warnte mich Mr. Peterson.

Ich brachte beide Hände wieder in die Viertel-vor-drei-Position und hielt den Wagen sanft vor dem Erkerfenster an. »Ich habe mir auch schon einen knackigen Namen ausgedacht«, sagte ich. »Ich finde, ein Leseklub braucht einen knackigen Namen, damit die Leute neugierig werden, meinen Sie nicht auch?«

Mr. Peterson fragte nicht nach meinem knackigen Namen, aber ich merkte, dass auch er neugierig geworden war.

»Die Säkulare Kirche des Kurt Vonnegut«, sagte ich.

»Jesus Fucking Christ!«, sagte Mr. Peterson.

»Es wäre wie eine richtige Kirche, aber ohne Singen und

Beten, und mit viel besseren Geschichten. Wir können uns jeden Sonntag treffen.«

»*Jeden* Sonntag?«

»Ja. Ein Buch pro Woche.«

»Junge, die meisten Leute lesen nicht so schnell.«

»Das sind doch bloß zwischen zwanzig und vierzig Seiten pro Tag. Die Bücher sind nicht so lang.«

»Glaub mir, ein Buch pro Monat ist realistischer. Die meisten Leute sind sehr beschäftigt.«

»Oh.« Ich runzelte die Stirn. »Na ja, *ein* Sonntag im Monat wäre wohl auch okay. Das heißt, dass wir etwas mehr als ein Jahr brauchen, wenn wir uns auf die vierzehn Romane beschränken, oder etwa achtzehn Monate, wenn wir die Kurzgeschichten, die Essays und die journalistischen Texte mit einbeziehen.«

Jetzt blickte Mr. Peterson wirklich skeptisch drein. »Junge, du weichst vom Thema ab. Was genau machen wir in dieser *Kirche*?«

»Na, ich dachte mir, wir sprechen über Moral und so was.«

»Über Moral?«

»Nun … ja. Das ist doch das Hauptthema in den Büchern. Aber es passiert natürlich auch sonst noch eine Menge. Sie wissen schon: Satire, Zeitreisen, Krieg, Völkermord, Komik, Außerirdische. Was denken Sie?«

»Ich denke, dass ich ein paar Irre in mein Haus reinlassen soll.«

»Heißt das, Sie sind einverstanden?«, bohrte ich nach.

Mr. Peterson kaute einen Moment auf seiner Unterlippe herum. »Okay, Junge«, sagte er schließlich. »Wenn du genug Leute zusammenkriegst, darfst du die Sache hier abhalten.«

»Wie viele sind ›genug‹?«, fragte ich.

»Ein halbes Dutzend, außer uns. Aber du hast überhaupt keine Chance, so viele Leute zu finden. Nicht mal, wenn du einen ganzen Monat voller Sonntage nichts anderes tun würdest. Das ist der einzige Grund, warum ich mich auf den Handel einlasse.«

»Verstanden«, sagte ich.

Ermutigt durch das Gespräch, gestaltete ich noch am selben Abend meine Anzeige für das Schwarze Brett in der Bücherei:

HABEN SIE SICH SCHON EINMAL GEFRAGT ...
... WARUM WIR HIER SIND?
... WOHIN WIR GEHEN?
... UND WAS DAS ALLES SOLL?

MACHEN SIE SICH SORGEN UM DEN ZUSTAND
DES UNIVERSUMS IM ALLGEMEINEN??

DIE SÄKULARE KIRCHE
DES KURT VONNEGUT

Ein Buchklub für alle, die sich für die
folgenden Themen interessieren:
Moral, Ökologie, Zeitreisen, außerirdisches Leben,
Geschichte des 20. Jahrhunderts, Humanismus, Humor, et cetera

Kontakt: Alex Woods, Tel.: ***** *** ***

Wie Sie sich denken können, stehen die Sterne für die Ziffern meiner Telefonnummer, die ich an dieser Stelle aber nicht preisgeben möchte, um unerwünschte Anrufe zu vermeiden.

Eine Woche später bekam ich die erste Antwort, besser gesagt gleich zwei, von John und Barbara Blessed. Ich fand, dass der Nachname (der als »selig« so häufig in der Bibel vorkommt) besonders gut zu dem Namen meines Buchklubs passte, und wollte am Telefon schon darauf hinweisen, aber Barbara Blessed, die mich anrief, kam mir zuvor. Auch ihr war die Übereinstimmung schon aufgefallen.

John und Barbara Blessed waren beide Lehrer, aber nicht in Asquith. John Blessed, ein gedrungener Mann mit einer leisen Stimme, war Sportlehrer an einem Gymnasium in Wells. Barbara Blessed war fünf Zentimeter größer als ihr Mann, unterrichtete Mathematik, litt an chronischer Schlaflosigkeit und konnte π bis zu hundert Stellen hinter dem Komma aufsagen. Wie Sie sicher wissen, ist π die Zahl, mit der man den Umfang eines Kreises berechnen kann, wenn man sie mit seinem Durchmesser multipliziert, und sie beläuft sich auf etwa 3,14159. Es ist eine Zahl, die man nicht vollständig ausschreiben kann, weil sie im Grunde genommen endlos ist. Die meisten Leute zählen Schafe, wenn sie nicht schlafen können, aber Barbara Blessed sagte sich π vor.

John und Barbara Blessed waren beide an Zeitreisen interessiert. John Blessed sammelte Material über das Thema und erklärte mir später, dass auf subatomarer Ebene Zeitreisen eigentlich ein ziemlich gewöhnliches Phänomen seien. Aber bei makroskopischen Objekten, wie Menschen oder Raumschiffen, da waren sich die meisten Physiker einig, hatten sich die Naturgesetze gegen das Zeitreisen verschworen und machten es praktisch – und physikalisch – unmöglich. John Blessed war der Meinung, dass »Zeit – was immer das auch sein mag – sicher nicht das ist, wofür wir es halten«. Damit befand er sich in guter Gesellschaft: Nicht nur Kurt Vonnegut dachte so, sondern beispielsweise auch Stephen Hawking. John Blessed meinte, wenn Physiker erst die Weltformel – auch Theorie von Allem genannt – entwickelt hätten, dann würden solche Konzepte wie Raum und Zeit ihre allumfassende Bedeutung verlieren. Obwohl sie auf einer alltäglichen Ebene immer noch von Nutzen sein könnten, beim Einkaufen etwa oder wenn man sich verabredet.

Natürlich kam das Meiste davon nicht bei unserem ersten Telefonat zur Sprache. Damals sprach ich nicht direkt mit John Blessed, sondern mit seiner Frau. Sie sagte Folgendes: »Bitte entschuldigen Sie, Mr. Woods, aber seit wir Ihren Aushang am Schwarzen Brett gesehen haben, lässt eine Frage meinem Mann keine Ruhe mehr. Ich kann es nicht mehr länger mit ansehen, wie er sich quält. Er möchte gerne wissen, ob Sie *der* Alex Woods sind.«

Einen Moment lang wusste ich nicht, was sie meinte. Dann ging mir ein Licht auf.

»Es ist sehr gut möglich, dass ich *der* Alex Woods bin«, sagte ich vorsichtig, »aber das kommt ganz darauf an, welchen Alex Woods Ihr Mann meint.«

Barbara Blessed räusperte sich. »Es ist lächerlich, ich weiß, aber mein Mann erinnerte sich daran, dass Alex Woods der Name jenes Jungen ist, der von dem Wells-Meteor getroffen wurde. Sie erinnern sich vielleicht an die Geschichte; die Zeitungen haben wochenlang darüber berichtet. Aber ich habe ihm gesagt, selbst wenn er mit der Namensgleichheit recht hat, Sie …«

»Ja, das bin ich«, fiel ich ihr ins Wort.

Am Telefon blieb es still. Ich hörte, wie die Blesseds sich im Hintergrund besprachen. Dann war Mrs. Blessed wieder am Apparat. »Ich hoffe, Sie nehmen mir das nicht übel, aber wie alt sind Sie, Alex?«

»Ich bin fast fünfzehn«, sagte ich, »aber für mein Alter ein sehr reifer Leser.« Das war kein Witz, aber trotzdem lachte Barbara Blessed schallend.

Dann schrieb ich mir Barbara Blesseds E-Mail-Adresse auf und versprach ihr, Bescheid zu geben, wenn ein Termin für unser erstes Treffen feststehen würde. Ich versprach ebenfalls, meinen Eisen-Nickel-Meteoriten mitzubringen.

Ein paar Tage später rekrutierte ich in Glastonbury in der Bücherei meine zweite Bibliothekarin. Sophie Haynes war fünfundfünfzig Jahre alt und ruhiger als ihre Kolleginnen. Sie hatte grafitfarbene Haare, und sie trug immer knöchellange Röcke oder Kleider anstatt Hosen, was ihrem Gang etwas Schwebendes verlieh. Sie liebte anspruchsvolle Kreuzworträtsel für Querdenker und William Blake; beides hatte ich eines Nachmittags herausgefunden, während sie ihre Teepause machte und ich auf einem der weich gepolsterten Stühle im Lesesaal saß und mir eine Biografie von Emily Dickinson anschaute. William Blake war ebenfalls ein toter Dichter und Maler, der ein sehr berühmtes Gedicht über Tiger geschrieben hatte.

Tiger, Tiger, hell entfacht
In den Waldungen der Nacht:
Welches Gottes Aug und Hand
Nur dein furchtbar Gleichmaß band?

Mir gefiel das Gedicht sehr gut. Als mir Sophie Haynes die Zeilen zum ersten Mal zeigte, verstand ich die ganze Bedeutung nicht sofort, aber die Worte ließen mein Herz ein bisschen schneller schlagen, und das hieß – so meinte sie jedenfalls –, dass ich es schon ziemlich gut begriff. Der Tiger hat Klauen und ein Maul, mit dem er einen Menschen zerteilen kann, so wie ich eine Banane schäle, und in William Blakes Augen war es fast unmöglich, eine solche Existenz mit einem wohlmeinenden Schöpfer in Einklang zu bringen. Sophie Haynes lenkte meine Aufmerksamkeit auf den letzten Vers:

> Als die Sterne Speere schossen
> Und Tränen in den Himmel gossen,
> sah lächelnd Er Sein Werk vor Sich?
> Schuf er, der auch das Lamm schuf, dich?

Das verstand ich. Im Gegenzug las ich Sophie Haynes ein Zitat aus *Frühstück für Helden* vor, wo Kurt Vonnegut ähnliche Bedenken bezüglich einer Klapperschlange äußert: »Der Schöpfer des Universums hatte eine Klapper an ihrem Schwanz angebracht. Der Schöpfer hatte ihr auch Vorderzähne gegeben, die Spritzen zur subkutanen Injektion von Gift waren. – Manchmal muss ich mich schon über den Schöpfer des Universums wundern.«

Wegen dieses Gesprächs wusste ich, dass der »säkulare« Aspekt meiner Lesegruppe Sophie Haynes ganz besonders reizen würde. Sophie Haynes war nämlich eine säkulare Humanistin, was bedeutete, dass sie Gott und den Teufel und Himmel und Hölle für Erfindungen hielt, dies aber nicht weiter schlimm fand, weil es möglich (und wünschenswert) war, ein allgemeingültiges ethisches Konzept zu haben, das auf menschlichen Werten und rationaler Überlegung basiert anstatt auf übernatürlichen Geschichten. Kurt Vonnegut war ebenfalls ein säkularer Humanist gewesen, und ich bin es auch, obwohl mir das erst klar wurde, als ich Mr. Petersons Hund begrub. Vorher hatte ich nicht gewusst, was ich war. Im Gegensatz zu mir war Sophie Haynes konvertiert. Sie war christlich erzogen worden, hatte aber ihren Glauben verloren, als an ihrem einundzwanzigsten Geburtstag ihr Blinddarm platzte. Der menschliche Blinddarm ist noch so eine Sache, die sich kein vernünftiger, wohlmeinender und fähiger Designer ausdenken würde.

Die ersten Schritte waren getan. Nun konnte ich mich einigen Details widmen, die noch geklärt werden mussten. Ich wusste zwar, dass wir alle Kurt-Vonnegut-Romane lesen würden, vierzehn Bücher in vierzehn Monaten, aber die Reihenfolge war mir noch nicht klar. Das war gar nicht so leicht zu entscheiden.

Ursprünglich hatte ich vorgehabt, sie chronologisch zu behandeln, angefangen mit *Das höllische System* bis zu *Zeitbeben*. Aber je mehr ich darüber nachdachte, desto klarer wurde mir, dass dies womöglich nicht der interessanteste Ansatz war. *Zeitbeben* war zwar ein guter Schlusspunkt, aber *Das höllische System* schien mir nicht der beste Anfang zu sein. Das Buch war viel zu konventionell, hatte zu viel Handlung und zu viele Beschreibungen und im Gegenzug zu wenig Humor und zu wenige Abschweifungen. Es war ein sehr untypisches Kurt-Vonnegut-Buch.

Dann überlegte ich, ob wir nicht einfach willkürlich durch die Bibliografie wandern und je nach Gelegenheit und Notwendigkeit vor- und zurückspringen sollten. Das schien mir ein adäquater Ansatz für das Werk von Kurt Vonnegut zu sein. Doch schließlich wurde mir klar, dass ein nicht chronologischer Ansatz nicht unbedingt Willkür bedeuten musste. Eine gewisse Logik war trotzdem möglich. Also setzte ich mich hin und schrieb alle vierzehn Romantitel auf vierzehn Karteikarten. Dann verbrachte ich eine halbe Stunde damit, sie hin und her zu schieben und in die unterschiedlichsten Reihenfolgen zu bringen, wobei ich Aspekte wie Thema, Form und Charaktere in Betracht zog.

Mr. Peterson meinte, es sähe so aus, als würde ich eine Doktorarbeit vorbereiten und nicht bloß einen Leseklub. Aber darüber hinaus weigerte er sich, irgendeinen Kommentar dazu abzugeben. Er meinte, es sei mein Projekt, und ich müsse entscheiden, wie ich die Sache ins Rollen bringen wolle.

Das war ein beunruhigender Gedanke.

Es klingt vielleicht blöd, aber bevor er das sagte, war mir nicht klar gewesen, dass es *mein* Projekt war und dass ich es »ins Rollen bringen« musste – trotz der ganzen Planung und der Rekrutierung von Mitgliedern. Vorher hatte ich irgendwie geglaubt, es würde schon von alleine rollen, dass es, nachdem ich die Dinge in Bewegung gesetzt hatte, ein Eigenleben haben würde, eine eigene Umlaufbahn. Aber jetzt erkannte ich, dass das möglicherweise ein Irrtum war. Es war durchaus denkbar, dass der von mir ins Leben gerufene Leseklub nach wie vor geplant und strukturiert werden musste, damit er nicht ins Straucheln kam. Was ich brauchte, war eine Strategie.

Mein Durchbruch kam eines Morgens, nachdem ich meinen Kopf dank einer besonders langen und friedvollen

Meditation hatte leeren können. Es war eine ganz einfache Idee, und sie tauchte fast wie von selbst auf. Ich baute sie sogleich in meine erste Klub-E-Mail ein: Während der Lektüre des jeweiligen Buches sollte sich jede Leserin und jeder Leser Sätze oder Absätze notieren, die sie oder ihn besonders ansprechen, einen Lieblingssatz auswählen und den zu unseren Treffen mitbringen.

Das, so dachte ich, war eine sehr praktische Strategie, weil man Kurt Vonnegut so unglaublich gut zitieren kann. Es war außerdem sehr demokratisch und würde neun verschiedene Sprungbretter liefern, von denen aus man mit den unterschiedlichsten Ideen in den Text eintauchen konnte.

Als mein Leseklub startete, hatte er neun Mitglieder.

Mein letzter Rekrut war Gregory Adelmann, der ebenfalls auf meinen Aushang in der Bücherei aufmerksam geworden war. Er hatte erst eine andere Anzeige gelesen, eine Werbung für einen Puddingklub – das ist ein Klub, in dem sich Leute regelmäßig treffen und neue Puddingrezepte ausprobieren. Aber er meinte, mein Aushang hätte viel interessanter ausgesehen, wegen der vielen Fragezeichen und der unkonventionellen Länge von etc.

Gregory Adelmann war zweiunddreißig Jahre alt und ein freiberuflicher Restauranttester. Das bedeutete, dass er für seine Arbeit in Restaurants gehen, dort essen und danach sagen musste, was er von der Mahlzeit hielt. Er aß in allen Restaurants in Westengland – manchmal fuhr er bis nach Exeter. Unglücklicherweise sah sich Gregory Adelmann einem großen Handicap gegenüber: Er brachte es nicht fertig, eine schlechte Kritik zu schreiben. Und das ist für einen Restauranttester nicht unbedingt dienlich. Seine Mutter hatte ihm beigebracht, dass man besser gar nichts sagte, wenn man nichts Nettes zu sagen hatte. Sie hatte ihm ebenfalls beigebracht, nicht am Essen herumzumäkeln; immerhin gab es jede Menge Menschen auf der Welt, die Hunger litten. In gewisser Hinsicht hatte Gregory Adelmann also den falschen Beruf ausgewählt.

Man merkte allerdings immer, wenn Gregory Adelmann ein Essen nicht geschmeckt hatte. Denn dann schrieb er in aller Ausführlichkeit über die Inneneinrichtung oder die Lage des Restaurants oder die Qualität der Parkplätze. Er erfand auch ein neues Wertungssystem, mit dem er es vermeiden konnte, unangenehme Dinge schreiben zu müssen. Es war ein Zehn-Punkte-System, bei dem fünf Punkte die schlechteste Wertung war. Fünf von zehn Punkten bei Greg Adelmann war etwa so wie einer von zehn Punkten bei anderen Kritikern. Vier von zehn Punkten kam einer Lebensmittelvergiftung gleich.

Gregory Adelmann war ordentlich, gut erzogen, ein bisschen pummelig und Mr. Peterson zufolge so schwul wie eine Venusnacht lang ist (eintausendvierhunderteins Stunden). Aber das war lediglich seine persönliche Einschätzung. Sie werden sicher verstehen, dass ich aufgrund all der irreführenden Informationen, mit denen man in der Schule um sich warf, kein gutes Schwulenradar hatte.

Eines kann ich Ihnen sagen: Es ist ein sehr merkwürdiges Gefühl zu beobachten, wie sich etwas entwickelt, das man selbst erschaffen hat – etwas, das man aus der Luft gezaubert und aus dem eigenen Gehirn geboren hat –, wie es Gestalt annimmt als eine lebendige, atmende, sich verändernde Einheit. Mit einem Erfolgsgefühl, wie es vielleicht ein Erfinder verspürt, beobachtete ich an jenem ersten Sonntag im Oktober die Ereignisse, die sich in Mr. Petersons Wohnzimmer entfalteten. Zwei Sofas und zwei kleinere Sessel waren zu zwei Halbkreisen angeordnet, einer mit dem Rücken zum Erkerfenster, der andere dem ersten gegenüber. Auf dem ausgeklappten Esstisch (den ich vorher hatte putzen müssen; er war seit Jahren nicht mehr ausgeklappt worden) standen Kaffee, Tee und Cola light. Alle schienen sich prächtig zu verstehen. Dr. Enderby war in ein Gespräch mit Sophie Haynes vertieft, Fiona Fitton lachte über etwas, das Barbara Blessed gesagt hatte, wobei Lächelfalten überall in ihrem Gesicht erstrahlten. Mrs. Griffith hatte Haferkekse gebacken und bot sie von einer Einweg-Kuchenplatte an.

Ich stand etwas im Hintergrund und hielt meinen Eisen-Nickel-Meteoriten fest. Wie immer gab es mir ein Gefühl von Sicherheit, dieses sehr kalte, sehr dichte, viereinhalb Milliarden Jahre alte Stück Asteroid in den Händen zu halten – mich an etwas festhalten zu können, das sehr viel größer und bedeutender war als meine eigene Existenz. Mr. Peterson stand neben mir. Etwa eine halbe Stunde lang hatte ein Ausdruck der Verblüffung sein Gesicht geziert, aber mittlerweile war es wieder in seine übliche mürrische Grimasse übergegangen. Ich vermute, er hätte niemals damit gerechnet, dass jemand auftaucht, bis es an der Tür klopfte. Später sagte er zu mir, er hätte keine Ahnung, wie ich es geschafft hatte, so viele Leute zu einem derart esoterischen Leseklub zu überreden; er meinte, es müsse wohl etwas mit Naivität zu tun haben. Es braucht, so behauptete er, eine Menge Naivität, um so viele Menschen zu begeistern. Eine ziemlich lange Zeit hatte ich keine Ahnung, was er damit meinte.

Die Säkulare Kirche des Kurt Vonnegut erfreute sich während der nächsten dreizehn Monate gleichbleibender Beliebtheit, aber über diese erste Zusammenkunft – und die zwölf, die folgten – gibt es wenig zu berichten. Das einzige Treffen, von dem ich Ihnen wirklich erzählen muss, ist das letzte. Der Grund dafür wird sehr offensichtlich sein. Aber dazu komme ich später. Im Augenblick reicht es, wenn ich Ihnen sage, dass der Leseklub einen vielversprechenden Anfang nahm. Nachdem alle eingetroffen waren, wartete Mr. Peterson nicht lange, sondern schlug mit seiner Krücke dreimal auf den Boden. Es wurde still, alle Geräusche verschwanden wie Rauch in einem Dunstabzug, und ich dankte zunächst allen für ihr Kommen. Ich hatte noch nie eine Rede halten müssen, aber ich war überhaupt nicht nervös. Ich fühlte mich zu Hause.

15

MIKROFRAKTUREN

An: m.z.weir@imperial.ac.uk
Von: a.m.woods.193@gmail.com
Gesendet: Freitag, 15. Mai 2009 17.07 Uhr
Betreff: Meteorit

Liebe Frau Dr. Weir,
ich hoffe, es geht Ihnen gut, und Ihre jüngste Veröffentlichung über die Konzentration von Seltenen Erden im Omolon-Pallasiten wurde positiv aufgenommen. Mir geht es mittlerweile viel besser. Seit Monaten hatte ich keinen ernsthaften Anfall mehr. Dr. Enderby ist sehr zufrieden mit meiner Entwicklung, und er sagt, dass ich vielleicht irgendwann einmal das Carbamazepin absetzen kann – obwohl dieser Zeitpunkt noch in weiter Ferne liegt. Um die Wahrheit zu sagen, ist es mir ziemlich egal. Es ist mir zur Gewohnheit geworden, jeden Morgen eine Tablette zu nehmen, so ähnlich wie das Zähneputzen. Wenn ich sie nicht mehr nehmen müsste, wäre es lediglich eine Sache weni-

ger, an die ich denken müsste, aber Mühe kostet es nicht. Was meine täglichen Meditationsübungen angeht, so werde ich sie weiter durchführen, egal, wie sich meine Epilepsie entwickelt. Ich bin viel gelassener heutzutage.

Der Grund, warum ich Ihnen schreibe, ist folgender: Wie Sie sicher wissen, ist es in etwas mehr als einem Monat – am Samstag, dem 20. Juni – auf den Tag genau fünf Jahre her, seit der Meteor einschlug. Und am Sonntag, dem 21. Juni, wird es genau fünf Jahre her sein, dass Sie das Fragment bargen, das unser Dach durchschlug und mich ins Koma versetzte.

Ich habe schon eine ganze Weile darüber nachgedacht, und ich bin der Meinung, dass ich dieses Fragment nun lange genug besessen habe. Als Sie mich damals im Krankenhaus besuchten, sagten Sie mir, dass es viele Leute gäbe, die meinen Meteoriten gerne sehen würden, und ich bin mir sicher, dass das stimmt. Es ist schwer zu erklären, aber ich glaube, die Zeit ist reif, um mich von ihm zu verabschieden. Ich habe das Gefühl, dass ich meinen Meteoriten nicht mehr brauche, nicht mehr für mich allein haben muss. Vielleicht weil es mir so viel besser geht.

Auf jeden Fall sind Sie diejenige, die ich fragen möchte, wie ich in dieser Sache weiter verfahren soll. Ich würde meinen Meteoriten gerne in Ihre Obhut geben, wenn er Ihnen bei Ihrer Forschung helfen oder im Imperial College ein passendes Zuhause finden würde, aber wie ich schon sagte, würde ich ihn eigentlich lieber einem Museum oder einer Galerie schenken, wo ihn so viele Menschen wie möglich sehen und bestaunen können. Wenn Sie einen Vorschlag hätten, wäre ich Ihnen sehr dankbar.

Mit freundlichen Grüßen

Alex Woods

An: a.m.woods.193@gmail.com
Von: m.z.weir@imperial.ac.uk
Gesendet: Samstag, 16. Mai 2009 10.23 Uhr
Betreff: Re: Meteorit

Lieber Alex,
mir geht es gut (danke der Nachfrage), und es freut mich sehr zu hören, dass du dich so viel besser fühlst.

Was deinen Meteoriten betrifft, so halte ich dein Angebot für sehr großzügig (und sehr willkommen!), aber ich möchte ganz sicher sein, dass es wirklich das ist, was du willst.

Du solltest dich nicht verpflichtet oder gedrängt fühlen, diesen Weg zu gehen. Niemand würde dir das Recht streitig machen, deinen Meteoriten zu behalten, und niemand würde deswegen schlecht über dich denken.

Andererseits ist es ein ganz fantastisches Exemplar, und aufgrund seiner einzigartigen historischen Bedeutung bin ich der Überzeugung, dass es viele tausend Menschen gibt, die es liebend gerne »leibhaftig« sehen würden. Aber wie auch immer, es ist deine Entscheidung, und du solltest dir hundertprozentig sicher sein, bevor du sie triffst.

Wenn du dir sicher bist, dass du den Weg, den du vorgeschlagen hast, zu Ende gehen möchtest, dann ist wohl das Naturhistorische Museum das beste Zuhause für deinen Meteoriten. Dort gibt es bereits eine wunderbare Sammlung von Meteoriten aus aller Welt, und ich habe keinen Zweifel, dass sie deinen mit großer Freude aufnehmen würden. Aber ich muss dich warnen: Das Museum wird die Angelegenheit publik machen wollen, und daher werden die Medien davon erfahren. Und sie werden darauf bestehen, dass du den Meteoriten persönlich ins Museum bringst, damit sie dich kennenlernen und deine Geschichte aus erster Hand hören können.

Obwohl ich deiner Antwort mit Ungeduld entgegensehe, gebe ich dir den Rat, dir noch ein paar Tage Zeit zu lassen und darüber nachzudenken. Diese Sache sollte nicht übereilt werden. Außerdem wäre es geradezu fahrlässig von mir, wenn ich dich nicht über den finanziellen Wert deines Meteoriten aufklären würde, denn dieser ist beträchtlich. Wie du vielleicht weißt, erzielen Metallmeteoriten auf dem freien Markt gewöhnlich einen Preis von 1 £ pro Gramm, aber große Exemplare und solche, die wegen ihrer historischen oder wissenschaftlichen Bedeutung besonders geschätzt werden, sind meistens deutlich teurer. Und gemessen an der Bedeutung deines Meteoriten vermute ich, dass du mit Leichtigkeit eine Null an den üblichen Marktwert anhängen kannst. Also bitte denke gründlich darüber nach! Wenn du dann immer noch bei deinem Vorhaben bleibst, werde ich gerne in deinem Namen Kontakt mit dem Museum aufnehmen und alles Nötige arrangieren. Und wenn du jetzt oder in Zukunft irgendwelche Fragen hast, schicke mir einfach eine E-Mail oder ruf mich auf der Arbeit an, dann melde ich mich bei dir, sobald ich kann.

Mit den herzlichsten Grüßen

Monica Weir

An: m.z.weir@imperial.ac.uk
Von: a.m.woods.193@gmail.com
Datum: Samstag, 16. Mai 2009 15.15 Uhr
Betreff: Re: Re: Meteorit

Liebe Frau Dr. Weir,
danke für Ihre Vorschläge. Sie können gleich das Naturhistorische Museum anrufen und alle nötigen Vorbereitungen treffen. Ich weiß zu schätzen, dass Sie der Meinung sind, ich solle noch eine Weile darüber nachdenken, aber wie ich bereits sagte, habe ich mir in den letzten Monaten schon alles sehr gut überlegt, und ich bin mir ganz sicher, dass es das ist, was ich will. Die Zeit ist reif.

Was den Wert meines Meteoriten betrifft, so spielt das keine Rolle, weil ich es nie über mich bringen könnte, ihn zu verkaufen. Das wäre in meinen Augen eine Art Verrat, wenn Sie verstehen, was ich meine. Der beste Vergleich, der mir dazu einfällt, ist: Ich würde auch meine Katze nie verkaufen – aber ich könnte sie in gute Hände abgeben, wenn es das Beste für sie wäre, solange ich sie hin und wieder besuchen kann. Ich hoffe, diese Erklärung ist für Sie verständlich und zufriedenstellend.

Was eine Reise nach London angeht, um den Meteoriten »persönlich« abzuliefern: Ich würde sehr gerne das Museum besuchen, denn ich war noch nie dort. (Ich habe mir nach Ihrer E-Mail natürlich die Website angeschaut, und es macht einen wirklich faszinierenden Eindruck.) Aber mir wäre es wirklich lieber, wenn die Sache kein mediales Interesse erregen würde, zumindest nicht, wenn ich da bin. Es ist okay für mich, wenn das Museum die Sache veröffentlichen will, aber vielleicht können sie damit warten, bis ich wieder zu Hause bin.

Wie ich schon sagte, hatte ich mir den 20. Juni vorgestellt.

Das Datum scheint mir passend. Und da es ein Samstag ist, müsste ich mich auch nicht von der Schule beurlauben lassen. Könnten Sie beim Museum anfragen, ob der Termin möglich wäre? Und ich würde mich sehr freuen, wenn Sie dabei sein würden – natürlich nur, wenn Sie es einrichten können.

Es gibt nur ein einziges Problem, das ich absehen kann. Sehr wahrscheinlich wird meine Mutter mich nicht nach London fahren können. Samstags ist in ihrem Laden immer viel los, besonders im Sommer. Außerdem muss sie am nächsten Morgen sehr früh aufstehen, wegen der Sommersonnenwende. Aber ich denke, dass mich jemand nach Bristol Temple Meads fahren kann, und von dort aus fährt ein Zug nach London Paddington. Die Fahrt dauert eindreiviertel Stunden. Allerdings war ich noch nie in London und kenne mich nicht aus. Ich habe mir die U-Bahn-Pläne angeschaut, aber ich bin mir nicht ganz sicher, ob ich verstanden habe, wie das alles funktioniert. Könnten Sie mir eine Wegbeschreibung schicken? Die Internetforen, in denen ich gepostet habe, haben mir nicht wirklich weitergeholfen.

In Erwartung Ihrer baldigen Antwort
verbleibe ich mit freundlichen Grüßen
Alex Woods

In London Paddington angekommen, hielt ich mich genau an Dr. Weirs Wegbeschreibung und fuhr eine Reihe von Rolltreppen nach unten zur U-Bahn-Station. Die Tunnel sahen aus wie riesige Röhren. Dann nahm ich die Circle Line Richtung Süden und stieg in South Kensington aus. Wie Dr. Weir versprochen hatte, waren die Museen – das Wissenschaftsmuseum und das Naturhistorische Museum – deutlich ausgeschildert, und nachdem ich wieder über der Erde war, erkannte ich das Naturhistorische Museum zu meiner Rechten. Es war ein sehr großer, sandfarbener, rechteckiger Block mit vielen Fenstern und dekorativen Bögen und zwei Türmchen, die sich vom hinteren Bereich aus erhoben. Im grauen Licht des Morgens sah es sehr prächtig und pompös aus, ganz anders als jedes andere Museum, das ich bislang gesehen hatte. Um die Wahrheit zu sagen, erinnerte mich das Gebäude ein bisschen an die Kathedrale von Wells, und dieser Eindruck verfestigte sich noch, als ich eintrat. Die Atmosphäre in den weitläufigen Hallen und Korridoren war ähnlich ernst und ehrfurchtgebietend wie in einer Kirche, besonders bei diesem meinem ersten Besuch, als das Museum noch still und leer war.

Dr. Weir hatte es so arrangiert, dass ich eine halbe Stunde vor der offiziellen Öffnungszeit eingelassen wurde, damit ich den wissenschaftlichen Leiter des Museums kennenlernen und mir die Galerie anschauen konnte, wo mein Meteorit ausgestellt werden sollte. Wie verabredet, wartete sie um zwanzig nach neun am Fuß der breiten Steintreppe, die von der Cromwell Road aus zum Haupteingang hinaufführte. Wir hatten uns fünf Jahre lang nicht gesehen, aber ich erkannte sie sofort. Sie kleidete sich immer noch so, als würde ihr Geist in höheren Sphären schweben. Heute hatte sie einen knielangen Tweedmantel an, eine schicke schwarze Hose und Wanderstiefel. Ich trug Jeans, nicht allzu ausgelatschte Turnschuhe und meine neue Windjacke.

Dr. Weir lächelte feierlich und streckte mir die Hand entgegen, als ich näher kam. Ich fühlte, wie sich das Gewicht des Meteoriten in meinem Rucksack verlagerte, als ich ihr die Hand schüttelte.

»Hallo, Alex«, sagte sie. »Es ist schön, dich wiederzusehen.«

»Hallo, Dr. Weir«, sagte ich.

»Du bist groß geworden.«

»Ja«, bestätigte ich das Offensichtliche.

»Tut mir leid, das war ein blöder Spruch, ich weiß.«

»Das ist schon okay. Ich bin ja schließlich fünfzig Prozent älter als damals, als Sie mich zuletzt gesehen haben. Ich sehe vermutlich ein bisschen verändert aus.«

»Ja, das stimmt.«

»Bis auf meine Narbe.«

»Ja. Die ist sehr bemerkenswert.«

»Der Einschlagkrater.«

Dr. Weir nickte nachdenklich.

»Man hat behauptet, sie würde mit der Zeit verblassen, aber noch ist es nicht so weit. Und aus irgendeinem Grund will mein Haar an dieser Stelle einfach nicht mehr wachsen. Es bleibt immer diese dünne weiße Linie.«

»Ja, ich sehe es. Aber nicht alle Narben sind schlimm, Alex. Manche sind es sogar wert, dass man sie nicht gehen lässt, wenn du verstehst, was ich meine.«

»Ja, ich denke schon. Zumindest würde ich sie vermissen, wenn sie nicht mehr da wäre.«

»Genau. Nun, wie steht es – sollen wir hineingehen? Man ist im Museum schon sehr gespannt auf dich.«

»Ich bin ebenfalls sehr gespannt«, antwortete ich.

Der Leiter der wissenschaftlichen Abteilung war ein großer, grauhaariger Herr im Anzug (ohne Krawatte) und mit der Stimme eines Nachrichtensprechers aus den 1950ern – so wie man sie aus den alten Aufnahmen kennt, zum Beispiel über den Englandbesuch von Juri Gagarin nach seiner Erdumkreisung. Er war natürlich auch ein Doktor – Dr.

Marcus Lean. Ich hatte vor ein paar Tagen über ihn recherchiert. Er war früher ein bedeutender Biologe in Cambridge gewesen, wo er viele Jahre lang Extremophile studiert hatte. Extremophile sind winzige Organismen, die in sehr lebensfeindlichen Umgebungen gedeihen – an Schloten von Unterwasservulkanen oder in konzentrierter Säure oder unter einer zehn Meter dicken Eisschicht am Südpol und so weiter. Seine Forschungen waren von großem Interesse für Astrobiologen, die glaubten, dass außerirdisches Leben – sollte es so etwas in unserem Sonnensystem überhaupt geben – vermutlich eine ähnliche Form habe: Mikroben, die sich ein Dasein in den sonnenlosen Meeren des Mondes Europa erkämpfen oder in den eisigen Methanseen von Titan.

Auf einen so berühmten Wissenschaftler wollte ich einen guten Eindruck machen, aber das ging leider total daneben. In dem Moment, in dem ich ihm vorgestellt wurde, fiel mein Blick über seine linke Schulter hinweg auf das Skelett eines Diplodocus. Es war so groß wie ein Bus und stand auf einem riesigen, rechteckigen Podest. Meine Kinnlade klappte herunter, zwar nicht bis ganz auf den Boden, aber weit genug, um meinem Gesicht einen blöden Ausdruck zu geben, und weil meine Aufmerksamkeit ganz woanders war, geriet mein Händedruck schlaff und leblos und wurde von keinem nennenswerten Augenkontakt begleitet. Es ist eine Schande, denn normalerweise gehört mein Händedruck zu meinen Stärken. Glücklicherweise verzieh mir Dr. Lean meine Unhöflichkeit. Er meinte, er würde mich gerne herumführen, nachdem wir im Tresor gewesen seien – so hieß die Galerie, wo die Meteoriten und die kostbaren Steine ausgestellt waren.

»Wenn Sie mir bitte folgen würden«, sagte Dr. Lean. »Es

ist im Zwischengeschoss. Die Treppe hinauf und bei Darwin rechts.«

Mit Darwin war natürlich Charles Darwin gemeint. Er saß auf dem ersten Absatz der mächtigen Treppe, in Form einer zwei Tonnen schweren Marmorstatue, und schien mit seinen ernsten, klugen Augen die Eingangshalle zu überwachen. Er sah so aus wie immer, wie ein Arzt, der schlechte Neuigkeiten für seinen Patienten hat, irgendwie tollpatschig in seinem zerknitterten viktorianischen Anzug und augenscheinlich ohne großes Verlangen nach dem Rampenlicht. Um die Wahrheit zu sagen, sah er ganz so aus, als hätte er lieber Regenwürmer im Garten hinter seinem Haus aus der Erde gebuddelt – obwohl er in einer solchen Pose vermutlich eine sehr merkwürdige Statue abgegeben hätte.

Der Tresor lag am Ende der Mineraliengalerie. Es war berauschend: überall, auf den Steinsäulen, unter den Bögen und in den niedrigen Glaskästen mit ihren Eichenholzrahmen funkelten Juwelen: Gold, Saphire und Smaragde und ein Diamant von der Größe eines Golfballs. In dieser Gesellschaft konnte man die Meteoriten zunächst leicht übersehen. Sie hatten alle möglichen unregelmäßigen Formen und Größen, und ihre Farbe variierte von Kohlschwarz bis zu einem gefleckten Karamell. Den unspektakulärsten Anblick bot der Nakhla-Meteorit, der aussah wie ein ungeschickt zusammengepresster Haufen Ton. Dr. Lean erklärte mir, dies sei ein Stück vom Mars. Der eigentliche Meteoroid war vermutlich bei einem gewaltigen Einschlag auf der Oberfläche des roten Planeten in den Weltraum geschleudert worden.

Er war 1911 zur Erde gefallen und hatte hoch am Himmel über Ägypten gebrannt. Dort waren später die Überbleibsel geborgen worden. Die meisten anderen Meteoriten, jene, deren Fallen nicht beobachtet worden war, hatte man an Orten wie der Antarktis oder in Australien gefunden – in einförmigen Landschaften, weitgehend von Menschen unberührt, wo selbst ein ungeübter Beobachter sie als geologische Auffälligkeit entdecken konnte. Da die Erde seit etwa viereinhalb Milliarden Jahren einem ständigen Bombardement aus dem All ausgesetzt war, lagen natürlich überall Meteoriten herum – nur blieben sie an den meisten Orten unbemerkt.

»Nicht bei jedem fallen die Meteoriten durchs Dach«, bemerkte Dr. Lean.

Mein Meteorit sollte auf einem Platz von etwa einem halben Kubikmeter präsentiert werden, ganz rechts in einer der Glasvitrinen, die an der Wand hingen. Seine Mitarbeiter, so erklärte Dr. Lean, hatten auch einen Zeitungsartikel ausgewählt, der dem allgemeinen Publikum die historische Bedeutung des Meteoriten ins Gedächtnis rufen sollte. Der Artikel, der sich auch in meiner Sammlung befand, war auf der Titelseite der *Times* erschienen und mit einem sehr dramatischen Foto bebildert – einer Aufnahme, die das Loch in unserem Dach vom Hubschrauber aus zeigte. Die Überschrift lautete: »SCHÜLER AUS SOMERSET VON METEOR GETROFFEN.«

»Es war der am wenigsten sensationsheischende Artikel, den wir finden konnten«, sagte Dr. Lean.

Dies war der Moment, in dem ich die Sache nicht mehr länger hinauszögern konnte. Ich holte meinen Eisen-Nickel-Meteoriten, dick eingewickelt in zwei Lagen Luftpolsterfolie, aus dem Rucksack und reichte Dr. Lean den Klumpen, damit er ihn auspacken konnte.

»Meine Güte«, murmelte er. Er sah plötzlich zwanzig Jahre jünger aus, fand ich, wie er dastand und die versengte und zerklüftete Oberfläche des Meteoriten mit den Augen verschlang. Ich folgte seinem Blick über die vertrauten Erhebungen, Risse und Täler, über die Mikrofrakturen, die sich durch den teilweise freiliegenden Querschnitt zogen. Und ich darf Ihnen versichern, dass ich keinerlei Trennungsschmerz empfand. Nachdem ich den Tresor gesehen hatte und all diese unschätzbaren Juwelen und Mineralien, wusste ich, dass dies ein besserer Ort für meinen Meteoriten war als mein Bücherregal, wo er die letzten fünf Jahre verbracht hatte. Was ich stattdessen empfand, war ein merkwürdiges Gefühl von Zeitverschiebung, ein Gefühl von Bedeutsamkeit, wie eine Art Déjà-vu. Es ist schwer zu erklären, aber ich denke, was mich in diesem unendlich scheinenden Moment bewegte, war die Überlegung, was gewesen wäre, wenn der Meteorit nie seinen Weg zu mir gefunden hätte. Der Gedanke an ein schattenhaftes Paralleluniversum.

Ohne den Meteoriten wäre ich ein völlig anderer Mensch. Ich hätte ein anderes Gehirn – andere Verbindungen, andere Funktionen. Und ich würde Ihnen jetzt nicht diese Geschichte erzählen. Ich hätte keine Geschichte zu erzählen.

Meine Mutter würde sagen, dass nichts ohne Grund geschieht, aber da bin ich anderer Meinung. Besser gesagt, ich sehe es etwas anders als sie. Das Meiste, was passiert, ist reiner Zufall. Nichtsdestotrotz muss ich zugeben, dass es Zeiten gibt, die den Verlauf des Lebens auf eine bemerkenswerte Art und Weise prägen. Es gibt Schlüsselereignisse, die alles verändern können; und es ist ein kurioser Zufall (wenn nichts anderes), dass der Tag, um den es gerade geht, der fünfte Jahrestag des Meteoriteneinschlags, ein weiteres dieser Ereignisse für mich bereithielt.

Um die Mittagszeit führte uns Dr. Lean in das Museumsrestaurant und wies die Frau hinter dem Tresen an, dass sie Dr. Weir und mir bringen solle, was wir wollten; wir seien seine Gäste. Dann schüttelte er mir wieder die Hand und versicherte mir noch einmal, dass es ihn sehr gefreut habe und er mir einen Platz auf der Gästeliste für sämtliche Ausstellungen und Veranstaltungen des Museums reservieren würde. Ich müsse ihm nur sagen, wann ich kommen wolle, und er würde sich um alles Weitere kümmern.

»Danke, Dr. Lean«, sagte ich. Und als ich ihm diesmal die Hand schüttelte, sorgte ich für einen festen Druck. Vielleicht ein bisschen zu fest, aber ich dachte mir: Sicher ist sicher. Ich wollte ihm zeigen, dass mein morgendlicher Händedruck ein Versehen gewesen war.

Ich aß eine Quiche mit Spinat und Ricottakäse und einen gemischten Salat und trank dazu drei Cola light. Dr. Weir entschied sich für ein Steak-Sandwich und ein Glas Rotwein. Während sie noch einen Kaffee trank, erzählte ich ihr, was ich von dem Museum hielt.

»Ich glaube, die kleinen Ausstellungsstücke gefallen mir am besten«, sagte ich. »Natürlich die Meteoriten, aber auch die anderen Mineralien und die kleinen Insekten. Ich meine, die Dinosaurier sind ziemlich beeindruckend, aber dort geht es auch immer hoch her. Es gibt so viel zu sehen und viel zu viele Ablenkungen und Störungen. Die Säle mit den weniger spektakulären Ausstellungsstücken sind …« Dr. Weir wartete geduldig, während ich mit den Worten kämpfte. Ich wollte »intimer« sagen, aber das war nicht ganz das, was ich meinte. Ich hielt es für ungeschickt, ein unpassendes Wort zu wählen, das man im Anschluss lang und breit erklären musste. »Ich glaube, ich will damit sagen, dass einem die Galerien mit den kleinen Ausstellungsstücken mehr Raum zum Nachdenken lassen. Man kann sich irgendwie in ihnen verlieren. Man kann seine eigenen Schritte in den Gängen hören und sich genau vorstellen, wie es vor hundert Jahren im Museum ausgesehen hat.«

Dr. Weir nickte. »Aus diesem Grund mag ich die Schmetterlinge.«

Eine kleine Pause entstand.

»Wie kommst du in der Schule zurecht?«, fragte Dr. Weir.

»Besser«, antwortete ich. »Obwohl ich glaube, dass ich nie wirklich dorthin gehören werde. Aber ich werde immerhin akzeptiert. Ich mag den schulischen Teil der Schule – na ja, Sie wissen schon: den Unterricht.«

Dr. Weir nickte und nippte an ihrem Kaffee.

»Wenn ich einfach die sechs Stunden in der Schule damit verbringen könnte, Algebraaufgaben zu lösen, wäre ich überglücklich. Aber das ist wohl nicht normal. Das ist nämlich genau das, was alle anderen hassen. Die meisten anderen Jungen können die Pause kaum erwarten, damit sie hinausgehen und Fußball spielen können. Ich kann das nicht verstehen. Damit verschwendet man doch bloß Zeit und Energie. Und man erfährt nichts über die Welt. Man verändert dadurch nichts, und man erreicht auch nichts. Ich kann daran nichts Interessantes finden.«

Dr. Weir fuhr ein paar Mal mit ihrem rechten Zeigefinger kreisförmig über den Rand ihrer Kaffeetasse und sagte dann: »Nun, von einem evolutionären Blickwinkel aus betrachtet, hat es eine Menge mit uralten Jagdritualen zu tun. Wie bei den meisten Sportarten geht es beim Fußball darum, ein Ziel zu treffen, die Hand-Auge-Koordination oder die Fuß-Auge-Koordination zu verbessern, Gegner auszuschalten und so weiter. Und natürlich kommt auch das Stammeswesen mit ins Spiel. Das gilt für alle Mannschaftssportarten. Die Freude an diesen Tätigkeiten ist vermutlich tief in der menschlichen Psyche verwurzelt, besonders in der männlichen, wobei natürlich der Grad des Interesses variieren kann.«

»Ich kann Jagdrituale nicht leiden. Punkt«, sagte ich.

Dr. Weir lächelte. »Nein. Aber diese Dinge können sich in ganz unterschiedlichen Formen ausdrücken. Viele Wissenschaftler glauben, dass einige unserer mathematischen Fähigkeiten ihren Ursprung in dem räumlichen Geschick haben, das unsere Vorfahren benötigten, um Beute zu jagen und Räuber abzuwehren – das Verständnis für Flugbahnen und physikalische Kräfte, Beschleunigung und Verlangsamung, allgemeine Mechanik. Unsere Gehirne haben eine fantastische Software zum Verstehen der Naturgesetze entwickelt. Wenn du dich hinsetzt und sechs Stunden lang mathematische Probleme löst, ist die Befriedigung, die du daraus ziehst, durchaus mit dem Vergnügen zu vergleichen, das andere Menschen beim Sport empfinden. Beides hat möglicherweise einen gemeinsamen Ursprung. Ein interessanter Gedanke, findest du nicht?«

»Ich glaube nicht, dass Sie damit unsere Fußballmannschaft überzeugen können«, sagte ich.

»Nein, vermutlich nicht. Aber ganz ehrlich, Alex, es ist völlig in Ordnung, kopflastig zu sein. Du wirst vermutlich in ein paar Jahren feststellen, dass die Dinge sehr viel einfacher für dich werden.«

»Ja, das denke ich auch.«

»Willst du immer noch Neurologe werden?«

Die Art, wie Dr. Weir diese Frage stellte, gefiel mir. Seit ich elf war, erzählte ich den Leuten, dass ich wahrscheinlich Neurologe werden möchte, und aus irgendeinem Grund wurde ich nicht wirklich ernst genommen. Man hielt es entweder für sehr lustig oder aber für sehr merkwürdig. Dr. Weir dagegen nahm die Idee ernst – obwohl mir in letzter Zeit Zweifel gekommen waren, wie ich ihr erklärte.

»Im Augenblick tendiere ich wieder eher zu Physiker«, sagte ich.

Dr. Weir lächelte.

»Die Neurologie interessiert mich nach wie vor«, stellte ich klar, »aber ... nun, irgendwie spricht mich die Einfachheit und Klarheit der Physik an. Mir gefällt die Vorstellung, dass man all diese unglaublich komplizierten Phänomene mit unglaublich simplen Gesetzen beschreiben kann. Wie $e = mc^2$. Um die Wahrheit zu sagen, ich glaube, es gibt nichts Schöneres als das. Man kann es auf eine Briefmarke schreiben, aber gleichzeitig erklärt es, wie die Sterne funktionieren. Diese Art von Perfektion findet man sonst nirgends. Ich bezweifle wirklich, dass Neurologie jemals so vollkommen sein könnte. Man könnte vermutlich tausend Jahre lang das menschliche Gehirn studieren, ohne die Menschen auch nur ein Stück weit besser zu verstehen.«

»Wahrscheinlich hast du recht«, sagte Dr. Weir mit einem kleinen Lachen. »Aber egal, was du tust, ich würde mich freuen, wenn du ans Imperial College kommst. In diesem Land gibt es keine bessere Universität.«

»Ja, das wäre schön«, sagte ich. »Allerdings weiß ich nicht, ob ich wirklich nach London ziehen will. Es ist so überfüllt. Ich glaube nicht, dass ich in einer so großen Stadt leben könnte.«

»Das kann ich verstehen«, sagte Dr. Weir. »Weißt du, ich bin nicht in London geboren, Alex. Ich wuchs auf dem Land auf, so wie du. In Cornwall, um genau zu sein. Aber ich könnte heute nicht mehr so abgeschieden leben. Mir gefällt es, alles in der Nähe zu haben – die Museen und die Bibliotheken. Der einzige Nachteil ist die Lichtverschmutzung. In den meisten Nächten kann man von London aus nicht einmal mehr den Polarstern sehen, und alles über Größenklasse zwei ist fast unmöglich.«

Ich dachte darüber nach. Ich versuchte mir vorzustellen, wie es wäre, in London Naturwissenschaften zu studieren, aber aus irgendeinem Grund nahm das Bild vor meinem geistigen Auge keine Gestalt an.

»Dr. Weir?«, sagte ich. »Was für Noten bräuchte ich, um am Imperial College aufgenommen zu werden?«

»Dreimal sehr gut, Alex, und mindestens zwei davon in den naturwissenschaftlichen Fächern oder Mathematik.«

Ich dachte noch ein bisschen länger nach. »Ich versuche, vier zu bekommen«, sagte ich. »In allen drei Naturwissenschaften *und* Mathematik. Nur, um ganz sicherzugehen.«

Mr. Peterson holte mich in Bristol vom Bahnhof ab. Es war kurz nach halb neun. Etwa dreißig Minuten lang erzählte ich ununterbrochen von London. Ich hielt mich an keine zeitliche Reihenfolge. Ich erzählte ihm, wie überfüllt es auf dem Heimweg in der U-Bahn gewesen und wie riesengroß London war, wie viele Menschen es dort gab. Bristol passte schätzungsweise fünfzehnmal in London hinein. Ich erzählte von Dr. Weir, die gesagt hatte, dass ich am Imperial

College aufgenommen werden könne, wenn ich weiterhin so gute Noten bekäme, und dass ich vermutlich Physiker werden wolle und nicht Neurologe, weil ich mithelfen wolle, die Weltformel – eine »Theorie von Allem« – aufzustellen, was als das höchste Ziel der modernen Kosmologie gelte und vermutlich erklären würde, wie das Universum beschaffen sei. Mr. Peterson meinte, das sei ein sehr erstrebenswertes Ziel. Aber das war auch schon ungefähr alles, was er sagte. Er war ein bisschen aus der Übung und empfand das Autofahren in der Stadt – selbst zu Zeiten, in denen wenig Verkehr herrschte – als sehr anstrengend. Und er war generell nicht gut darin, mehrere Sachen auf einmal zu machen. Rückblickend betrachtet, hätte ich den Mund halten sollen, damit er sich konzentrieren konnte. Ich war aufgedreht, wahrscheinlich weil ich zu viel Cola light getrunken hatte. Aus der Stadt herauszukommen, erwies sich als recht einfach. Ohne Schwierigkeiten fuhren wir auf die kurvige Bundesstraße, die nach Glastonbury und Wells führt. Mr. Peterson entspannte sich, und schließlich hatte auch ich alles erzählt, was es zu erzählen gab, und versank in einen Tagtraum über meine zukünftigen wissenschaftlichen Errungenschaften.

Im Auto war es warm, und es gab nur wenig Verkehr. Die Sonne versank wie ein Leuchtfeuer im Rückspiegel, und ich merkte, wie mir vor lauter Entspannung die Augen zufielen. Von Zeit zu Zeit schreckte ich hoch und glitt dann wieder weg.

Das Nächste, woran ich mich erinnern kann, ist der weiße Lieferwagen, der direkt auf uns zukam. Noch im Halbschlaf sah ich ihn klar und deutlich vor mir. Mr. Peterson nicht. Er fuhr gelassen in den Kreisverkehr ein, als ob er in einen leeren Parkplatz einbiegen würde. Der Lieferwagen war noch fünf Meter entfernt und kam schnurgerade auf uns zu.

»Achtung! Bremsen!«, brüllte ich. Zu mehr blieb mir keine Zeit. Ich fühlte den seitlichen Aufprall wie eine kleine Detonation, die eine Schockwelle durch meinen Oberkörper fahren ließ. Die Welt verschob sich um fünfundvierzig Grad und kam dann taumelnd zum Stehen. Wir standen schräg im Kreisverkehr, mit der Wagenschnauze nach außen. Der Lieferwagen hatte ein paar Meter weit entfernt auf der inneren Fahrbahn angehalten.

»Verdammt noch mal!«, fluchte Mr. Peterson. »Bei dir alles klar, Junge?«

Ich nickte. Mein Herz machte schätzungsweise hundertachtzig Schläge in der Minute, aber zu meiner Überraschung konnte ich klar denken. Mir war, als hätte ich den Kopf in Eiswasser getaucht.

Als wir ausstiegen, um den Schaden zu begutachten, kam mir alles unnatürlich hell und scharf konturiert vor. Auf der Straße prangten zwei Meter lange Bremsspuren, und ein paar Glas- und Plastikscherben von dem Scheinwerfer auf der Fahrerseite lagen verstreut. Die Motorhaube war leicht eingedellt. Kotflügel und Stoßdämpfer waren verbeult und ziemlich verschrammt, aber es war kein ernsthafter Schaden an Mr. Petersons Wagen entstanden. Der Lieferwagen, so stellte sich heraus, hatte lediglich eine kleine Delle zwischen Stoßstange und linkem Vorderrad, aber das war von unserer Position aus nicht zu erkennen. Ich konnte nur sehen, dass es ein weißer Transporter war, offenbar ein gewerblicher Lieferwagen. Auf der Seitentür stand: »Wir geben Ihrem Abfluss die Sporen!« Darunter befand sich das Bild eines Cowboys, der auf einem bockenden Pferd saß. Ich nahm an, dass der Fahrer ein Klempner war. Ich konnte ihn durch das Beifahrerfenster sehen, wie er wütend in Richtung einer kleinen Ausfahrt gestikulierte, die links von uns aus dem Kreisverkehr herausführte. Mr. Peterson und ich nickten. Dann startete der Mann den Motor, wendete den Lieferwagen und bog in die Ausfahrt ein. Nach zehn Metern stellte er den Wagen am Straßenrand ab. Mr. Peterson und ich stiegen wieder ins Auto und folgten ihm.

Der Cowboy knallte die Fahrertür zu und schaffte es, sich nach einigen vergeblichen Versuchen eine Zigarette anzuzünden. Er war wahrscheinlich zu wütend, um das Feuerzeug richtig bedienen zu können, obwohl der Unfall nicht schlimm gewesen war und der Schaden an seinem Wagen kaum der Rede wert. Er war relativ klein, hatte nur noch wenige Haare und ein Gesicht, das so rot war wie ein Hummer. Er trug ein rot-schwarz kariertes Hemd, klobige schwarze Sicherheitsschuhe und schmutzige Jeans. Ich hatte genug Zeit, um ihn genau zu betrachten, weil er jeglichen Augenkontakt mit uns vermied. Stattdessen begutachtete er seine Stoßstange mit zusammengekniffenen Augen und murmelte etwas vor sich hin. Er schien mir völlig außer sich zu sein. Mr. Peterson war offensichtlich derselben Meinung.

»Jesus Fucking Christ!«, fluchte er leise. »Das wird alles andere als lustig.«

»Sollen wir die Polizei rufen?«, fragte ich.

Mr. Peterson schnaubte.

»Muss man denn bei einem Unfall nicht die Polizei rufen?«, hakte ich nach.

»Nicht bei dieser Art von Unfall, Junge«, antwortete Mr. Peterson. »Das zählt kaum als Unfall. Wir müssen nur

Nummern austauschen. Dann wird sich meine Versicherung darum kümmern.«

»Ihre Versicherung?«

»Ja, meine Versicherung.«

»Weil Sie schuld sind?«

Mr. Peterson knirschte mit den Zähnen. »Natürlich war es meine Schuld. Das ist doch offensichtlich. Ich habe ihn nicht gesehen.«

»Sie haben ihn nicht *gesehen*?« Die Ungeheuerlichkeit dieser Aussage türmte sich meterhoch in meinem Gehirn auf. »Wie kann das sein?«

»Keine Ahnung. Ich habe ihn einfach nicht gesehen.«

»Aber er war doch nicht zu *über*sehen!«

»Junge, ich habe ihn nicht gesehen! Wenn ich ihn gesehen hätte, wäre ich stehen geblieben.«

»Man muss an Kreuzungen oder beim Abbiegen doch ganz besonders aufpassen«, sagte ich.

»Ich *habe* aufgepasst«, sagte Mr. Peterson. »Ich habe ihn bloß nicht gesehen. Ich kann es nicht besser erklären. Ich bin nicht unfehlbar.«

»Sie sind doch nicht etwa high, oder?«

»Scheiße, Junge, was für eine Frage ist das denn? Natürlich bin ich nicht high! Sehe ich etwa high aus?«

»Nein, eigentlich nicht«, sagte ich. Wenn Mr. Peterson high gewesen wäre, wäre er kaum gekommen, um mich abzuholen. Wahrscheinlich hätte er es vergessen.

»Der Cowboy sieht stinksauer aus«, sagte ich.

»Junge, halt bitte einfach nur die Klappe, und gib mir meinen Stock, ja? Ich bin sicher, dass sich der Cowboy gleich wieder beruhigen wird. Überlass mir das Reden.«

Ich holte Mr. Petersons Krücke vom Rücksitz und reichte

sie ihm. Als wir zum Lieferwagen kamen, hatte der Cowboy den Blick von seiner Stoßstange lösen können und starrte uns entgegen. Er murmelte immer noch vor sich hin und schüttelte den Kopf. Mr. Peterson streckte die Hand aus.

»Isaac Peterson«, sagte er.

Der Cowboy stieß eine Rauchwolke aus.

Mr. Peterson räusperte sich. »Hören Sie, es tut mir leid. Ich weiß auch nicht, was da passiert ist. Ist Ihr Wagen schwer beschädigt?«

Der Cowboy spuckte aus. »Wissen Sie, dass ich Sie hätte umbringen können?«, gab er zurück. Es klang irgendwie bedauernd. »Was haben Sie sich dabei gedacht? Sie sind mir direkt vor die Räder gefahren! Sind Sie blind, oder was?«

Mr. Peterson stieß den Atem durch die zusammengepressten Zähne aus und zählte stumm bis drei. »Okay. Es war meine Schuld. Das streite ich gar nicht ab. Aber wir sollten einfach dankbar sein, dass nichts Ernsthaftes passiert ist. Niemand wurde verletzt. Der Schaden ist überschaubar. Es hätte viel schlimmer kommen können.«

»Es ist ein Scheiß-Wunder, dass nichts Schlimmeres passiert ist!« Der Cowboy unterstrich seine Behauptung, indem er die Zigarette in den Straßengraben schnippte.

»Wissen Sie, dass Sie dadurch ein Feuer auslösen können?«, bemerkte ich.

»Überlass mir das Reden«, verlangte Mr. Peterson.

»Dein Opa sollte sich nicht auf der Scheiß-Straße herumtreiben«, sagte der Cowboy zu mir.

»Mein Opa ist tot«, gab ich zurück. »Jedenfalls der, von dem ich weiß«, fügte ich hinzu.

Der Cowboy befand mich seiner Aufmerksamkeit nicht länger für wert und wandte sich Mr. Peterson zu. »Sie sind offensichtlich nicht in der Lage zu fahren«, sagte er. »Scheiße, Sie können ja kaum laufen.«

»Himmel noch mal!«, sagte Mr. Peterson. »Reinigen Sie die Rohre etwa mit Ihrem Mund?« Dieser Spruch war glücklicherweise zu hoch für das Begriffsvermögen des Cowboys. »Hören Sie zu, Kumpel, ich habe mich einmal entschuldigt. Ich werde es kein zweites Mal tun. Sie können von mir aus die ganze Nacht lang hier stehen und toben. Ich werde Ihnen einfach meine Versicherungsnummer aufschreiben, und wenn Sie diese erbsengroße Delle aus Ihrem Kotflügel haben entfernen lassen, schicken Sie eine Rechnung. Komm mit, Junge, wir sind hier fertig.«

Mr. Peterson wandte sich zum Gehen. Ich folgte ihm. »Sie müssen sich mal Ihre verdammten Augen untersuchen lassen!«, schrie uns der Cowboy hinterher.

»Kein Wunder, dass er allein arbeitet«, sagte Mr. Peterson zu mir.

»Geht es Ihnen gut?«, fragte ich.

»Klar geht's mir gut. Das ist nur irgend so ein Arschloch, wie es sie überall gibt.«

»Ja, ich weiß.«

»Wir geben ihm einfach die Versicherungsnummer, und dann nichts wie weg hier.«

»Soll ich ihm die Nummer geben?«, bot ich an.

»Wir beide werden ihm die Nummer geben.«

»Passen Sie bloß auf, wohin Sie fahren«, warnte der Cowboy Mr. Peterson, als sie Adressen und Versicherungsdaten austauschten. »Versuchen Sie, keinen Unfall mehr zu bauen. Wenigstens heute.«

»Es war mir wirklich ein Vergnügen, Sie kennenzulernen«, sagte Mr. Peterson.

Ich sagte nichts.

Der Cowboy spuckte noch einmal aus, stieg in seinen Lieferwagen, schlug die Fahrertür zu, wendete ruckelnd und gab dann Gas. Mit quietschenden Reifen und begleitet von einer Wolke aus Staub und Dieselabgasen brauste er davon. Ich rümpfte die Nase.

»Arschloch«, sagte Mr. Peterson.

Während ich zustimmen musste, dass die Sozialkompetenz des Cowboys zu wünschen übrig ließ, hatte er doch in einem recht: Mr. Peterson konnte diesen Lieferwagen nicht einfach übersehen haben. Das schien mir schlichtweg unmöglich zu sein.

»Soll ich den Wagen vielleicht nach Hause fahren?«, fragte ich Mr. Peterson, als wir zum Auto zurückkamen. »Das wäre angesichts dessen, was passiert ist, vielleicht vernünftiger.«

»Vernünftiger? Scheiße, wir sind einmal mit einem blauen Auge davongekommen. Ein weiteres Mal werde ich bestimmt nicht riskieren. Weißt du, was passiert, wenn uns die Bullen anhalten und sehen, wie der Wagen aussieht und dass du hinter dem Steuer sitzt? Dann sitze ich richtig in der Scheiße!«

»Ich habe nur an unsere Sicherheit gedacht«, sagte ich. »Die sollte doch oberste Priorität haben, oder nicht?«

»Wir *sind* völlig sicher! Ich bin nur eine Sekunde lang weggedriftet. Ich bin es nicht mehr gewohnt, so lange Strecken zu fahren.«

»Sie haben nichts von ›wegdriften‹ gesagt«, erklärte ich. »Sie meinten, Sie hätten den Lieferwagen nicht *gesehen*. Das ist es, was mich beunruhigt.«

»Ich weiß nicht, was genau passiert ist. Es war alles irgendwie verschwommen.«

»Wörtlich oder im übertragenen Sinne?«

»Herrgott noch mal! Es war ein Warnschuss, okay? Ich werde von nun an ganz besonders aufpassen. Bist du jetzt beruhigt?«

»Nein«, sagte ich.

Mr. Peterson ließ mich links liegen. Er startete den Wagen, wendete vorsichtig in drei Zügen und fuhr wieder in den Kreisverkehr ein.

Nach ein paar Minuten sagte ich: »Mr. Peterson, wir sind uns darin einig, dass der Cowboy ein Arschloch ist. Darüber gibt es nichts zu diskutieren. Aber vielleicht sollten Sie wirklich Ihre Augen untersuchen lassen. Nur, um ganz sicher zu sein.«

Mr. Peterson sagte nichts. Sein Blick war fest auf die Straße gerichtet.

Ein Gedanke stieg in mir auf. »Mr. Peterson?«, sagte ich. »Das ist doch das erste Mal, dass Ihnen so was passiert, oder? Ich meine, Sie hatten doch vorher noch nie solche Probleme – beim Fahren, meine ich?«

»Natürlich nicht!«, versicherte mir Mr. Peterson. Aber die Behauptung kam für meine Begriffe viel zu hastig aus seinem Mund.

Ich machte mir Sorgen.

16

ZEITBEBEN

Der Optiker war anfangs völlig ratlos. Mit Mr. Petersons Augen schien nämlich alles in Ordnung zu sein. Sie waren gut für sein Alter. Die Brillenstärke war korrekt. Es gab keine Anzeichen für grauen Star oder ein Glaukom – nichts, was das verschwommene Sehen und die Schwindelanfälle hätte erklären können, die er in den Wochen nach dem Unfall immer wieder erlebt hatte. Der Optiker konnte nur eine einzige Auffälligkeit entdecken, nämlich dass Mr. Peterson Schwierigkeiten hatte, seine Augen auf einen bestimmten Punkt zu fixieren.

»Die Sache ist sehr spezifisch«, erklärte ihm der Optiker. »Den Blick auf unbewegte Gegenstände zu richten, bereitet Ihnen keine Probleme, und Sie können auch horizontalen Bewegungen folgen. Aber bewegte Gegenstände auf der vertikalen Achse zu fixieren, ist irgendwie schwierig für Sie, besonders, wenn es sich um eine Abwärtsbewegung handelt oder die Gegenstände aus dem Hintergrund in den Vordergrund rücken. Ich vermute, das ist es, was Ihnen das Autofahren und Lesen erschwert. Aber worin der Grund dafür liegt, kann ich Ihnen leider nicht sagen. Das Problem könnte muskulär bedingt sein, aber das ist nur eine Vermutung. Sie sollten mit Ihrem Hausarzt reden.«

»Vielleicht könnten Sie Dr. Enderby das nächste Mal fragen, wenn wir ihn sehen«, schlug ich später vor. Mr. Peterson ging nicht gern zu einem Arzt. Er zögerte Arztbesuche immer so lange es ging hinaus.

»Ich brauche keinen Neurologen, Junge«, gab Mr. Peterson zurück. »Der Optiker meinte, es seien vermutlich die Muskeln. Ich bin nicht einmal davon überzeugt, dass es wirklich ein Problem ist. Es ist bloß das Alter. Wenn man älter wird, taucht immer mal wieder dies und das auf. Das wirst du auch irgendwann einmal merken.«

»Aber der Optiker meinte, Sie sollten zu einem Arzt gehen«, beharrte ich. »Er meinte, er wisse nicht genau, was das Problem sei. Aber er sagte nicht, dass es *kein* Problem gebe.«

»Ein kleines Problem.«

»Soll ich für morgen einen Termin für Sie vereinbaren? Ich könnte Sie auch begleiten – wenn Ihnen das helfen würde.«

»Ich brauche keinen, der mir das Händchen hält! Und ich kann sehr gut allein einen Termin ausmachen.«

»Davon sehe ich aber gerade nichts«, sagte ich. Diesen Ton hatte ich von meiner Mutter gelernt, und er tat seine Wirkung.

Mr. Peterson ging zum Telefon.

Am folgenden Tag wiederholte Mr. Petersons Hausärztin den Sehtest und bat dann Mr. Peterson, einige einfache Übungen zu machen, bei denen es um die Hand-Auge-

Koordination ging. Sie meinte anschließend, das Problem seien nicht die Muskeln.

»Ich werde Sie an einen Neurologen überweisen«, sagte sie.

Mr. Peterson fluchte ausgiebig. »Ich dachte, das sei ein kleines Problem. Es bereitet mir doch kaum Schwierigkeiten.«

»Es ist schwer zu sagen, was genau dieses Phänomen verursacht«, erklärte ihm die Ärztin. »Aber es gibt einige neurologische Erkrankungen, die mit Symptomen einhergehen, wie Sie sie haben. Sie sind sehr selten, aber es ist sinnvoll, dem weiter nachzugehen. Nur, um ganz sicher zu sein.«

»Wenn Sie nach Bristol in die Neurologie gehen, komme ich auf jeden Fall mit«, sagte ich zu Mr. Peterson, nachdem er mir erzählt hatte, was ihm die Ärztin gesagt hatte. »Immerhin war ich schon sehr oft da. Ich könnte Ihnen eine Hilfe sein.«

»Das ist doch reine Zeitverschwendung«, prophezeite Mr. Peterson. »Ich habe nur irgendeine komische Augenmuskelsache. Das ist überhaupt nicht der Rede wert.«

»Ich glaube, diese Beurteilung sollten Sie den Ärzten überlassen«, sagte ich.

Mr. Peterson schnaubte. Aber er leistete keinen weiteren Widerstand mehr, und so begleitete ich ihn in der darauffolgenden Woche zu einem Neurologen, einem gewissen Dr. Bradshaw. Er kannte Dr. Enderby, und es stellte sich heraus, dass er auch von mir gehört hatte. Das erfuhr ich, nachdem ich mich vorgestellt und ihm erzählt hatte, dass ich seit fünf Jahren wegen meiner Epilepsie bei Dr. Enderby in Behandlung war. Dr. Bradshaw sagte mir, er sei mit meinem Fall vertraut – nicht mit den Einzelheiten, nur mit den allgemeinen Fakten. Jeder im Krankenhaus wusste darüber Bescheid.

Dr. Bradshaw stellte Mr. Peterson eine Menge sehr konkreter Fragen über den Autounfall, und danach wollte er alles über Mr. Petersons Probleme mit seinem Bewegungsapparat wissen. Mr. Peterson musste ihm von seinem Bein erzählen – wie es durch eine Landmine der Vietcong verletzt worden und die Wunde dann brandig geworden war, was zu einer ernstlichen und dauerhaften Schädigung etlicher Nervenenden geführt hatte. Das war der Grund für sein Hinken.

Dr. Bradshaw schrieb diese Informationen auf und dachte einige Sekunden nach. Dann fragte er: »Und wie war es in der letzten Zeit? Hat sich Ihre Mobilität generell verschlechtert?«

»Nein, nicht dass ich wüsste«, antwortete Mr. Peterson.

»Was ist mit Ihrem Gleichgewichtssinn?«, fragte Dr. Bradshaw.

»Ganz wunderbar«, sagte Mr. Peterson. »Ich habe mir schon überlegt, mit rhythmischer Sportgymnastik anzufangen.«

»Sind Sie mal hingefallen?«

»Ich stolpere hin und wieder. Nichts Ernstes.«

»Und das Treppensteigen?«

»Das war schon immer mühsam. Daran bin ich gewöhnt.«

»Wie sieht es mit Ihrer Gemütslage aus? Haben Sie irgendwelche Stimmungsschwankungen bemerkt? Sind Sie vielleicht ungewöhnlich reizbar?«

»Nicht ungewöhnlich reizbar«, sagte Mr. Peterson.

»Er meint damit, dass er *gewöhnlich* ziemlich reizbar ist«, warf ich ein.

Dr. Bradshaw lächelte nicht.

Die Tests, die danach folgten, waren sehr gründlich. Wieder musste Mr. Peterson versuchen, dem Licht einer Taschenlampe nur mit den Augen zu folgen, und dann musste er jedes Mal, wenn er einen Lichtblitz an verschiedenen Stellen seines Blickfelds erkannte, einen Knopf drücken. Danach wurde überprüft, inwieweit er fokussieren konnte, ob sich seine Pupillen wunschgemäß erweiterten und wie es mit unwillkürlichen Augenbewegungen aussah. Schließlich wurde er zur Kernspintomografie geschickt. Später teilte uns Dr. Bradshaw mit, dass diese letzte Untersuchung nicht notwendig war für seine Diagnose – die stand zu diesem Zeitpunkt schon fest. Sie sollte lediglich Aufschluss darüber geben, wie weit die Krankheit bereits fortgeschritten war, damit man einschätzen konnte, mit welcher Neurodegeneration in den nächsten Monaten – hoffentlich Jahren – zu rechnen war.

Weder Mr. Peterson noch ich hatten je von Progressiver Supranukleärer Blickparese gehört. Es war, so erklärte uns Dr. Bradshaw, eine seltene degenerative Krankheit, die einen speziellen Bereich des Gehirnstamms befiel und einen allmählichen Verfall bestimmter sensorischer und motorischer Funktionen zur Folge hatte.

»Es tut mir leid, Dr. Bradshaw«, sagte ich, als er fertig war. »Ich will Ihnen ja nicht sagen, wie Sie Ihren Job zu machen haben, aber was Sie da sagen, lässt nur den Schluss zu, dass Sie sich irren. Mr. Petersons Bewegungsprobleme haben rein gar nichts mit seinem Gehirnstamm zu tun. So viel ist klar. Und was die Augen betrifft, so sagte der Optiker, dass das Problem nur gering sei. Nur eine leichte Störung in einer Richtung.«

Dr. Bradshaw ließ ein paar Sekunden verstreichen und sagte dann: »Mir ist klar, dass dies sehr schwer sein muss, für Sie beide, aber die Diagnose ist eindeutig. Es ist zu vermuten, dass die bestehenden Mobilitätsprobleme die Symptome, die schon seit einiger Zeit auftreten, verdeckt haben. Und visuelle Symptome sind schwer zu bemerken, andererseits aber sehr spezifisch. Mit den richtigen Tests sind sie nahezu unverkennbar.«

»*Nahezu* unverkennbar?«

»Die visuellen Tests werden durch die Kernspintomografie bestätigt. Die Aufnahmen zeigen einen kleinen, aber deutlichen Schwund im Mittelhirn. Das ist ein Bereich, der die Augenbewegungen kontrolliert.«

»Ich weiß, wofür das Mittelhirn da ist!«, fuhr ich auf. Ich wandte mich an Mr. Peterson, der seit der Verkündung der Diagnose kein Wort mehr gesagt hatte. »Ich denke, wir sollten auf jeden Fall eine zweite Meinung einholen.«

Mr. Peterson schwieg noch einen kleinen Moment und sagte dann: »Alex, ich möchte, dass du ruhig bleibst. Ich brauche keine zweite Meinung. Ich brauche Fakten. Doktor, wird sich dieser Zustand verschlimmern? Das bedeutet doch wohl der Ausdruck ›progressiv‹ in Medizinersprache, nicht wahr?«

»Ja. Ich fürchte, das stimmt«, sagte Dr. Bradshaw.

»Kann es behandelt werden?«

»Es gibt lindernde Medikamente, mit denen die Symptome abgeschwächt werden können. Auch Physiotherapie hilft oft, die anfänglichen motorischen Probleme in den Griff zu bekommen. Wir können es auch mit Levodopa versuchen.«

»Und was ist das?«

»Das ist eine chemische Vorstufe von Dopamin«, sagte ich. »Man behandelt damit die Parkinsonkrankheit. Die Sie übrigens auch nicht haben.«

Mr. Peterson schaute mich an, sagte aber nichts.

»Du hast recht«, sagte Dr. Bradshaw geduldig. »Levodopa wird tatsächlich bei Parkinson eingesetzt, aber es kann auch in einigen – allerdings nicht in allen – Fällen von PSP sinnvoll eingesetzt werden. Parkinson und PSP betreffen ähnliche Teile des Gehirns, und manche Symptome sind identisch, obwohl die Beeinträchtigung der Motorik im Frühstadium von PSP nicht ganz so offensichtlich ist.«

»Aber nichts davon wird dauerhaft helfen, oder?«, fragte Mr. Peterson. »Es gibt keine Heilung, nicht wahr?«

»Nein, eine Heilung gibt es nicht.«

»Wie lange habe ich noch?«

»Sie müssen verstehen, dass jeder Fall anders liegt. Es gibt durchaus Grund, positiv zu denken. Es ist nicht …«

»Bitte, Doktor. Ich will wissen, wie viel Zeit mir noch bleibt und was ich an zukünftigen Symptomen zu erwarten habe. Sie brauchen die Wahrheit nicht unter Zuckerguss zu verstecken. Reden Sie Klartext mit mir.«

Dr. Bradshaw nickte. »Gewöhnlich leben PSP-Patienten nach Einsetzen der Symptome noch fünf bis sieben Jahre. Aber wie ich schon sagte, besteht die Befürchtung, dass bei Ihnen einige motorische Symptome bereits seit Längerem vorhanden sind. Visuelle Symptome treten normalerweise erst in einem späteren Stadium auf. Ohne eine genauere Einschätzung, wann die ersten Symptome eingesetzt haben, ist es schwer zu sagen, wie schnell die Krankheit voranschreiten wird.«

»Wie lange nach Auftreten der ersten visuellen Symptome haben die Patienten im Durchschnitt noch zu leben?«

»Drei Jahre.«

Mr. Peterson schwieg einen Moment. »Und was wird in diesen drei Jahren mit mir geschehen? Was geschieht normalerweise? Ich will die Fakten hören.«

»Ich fürchte, Ihr Sehvermögen wird stetig abnehmen. Es wird Ihnen immer schwerer fallen, die Augen zu bewegen, und Ihre anderen motorischen Fähigkeiten werden ebenfalls zunehmend schlechter. Schließlich werden Sie nicht mehr in der Lage sein zu gehen. Ihr Sprechvermögen wird beeinträchtigt, und Sie werden vermutlich auch Schwierigkeiten mit dem Schlucken bekommen. Langfristig gesehen werden Sie Vollzeitpflege benötigen. Es tut mir leid.«

Mr. Peterson nickte. »Danke.«

»Es gibt eine ganze Menge Hilfsangebote, die Sie wahrnehmen können. Aber ich denke, es wäre besser, wenn wir darüber ein andermal ausführlich reden. Bitte vereinbaren Sie doch einen neuen Termin, am besten irgendwann nächste Woche …«

Ich hörte nicht mehr zu.

»Wir sollten mit Dr. Enderby reden«, sagte ich, nachdem wir das Sprechzimmer verlassen hatten. »Ich bin mir sicher, er wird uns einen Arzt empfehlen können, der etwas mehr …«

Mr. Peterson hob die Hand. »Hör zu, Junge. Mir ist klar, dass du im Moment ziemlich durcheinander bist, aber das hilft mir nicht im Mindesten. Bitte lass mich die Sache auf meine Art regeln.«

»Aber …«

»Ich brauche keine zweite Meinung. Was ich brauche, ist etwas Zeit und Ruhe, um nachzudenken. Und du auch.«

Ich sagte nichts.

»Also, ich weiß, das ist vielleicht viel verlangt, aber ich möchte, dass du die Sache erst mal für dich behältst. Ich will nicht, dass irgendjemand davon erfährt. Ich will mich nicht jedes Mal, wenn ich Milch im Dorfladen kaufe, durch einen Berg von Mitleid kämpfen müssen. In den nächsten Monaten brauche ich vor allem Normalität – und ein bisschen Ungestörtheit –, und das kriege ich nicht, wenn die ganze verdammte Bande Bescheid weiß. Wenn du unbedingt mit jemandem reden musst, rede mit deiner Mutter, aber sag ihr das Gleiche, was ich dir gesagt habe. Ich weiß, dass es nicht einfach ist, aber du wirst meinen Wunsch respektieren, nicht wahr?«

»Natürlich werde ich Ihren Wunsch respektieren«, sagte ich. Es würde mir auch gar nicht schwerfallen. Denn schließlich gab es eigentlich nichts zu sagen.

Als ich heimkam, erzählte ich meiner Mutter die Wahrheit: Das Krankenhauspersonal habe uns nichts Sinnvolles sagen können. Alles basiere auf Vermutungen oder unzureichenden Hinweisen. *Falls* es ein Problem gebe, so sei es offensichtlich harmloser Natur.

Lucy war wieder schwanger. Wir mussten nicht mit ihr zum Tierarzt, um Klarheit zu bekommen; wir kannten die Signale nur zu gut, all die subtilen Veränderungen in ihrer Stimmung und in ihrem Verhalten. Ich habe keine Ahnung, der wievielte Wurf das war – vielleicht der sechste oder siebte. Ihre Lust und Fähigkeit zur Vermehrung waren unerschütterlich, und aus irgendeinem Grund schien meine Mutter mit jedem Wurf zufriedener zu sein. Sie behauptete, dass Lucy jedes Mal in Vollmondnächten empfing. Und aufgrund ihrer Schätzung, »wie weit« Lucy diesmal schon war, sah sie diese Schwangerschaft wieder einmal als Bestätigung dieser Vermutung. Ich musste mir all die albernen Einzelheiten dieser Theorie zweimal anhören – einmal zu Hause und einmal im Laden, wo meine Mutter sie Ellie unterbreitete.

Ich half im Laden, weil ich etwas brauchte, womit ich mich beschäftigen konnte, etwas, wobei ich nicht nachdenken musste, und das Geschäft meiner Mutter war dafür ideal. Außerdem wollte ich langsam damit anfangen, Geld für mein Studium in vier Jahren zu sparen. Das Leben in London war nicht billig. Und im Hinterkopf lauerte auch die Überlegung, dass ich mir vielleicht ein Teleskop kaufen konnte, wenn ich den ganzen Sommer lang arbeitete. Das war wohl der erste Schritt, wenn ich Astrophysiker werden wollte. Ich hatte ein 10x50 Fernglas, mit dem man den Mond und offene Sternenhaufen ganz gut beobachten konnte, genauso wie die helleren Deep-Sky-Objekte, wie Andromeda und M42 und so weiter. Aber es war nicht stark genug, um enge Doppelsterne aufzulösen oder irgendwelche Planetenstrukturen zu erkennen. Wenn ich mich anstrengte, konnte ich den Saturn als leicht in die Breite gezogenen Fleck ausmachen, aber ich brauchte eine sehr viel stärkere Vergrößerung, um einzelne Ringe unterscheiden zu können.

Der Sommer war die einzige Zeit im Jahr, in der drei Mitarbeiter im Laden wirklich benötigt wurden – besonders an den Tagen, an denen meine Mutter Termine zum Kartenlegen vereinbarte. Ich hatte immer die Kassenaufsicht. Mit Geld konnte ich gut umgehen, aber wenn ich die Kunden über die unterschiedlichen Tarotdecks beraten sollte oder welche Kristalle sich am besten gegen Stress oder

Menstruationsbeschwerden eigneten, war ich eine absolute Niete. Meine Standardantwort lautete, dass alle wohl gleichermaßen wirkungsvoll seien. Wenn der Laden voll war, waren wir alle beschäftigt, aber die Flauten waren grauenvoll. Dann gab es keinen Schutz gegen das ständige Geplapper von meiner Mutter und Ellie. Sie waren wie Moskitos, die im Hintergrund summten. Und manchmal waren sie unverständlicherweise entschlossen, mich in ihre aberwitzigen Themen mit einzubeziehen, das war das Allerschlimmste. Die Diskussion um die Katzen-Theorie war nur ein besonders betrübliches Beispiel für diese andauernde Situation.

»Sie ist eine sehr fruchtbare Katze«, erklärte meine Mutter. »Im Durchschnitt wirft sie … wie viele Jungen, Lex?«

»Ich versuche zu lesen«, sagte ich. Ich hatte keine Lust, mich wieder auf einen dieser verrückten Dialoge mit meiner Mutter einzulassen.

»Er hat es einmal ausgerechnet. Nicht wahr, Lex? Ich glaube, so ungefähr drei Komma sieben Junge pro Wurf, stimmt's? Obwohl sie beim letzten Mal nur zwei Kätzchen hatte, besser gesagt zwei Kater. Aber sie ist ja auch keine junge Katze mehr. Und dafür macht sie ihre Sache wirklich noch sehr gut. Ich bin gespannt, wie viele sie diesmal schafft.«

»Wie wäre es, wenn wir Wetten abschließen?«, schlug Ellie vor.

»Wie wäre es, wenn wir sie sterilisieren lassen?«, lautete mein Kommentar.

Ellie verdrehte die Augen. Meine Mutter schaute Ellie an und zuckte mit den Schultern. »Lex, du weißt doch, wie ich darüber denke. Ich glaube nicht, dass wir das Recht haben zu entscheiden, ob Lucy Junge bekommt oder nicht. Sie wird damit aufhören, wenn sie es will.«

»Aber wo ist der Sinn?«, fragte ich. »Du lässt doch nie zu, dass sie sie behält. Du hast offensichtlich kein Problem damit, *diese* Entscheidung für sie zu treffen. Vielleicht hört sie auf, schwanger zu werden, wenn sie einen Wurf behalten darf.«

Meine Mutter achtete nicht auf mich und wandte sich an Ellie. »Möchtest du ein Kätzchen haben, Ellie? Ich denke, eine Katze reicht uns völlig. Katzenbabys und junge Katzen machen viel Arbeit. Und trotz dem, was Lex sagt, bin ich der Meinung, dass Lucy nach etwa acht Wochen das Interesse an ihren Kindern verliert. Das ist oft so bei Katzen. Es sind sehr unabhängige Geschöpfe.«

»Vielleicht verliert sie das Interesse, weil sie schon im Voraus weiß, was kommt«, sagte ich. »Deine ganze Einstellung dieser Katze gegenüber ist absolut widersprüchlich. Nein, schlimmer noch, sie ist grausam.«

Meine Mutter schaute mich ein paar Sekunden lang an, ohne etwas zu sagen. Dann wandte sie sich ab. »Ellie, ich glaube, frische Luft würde dir und Lex guttun. Es wäre nett, wenn ihr beide hinauf zur Quelle gehen und etwas Wasser für den Wasserspender holen könntet. Es sieht so aus, als ob er fast leer wäre. Nehmt die beiden Fünfliterflaschen. Das sollte dann eine Weile reichen.«

Falls ich es noch nicht erwähnt habe, tue ich es jetzt: Meine Mutter trinkt ausschließlich Wasser aus der Glastonbury-Quelle. Sie kocht sogar ihren Tee damit.

Ellie wirkte nicht erfreut. Sie atmete demonstrativ aus, um uns allen – und vor allem mir – zu zeigen, wie groß das Opfer war, das sie unseretwegen brachte. »Also schön. Zehn Liter Quellwasser, zu Befehl. Wo sind die Autoschlüssel?«

»Ich möchte, dass ihr lauft, Ellie«, sagte meine Mutter.

»Nur weil du jetzt Autofahren darfst, heißt das nicht, dass du es auch die ganze Zeit tun musst. Ein bisschen Bewegung täte euch beiden gut.«

Ellie funkelte mich böse an (als ob dieser dämliche Ausflug meine Idee gewesen wäre). »Laufen? Wir sollen bis zur Quelle laufen? Und wieder zurück?«

Meine Mutter nickte geduldig. »Was habe ich deiner Meinung nach sonst mit ›frischer Luft‹ gemeint?«

»Ich dachte, das war bloß so eine Redewendung.«

»War es nicht. Ich möchte, dass ihr lauft. Lasst euch Zeit. Genießt es. Es ist so ein schöner Tag.«

»Den Rückweg werden wir ganz gewiss nicht genießen. Ist dir klar, wie viel zehn Liter Wasser wiegen, Rowena? Ungefähr eine Tonne!«

»Himmel noch mal, Ellie!«, mischte ich mich ein. »Zehn Kilo! So schwer ist das doch nicht. Zehn Liter Wasser wiegen zehn Kilo.«

»Halt die Klappe, Alex! Jetzt ist nicht die richtige Zeit für Rechenaufgaben. Du nervst!«

»Und du vergeudest deine Zeit. Sie wird ihre Meinung nicht ändern.«

»Nein«, pflichtete mir meine Mutter bei, »das wird sie nicht. Ihr seid beide jung und fit. Ich bin sicher, ihr schafft das.«

Ellie warf mir noch einen finsteren Blick zu, hob resigniert die Arme hoch und reckte das Kinn in Richtung Lagerraum. Ich hatte die Befürchtung, dass ich die größte Last würde tragen müssen.

Sobald wir draußen waren, zündete sich Ellie eine Zigarette an und stieß einen wütenden Rauchstrom aus. Im Freien zu rauchen, war Ellies Auffassung von »frische Luft schnappen«.

»Dir ist doch klar, dass das alles deine Schuld ist, oder?«, fuhr sie mich an. »Du warst eben ziemlich pampig da drin. Und zwar ohne jeden Grund.«

Ich beachtete sie gar nicht und beschleunigte kaum merklich meine Schritte. Ich wollte mir keinen Vortrag zu diesem Thema anhören, besonders nicht von Ellie.

»Woods, mach langsam! Ich habe keine Lust, auf dem Weg zur Quelle an einem Scheiß-Herzinfarkt zu krepieren!«

Ellie nannte mich meistens dann Woods, wenn meine Mutter nicht dabei war oder wenn sie stinksauer war. Ich ging trotzdem langsamer. Obwohl meine Mutter das Gegenteil behauptet hatte, war es kein besonders schöner Tag für einen Spaziergang. Es war zu heiß und zu schwül. Man hatte das Gefühl, es würde jeden Moment anfangen zu regnen. Mir war klar, dass ich mir ein wenig Kraft für den Heimweg aufsparen sollte.

»Und? Sagst du mir, was mit dir los ist?«, fragte Ellie.

»Nichts ist los mit mir«, sagte ich. »Ich habe es nur einfach satt, mir den Unsinn meiner Mutter anzuhören.«

»Ach du lieber Himmel! Sie darf doch wohl eine eigene Meinung haben, oder?«

»Ja. Genauso wie ich.«

»Richtig. Bloß dass sie nicht gleich persönlich und beleidigend wird.«

»Ihre Meinung ist unvernünftig und völlig unlogisch.«

»Logik! Scheiß auf die Logik, Woods! Es gibt wichtigere Dinge auf der Welt, als logisch zu sein. Freundlich sein, zum Beispiel. Deine Mutter hat das Herz auf dem rechten Fleck.

Sie hat das nicht gesagt, um dich zu nerven. So wie ich das sehe, wollte sie sich nur freundlich mit dir unterhalten.«

»Wenn sie sich unterhalten will, dann sollte sie mich nicht dafür bestrafen, dass ich meine Meinung sage. Das ist nicht fair!«

»Sie bestraft dich nicht, du Dildo! Sie gibt dir nur die Möglichkeit, dich abzukühlen. Es ist doch ziemlich offensichtlich, dass du heute nicht besonders gut gelaunt bist, und ich vermute, sie hofft, dass du mir erzählst, was mit dir los ist – wenn du es *ihr* schon nicht sagen willst. *Ich* bin diejenige, die hier bestraft wird. Ein Marsch zur Quelle ist für mich echt kein Vergnügen.«

»Das hat gar nichts mit dir zu tun. Du bist nur ein Kollateralschaden. Glaub mir, meine Mutter versucht, mir eine Lektion beizubringen. So funktioniert ihr Verstand. Sie will mich zwingen zu akzeptieren, dass sie recht hat und ich nicht. Sie hasst es, wenn ich ihr widerspreche.«

»Oh Mann, du bist so was von hirntot«, sagte Ellie.

Ich achtete nicht weiter auf sie.

Wir kamen an die Quelle, vor der eine lange Schlange geparkter Autos am Straßenrand stand, aber es war niemand zu sehen. Die Leute hatten sich vermutlich auf den Weg zum Felsen gemacht. Ich fing an, die erste Flasche volllaufen zu lassen. Es würde ein paar Minuten dauern. Das Quellwasser fließt nur in einem kleinen Rinnsal aus der Wand, das zu einem Tröpfeln versiegt, wenn es lange nicht geregnet hatte. Aber das Warten machte mir nichts aus. Es war früher Nachmittag, und die Quelle wurde von der Böschung und den Bäumen beschattet. Ellie setzte sich auf eine der Bänke am Weg und zündete sich wieder eine Zigarette an.

»Weißt du, ich finde, du tust deiner Mutter wirklich unrecht«, sagte sie. »Wann hat sie dir jemals vorgeschrieben, was du zu denken hast?«

»Das tut sie die ganze Zeit.«

»Ach ja? Wann genau?«

»Die ganze Zeit!«

»Soweit ich das beurteilen kann, würde sie nicht im Traum daran denken, dir ihre Meinung aufzuzwingen. Das ist wirklich etwas, was du ihr nicht vorwerfen kannst: dass sie dir sagen würde, was du tun oder denken sollst. Sie respektiert deine Unabhängigkeit. Und das ist sehr ungewöhnlich für eine Mutter. Du hast keine Ahnung, wie glücklich du dich schätzen kannst.«

Ich wandte mich wieder ab und sah dem Wasser zu, das in der Flasche langsam höher stieg. Ich fand, das war typisch Ellie, die Situation so zu verdrehen, dass sie schließlich auf ihre traumatische Kindheit zu sprechen kam. »Du hast überhaupt keine Ahnung, wovon du redest«, sagte ich zu ihr.

Schweigend traten wir den Rückweg an.

Meinen halbjährlichen Gesundheitscheck bei Dr. Enderby nahm ich zum Anlass, ihm von Mr. Peterson zu erzählen. Eigentlich hatte ich gar nichts erzählen wollen, aber ich hatte das Gefühl, dass mir keine andere Wahl blieb. Ansonsten würden sich die Dinge immer weiter im Kreis drehen.

Dr. Enderby hörte mir schweigend zu, während ich ihm von unserem Termin im Krankenhaus und der falschen Diagnose berichtete. Er schaute mich nur ganz ruhig an und gab mir die Gelegenheit, die Tatsachen von Anfang bis Ende auf den Tisch zu legen. Ich fand, es war gut, dass er so gelassen und vernünftig auf das reagierte, was ich ihm zu sagen hatte. Er würde mich nicht unterbrechen und mir keine Frage stellen, bis er nicht alles gehört hatte. Dann konnte er die Sache in Angriff nehmen und ins Reine bringen. Ein paar Telefonanrufe, eine richtige Auswertung der Testergebnisse, und mit ein bisschen Glück würde der Spuk in wenigen Tagen vorbei sein, wenn nicht gar in Stunden.

Aber als ich fertig war mit meinen Ausführungen, schaute er mich einfach nur weiter an, ohne seine Haltung zu ändern. Dann sagte er: »Alex, du weißt, dass du mir das nicht erzählen dürftest, nicht wahr? Jemandes Vertrauen zu missbrauchen ist eine ernste Sache.«

Ich merkte, dass ich rot wurde. »Ja, ich weiß«, gab ich zu. »Mr. Peterson wollte nicht, dass irgendjemand davon erfährt. Aber ich wusste nicht, was ich sonst tun sollte. Er ist so furchtbar stur in dieser Angelegenheit.«

»Ich kann verstehen, dass du sehr aufgeregt bist«, sagte Dr. Enderby. »Und ich zweifle nicht daran, dass du mit den besten Absichten handelst. Aber in diesen Angelegenheiten muss man die Wünsche des anderen respektieren. Du solltest Isaac nicht zwingen, einen Weg zu gehen, den er nicht gehen will – besonders in einer Zeit wie dieser, wo er gewiss das Gefühl hat, dass ihm kaum noch Alternativen bleiben. Ich finde, du bist durchaus in der Lage, das zu begreifen, genauso gut wie jeder andere.«

»Ich verstehe es ja. Natürlich verstehe ich es. Aber das hier sind doch ganz besondere Umstände.«

Dr. Enderby schaute mich nach wie vor einfach nur an. Etwas in mir machte »Klick«.

»Sie wussten schon Bescheid!«, sagte ich.

»Ja«, nickte Dr. Enderby. »Schon eine ganze Weile.«

»Ich denke nicht, dass Dr. Bradshaw das Recht hatte, es Ihnen zu sagen.«

»Das hatte er nicht, und er hat es auch nicht getan. Isaac hat mich angerufen, kurz nachdem er die Diagnose bekam. Und seitdem haben wir noch ein paar Mal miteinander gesprochen.«

Ich empfand eine unbändige Erleichterung. »Also ist es okay? Ich weiß, ich hätte mich nicht einmischen sollen, aber ich hatte so meine Zweifel, ob er das allein hinkriegen würde. Aber jetzt ist alles gut. Sie wissen Bescheid, und Sie kümmern sich darum. Werden Sie neue Untersuchungen machen? Oder dürfen Sie darüber nicht reden? Ich würde verstehen, wenn es so wäre.«

»Alex«, sagte Dr. Enderby. »Es wird keine neuen Untersuchungen geben. Das ist nicht nötig. Dr. Bradshaw weiß genau, wovon er redet. Er ist ein Experte auf diesem Gebiet.«

»Ja, natürlich. Ich will seine Fähigkeiten ja auch gar nicht anzweifeln. Aber Fehldiagnosen passieren schon mal. Ich weiß, dass es nicht oft vorkommt, aber hin und wieder. Ich habe im Internet nachgeschaut, und …«

»Alex, hör mir jetzt bitte zu. Die Diagnose ist korrekt. Daran wird sich nichts ändern. Es tut mir leid. Ich wünschte, es gäbe eine freundliche Art, es zu sagen. Aber die gibt es nicht.«

Ich starrte ihn an. Ich fühlte ein merkwürdiges, unkontrollierbares Zittern in meinem Kinn.

»Was du empfindest, ist völlig normal«, fuhr Dr. Enderby fort. »Aber das kann nicht ewig so weitergehen. Du musst die Realität akzeptieren. Isaac leidet an einer unheilbaren Krankheit. Und er braucht deine Unterstützung.«

Ich fing an zu weinen. Ich fühlte Dr. Enderbys Hand auf meiner Schulter. Wenn meine Körperbeherrschung mich in diesem Moment nicht im Stich gelassen hätte, hätte ich sie weggestoßen. Ich wollte sie da nicht haben. Ich fühlte mich verraten.

»Was können wir für ihn tun?«, fragte ich schließlich. »Dr. Bradshaw meinte, er könne ihm Levodopa geben, was möglicherweise die Neurodegeneration aufhalten könne. Oder wenigstens die Symptome bekämpfen.«

»Möglicherweise«, sagte Dr. Enderby, »aber es ist wahrscheinlicher, dass es nicht hilft. Darauf muss man vorbereitet sein. PSP ist sehr schwer zu behandeln.«

»Also gut. Was gibt es noch?«

»Mit Physiotherapie erzielt man gewöhnlich die besten Resultate. Bei den Sehstörungen wird das natürlich nicht helfen, aber es sollte einige der motorischen Fehlfunktionen auffangen, wenigstens für eine Weile.«

»Aber was ist mit einer *richtigen* Behandlung? Mit anderen Medikamenten ...?«

»Alex, Dr. Bradshaw hat euch sicherlich alle Möglichkeiten genannt. Ich fürchte, ich kann dir nichts anderes sagen. Es gibt keine Wundermittel.«

»Aber es werden doch ständig irgendwelche neuen Erkenntnisse gewonnen, nicht wahr? Die Neurologie hat doch in den letzten Jahren unglaubliche Fortschritte gemacht, mehr als im gesamten vorigen Jahrhundert. Das haben Sie mir selbst gesagt.«

»Das stimmt. Und ich bin mir ziemlich sicher, dass in fünfzig Jahren – vielleicht schon in zwanzig – dieser Bereich der Medizin nicht mehr wiederzuerkennen ist. Ich habe keine Zweifel, dass eines Tages alle neurologischen Störungen genauso leicht behandelt werden können wie die Masern. Aber so weit sind wir noch nicht. Es tut mir leid. Ich weiß, dass du im Augenblick etwas anderes hören möchtest.«

»Aber es muss doch irgendetwas geben! Was ist mit den neuen Behandlungsmethoden, die noch in der Testphase sind? Neue Medikamente, denen noch die Zulassung fehlt? Es spielt keine Rolle, ob sie noch nicht auf dem Markt sind!«

»Alex, du weißt, was ich weiß. Wenn es noch etwas gäbe, würde ich es dir sagen.«

Ich fing wieder an zu zittern. Ich versuchte, meine Atmung unter Kontrolle zu halten, aber es gelang mir nicht.

»Alex?«, sagte Dr. Enderby. »Alex, schau mich bitte an.«

Ich sah zu ihm hoch.

»Weißt du, womit du Isaac in den nächsten Monaten wirklich helfen kannst? Sei einfach nur da für ihn. Sei sein Freund. Respektiere und unterstütze ihn in seinen Entscheidungen. Das wird ihm viel bedeuten. Mir ist klar, dass es eine schreckliche Situation ist, in der du dich da befindest – besonders in deinem Alter –, aber ich weiß auch, dass du damit zurechtkommen wirst. Im Augenblick sieht es für dich vielleicht nicht danach aus, aber du hast viel Kraft in dir. Und Isaac ebenso. Ich habe nur ein paar Mal mit ihm telefoniert, aber ganz ehrlich: Es scheint mir so, als ob er mit seiner Lage außergewöhnlich gut umgeht. Trotzdem braucht er deine Freundschaft und deine Hilfe. Was er nicht braucht, ist ein Freund, der sich in Stücke reißt auf der Suche nach einer Lösung, die nicht existiert. Er hat akzeptiert, was ihm bevorsteht. Und du musst das auch tun.«

»Er hat so viel Schreckliches erlebt«, sagte ich.

»Ja, ich weiß.«

»Ich denke, deshalb hält er sich so tapfer.«

»Da könntest du recht haben.«

»Aber deshalb ist es auch so unfair! Er sollte nicht auch noch so etwas durchmachen müssen.«

»Nein, das sollte er nicht. Niemand sollte das durchmachen müssen. Aber sich an diesem Gedanken festzubeißen, bringt überhaupt nichts. Das weißt du selbst, nicht wahr?«

»Ja.«

»Manchmal scheinen sich der Zufall und die Umstände zu einer himmelschreienden Ungerechtigkeit zusammenzurotten. Und wir müssen uns damit abfinden. Mehr können wir nicht tun.«

»Ja. Auch das weiß ich.«

»Sicher, das tust du«, sagte Dr. Enderby, »und das *musst* du auch. Zu verstehen und zu akzeptieren, dass man eine unheilbare Krankheit hat, bedeutet nicht, sich zum Sklaven dieser Krankheit zu machen. Aber es ist der erste Schritt, den man tun muss, wenn man sein Leben fortsetzen möchte. Und ich glaube, genau das versucht Isaac gerade. Er will das Beste aus der Zeit machen, die ihm noch bleibt. Dabei müssen wir ihn unterstützen.«

Ich wischte mir über die Augen und nickte.

»Werden Sie es ihm sagen?«, fragte ich. »Ich meine, dass ich mit Ihnen geredet habe, obwohl er mich darum gebeten hatte, es nicht zu tun.«

»Nein, Alex. Ich werde ihm nichts sagen. Aber vielleicht solltest du es tun. Ich finde, du solltest so bald wie möglich mit ihm darüber reden. Sei einfach ehrlich zu ihm. Du wirst merken, dass es danach schon ein bisschen leichter wird.«

Dr. Enderby hatte recht. Mr. Peterson hielt sich bemerkenswert gut. Zu gut. Er sah den Tatsachen offen ins Auge. Seine Reaktion war das genaue Gegenteil von meiner. Er war in der Lage, seine Krankheit anzunehmen und auch die Einschränkungen, die sie bedeutete. Er sagte mir jeden Tag, wie es ihm ging. Er hielt mich immer über seine Symptome auf dem Laufenden. Sie waren zu dem Zeitpunkt noch relativ unerheblich, aber er war jetzt eher in der Lage – oder willens –, die kleinen Signale zu entdecken, die sich schon seit einigen Monaten bemerkbar machten. Aufstehen und Hinsetzen waren mit Mühe verbunden, genauso wie Essen oder das Aufheben der Post – alles, was mit dem Gleichgewichtssinn und der Hand-Auge-Koordination zu tun hatte. Im Allgemeinen waren die Symptome morgens und spät am Abend am schlimmsten. Mr. Peterson meinte, wenn er am Morgen die Treppe hinuntergehe, sei er sich manchmal sicher, dass Gott sich einen Scherz mit ihm erlaube. Ich fand es gut, dass er die Sache so humorvoll nahm, aber noch brachte ich es nicht über mich, auf dieselbe Art und Weise zu reagieren. Es kam mir so gezwungen vor. Wenn ich mir Mühe gab, konnte ich mir ein schwaches Lächeln abringen.

Seine Sehstörungen waren immer noch das deutlichste und lästigste Symptom. Er meinte, der Versuch, die Augen auf etwas zu richten, fühle sich so an, als habe er einen toten Winkel. Da er jetzt wusste, was los war, konnte er besser darauf achten, aber er musste sich dafür gezielt anstrengen. Die Augen nach oben oder unten zu senken war für ihn keine natürliche, automatische Reaktion mehr. Es war zu einer Handlung geworden, die Konzentration, Planung und Überlegung erforderte, darum ließ er meistens mich fahren, wenn er einkaufen oder zur Post musste. Meine Fähigkeiten als Autofahrer wurden nicht länger infrage gestellt – wenigstens was diese kurzen Wege betraf –, und es schien äußerst unwahrscheinlich zu sein, dass wir im Dorf von einer Streife angehalten werden würden. Polizisten waren in Lower Godley ein seltener Anblick. Mr. Peterson meinte, für den Fall, dass doch mal einer auftauchen und uns kontrollieren würde, würde er die volle Verantwortung übernehmen. Ich könne auf Unwissenheit plädieren oder behaupten, er habe mich dazu gezwungen. Angesichts seines Zustandes würde ihn wohl kein Richter mehr zu einer Gefängnisstrafe verurteilen, und wir beide waren uns einig, dass Sicherheit Vorrang hatte.

Mr. Peterson machte zwar beim Autofahren Zugeständnisse, nicht aber beim Lesen. Trotz seines stetig abnehmenden Sehvermögens – oder vielleicht gerade deswegen –, war er entschlossen, den Kurt-Vonnegut-Leseklub bis zum Ende durchzuführen. Er wollte nichts davon hören, als ich vorschlug, die Sache abzubrechen. Als wir bei *Zeitbeben* ankamen, dem letzten Roman auf der Leseliste, die ich vor vierzehn Monaten ausgearbeitet hatte, konnte er nur noch in kurzen, fünf- bis zehnminütigen Etappen lesen, und auch nur zu bestimmten Tageszeiten, gewöhnlich zwischen neun und zwölf Uhr vormittags und drei und sieben Uhr nachmittags. Davor oder danach war es eine Qual für ihn. Er musste bereits mit seinem Finger die Zeilen nachfahren, wie ein Kind, das Lesen lernt. Aber er hielt durch. Er brauchte fast einen Monat, aber als unser letztes Treffen stattfand, war er fertig. Er wusste, dass es das letzte Buch war, das er jemals allein lesen würde.

Natürlich wusste im Leseklub niemand außer mir und Dr. Enderby von seinem Zustand. Wir waren immer noch die Einzigen, die die Wahrheit kannten. Auch als ich über die Verleugnungsphase hinaus war, hatte ich keine Lust gehabt, meiner Mutter davon zu erzählen, obwohl Mr. Peterson mir mehrmals versicherte, dass er nichts dagegen hätte. Er schien zu glauben, es sei wichtig für mich, mit ihr zu reden. Aber so weit war ich noch nicht. Die Realität anzuerkennen war eine Sache. Jemandem zu erklären, was geschah – und geschehen würde –, war etwas völlig anderes. Dann wäre alles auf einmal *zu* real. Und ich fragte mich, ob dies vielleicht auch der Grund war, warum Mr. Peterson so hartnäckig über seine Krankheit schwieg.

Ich hätte erwartet, dass er es nach einer Weile – nach ein paar Monaten spätestens – auch anderen Menschen erzählen würde. Er verstand sich gut mit Mrs. Griffith und Fiona Fitton. Es gab durchaus Leute, mit denen er hätte reden können, und ich war mir sicher, dass sie ihm beigestanden hätten, so gut sie konnten. Ich wusste auch, dass irgendwann – vielleicht in nicht allzu ferner Zukunft – diese Art von Unterstützung von größter Wichtigkeit sein würde. Aber die Zukunft war ein Thema, das tabu war. Denn trotz all seiner Gelassenheit und seinem Gleichmut weigerte sich Mr. Peterson immer noch standhaft, irgendwelche Pläne zu machen oder Entscheidungen zu treffen. Das Krankenhaus hatte ihm verschiedene Behandlungsmöglichkeiten vorgeschlagen, aber er hatte sich noch zu keiner einzigen bereit erklärt. Die Informationsbroschüren, die man ihm geschickt hatte, waren – soweit ich das beurteilen konnte – noch immer ungelesen. Er sagte mir, dass er im Augenblick einfach nur von einem Tag zum nächsten leben wolle. Er beharrte auf seiner täglichen Routine, soweit diese noch möglich war. Als ich ihn darauf hinwies, dass Physiotherapeuten und Pflegekräfte Wartelisten hatten, dass man sich nicht einfach eintragen und damit rechnen könne, sofort behandelt zu werden, sagte er einfach, er sei noch nicht bereit, sich mit solchen Dingen zu beschäftigen. Und ich solle es auch nicht tun.

Aber das war leichter gesagt als getan.

Irgendwann, da war ich mir sicher, würde die Zeit kommen, in der man sich nicht mehr an die Normalität klammern konnte. Früher oder später würde Mr. Peterson seine Unabhängigkeit aus den Händen genommen werden. Dr. Bradshaw hatte daran keinen Zweifel gelassen. Er musste anfangen, mit anderen Leuten darüber zu reden. Irgendwann würde er umfangreiche medizinische Betreuung und Pflege benötigen. Das Hinauszögern von Entscheidungen, ja, die strikte Weigerung, Pläne zu machen, würden ihm auch nicht helfen. Das war keine vernünftige Strategie. In einem Winkel meines Gehirns, irgendwo in einer dunklen Nische, keimte die Frage auf, ob Mr. Peterson wirklich so gut mit der Situation zurechtkam, wie Dr. Enderby und ich zunächst gedacht hatten.

Eine Zeit lang überlegte ich, ob ich Dr. Enderby auf einem unserer Treffen der Säkularen Kirche darauf ansprechen sollte, entschied mich aber dagegen. Ich wusste noch genau, was er gesagt hatte: dass wir Mr. Petersons Entscheidungen respektieren und ihm das Recht lassen müssten, seinen eigenen Weg zu gehen. Stattdessen redeten wir über mich. Dr. Enderby schien sich Sorgen zu machen, wie ich die Sache durchstehen würde. Ich sagte ihm die Wahrheit: Es gab gute Tage, und es gab schlechte Tage, aber meistens versuchte ich, positiv und konstruktiv zu denken. Ich hoffte das Beste und bereitete mich auf das Schlimmste vor. Dr. Enderby meinte, dies sei eine sinnvolle Taktik.

Ich sagte ihm nicht, wie meine Vorbereitungen auf das Schlimmste konkret aussahen.

Ich hatte mir Folgendes überlegt: Wenn Mr. Peterson noch eine Zeitspanne zwischen zwei und fünf Jahren blieb (wie meine Recherchen ergeben hatten), dann würde ich in jedem Fall meine Ausbildung unterbrechen müssen. Das wäre dann vermutlich irgendwann zwischen meinem Schulabschluss und dem Beginn meines Studiums, oder ich würde eine Auszeit von der Universität nehmen, je nachdem. Da er keine Familie hatte, stand es für mich außer Frage, dass ich derjenige sein würde, der seine Pflege übernahm. Das einzige Problem bei der Sache war, dass ich nicht wusste, wie er auf mein Vorhaben reagieren würde. Aber das war das Gute an seiner Weigerung, eigene Pläne zu machen. Dadurch hatte ich viel Zeit, gründlich über alles nachzudenken und bis ins Kleinste durchzuorganisieren. Wenn er irgendwann bereit war, sich den unausweichlichen Tatsachen zu stellen, dann konnte ich aus einem vollen Arsenal an Argumenten schöpfen.

Während sich in meinem Inneren dieses Drama abspielte, versuchte ich die ganze Zeit, nach außen hin locker und normal zu wirken, was mir nicht leichtfiel. Bei mehreren Gelegenheiten bei unserem letzten Treffen der Säkularen Kirche wünschte ich mir, ich wäre wie Dr. Enderby, der natürlich viel mehr Übung darin hatte, ein Geheimnis zu bewahren (weil er Arzt war), und der nie die Fassung verlor (weil er Buddhist war). Für mich fühlte sich mein ruhiges und gelassenes Äußeres wie eine Täuschung an; in so etwas war ich noch nie gut.

Was mich vermutlich rettete, war die Tatsache, dass sich an diesem Tag alle irgendwie merkwürdig benahmen. Das lag wohl daran, weil alles nun ein Ende hatte, und meiner Erfahrung nach entstehen am Ende eines lange andauernden Projekts Emotionen, die häufig unterdrückt werden, selbst wenn das Ende nichts anderes als einen Erfolg oder einen krönenden Abschluss bedeutet. Etwas hing in der Luft wie ein dünner Nebel, und falls ich abwesend und niedergeschlagen wirkte, so fiel das an diesem Tag nicht so sehr auf wie an irgendeinem anderen. Darüber hinaus war es gar nicht mein Verhalten, das am meisten Anlass zum Staunen gab. Diese Ehre gebührte niemand anderem als Mr. Peterson selbst. An einem Nachmittag voll von atypischem Verhalten erwies sich seines als *extrem* atypisch. Natürlich kannte ich den Grund dafür – dachte ich jedenfalls –, aber ich hatte keine Ahnung, was die anderen von seiner plötzlichen Wandlung halten mochten.

Mr. Peterson war niemand, der sich Sentimentalitäten hingab. Und genauso wenig war er ein Mensch, der sich mit langen Reden aufhielt. Aber an diesem Tag machte er klar, dass er der Letzte sein wollte, der etwas sagte, und dass er ziemlich weit ausholen würde. Es gebe, so meinte er, einige »philosophische« Themen, die ihm wichtig seien und die er ansprechen wolle, um die Dinge abzuschließen. (Dabei war Mr. Peterson gar nicht der philosophische Typ.) Während er sprach, dachte ich anfangs, er würde den anderen von seiner Krankheit erzählen. Alles schien darauf hinauszulaufen. Aber er sprach nichts direkt aus. Er blieb bei der Sache und konzentrierte sich auf *Zeitbeben*. Nur Dr. Enderby und ich wussten, dass er über sich selbst redete, über seine eigene Situation. Und auch wir verstanden ihn falsch; keiner von uns beiden ahnte, was er *wirklich* zu sagen versuchte.

»Aus diversen Gründen«, setzte Mr. Peterson an, »habe ich relativ lange gebraucht, um dieses Buch zu lesen. Oder besser gesagt, wieder zu lesen, denn natürlich las ich es, als es damals erschien, vor etwa zehn Jahren, schätze ich. Und ich weiß noch, dass ich es damals für den respektlosesten von Vonneguts Romanen hielt. Eine großartige Lektüre, keine Frage, aber kein Buch, das sich selbst auch nur im Mindesten ernst nahm.

Nachdem ich es dieses Mal viel langsamer gelesen habe, muss ich sagen, dass sich mein ursprünglicher Eindruck etwas gewandelt hat. Ich glaube, ich habe etwas begriffen, was ich natürlich schon längst hätte wissen sollen: Bei Vonnegut darf man keine Form von Respektlosigkeit wörtlich nehmen. Je lustiger der Scherz, je unbeschwerter der Ansatz, desto ernster ist der Hintergrund. Er schreibt es sogar mehrmals selbst, glaube ich: Gelächter, Geringschätzung, Absurdität – diese Dinge sind oft in tiefer Verzweiflung verwurzelt.

Die Vorstellung, dass die Zeit plötzlich einen Looping macht und ein ganzes Jahrzehnt sich haargenau wiederholt, ist natürlich völlig absurd. Es ist eine Posse, und wie eine Posse wird es auch im Roman dargestellt. Es ist der Motor, der die Komik antreibt, aber nichts, was ernst genommen werden will. Das möchte man zumindest glauben. Denn als ich die Geschichte nun erneut las, passierte etwas Merkwürdiges. Ich merkte, dass ich diese Vorstellung doch ernst nahm. Und je weiter ich las, desto weniger possenhaft kam es mir vor.

Was wäre, wenn man wirklich die vergangenen zehn Jahre noch einmal erleben müsste? Oder vielleicht sogar das ganze Leben? Diese Idee faszinierte mich so sehr, dass ich einige Recherchen anstellte. Ich weiß, das ist normalerweise eher Alex' Spezialgebiet. Aber ich habe Folgendes herausgefunden:

Vonnegut war nicht der Erste, der sich vorstellte, wie es wäre, wenn sich die Zeit um sich selbst drehen würde.

Friedrich Nietzsche, der deutsche Philosoph, kam in einem seiner Bücher – *Also sprach Zarathustra* – etwa hundert Jahre früher auf fast dieselbe Idee. Nun ja, ich war niemals besonders an Philosophie als Wissenschaft interessiert. Ich war immer der Meinung, dass unsere Moral einem gewissen Bauchgefühl entspringt, und alles andere entweder gesunder Menschenverstand oder bloße Schönfärberei ist. Wenn man mir vor einem Monat das Wort »Zarathustra« um die Ohren gehauen hätte, hätte ich an Richard Strauss gedacht. Aber ich schweife ab. Ich möchte euch sagen, was Nietzsche in seinem Buch schreibt. Er schreibt, dass es kein Leben nach dem Tod in einem normalen, religiösen Sinn gibt. Keinen Himmel, keine Hölle, kein Fegefeuer. Aber es gibt auch nicht nichts. Wenn wir sterben, geht einfach alles wieder von vorne los. Wir leben unser ganzes Leben noch einmal, genauso wie es war. Von der Geburt bis zum Tod, und nichts hat sich verändert. Und das passiert wieder und wieder und wieder, auf immer und ewig. Er nannte diese Vorstellung ›Ewige Wiederkunft‹.

Nun, vielleicht hat Nietzsche selbst kein Wort davon geglaubt, jedenfalls nicht im wörtlichen Sinn, aber er schrieb es so auf, als würde er es glauben. Er wollte ein Gedankenexperiment durchführen. Er wollte, dass der Leser die Vorstellung ernst nimmt und sich Gedanken darüber macht, damit er sich die folgende Frage stellt: Wenn es wahr wäre, wäre es eine schöne Vorstellung? Oder anders gefragt: Wenn man sein Leben noch einmal genauso leben müsste, wie es gewesen ist – dieselben Erfolge und Misserfolge, dieselben Freuden und Leiden, dieselbe Mischung aus Komik und Tragik –, würde man das wollen? Wäre es das wert? Und genauso ist es auch bei Vonnegut, glaube ich.

Aber – wenn ihr mir noch einen Augenblick länger eure Aufmerksamkeit schenken wollt – ich glaube, dass es bei diesem Gedankenexperiment noch einen anderen Aspekt gibt, der genauso wichtig ist. Dabei geht es um den freien Willen. Für Nietzsche war die Ewige Wiederkunft auch eine Möglichkeit, vom Standpunkt eines Atheisten aus über den freien Willen nachzudenken. Seine Perspektive war zu der damaligen Zeit noch die einer Minderheit. Die Ewige Wiederkunft bot ihm die Möglichkeit zu spekulieren, dass es jenseits dieses Lebens nichts gibt. Das hier ist alles, was existiert, und wenn man nach irgendeinem Sinn sucht, muss man ihn im Hier und Jetzt suchen, durch unsere eigenen Anstrengungen und nicht durch irgendeine übernatürliche Macht. Und ich glaube, was Nietzsche damit bezwecken wollte, war ein richtiger Tritt in den Hintern. Das heißt nämlich nichts anderes, als dass wir alle die Verantwortung dafür tragen, die richtigen Entscheidungen zu treffen und das Menschenmögliche zu tun, um unsere einzige Chance nicht zu vermasseln.

Nun, ich denke, dass Vonnegut damit im Großen und Ganzen einverstanden gewesen wäre, aber er hatte auch seine eigenen Ansichten zum freien Willen. Nach Vonneguts Auffassung ist der freie Wille nämlich nicht immer garantiert. Es ist etwas, das wir als selbstverständlich betrachten – in dieser Beziehung hätte er Nietzsche zugestimmt –, das uns aber auch ganz plötzlich genommen werden kann. Ein Teil *seines* Gedankenexperiments in *Zeitbeben* thematisiert genau dieses Szenario. Die Menschen werden gezwungen, auf Autopilot zu leben – sie wissen ganz genau, was in den nächsten zehn Jahren geschehen wird, und haben keine Möglichkeit, diese Geschehen zu beeinflussen. Das scheint der witzigste Aspekt der Geschichte zu sein, aber in Wahrheit – tief im Herzen der Erzählung – ist es der am wenigsten heitere Punkt. Denn Vonnegut war ein Mensch, der genau wusste, was der Verlust des freien Willens bedeutet. Als Soldat musste er mit ansehen, wie eine ganze Stadt bis auf die Grundmauern niedergebrannt wurde – und es gab nichts, was er oder Gott oder irgendjemand sonst dagegen hätte tun können. Er konnte nur helfen, die Leichen zu zählen. Es waren hundertdreißigtausend.

Ich denke, Kurt Vonnegut kannte den Wert des freien Willens so gut wie jeder andere, aber er wusste auch um seine Grenzen – unter welchen Umständen man diesen freien Willen verlieren konnte.

Ich möchte gerne abschließend einen Satz zitieren, der seinen Standpunkt wohl am besten darlegt: das Gelassenheitsgebet, das Vonnegut in *Schlachthaus 5* zitiert. Natürlich hätte ich auch einen Satz aus *Zeitbeben* auswählen können, aber keiner davon trifft den Nagel so exakt auf den Kopf wie dieser hier. Und es ist außerdem ein Satz, der von einem Atheisten viel absurder klingt, als er tatsächlich ist: ›Gott gebe mir die Gelassenheit, Dinge hinzunehmen, die ich nicht ändern kann, den Mut, Dinge zu ändern, die ich ändern kann, und die Weisheit, das eine vom anderen zu unterscheiden.‹

Amen.«

Ein paar Sekunden lang herrschte Stille. Ich hielt den Atem an. Ich wartete auf eine Bekanntmachung, die nicht kam. Stattdessen räusperte sich Mr. Peterson und sagte dann: »Als kleinen, aber wichtigen Nachtrag möchte ich mich bei Alex bedanken, weil er diese ganze Sache organisiert hat.

Wenn irgendjemand nach all diesen Monaten noch immer der Meinung ist, dass ich irgendetwas damit zu tun hatte, möchte ich hier und heute ganz klar sagen: Dem war nicht so. Ich hielt die ganze Idee für völlig verrückt. Ich meinte, niemand würde kommen. Das ist der einzige Grund, warum ich ihm mein Haus zur Verfügung stellte.«

Vereinzeltes Gelächter ertönte. Mr. Peterson erwärmte sich zusehends für seine Rolle als Redner.

»Ganz ernsthaft«, fuhr er fort, »danke, Alex. Das hat mir sehr viel bedeutet, und ich bin mir sicher, dass ich damit nicht alleine stehe.«

Vielleicht sagte er noch mehr, aber selbst wenn, konnte ich es nicht mehr hören. Mein Gesicht hatte die Farbe des Inneren einer Wassermelone angenommen, und dann fingen meine Augen an zu brennen.

»Bitte entschuldigt mich einen Moment«, sagte ich.

Im Badezimmer fing ich an zu weinen. Nach einer Weile wusch ich mir das Gesicht und ging wieder zurück zur Gruppe.

Etwa eine Stunde später, nachdem alle gegangen waren, wiederholte Mr. Peterson noch einmal, was er gesagt hatte, als ob einmal nicht genug gewesen wäre. »Ich meine es ernst«, sagte er und schaute mir fest in die Augen. »Ich bin dir für die vergangenen vierzehn Monate sehr dankbar. Ich will, dass du dich daran erinnerst.«

Dies war eine jener Bemerkungen, die eine ernsthafte, bedeutungsschwere Erwiderung erforderten, aber wenn ich ausführlich antworten würde, müsste ich nur wieder anfangen zu heulen.

»Okay«, sagte ich.

Das war eine sehr unzulängliche Antwort.

Deswegen, und nur deswegen, kehrte ich noch einmal um. Wie ich schon sagte, hatte ich insgesamt das Gefühl, dass an diesem Tag irgendetwas seltsam war, aber es gab meiner Ansicht nach keinen Grund, mir um Mr. Peterson Sorgen zu machen oder nach ihm zu sehen. Wenn überhaupt, dann hatte mich die Rede über Kurt Vonnegut beruhigt. Ich interpretierte in seine Worte hinein, dass er endlich bereit war, der Zukunft ins Gesicht zu sehen. Er betete um Gelassenheit, die Dinge zu akzeptieren, die er nicht ändern konnte. Ich hatte ihn gründlich missverstanden. Ich konzentrierte mich auf den falschen Teil seiner Rede. Es war purer Zufall, dass ich an diesem Abend noch einmal zurückging.

Ich wollte nur ein paar Minuten bleiben. Aber ich musste einfach zu ihm gehen und ihm sagen, was ich vorhin schon hätte sagen sollen: dass auch mir die vergangenen vierzehn Monate viel bedeuteten, und dass er – egal, was geschehen würde – die Zukunft nicht alleine würde bewältigen müssen. Diese Worte konnten nicht bis zum nächsten Tag warten.

Aber als ich an die Haustür klopfte, erhielt ich keine Antwort. Ich war nicht sonderlich überrascht oder etwa besorgt. Mr. Peterson kam oft nicht gleich an die Tür, besonders, wenn er gerade etwas geraucht hatte (was er um diese Uhrzeit regelmäßig tat) und eingedöst war.

Ich klopfte wieder. Dann drückte ich die Türklinke nach unten. Die Tür war nicht verschlossen. In der Diele roch es nach Marihuana. Das war ungewöhnlich. Meines Wissens rauchte Mr. Peterson immer draußen im Garten, vielleicht noch auf der Veranda, wenn es regnete. Mrs. Peterson hatte den Geruch von Gras nicht leiden können, weil er in den Polstern hängen blieb, und Mr. Peterson meinte, alte Gewohnheiten würde man schwerlich ablegen. Aber ich denke eher, es war eine Gewohnheit, an der er absichtlich festhielt.

Ich rief ihn, bekam aber keine Antwort. Ich nahm an, dass er in seinem Sessel eingeschlafen war, und als ich ins Wohnzimmer kam, sah ich, dass ich recht hatte. Er hatte die Decke über seine Beine gelegt und war mit dem Oberkörper leicht zur Seite gerutscht. Neben dem Aschenbecher stand ein fast leeres Glas Wasser, und daneben lag ein Notizblock. Und auf dem Notizblock stand in großen schwarzen Buchstaben: Bitte nicht wiederbeleben.

Ich schlug ihm ins Gesicht. Keine Reaktion, aber seine Wange war warm, und ich hatte das Gefühl, dass er noch atmete. Ich brauchte nur drei Sekunden, um die leeren Schachteln der Tabletten zu finden, die er eingenommen hatte: Diazepam, Paracetamol und Codein. Mir war klar, dass diese Informationen wichtig sein würden.

Ich riss den Zettel vom Notizblock, stopfte ihn in meine Hosentasche und rief den Notarzt an.

17

EINGEWIESEN

Sein Abschiedsbrief lag zwei Tage später in der Post. Darin stand:

Du hättest nichts tun können. Es war meine Entscheidung, ganz allein meine. Ich wollte friedlich und würdevoll sterben. Wenn du das jetzt noch nicht verstehst, so hoffe ich, dass du es eines Tages begreifst. Bitte verzeih mir.

Ich hatte zwar keine Vergleichsmöglichkeiten, aber ich fand, dass es ein ziemlich jämmerlicher Abschiedsbrief war. Trotzdem legte ich ihn ordentlich ab.

Er war mit der normalen Post geschickt worden, nicht mit einem Kurier oder per Express, damit sichergestellt war, dass er nicht zu früh ankam. Einen weiteren Brief mit dem Vermerk »Eilt!« hatte er direkt in den Briefkasten des ortsansässigen Arztes geworfen. Darin informierte er den Arzt über seine Absichten und bat, dass man einen Krankenwagen schicken möge, um seinen Leichnam abzuholen. Er bat weiterhin darum, dass meine Mutter informiert werden würde, sodass sie diejenige sein konnte, die es mir sagte. Meine Mutter würde es mir schonend beibringen, wenn ich von der Schule nach Hause kam. Zu diesem Zeitpunkt würde er schon seit etwa sieben Stunden im Leichenschauhaus liegen. Er hatte alles haarklein geplant, damit unter gar keinen Umständen ich derjenige war, der seine Leiche entdeckte. Ich fand das sehr rücksichtsvoll von ihm.

Als er aufwachte, war er stinksauer.

Der Krankenwagen hatte uns ins Yeovil-Bezirkskrankenhaus gebracht. Es war wie eine Wiederholung der Fahrt, die ich vor etwa fünf Jahren und vier Monaten gemacht hatte, nach dem Meteoriteneinschlag. Damals war ich natürlich bewusstlos gewesen, wie Sie ja wissen, und als ich zwei Wochen später aufwachte, glaubte ich, im Himmel zu sein. Mr. Peterson war bloß eine Nacht lang bewusstlos, und als er aufwachte, wusste er sofort, dass etwas schiefgegangen war. Obwohl er nicht ganz bei sich war, machte er sich keine Illusionen darüber, dass das Yeovil-Bezirkskrankenhaus das Jenseits sein könnte. Es roch zu sehr nach gestärkter Wäsche.

Bevor er aufwachte, hatte man mich schon mit meiner Mutter nach Hause geschickt, und als wir am nächsten Nachmittag zurückkamen, schlief er wieder. Eine der Schwestern meinte, es sei sehr unwahrscheinlich, dass er noch während der Besuchszeit aufwachen und klar denken können würde, weil man ihn mit Morphium vollgepumpt habe. Ich war mir nicht sicher, dass dies die geeignete Therapie war, aber ich konnte den Grund für diese medizinische Maßnahme verstehen: In dem Moment, in dem er aufgewacht war, hatte er angefangen zu meckern. Er meinte, es sei der schlimmste Kater, den jemals jemand hätte erdulden müssen. Das war nicht verwunderlich. Er hatte sich schließlich vergiftet, und man hatte ihm den Magen auspumpen müssen. Er nervte die Schwester, indem er ihr immer wieder erzählte, dass diese Erfahrung schlimmer sei als Vietnam, und dass sie – wenn sie ihn schon nicht sterben lassen wollten – ihm wenigstens etwas geben sollten, damit er schlafen könne. Schließlich rief man einen Arzt, und der befand, dass man etwas tun müsste. Die augenblickliche Lage war eine Zumutung für die Schwestern und auch für die anderen Patienten auf der Station. Aber unglücklicherweise konnte man Mr. Peterson aufgrund der jüngsten Attacke auf seine Leber und Nieren keins der üblichen Beruhigungsmittel verabreichen. Und so spritzten sie ihm stattdessen Morphium, und zwar einen ganzen Tag lang alle sechs Stunden.

Daher hatte es wenig Sinn, ihn an diesem Tag zu besuchen.

Ich fragte meine Mutter, ob ich mich für den Rest der Woche von der Schule beurlauben lassen durfte, und sie fand, das sei eine gute Idee.

Am nächsten Tag kam Ellie mit ins Krankenhaus und bestand darauf, mich auf die Station zu begleiten. Ich hatte den Verdacht, dass meine Mutter sie darum gebeten hatte, war mir aber nicht sicher. Möglicherweise war es auch bloß eine morbide Neugier. Bei Ellie wusste man nie. Aber trotzdem war ich dankbar, dass sie mich mit dem Wagen mitnahm und ich nicht laufen musste.

Mr. Peterson war dünn, unrasiert und schaute grimmig drein. Er sah ziemlich unheimlich aus – um ehrlich zu sein, als sei er von den Toten auferstanden. Aber das war ja irgendwie zu erwarten gewesen. Sein Ausdruck änderte sich auch nicht, als wir auf zwei Stühlen neben seinem Bett Platz nahmen.

»Hallo«, sagte ich.

»Hallo.«

Seine Stimme passte zu seiner Miene.

»Das ist Ellie. Sie hat mich hergefahren. Ich hoffe, Sie haben nichts dagegen, dass sie hier ist. Sie wollte mich nur kurz begleiten.«

»Ich bin nicht scharf drauf, euch beide zu sehen«, sagte Mr. Peterson. »Aber ich vermute, dass auch das nicht mehr meine Entscheidung ist.«

Ich ließ die Bemerkung unkommentiert.

»Wie geht es Ihnen?«

»Was glaubst du denn?«

»Sie fühlen sich vermutlich schrecklich.«

»Ich fühle mich schrecklich, ganz recht. Weißt du, dass sie mich hier nicht rauslassen wollen? Jedenfalls nicht in naher Zukunft. Es ist offiziell. Ich bin zwangseingewiesen. Wenn ich versuche, das Krankenhaus zu verlassen, können sie mich mit Gewalt hier festhalten, entsprechend irgendeines beschissenen Gesetzes von 1842 oder so. Das ist barbarisch! Hoffentlich bist du jetzt zufrieden.«

»Ich bin zufrieden, dass Sie am Leben sind«, sagte ich.

»Na großartig. Wenigstens einer.«

Ich schaute Ellie an. Sie verdrehte die Augen. Aus irgendeinem Grund hatte sich Ellies Verhalten in den vergangenen beiden Tagen kein bisschen geändert. Entweder wollte sie sich so normal wie möglich benehmen oder »versuchter Selbstmord« stand auch auf der langen Liste von Dingen, die sie nicht im Mindesten zu beeindrucken vermochten.

»Du hattest kein Recht, das zu tun«, fuhr Mr. Peterson fort. »Das war nicht deine Entscheidung!«

»Ich verstehe«, sagte ich. »Und was hätten Sie getan, wenn Sie an meiner Stelle gewesen wären?«

»Ich hätte deinen Wunsch respektiert. Ich hätte dich sterben lassen.«

Auch darauf ging ich nicht ein. »Ich habe Ihnen ein paar Sachen mitgebracht«, sagte ich und deutete auf die Tasche, die ich auf den Boden gestellt hatte. »Kleidung und Bücher.«

»Bücher – na toll! Das hilft mir enorm. Besonders, weil ich im Augenblick nicht lesen kann, verdammt noch mal!«

»Ich habe auch ein paar CDs eingepackt. Schuberts Fünfte, Mendelssohns Dritte, Mozarts Klarinettenkonzert, Mahlers Vierte …«

»Die Sechste wäre mir lieber gewesen.«

»Für die Sechste sind Sie noch nicht fit genug.«

»Was ist mit Bach?«

»Bach bringe ich das nächste Mal mit.«

»Die Cellosuiten?«

»Alles, nur nicht die Cellosuiten.«

»Scheiße, Junge! Darf ich nicht mal mehr entscheiden, was für Musik ich höre?«

»Es gibt eine richtige Zeit und einen richtigen Ort für die Cellosuiten von Bach, und Sie und ich wissen, dass es nicht jetzt und hier ist. Nicht, während Sie sich im Krankenhaus erholen. Ich versuche doch nur, Ihnen zu helfen.«

»Du willst mir helfen?«

»Ja, natürlich will ich Ihnen helfen.«

»Prima. Dann bring mir noch was mit.«

»Ich bringe Ihnen, was immer Sie wollen – solange es nicht schädlich ist.«

»Bring mir was von dem Gras.«

»Ich werde Ihnen kein Gras bringen.«

»Ich werde noch verrückt hier drin.«

»Das ist doch lächerlich. Wo wollen Sie das Zeug denn rauchen? Im Badezimmer?«

»Wenn es sein muss.«

»Man wird Sie bestimmt nicht früher entlassen, wenn man Sie dabei erwischt, wie Sie einen Joint rauchen.«

»Scheiße, ich kriege seit vierundzwanzig Stunden regelmäßig Heroin gespritzt!«

»Ich werde Ihnen kein Marihuana besorgen.«

Mr. Peterson wandte sich an Ellie. »Was ist mit dir, Mädchen? Holst du mir Gras?«

Ellie betrachtete ihn ein paar Sekunden lang freimütig. »Ich glaube nicht, dass Gras Sie weniger selbstmordgefährdet macht. Sie etwa?«

Mr. Peterson schnaubte. »Deine Sorge ist rührend. Genauso wie dein Taktgefühl. Aber das ist nichts, worüber du dir Gedanken machen solltest.«

Ellie zuckte mit den Schultern. »Das ist bloß meine Meinung. So wie ich die Sache sehe, sollten Sie vielleicht eher weniger Genussmittel zu sich nehmen, anstatt noch mehr.«

Mr. Peterson schaute mich an. »Herrje – ist die etwa echt?«

»Ich weiß nicht«, sagte ich. »Ich denke schon.«

»*Die* hat einen Namen«, bemerkte Ellie.

»Junge Dame«, sagte Mr. Peterson. »Ich habe keine Zeit mehr, neue Namen zu lernen. Dafür ist es zu spät. Mein Gehirn verwandelt sich in Matsch – Alex hat dir gewiss davon erzählt. Das ist keine angenehme Vorstellung, und mit einem guten Joint wird die Sache etwas leichter zu ertragen. Vielleicht kannst du das verstehen.«

»Sagen Sie meinen Namen, und ich bringe Ihnen Gras. Wie hört sich das an?«

»Sally.«

»Ellie.«

»Niemand wird Ihnen Gras bringen«, mischte ich mich ein. »Ellie hat recht. Es hilft Ihnen nicht.«

»Weißt du, ich habe es satt, dass mir die Leute sagen, was mir *nicht* hilft.«

»Selbst wenn es Ihnen helfen würde, würden die Schwestern Ihnen das Zeug in dem Moment wegnehmen, in dem Sie sich eine anstecken. Merken Sie denn nicht, wie lächerlich Sie sich benehmen?«

»Die ganze Situation ist lächerlich. Und das ist deine Schuld!«

»Das ist nicht fair.«

»Wenn du mir helfen willst, dann solltest du jetzt gehen.«

»Sie benehmen sich wie ein kleines Kind.«

»Geh einfach.«

»Also gut. Ich komme später mit Bach wieder.«

»Bemüh dich nicht.«

»Vielleicht nicht, wenn Sie so weitermachen.«

»Im Augenblick wäre mir das sehr recht. Du hast mir die einzige Chance geraubt, die ich noch hatte. Ich hoffe bloß, dass du niemals am eigenen Leib erfahren musst, wie das ist.«

Ich ging hinaus, ohne mich umzublicken.

Ellie holte mich am Cola-Automaten ein. »Na, das lief nicht ganz so, wie ich erwartet hatte«, sagte sie. »Weißt du, Woods, je mehr man sich damit beschäftigt, desto merkwürdiger wird das Leben. Ist er immer so?«

Ich gab keine Antwort. Der Cola-Automat weigerte sich, auch nur eines meiner Fünfpencestücke zu akzeptieren. Ich schob die Münzen in den Schlitz, und sie fielen umgehend unten wieder heraus. Ich kramte in meinen Taschen nach weiterem Kleingeld.

»Ehrlich, Woods, du hast die Geduld eines Heiligen. Aber du hast doch gemerkt, dass er verrückt ist, oder?« Ich gab immer noch keine Antwort. Sie berührte mich leicht am Arm. »Mal im Ernst, Alex. Ist alles in Ordnung?«

»Nein«, sagte ich. »Nichts ist in Ordnung. Ich rege mich auf, und ich bin wütend.«

»Du solltest auch wütend sein. Er hatte kein Recht, das zu sagen. Hier.« Sie drückte mir eine Pfund-Münze in die Hand. Der Automat fraß sie, ohne das Wechselgeld herauszurücken. »Es ist mir egal, wie krank er ist«, fuhr Ellie fort. »Was er da drin zu dir gesagt hat, war völlig daneben.«

»Vielleicht.«

»Ganz bestimmt!«

Ich setzte mich auf einen der Stühle neben dem Automaten. Ellie setzte sich neben mich.

»Gehst du wirklich später noch mal zu ihm? Ich würde dir keinen Vorwurf machen, wenn du es nicht tätest.«

Ich zuckte mit den Schultern. »Vermutlich morgen.«

Ellie schwieg einen Moment lang und drückte ihre Zungenspitze von innen gegen die Wange. Es sah so aus, als würde sie nach den richtigen Worten suchen. Das sah ihr nicht ähnlich. »Okay«, sagte sie schließlich. »Aber du solltest dich darauf gefasst machen, dass es wieder vergebliche Liebesmüh sein wird.«

»Das spielt keine Rolle«, sagte ich. »Ich muss trotzdem wiederkommen.«

»Du *musst* nicht.«

»Doch.«

»Es ist Quatsch, den Märtyrer zu spielen. Ganz ehrlich, ich weiß, dass du deine eigenen Vorstellungen über Moral und den ganzen Scheiß hast, aber du kannst niemandem helfen, der deine Hilfe nicht will.«

»Sei doch nicht blöd, Ellie. Das hat nichts mit Moral zu tun. Und ich erwarte auch keine wundersame Wandlung über Nacht. Ich weiß, dass er sich noch tagelang so benehmen wird.«

»Okay. Aber wenn du das weißt, warum tust du's dann? Warum musst du unbedingt morgen zurückkommen und dir genau das Gleiche anhören wie heute?«

»Weil er mein Freund ist und mich hier braucht, auch wenn er das nicht einsieht. Selbst wenn er mich die ganze Zeit bloß anbrüllt. Wenn es das ist, was ihm hilft, dann halte ich das aus.«

Ellie verdrehte die Augen, einmal rundherum. »Ach du lieber Himmel, Woods! Das ist doch absoluter Blödsinn! Nicht die Sache mit der Freundschaft. Ich meine, das ist zwar ein bisschen merkwürdig – nein, eigentlich ist es absolut bizarr – aber trotzdem, den Teil begreife ich. Aber was den Rest angeht … tut mir leid. Das kapiere ich nicht. Er ärgert sich, und du gehst heim und fühlst dich wie ein Haufen Scheiße. Wie soll das irgendjemandem helfen? Lass ihm doch ein paar Tage Zeit, um sich zu beruhigen.«

Ich zuckte mit den Schultern. »Ich erwarte nicht, dass du das begreifst. Aber für mich ist das die einzige Möglichkeit. Ich weiß, wie er ist. Und im Augenblick hat er Todesangst. Er hat Angst, und er weiß nicht, wie er damit umgehen soll.«

»Also macht er dich an?«

»Genau.«

»Und erwartet, dass du damit umgehen kannst?«

»Ich *kann* damit umgehen – ich muss damit umgehen können.«

»Scheiße, Woods, du bist ja echt ein Heiliger.«

»Ich bin kein Heiliger. Ich sehe die Dinge nur, wie sie sind.«

Ellie schüttelte den Kopf.

»Wollen wir heimfahren?«, fragte ich.

»Ja, bitte! Machen wir, dass wir hier wegkommen. In Krankenhäusern kriege ich immer Kopfschmerzen.«

»Ich habe nicht verlangt, dass du mitkommst.«

»So habe ich das nicht gemeint. Lass uns einfach gehen.«

Aber als wir auf dem Parkplatz waren, meinte Ellie plötzlich, sie müsse noch mal zurück und die Toilette benutzen, sonst würde sie die halbstündige Fahrt nach Glastonbury nicht aushalten. Wenn ihr das jetzt erst einfiel, war sie offensichtlich nur mit einer geringen Weitsicht gesegnet. Ich wartete eine halbe Ewigkeit in dem stickigen Wagen und wünschte mir, ich hätte genug Kleingeld, um mir noch eine Cola light kaufen zu können. Ich nahm mir vor, das nächste Mal eine Zweiliterflasche mitzubringen.

»Du hast ungewöhnlich viel Zeit auf der Toilette verbracht«, beschwerte ich mich, als Ellie wiederkam.

»Scheiße, Woods! So was sagt man doch nicht zu einem Mädchen.«

Sie ließ den Wagen an, der sofort absoff.

»Du hast den Gang dringel…«

»Ich weiß!«

»Und denk an die Bremsschwelle auf dem Weg nach draußen. Als wir auf den Parkplatz gefahren sind, hast du nämlich …«

»Halt deine verdammte Klappe, und lass mich fahren!«

Gleich hinter dem Kreisverkehr drehte sie die Musik bis zum Anschlag auf. Aus irgendeinem Grund schafften Ellie und ich es nie, ein Gespräch länger als ein paar Minuten am Laufen zu halten.

Als ich am nächsten Tag mit meiner Mutter ins Krankenhaus kam, informierte man uns darüber, dass Mr. Peterson in ein passenderes Zimmer verlegt worden war, da man mit einem längeren Aufenthalt rechnete. Das passende Zimmer lag in der psychiatrischen Abteilung, kurz »Psychiatrie«, oder »Psy«, wie die Schwestern es nannten. Für meine Begriffe war diese lockere Abkürzung ein bisschen *zu* locker, aber meine Mutter schien zu glauben, dass sie auf die meisten Leute eher beruhigend wirkte. Sie meinte, dass man bei vielsilbigen medizinischen Fachbegriffen eher Angst bekäme. Aus eigener Erfahrung wusste sie, dass die gynäkologische Abteilung eine ähnliche Beschneidung erfuhr und gewöhnlich nur die »Gyn« genannt wurde, woraufhin ich beschloss, dieses Gespräch zu beenden.

Die »Psy« befand sich auf dem zweitobersten Stock, und verglichen mit den anderen Stationen weiter unten im Gebäude war die Atmosphäre hier unerwartet ruhig. Es ging weniger hektisch zu, und mir fiel auf, dass auf den Fluren lange nicht so viele Menschen unterwegs waren. Es schien auch weniger Personal zu geben. Das lag daran, wie ich später herausfand, dass weniger Patienten zu versorgen waren, die insgesamt auch weniger Besuch bekamen. Alle

Patienten konnten jeden Tag zur gleichen Uhrzeit untersucht und behandelt werden, was dazu führte, dass alles sehr geordnet und regelmäßig ablief. Natürlich gab es auch einige »Problempatienten«, aber es stand eine ungewöhnlich große Anzahl an Einzelzimmern zur Verfügung, die jene Patienten zugewiesen bekamen, die »potenziell störend« waren oder »insgesamt für Unruhe« sorgten. Das waren überwiegend Menschen, die an Psychosen litten – zum Beispiel an Schizophrenie –, und nicht jemand, der nur außergewöhnlich zornig war, wie Mr. Peterson. Er lag in einem großen Vierbettzimmer, ganz hinten in der linken Ecke neben dem Fenster, von wo aus man ungestört den grauen Himmel betrachten konnte. Ich fand, dass man an einem bewölkten Tag die Vorhänge eigentlich besser zuziehen sollte.

Meine Mutter bestand darauf, »hereinzuschauen und Hallo zu sagen«, als ob es sich um einen Höflichkeitsbesuch handeln würde. Das führte dazu, dass sie lang und breit von Lucy erzählte, die bemerkenswerterweise an meinem Geburtstag Junge bekommen hatte, an der Herbst-Tagundnachtgleiche. Es war diesmal ein ungewöhnlich großer Wurf ziemlich zerzauster Kätzchen geworden, und meine Mutter hatte immer noch nicht für alle ein Zuhause gefunden. Ich bezweifelte zwar, dass diese Ausführungen Mr. Peterson interessierten, aber er nickte regelmäßig, um zu zeigen, dass er zuhörte (aus irgendeinem Grund bewies er meiner Mutter gegenüber immer ein völlig uncharakteristisches Maß an Geduld), und schüttelte dann höflich den Kopf, als sie vorsichtig anfragte, ob er nicht ein Kätzchen aufnehmen wolle. Ich habe keine Ahnung, was sie sich dabei gedacht hatte, aber es war gewiss kein Scherz, denn meine Mutter machte keine Scherze. Entweder wollte sie zwei Fliegen mit einer Klappe schlagen – ein Krankenbesuch und ein Kätzchen weniger – oder sie hatte sich tatsächlich vorher ihre Gedanken gemacht und war zu dem unbegreiflichen Entschluss gekommen, dass Mr. Peterson dringend ein Kätzchen brauchte. Wie auch immer, jedenfalls entschuldigte ich mich für sie, nachdem sie gegangen war.

»Deine Mutter ist, wie sie ist«, sagte Mr. Peterson. »Und ihre Absichten sind nur die besten.«

»Ja, wahrscheinlich«, stimmte ich zu, »aber sie ist trotzdem verrückt. Eigentlich sollte *sie* hier auf der Psy liegen.«

Mr. Peterson zuckte mit den Schultern.

»Ich habe Ihnen die Goldberg-Variationen mitgebracht und noch ein paar AA-Batterien.«

»Danke.«

»Sollte ich Sie fragen, ob es Ihnen besser geht?«

»Jedenfalls geht es mir nicht schlechter.«

»Das ist doch wenigstens etwas.«

»Gestern haben sie mir einen Irrenarzt geschickt. Der hat mir Prozac verabreicht. Prozac! Der hält mich für depressiv!«

»Sind Sie nicht depressiv?«

»Nein. Ich bin nicht depressiv.«

»Sie haben versucht, sich umzubringen«, sagte ich.

»Ja. Das Gleiche sagte er auch. Anscheinend ist das ein klassisches Symptom. Man hält es im Allgemeinen nicht für einen vernünftigen Schritt für jemanden in meiner Situation.«

»Er weiß bestimmt, was er tut.«

»Du hast zu viel Vertrauen zu Ärzten, Junge. Die stellen dir manchmal so dämliche Fragen, so etwas hast du noch nicht gehört! Ob ich hoffnungslos bin oder Angst vor der

Zukunft habe ... Man sollte meinen, er hätte sich nicht mal die Mühe gemacht, meine Akte zu lesen.«

»Sie übertreiben.«

»Wart's ab, und urteile selbst – früher oder später wird einer von denen die Runde machen und hier auftauchen.«

»Wollen Sie denn, dass ich bleibe?«

»Warum nicht? Dann kannst du dich nachher mit den Ärzten zusammensetzen, und ihr könnt gemeinsam entscheiden, was das Beste für mich ist.«

Ich sagte nichts, aber ich schaute auch nicht weg. Ich wartete nur ab. Und dann glaubte ich zu bemerken, wie Mr. Petersons Wangen sich ganz leicht röteten.

»Weißt du, das Mädchen kam noch mal wieder«, sagte er. »Nachdem ihr schon weg wart.«

»Welches Mädchen?«

»Stell dich nicht dumm. Du weißt schon ... das Mädchen. Das Mädchen mit den Zotteln.«

Es dauerte eine Weile, bis mir klar wurde, dass Mr. Peterson von Ellies Pony sprach.

»Also wie ist das? Seid ihr beide ...?«

»Nein!«

»Warum nicht? Ich glaube, sie mag dich.«

»Ich glaube das nicht. Und wenn, dann bestimmt nicht auf diese Art und Weise. Soweit ich das beurteilen kann, mag sie nur Deppen. Ältere Deppen.«

»Ich bin sicher, das wächst sich aus.«

»Mir gefällt dieses Gespräch nicht.«

Mr. Peterson zuckte mit den Schultern. »Wie du meinst. Ich sage ja nur, für jemanden, der dich nicht mag, war sie ziemlich sauer, als sie dachte, ich hätte dich aufgeregt.«

»So ist sie halt. Sie ist immer sauer.«

»Sie war *stink*sauer. Sie meinte, ich sei ein Arschloch und verdiene nicht das geringste Mitleid.«

»Ja, das klingt ganz nach ihr«, gab ich zu. »Sie ist ziemlich direkt.«

»Kann man wohl sagen. Aber in diesem Fall hatte sie ja recht. Ich war wirklich ein Arschloch.«

»Ja.«

»Tut mir leid.«

Ich zuckte mit den Schultern.

»Du sollst auch verstehen, *was* mir leidtut.«

»Also gut. Sagen Sie's mir.«

»Es tut mir leid, was du durchmachen musstest. Mir ist klar, dass das schrecklich für dich war.«

»Ja, das war es.«

»Aber was ich getan habe, tut mir nicht leid, und ich werde auch nicht so tun, als täte es das. Ich stehe zu meiner Tat. Es sollte nur ganz anders laufen. Ich dachte, ich hätte alles so gut geplant, dass nichts schiefgehen kann. Ich konnte ja nicht ahnen, dass du noch einmal zurückkommen würdest. Und ich wünschte bei Gott, dass es nicht so gekommen wäre.«

»Danke«, sagte ich. »Das ist wirklich eine tolle Entschuldigung. Wissen Sie, selbst wenn ich nicht zurückgekommen wäre, hätten Sie trotzdem keine Garantie dafür gehabt, dass die Sache so gelaufen wäre, wie Sie es wollten. Ihr Plan war lausig. Sie haben so viele Tabletten geschluckt, dass Sie sich genauso wahrscheinlich hätten übergeben können, anstatt sich zu vergiften. Und was das Codein betrifft – was haben Sie sich denn dabei gedacht?«

»Das waren die stärksten Schmerztabletten, die ich hatte, und ich dachte, dass man die am leichtesten überdosieren kann.«

»So funktioniert das aber nicht. Bei Codein kann es so gut wie nie zu einer Überdosis kommen, besonders, wenn man es regelmäßig nimmt.«

»Das wusste ich nicht.«

»Sieht ganz so aus. Und deshalb sollten Sie aufhören zu denken, dass *ich* an Ihrer jetzigen Situation schuld bin. Ihr ganzer Plan war Mist!«

»Schön, ich hab's kapiert! Das nächste Mal werde ich mich besser informieren.«

Ein zähes Schweigen senkte sich nieder. Ich warf die Goldberg-Variationen auf den Nachttisch und machte einen Spaziergang.

Dr. Bedford, Mr. Petersons Psychiater, war ein sehr großer Mann mit riesigen Klavierspielerhänden und einer leisen Stimme, die irgendwie nicht zu seinem Äußeren passte. Später behauptete Mr. Peterson, alle Irrenärzte seien darauf trainiert, so zu sprechen, und sie müssten lernen, ihre Stimme zu beherrschen, bevor sie ihre Zulassung bekämen. Mit sehr großer Wahrscheinlichkeit war das völliger Blödsinn.

»Wie geht es Ihnen heute?«, fragte Dr. Bedford.

»Mir geht es gut«, sagte Mr. Peterson.

»Es ist wichtig, dass Sie diese Fragen so ehrlich wie möglich beantworten«, mahnte Dr. Bedford.

»Ich finde es schrecklich hier, und ich will raus«, sagte Mr. Peterson. Mir war nicht klar, ob er von der psychiatrischen Abteilung im Besonderen oder dem Universum im Allgemeinen sprach. Dr. Bedford, der ein ausgemachter Optimist war, entschied sich für das Erste.

»Sie wissen, dass das im Augenblick nicht möglich ist«, sagte er sanft. »Ich denke, es wäre besser, wenn Sie sich diesen Wunsch erst einmal aus dem Kopf schlagen und sich nur auf den Tag konzentrieren, der vor Ihnen liegt. Wir werden Sie entlassen, wenn Sie dazu bereit sind, aber keinen Augenblick früher.«

Mr. Peterson fluchte laut. »Doktor, haben Sie überhaupt meine Akte gelesen? Wissen Sie, was mit mir in nicht allzu ferner Zukunft passiert?«

Dr. Bedfort nickte ernst. »Ja. Ich weiß.«

»Meine Augen werden immer schlechter, genauso wie meine Beine. Irgendwann werde ich nicht mehr laufen können. Ich werde im Rollstuhl sitzen. Ich werde nicht mehr allein auf Toilette gehen können. Ich werde nicht mehr sprechen und auch keine feste Nahrung mehr schlucken können. Es ist durchaus möglich, dass ich an meinem eigenen Erbrochenen ersticke.«

»Ich kann Ihre Gefühle gut verstehen.«

»Wenn Sie mich verstehen würden, dann müssten wir dieses Gespräch nicht führen. Das Leben hält nichts Gutes mehr für mich bereit.«

»Das kommt Ihnen nur so vor. Das heißt nicht, dass …«

»Alex!« Mr. Peterson wirbelte zu mir herum. »Dr. Bedford scheint an einer mentalen Blockade zu leiden, sobald er meine Stimme hört. Bitte sei so gut, und sage ihm, dass ich nicht verrückt bin. Ich finde, ich bin im Augenblick sehr viel vernünftiger als er.«

Ich merkte, wie ich rot wurde. »Dr. Bedford weiß bestimmt, was er tut.«

Mr. Peterson knurrte.

»Niemand hält Sie für verrückt«, fuhr Dr. Bedford sehr ruhig fort. »Das ist nicht der Grund, warum Sie hier sind. Und das wissen Sie auch. Ich habe es Ihnen gesagt. Sie sind hier, weil Sie im Augenblick eine ernste Gefahr für sich selbst darstellen, wenn wir Sie entlassen.«

»Ganz richtig! Für *mich selbst*!«

»Ihr Handeln hat auch Konsequenzen für andere. Das wissen Sie bestimmt. Sie verletzen nicht nur sich selbst.«

Dr. Bedford warf mir einen Blick zu. Die Röte meiner Wangen vertiefte sich.

Mr. Peterson explodierte.

»Na toll! Das ist ja wirklich fantastisch! Wenn alles andere versagt, greifen wir doch einfach zu der guten alten emotionalen Daumenschraube. Wollen Sie damit sagen, dass ich wegen anderer Leute am Leben bleiben soll? Dass ich Ärger und Umstände machen soll, und zwar solange wie nur irgend möglich?«

Dr. Bedford zählte bis fünf. »Ich glaube, es wäre besser, wenn ich später wiederkomme. Versuchen Sie, sich etwas auszuruhen.«

Und damit ging er.

Eine Weile verharrten wir in bedrücktem Schweigen. Dann sagte Mr. Peterson: »Tja, Junge, wenn du schon hier rumhängen musst, kannst du mir auch sagen, was du denkst. Was hältst du davon?«

Das Problem war, dass meine Gedanken nicht klar waren. Zu viele Nerven waren aktiviert worden. Ich kämpfte eine Zeit lang mit den Worten und zuckte dann niedergeschlagen mit den Schultern. »Ich glaube, Sie müssen noch eine Weile hierbleiben.«

Es sah so aus, als ob Mr. Peterson darauf etwas entgegnen wollte, aber schließlich nickte er bloß düster. Wir hatten beide keine Lust mehr zu streiten.

18

DER PAKT

»›Yossarian lag im Lazarett mit Leberbeschwerden, die es beinahe, aber nicht ganz zu einer Gelbsucht brachten. Dass es nur beinahe eine Gelbsucht war, verwirrte die Ärzte. Wurde eine Gelbsucht daraus, so konnte man sie behandeln. Wurde keine Gelbsucht daraus und vergingen die Schmerzen, so konnte man Yossarian entlassen. Dass es aber stets nur beinahe eine Gelbsucht war, machte sie ganz konfus.‹«

Ich hielt im Lesen inne. »Der medizinische Begriff für Gelbsucht lautet Ikterus, wussten Sie das?«

»Ja. Das kommt aus dem Altgriechischen.«

»Ich wusste gar nicht, dass Sie Altgriechisch können.«

»Kann ich auch nicht. Ich kann bloß ein bisschen Französisch.«

»Französisch … aus Vietnam? Vietnam war doch einmal Französisch, oder?«

»Junge, könntest du jetzt bitte einfach weiterlesen? Es wäre schön, wenn wir wenigstens über die erste Seite rauskommen könnten, ehe die Besuchszeit vorbei ist.«

Ich nickte, räusperte mich und fuhr fort.

»›Jeden Morgen kamen sie zur Visite, drei forsche und ernsthafte Männer mit fähigen Mündern und unfähigen Augen, im Schlepptau Schwester Ducket, eine der Stationsschwestern, die Yossarian nicht mochte. Sie lasen das Krankenblatt am Fußende des Bettes und befragten ihn ungeduldig nach seinen Schmerzen. Sie schienen ärgerlich zu werden, wenn er ihnen sagte, dass sie unverändert waren.

›Immer noch keine Entwicklung?‹, fragte der Oberst …‹«

Mr. Peterson hob die Hand, als ob er den Verkehr regeln wollte. »Junge, bitte, versuch nicht, einen amerikanischen Akzent nachzumachen.«

Ich klappte das Buch zu, dabei legte ich den Zeigefinger zwischen die Seiten, damit ich die Stelle wiederfinden konnte. »Irgendwie hört sich der Dialog aber sonst etwas merkwürdig an.«

»Die ganze Geschichte hört sich merkwürdig an. Daran muss ich mich gewöhnen. Aber das ist immer noch einfacher, als sich an deinen grässlichen Akzent zu gewöhnen.«

»In meinem Kopf hat es sich ganz gut angehört.«

»Es war aber nicht gut. Nicht mal in Hicksville, Alabama, kämst du mit diesem Akzent durch.«

»Oh.«

»Lies einfach ganz normal mit deiner üblichen Stimme. Und bitte ein bisschen lauter. Ich will nicht bei jedem Wort die Ohren spitzen müssen.«

»Ich möchte die anderen Patienten nicht stören«, gab ich zu bedenken.

»Die anderen Patienten sind schon gestört«, gab Mr. Peterson – viel zu laut – zurück. »Ich glaube nicht, dass eine kleine Lesung ihnen schaden wird. Du etwa?«

Ich musste zugeben, dass er recht hatte. Mr. Peterson teilte sein Zimmer mit zwei weiteren Patienten, und es schien unwahrscheinlich, dass sich einer der beiden beschweren würde. Der Mann gegenüber, der etwa so alt war wie Mr. Peterson, lag völlig erstarrt da. Er rührte sich nie, geschweige denn, dass er sprach. Eine Frau – vielleicht seine Ehefrau – kam jeden Tag für etwa eine halbe Stunde vorbei, aber weder sie noch die Ärzte oder die Schwestern konnten ihm irgendeine Reaktion entlocken, nicht einmal die geringste Bewegung seines Blicks, der stets wie gebannt auf den Fensterrahmen gerichtet war. Er hatte Schläuche in Luft- und Speiseröhre stecken und einen Katheder in der Blase. Ich weiß nicht, ob oder wie er seinen Darm erleichterte.

Der andere Mann in dem Bett daneben, schräg gegenüber von Mr. Peterson, sah aus, als wäre er etwa hundertfünfzig Jahre alt. Auch er sagte nie etwas, aber bei ihm lag es daran, dass er ständig in ein Notizbuch schrieb – oder besser gesagt in eine ganze Reihe von Notizbüchern. Bei der Geschwindigkeit, mit der sein Stift über das Papier sauste, schrieb er täglich mindestens eins voll. Allerdings blieb es ein Rätsel, wer ihm Nachschub besorgte. Er bekam nie Besuch, also nehme ich an, es waren die Schwestern oder die Psychiater. Sie dachten vermutlich, dieses ganze Schreiben hätte einen therapeutischen Nutzen.

»Vielleicht schreibt er *Krieg und Frieden* noch einmal«, überlegte Mr. Peterson. »Du weißt schon: die erweiterte Version.«

Ich hatte *Krieg und Frieden* nicht gelesen, aber ich verstand, was Mr. Peterson damit sagen wollte. *Krieg und Frieden* war extrem lang. Der Roman war sozusagen für seine Länge berühmt. Er war etwa zwölfmal so lang wie *Schlachthaus 5* und etwas mehr als dreimal so lang wie *Catch-22*, ebenfalls ein Klassiker und das einzige Buch, das anzuhören Mr. Peterson in seiner derzeitigen Lage ertragen könne, wie er sagte.

Nach ein paar Seiten kümmerte ich mich nicht mehr um irgendwelche Akzente und fand mich in die Lektüre ein. Ich glaubte zu verstehen, was Mr. Peterson daran so reizte. Im ersten Kapitel von *Catch-22* kam das medizinische Pflegepersonal nicht besonders gut weg. Und genau deswegen war mir die Lautstärke, in der ich Mr. Peterson vorlesen sollte, so peinlich. Wenn ich leiser lesen würde, meinte er, würde er mich nicht verstehen, weil sich sein Kopf völlig »verwässert« anfühlte – eine Nebenwirkung des Prozac, wie er annahm –, aber ich hatte den Verdacht, dass dies nur ein Teil der Wahrheit war. Ich argwöhnte, dass es auch mit Schwester Holloway zu tun hatte, die im Augenblick einige Routinearbeiten im Zimmer und in der näheren Umgebung zu erledigen hatte. Ich hatte das Gefühl, in einen kindischen Protest gegen seine Einkerkerung in die Psy verwickelt worden zu sein.

Aber Schwester Holloway schluckte den Köder nicht, jedenfalls nicht sofort. Sie arbeitete schweigend weiter, während ich zögerlich all die Einzelheiten über die unfähigen Ärzte und die gefühllosen Krankenschwestern vorlas. Erst als ich an die Stelle kam, wo der Texaner über »Nigger« redet – »Nigger dürfen hier nicht rein. Nigger bringen sie woanders hin« –, hielt sie mit ihrer Tätigkeit inne und hob die Augenbrauen.

»Das geht schon in Ordnung«, versicherte ich ihr, »das ist eine Satire.«

»Es gehört zur Figur«, erklärte Mr. Peterson.

»Richtig«, sagte ich, »aber er erlaubt mir nicht, den Akzent nachzumachen, sonst wäre es vielleicht gleich deutlich geworden.«

»Es ist mir egal, wozu oder wohin es gehört«, sagte Schwester Holloway. »Jedenfalls nicht hier auf die Station.«

»Oh doch, genau hier gehört es hin«, sagte Mr. Peterson streitlustig.

»Nicht, wenn es die anderen Patienten vor den Kopf stoßen oder aufregen könnte«, gab Schwester Holloway zurück.

»Wer regt sich denn auf?«, fragte Mr. Peterson und deutete zu seinen Zimmergenossen. »Der Katatoniker? Oder Graf Tolstoi da drüben?«

Der Katatoniker rührte sich nicht. Graf Tolstoi schrieb unbeeindruckt weiter. Schwester Holloway stemmte die Hände in die Hüften und sagte: »Ich möchte lediglich um etwas Rücksichtnahme bitten. Können Sie nicht wenigstens etwas leiser lesen?«

Mr. Peterson schüttelte den Kopf. »Geht nicht. Das Prozac scheint mein Gehör zu beeinträchtigen.«

»Ich werde Dr. Bedford Bescheid sagen, sobald ich kann.«

»Ich will Dr. Bedford nicht sehen. Wenn Dr. Bedford etwas für mich tun will, dann soll er Anweisung geben, dass ich die verdammten Tabletten nicht mehr schlucken muss.«

»Vielleicht könnte ich die Wörter, die auf einer Krankenstation nicht angebracht sind, zensieren«, schlug ich vor. »Sie wissen schon – einfach den ersten Buchstaben sagen, N für Nigger oder S für Scheiße oder Huso für … na, Sie wissen schon.«

»Noch gibt es keine Husos«, sagte Mr. Peterson wütend. »Dafür ist es noch zu früh.«

»Es ist für all das zu früh«, sagte Schwester Holloway.

»Noch einmal: Ich bitte Sie um ein bisschen Rücksichtnahme.«

Und so fuhr ich leise und ohne Akzent mit *Catch-22* fort, wobei ich die Schimpfwörter und die Flüche zensierte. Glücklicherweise gab es davon nicht allzu viele, sodass Mr. Peterson sich nicht allzu oft ärgern musste – oder vielleicht ärgerte er sich auch überhaupt nicht. Er schien mir eher leicht belustigt zu sein. Aber das war schwer zu beurteilen. Er lag ganz still mit geschlossenen Augen da, während ich mich durch das erste Kapitel arbeitete. Als ich fertig war, sagte er kein Wort, und so las ich nach einem Schluck Cola light einfach weiter.

Erst nachdem ich das dritte Kapitel beendet hatte, sprach ich das Thema an, das mich seit einiger Zeit beschäftigte. Es war etwas, worüber Mr. Peterson und ich einige Tage lang nicht gesprochen hatten – seit dem Besuch von Dr. Bedford. Ich glaube, wir hatten einen Bogen darum gemacht, weil der Waffenstillstand, den wir geschlossen hatten, immer noch auf wackeligen Füßen stand. Ich hatte keine Lust, wieder einen Streit vom Zaun zu brechen. Aber nachdem ich die letzte halbe Stunde laut vorgelesen hatte, während Mr. Peterson seine Augen hatte ausruhen können, dachte ich, dass ich wohl nicht so schnell einen geeigneteren Moment finden würde.

»Mr. Peterson«, begann ich vorsichtig. Dann schwieg ich. Mir wurde klar, dass es keine passende Art gab zu sagen, was ich sagen wollte. Ich ging in Gedanken mehrere Versionen durch und entschied mich dann für schlichte Offenheit. »Mr. Peterson, Sie kommen mir nicht besonders depressiv vor. Jedenfalls nicht mehr.«

Mr. Peterson riss die Augen auf. »Ich war zu keinem Zeitpunkt depressiv, das habe ich dir doch gesagt.«

»Ja, ich weiß.«

»Depressiv ist nicht das richtige Wort für das, was ich war – und noch bin. Es ist nur ein Etikett, das mir von einem Irrenarzt mit zu vielen Diplomen und zu wenig gesundem Menschenverstand aufgeklebt wurde.«

»Aber Sie sind … na ja, Sie wissen schon. Wenn man Sie hier rauslassen würde, dann würden Sie wieder … Ich meine, Sie wollen immer noch …«

Mr. Peterson hatte genug von meinem Gestammel. »Himmel noch mal, Junge, spuck's aus!«

»Sie wollen immer noch sterben«, platzte ich heraus.

Mr. Peterson schloss die Augen wieder. Es dauerte eine ganze Weile, bis er antwortete, und als er sprach, war seine Stimme nicht wirklich kalt, aber sie hatte eine gewisse Spannung, als ob er versuchen würde, mit zwei oder drei unterschiedlichen Impulsen gleichzeitig fertigzuwerden. »Ich will nicht sterben, Junge«, sagte er schließlich. »Niemand will sterben. Aber du weißt, was mir bevorsteht. Meine Zukunft steht schon geschrieben. Wenn ich mir das nicht antun will, gibt es nur einen Ausweg.«

Ich zählte meine Atemzüge, dann sagte ich: »Aber im Moment ist Ihr Leben doch gar nicht so übel. Es gibt immer noch Dinge, die Ihnen Freude machen. *Catch-22* zum Beispiel. Oder Schuberts Symphonie Nr. 5 in b-Moll. Ihr Leben ist noch nicht so fürchterlich, und das wird vielleicht noch eine ganze Zeit so bleiben. Sie wissen nicht, wie lange Sie noch haben. Vielleicht noch zwei oder drei Jahre.«

»Vielleicht«, räumte Mr. Peterson ein und schwieg für einen Moment. »Du hast recht«, sagte er dann. »Im Augenblick habe ich noch ein lebenswertes Leben, und vielleicht habe ich das auch noch in sechs Monaten. Vielleicht noch in einem Jahr. Ich weiß es nicht. Aber ich weiß, dass sich die Waagschale früher oder später nach unten bewegen wird. Früher oder später wird mein Leben für mich unerträglich sein. Und dann habe ich voraussichtlich keine Möglichkeit mehr, etwas dagegen zu tun. Dann bin ich vermutlich in einem Hospiz. Ich kann nicht mehr stehen oder sprechen, geschweige denn die nötigen Schritte unternehmen, allem ein Ende zu bereiten. *Das* ist unerträglich.«

»Aber was wäre, wenn es nicht so sein müsste?«, fragte ich leise.

»Aber so wird es sein. Das ist der Punkt.«

»Ich könnte mich um Sie kümmern.«

»Nein, könntest du nicht.«

»Ich könnte. Ich habe …«

»Du könntest nicht. Es wäre für uns beide die Hölle. Niemand wird sich um mich kümmern können. Nicht so, wie du es meinst.«

»Aber ich möchte es. Ehrlich. Ich habe darüber nachgedacht. Wenn es so weit ist, muss ich nicht mehr in die Schule. Ich meine, ich kann ein Jahr aussetzen und …«

»Junge, bitte. Glaub mir. Ich weiß, wovon ich rede. Das kommt gar nicht in Frage.«

Ich wartete und zählte wieder meine Atemzüge, diesmal viel länger. Ich war entschlossen, die Ruhe zu bewahren.

»Was kann ich sagen, damit Sie Ihre Meinung ändern?«, fragte ich schließlich.

»Gar nichts.«

Seine Stimme war wie Eisen. Mir war klar, dass wir in einer Sackgasse gelandet waren.

»Ich gehe jetzt wohl besser«, sagte ich. »Ich muss über einiges nachdenken, und dazu muss ich allein sein. Ich kann morgen wiederkommen, aber wie es danach weitergeht, weiß ich nicht. Meine Mutter will, dass ich am Montag wieder in die Schule gehe.«

»Deine Mutter hat recht. Du solltest wieder in die Schule gehen.«

Ich zuckte mit den Schultern. »Ich kann ja nachmittags zur Besuchszeit kommen.«

Mr. Peterson sah so aus, als wollte er mir das ausreden, aber nach einer Weile änderte sich sein Gesichtsausdruck, und schließlich nickte er.

Am nächsten Vormittag ging ich zu Ellie. Ich dachte, ich sollte mich bei ihr bedanken, weil sie Mr. Peterson den Kopf gewaschen hatte. Anfangs hielt ich es für einen Vorwand, aber dann merkte ich, dass ich es ernst meinte. Ich hatte sie seit jenem Nachmittag nicht mehr gesehen, und ich sollte mich *wirklich* bei ihr bedanken. Aber noch mehr brauchte ich jemanden, mit dem ich reden konnte, und in dieser Beziehung hatte ich nicht viel Auswahl. Über die Sache in der Abgeschiedenheit meines Kopfes nachzugrübeln, hatte mich bis zu einem gewissen Punkt gebracht, aber ich wusste, dass ich einige Dinge laut aussprechen musste, wenn ich über diesen Punkt hinausgehen wollte, und sei es nur, um zu hören, wie sie klangen. Allerdings erwartete ich mir von Ellie keinerlei konstruktiven Input. Es war eher so, dass ich an eine Grenze gestoßen war und jemanden brauchte, der mit mir um das Thema herumredete – so wie wenn man vor einem Problem steht, das sich jeder normalen Logik entzieht.

Es war kurz nach halb zwölf, als ich an die Außentür zur Wohnung klopfte, die auf der Hinterseite des Hauses lag. Eine Feuertreppe führte zu der Tür hinauf. Ich dachte, das sei eine anständige Zeit, um jemandem an einem Sonntag einen Besuch abzustatten, obwohl ich dabei nur auf Vermutungen angewiesen war. Denn da ich jeden Morgen um halb sieben aufstand – sowohl in der Woche als auch an Wochenenden – und auch meine Mutter eine Frühaufsteherin war, hatte ich keine genaue Vorstellung davon, wie es um die Schlafgewohnheiten anderer Leute bestellt war. Aber obwohl ich die Uhrzeit durchaus angemessen fand, musste ich zweimal laut klopfen, ehe Ellie an die Tür kam, und als ich sie sah, wurde mir klar, dass sie zwar wach, aber noch lange nicht aufgestanden war. Sie trug ein schwarzes T-Shirt und sehr kurze Shorts, ihre Haare standen nach allen Seiten ab. Sie hatte offensichtlich noch nicht die Möglichkeit gehabt – oder die Absicht –, sich zu kämmen. Ihr wütender Panda-Blick sagte mir, dass sie sich gestern Abend nicht abgeschminkt hatte und sie nicht erfreut war, mich zu sehen. Ich hatte sie auf dem falschen Fuß erwischt.

»Scheiße, Woods!«, stöhnte Ellie. »Weißt du, wie spät es ist?«

Ich schaute auf meine Armbanduhr, ehe mir dämmerte, dass es sich hierbei höchstwahrscheinlich um eine rhetorische Frage handelte. »Ich dachte, du wärst schon auf«, sagte ich entschuldigend.

»Ich stehe sonntags nie auf.«

»Oh.«

»Was willst du?«

»Nichts. Ich war nur auf dem Weg ins Krankenhaus und …«

»Ich kann dich nicht hinfahren. Ich habe den Wagen nicht. Ich dachte, dass du das mit deinem Superhirn begriffen hättest: Wenn deine Mutter ihn hat, kann ich ihn nicht haben.«

»Ja, das ist mir schon klar. Deshalb bin ich auch nicht hier. Ich fahre mit dem Bus. Aber ich dachte, dass …«

»Woods, verdammt noch mal! Ich friere mir hier den Arsch ab.«

»Ja, das merke ich. Vielleicht komme ich besser ein andermal …«

»Wenn du reinkommen willst, komm rein.«

»Ich will dich nicht stören, wenn du noch nicht aufgestanden bist.«

Noch ehe ich den Satz zu Ende gesagt hatte, tapste Ellie schon durch die Küche ins Wohnzimmer. »Du hast mich schon gestört, du Blödmann. Wenn du nicht reinkommst, bin ich ja völlig umsonst aufgestanden. Mach die Tür zu! Da draußen sind mindestens minus dreißig Grad.«

Es war November. Ich schätzte die tatsächliche Temperatur auf etwa acht oder neun Grad plus. Aber es lohnte sich wohl nicht, sie darauf hinzuweisen. Ich ging hinein, zog die Schuhe aus und machte die Tür zu.

Obwohl ich schon ein paar Mal in der Wohnung gewesen war, seit Ellie sie vor über einem Jahr übernommen hatte, war ich heute das erste Mal ohne meine Mutter hier, und unter diesen Umständen machte sie auf mich einen ganz anderen Eindruck. Die meisten Möbel waren natürlich dieselben, aber die gesamte Atmosphäre hatte sich verändert. Die Wohnung hatte viele der Eigenschaften ihrer Mieterin angenommen. Es war alles in allem sauber, aber dunkel und an einigen Stellen ziemlich unordentlich. Die Vorhänge waren geschlossen, und der Abwasch stapelte sich in der Spüle. Und überall lag Unterwäsche herum. Soweit ich das sehen konnte, hingen Schlüpfer und BHs auf jedem Heizkörper, den es in der Wohnung gab. Ellie versicherte mir, dass dies keine dauerhafte Dekoration war. Es war nur zufällig Waschtag. Aber wie Sie sich vorstellen können, war dieser Anblick für einen Besucher recht verstörend. Man konnte nirgends hinschauen, ohne einen dieser schwarzen Wimpel im Augenwinkel zu haben.

Eine andere Veränderung, die ich bemerkte, betraf die »Schachtel«. Der Raum schien nun eine Art begehbarer Kleiderschrank zu sein, obwohl der Begriff vielleicht ein bisschen zu pompös klingt. »Rumpelkammer« würde es wohl besser treffen.

»Weißt du, dass ich in dem Zimmer gewohnt habe?«, fragte ich Ellie, als wir im Wohnzimmer Platz genommen hatten, inmitten eines lawinengefährdeten Bergs aus CD-Hüllen und benutzten Kaffeetassen. »In der Schachtel, meine ich. Ein ganzes Jahr lang habe ich da drin gewohnt.«

Ellie rümpfte die Nase. »In welchem Zimmer?«

»In der Schachtel«, wiederholte ich und deutete in Richtung der Tür.

»*Im Wandschrank?*«

»Es war ein Arbeitszimmer«, korrigierte ich sie. »Dann war es ein Jahr lang mein Schlafzimmer, als meine Mutter und ich hier wohnten.«

»Scheiße, Woods! Das ist doch bloß ein popeliger Wandschrank!«

»Ich war damals erst elf, und es war gar nicht so übel. Meine Mutter fand die Idee auch nicht besonders gut, aber wir hatten keine andere Wahl. Das war die Zeit, als ich nicht in die Schule gehen konnte. Ich konnte das Haus nicht verlassen. Die Epilepsie war zu schlimm.«

Ellie schüttelte den Kopf. »Dein Leben ist eine Art völlig

verdrehtes Märchen. Du solltest deine Biografie schreiben. Es wäre bestimmt ein Bestseller.«

»Autobiografie«, verbesserte ich.

»Was?«

»Eine Biografie ist, wenn man die Lebensgeschichte eines anderen schreibt. Wenn man die eigene schreibt, nennt man es Autobiografie.«

»Scheiß drauf. Willst du was trinken?«

»Hast du Cola light?«

»Ich habe irgendeine billige Cola im Kühlschrank. Ist das okay?«

»Kommt drauf an. Ist da Zucker drin?«

»Ja, da ist Zucker drin.«

»Schon gut, ich hole mir unten eine Cola light. Ich kann Cola trinken, aber nur ohne Zucker. Von Zucker wird mir ganz komisch.«

»Du bist auch so schon komisch.«

Darauf wusste ich nichts zu sagen. Ich ging nach unten in den Laden und holte mir eine Cola light aus meinem Vorrat im Lagerraum.

Als ich zurückkam, hatte Ellie sich nicht umgezogen, aber sie hatte auf dem Tisch eine Ecke freigeräumt, wo ich mein Getränk abstellen konnte, und sie hatte den Fernseher auf stumm geschaltet. Es lief irgendeine von diesen trashigen Musikshows, wo die Sängerinnen sich winden und zucken wie Schlangen und die Männer sich ständig in den Schritt greifen und Karate-Kicks Richtung Kamera vollführen. Die meisten Musikvideos könnte sogar ein Orang-Utan verstehen. Aber ich glaube nicht, dass Ellie wirklich hingeschaut hatte, bevor ich gekommen war. Das war nicht die Art von Musik, die sie mochte. Aber sie war ein Mensch, der immer einen gewissen Aktionspegel im Hintergrund brauchte, um zu funktionieren. Das war vermutlich der Grund, warum sie nur den Ton abschaltete und nicht den ganzen Fernseher. Die zuckenden Bilder waren eine weitere Ablenkung, mit der ich fertigwerden musste, zusätzlich zu der im Raum verteilten Unterwäsche. Wegen dieser Ablenkung und der kurzen Unterbrechung mit der Cola fiel es mir schwer, gleich auf den Punkt zu kommen. Ich verlegte mich stattdessen auf Small Talk und hoffte, dass dies ein Türöffner für das eigentliche Gespräch sein würde.

»Es ist schon interessant«, sagte ich, »wenn man bedenkt, dass in einer Zweiliterflasche normale Cola etwa fünfundsiebzig Teelöffel Zucker drin sind.«

Ellie warf mir einen Blick zu, als hätte ich ihr gerade anvertraut, dass ich Schwimmhäute zwischen den Zehen hätte.

»Das ist ungefähr so viel wie in einem mit Zuckerguss überzogenen Schokoladenkuchen von etwa zwanzig Zentimetern Durchmesser.«

»Ja, Woods, das ist wirklich das Faszinierendste, was ich heute gehört habe.«

»Ich wollte nur ein Gespräch in Gang bringen.«

»Da brauchst du aber noch viel Übung. Aber kommen wir gleich zur Sache, okay? Wie geht's deinem Freund? Ist er immer noch verrückt?«

Manchmal war Ellie ziemlich clever, auf ihre eigene Art.

Ich brauchte zehn Minuten, um zu erklären, dass Mr. Peterson nicht verrückt war – im eigentlichen Sinn des Wortes –, aber noch immer an Selbstmord dachte. Und solange dies der Fall war, hatte er keine Chance, aus der psychiatrischen Abteilung entlassen zu werden.

»Also ist es vielleicht am besten, wenn er da bleibt«, spann Ellie den Faden weiter. »Ist es das, was du denkst?«

»Nein, eigentlich nicht«, sagte ich. »Ich meine, vielleicht für den Augenblick, aber nicht auf lange Sicht.«

»Wenigstens hat er im Krankenhaus Leute, die sich um ihn kümmern.«

»So sieht er das aber nicht.«

Ellie zuckte mit den Schultern. »Und wie siehst *du* das?«

»Ich weiß nicht«, antwortete ich. »In meinem Kopf geht es drunter und drüber. Es ist, als ob ständig ein Gedanke in den Mittelpunkt rücken will, aber aus irgendeinem Grund nicht kann. Aber ich glaube … Na ja, ich sehe heute die Dinge anders als noch vor einer Woche. Alles ist viel komplizierter geworden …«

Ich verstummte und musste eine Weile nachdenken, ehe ich fortfahren konnte. »Ellie, ich habe niemandem davon erzählt: Weißt du, damals, als ich im Koma lag, nach dem Meteoriten …«

Ich dachte, sie würde etwas sagen, aber sie nickte bloß und zündete sich eine Zigarette an.

»Nun«, sprach ich weiter, »ich bin natürlich froh, dass ich wieder aufgewacht bin, aber gleichzeitig habe ich schon oft gedacht, dass es keine Rolle gespielt hätte, wenn es nicht so gewesen wäre. Jedenfalls nicht für mich. Verstehst du, was ich meine?«

»Nein«, sagte Ellie.

Ich dachte noch ein bisschen nach.

»Okay«, sagte ich. »Sieh es mal so: Als ich im Koma lag, gab es nichts Schlimmes. Es gab überhaupt nichts. Ich habe nicht geträumt. Es war nicht dunkel. Die Zeit existierte nicht. Soweit es mich betrifft, existieren diese beiden Wochen nicht. Sie sind nie passiert. Und ich glaube, mit dem Tod ist es genauso. Der Tod ist nichts. Er ist nicht einmal eine Leere – jedenfalls nicht für den Menschen, den es betrifft. Verstehst du jetzt?«

Ellie stieß eine lange Rauchfahne aus und sagte dann: »Wenn man tot ist, ist man tot. Schon ein bisschen bedrückend für einen Sonntagmorgen, aber das versuchst du mir gerade zu sagen, richtig?«

»Richtig. Wenn man tot ist, ist man tot. Das ist es, woran ich glaube, und Mr. Peterson glaubt es ebenfalls. Aber der Punkt ist doch: Wenn das stimmt, dann sollte es nicht bedrückend sein. Und niemand sollte Angst davor haben. Okay, ich kann einsehen, warum es vom Standpunkt der menschlichen Evolution betrachtet beängstigend ist, aber nicht aus einer logischen Perspektive.«

»Scheiße, Woods! Man muss Angst haben, man muss keine Angst haben … Hätte ich bloß gewusst, worauf ich mich da einlasse, als ich die Tür aufgemacht habe. Tu mir einen Gefallen: Erspare mir diese Gedankenspielchen, und sag, was du sagen willst, aber einfach und in klaren Worten.«

»Ich will damit sagen, dass der Tod die einfachste Sache der Welt ist. Nur das Sterben ist schrecklich.«

Ellie verzog das Gesicht zu einer Grimasse und rieb sich den Kopf.

»Okay. Andersherum: Lange Zeit kam ich nicht über die Tatsache hinweg, dass Mr. Peterson sterben wird, aber jetzt … Etwas hat sich verändert. Es ist nicht mehr das Wichtigste für mich. Man kann gut sterben oder man kann schlecht sterben. Aber tot ist tot.«

Ellie blinzelte mich an.

»Ich will nicht, dass Mr. Peterson schlecht stirbt«, beendete ich meinen Vortrag.

»Du meinst, du willst nicht, dass er in der Psychiatrie stirbt?«

»Ja, das gehört dazu. Ich meine, wir wissen nicht, wie viel Zeit er noch hat. Vielleicht sogar ein paar Jahre. Aber ich glaube nicht, dass er mehr Zeit im Krankenhaus verbringen sollte als unbedingt nötig.«

Ellie sagte nichts. Ich starrte auf die ungeöffneten Vorhänge, bis mir aufging, dass es so aussehen könnte, als würde ich ihre Unterwäsche anstarren, die auf dem Heizkörper unter dem Fenster lag. Schnell lenkte ich meinen Blick wieder auf ihr Gesicht.

»Er hat mir gesagt, dass du noch mal zu ihm zurückgegangen bist«, sagte ich. »Du weißt schon, vor ein paar Tagen, als ich im Auto gewartet habe. Er meinte, du hättest ihn ganz schön angebrüllt.«

»Ja, deswegen wollte ich auch mit dir reden. Ich weiß, er ist dein Freund und überhaupt, und wahrscheinlich denkst du, dass ich mich einem Sterbenden gegenüber nicht so hätte verhalten sollen, aber ich konnte einfach nicht anders. Scheiße, er hat so dermaßen genervt!«

»Ja, ich weiß. Und ich weiß auch, warum du es getan hast. Danke. Ich glaube, es hat geholfen.«

Ellie wurde nicht gerade rot – Ellie wurde niemals rot –, aber mir fiel auf, dass sie wegschaute und anfing, mit ihrem Feuerzeug herumzuspielen. Wenn ich in Reichweite gesessen hätte, hätte sie mich vermutlich auf den Arm geboxt.

»Weißt du, Woods«, sagte sie nach einer Weile, »irgendwie, auf eine sehr merkwürdige, verquere Art … wegen Rowena, wie sie mich aufgenommen hat und so … na ja, da bist du so eine Art Bruder für mich. Ein sehr komischer, sozial völlig minderbemittelter Bruder natürlich, aber nichtsdestotrotz ein Bruder. So sehe ich dich jedenfalls.«

Ich sagte nichts.

»Ich will damit sagen, dass du mich in der Regel zur Weißglut treibst und ich meistens keine Ahnung habe, was an diesem bizarren Ort, den du Gehirn nennst, vor sich geht, aber trotzdem, trotz allem ist es nicht so, dass ich mich nicht für dich verantwortlich fühle und denke, ich müsste nicht auf dich aufpassen, wenn so was passiert.«

Es dauerte eine Weile, bis ich den letzten Satz so weit durchgesiebt hatte, dass er einen Sinn ergab. Ich war fast davon überzeugt, dass sie versuchte, etwas Nettes zu sagen, und dass sie von mir erwartete, mit etwas Nettem darauf zu reagieren, aber noch ehe ich darüber nachdenken konnte, was ich sagen sollte, wurde ihr langweilig, und sie wandte sich wieder dem Fernseher zu.

»Ellie?«, sagte ich schließlich.

»Ja?«

»Ich mag deinen Pony.«

Etwas Besseres fiel mir in dem Moment nicht ein.

An diesem Abend listete ich alle Fakten auf einem Zettel auf:

1. Mr. Peterson will nicht *jetzt* sterben.
2. Aber er glaubt, dass eine Zeit kommen wird, in der er nicht mehr länger leben will.
3. Das Problem ist, zu diesem Zeitpunkt wird er möglicherweise körperlich nicht mehr in der Lage sein, seinen Wünschen entsprechend zu handeln.

4. Das ist der Grund, warum er versucht hat, sich umzubringen, und warum er weiterhin eine Gefahr für sich selbst darstellt, wenn er aus dem Krankenhaus entlassen wird.
5. Er ist nicht depressiv. Er kann klar denken.
6. Er hat in seinem Abschiedsbrief geschrieben, dass er friedlich und würdevoll sterben möchte, was vermutlich auf jeden Menschen zutrifft.
7. Aber er hat bewiesen, dass es nicht so einfach ist. Selbstmord ist weder friedlich noch würdevoll. Es ist unzuverlässig und schmutzig.

Ich betrachtete die Liste eine Zeit lang und fügte dann einen achten Punkt hinzu:

8. Er will das Recht haben, über sein Leben selbst zu entscheiden.

Nach einer Weile strich ich diesen Punkt durch und schrieb ihn neu:

8. Er sollte das Recht haben, über sein Leben selbst zu entscheiden.

Das war das Zweitschwierigste, was ich je zu Papier bringen musste.

Ich ließ zwei oder drei Tage verstreichen, bevor ich die Liste mit Mr. Peterson durchging. Ich musste die Punkte zunächst für mich selbst akzeptieren und verinnerlichen, damit ich für das Gespräch gewappnet war. Für Zweifel durfte es keinen

Raum geben. Meine Argumente mussten wasserdicht sein, und ich musste sie mit hundertprozentiger Überzeugung an den Mann bringen. Eine andere Möglichkeit gab es nicht.

Ich wartete, bis es auf der Station ganz ruhig war, sodass wir nicht gestört werden würden, und ich sprach so leise, dass weder Graf Tolstoi noch der Katatoniker hören konnten, was wir beredeten.

Ich erklärte Mr. Peterson, dass ich ihm ein paar Dinge sagen müsse und dass er mich nur dann unterbrechen solle, wenn ihm irgendetwas daran nicht korrekt erscheine. Daraufhin legte ich ihm die Fakten dar, die Punkte 1 bis 7, genauso, wie ich sie aufgeschrieben hatte. Die gründliche Vorbereitung zahlte sich aus: Ich war in der Lage, klar und ruhig zu sprechen, ohne zu stottern oder zu zögern. Ich wusste, dass sich ansonsten meine Gefühle gegen mich gewandt hätten. Denn für das, was jetzt kam, musste Mr. Peterson davon überzeugt sein, dass jeder Punkt fest in meinem Kopf und meinem Herzen verankert war.

Er unterbrach mich kein einziges Mal. Ich hatte auch nicht damit gerechnet. Ich wusste, in welchem Moment er anfangen würde zu reden, nämlich nachdem ich Punkt 8 zur Sprache gebracht hatte: *Sie sollten das Recht haben, über Ihr Leben selbst zu entscheiden*. Ich fügte eine Ergänzung hinzu:

»Und wie immer diese Entscheidung auch aussehen mag, ich werde Sie darin unterstützen. Wenn die Zeit kommt, wenn Sie nicht mehr länger leben wollen – wenn es so weit ist, will ich Ihnen beim Sterben helfen.«

Ich möchte nicht, dass Sie schlecht über Mr. Peterson denken. Seien Sie versichert: Er unternahm jede nur denkbare Anstrengung, um mir die Idee augenblicklich auszureden. Mein Vorschlag entsetzte ihn, wie ich es nicht anders erwartet hatte. Aber diesen Kampf konnte er nicht gewinnen. Über die Fakten waren wir uns einig; sie ließen sich nicht leugnen. Er brauchte meine Hilfe. Und was die nun folgende Diskussion anging: Ich hatte Zeit und Gelegenheit gehabt, mir meine Argumente zurechtzulegen und sie auswendig zu lernen. Er nicht.

Er redete mindestens zehn Minuten auf mich ein, aber was er sagte, war mehr oder weniger unerheblich – es war ein sich wiederholendes, unzusammenhängendes Gepolter darüber, wie sehr ich seinen Wunsch missverstanden habe, dass ich wohl nicht richtig nachgedacht habe, und wie absolut lächerlich dieser Gedanke sei … und so weiter und so fort.

Ich wartete, bis ihm die Puste ausging, und dann sagte ich: »Ich kann Ihnen versichern, dass ich darüber nachgedacht habe, und zwar sehr gründlich. Ich habe tagelang darüber nachgedacht. Wenn irgendetwas an den Fakten, die ich Ihnen genannt habe, falsch ist, dann korrigieren Sie mich bitte. Wenn Sie sich nicht mehr an die genannten Fakten erinnern, dann werde ich sie gerne wiederholen.«

Mr. Peterson sagte, ich solle die verdammten Fakten vergessen. Die spielten keine Rolle mehr. »Hier ist nur eine einzige Tatsache relevant«, sagte er, »nämlich dass ich mir nicht von dir helfen lassen kann. Nicht auf diese Weise.«

Ich wartete eine Weile, um ganz sicherzugehen, dass er mich hörte und verstand.

»Um genau zu sein, ist das nicht Ihre Entscheidung«, sagte ich. »Sie denken, dass Ihnen erlaubt sein sollte, Herr über Ihr eigenes Schicksal zu sein, und da stimme ich Ihnen zu. Hundertprozentig. Ich verlange nur, dass Sie mir das gleiche Privileg zugestehen. Ich habe eine Entscheidung getroffen, basierend auf dem, was ich für richtig halte – basierend auf meinem Gewissen. Mir das zu nehmen, wäre unverzeihlich. Wenn Sie mich auch nur ein bisschen respektieren, dann *müssen* Sie mir diese Wahl lassen.«

Ich weiß nicht, wie viel Zeit verging. Vielleicht zwei Minuten, vielleicht auch fünf. Gelegentlich sah Mr. Peterson so aus, als wollte er etwas sagen, aber jedes Mal ließ er es bleiben. Ich musste nicht mehr weitersprechen. Je länger das Schweigen dauerte, desto unumstößlicher wurden meine Worte.

Schließlich wusste sich Mr. Peterson nicht mehr anders zu helfen: Er schickte mich weg und bat um Bedenkzeit. Aber ich wusste, dass die Entscheidung gefallen war. Ich sah Tränen in seinen Augen. Es war das erste und einzige Mal, dass ich ihn weinen sah.

Am nächsten Tag war es abgemacht. Mr. Peterson fragte mich, ob ich begriffen hätte, was genau ich ihm da anbot, und ich bestätigte ihm, dass ich das tat.

»Ich werde meine Meinung nicht ändern«, warnte er mich. »Irgendwann will ich, dass es zu Ende ist.«

»Ich weiß«, sagte ich. »Ich möchte nur, dass dieser Zeitpunkt so weit in der Zukunft liegt wie möglich.«

»Dir ist doch klar, dass ich mich dir auf Gedeih und Verderb ausliefere, nicht wahr?«

»Ganz so sehe ich das nicht.«

»Aber so solltest du es sehen. Denn genau so ist es. Ich kann mich nicht darauf einlassen, wenn du dir nicht ganz sicher bist.«

»Ich bin mir sicher.«

Von diesem Moment an gab es kein Zurück mehr. Unser Pakt war geschlossen.

19

DIE CANNABIS-FABRIK

Anfangs ähnelte die Situation einem Verkehrsunfall. Es war packend, aber gleichzeitig auch sehr verwirrend. Obwohl unleugbar etwas geschehen war – etwas Traumatisches und ziemlich Düsteres –, ließ sich die wahre Natur der Sache nur schwer greifen. Eine ganze Weile wusste niemand so recht, was schiefgegangen war – und auch nicht wann oder warum –, und man würde den Schaden erst gründlich begutachten müssen, ehe Beschlüsse gefasst und Schuld zugewiesen werden konnten.

Eine Reihe von Verbrechen war begangen worden – so viel stand fest; daran gab es nichts zu rütteln. Aber wenn es so war, wer war dann das Opfer und wer der Täter? Wie Sie sich denken können, war dies die Schlüsselfrage, die in den Wochen nach meiner »Verhaftung« in Dover die Medien beschäftigte, und die öffentliche Meinung durchlief etliche deutlich voneinander unterscheidbare Phasen.

Für die Reporter war zunächst Mr. Peterson der Buhmann. Diese Sichtweise bot sich aus einer ganzen Reihe von Gründen geradezu an: Erstens war er tot und daher nicht gut in der Lage, sich zu verteidigen. Zweitens hatte er keine Verwandten, die man hätte brüskieren können. Drittens war er Amerikaner gewesen. Viertens – und das wog am schwersten – war er der Erwachsene in diesem Spiel. Selbst jene, die ihm das Recht zusprachen, sein eigenes Leben zu beenden, wie und wann er wollte, empörten sich über den Umstand, dass es ihm irgendwie gelungen war, mich in die Sache mit hineinzuziehen.

Ich war minderjährig. Auf diese simple Tatsache lief alles hinaus. Und als Minderjährigem fehlte mir die moralische Kompetenz, um die Entscheidungen treffen zu können, die mir in den Polizeiprotokollen zur Last gelegt wurden. Ich glaube, zu jenem Zeitpunkt gab es nur einen oder zwei Journalisten, die darauf hinwiesen, dass mir diese moralische Kompetenz – wenn überhaupt – bloß noch wenige Monate fehlen würde. Aber diese Bemerkungen wurden schnell übertönt, denn ich war nicht nur minderjährig, sondern auch in einer extrem labilen Verfassung. Die Polizei beschrieb mich als »intelligenten, aber sehr naiven und möglicherweise gestörten jungen Mann«. Ich hatte keinen Vater, keine Freunde und eine Mutter mit einem fragwürdigen Ruf und ebenso fragwürdigen Kompetenzen in Sachen Erziehung. Und dann war da noch die Kleinigkeit mit meinem »Gehirnschaden«. Es konnte keinen Zweifel daran geben, dass mein ethisches Urteilsvermögen beeinträchtigt war. Die Tatsache, dass ich den Wagen nach Zürich gefahren hatte, verlor jegliche Bedeutung. Ich war möglicherweise nicht im üblichen Sinne gekidnappt worden, aber doch ganz sicher manipuliert – vermutlich in jeder Hinsicht!

Diese letzte Überlegung öffnete natürlich allen möglichen Spekulationen Tür und Tor, welcher Art die Beziehung genau gewesen war, die mich mit Mr. Peterson verbunden hatte. Es war bereits öffentlich geworden, dass ich ihn im Alter von dreizehn Jahren kennengelernt hatte. Obwohl Mr. Peterson fast vierzig Jahre lang glücklich verheiratet gewesen war, seine Frau nie betrogen hatte und keinerlei unangemessenen Kontakt zu Kindern gehabt hatte – im Grunde genommen gar keinen – und obwohl nicht einmal der Hauch eines Beweises die Behauptung stützte, brandmarkte die Regenbogenpresse ihn gleich als Pädophilen. Tote kann man nicht beleidigen, und ein paar Wochen lang flogen die Beschuldigungen nur so hin und her, bis sie mit einem Mal flügellahm wurden und sich der Fokus der Geschichte wiederum wandelte. Der Grund dafür war nicht in einem Mangel an Beweisen zu suchen; die Pädophilen-Hypothese war lediglich ein alter Hut geworden.

Ein neuer Schuldiger geriet ins Visier der Schreiberlinge, diesmal die Klinik in der Schweiz und hier insbesondere Herr Schäfer, ihr Gründer und Leiter. Schließlich war auch ihm vorzuwerfen, dass er mir gestattet hatte, an dem assistierten Suizid teilzuhaben. Es wurde sogar angenommen, dass er mich geradezu ermutigt habe, aktiv an »dem Vorgang« mitzuwirken. Nachdem Herr Schäfer diese Vorwürfe ein paar Tage lang ignoriert hatte, ging er zum Gegenangriff über. Wenn auch nur der geringste Verdacht bestanden hätte, dass Zwang oder Manipulation im Spiel waren – was auch die Manipulation meiner Person mit einschloss –, wäre der Vorgang sofort abgebrochen worden.

Aber für die Medien bestand kein Zweifel daran, dass man die Angelegenheit weiter untersuchen musste. Meine moralische Inkompetenz war bereits beschlossene Sache.

Der nächste Schritt war zu beweisen, dass Mr. Peterson unzurechnungsfähig gewesen war, und diese Schlacht war schon zu neunzig Prozent gewonnen. Und wenn seine Taten nicht bereits Bände gesprochen hätten, so blieb noch der Umstand, dass er für sechs Wochen in die Psychiatrie eingeliefert worden war. Außerdem hatte er in Vietnam gekämpft, ein Krieg, der einen »dauerhaften Schaden« hinterlassen hatte. (Welcher Art dieser Schaden war, wurde nicht näher beleuchtet.)

Herrn Schäfers Antwort auf diese Anklagen fiel knapp aus: Die Schweizer Behörden hatten sämtliche Dokumente gesichtet, die Aufzeichnungen gesehen und waren zu der Überzeugung gekommen, dass alle Beteiligten sich einwandfrei verhalten hatten, im Rahmen ihrer Verantwortung und im Vollbesitz ihrer geistigen Fähigkeiten. Nach Schweizer Gesetz lag keinerlei Vergehen vor.

Es war ein Fehler, die Aufzeichnungen zu erwähnen. Wie Sie vielleicht wissen, ist es üblich, einen assistierten Suizid zu filmen, weil dies die sicherste Methode ist, um zu beweisen, dass es tatsächlich Selbstmord war. Aber die Presse war nicht in der Lage, diese einfache Tatsache zu kapieren, sondern sah das alles in einem ganz anderen Licht. Innerhalb kürzester Zeit verlangte das ganze Land lautstark, Herr Schäfer möge das »Todes-Video« veröffentlichen. Es liege im öffentlichen Interesse. Die Leute hätten das Recht, sich ihre eigene Meinung zu bilden. Dies sei die einzige Möglichkeit, die Sache zu einem Ende zu bringen.

Ohne sich um die üblichen Höflichkeitsfloskeln zu scheren, meldete sich Herr Schäfer ein letztes Mal zu Wort. Sein Brief, der in einer Sonntagszeitung abgedruckt wurde, bestand nur aus einem einzigen Satz: »Mir ist bewusst, dass in Großbritannien einige Dinge anders gesehen werden, aber in der Schweiz ist es nicht üblich, dass Medien über Menschen zu Gericht sitzen.«

Diese Aussage führte zu einer kleinen diplomatischen Krise und zog eine weitere Woche voller Schlammschlachten in den diversen Zeitungen nach sich. Aber dies war und blieb Herrn Schäfers letztes Wort in dieser Angelegenheit. Er hatte seinen Standpunkt klargemacht und beschlossen, an diesem Punkt aus der Diskussion auszusteigen.

Und so blieb nur noch ich in der Schusslinie stehen.

Es begann als leises Tröpfeln – eine Frage hier, ein Rätselraten um mein Motiv da –, und allmählich wandelte sich die allgemeine Wahrnehmung ein weiteres Mal. Ich benahm mich nicht so, wie sich ein Opfer benehmen würde. Meinen Reaktionen mangelte es an Glaubwürdigkeit. Und bald darauf gingen die »Enthüllungen« los: Ich war bereits in jungen Jahren okkulten Zeremonien ausgesetzt, hatte mich in der Schule durch Gewaltexzesse und Obszönitäten hervorgetan, und man munkelte, dass ich mich im Alter von fünfzehn Jahren einem merkwürdigen religiösen Kult angeschlossen hatte. Was vorher nur als soziales Unvermögen angesehen worden war, wuchs sich zu einer vollendeten Soziopathie aus, und all die Spekulationen über den Zustand meines Gehirns bekamen eine verstörende neue Bedeutung. Es sei sogar möglich, behauptete man, dass ich gar nicht in der Lage sei, Emotionen so zu empfinden wie normale Leute mit normalen Gehirnen.

Natürlich wäre es sehr schwierig geworden, Mr. Peterson nach all dem Gerede über Pädophilie plötzlich zum Opfer zu erklären, aber glücklicherweise schien breiter Konsens darüber zu bestehen, dass es in einem Fall wie diesem nicht notwendigerweise ein Opfer geben musste. Oder wenn ein Opfer verlangt wurde, dann konnte die Moral höchstpersönlich diese Rolle übernehmen. In der neuen Interpretation der Ereignisse wurden Mr. Peterson und ich zu Verschwörern. Er hatte beschlossen, sich umzubringen, und ich war bereit, ihm zu helfen, gegen eine Gebühr, die in bar und in Betäubungsmitteln entrichtet wurde. Und diese Version erfreute sich wachsender Beliebtheit, schon bevor die Nachricht von dem Testament die Runde machte. Aber darüber will ich jetzt nicht reden. Vermutlich ist es das Letzte, worüber ich reden werde. Ich bin ein wenig vom Kurs abgewichen. Der Punkt, auf den ich eigentlich zu sprechen kommen wollte, ist folgender:

Von Anfang an stürzten sich die Medien auf den Umstand, dass ich Mr. Peterson beim Sterben geholfen hatte. Man nannte es unseren »Todespakt«, aber das sagt nichts über die Bedeutung der Sache aus. Das ist bloß ein Schlagwort, mit dem man Zeitungen verkauft. Für uns ging es niemals um den Tod, sondern immer nur um das Leben. Die Gewissheit, dass es einen Ausweg gab und dass sein Leiden nicht unerträglich werden würde, war der Schlüssel zu Mr. Petersons Weiterleben. Er lebte noch viel länger, als er ursprünglich vorgehabt hatte. Es waren die Wochen vor unserem Pakt, die in Dunkelheit und Verzweiflung getaucht waren. Nachdem wir unser Bündnis geschlossen hatten, bekam das Leben wieder einen Sinn.

Ich möchte Ihnen etwas über Zeit erzählen: Die Zeit ist nicht das, wofür Sie sie halten. Es ist kein regelmäßiger Puls, der für jedes Individuum an jedem beliebigen Ort im Universum gleich schlägt. Das hat schon Einstein vor ungefähr hundert Jahren entdeckt, mithilfe seines ungewöhnlich großen Gehirns. Er stellte einige Gleichungen auf, die uns zeigen, dass eine Person in einem Zug, der mit annähernder Lichtgeschwindigkeit fährt, die Zeit mit einem anderen Maßstab messen würde als eine Person, die am Bahnsteig auf den Zug wartet. Und eine Person, die auf der Oberfläche der Sonne sitzt, hätte ein anderes Zeitgefühl als eine Person, die schwerelos durch den interstellaren Raum schwebt. Die Zeit hat unterschiedliche Werte für Menschen in unterschiedlichen Situationen. Einstein hat diese Theorie mathematisch bewiesen, aber meiner Erfahrung nach kann jeder Einzelne dieses Phänomen selbst nachprüfen.

Ich weiß zum Beispiel, dass Mr. Peterson den Fluss der Zeit während jener letzten sechzehn Monate ganz anders empfand als ich. Er sagte mir oft, besonders gegen Ende, dass für ihn die Zeit zu einem langsamen, friedlichen Dahingleiten geworden sei. Wenn ich raten müsste, warum er das so empfand, würde ich sagen, es lag daran, weil es Zeit war, mit der er nicht gerechnet hatte – Zeit, die zu erleben, er nicht erwartet hatte. Vielleicht war der Grund auch, weil er der Zeit nun *erlaubte* dahinzugleiten. In dieser Betrachtungsweise lag eine gewisse Zufriedenheit, da die Gedanken nie weit in die Zukunft schweiften. Sein Leben war einfach geworden, er hatte es sozusagen entrümpelt. Und wenn man so lebt, kann es einem durchaus vorkommen, als ob sich die Zeit ins Endlose dehnt. Die Dinge geraten erst dann in Bewegung, wenn man sich Gedanken über all das macht, was man noch erledigen muss. Je mehr man in die Zeit hineinpressen will, desto weniger entgegenkommend wird sie.

Natürlich hatte Mr. Peterson die Zukunft nicht ganz aus den Augen verloren. Da waren noch immer Vorkehrungen zu treffen. Es gab E-Mails und Telefonate mit der Klinik in der Schweiz, medizinische Unterlagen mussten angefordert werden (unter dem Vorwand, einen Spezialisten konsultieren zu wollen), die dann kopiert und abgeschickt wurden. Aber nachdem Mr. Petersons Anfrage geprüft und vorläufig genehmigt worden war, rückten diese Dinge in den Hintergrund. Solange er die Schweizer Klinik auf dem Laufenden hielt, wusste er, dass es für ihn einen sicheren Ausweg gab. Er konnte diesen finalen Termin relativ kurzfristig vereinbaren, wenn die Zeit gekommen war. Aber bis dahin war er in der Lage, die Gedanken daran aus seinem Kopf zu verbannen. Stattdessen konnte er sich auf andere Maßnahmen konzentrieren, die ihm kurz- und mittelfristig halfen.

Auf Anraten seines Arztes meldete er sich bei einem Physiotherapeuten im Krankenhaus. Von ihm lernte Mr. Peterson eine Reihe einfacher Übungen, die er täglich ausführen musste, um seinen wachsenden Problemen mit dem Gleichgewicht und der Beweglichkeit zu begegnen. Er ließ einen Treppenlift einbauen und Haltegriffe an den Wänden im Badezimmer und in den Fluren. Er bekam täglich »Essen auf Rädern«, und eine Frau aus Litauen namens Krystyn kam zweimal in der Woche zum Saubermachen. Zwischen dem Staubwischen und Putzen verbrachten sie viel Zeit mit Kaffeetrinken, wobei sie sich am liebsten über die Eigentümlichkeiten der Engländer unterhielten. Merkwürdigerweise war Mr. Petersons Leben jetzt, da er körperlich so eingeschränkt war, viel geselliger geworden, und das galt nicht nur für die Pflegekräfte und die Ärzte. Nachdem seine Krankheit kein Geheimnis mehr war, hatte sich eine kleine, aber engagierte Gruppe von Menschen zusammengefunden, die ihn regelmäßig besuchte. Mrs. Griffith brachte – so zuverlässig wie ein Uhrwerk – jeden dritten oder vierten Tag Kuchen und geschmorten Braten vorbei. Fiona Fitton und Sophie Haynes kamen abwechselnd mit Hörbüchern und CDs mit klassischer Musik, die sie in der Bibliothek für ihn bestellten. Und da mittlerweile ohnehin alle (fast) alles über Mr. Petersons Zustand wussten, musste auch er ihn nicht länger geheim halten. Er redete jetzt offen und ehrlich über seine Erkrankung. Wenn die Sprache auf seinen Selbstmordversuch und die Zeit im Krankenhaus kam, fasste er die Ereignisse stets so zusammen: »Ich habe gedacht, mein Leben sei nicht mehr lebenswert, aber es stellte sich heraus, dass ich mich geirrt habe.« Er meinte, er wolle den Leuten begreiflich machen, dass er durchaus vernünftige Gründe für seine Tat gehabt habe. Vielleicht war das ein Witz. Ich bin mir nicht sicher. Merkwürdigerweise fiel es ihm jetzt, da er sich mit dem nahen Tod abgefunden hatte, viel leichter, Witze zu machen.

Während für Mr. Peterson das Leben deutlich entspannter geworden war, hatte für mich der Tag viel zu wenige Stunden. Ich kämpfte nicht nur mit den täglichen Aufgaben, die ich für Mr. Peterson erledigte, sondern musste mich auch noch mit den Dingen auseinandersetzen, die ich erledigen wollte, bevor wir in die Schweiz fuhren.

Ganz oben auf der Liste stand »Deutsch lernen«. Mr. Peterson meinte zwar, das sei nicht nötig, weil alle in der Klinik (und vermutlich alle Menschen in der Schweiz) sehr gut Englisch sprachen, aber ich dachte mir, sicher ist sicher. Ein gewisses Sprachverständnis konnte nur von Vorteil sein. Immerhin mussten wir in der Lage sein, Straßen- und Hinweisschilder zu lesen, dann gab es Grenzkontrollen, Hotelpagen und so weiter. Meinem eigenen Seelenfrieden zuliebe wollte ich wenigstens so viel Deutsch können, um mich verständlich zu machen. Unglücklicherweise hatte ich mich in der Schule schon für Französisch und Spanisch entschieden, sowohl aus praktischen wie auch ästhetischen Gründen. Und so schob ich Deutsch in die Mittagspause.

Ich fragte Frau Kampischler, die Deutschlehrerin an der Asquith Academy, ob sie gewillt sei, ihre Mittagspause für meinen Deutschunterricht zu opfern. Das war sie nicht. Aber sie empfahl mir einen Online-Anfängerkurs und versprach, mir eine Auswahl Arbeitshefte und Lern-CDs zur Verfügung zu stellen, damit ich mich selbst unterrichten konnte.

Und so übte ich fünf einsame Stunden in der Woche, *Frühstück* zu bestellen, nach dem Weg zum *Busbahnhof* zu fragen und dem Mann an der Passkontrolle zu erklären, dass *wir vier Tage bleiben* würden. Im Deutschen gibt es drei verschiedene grammatikalische Geschlechter, die Verben neigen dazu, ans Ende des Satzes zu flüchten, und es gibt monströs lange, zusammengesetzte Wörter wie *Geschwindigkeitsbegrenzung*. Doch davon mal abgesehen, ist die deutsche Sprachstruktur der englischen ziemlich ähnlich, und obwohl Deutsch vom Klang her nicht unbedingt die schönste Sprache der Welt ist, ist es nicht besonders schwer auszusprechen – noch dazu, wenn man *Gesprengte Ketten* kennt, *Jäger des Verlorenen Schatzes* und *99 Luftballons*. Das alles machte das Lernen leichter für mich, und nach etwas mehr als einem halben Jahr hatte ich das Gefühl, ganz gut zurechtzukommen.

Leider konnte ich den zweiten Punkt auf meiner Schweiz-Liste – das Bestehen der Führerscheinprüfung – nicht so einfach erledigen. Wenn ich alt genug gewesen wäre, hätte dieser Punkt ganz oben auf meiner Liste gestanden.

Ich weiß nicht, wann genau wir beschlossen, dass wir lieber nach Zürich fahren anstatt fliegen wollten, aber es muss zu einem relativ frühen Zeitpunkt gewesen sein. Mr. Peterson befürchtete keinen Triebwerksschaden oder irgendeinen islamistischen Anschlag; er hatte bloß eine generelle Abneigung gegen das Fliegen. Er behauptete, es liege daran, dass man in einem so engen Raum eingeschlossen sei, mit einer so großen Anzahl anderer Menschen und keiner Möglichkeit zu entkommen. Die Vorstellung, auf diese Weise seine letzte Reise anzutreten, gefiel ihm nicht besonders, zumal wir nicht wussten, wie es zu diesem Zeitpunkt um seine Mobilität und seinen Gleichgewichtssinn bestellt sein würde. Wir waren uns einig, dass es besser war, mit dem Auto zu fahren. Wir konnten uns Zeit lassen und Rast machen, wann immer wir wollten, und uns in aller Ruhe die Landschaft anschauen und dabei Schubert und Chopin hören. Mr. Petersons einzige Sorge bezüglich unseres Plans bestand darin, dass die Autofahrt etwa vierundzwanzig Stunden lang dauern würde, wovon ich die Hälfte ohne Beifahrer würde bestreiten müssen. Wie sollte ich das hinkriegen? Die Wahrheit ist, ich hatte keine Ahnung. Aber mein Bauchgefühl sagte mir, dass wir die Sache auf die richtige Art und Weise angingen. Ich war noch nie zuvor geflogen, und ich konnte nicht mit Bestimmtheit sagen, ob es für mich weniger stressig gewesen wäre als das Fahren. Aber beim Autofahren wusste ich wenigstens, woran ich war.

Ich durfte erst mit siebzehn den Führerschein machen, aber ich konnte mich vorbereiten. Wegen seines nachlassenden Sehvermögens war Mr. Peterson nicht mehr in der Lage, mir Hinweise oder Tipps zu geben, wenn wir mit dem Wagen unterwegs waren, aber ich konnte immer noch die bekannten Strecken fahren, wie etwa zum Dorfladen, oder in seiner Einfahrt das Einparken üben. Ich las auch die Straßenverkehrsordnung von der ersten bis zur letzten Seite, und von einem theoretischen Blickwinkel aus betrachtet, wusste ich, was ich tat. Und dann waren da natürlich noch meine anderen mentalen Vorkehrungen.

Ich habe ja schon erwähnt, dass man als Epileptiker nur dann Autofahren darf, wenn man mindestens ein Jahr lang völlig anfallsfrei war. Da ich mir sicher war, dass ich Dr. Enderby in dieser Beziehung nicht anlügen konnte, war es unerlässlich, dass mein Boot bis zu meinem siebzehnten Geburtstag in ruhigem Gewässer fuhr. Das bedeutete: Trotz der zusätzlichen Arbeit, die mich täglich erwartete, konnte ich es mir nicht leisten, von meiner bewährten Routine und meinem Schlafrhythmus abzuweichen. Ich musste auf jeden Fall spätestens um halb elf im Bett liegen und vor sieben Uhr aufstehen, damit ich meine frühmorgendlichen Meditationen und die beruhigenden Übungen durchführen konnte.

Aber es funktionierte. Dank der strengen Strukturen, die ich mir auferlegte, blieb ich etwa zwanzig Monate am Stück anfallsfrei. Dr. Enderby war so entzückt über meine Fortschritte, dass er mir während meines halbjährlichen Kontrolltermins kurz vor meinem siebzehnten Geburtstag eröffnete, dass er unter normalen Umständen eine graduelle Reduzierung des Carmazepin-Präparats vorschlagen würde, mit dem Ziel, es nach einem halben bis ganzen Jahr völlig abzusetzen. Aber natürlich verstand er, dass dies *keine* normalen Umstände waren. Falls ich noch nicht dazu bereit sei – was der Wahrheit entsprach –, dann gebe es keinen Grund, meine Dosis in irgendeiner Form zu verändern.

Am Tag meines siebzehnten Geburtstags bestand ich die

theoretische Fahrprüfung, und eine Woche später – nach einigen Abenden intensiven Trainings – bestand ich auch den praktischen Teil. Mir unterlief nur ein kleiner Fehler, weil ich zögerte, als ich ein Pferd überholte. Der Fahrprüfer meinte, ich sei ein Naturtalent.

Wie Sie sich sicher vorstellen können, gab es noch einen Haufen anderer Dinge, die meine Tage bis zum Bersten anfüllten. Es waren meistens Sachen, die ich für Mr. Peterson erledigte: Ich fuhr zur Post. An den Tagen, an denen Krystyn nicht kam, übernahm ich das Aufräumen. Ich ließ mir Briefe im Auftrag von Amnesty International diktieren. Ich las vor, mindestens eine oder auch zwei Stunden am Tag, meistens Bücher, die Mr. Peterson schon kannte, die er aus Zeitmangel aber bisher kein zweites Mal gelesen hatte. Er meinte, dass er immer weniger bereit sei, sich auf etwas Neues einzulassen. Er wählte die Bücher aus, die ich ihm vorlesen sollte. Nach *Catch-22* kam *Einer flog über das Kuckucksnest* und danach *Owen Meany*. Rückblickend betrachtet, fühlte er sich offensichtlich zunehmend zu dieser Art von Tragikomödie hingezogen. Nachdem ich meine ursprüngliche Verlegenheit überwunden hatte, merkte ich, dass ich beim Vorlesen dieser Bücher ganz tief abtauchen konnte. Ich konnte mich selbst verlieren, ähnlich wie bei der Versorgung der Cannabis-Fabrik. Ich vermute, dies ist keine der Aufgaben, die sich in einem Satz erklären lassen. Ich werde etwas weiter ausholen müssen.

Zuerst müssen Sie wissen, dass sich meine Einstellung zu Mr. Petersons Gras nach seinem Krankenhausaufenthalt grundlegend veränderte. Nur, damit keine Missverständnisse aufkommen: Ich halte nichts von irgendwelchen Substanzen, die sich in die natürliche Chemie des Gehirns einmischen. Die Vorstellung, irgendetwas zu essen, zu rauchen, zu schnüffeln oder in eine Vene zu spritzen, dessen Wirkung nicht grundlegend und sorgfältig in Dreifachblindstudien getestet wurde, ist mir von Grund auf fremd. Ich kann nicht verstehen, warum irgendjemand diesen Wunsch verspüren sollte. Aber man tut es – das ist der Punkt. Manche Leute mögen gefährliche Sportarten wie Boxen und Base-Jumping und Big-Wave-Surfen. Diese Dinge sind mir ebenfalls fremd. Aber ich denke nicht, dass ich irgendjemandem von diesen Aktivitäten abraten würde (abgesehen vielleicht vom Boxen).

Denn etwa zur selben Zeit, als mir bewusst wurde, dass Mr. Peterson das Recht hatte, sich selbst zu töten, erkannte ich, dass man den Leuten in den meisten Fällen nicht vorschreiben sollte, was sie mit ihren Gehirnen und Körpern tun oder lassen. Es kam mir jetzt ganz in Ordnung vor, dass Mr. Peterson in seinen eigenen vier Wänden gerne hin und wieder einen Joint rauchte. Er schadete damit ja niemandem sonst, und für sein Wohlbefinden war es – so behauptete er – viel besser als alles andere, was ihm ein Arzt je verschrieben hatte. Es ist unmöglich, den Wahrheitsgehalt dieser Behauptung objektiv zu überprüfen, aber genau das war der springende Punkt: Es war *seine* Entscheidung. Wenn Mr. Peterson der Meinung war, dass das Rauchen von getrockneten Cannabispflanzen ihm mehr Lebensqualität verschaffte, stand es mir nicht zu, ihn daran zu hindern. Mehr noch: Bereits zu einem sehr frühen Zeitpunkt kristallisierte sich heraus, dass mir nichts anderes übrig blieb, als ihn aktiv darin zu unterstützen.

Kurz nachdem er aus der Psy entlassen worden war, wurde klar, dass er die steile, enge Treppe zum Dachboden nicht mehr erklimmen konnte. Es war Ende November, und seit Ende August war er nicht mehr dort oben gewesen. Damals hatte er die Pflanzen abgeerntet – zum letzten Mal, wie er gedacht hatte. Er hatte keine neuen Pflanzen eingesetzt. Im Glauben, dass seine botanische Laufbahn beendet sei, hatte er die Hochdrucklampen ausgeschaltet und die großen Anzuchtkübel ordentlich in eine Ecke gestapelt, hatte den Boden gefegt und den Laden dichtgemacht. Und jetzt, nachdem er beschlossen hatte, noch ein bisschen länger zu leben, hatte er ein Problem.

Auf den Dachboden konnte er nicht mehr, aber die Pflanzen irgendwo anders unterzubringen, war gleichermaßen undenkbar. Was Mr. Peterson auf dem Dachboden aufgebaut hatte, war äußerst professionell. In den dreißig Jahren als Cannabispflanzer hatte er eine Menge an schwerem Gerät und Hightechausrüstung angeschafft. Die tausend Watt starken Hochdrucklampen saßen in gebogenen Streben über den Pflanzen, so ähnlich wie die Lampen über Billardtischen. Man konnte sie mittels eines Seilzugs hochziehen und wieder absenken, je nach Höhe der Pflanzen. Er hatte einen Luftentfeuchter installiert und einen großen Ventilator für die Luftzirkulation und das Trocknen der Blätter. Der Raum konnte »lichtdicht« gemacht und die Temperatur präzise eingestellt werden; beides war wichtig, damit die Pflanzen optimal wuchsen. Und selbst wenn es möglich gewesen wäre, die ganze Konstruktion irgendwo hinzuschaffen, wo man leichter herankam, bestand nicht der geringste Zweifel daran, dass Mr. Peterson selbst so einfache Tätigkeiten wie Gießen und Umtopfen nicht mehr bewerkstelligen konnte. Jemand musste das Ruder übernehmen – und dieser Jemand war ich. Obwohl Mr. Peterson mit Krystyn gut zurechtkam, waren wir uns einig, dass wir eine Grenze überschreiten würden, wenn wir sie baten, hin und wieder auf den Dachboden zu gehen und die Cannabispflanzen zu wässern. Und wie Sie vielleicht schon vermuten, ist es gar nicht so einfach, guten Cannabis zu züchten. Es ist viel komplizierter als irgendwelche Topfpflanzen.

Die Anleitung, die mir Mr. Peterson diktierte, umfasste am Ende vierzehn Seiten, einzeilig in Times New Roman, Schriftgrad 12. Es waren Schritt-für-Schritt-Anweisungen, und sie beschrieben jedes Detail: von der Einsaat bis zur Trocknung, Haltbarmachung und Lagerung. Mit seiner dreißigjährigen Erfahrung betrachtete Mr. Peterson die Cannabiszucht als eine Kunst, aber diese Sichtweise teilte ich nicht. Für mich war es eine Wissenschaft. Und deshalb liebte ich es.

Der Dachboden hatte die Atmosphäre eines Laboratoriums – dank der Lampen, der Seilzugsysteme und des konstanten Surrens des Ventilators. Eigentlich war es ja auch nichts anderes. Ein Labor, eine perfekte weiße Umgebung, wo alle Entwicklungen beobachtet und in eine Richtung gelenkt werden konnten, die zu einem bestimmten Ergebnis führte. Es gab Thermometer und Hygrometer, Waagen und Maßbänder. In einem Schrank standen Chemikalien, um dem Leitungswasser das Chlor zu entziehen, »Wurzelhormone« für die Ableger, stickstoff- und kaliumhaltige Dünger, Chemikalien, um den Säuregehalt der Erde zu regulieren, der sich idealerweise um einen pH-Wert von 6,5 bewegen sollte. Und das war nur eins der vielen technischen Details, die mich in den Bann schlugen. Ein weiteres war der Lichtzyklus, der Sommer und Herbst simulierte: achtzehn Stunden Licht pro Tag während der vierzehnwöchigen Wachstumsphase und dann zwölf Stunden pro Tag, um die Reproduktionsphase auszulösen und beizubehalten, was etwa acht Wochen dauerte. Allerdings stand für Mr. Petersons Pflanzen die Vermehrung nicht auf dem Programm. Sobald sich das Geschlecht der Pflanzen herausgebildet hatte, mussten die männlichen Pflanzen ausgerissen werden. Der Grund dafür war, dass unbefruchtete weibliche Pflanzen sehr viel mehr Harz produzierten, und in diesem Harz befand sich der größte Anteil an Cannabinoiden. Das sind die psychoaktiven Wirkstoffe der Pflanze, und die waren, zumindest was Mr. Peterson betraf, der einzige Sinn des Unternehmens.

Für mich war das Unternehmen der Sinn des Unternehmens. Es war die Befriedigung, ein ausgezeichnetes Ergebnis zu erzielen.

Nachdem ich die Fabrik ein paar Monate geleitet hatte, hatte Mr. Peterson meine sehr detaillierten, sehr technikorientierten Berichte über die Fortschritte der Pflanzen gründlich satt. Ich glaube, bei mindestens zwei Gelegenheiten habe ich ihn förmlich in den Schlaf gelangweilt: Einmal, als ich die Gleichung zu erklären versuchte, die beschreibt, wie weit die Lampen von den Pflanzen entfernt sein müssen; und ein anderes Mal, als ich meine Hypothese ausführte, warum die Pflanzen während der Wachstums- und der Fruchtbarkeitsphase unterschiedliche Lichtwellenlängen benötigen (es hat mit dem Verlauf der Sonne und der Streuung des Lichts in der Atmosphäre zu tun).

Trotzdem bin ich der Meinung, dass all die wissenschaftliche Präzision sich letzten Endes auszahlte. Ich konnte drei üppige Ernten überwachen, deren Qualität von Mr. Peterson mit einem anerkennenden »Nicht schlecht!« quittiert wurde.

Zusammengefasst war das mein Leben in diesen sechzehn Monaten. Es gab also durchaus Momente der Ruhe inmitten des allgemeinen Galopps. Wenn ich laut vorlas oder mich um die Pflanzen kümmerte, tauchte ich so tief in die jeweilige Tätigkeit ein, dass die Zeit und alles andere in den Hintergrund rückte. Aber trotzdem tickte die Uhr unaufhaltsam weiter. Für Mr. Peterson mochte die Zeit langsam und friedvoll dahingleiten, aber für mich raste sie in einem sich zunehmend beschleunigenden Wirbel davon. Und es dauerte nicht lange, da hatte sie uns eingeholt.

Es muss irgendwann Anfang Oktober gewesen sein, kurz nachdem ich meine Fahrprüfung bestanden hatte, als Mr. Petersons Probleme mit dem Sprechen offensichtlich wurden, obwohl sie sich schon eine ganze Zeit lang angekündigt hatten. Es fing an mit einem leichten Lallen und Verzerren von Lauten – so ähnlich wie jemand spricht, der ein bisschen berauscht ist. Nur dass Mr. Peterson natürlich nicht berauscht war (oder jedenfalls nicht *so* berauscht). Er bemerkte das gelegentliche Zucken und Zittern, das sich in seine Sprache schlich. Er bekam Schwierigkeiten mit bestimmten Lauten; Wörter »verfingen« sich in seiner Kehle; und hin und wieder konnte er die Lautstärke seiner Stimme nicht kontrollieren. Anfangs war es nichts als ein leichtes Ärgernis, aber es wurde schlimmer und weitete sich aus. Schon bald beklagte er sich darüber, dass er den Eindruck habe, seine Stimme gehöre nicht mehr ihm. Sie rebellierte und gehorchte ihm nicht mehr so, wie sie sollte. Seine Gedanken waren so rege wie eh und je. In der Abgeschiedenheit seines Kopfes konnte er sich immer noch vollkommen normal ausdrücken. Aber das Sprechen wurde zunehmend mühevoll.

Er passte sich an die Gegebenheiten an. Immer öfter

kommunizierte er durch Schreiben statt durch Sprechen. Diese Strategie entsprang dem Zorn über seine Unzulänglichkeit; es war keine bewusste Entscheidung oder eine überlegte Handlung. Das Schreiben ging viel langsamer als das Sprechen, aber er fühlte sich dabei sicherer und konnte sich so ausdrücken, wie er es wollte. Seine Schreibfähigkeit war unvermindert, und die Worte, die er zu Papier brachte, empfand er als glaubwürdiger. Dennoch brachte auch diese Methode neue Probleme mit sich. Seine Hand funktionierte noch einwandfrei, aber sein Sehvermögen nahm ab. Seinen geschriebenen Worten mit den Augen über die Seite zu folgen, war für Mr. Peterson eine langwierige Angelegenheit – was er als inakzeptabel betrachtete. Darum schrieb er von nun an »blind«, also ohne nachzuschauen, was er schrieb. Er trug ständig einen Stift und einen Notizblock mit weißem Papier bei sich, und er fasste sich stets so kurz wie möglich.

Ist das lesbar?, schrieb er einmal, als sein blindes Schreiben noch in den Kinderschuhen steckte.

»Ja, es ist sehr gut lesbar«, versicherte ich ihm. »Sie werden damit zwar keinen Schönschreibwettbewerb gewinnen, aber für die tägliche Kommunikation reicht es allemal.«

Es schlägt Sprechen um Längen, schrieb Mr. Peterson.

Aber die Sprachprobleme waren alles in allem nichts weiter als eine Unannehmlichkeit. Wenn wir uns Zeit nahmen, konnten wir immer noch ausführliche Gespräche führen, wenn auch auf ungewöhnliche Art und Weise. Es wäre etwas anderes gewesen, wenn er seine Fähigkeit zu kommunizieren verloren hätte. Aber wir beide wussten, dass es dazu nicht kommen würde.

Im Februar 2011 wurde deutlich, dass der entscheidende Faktor seine eingeschränkte Bewegungsfähigkeit sein würde.

Zu diesem Zeitpunkt waren – selbst unter Zuhilfenahme des Rollators – einfache Tätigkeiten wie Wasser kochen oder auf die Toilette gehen eine ernste Herausforderung geworden. Und eines Abends Anfang März kam das Unausweichliche. Er würde nicht mehr lange in der Lage sein, eigenständig zu leben, und das war für ihn der Wendepunkt. Er hatte nie die Absicht gehabt, sich in ständige professionelle Pflege zu begeben.

Es wird Zeit, schrieb er.

Das war es also. Ich war überrascht, wie ruhig und gefasst ich blieb. Aber immerhin hatte ich viel Zeit gehabt, mich auf diesen Moment vorzubereiten. Mir war klar, dass ich jetzt – mehr als je zuvor – stark und entschlossen sein musste. Die Zeit für den letzten Freundschaftsdienst war gekommen. Das war der Gedanke, an dem ich mich festhalten musste.

Ich rief in der Schweiz an und vereinbarte für den nächsten Monat einen Termin. Vier Wochen ließen uns genug Zeit für alle Vorbereitungen. Mr. Peterson musste nur kurz ans Telefon kommen und bestätigen, dass es sich dabei um seinen eigenen Wunsch handelte.

Mit diesem einen Telefonat wurde alles in Gang gebracht.

Keiner von uns rechnete mit irgendwelchen Schwierigkeiten. Wir wären nicht im Traum darauf gekommen, dass wir vielleicht nicht wegkommen würden. Wieso auch? Abgesehen von ein paar unbedeutenden, noch nicht geklärten Fragen – wie etwa, was ich meiner Mutter erzählen sollte –, hatten wir alles bis ins Kleinste geplant. Die Krankenunterlagen waren auf dem neuesten Stand. Der Wagen war überholt worden und mittlerweile auf mich angemeldet. Wir hatten den Abreisetag bestimmt. Wir dachten, wir würden einfach still und heimlich verschwinden. So hätte es sein sollen. So wäre es auch gewesen, wenn es nicht zu dem Sturz gekommen wäre. Dieses Missgeschick war wie ein Dominostein, der alles andere über den Haufen warf. Ohne diesen Vorfall hätte alles reibungslos funktioniert.

20

DIE FLUCHT

Es war Krystyn, die ihn fand, an einem Morgen im April um zehn Uhr, gerade einmal achtundvierzig Stunden, bevor wir losfahren wollten. Er schrieb später, dass er keine Ahnung hatte, was geschehen war, aber die Erklärung war vermutlich ganz einfach. Vielleicht hatte er eine Stufe verfehlt oder ein Hindernis übersehen, vielleicht hatte ihn ein Schwindel überkommen oder er hatte kurzzeitig das Gleichgewicht verloren. Er versuchte noch, den Sturz mit dem linken Arm abzufangen, der allerdings unter dem Gewicht seines Körpers nachgab und die Wucht, mit der sein Kopf auf dem Küchenboden aufprallte, nur mäßig abfing.

Nach einem Versuch, sich hochzustemmen, war ihm klar, dass sein linkes Handgelenk keinerlei Druck aushielt, und nur mit dem rechten Arm allein schaffte er es nicht. Er hatte keine andere Wahl, als genauso zu verharren, wie er war – mit der linken Wange gegen die kalten Bodenfliesen gepresst, einen Arm unangenehm unter dem Körper verdreht und das Haar mit gerinnendem Blut verklebt.

Als Krystyn kam, tat sie, was jeder vernünftige Mensch getan hätte: Sie rief den Krankenwagen. Mr. Petersons schwache Versuche, sie davon abzuhalten, blieben ungehört. Die Worte, die er sich zurechtgelegt hatte, während er wartend auf dem Boden gelegen hatte – dass es ihm gut gehe und sie ihm nur wieder auf die Füße helfen solle –, kamen als eine Reihe von unverständlichem Stöhnen und Röcheln aus seinem Mund. Sie waren nicht dazu angetan, Krystyns Einschätzung der Situation ins Wanken zu bringen, die sie mit einem einzigen Wort in ihrer Muttersprache umschrieb, einem Wort, das sie zehn- oder zwanzigmal wiederholte. Mr. Peterson ahnte, was dieses Wort bedeutete.

Die Röntgenaufnahme zeigte einen sauberen Bruch in seinem linken kleinen Finger, der zusammen mit seinem Ringfinger bandagiert und geschient werden musste. Des Weiteren wurde seine Kopfverletzung mit ein paar Stichen genäht. Abgesehen davon habe er Glück gehabt, meinten die Ärzte. Wenn er sich in einem guten Allgemeinzustand befunden hätte, wäre er wohl noch am selben Tag entlassen worden. Aber wie die Dinge lagen, kam das überhaupt nicht infrage. Unter normalen Bedingungen waren die Verletzungen nicht ernst, aber in Mr. Petersons Fall waren sie weit hinderlicher als bei anderen Menschen. Er war an einem Punkt angelangt, an dem er sich nicht mehr nur auf eine Krücke verlassen konnte. Er brauchte beide Hände, um sich abzustützen und das Gleichgewicht zu halten.

Das größte Problem jedoch war der Zeitpunkt.

Sie wollen mich mindestens zwei Tage hierbehalten, schrieb Mr. Peterson, als ich ihn nach der Schule im Krankenhaus besuchte.

»Dann wird alles ein bisschen knapp«, bemerkte ich, als ob er das nicht selbst wüsste. »Gibt es keine Möglichkeit, sie davon zu überzeugen, Sie früher zu entlassen?«

Die sagen, es sei zu riskant, schrieb Mr. Peterson. Sie vermuten, dass ich eine Gehirnerschütterung habe, weil mir schwindelig ist und ich das beschissene Krankenhausessen nicht bei mir behalten kann.

»Vielleicht haben Sie wirklich eine Gehirnerschütterung«, sagte ich.

Ich habe keine Gehirnerschütterung. So fühle ich mich immer. Das ist bloß ein Vorwand.

Ich las seine Worte und blickte ihn ratlos an. »Ein Vorwand wofür?«

Zwei Tage wegen einer Gehirnerschütterung? So ein Quatsch! Die behalten mich hier, weil sie mich nicht heimschicken können. Das ist doch offensichtlich. Guck mich doch an!

Ich guckte.

Ich kann mein linkes Handgelenk nicht belasten. Ich kann nicht einmal irgendwas greifen wegen dieser blöden Schiene. Wie soll ich denn hier rauslaufen, selbst nach zwei Tagen? Ich sitze in der Falle.

Meine Gedanken waren schon vorausgaloppiert. »Ich rufe gleich morgen in der Schweiz an«, sagte ich. »Ich werde die Sache erklären und den Termin verschieben. Es ist noch nicht zu spät. Wenn Sie entlassen werden, sind Sie noch fit genug für die Reise.«

Mr. Peterson brauchte eine Weile, um seine Antwort niederzuschreiben. Er füllte eine halbe Seite.

Alex, die werden mich nicht mehr entlassen. Begreifst du das denn nicht? Kein Arzt wird es verantworten, mich heimzuschicken. Sie werden mich hierbehalten, bis ich mich über haupt nicht mehr bewegen kann, und dann schieben sie mich an die Fürsorge ab. Ich werde von hier aus auf direktem Weg ins Hospiz gebracht. Oder die lassen mich hier nur in einem Leichensack raus! Das muss dir doch klar sein!

Es war mir klar. Egal, wie reibungslos sein Netzwerk aus Pflegern und Hilfskräften funktionierte, Mr. Peterson konnte nicht mehr alleine leben. Kein Arzt unter der Sonne würde ihn für gesund genug erklären, dass er in seine eigene Obhut entlassen werden könnte. Wir hatten die Sache so lange es ging hinausgezögert.

»Dann also jetzt oder nie, richtig?«, sagte ich.

Richtig. Jetzt oder nie. Ich darf den Termin nicht verpassen.

»Bis morgen Abend habe ich gepackt und den Wagen fertig gemacht«, sagte ich.

Mr. Peterson bekam einen kleinen Hustenanfall. Das ist der einfache Teil. Hast du dir überlegt, was du deiner Mutter sagen willst?

»Darüber denke ich noch nach«, gestand ich.

Dann denk schneller! Du musst ihr irgendetwas sagen. Du kannst nicht einfach eine Woche lang verschwinden.

»Ich weiß.«

Wenn sie die Wahrheit aushält, dann erzähle ihr die Wahrheit. Wenn nicht, sag ihr, ich will noch einmal die Alpen sehen, bevor ich sterbe, oder irgendetwas in der Art. Etwas, das sie glauben wird. Sag ihr, dass du ihr alles später genauer erklären wirst.

Ich hielt meinen Kopf mit beiden Händen fest und atmete ein paar Mal tief ein und aus.

»Meine Mutter ist zu unberechenbar«, sagte ich. »Ich weiß nicht, ob man ihr die Wahrheit anvertrauen kann. Aber … nun, ich weiß auch nicht, wie ich sie anlügen soll. Ich bin ein schlechter Lügner, selbst unter normalen Umständen. Ich weiß nicht, was ich machen soll. Jeder Weg könnte gleichermaßen in einer Katastrophe enden.«

Alex, es tut mir leid. Dabei kann ich dir nicht helfen. Das musst du selbst am besten wissen. Mein Gefühl sagt mir, dass du es mit der Wahrheit versuchen solltest, aber es ist deine Entscheidung. Wichtig ist bloß, dass du ihr irgendetwas erzählst.

Ich nickte.

Dann bleibt nur noch die Frage zu klären, wie ich hier rauskomme.

»Wir brauchen einen Rollstuhl.«

Die haben hier irgendwo auf der Station Faltrollstühle. Du musst herausfinden, wo sie sind und einen ausleihen. Sag, dass du mich auf die Toilette bringst. Ich glaube nicht, dass die Schwestern etwas dagegen haben, wenn du ihnen diese Aufgabe abnimmst.

»Die Toilette ist neben der Anmeldung«, gab ich zu bedenken. »So kommen wir nicht weiter.«

Besorge erst mal den Rollstuhl. Dann müssen wir nur noch den richtigen Zeitpunkt abwarten.

Ich runzelte die Stirn und dachte eine Weile nach. »Ich bin mir eigentlich ziemlich sicher, dass die Anmeldung rund um die Uhr besetzt ist, auf jeden Fall aber während der Besuchszeiten. Ich glaube nicht, dass es irgendeinen Zeitpunkt gibt, an dem wir einfach unbemerkt hier herausfahren können.«

Vielleicht nicht. Aber es gibt Momente, in denen wir weniger Gefahr laufen, aufgehalten zu werden. Wenn wir an der Anmeldung vorbeikommen, ohne dass uns jemand bemerkt, umso besser. Wenn nicht, müssen wir uns eine Ausrede einfallen lassen. Wenn das auch nichts nutzt, bleibt uns nur noch eins: Schnelligkeit.

»Schnelligkeit?« Ich senkte meine Stimme zu einem Flüstern. »Sie wollen, dass ich mit Ihnen im Rollstuhl so schnell ich kann zum Aufzug renne, in der Hoffnung, dass wir nicht erwischt werden?«

Wenn nötig, ja.

»Das ist ja wohl ein total hirnrissiger Plan!«

Es ist ja auch bloß der Notfallplan vom Notfallplan!

»Was ist mit Verhandeln?«, fragte ich. »Wir können doch der Person an der Anmeldung erklären, dass Sie nicht im Krankenhaus bleiben wollen und Sie sich dementsprechend ein paar Tage früher selbst entlassen. Ich weiß, das ist gegen die Empfehlung der Ärzte, aber kann man Sie tatsächlich daran hindern?«

Du bist 17, und mein Gehirn verwandelt sich in Brei, kritzelte Mr. Peterson. Die lassen uns niemals durch. Glaub mir, was wir wollen, interessiert die überhaupt nicht!

Ich verzog das Gesicht und rieb mir die Schläfen.

Es ist ja nur der letzte Ausweg, schrieb Mr. Peterson. Aber wenn wir rennen müssen, dann rennen wir. Bereite dich auf alle Eventualitäten vor.

»Okay«, sagte ich.

Nimm meinen Behindertenausweis, und parke den Wagen so nah am Eingang, wie es geht. Sobald wir im Auto sind, haben wir's geschafft.

»Okay.«

Und jetzt gehst du heim und ruhst dich aus. Geh morgen wie immer in die Schule. Abends kommst du her, und wir setzen den Plan in die Tat um. In der Zwischenzeit überlegst du dir, wie du mich am besten bewegen kannst. Und schau dich gründlich am Eingang um. Beobachte die Anmeldung, und versuche herauszufinden, wo die Rollstühle sind.

»Okay.«

Mr. Peterson kritzelte noch hastig etwas auf das Blatt, riss dann die letzten fünf oder sechs Seiten aus seinem Notizblock und gab sie mir.

Wirf das in den nächsten Papierkorb, lautete sein letzter Satz.

Die Cannabis-Fabrik hatte ich bereits vor drei Wochen abgebaut, gleich nach der letzten Ernte. Im Handschuhfach lagen faustgroße Beutel mit getrockneten Knospen, und im Kofferraum waren achtundvierzig Dosen Cola light verstaut. Ich hatte das Wischwasser nachgefüllt und den Reifendruck überprüft. Im Kofferraum stand ein Ersatzkanister mit Benzin, und auf dem Rücksitz lag eine Plastiktüte mit über dreißig Stunden klassischer Musik, von Bach über Bartók bis Beethoven. Die Koffer waren gepackt und die Checkliste komplett abgehakt. Es war Donnerstagabend, acht Uhr, und alles war zur Abfahrt bereit.

Ich sagte meiner Mutter, dass ich Mr. Peterson im Krankenhaus besuchen und deshalb spät heimkommen würde. Da er am nächsten Morgen um acht Uhr entlassen werden solle, sei ich wahrscheinlich schon aus dem Haus, wenn sie aufstehe. Es könne also gut sein, dass wir uns in den nächsten vierundzwanzig Stunden nicht zu Gesicht bekommen würden.

Sie fragte mich, ob sie mir irgendwie helfen könne, ob sie in der Schule anrufen und dort mitteilen solle, dass ich ein wenig später kommen würde. Sie war so verständnisvoll, dass es mir geradezu körperlich wehtat. Aber ich musste mich an den Plan halten. Es gab kein Zurück mehr.

Für den Brief, den ich ihr geschrieben hatte, hatte ich

ziemlich lange gebraucht, viel länger als für jeden anderen Text, den ich je verfasst hatte. Ich verwarf mindestens fünfzehn Entwürfe, die es nicht über eine halbe Seite hinaus schafften und zerknüllt auf Mr. Petersons Wohnzimmerteppich landeten. Als ich endlich fertig war, teilte ich die Anzahl der Wörter durch die Zeit, die ich mit Schreiben verbracht hatte, und stellte die These auf, dass dies vermutlich der zeit- und arbeitsintensivste Brief war, der jemals geschrieben worden war. Und jetzt musste ich ihn abliefern.

Zehn Minuten, nachdem ich Mr. Petersons Haus hinter mir gelassen hatte, parkte ich den Wagen auf der Glastonbury High Street und huschte durch die dunkle Gasse, die zum Laden meiner Mutter führte. Dies war der einzige Ort, wo ich ihr den Brief hinterlassen konnte. Wenn ich ihn in meinem Zimmer ließ, fand sie ihn womöglich zu früh. Aber wenn ich ihn auf die Verkaufstheke im Laden legte, konnte ich ziemlich sicher einschätzen, wann sie ihn lesen würde: zwischen zwanzig und zehn vor neun am folgenden Morgen. Und sie wäre dabei nicht allein. Ellie wäre bei ihr. Ich fand das wichtig, da meine Mutter vermutlich einen hysterischen Anfall bekommen würde.

Das Fenster über dem Laden war erleuchtet. Ich sah eine helle, scharfe Linie, die die Glasscheibe teilte, wo Ellie die Vorhänge nicht ganz zusammengezogen hatte. Sie war zu Hause, aber damit hatte ich gerechnet. Das machte nichts, solange ich leise war.

Durch die Vordertür konnte ich nicht gehen. Direkt dahinter hingen zwei schwere Glockenspiele, die so viel Lärm machten, dass man sie durch die geschlossene Tür im Lagerraum hören konnte. Ob man sie auch von der Wohnung aus hörte, wusste ich nicht, aber ich wollte kein Risiko eingehen. Auf Zehenspitzen ging ich um den Häuserblock herum und schaute mich vorsichtig um, bevor ich in den kleinen Hof eintrat, der vom Küchenfenster der Wohnung aus überblickt werden konnte. Die Vorhänge waren offen, aber das Licht war aus. Meine an die Dunkelheit gewöhnten Augen konnten einen leichten gelblichen Schimmer erkennen, aber ich vermutete, dass es das Licht im Flur war, das in die Küche hineinfiel. Die Bewegungsmelder würden die Außenbeleuchtung einschalten, sobald ich den Hof betrat, und das Licht würde ins Küchenfenster scheinen, aber ich konnte mir nicht vorstellen, dass Ellie ohne Licht in der Küche saß. Ich vermutete, dass sie sich anderswo in der Wohnung aufhielt. Die Lampen im Hof würden nach einer Minute wieder ausgehen, und es wäre schon ein sehr unglücklicher Zufall, wenn sie ausgerechnet in dem Moment in die Küche kommen, durchs Fenster schauen und mich entdecken würde.

Sechs schnelle und geräuschlose Schritte, und ich stand an der Hintertür. Ich wartete nur kurz, damit sich meine Augen an das grelle Licht gewöhnen konnten, das jetzt den Hof überflutete. Dann steckte ich den Schlüssel ins Schloss. Die Tür öffnete sich mit einem leichten Knarren und schloss sich mit einem deutlichen Klicken. Es war eine schwere, dicke Tür, die man nicht geräuschlos schließen konnte, aber ich hatte so wenig Lärm wie möglich gemacht, obwohl ich die Vibration beim Zudrücken in meinem Arm spürte. Vermutlich klang das Klicken in der stummen Dunkelheit des leeren Ladens lauter, als es eigentlich war, und vermutlich hörte man es nur, wenn man darauf achtete oder zufällig in diesem Moment oben an der Treppe vorbeikam. Ansonsten war es gewiss ein gedämpfter Ton, den man nicht wahrnahm.

Trotzdem wollte ich die Sache so schnell wie möglich erledigen.

Ich zog die Taschenlampe aus der einen und den Brief aus der anderen Jackentasche und ging schnell zur Verkaufstheke. Ich hatte den Umschlag nicht zugeklebt, für den Fall, dass ich noch letzte Änderungen am Text durchführen wollte, ehe ich den Brief gegen die Kasse lehnte. Aber als ich ihn jetzt ein letztes Mal überflog, fand ich nichts, was ich ändern oder hinzufügen wollte. Irgendwann würde ich die Sache ausführlich erklären, aber jetzt war nicht der richtige Zeitpunkt dafür. Ich schob den Brief wieder in den Umschlag und wollte ihn gerade zukleben.

Hinter mir ging das Licht an.

Ich sprang etwa zehn Zentimeter in die Höhe, wirbelte herum und sah Ellie im Türrahmen stehen. In ihrer hoch erhobenen Hand hielt sie einen Lederstiefel mit einem dicken Absatz. Später erklärte sie mir, dass sie auf die Schnelle keine andere Waffe gefunden habe. Als sich die Außenbeleuchtung eingeschaltet und sie die Hintertür gehört hatte, war ihr keine Zeit mehr geblieben zu reagieren. Es stellte sich heraus, dass Ellie jeden Abend mit einem Teelicht auf dem Tisch in der Küche saß, Zigaretten rauchte und sich entspannte. Mein Eindringen hatte diese Entspannung allerdings ins Gegenteil verwandelt. Wieder einmal war sie auf hundertachtzig.

»Verdammte Scheiße, Woods, zum Teufel noch mal!«, fluchte sie. »Ich habe mir fast in die Hose gemacht vor Angst! Was machst du hier? Warum hast du das Licht nicht eingeschaltet? Warum bist du nicht zur Vordertür reingekommen oder hast geklopft?«

Ich starrte sie mit offenem Mund an und blinzelte wie ein

Idiot. Ich wusste nicht, was ich sagen oder tun sollte, also zog ich den Brief aus dem immer noch offenen Umschlag und reichte ihn ihr.

Bin im Ausland und helfe Mr. Peterson beim Sterben.
Mach dir keine Sorgen.

Gemessen an der Zeit, die sie damit verbrachte, auf den Brief zu starren, las sie ihn wohl mindestens ein Dutzend Mal. Jetzt stand auch ihr Mund offen. Ihre Miene war so starr, als wäre sie aus Eis modelliert.

»Woods, bitte, bitte sag mir, dass das einer von deinen dämlichen Witzen ist, die ich nicht kapiere, weil ich zu blöd dafür bin.«

»Das ist kein Witz«, sagte ich. »Wir fahren heute Abend los.«

Ich konnte mich nicht mehr ducken. Ihre rechte Hand traf meine Wange wie ein Hammer. Mit klingelnden Ohren saß ich auf dem Boden.

»Du Scheiß-Idiot!«, brüllte Ellie. »Ich weiß ja, dass der alte Mann völlig plemplem ist, aber du? Ich dachte, du hättest wenigstens einen Rest von Verstand in deinem dämlichen, verdrehten Hirn! Verdammte Scheiße, Woods! Was hast du dir dabei gedacht? Wenn er sich umbringen will, bitte schön. Aber dich dazu zu überreden, ihm zu helfen – das ist einfach krank!«

»Er hat nicht mich überredet«, sagte ich ausdruckslos. »Ich musste ihn überreden.«

Ellie fuhr sich mit den Fingern durch ihre Haare und fing an, auf und ab zu laufen wie ein Tiger im Käfig. Hin und wieder blieb sie stehen, schüttelte den Kopf und fluchte.

Irgendwann kam sie zu mir und setzte sich neben mich auf den Boden. Unsere Rücken lehnten an der Verkaufstheke.

»Du musst deine Mutter anrufen, und zwar sofort«, sagte sie.

»Ich rufe meine Mutter nicht an.«

»Dann rufe ich sie an«, drohte sie.

»Du wirst sie auch nicht anrufen.«

Sie gab mir den Brief zurück. »Woods, das ist so eine verdrehte Scheiße, mir fehlen die Worte.«

»Nein«, sagte ich, »nein, das ist es nicht. So kommt es dir vielleicht jetzt vor, aber das ist es wirklich nicht. Du musst mir vertrauen. Wir wissen, was wir tun.«

»Du weißt nicht, was du tust! Du hast überhaupt *keine Ahnung*, was du da tust!«

Ich zählte bis fünf, und dann schaute ich ihr in die Augen, die kaum dreißig Zentimeter vor meinem Gesicht schwebten. »Ellie, hör mir zu. Ich tue das, wovon ich überzeugt bin, dass es das Richtige ist. Und nichts, was du oder sonst irgendjemand sagt, wird mich davon abbringen. Ich habe darüber nachgedacht. Ich habe *monatelang* darüber nachgedacht. Und niemand wird mich zwingen, etwas zu tun, was ich nicht tun will.«

»Du wirst in einem Riesenhaufen Scheiße landen.«

»Vielleicht. Aber das ist egal. Ich tue das, was richtig ist.«

Ellie verdrehte ungläubig die Augen. »Scheiße, Woods! Wie kannst du dir so sicher sein? Niemand sollte sich so sicher sein, nicht bei so etwas jedenfalls.«

Ich holte ein paar Mal tief Luft. Ich hatte einen völlig klaren Kopf, dank Ellies Ohrfeige, die jedes letzte Zögern daraus vertrieben hatte.

»Ellie«, sagte ich, »ich bin mir der Sache so sicher, weil ich weiß, dass es von hier aus zwei mögliche Wege in die Zukunft gibt. Wenn wir den einen Weg gehen, wird Mr. Peterson in vier Tagen sterben, friedlich und ohne Schmerzen. Gehen wir den anderen Weg, stirbt er in sechs Monaten oder in einem Jahr, nach vielen, vielen Wochen sinnlosem Leiden. Er wird sterben, ans Bett gefesselt, verängstigt und voller Schmerzen. Er wird nicht einmal in der Lage sein, irgendjemandem zu sagen, wie viel Angst er hat. Vermutlich wird er zu diesem Zeitpunkt nur noch seine Augen bewegen können. Mr. Peterson ist nicht verrückt, und ich bin es auch nicht. Wir haben den Weg gewählt, der uns als der freundlichere erschien. Und wenn du findest, dass diese Entscheidung falsch war, darfst du gerne eine andere Meinung vertreten. Du musst uns nicht helfen, kein bisschen. Aber bitte misch dich auch nicht ein. Bitte. Ich bitte dich um unserer Freundschaft willen.«

Ich fand, dass ich meine Argumente gut vorgebracht hatte, und dass es schlagende Argumente waren. Trotzdem erschrak ich, als ich merkte, dass Ellie weinte. Sie hatte das Gesicht von mir abgewandt und schluchzte in ihren Ärmel. Mit dieser Reaktion hätte ich nie im Leben gerechnet, und ich wusste nicht, was ich tun sollte. Ich versuchte, ihr beruhigend über das Haar zu streichen, aber weil sie so zitterte, wurde daraus eher ein Tätscheln, so wie man einen Hund oder ein Pferd tätschelt. Ich gab es auf und legte stattdessen meinen Arm um ihre Schultern. Sie lehnte ihren Kopf an mich, und nach ein paar Minuten hörte sie auf zu weinen. Übrig blieb nur noch ein gelegentliches Beben der Schultern.

»Woods, ich weiß nicht, was ich noch sagen soll. Du bist ein verdammter Heiliger.«

Dann drehte sie den Kopf zu mir und küsste mich. Direkt auf die Lippen. Ich war viel zu überrascht, um irgendetwas zu tun, viel zu überrascht, um den Kuss zu erwidern. Um die Wahrheit zu sagen, wusste ich gar nicht so genau, wie man einen Kuss erwidert. Falls Sie es noch nicht gemerkt haben: In einigen Dingen bin ich hoffnungslos unterbelichtet. Aber das Merkwürdige daran war – das, was mich am meisten verblüffte –, dass mir Ellies Kuss überhaupt nicht peinlich war. Mir nicht und ihr auch nicht. Danach kuschelte sie sich einfach wieder an meine Schulter, als ob nichts passiert wäre. Und so blieben wir eine Zeit lang sitzen. Eine ziemlich lange Zeit. Meine Unterlippe war warm und prickelte. Meine linke Wange pochte, als ob ich von einer Wespe gestochen worden wäre. Und ich hatte es überhaupt nicht mehr eilig. Ich kam erst wieder zu mir, als Ellie meine linke Hand berührte, in der ich immer noch den Brief hielt.

»Wie lange hast du für dieses Meisterwerk gebraucht?«, fragte sie.

»Sechseinhalb Stunden«, gestand ich.

»Und du willst es ihr ernsthaft auf diese Weise sagen?«

»Anders kann ich es ihr nicht sagen.«

»Du bringst mich in eine schwierige Lage.«

»Ja, ich weiß«, sagte ich. »Aber das wollte ich nicht.«

»Schon klar.«

Ich dachte kurz nach. »Vielleicht ist es am besten, wenn du morgen einfach überrascht tust«, schlug ich vor.

»Vielleicht ist es am besten, wenn du ihr einfach die Wahrheit sagst.«

»Das ist die Wahrheit. Ich habe sie nicht angelogen.«

»Benimm dich nicht wie ein Idiot«, fuhr Ellie mich an. »Du weißt, was ich meine.«

Die Sekunden tickten vorbei. Ich starrte in das Glas einer Kristallkugel, die auf einem Regal hinten im Laden stand.

»Ich muss jetzt gehen«, sagte ich. »Ich muss ins Krankenhaus, bev…«

»Sag mir nicht, was du vorhast!«, unterbrach mich Ellie. »Ich will deine Mutter nicht mehr als unbedingt nötig anlügen.«

Sie wand sich aus meinen Armen, wischte sich über die Augen und strich sich das Haar glatt. Ich stand auf, klebte den Brief zu und legte ihn links neben die Kasse.

»Rufst du sie wenigstens morgen an?«, bat Ellie, als ich mich wieder der Hintertür zuwandte. »Das ist das Mindeste, was du ihr schuldest.«

Ich sagte nichts.

Ellie stemmte die Hände in die Hüften. »Sie wird doch wissen wollen, ob es dir gut geht.«

»Vielleicht könnte ich stattdessen dich anrufen, ja? Dann …«

»Ich werde nicht den Botenjungen für euch beide spielen. Ruf mich erst an, wenn du sie angerufen hast.«

Ich biss mir auf die Lippe. Ich musste in den nächsten Tagen einen klaren Kopf behalten und mich konzentrieren, und ein Gespräch mit meiner Mutter könnte jede Anstrengung in dieser Richtung sabotieren.

»Also?«, fragte Ellie, nachdem wir eine Weile geschwiegen hatten.

»Ich muss jetzt wirklich gehen«, sagte ich ihr.

Wenn Ellie noch den Stiefel in der Hand gehabt hätte, hätte sie ihn mir vermutlich an den Kopf geworfen. So aber drehte sie sich nur um und ging wortlos in ihre Wohnung zurück. Ich folgte ihr nicht. Ich hatte keine Zeit, und es hätte auch keinen Sinn gehabt.

Als ich ins Freie trat, war der Abend merklich kühler geworden. Ich hastete zum Wagen; das einzig Warme an mir war meine linke Wange.

Dreißig Minuten später – und dreißig Minuten hinter meinem Zeitplan – bog ich auf den Behindertenparkplatz vor dem Yeovil-Bezirkskrankenhaus ein. Die Tatsache, dass ich am späten Abend so nah am Eingang parken konnte – etwas, was tagsüber fast undenkbar war –, hatte bei der Festlegung des Zeitpunkts unserer Abfahrt eine wichtige Rolle gespielt. Um diese Uhrzeit war es ruhig im Krankenhaus. Im Eingangsbereich tummelten sich nicht, wie am Tage, Patienten und Besucher. Die Fahrstühle waren vermutlich verfügbar, wenn wir einen brauchten. Und es waren mit Sicherheit nicht so viele Ärzte auf der Station, mit etwas Glück sogar überhaupt keiner. Wir waren der Meinung, dass ein Arzt, anders als vielleicht eine Schwester oder ein Pfleger, keine Hemmungen hätte, uns aufzuhalten. Ärzte waren es gewohnt, schnelle Entscheidungen über das Schicksal anderer zu treffen.

Natürlich stellte die späte Stunde uns auch vor gewisse Probleme. Wenn die Gänge so gut wie menschenleer waren, fielen wir eher auf. Aber Mr. Peterson und ich waren uns darüber einig, dass es keinen Zeitpunkt gab, an dem unsere Flucht völlig gefahrlos möglich war. Für uns war es am wichtigsten, dass wir nicht durch physikalische Hindernisse oder medizinisches Personal aufgehalten werden würden. Aus diesem Grund wollten wir das Krankenhaus kurz nach Viertel vor zehn verlassen. Zu diesem Zeitpunkt machten die Schwestern ihre letzte Runde, ehe das Licht ausgeschaltet wurde, und ließen nur eine Schwester an der Anmeldung zurück. Die Schwestern kamen nie später als 21.48 Uhr mit der Krankenakte und den Medikamenten ins Zimmer, und zu dieser Zeit war alles vorbereitet. Mr. Peterson würde bereits im Rollstuhl sitzen, für den vermeintlichen Besuch auf der Toilette. In dem Moment, in dem die Schwestern das Zimmer verlassen hatten und den Nebenraum betraten, wären wir auf dem Flur. Dann blieben uns zehn Minuten, ehe sie wieder zur Anmeldung zurückkehrten.

In meinem Kopf spielte sich das alles völlig problemlos ab, aber nach dem, was im Laden meiner Mutter geschehen war, hatte ich einen Vorgeschmack auf alle möglichen unvorhergesehenen Zwischenfälle bekommen. Als ich in Richtung der Station ging, gelang es mir dennoch, mich zu beruhigen, indem ich die gründlichen Vorbereitungen, die wir getroffen hatten, in Gedanken noch einmal durchging. Abgesehen von einer Putzkraft, die den Boden wischte, war der Eingangsbereich verlassen. Auf dem Weg zu den Fahrstühlen begegnete mir keine Menschenseele, und auch die Flure der Krankenstation waren verlassen. Eine Schwester saß an der Anmeldung und eine im Büro gegenüber. Es war so still wie in einem Leichenschauhaus.

In dem Augenblick, in dem ich zur Tür hereinkam, fing Mr. Peterson an zu schreiben.

Du kommst spät, stand auf seinem Notizblock.

»Ich wurde aufgehalten«, entschuldigte ich mich.

Hast du dich gestoßen?

»Ja, an Ellies Faust.«

Sieht ihr ähnlich. Was ist mit deiner Mutter? Hast du's ihr gesagt?

»Alles klar«, antwortete ich ausweichend.

Und?

Ich zuckte mit den Schultern. »Ich bin hier, oder?«

Kommt sie damit klar?

»Das wird sie, denke ich. Es braucht einfach eine Weile.«

Glücklicherweise quetschte Mr. Peterson mich nicht weiter aus. So viel Zeit hatten wir nämlich nicht mehr. Ein Blick auf meine Armbanduhr zeigte mir, dass uns noch fünfzehn Minuten blieben, bis die Schwestern auftauchten.

Steck das in meine Reisetasche, schrieb Mr. Peterson und gab mir dann einen größeren Zettel, auf dem stand: *Für wohltätige Zwecke*. Ich legte den Zettel in die Tasche.

»Ihnen wird vermutlich kalt werden, wenn wir nach draußen kommen«, sagte ich.

Das haben wir doch schon besprochen. Ich kann mich nicht vollständig anziehen, wenn ich bloß auf die Toilette gehen will. Wie sieht das denn aus? Es muss so gehen. Du kannst mir ja eine Decke überlegen, wenn wir im Auto sind.

»Sie können doch nicht im Krankenhemd nach Zürich fahren«, gab ich zu bedenken.

Wir halten irgendwo auf der Autobahn an, damit ich mich umziehen kann. Hast du schlafen können?

»Heute Morgen, ein paar Stunden. Und Sie?«

Ich muss ja nicht Auto fahren. Mein Schlafmangel ist ohne Bedeutung. Wie steht's mit der Abfahrtszeit der Fähre?

»Ich habe einen Fahrplan im Wagen. Ich denke, die Fähre um zwanzig nach drei könnten wir kriegen, aber die nächste geht eine Stunde später, falls wir sie verpassen.«

Sehr gut. Dann musst du nicht rasen. Wir wollen ja heil ankommen. Ich habe keine Lust, den Löffel abzugeben, bevor wir in der Schweiz sind.

»Ha, ha«, sagte ich.

Im Ernst: Wenn du eine Pause brauchst, sag Bescheid.

Ich nickte. Aber insgeheim dachte ich, dass ich bis morgen früh um Viertel vor neun so viel Entfernung wie möglich zwischen mich und meine Mutter gebracht haben sollte.

Ein paar Augenblicke zogen schweigend dahin. Dann schob mir Mr. Peterson wieder einen Zettel zu: Packen wir's an.

Ich schaute noch einmal auf meine Armbanduhr. Mein Herz fing an zu hämmern. »Ich bin gleich wieder da«, sagte ich.

Als ich zur Anmeldung kam, gingen die Schwestern gerade auf ihre Runde. Wie erwartet, stand keiner der beiden Faltrollstühle draußen auf dem Gang; beide waren in der schmalen Nische neben der Anmeldung verstaut. Ich hatte beschlossen zu fragen, bevor ich mir einen nahm. Die Schwester an der Anmeldung hatte zwar nicht von ihren Papieren aufgeschaut, aber es war völlig unnötig, heimlich einen Rollstuhl nehmen zu wollen, wenn ich einen guten Grund hatte, darum zu bitten.

Ich ging zur Anmeldung, schaute auf ihr Namensschild und sagte: »Bitte entschuldigen Sie, Schwester Fletcher.«

Ihre Augen zuckten hoch und sofort zu meiner linken Wange. Ich schätzte sie auf etwa fünfundvierzig Jahre. Sie hatte vorstehende Wangenknochen und die barsche Ausstrahlung einer Oberlehrerin. Die dunklen Ringe unter ihren Augen zeugten von einer anstrengenden Schicht. Ich beschloss, mit Umsicht und großer Höflichkeit vorzugehen.

»Es tut mir leid, Sie zu stören«, sagte ich, »aber könnte ich wohl einen Rollstuhl ausleihen? Mein Freund, Mr. Peterson in Zimmer zwei, muss auf die Toilette, und wie Sie ja sicher wissen, kann er sich im Augenblick nicht besonders gut bewegen.«

Meine Wort klangen ein wenig gestelzt, aber wenn ich unbeholfen und bescheiden wirkte, umso besser.

Schwester Fletcher tippte mit dem Ende ihres Stiftes ein paar Mal gegen ihr kantiges Kinn. »Hat das nicht Zeit bis nach der Visite, Mr. …?«

»Woods«, sagte ich. »Nein, ich befürchte nicht, Schwester.«

Schwester Fletcher rümpfte die Nase. »Tut mir leid, Mr. Woods, aber ohne angemessenen medizinischen Beistand darf Ihr Freund sein Bett nicht verlassen. Anweisung des Arztes. Wir wollen nicht riskieren, dass er wieder stürzt.«

»Ich pflege ihn seit geraumer Zeit. Ich darf Ihnen versichern, dass er nicht stürzen wird, wenn ich ihm helfe.«

Ihre Augen zuckten wieder zu meiner Wange. »Entschuldigen Sie die Frage, Mr. Woods, aber hatten Sie eine Schlägerei?«

»Nein. Ich bin Pazifist.«

»Dann hat jemand Sie geschlagen?«

»Ja. Eine Freundin.«

Schwester Fletcher gab sich damit zufrieden. Sie stand auf und holte unter ihrem Tisch ein vasenförmiges Behältnis aus dicker Pappe hervor. »Vielleicht kann Mr. Peterson damit geholfen werden?«

Ich hüstelte verlegen. »Nein. Tut mir leid, aber es ist … das andere Geschäft.«

Schwester Fletcher verzog keine Miene. Sie tippte noch einige Male mit ihrem Stift gegen das Kinn und sagte dann:

»Also gut. Nehmen Sie sich einen Rollstuhl. Aber wenn Sie Schwierigkeiten haben, Ihren Freund rein- oder rauszuheben, dann warten Sie bitte auf eine der Schwestern. Wir wollen nicht, dass irgendetwas passiert.«

Ich trödelte nicht herum, für den Fall, dass sie ihre Meinung ändern würde. Ich schnappte mir den nächstbesten Rollstuhl und sauste wieder zu Mr. Peterson.

»Entschuldigung«, sagte ich. »Das hat länger gedauert als erwartet.«

Wer ist an der Anmeldung?, wollte Mr. Peterson wissen.

»Schwester Fletcher.«

Na toll. Ausgerechnet die humorlose Fletcher. Mit der sollten wir nur reden, wenn es absolut nötig ist.

»Einverstanden«, sagte ich. »Waren die Schwestern schon da?«

Mr. Peterson schüttelte den Kopf. Er hatte das Rückenteil seines Bettes schon nach oben gefahren und gestikulierte nun hastig zum Rollstuhl. Den Warnungen von Schwester Fletcher zum Trotz, war es relativ einfach, ihn vom Bett in den Rollstuhl zu bugsieren. Er musste sich mit dem linken Arm auf meine Schulter stützen und mit dem rechten auf den Nachttisch. Als er auf den Füßen stand, brachten ihn drei, vier Schritte zum Rollstuhl, und von da aus war es nur noch eine halbe Drehung, und er saß drin.

Als eine der Schwestern kurz darauf ins Zimmer kam, wollte sie wissen, warum Mr. Peterson nicht im Bett lag und warum wir nicht auf Hilfe gewartet hatten. Sie richtete diese Fragen an mich, aber ich ließ Mr. Peterson antworten, sodass sie warten musste, bis er seine ausführliche Erklärung aufgeschrieben hatte. Wir wollten die Schwester so lange aufhalten, bis ihre Kollegin mit dem Patienten in dem zweiten Bett fertig war und ins nächste Zimmer gehen wollte. Wir dachten, ein langer, ermüdender Monolog würde uns vor weiteren Hilfsangeboten ihrerseits bewahren.

»Schwester Fletcher hat es erlaubt?«, fragte die Schwester, nachdem sie Mr. Petersons umfangreiche Erklärung gelesen hatte.

Ja, sie meinte, es ginge in Ordnung. Alex wird mir helfen. Er kann das sehr gut. Sobald ich mein Codein bekommen habe, machen wir uns auf den Weg. Kann ich es jetzt bitte haben?

Die Schwester reichte ihm wortlos den kleinen Plastikbecher mit seiner Medizin.

Danke, schrieb Mr. Peterson.

Die Schwester wandte sich mir zu. »Die Besuchszeit endet in einer Viertelstunde. Bitte sehen Sie zu, dass Sie sich daran halten.« Dann schoben sie und ihre Kollegin den Rollwagen mit den Medikamenten hinaus auf den Gang.

Los jetzt, schrieb Mr. Peterson. Und denk dran: Gehe zügig, aber nicht hetzen. Wenn sie irgendetwas sagt, bleib bei unserer Geschichte.

»Okay«, sagte ich.

Wir verließen das Zimmer und gingen nach rechts. Wir bewegten uns in einem, wie ich fand, angemessenen, unbefangenen Tempo. Ich hielt mich gerade, hatte den Kopf erhoben und die Augen auf die Doppeltür gerichtet, die aus der Station hinausführte. Ich blickte nicht zu Schwester Fletcher hin, als wir uns der Anmeldung näherten, konnte sie aber aus den Augenwinkeln wahrnehmen. Sie saß immer noch auf ihrem Posten, weiterhin über Papierkram gebeugt, aber ich hatte keine Ahnung, ob sie uns auf ihrem Radar hatte. Innerhalb der nächsten fünf Sekunden würde ich eine Antwort auf diese Frage bekommen. Ich hielt die Luft an und ging weiter. Ich packte die Schiebegriffe des Rollstuhls so fest, dass meine Fingerknöchel weiß wurden. Zwei Schritte, drei Schritte. Meine Beine schienen nicht mehr zu meinem Körper zu gehören. Sie fühlten sich steif an wie Stelzen. Aber sie mussten nur noch zehn Meter bis zur Tür durchhalten. Die Anmeldung glitt an uns vorbei. Der Tritt meiner Schuhsohlen auf dem Boden war in der allumfassenden Stille kaum zu hören. Noch ein Dutzend Schritte, und wir waren frei.

»Ich weiß nicht genau, wo Sie hinwollen, Mr. Woods«, sagte Schwester Fletcher.

Ich blieb stehen und drehte mich zu ihr um. Mir blieb keine andere Wahl.

»Ich bin mir ziemlich sicher, dass sich die Toilette in der anderen Richtung befindet.«

»Da ist besetzt«, sagte ich gut gelaunt. »Wir wollten die Toilette auf Station 6A benutzen.«

Schwester Fletcher klopfte mit dem Stift auf die Schreibtischplatte. »Die Toilette auf 6A ist für die Patienten auf 6A. Mr. Peterson kann wohl ein paar Minuten warten, wenn es sein muss.«

Ich warf einen Hilfe suchenden Blick nach unten. Mr. Peterson hatte schon angefangen zu schreiben. Er reichte mir seinen hastig aus dem Block gerissenen Zettel, den ich an Schwester Fletcher weitergab.

Mr. Peterson kann nicht warten.

Ich bemühte mich um einen versöhnlichen Ton. »Wie Sie sehen, ist die Sache ein wenig dringend.«

Schwester Fletcher kräuselte die Lippen. »Ich fürchte, das kommt nicht in Frage. Mr. Peterson sollte ohne ärztliche

Aufsicht überhaupt nicht aus dem Bett. Ich kann nicht zulassen, dass Sie im Krankenhaus herumspazieren und nach einer freien Toilette suchen, wenn es hier auf der Station Toiletten gibt. Ich bin mir sicher, dass unsere Stationstoilette mittlerweile wieder zur Verfügung steht. Wenn Sie bitte einfach nachschauen wollen.«

Mr. Peterson kritzelte hektisch auf seinen Block.

Das ist doch lächerlich! Wir gehen! Ich werde mich nicht wie ein Kind oder einen Invaliden behandeln lassen.

Ich reichte die Notiz weiter. Schwester Fletcher las sie. Sie blieb ruhig, und dann hob sie, ohne zu zögern, die Klappe, die den Bereich hinter der Anmeldung vom Korridor trennte, trat hindurch und stellte sich zwischen uns und den Ausgang. Sie wirkte entschlossen, Mr. Peterson höchstpersönlich wieder in sein Zimmer zu fahren, wenn es nötig sein sollte.

Ich stand wie zur Salzsäule erstarrt da. Ich sah, wie unser schöner Plan vor meinen Augen in sich zusammenfiel.

Schwester Fletcher verschränkte die Arme vor der Brust. »Mr. Peterson«, begann sie, »ich sehe, dass Sie sich aufregen, aber ich fürchte, Ihr Vorhaben steht überhaupt nicht zur Debatte. Die Ärzte haben Sie gründlich untersucht und uns entsprechende Anweisungen gegeben. Und diese Anweisungen waren unmissverständlich. Sie dürfen die Station nicht unbeaufsichtigt verlassen. Es tut mir leid, aber wir tun nur, was wir für das Beste halten.«

Alex, bitte gib das Schwester Fletcher, kritzelte Mr. Peterson. Da die Zeit knapp wird und sie nicht die Absicht hat, mir zuzuhören, gebe ich dir hiermit die Erlaubnis, in meinem Namen zu sprechen. Bitte erkläre ihr, dass wir jetzt gehen. Und zwar sofort.

Ich reichte ihr den Zettel. Schwester Fletcher betrachtete ihn und zuckte mit den Schultern. »Tut mir leid. Aber das ist unleserlich.«

»Da steht, dass ich in Mr. Petersons Namen sprechen soll«, sagte ich. »Er hat es satt, mit jemandem zu reden, der sich nicht dafür interessiert, was er zu sagen hat.«

Schwester Fletcher hob die Augenbrauen, um mir zu signalisieren, dass ich gerade eine Grenze überschritten hatte. Aber ich fuhr unbeirrt fort.

»Wir gehen jetzt«, sagte ich. »Mr. Peterson möchte nicht mehr länger hierbleiben. Er entlässt sich hiermit aus dem Krankenhaus.«

Schwester Fletchers Stimme war sehr ruhig und eiskalt. »Nein. Das geht auf gar keinen Fall. Er ist nicht in der Lage, irgendwohin zu gehen.«

»Ich fürchte, das ist nicht Ihre Entscheidung«, sagte ich. »Niemand kann darüber entscheiden, außer er selbst. Bitte holen Sie die Entlassungspapiere.«

»Junger Mann, ich weiß nicht, was für ein Spiel Sie glauben zu spielen, aber das hier ist eine sehr ernste Situation. Mr. Peterson geht nirgends hin. Sie können ihn nicht ohne Erlaubnis mitnehmen.«

Ich hielt ihrem Blick einige eiskalte Momente stand. Mr. Peterson drückte mir einen weiteren Zettel in die Hand.

Sag ihr, sie soll einen Arzt rufen.

»Was?« Das stand nicht im Drehbuch.

Mr. Peterson schrieb wie ein Besessener. *Du musst darauf bestehen! Sie muss wieder hinter den Schreibtisch. Sobald sie den Hörer abgenommen hat, läufst du los.*

Ich steckte den Zettel in meine Tasche.

»Er möchte, dass Sie einen Arzt rufen.«

»Wie bitte?«

»Bitte rufen Sie einen Arzt. Jetzt gleich.«

»Mr. Woods, mir reicht es jetzt langsam. Das ist kein Notfall, und ich werde nicht …«

»Das ist ein Notfall. Ihretwegen ist Mr. Peterson sehr erregt. Sie sagen, er kann das Krankenhaus nicht ohne die Erlaubnis eines Arztes verlassen. Und deshalb bitten wir Sie, jetzt einen Arzt zu rufen.«

Schwester Fletcher schloss die Augen und stieß die Luft durch ihre schmalen, verkrampften Lippen aus. »Wenn Sie bitte Mr. Peterson zurück in sein Zimmer und in sein Bett bringen würden, dann verspreche ich Ihnen, dass ich bei nächster Gelegenheit einen Arzt zu ihm schicken werde.«

Ich blickte Schwester Fletcher einige Sekunden lang an, ging dann ein paar Schritte rückwärts und parkte Mr. Petersons Rollstuhl parallel zum Schreibtisch der Anmeldung. Ich machte viel Aufhebens davon, wie ich die Fußbremse feststellte.

»Wir gehen nirgends hin«, sagte ich schließlich. »Gehen Sie ans Telefon, und bringen Sie in Erfahrung, wie lange es dauert, bis ein Arzt hier sein kann. Wenn die Antwort zufriedenstellend ist, wird Mr. Peterson erwägen, in sein Bett zurückzukehren.«

Ein paar entsetzliche Augenblicke lang schien es, als würde Schwester Fletcher hart bleiben. Während unserer Vorbereitung war zu keinem Zeitpunkt die Rede davon gewesen, aber ich glaubte tatsächlich, dass ich sie würde rammen müssen.

Und dann, ganz plötzlich, löste sie ihre vor der Brust verschränkten Arme und machte auf dem Absatz kehrt. »Also schön.« Die Klappe war oben. Sie stand wieder hinter ihrem Schreibtisch und griff nach dem Telefon. »Ich weiß jetzt schon, was der Arzt sagen wird. Aber wenn Sie darauf bestehen …« Sie tippte eine vierstellige Nummer ein. Vorsichtig und unbemerkt löste ich die Fußbremse. »Ja, hallo. Hier spricht Schwester Fletcher, Station 6B. Ich brauche hier einen …«

Ich rannte los.

Die Doppeltür hielt uns weniger als drei rasende Herzschläge lang auf. Ich jagte um eine Neunziggradkurve, stemmte mich mit den Beinen gegen den Schwung des Rollstuhls und stürmte auf den Fahrstuhl zu. Der Ruck, mit dem ich den Rollstuhl fünf Sekunden später anhielt, hätte mir beinahe die Arme ausgekugelt. Wir waren gut zwei Meter am Fahrstuhl vorbeigeschossen. Mr. Peterson fiel in seinem Rollstuhl vor und zurück. Ich wurde nach vorne geschleudert und spürte, wie sich ein Schiebegriff in meine Rippen bohrte, aber ich achtete nicht darauf. Ich ging rückwärts und drückte hastig sechs- oder siebenmal auf den Knopf. Das Warten, bis der Fahrstuhl fünf Stockwerke überwunden hatte, war unerträglich, aber als die Fahrstuhltür aufging, sah ich zu meiner Erleichterung, dass die Kabine leer war. Als wir drin waren und ich auf den Knopf mit E für Erdgeschoss gedrückt hatte, hörte ich über das Rauschen des Blutes in meinen Ohren hinweg schnelle Schritte. Ich wirbelte herum und sah durch den schmaler werdenden Schlitz zwischen den sich schließenden Türen Schwester Fletcher und einen schlaksigen Mann vom Wachdienst auf den Fahrstuhl zurennen. Ich hatte keine Ahnung, woher sie so schnell Hilfe aufgetrieben hatte, aber sein Erscheinen konnte den Verlauf der Ereignisse nicht mehr ändern. Die Anzeige über der Fahrstuhltür zeigte die Stockwerke an; sie schaltete auf E, und ich schoss förmlich aus der Kabine heraus wie eine Rakete. Das erwies sich als völlig unnötig, denn der Eingangsbereich des Krankenhauses war leer. Wäre es anders gewesen, hätte sich meine Hektik sicherlich zu unserem Nachteil ausgewirkt. Aber ich konnte gar nicht anders. Durch meine Adern jagte das Adrenalin, und in mein Gehirn, meine Arme und meine Beine wurde so viel Sauerstoff gepumpt, dass Rennen die einzige Fortbewegungsmöglichkeit zu sein schien. Kein Sanitäter hätte einen Patienten so schnell in ein Krankenhaus hineinfahren können, wie ich Mr. Peterson hinausfuhr. Die Haarnadelkurve an der Rollstuhlrampe nahm ich wie ein Rallyefahrer, ich fegte an einem belustigten Raucher vorbei und kam zwanzig Meter weiter mit quietschenden Reifen zum Stehen, ziemlich genau dreißig Zentimeter neben der Beifahrertür unseres Wagens.

Wir redeten nicht. Wir zögerten auch nicht. Mr. Peterson war leicht wie eine Feder, als ich ihn in den Wagen hob. Ohne nachzudenken faltete ich den Rollstuhl zusammen und stopfte ihn in den Kofferraum. Drei Minuten später hatte ich den Kreisverkehr des Krankenhauses umrundet und bog von der zweispurigen Straße ab auf den Hof einer Tankstelle. Dort waren wir sicher hinter einer Reihe hoher Bäume.

Ich schaltete die Innenbeleuchtung ein und wartete darauf, dass meine Hände aufhörten zu zittern.

Mr. Peterson gab mir einen Zettel. Sehr gut gemacht. Ich bin stolz auf dich.

Ich rieb mir die Augen und atmete etwa zehnmal tief durch.

»Ich weiß nicht, was ich mir dabei gedacht habe, den Rollstuhl mitzunehmen«, sagte ich beschämt. »Eigentlich wollte ich ihn auf dem Parkplatz stehen lassen. Ich werde ihn zurückbringen, wenn das alles vorbei ist. Der Gedanke, das allgemeine Gesundheitswesen zu bestehlen, gefällt mir gar nicht.«

Mr. Peterson gab plötzlich merkwürdige erstickte Laute von sich. Es dauerte ein paar Sekunden, bis mir klar wurde, dass er lachte, und noch länger, bis ich merkte, dass ich ebenfalls lachte. Es war kein Gelächter wie über einen Witz, sondern ein brüllendes, hysterisches Hyänengeheul, das meinen ganzen Körper erschütterte und mir die Tränen über die Wangen laufen ließ. Erst nach einigen Minuten hatte ich mich so weit beruhigt, dass ich seinen nächsten Zettel lesen konnte.

Alles klar, Junge?

»Mir geht's prima.«

Sehr gut. Dann mal los.

Ich startete den Wagen und fuhr wieder hinaus auf die Straße. Zehn Minuten später waren wir auf der A303 und rasten ostwärts durch die dunkler werdende Nacht.

21

ELEMENTARTEILCHEN

Um sechs Uhr morgens Ortszeit verließen wir die Fähre in Calais. Der Horizont im Osten hellte sich allmählich auf. Ein paar Minuten später fuhren wir aus dem Hafen heraus; den Zoll passierten wir ungehindert. Und dann legten wir erst einmal hundertfünfzig Kilometer zurück, bevor wir kurz vor Saint-Quentin anhielten, um zu frühstücken.

Auf dem Kanal war alles ruhig gewesen und die Überfahrt nicht weiter bemerkenswert. Als wir an Bord der Fähre gingen, forderte der Schlafmangel bei Mr. Peterson schließlich seinen Tribut. Ich ließ ihn in seinem Rollstuhl in einer geschützten Ecke auf dem unteren Passagierdeck dösen, während ich nach oben auf das offene Oberdeck ging. Ich war zum allerersten Mal auf einem Schiff. Ich war zum allerersten Mal so weit von zu Hause weg. (Weiter als London war ich bislang nicht gekommen.) Anderthalb Stunden lang starrte ich Richtung Bug, beobachtete das schwarze Wasser, das unter mir brodelte und schäumte, und die Sterne, die vor meinen Augen in den Himmel stiegen. Ich war ungestört. Die wenigen anderen Passagiere waren alle unter Deck. Nichts lenkte mich ab; da waren nur das Rauschen des Meeres und die gemächliche Rotation des Himmels. Das Deck war nur ganz schwach beleuchtet; es war dunkel genug, um den breiten, silbrigen Bogen der Milchstraße sehen zu können, der über dem Heck im Sternbild Cassiopeia auftauchte, hoch über mir hinwegzog und dann in das Sternbild Schütze und ins Meer hinabstürzte. Der Saturn versank an Steuerbord in der Jungfrau, während Venus in den Fischen links oberhalb des Bugs auftauchte. Der flache Horizont gab dem Himmel eine ganz neue Symmetrie und Harmonie. Ich musste kurz an meine Mutter denken – ganz gewiss hatte sie eine unergründliche Theorie darüber, was dort oben vor sich ging. Aber das war nur eine Gedankenschwade, die wie Nebel kam und wieder verschwand. Die meiste Zeit dachte ich gar nichts. Ich schaute bloß zu und ließ meinen Geist von einem Eindruck zum nächsten gleiten, wie ein Schmetterling, der auf einer warmen Brise schaukelt.

Mein Kopf war ein seltsamer Ort. Ich dachte nicht an das, was vor mir lag. Und alles, was jüngst geschehen war – im Laden und im Krankenhaus –, kam mir vor wie ein rasch verblassender Traum. Nur das Jetzt war real. Der Rausch der Flucht war vergangen, aber das freigesetzte Adrenalin schien meinen Körper reingewaschen zu haben. Ich war vollkommen ruhig und wachsam. Jedenfalls kam es mir so vor. Andererseits hatte ich seit unserer Abreise aus dem Krankenhaus acht Dosen Cola light getrunken, und ich konnte die Möglichkeit, dass ich dank dieser Maßnahme einen klaren Kopf behalten hatte, nicht ganz ausschließen. Aus welchem Grund auch immer, ich hatte jedenfalls kein Bedürfnis zu schlafen. Mehr noch: Ich glaubte nicht, dass ich überhaupt müde werden würde, bis wir nach Zürich kamen. Es ist schwer, diesen Geisteszustand zu erklären, ohne mich anzuhören wie meine Mutter, aber ich kann nur Folgendes dazu sagen: Es war mein Job, Mr. Peterson in die Schweiz zu bringen. Das war die Aufgabe, zu der ich bestimmt worden war. Und nachdem ich das erst einmal akzeptiert hatte, wusste ich, dass ich in der Lage sein würde, mich so lange zusammenzureißen, wie es nötig war. Wenn ich die tausendzweihundert Kilometer bis nach Zürich fahren musste, ohne zu schlafen, dann würde ich es tun. Wenn ich nach China oder Neuseeland oder auf die andere Seite des Mondes hätte fahren müssen, hätte ich auch das getan. Wir hatten ein Ziel, und ich würde uns dort hinbringen. So einfach war das.

Ich war nicht müde, als wir den Hafen verließen, und ich war auch nicht müde, als wir bei Saint-Quentin von der *autoroute* abfuhren. Aber ich hatte einen Bärenhunger. In der Raststätte aß ich fünf Schokocroissants und spülte sie mit noch mehr Cola light hinunter, während Mr. Peterson ein Croissant verspeiste, das er erst in seinen Kaffee tunkte. Weil er starke Probleme beim Schlucken hatte, war es nicht leicht für ihn, trockene Speisen zu essen. Danach setzte er sich in den Wagen, ließ die Tür offen und rauchte einen Joint, während ich mich auf einem grasbedeckten Hügel niederließ und meditierte. Das Gras war ein bisschen feucht, aber ich hatte mir eine Decke um die Schultern gewickelt, um mich warm zu halten. Das stetige Rauschen des Verkehrs wurde zum Rhythmus meines Atems, hob und senkte sich und löste sich schließlich auf.

So ging es weiter bis zur Schweizer Grenze: Wir fuhren jeweils anderthalb Stunden – etwa hundertfünfzig Kilometer weit – und hielten unterwegs auf Rastplätzen und in kleinen Ortschaften an, damit ich mir die Beine vertreten und Mr. Peterson rauchen konnte. Er rauchte in dieser zehn Stunden dauernden Fahrt quer durch Europa viel mehr als gewöhnlich. Er begründete das mit der Qualität meiner letzten Ernte – außergewöhnlich lieblich und mild; viel zu gut zum Wegwerfen –, aber ich dachte mir, dass möglicherweise mehr dahintersteckte. Ich kann nicht sagen, ob Mr. Peterson größere Schmerzen hatte, seit wir aus dem Krankenhaus geflohen waren, aber sein Körper bereitete ihm unübersehbares Unbehagen. Der Sturz hatte ihn erschüttert, und die folgenden zweieinhalb Tage, in denen er ans Bett gefesselt gewesen war, hatten seine Beweglichkeit zusätzlich verschlechtert. Es sah so aus, als ob selbst eine so kurze Zeit der Inaktivität die Degeneration der Muskeln und Nervenbahnen beschleunigen würde. Er litt unter steifen Gliedern und Krämpfen, und mit dem Rauchen versuchte er, sich Linderung zu verschaffen. Es kostete ihn schon sichtlich Mühe, seine Beine aus dem Fußraum des Beifahrersitzes auf den Boden außerhalb des Wagens zu stellen, damit er das Gesicht dem Freien zuwenden konnte, während er rauchte.

Aus diesem Grund erwies sich der gestohlene Rollstuhl – meinen verbliebenen Schuldgefühlen zum Trotz – als Glücksfall. Mr. Peterson musste nicht lange überredet werden, ihn weiterhin zu benutzen. Ich fuhr ihn in die Raststätten und auch wieder hinaus, und so setzten wir unsere Reise nach Südosten fort.

Die Felder in Nordfrankreich waren größer und weiter, aber ansonsten unterschieden sie sich nicht von den Feldern im Süden Englands. Wenn die Straßenschilder nicht gewesen wären, die Mautstationen und die Tatsache, dass wir auf der rechten Straßenseite fahren mussten, wäre es genauso gewesen wie zu Hause. Aber die Landschaft änderte sich, als wir in die Weinanbaugebiete kamen, die weiter von der Küste entfernt lagen. In der Nähe von Lunéville aßen wir zu Mittag, und jetzt sah es nicht mehr aus wie in England; und als wir in Saint-Louis anhielten, direkt vor der Schweizer Grenze, hatte ich endgültig das Gefühl, in einem fremden Land angekommen zu sein. Ich fand, es war Zeit, meine Mutter anzurufen.

Ich weiß nicht, was ich Ihnen über dieses Telefonat erzählen soll. Es lief nicht besonders gut. Abgesehen davon gibt es nicht viel dazu zu sagen.

Es war etwa drei Uhr nachmittags, zwei Uhr britischer Sommerzeit, und ich dachte, dass fünf Stunden zum Lesen und Verdauen meines Briefes hätten ausreichen müssen, um ihre erste Reaktion abzumildern. Aber es sah nicht so aus, als ob diese Strategie aufgegangen wäre. Sie fing an zu weinen, als sie meine Stimme hörte, und sie weinte immer noch, als ich auflegte. Dazwischen stieß sie nur ein paar gestammelte Sätze hervor und sagte ständig »Oh, Alex«. Sie fragte, wo ich sei, und meinte, ich müsse nach Hause kommen, dass nichts Schlimmes passieren würde, wenn ich nur sofort nach Hause käme. Ich wusste nicht, was sie damit meinte, aber ich hatte schon vorher beschlossen, dass ich ihr nicht sagen konnte, wo ich war. Ich konnte ihr nur versichern, dass es mir gut gehe und dass ich Ende der Woche wieder zu Hause sein würde, aber diese Beteuerungen verbesserten die Lage nicht im Mindesten. Wenn überhaupt, machten sie alles nur noch schlimmer. Nachdem ich eine Weile gewartet hatte, in der Hoffnung, dass meine Mutter sich irgendwann ausgeweint hätte, fragte ich, ob ich mit Ellie sprechen könne. Aber sie hörte mich offensichtlich gar nicht.

»Ich denke, ich sollte mit Ellie reden«, wiederholte ich. »Gibst du sie mir bitte?«

Meine Mutter weinte einfach weiter.

Ich legte auf. Mehr konnte ich nicht tun.

Am Nachmittag fuhren wir über die Grenze und kamen eine Stunde später in Zürich an. Der Verkehr floss langsam; die Schweizer Stadtbewohner waren ruhige und gelassene Autofahrer, sodass ich Zeit hatte, den richtigen Weg zu finden, Straßenschilder zu lesen und mich mittels meiner mentalen Karte zu orientieren, die – das kann ich Ihnen versichern – äußerst detailliert war. Ich hatte es für sinnvoll gehalten, die Straßenkarte der gesamten Stadt auswendig zu lernen. Damit hatte ich mich im vergangenen Monat beschäftigt, hatte mich etliche Abende und Mittagspausen über den Michelin-Straßenatlas gebeugt und einige sehr lange und schwer verständliche Straßennamen geübt, wie etwa Pfingstweidstrasse und Seebahnstrasse und Alfred-Escher-Strasse. Weiterhin hatte ich etliche Abende und Mittagspausen damit verbracht, mich mit den unterschiedlichen Stadtbezirken, Kreise genannt, vertraut zu machen. Die Kreise waren nummeriert, von eins bis zwölf, und bildeten zwei verschachtelte Bögen um die nördlichste Spitze des Zürichsees. Kreis 1 – die Altstadt – war der Grundpfeiler der Bögen, und die anderen Kreise zogen sich im Uhrzeigersinn in zwei Schichten von einem Sockel zum anderen. Ich fand, das war eine sehr verlässliche, praktische Art der Stadtplanung, und aus dem, was ich im Internet in Erfahrung bringen konnte, schloss ich, dass die Schweizer insgesamt ein verlässliches, praktisch veranlagtes Volk waren. Sie blickten auf eine lange, stolze Tradition der Neutralität zurück – was bedeutete, dass sie sich aus Kriegen heraushielten und sich auf konstruktive Unternehmungen konzentrierten, wie die Wissenschaft, das Bankensystem und den Uhrenbau, in dem sie sich besonders hervortaten.

Durch mein intensives Studium des Michelin-Straßenatlasses fühlte ich mich auf den Straßen der Stadt sofort zu Hause. Dennoch mögen meine Bemühungen rückblickend betrachtet ein wenig übertrieben erscheinen. Für den Fall, dass Sie es nicht wissen: Zürich ist eine Stadt mit einem ganz unverwechselbaren Charakter. Sie liegt in einer natürlichen Senke, die durch das Flussbecken der Limmat geformt wurde, und hat wie gesagt die Form einer großen Brücke oder eines gigantischen Hufeisens, wobei die nördliche Spitze des Sees den Raum zwischen den beiden Bögen ausfüllt. Die Limmat zerschneidet das Zentrum der Altstadt in einer geraden Nord-Süd-Linie und teilt die gesamte Stadt in zwei beinahe gleich große Hälften. Dreißig Kilometer südlich der Mündung des Flusses erheben sich die Alpen. Dank dieser deutlichen Landmarken ist es relativ einfach, sich in Zürich zurechtzufinden. Jedenfalls meiner Erfahrung nach.

Es war natürlich auch hilfreich, dass das Hotel im Kreis 8, das uns Herr Schäfer empfohlen hatte, mit dem Auto sehr leicht zu erreichen war. Die meisten Hotels in Zürich drängen sich um die Limmat in der Stadtmitte, aber unseres befand sich ganz in der Nähe des Utoquais, der Flaniermeile von Zürich, die sich an der nordöstlichen Seite des Sees entlangzieht. Herr Schäfer verfügte über eine Liste von etwa einem Dutzend Hotels, die er seinen Patienten empfiehlt, je nach Bedürfnissen und Geldbeutel. Er hat eine Menge Erfahrung in der Betreuung von Ausländern, die zum Sterben in die Schweiz kommen.

Mr. Petersons Bedürfnisse waren recht einfach zu befriedigen. Ich hatte Herrn Schäfer vor etwa einem Monat diesbezüglich eine E-Mail geschickt, gleich nachdem wir eine Bestätigung des Termins bekommen hatten. Mr. Peterson suchte ein Hotel in einer ruhigen Gegend mit einer guten Verkehrsanbindung, einem Parkplatz oder Parkhaus und einer behindertengerechten Ausstattung. Sein Zimmer musste geräumig sein und barrierefrei, mit Haltegriffen im Badezimmer und mindestens einem bequemen, hochlehnigen Stuhl. Sein Zimmer sollte einen Balkon haben, und nach Möglichkeit nicht die Atmosphäre eines Wartesaals, »wo man hingeht, um auf den Tod zu warten«.

Wenn dir eine bessere Formulierung einfällt, wie man das beschreiben kann, schrieb er für mich auf, dann nur zu!

Unglücklicherweise war dies nicht der Fall, und ich zog es vor, Mr. Petersons Wünsche so klar und präzise wie möglich zu formulieren, damit keine Missverständnisse entstanden. Darum schrieb ich es in der E-Mail an Herrn Schäfer genau so, wie Mr. Peterson es ausgedrückt hatte. Als wir im Hotel ankamen, hatte ich den Eindruck, dass es dieses Kriterium sehr gut erfüllte, obwohl dies wieder ein Gebiet war, auf dem ich wenig Erfahrung hatte. Ich hatte noch nie zuvor in einem Hotel gewohnt. Ich kannte Hotels nur aus Filmen, also wusste ich nicht genau, wie ein Hotel, in dem man auf den Tod wartet, aussehen oder sich anfühlen würde. Ich kann nur sagen, dass ich unser Hotel für ein schönes Hotel hielt. Es hatte einen großen Empfangsbereich mit einer hohen Decke und mächtigen Steinsäulen, die entweder aus Marmor oder einem sehr guten Marmorimitat gemacht waren. Die Rezeption hatte einen Tresen aus dunklem, poliertem Holz, und direkt darüber hing ein goldfarbenes Schild, auf dem in Deutsch, Englisch und Französisch etwas eingraviert war, nämlich Folgendes:

Empfang / Reception / Réception

Eigentlich war mindestens eine dieser Übersetzungen völlig überflüssig.

»*Guten Tag, mein Herr*«, sagte ich in meinem forschen, sicheren Deutsch zu dem Mann an der Rezeption. »*Wir haben zwei Zimmer reserviert. Der Name ist Peterson.*«

Der Rezeptionist war ein kleiner, akkurater Mann mit einem faltenlosen Anzug und einem dünnen, professionellen Lächeln. »Ah, yes. Mr. Peterson. Welcome to the Hotel Seeufer. I trust that your stay with us will be a pleasant one.«

»*Ich bin nicht Herr Peterson*«, erklärte ich ihm. »*Herr Peterson ist der Mann im Stuhl.*«

Der Rezeptionist nickte. »Yes, I see. My apologies for the confusion.«

»*Das macht nichts. Können Sie uns mit unserem Gepäck helfen?*«

Der Mann zuckte nervös. »Yes, of course. I will have one of our porters attend to you immediately. In the meanwhile, there are just a few forms that perhaps you would be willing to complete?«

»*Ja. Das wird kein Problem sein.*«

Dieses merkwürdige Ping-Pong-Gespräch ging noch eine Weile so weiter. Die Weigerung des Mannes, Deutsch zu sprechen, verstand ich als eine Art obskure Hoteletikette, die mir nicht einleuchtete. Seine leichte Nervosität sah ich als Reaktion auf meinen übereifrigen Akzent, den ich mir aus Kriegsfilmen entliehen hatte. Aber als ich dem Rezeptionisten den Rücken kehrte, war ich mit meiner Leistung durchaus zufrieden; ich hatte mich verständigen können.

Mr. Petersons Zimmer lag im ersten Stock und war sehr groß, mit einem hohen Bogenfenster und einem Balkon, der nach Westen hinaus auf den See ging. Es war später Nachmittag, und der ganze Raum war mit Sonnenlicht durchflutet, wie in einem schlecht gemachten Werbeprospekt, in dem die Fotografien so dermaßen überbelichtet sind, dass es in den Augen wehtut. Ich musste ein paar Sekunden warten, bis ich das Zimmer richtig begutachten konnte, aber meinem ersten Eindruck nach erfüllte es Mr. Petersons Wünsche voll und ganz. Es gab zwei breite Stühle mit hohen Rückenlehnen und eins von diesen merkwürdigen Sofas mit schmalen, kurzen Beinen und nur einer Armlehne. Zwischen den einzelnen Möbelstücken gab es viel Raum, um überall leicht hinkommen zu können, und in entgegengesetzten Ecken standen zwei Deckenfluter aus Edelstahl. An einer Wand hing das Gemälde einer unnatürlich langen und schlanken Frau mit einer unnatürlich langen und dünnen Zigarette, und an einer anderen war ein Spiegel aus fünf symmetrisch angeordneten Glasplatten angebracht – vier Trapeze und ein zentrales Pentagon. Er sah so aus wie die Art von Spiegel, die Superman in seiner Festung der Einsamkeit hätte haben können. Die ganze Dekoration folgte diesem merkwürdig geometrischen Design, und irgendwie wirkte alles sehr modern und sehr altmodisch zugleich. Selbst die chromfarbenen Haltegriffe im Bad sahen aus wie frisch modellierte Antiquitäten.

Heilige Scheiße, schrieb Mr. Peterson.

»Es sieht jedenfalls nicht aus wie ein Ort, an dem man auf den Tod wartet«, gab ich zu bedenken.

Das stimmt.

»Um ehrlich zu sein, finde ich, dass Herr Schäfer seinen Job ziemlich gut gemacht hat.«

Der Mann hat offensichtlich Humor, schrieb Mr. Peterson.

Mein Zimmer lag direkt gegenüber, auf der anderen Seite des Gangs. Es war ein »Standard-Einzelzimmer«, aber diese Dinge sind ja relativ. Es hatte zwar weder einen Balkon noch einen Seeblick, und es war etwa nur zwei Drittel so groß wie Mr. Petersons behindertengerechtes Zimmer, aber ansonsten war es eigentlich genauso eingerichtet. Es hatte ein Badezimmer, und in einer Ecke standen ein klobiger knallroter Sessel und ein Schreibtisch aus dunklem Holz mit einer Stehlampe daneben. Auf dem Schreibtisch thronte ein altmodisches Telefon mit einer Gabel und einer Wählscheibe, und an der Wand hing ein 28-Zoll-Flachbildfernseher mit vielen deutschen, französischen und italienischen Sendern, und auch mit MTV, CNN und BBC News. Hinter einer Tür des Schreibtischs verbarg sich die Minibar, gleich unter dem Safe. Darin standen vier Viertelliterflaschen mit Wein, die ich in den Kleiderschrank stellte, um Platz für sechs Dosen Cola light zu machen.

Bis wir etwas gegessen hatten und ich es mir in meinem Zimmer gemütlich gemacht hatte, war es halb elf mitteleuropäische Sommerzeit. Ich rief Ellie an, die mich mit ihrem üblichen Überschwang begrüßte.

»Scheiße, Woods!«, sagte sie. »Ich hab doch gesagt, du sollst mich nicht anrufen.«

»Du hast gesagt, ich soll dich nicht anrufen, bevor ich nicht meine Mutter angerufen habe«, korrigierte ich sie. »Wir haben vor ein paar Stunden miteinander gesprochen.«

»Ja, das ist mir bewusst. Ich musste ihr nämlich während des ganzen Telefonats die Hand halten.«

»Ich habe dir doch gesagt, dass es eine blöde Idee ist, sie anzurufen.«

»*Das* war nicht die blöde Idee! Weißt du, dass sie erst vor einer halben Stunde nach Hause gegangen ist? So lange hat es gedauert, bis sie sich einigermaßen beruhigt hatte. Sie hat heute nicht mal den Laden aufgemacht.«

Ich brauchte eine Weile, bis ich das verdaut hatte. Irgendwie war dies schwerer zu ertragen als das Weinen am Telefon, das ich mir vorher hatte anhören müssen. In den vergangenen sieben Jahren hatte meine Mutter ihr Geschäft kein einziges Mal nicht geöffnet, und davor war ein Meteor nötig gewesen, der in unser Haus einschlug, damit sie sich einmal freinahm.

»Sie war nicht einmal in der Lage, die Karten zu befragen«, fuhr Ellie fort. »Sie hat es versucht, aber sie reden nicht mehr mit ihr.«

Darauf wusste ich nichts zu sagen. Also sagte ich nichts.

»Woods? Bist du noch da? Du wirst doch nicht schon wieder einfach auflegen, oder?«

»Ich dachte, du wolltest nicht mit mir reden«, sagte ich.

»Das habe ich nicht gesagt. Jetzt halt die Klappe, und hör zu. Es gibt etwas, das ich dir sagen muss. Die Polizei war da.«

»Die Polizei?«

»Sie waren vor ein paar Stunden da und haben alle möglichen Fragen gestellt. Ich glaube, du steckst richtig tief in der Scheiße.«

Meine Gedanken drehten sich in einem seltsamen, ungeschickten Tanz. »Sie hat die Polizei gerufen?«

»Wer hat die Polizei gerufen?«

»Meine Mutter.«

»Bist du übergeschnappt?« Ich konnte förmlich hören, wie Ellie die Augen verdrehte. »Deine Mum hat die Polizei nicht gerufen. *Natürlich* hat sie's nicht getan. Würdest du ihr das wirklich zutrauen?«

»Ich weiß nicht.«

»Du weißt es nicht? Genau das ist dein Problem. Manchmal hast du überhaupt keine Ahnung – von gar nichts!«

»Ja, das ist mir klar.«

»Das Krankenhaus hat die Polizei gerufen.«

»Was haben die Polizisten gesagt?«

»Was glaubst du denn, was sie gesagt haben? Sie haben sich nach deinem ›Geisteszustand‹ erkundigt. Sie wollten wissen, wo du hingegangen sein oder was du vorhaben könntest. Sie haben deine Mum gezwungen, ihnen den Brief zu zeigen.«

»Sie haben den Brief gesehen?«

»Hör auf, alles zu wiederholen, was ich sage! Ja, sie haben den Brief gesehen, und sie haben ihn als ›Beweisstück‹ mitgenommen. Sie meinten, die Wortwahl würde Anlass zur Besorgnis geben oder irgend so eine Scheiße.«

»Etwas anderes ist mir nicht eingefallen.«

»Ja, das ist mir absolut klar. Und ich glaube, irgendwann ist es auch deiner Mum klar geworden. Aber jemand, der dich nicht kennt … Scheiße, Woods, es liest sich, als hätte Hannibal Lecter es geschrieben! Es gibt ein paar Dinge, bei denen tut man einfach nicht cool oder lässig.«

»Ich bin weder cool noch lässig«, sagte ich. »Das weißt du genau.«

»*Ich* weiß das. Die Polizei nicht. Die denken, du bist aus

Eis. Sie wollten wissen, ob du ein Mensch bist, mit dem man vernünftig reden kann. Sie wollen einen Aufruf veröffentlichen – du weißt schon, wie man es macht, wenn ein Typ auf der Flucht ist oder irgendein Perverser ein Kind entführt hat. Sie wollen, dass deine Mum im Fernsehen auftritt und dich bittet, nach Hause zu kommen.«

»Will sie das machen?«

»Ich weiß nicht. Und ich glaube nicht, dass *sie* es weiß. Aber wenn sie es nicht tut, dann wird die Polizei die Sache vermutlich trotzdem durchziehen. Du weißt ja, wie die sind. Die Typen sind genauso wie die im Krankenhaus: Sie wollen sich nicht an den Karren fahren lassen. Es soll nicht so aussehen, als seien sie untätig.«

Ich dachte einen Moment nach. »Wäre es okay, wenn ich dich morgen wieder anrufe?«

»Das möchte ich dir dringend raten!«, fuhr Ellie mich an. »Wenn du schon nicht mit deiner Mutter redest, musst du mit irgendjemand anderem reden.«

Dann war die Leitung tot. Ellie beendete ihre Telefongespräche auf die gleiche Art wie die Gespräche, die sie von Angesicht zu Angesicht führte. Abrupt.

Ich merkte, dass ich völlig erschöpft war. Vierzig Stunden ohne Schlaf hängten sich mit einem Mal an meine Augenlider. Es erschlug mich einfach. Mein ganzer Körper machte schlapp. Mit letzter Kraft legte ich den Hörer auf die Gabel, und dann schlief ich in meinen Kleidern auf dem Bett ein. Ich schlief tief und traumlos.

Am nächsten Morgen trafen wir uns wie verabredet mit Herrn Schäfer in der Hotelbar. Er erklärte uns später, dass er seine Kunden prinzipiell ein paar Tage vor dem entsprechenden Termin in der Klinik kennenlernen möchte. Seit er in diesem Bereich tätig war, seit etwa zwölf Jahren, hatte er eintausendeinhundertsiebenundvierzig Ausländern geholfen, in der Schweiz zu sterben. (Mr. Peterson würde Nr. 1148 sein.) Und die einzigen Kunden, die er nicht vorher getroffen hatte, waren jene, die dies ausdrücklich nicht gewünscht hatten.

Mein erster Eindruck von Herrn Schäfer war, dass er viel größer war, als ich erwartet hatte – und zwar in jeder Beziehung. Er war ein groß gewachsener, gut gebauter Mann, etwa Anfang sechzig. Er trug eine Brille mit einem Horngestell, hatte silbergraue Haare und dunkle, sehr ernst blickende Augen. Selbst wenn er über etwas Belangloses sprach, änderte sich dieser Ausdruck nicht. Er trug einen dunkelgrauen Anzug und eine dunkelblaue Krawatte, und sein Handschlag war das Gegenstück zu meinem eigenen: zwei feste Auf-und-ab-Bewegungen und währenddessen steter Augenkontakt. Sein Englisch war schnell und fließend, obwohl Satzbau und Wortwahl manchmal etwas merkwürdig waren. Sein Akzent war stärker als der des Mannes an der Rezeption: Er dehnte das W und sprach es sehr deutsch aus, und in etwa drei Viertel aller Fälle klang sein S am Anfang eines Wortes wie das sanfte Summen einer Biene, sodass aus »I will« »I veal« wurde und sich »suicide« wie »zooicide« anhörte. Sie können sich die Laute bestimmt vorstellen, sodass ich sie hier nicht in Lautschrift aufschreiben muss.

Abgesehen von *Guten Morgen* machte ich keinen Versuch, mit Herrn Schäfer Deutsch zu sprechen. Bei Themenbereichen, die ich geübt hatte, fühlte ich mich sicher, aber wenn ich improvisieren musste, hatte ich noch erhebliche Schwierigkeiten mit der Sprache, und etliches von dem, was wir mit

Herrn Schäfer besprachen, war nicht Teil des Onlinekurses gewesen, mit dessen Hilfe ich Deutsch gelernt hatte.

»Ich hoffe, das Hotel ist zu Ihrer Zufriedenheit«, bemerkte Herr Schäfer, nachdem wir einander die Hände geschüttelt und Platz genommen hatten.

Mr. Peterson nickte.

»Mr. Peterson fällt das Sprechen ziemlich schwer«, erklärte ich. »Außerdem bereitet es ihm aufgrund seines Zustandes Mühe, den Blickkontakt zu halten. Daher zieht er das Schreiben als Mittel der Kommunikation vor.«

Herr Schäfer schenkte uns ein freundliches Lächeln. »Das spielt keine Rolle. Sie müssen auf die Weise kommunizieren, die für Sie am angenehmsten ist.«

Vielen Dank, schrieb Mr. Peterson. Das Hotel ist sehr schön.

Mr. Schäfer nickte nachdenklich. »Ich buche nicht oft in diesem Hotel, obwohl es zu meinen Lieblingshäusern gehört. Ich fand, es würde Ihre Anforderungen gut erfüllen. Das Art-déco-Interieur ist sehr elegant und gleichzeitig zweckmäßig.«

Art déco, so erfuhr ich, ist der Name des seltsamen modern-antiquierten Stils, in dem unser Hotel eingerichtet ist. Herr Schäfer erzählte uns einiges darüber und sagte, das Hotel sei 1919 eröffnet worden und viele Jahre der bevorzugte Treffpunkt für Intellektuelle gewesen, wenn sie nach Zürich kamen. James Joyce hatte in den 1930ern ein paar Mal hier gewohnt, als er schon nicht mehr in Zürich lebte, sondern nur noch herkam, um Termine bei seinem Augenarzt wahrzunehmen. Zwischen 1915 und 1917 hatte er gleich um die Ecke gewohnt, einmal in der Kreuzstrasse und dann in der Seefeldstrasse. Ich sagte Herrn Schäfer, dass ich von James Joyce schon gehört habe, allerdings nur im Zusammenhang mit Quarks – Elementarteilchen –, die nach einem Wort benannt waren, das sich James Joyce aus irgendeinem Grund ausgedacht hatte. Diese Information schien Herrn Schäfer große Freude zu bereiten.

»Aber jetzt sollten wir uns dem eigentlichen Grund unseres Zusammenseins zuwenden«, sagte er und beendete damit seinen kurzen Diskurs. »Ihr erster Arzttermin ist heute Abend um sechs Uhr und der nächste morgen Abend um sieben Uhr. Ich hoffe, die Verzögerung ist für Sie nicht unangenehm. Ich weiß, dass einige Menschen darunter leiden, aber das Gesetz verlangt, dass zwischen diesen beiden Terminen ein bestimmter Zeitraum liegt.«

Wir haben es nicht eilig, schrieb Mr. Peterson.

Herr Schäfer lächelte, aber seine Augen blieben ernst. »Sie verstehen, dass dieses Prozedere als Sicherheitsvorkehrung gedacht ist. Nur ein Arzt kann Ihnen das Medikament verschreiben, das Ihr Leben beenden wird, und dieser Arzt – oder in Ihrem Fall eine Ärztin – muss sich sicher sein, dass dies wirklich Ihr Wunsch ist und Sie berechtigte Gründe für Ihre Entscheidung haben.«

Besteht die Möglichkeit, dass sie meine Gründe als unberechtigt betrachtet?, fragte Mr. Peterson.

»Nein, das steht nicht zu erwarten«, erwiderte Herr Schäfer. »Frau Doktor Reinhardt ist mit Ihrer Akte vertraut, und sie ist eine mitfühlende Frau. Sie will nur sichergehen, dass Sie genau wissen, was Sie tun, und dass es eine Entscheidung ist, die Sie nicht leichtherzig getroffen haben. Und ich möchte Ihnen hiermit ausdrücklich versichern, dass Sie jederzeit Ihre Meinung ändern können. Es ist nie zu spät, umzukehren und einen anderen Weg zu wählen.«

Danke, schrieb Mr. Peterson. Mein Entschluss steht fest.

Herr Schäfer nickte. »Ja, gewiss. Aber bitte verstehen Sie, warum wir diesen Punkt völlig zweifelsfrei klären müssen. Sie werden Fragen beantworten müssen, heute, morgen und übermorgen, und es werden immer dieselben Fragen sein.«

Ich verstehe. Was geschieht, wenn die Ärztin eingewilligt hat, das Rezept auszustellen?

»Dann werden wir am folgenden Tag Ihr Vorhaben ausführen. Sie werden einen unserer Mitarbeiter autorisieren, das Medikament für Sie zu besorgen, und um alles Weitere kümmern wir uns. Wir haben ein bequemes, privates Haus außerhalb der Stadt, wo Sie von zwei Betreuern erwartet werden. Sie haben viel Erfahrung und werden Sie während des gesamten Vorgangs begleiten. Das Einzige, wobei sie Ihnen nicht helfen dürfen, ist die Verabreichung des Medikaments. Sie werden da sein, aber die eigentliche Tat, die Ihr Leben beendet, müssen Sie selbst tun. Und Sie müssen entscheiden, wann es so weit ist. Unsere Mitarbeiter werden Sie nicht drängen. Sie werden zu keinem Zeitpunkt irgendeinen Druck auf Sie ausüben.«

Was ist mit Alex?

»Alex kann Sie während der ganzen Zeit begleiten, wenn Sie beide das wünschen. Unsere Erfahrung hat gezeigt, dass es gewöhnlich ein großer Trost für Familie und Freunde ist, am Ende dabei zu sein. Es ist ein Trost für alle Beteiligten. Aber die Entscheidung müssen Sie treffen.«

Ich meine danach. Was wird mit Alex danach geschehen?

»Unsere Mitarbeiter werden sich um ihn kümmern. Sie haben auch auf diesem Gebiet viel Erfahrung. Es sind immer zwei Betreuer dabei, damit sich einer um die Familie kümmern kann, während der andere die Formalitäten erledigt. Polizei und Leichenbeschauer müssen benachrichtigt werden, wie immer bei einem Freitod, aber Alex wird nicht mit ihnen reden müssen. Unser Zeugnis und die Papiere, die Sie unterschrieben haben, werden als Beweis ausreichen, dass alles entsprechend den geltenden Gesetzen abgelaufen ist. Machen Sie sich keine Sorgen: Der Schutz unserer Kunden und ihrer Angehörigen hat bei uns oberste Priorität.«

Danke, schrieb Mr. Peterson. *Das wollte ich wissen.*

An diesem Punkt angelangt, fragte ich Herrn Schäfer, wie vielen Menschen er schon beim Sterben assistiert hatte. Eine schnelle Berechnung ergab, dass es auf etwa eine Person alle vier Tage hinauslief.

»Ja, das könnte stimmen«, nickte Herr Schäfer.

Sie haben ein florierendes Unternehmen, schrieb Mr. Peterson.

»Ich hoffe, das ist als Kompliment gedacht«, sagte Herr Schäfer.

Mr. Peterson nickte.

»Vielen Dank«, sagte Herr Schäfer. »Wissen Sie, viele Menschen würden das *nicht* als Kompliment meinen. Sie sind seltsamerweise der Ansicht, dass Effizienz in Todesangelegenheiten fehl am Platz ist, dass es ein Zeichen ist für mangelndes Mitgefühl. Aber ich hoffe, Sie wissen, dass dem nicht so ist. Sagen wir es einmal so: Wen hätten Sie bei Ihrer Beerdigung lieber als Sargträger – denjenigen, der Haltung bewahrt, oder denjenigen, dem vor lauter Trauer der Sarg aus der Hand fällt?«

Mr. Peterson nickte. Herrn Schäfers Augen waren immer noch ernst.

»Gut. Ich denke, da sind wir derselben Meinung. Wir tolerieren ein gewisses Maß an Inkompetenz bei unseren Politikern und Beamten, aber in Angelegenheiten, die den Tod betreffen, sollten wir dies nicht tolerieren.

Wenn Sie keine weiteren Fragen mehr haben, sollten wir nun zum Ende kommen, denke ich. Jede Minute ist kostbar, nicht wahr? Haben Sie sich schon überlegt, wie Sie die Zeit zwischen den Terminen verbringen werden?«

»Wir wollen uns Zürich anschauen«, sagte ich.

Herr Schäfer nickte. »Ausgezeichnet. Zürich ist eine sehr charmante Stadt. Und was ist mit morgen Abend? Haben Sie schon Pläne fürs Abendessen? Ich kann Ihnen etliche ausgezeichnete Restaurants empfehlen, wenn Ihnen der Sinn danach steht. Allerdings bereite ich ein recht gutes Bœuf Bourguignon zu, und es würde mich freuen, wenn ich Sie als meine Gäste begrüßen dürfte.«

Ich schaute Mr. Peterson an. Er zuckte mit den Schultern. Auf seinem Gesicht lag ein schiefes Grinsen. Ich zuckte ebenfalls mit den Schultern. »Wir nehmen Ihr Angebot gern an«, sagte ich. »Aber Sie müssen uns eine gute Wegbeschreibung geben. Leider haben wir kein Navigationssystem.«

Wir sahen uns ganz Zürich an, ohne dabei irgendetwas Besonderes zu tun. Wir schlenderten durch die Altstadt und betrachteten die unzähligen Plätze und Kirchen und Uhren. Wir überquerten die Limmat gut ein halbes Dutzend Mal. Ich schob Mr. Peterson in die Tram und wieder hinaus, und wir fanden das Opernhaus, das Rathaus, das Kunsthaus und das Haus in der Unionstrasse, wo Einstein als Student gelebt hatte. Neben der Tür befand sich eine kleine Tafel, auf der stand: *»Hier wohnte von 1896 – 1900 der grosse Physiker und Friedensfreund Albert Einstein.«*

Ich übersetzte es für Mr. Peterson ins Englische, wobei ich für Friedensfreund den Begriff »friend of peace« wählte.

Friend of peace?, fragte Mr. Peterson nach.

»*Friedensfreund*«, sagte ich auf Deutsch. »Ja, ich glaube, das ist die richtige Übersetzung. *Freund* bedeutet ›friend‹, und ich meine mich daran zu erinnern, dass *Frieden* ›peace‹ bedeutet.«

Pazifist?, schlug Mr. Peterson vor.

»Ja, ich denke, das ist die bessere Übersetzung«, gab ich zu.

Wir gingen nicht in Einsteins Haus hinein. Wir betraten keins der Museen, keine Galerie und keine Kirche, an der wir vorbeikamen. Mr. Peterson meinte, er wolle nicht mehr Zeit als nötig im Inneren eines Gebäudes verbringen, und er wolle ganz gewiss nicht irgendwohin, wo es ruhig sei. Er fühlte sich an der frischen Luft wohl, draußen, wo es belebt war, wo man von einem Ort zum anderen wandern konnte. Er wollte nicht lange stillstehen.

Wir kamen rechtzeitig ins Hotel zurück, um uns auf unseren ersten Termin mit Frau Dr. Reinhardt vorzubereiten, der in Mr. Petersons Hotelzimmer stattfand. Wir saßen auf den kantigen Art-déco-Stühlen, während Dr. Reinhardt uns gegenüber auf dem einarmigen Sofa Platz nahm. Sie war, wie uns Herr Schäfer schon mitgeteilt hatte, eine mitfühlende Frau, aber sie hatte auch viele Fragen. Und weil Mr. Peterson oft detaillierte Antworten geben musste, dauerte das Gespräch ziemlich lange.

Dr. Reinhardt fragte nach der Verletzung an Mr. Petersons linker Hand, und er erzählte ihr, dass er vor ein paar Tagen hingefallen und im Krankenhaus behandelt worden sei. (Den zweiten Teil der Geschichte ließ er weg – wohlweislich, wie ich fand.) Dann stellte sie ihm noch etliche Fragen über seine Krankheit und die Auswirkungen, die PSP auf sein Leben hatte. Das war vermutlich der einfachste

Teil der Befragung. Die Tatsachen waren simpel und unstrittig. Viel schwieriger war die Navigation durch die dunklen Gewässer rings um Mr. Petersons ersten Selbstmordversuch und die darauf folgende Behandlung in der Psychiatrie. Diese Fakten waren natürlich Bestandteil seiner Akte – und schon befanden wir uns auf Glatteis, das an *Catch-22* erinnerte.

Nach Schweizer Recht, erklärte uns Dr. Reinhardt, war die Verschreibung von Narkotika und Anästhetika streng reglementiert. Das Gesetz, mit dem die Verabreichung dieser Mittel geregelt wurde, war ein beeindruckendes Stück Rechtsprechung mit einem gleichermaßen beeindruckenden Namen. Es nannte sich *Betäubungsmittelverschreibungsverordnung*. Dieser Name war auch für deutsche Muttersprachler eine Herausforderung, und die waren ja an lange Wörter gewöhnt. Dr. Reinhardt versicherte uns, dass die Betäubungsmittelverschreibungsverordnung überhaupt nicht kompliziert war, wenn man sich einmal mit ihr beschäftigt hatte, zumindest nicht der Teil, in dem es um die ärztliche Sterbehilfe ging. Im Grunde genommen gab es drei vernünftige Regeln: Der Patient musste das Verlangen zu sterben deutlich ausdrücken. Dieses Verlangen musste dauerhaft bestehen. Der Patient musste bei geistiger Gesundheit sein. Dieser letzte Punkt verursachte Probleme, denn es war medizinischer Standard – gemäß ICD-10, der *Internationalen statistischen Klassifikation der Krankheiten und verwandter Gesundheitsprobleme* –, jedes Verlangen nach Selbstzerstörung als Beweis für einen gestörten Geist zu betrachten.

Mr. Peterson erklärte auf etwas mehr als einer Seite, wie man ihn ins Krankenhaus eingewiesen und gezwungen hatte, sechs Wochen lang Prozac einzunehmen, obwohl er sich zu keinem Zeitpunkt depressiv gefühlt hatte, jedenfalls nicht, bevor er in die Hände der Psychiater geraten sei.

Die Zwangseinweisung hat mich depressiv gemacht, erklärte Mr. Peterson. Nicht umgekehrt.

Glücklicherweise war Mr. Petersons angebliche Depression nicht von Bedeutung. Dr. Reinhardt war mit seiner Erklärung mehr als zufrieden. Sie musste nur sicherstellen, dass er jetzt klar denken konnte, und dass sein Wunsch zu sterben nicht einer kurzfristigen depressiven Phase entsprang. Die Tatsache, dass er seit fünfzehn Monaten Mitglied in Herrn Schäfers Sterbehilfeorganisation war, legte nahe, dass dem nicht so war. Dr. Reinhardt war sich sicher, dass sie ihm ein entsprechendes Rezept ausstellen konnte, ohne gegen die Betäubungsmittelverschreibungsverordnung zu verstoßen.

Größere Sorge bereitete ihr die Frage, ob Mr. Peterson körperlich in der Lage sein würde, sein Leben selbst zu beenden. Das Medikament – sie nannte es nicht »Medizin« –, das bei einem assistierten Suizid verschrieben wurde, war Natrium-Pentobarbital, und da die meisten Patienten nicht über die Kenntnisse verfügten, es sich intravenös zu spritzen, wurde es oral eingenommen. Das Medikament wurde in sechzig Millilitern Wasser aufgelöst, die dann schnell getrunken werden mussten, am besten in einem Zug. Das führte nach wenigen Minuten zu Bewusstlosigkeit, gefolgt von Atemstillstand, wiederum einige Minuten später. Es war völlig schmerzfrei und risikolos, so versicherte uns Dr. Reinhardt, aber das Natrium-Pentobarbital musste rasch geschluckt werden, rasch und vollständig. Die Lösung langsam zu nippen oder etwa nicht die ganze Dosis einzunehmen, würde lediglich Bewusstlosigkeit zur Folge haben, unter

Umständen einen narkoseähnlichen Zustand, aber nicht garantiert den Tod.

Doch das Schlucken fiel Mr. Peterson zunehmend schwer. Die neurodegenerative Erkrankung, die für seine Sprechschwierigkeiten verantwortlich war, hatte auch zu einer verminderten Kontrolle der Schluckmuskeln geführt. Sechzig Milliliter waren nicht viel, aber das aufgelöste Natrium-Pentobarbital schmeckte sehr bitter, was die Gefahr eines Würgereflexes erhöhte.

Dr. Reinhardt musste sicher sein, dass Mr. Peterson ein kleines Glas Wasser ohne Komplikationen austrinken konnte, und so ließ sie ihn zwei Probeläufe machen. Der erste Versuch war ein bisschen holprig, aber Mr. Peterson trank das Glas in weniger als sieben Sekunden aus, was eine zufriedenstellende Zeitspanne war. Beim zweiten Versuch schlug Dr. Reinhardt vor, einen Strohhalm zu verwenden, während ich das Glas hielt. (Diese Art von Unterstützung war erlaubt, solange ich ihm das Getränk nicht in den Mund schüttete; die Handlung, die Mr. Petersons Leben ein Ende setzte, musste seine eigene sein.) Da er sich nicht mehr um seine Hand-Auge-Koordination kümmern musste, konnte sich Mr. Peterson ganz auf die Aktivität in seiner Kehle konzentrieren. Die Methode mit dem Strohhalm funktionierte reibungslos. Dr. Reinhardt war zufrieden und verließ uns mit der Versicherung, dass der Termin morgen Abend viel kürzer sein würde. Wir würden noch einmal über den Ablauf sprechen, Mr. Peterson würde seinen Wunsch zu sterben erneut bestätigen, und danach konnte das Rezept ausgestellt werden. Weitere Hindernisse waren nicht zu erwarten.

Es war noch nicht besonders spät, als ich Ellie anrief, noch nicht einmal neun Uhr, also weniger als vierundzwanzig Stunden seit unserem letzten Gespräch. Aber in dieser kurzen Zeit hatte sich viel getan.

Die Polizei hatte an diesem Morgen einen Aufruf veröffentlicht: Sie wollten, dass ich mich umgehend mit der Kreispolizeibehörde von Avon and Somerset in Verbindung setzte bzw. sich jeder melden sollte, der wusste, wo ich mich aufhielt. Meine Mutter hatte das Angebot der Polizei abgelehnt, den Aufruf persönlich vorzutragen. Sie hatte der Polizei lediglich ein Foto neueren Datums von mir übergeben. Ellies Aussage zufolge war es kein besonders gutes Foto.

»Aber wahrscheinlich hatte sie kein neueres Bild«, sagte Ellie. »Oder es war das einzige, das sie finden konnte. Ich kann mir nicht vorstellen, warum sie ihnen sonst ausgerechnet *dieses* Foto hätte geben sollen.«

Das Foto zeigte mich mit Lucy auf dem Schoß. »Das ist, glaube ich, das einzige Mal gewesen, dass sie mich dazu bekommen hat, für ein Foto stillzuhalten«, erklärte ich Ellie. »Sie weiß genau, wie ungern ich mich fotografieren lasse.«

»Ja, das sieht man.«

»Sehe ich genervt aus?«

»Nein, du siehst nicht genervt aus. Auf deinem Gesicht liegt irgendwie eine Art … Knurren. Deine Stirn ist gerunzelt, okay, aber ich würde nicht sagen, dass du genervt aussiehst. Das wäre schon eine deutliche Verbesserung für dieses Bild. Um ehrlich zu sein, siehst du ziemlich bedrohlich aus.«

»Wenigstens ist die Katze dabei«, gab ich zu bedenken. »Das lässt mich doch menschlicher wirken, oder?«

»Mit der Katze siehst du aus wie der Oberschurke aus einem James-Bond-Film.«

»Oh.«

»Sie haben es in den Nachrichten gezeigt, und zwar nicht nur in den Lokalnachrichten. Heute Abend war es landesweit zu sehen. Ernsthaft, das ist eine große Story, und sie wird ständig größer. Das schreit geradezu ›Öffentliches Interesse‹. Die Einzelheiten sind so irre, dass die Leute den Köder in null Komma nichts aufschnappen werden. Es haben schon ein paar Journalisten im Laden angerufen. Glaub mir: Die Sache wird nicht so schnell im Sand verlaufen.«

Auch diesmal weihte ich Mr. Peterson nicht ein. Ich glaubte nicht, dass es gut für ihn sein würde. Und trotz Ellies dramatischer Schilderung fühlte ich mich von den Ereignissen zu Hause im Moment noch völlig abgeschirmt. Ich bezweifelte, dass irgendjemand sonst in Europa darauf achtete, was in Großbritannien geschah, geschweige denn in Somerset. Trotzdem fand ich es eine gute Idee, als Mr. Peterson mir am folgenden Tag eröffnete, dass er einen Ausflug aufs Land machen wollte.

Es ist mir relativ egal, wo genau es hingeht, schrieb er, aber ich würde mir gerne diese Berge aus der Nähe ansehen.

»Sie wollen, dass ich Sie in die Berge fahre?«, fragte ich.

Nein, ich hatte vor, hin zu laufen.

»Oh.«

Das war ein Witz.

»Ach so.«

Ich überlasse dir die Reiseroute. Wir können hinfahren, wo immer du hinwillst. Solange wir aus der Stadt rauskommen.

Ich dachte kurz nach. »Was halten Sie vom CERN?«, fragte ich.

Also fuhren wir zum CERN. Es war eine Strecke von über sechshundert Kilometern, hin und zurück, aber glücklicherweise hatte Mr. Peterson in Sachen Autofahrt immer noch »amerikanische Maßstäbe«, wie er es nannte. Wir hatten elf Stunden Zeit, und er ließ sich von dem Umstand, dass wir durch die halbe Schweiz und zurück fahren mussten, nicht entmutigen. Ich auch nicht.

Auf der A1 – der Autobahn, die durch die zentrale Hochebene der Schweiz führt und Genf, Bern und Zürich miteinander verbindet – brauchten wir für die Rückfahrt knapp drei Stunden. Auf der Hinfahrt nahmen wir die landschaftlich schönere Strecke, am Fuß der Alpen entlang, und hielten in Interlaken an, wo es aussah wie auf einer Ansichtskarte – wie eigentlich fast überall in der Schweiz. Es ist die Art von Land, wo man niemanden Müll auf die Straße werfen sieht, ein Land voller frischer, klarer Luft, Burgen und zerklüfteten Bergen und Seen wie Spiegelglas, die nichts als die strahlenden Farben – Blau, Grün und Weiß – reflektierten.

Als wir das CERN erreichten, an der französischen Grenze, kurz unterhalb von Genf, war die Landschaft etwas weniger dramatisch geworden, aber sie war immer noch hübsch. Es gab sanfte Hügel, die von Weinbergen überzogen waren, vereinzelt stehende Bäume und Dörfer, und man konnte im Norden den Jura sehen. Achtzig Kilometer südöstlich erhob sich der Mont Blanc. Was das CERN selbst betrifft, so war mein erster Eindruck nicht überwältigend. Es war zwar ein großer Komplex, sah aber ansonsten aus wie ein ganz normaler Industriepark, wie man ihn außerhalb fast jeder großen Stadt findet. Es gab eine Bushaltestelle und einen großen Parkplatz, auf dem zumeist sparsame Kombilimousinen standen, einen Empfang und etliche eckige Flachdachgebäude, die wie ganz normale Bürohäuser aussahen. Die Angestellten, die draußen unterwegs waren, sahen auch ziemlich normal aus, abgesehen von der Tatsache, dass keiner eine Krawatte trug. (Wie Sie vielleicht wissen, tragen Wissenschaftler niemals eine Krawatte, es sei denn, sie machen eine Aussage vor dem Parlamentsausschuss oder nehmen den Nobelpreis in Empfang.) Das einzig Bemerkenswerte an dem Komplex waren die Flaggen der zwanzig europäischen Mitgliedsstaaten, die über der breiten Zufahrtsstraße wehten, und der dreißig mal vierzig Meter große hölzerne Globus, der sich gegenüber dem Empfang befand. Aber das war nur der äußere Anschein. Das Interessante am CERN befand sich unter der Erde, etwa hundert Meter unter unseren Füßen.

Den Großen Hadronen-Speicherring durften wir uns nicht anschauen; er war das teuerste wissenschaftliche Experiment der Menschheitsgeschichte und der Öffentlichkeit nicht zugänglich. Der Mann am Empfang wies uns stattdessen zum Globus der Wissenschaft und Innovation – das riesige hölzerne Gebäude auf der anderen Straßenseite, wo eine Ausstellung über das CERN und die Teilchenphysik auf uns wartete.

Was sind überhaupt große Hadronen?, fragte Mr. Peterson, während ich ihn im Rollstuhl über die Straße schob.

»Es sind nicht die Hadronen, die groß sind«, erklärte ich, »sondern der Beschleuniger. Ein Hadron ist nur ein Proton oder ein Neutron oder ein ähnliches Teilchen, und die haben eine Standardgröße genau wie Tischtennisbälle. Sie sind eigentlich genauso wie Tischtennisbälle, nur etwa fünfundzwanzig Billionen Mal kleiner.«

Die Zahl sagt mir gar nichts.

»Zwei Komma fünf mal zehn hoch dreizehn. Fünfundzwanzig gefolgt von zwölf Nullen.«

Das sagt mir noch weniger.

»Wenn man ein Proton auf den Durchmesser eines Tischtennisballs vergrößern würde«, erklärte ich, »und dann den Tischtennisball im selben Verhältnis vergrößert, dann hätte der Tischtennisball am Ende einen Durchmesser, der siebenhundertmal so groß ist wie der Durchmesser der Sonne. Das würde etwa der Größe von Betelgeuze entsprechen.«

Das ist ja völlig grotesk, schrieb Mr. Peterson.

Obwohl das Gebäude von außen sehr streng wirkte, sah der Globus der Wissenschaft und Innovation von innen aus wie die Kommandozentrale eines außerirdischen Raumschiffs. Mr. Peterson fand es irgendwie halluzinogen, und obwohl es nur wenig mit den Halluzinationen gemein hatte, die ich aus eigener Erfahrung kannte, wusste ich, was er meinte. Der Innenraum war eine riesige kreisrunde Arena, in der scheinbar willkürlich unterschiedlich große Kugeln, Bildschirme und interaktive Displays angebracht waren. Alles war von farbigen Scheinwerfern beleuchtet, die sich bewegten, dunkler und heller wurden, während man durch den Raum ging. Die Lichter hatten ziemlich grelle, futuristische Farben wie Türkis, Violett und ein elektrisches Blau, und überall waren merkwürdige, fließende Geräusche zu hören, ein Summen und Zischen im Hintergrund. Es waren die Standardmethoden, mit denen Marketingteams und PR-Leute die Teilchenphysik aufpeppten, als ob sie das nötig hätte. Nichtsdestotrotz musste ich zugeben, dass die audiovisuellen Effekte ziemlich beeindruckend waren, und die Ausstellung selbst war überzeugend. Die interaktiven

Displays hatten auch eine englische Sprachausgabe, was Mr. Peterson von der Notwendigkeit enthob, irgendetwas lesen zu müssen. Eine Berührung des Bildschirms löste einen zwei- bis fünfminütigen Vortrag aus über Themen wie Antimaterie, Dunkle Energie, die Heisenberg'sche Unschärferelation und so weiter. Es gab endlos viele Informationen, aber da Mr. Peterson den Grafiken auf den Bildschirmen nicht folgen konnte, weil sie für seine Augen zu schnell wechselten, vervollständigte ich hier und da das Bild für ihn. Anfangs erklärte ich bloß, was auf den Bildschirmen zu sehen war, aber mit jedem Display wurden meine Ausführungen komplizierter. Ich weiß auch nicht warum, aber je mehr ich redete, desto weniger Lust zum Aufhören hatte ich. Und ausnahmsweise schien auch Mr. Peterson kein Interesse daran zu haben, mich zum Schweigen zu bringen. Er stellte mir sogar Fragen.

Vielleicht hatte ihm der Tischtennisball-Vergleich Appetit auf mehr gemacht. Aus irgendeinem Grund amüsierten ihn diese aberwitzigen Gegenüberstellungen – von den unfassbaren Zahlen und Werten, von denen es in der Physik nur so wimmelt, ganz zu schweigen. Natürlich lieferten uns die Displays eine erhebliche Anzahl Statistiken und Analogien. Wir bekamen das übliche Beispiel für die Beschreibung des Atoms zu hören, nämlich: Wenn man ein Atom auf die Abmessungen eines Fußballstadions vergrößert, wäre sein Kern eine einzige Erbse im Mittelpunkt des Stadions, und die Elektronen wären die Staubflocken, die sich bis zu den äußersten Rängen der Tribüne ziehen. Alles andere wäre leerer Raum. Dann gab es die Höchstgeschwindigkeit, auf die die Hadronen im Großen Hadronen-Speicherring beschleunigt wurden: 99,999999 Prozent der Lichtgeschwindigkeit.

Bei dieser Geschwindigkeit durchkreisten die Hadronen den siebenundzwanzig Kilometer langen Beschleunigungstunnel etwa elftausendmal pro Sekunde. Aber mit dieser Information gab sich Mr. Peterson nicht zufrieden. Es dauerte nicht lange, und ich musste allerlei absurde mathematische Probleme für ihn lösen.

Wie lange würde es dauern, bis ein Hadron in Zürich ist?, wollte er wissen.

Auf die Rückseite seines Notizblocks kritzelte ich meine Berechnungen, die ich ihm dann im Licht des Displays zeigte. »Wenn es die A1 nehmen würde, knapp unter einer Tausendstelsekunde«, antwortete ich. »Wir brauchen dagegen drei Stunden mit dem Auto.«

Wie lange von Zürich bis zur Sonne?, fragte Mr. Peterson.

»Acht Minuten und zwanzig Sekunden.« (Das musste ich nicht nachrechnen.)

Und wir?

»Mit dem Auto?«

Ja, mit dem Auto.

Für diese Berechnung brauchte ich etwas länger. Die Antwort, mit der ich aufwartete, lautete: etwas mehr als einhundertvierzig Jahre, wenn wir vierundzwanzig Stunden am Tag fahren und uns an die erlaubte Höchstgeschwindigkeit auf der Autobahn halten würden.

Aber ich glaube, den größten Eindruck auf mich machte die Lebensdauer der »exotischen« Teilchen, die im Großen Hadronen-Speicherring entstanden. Die langlebigsten von ihnen existierten nur wenige Hundertmillionstel einer Sekunde, ehe sie zerfielen. Die kurzlebigsten waren so instabil, dass ihre Existenz nicht einmal beobachtet werden konnte, jedenfalls nicht im üblichen Sinne. Sie entstanden im winzigen Bruchteil eines Augenblicks und vergingen in demselben auch wieder, so schnell, dass kein Instrument, das man bislang erfunden hatte, empfindlich genug war, ihr Dasein zu registrieren, das erst post mortem wahrgenommen werden konnte. Aber je mehr ich darüber nachdachte, und je mehr ich über das tatsächliche Alter des Universums nachdachte und wie alt es sein würde, wenn es seinen endgültigen Wärmetod starb – wenn all die Sterne verloschen und alle Schwarzen Löcher verdampft und alle Nukleonen zerfallen waren und nichts mehr existieren konnte außer den Elementarteilchen, die durch die unendliche Dunkelheit des Raums drifteten –, je mehr ich über diese Dinge nachdachte, desto bewusster wurde mir, dass *alle* Materie diesen exotischen Teilchen glich. Die Größe und der Maßstab des Universums ließen alles andere unvorstellbar klein und flüchtig erscheinen. Auf der Zeitskala des Universums waren selbst die Sterne in einem Wimpernschlag verschwunden.

Aber mir war nicht danach, diesen Gedanken laut auszusprechen.

Als ich Ellie an diesem Abend anrief – nach dem zweiten Termin mit Frau Dr. Reinhardt, aber vor Herrn Schäfers Bœuf Bourguignon –, erzählte sie mir, dass sich meine Story ausgebreitet hätte »wie ein Virus«. Aus der Handvoll Journalisten, die gestern im Laden angerufen hatten, waren ein Dutzend Reporter geworden, die abwechselnd ihre Berichterstattungen vor dem Laden meiner Mutter aufnahmen und sie um ein Interview anbettelten. Bislang hatte sie nur eine einzige Frage beantwortet, auf die sie heute Morgen, als sie den Laden geöffnet hatte, nicht vorbereitet gewesen war. Man hatte sie gefragt, wie sie sich fühle.

»Ich bin natürlich durcheinander«, hatte sie erwidert.

Ein Thesaurus wurde zurate gezogen, und am Nachmittag wurde meine Mutter zitiert mit sie sei »verstört«. Danach sagte sie gar nichts mehr, was als weiteres Zeugnis dafür angesehen wurde, wie verzweifelt sie war. Die Leute wollten mit ihrem Leiden mitfühlen, und eine Mauer aus Schweigen hielt sie nicht davon ab.

»Ich hab's dir doch gesagt«, meinte Ellie. »Alles an dieser Geschichte schreit ›öffentliches Interesse‹. Alles dreht sich im Kreis. Der polizeiliche Aufruf wird immer noch jede Stunde gesendet. Sie zeigen immer noch dieses belämmerte Foto von dir und machen Andeutungen über deinen ›beunruhigenden‹ Brief.«

»Solche Dinge haben auch nur eine begrenzte Lebensdauer«, philosophierte ich, »und das ist nicht …«

»Du bist auch im Internet«, plapperte Ellie weiter. »Die Leute diskutieren in Foren über dich. Hast du's noch nicht gesehen? In der Schweiz gibt es doch auch Internet, oder?«

»Das Internet wurde in der Schweiz erfunden«, klärte ich sie auf. Dann fing mein Herz an, gegen meinen Brustkorb zu flattern. »Wer hat irgendetwas von der Schweiz gesagt?«

»Das sagen alle! Alle meinen, dass du dahin gegangen bist. Das ist anscheinend das einzige Land, das Ausländern, die sich umbringen wollen, medizinischen Beistand leistet. Darum geht's hier doch, oder? Wenn du vorhättest, den alten Mann über eine Klippe zu schubsen, hättest du das auch in Dorset machen können. Kein Grund, aufs Festland zu fahren. Da ist sogar die Polizei drauf gekommen.«

»Oh.«

Mehr wusste ich nicht zu sagen. Ich glaubte zu hören, wie sich Ellie mit dem Feuerzeug eine Zigarette anzündete.

»Hör zu«, sagte sie, »im Fernsehen haben sie behauptet, man hätte Kontakt mit den Schweizer Behörden aufgenommen.«

»Wer ist ›man‹? Die Polizei?«

»Die Polizei, das Innenministerium – wer immer für diesen Kram zuständig ist.«

Ich dachte darüber nach. »Ich glaube nicht, dass sie irgendetwas tun können, während ich hier bin. Nach Schweizer Recht ist das, was wir tun, völlig legal. Das ist ja der Punkt.«

»Du bist siebzehn. *Das* ist der Punkt, auf dem die Polizei herumreitet. Sie behaupten, dies sei ein Sonderfall, und die Schweizer Behörden sollten einschreiten.«

»Die Schweizer sind nicht gerade berühmt fürs Einschreiten«, erklärte ich.

»Ach, hör auf, so verdammt cool zu tun! Du solltest dich an den Gedanken gewöhnen, dass du eventuell gesucht wirst.«

»Das ist mir klar. Aber ich muss nur noch vierundzwanzig Stunden durchhalten. Danach …«

»Stopp!«, unterbrach mich Ellie. »Ich will's nicht wissen. Ich will es wirklich nicht wissen. Alles, worum ich dich bitte, ist: Sei vorsichtig.«

Ich sagte kein Wort.

Ellie schickte noch einen letzten Fluch durch die Leitung, dann legte sie auf.

Ich schaltete BBC News im Fernsehen ein. Es dauerte keine zehn Minuten, da erschien mein Foto auf dem Bildschirm. Es war wirklich kein gutes Foto. Ich schaltete den Fernseher wieder aus und setzte mich aufs Bett. Fünf Minuten lang konzentrierte ich mich auf meine Atmung.

Ich sagte mir, dass ich an dieser neuen Entwicklung wohl kaum etwas ändern könne. Meines Wissens hatte Mr. Peterson seit unserer Ankunft in der Schweiz keinen einzigen Blick auf den Fernseher geworfen. Er hatte keine Ahnung, was zu Hause vor sich ging, und ich wollte, dass es so blieb. Der Unsicherheitsfaktor in dieser Berechnung war Herr Schäfer. Ich wusste nicht, ob es irgendwelche »Protokolle« gab, die eine derartige Situation regelten. Ich vermutete aber, dass dies wohl eher nicht der Fall war.

Wir brauchten etwa fünfzehn Minuten bis zu der Adresse am anderen Ende von Kreis 12, einem ruhigen Außenbezirk im Osten der Innenstadt. Herrn Schäfers Haus war bescheiden und funktionell – eins von diesen quadratischen, schmucklosen Häusern mit den flachen Dächern, die von den Schweizern offensichtlich sehr geschätzt wurden. Eine Sicherheitsbeleuchtung erhellte ein kleines Rasenstück, das so akkurat gemäht war, dass man es für Kunstrasen halten konnte, und auch im Inneren des Hauses war alles ordentlich und einfach gehalten.

Ich beobachtete ihn insgeheim mit unermüdlicher Wachsamkeit, aber Herr Schäfer ließ mit keinem Muskelzucken erkennen, dass irgendetwas nicht in Ordnung war. Er gab sich so wie immer – eine merkwürdige Mischung aus Ernsthaftigkeit und Lässigkeit, die seine Äußerungen manchmal wie die eines Komikers wirken ließ, der Witze erzählt, ohne die Miene zu verziehen. Es war nicht so, dass er die nötige Würde für einen Mann in seiner Position vermissen ließ. Vielmehr sickerte sein gemessenes Betragen ab und zu auch in andere Bereiche durch. Er sprach über den Tod mit der gleichen Feierlichkeit wie über die Harmonie zwischen Fleisch, Pilzen und Wein in seinem Bœuf Bourguignon. Und über beide Themen redete er ausgiebig.

Es stellte sich heraus, dass Herr Schäfer nicht schon immer im Sterbegeschäft tätig war. Er hatte über zwanzig Jahre lang als Menschenrechtsanwalt gearbeitet, und es war sein leidenschaftlicher Glaube an das »letzte Menschenrecht« – wie er das Recht zu sterben nannte –, der schließlich dazu führte, dass er die Juristerei aufgab und eine private Klinik eröffnete, die mit ihrer Bereitschaft, sowohl Ausländer als auch Schweizer aufzunehmen, nahezu einzigartig war. Denn die Menschenrechte, so meinte Herr Schäfer, machten nicht an Landesgrenzen halt.

Ich muss wohl nicht betonen, dass es kein wirklich »normales« Abendessen war, aber nach ein paar Minuten entspannte ich mich überraschenderweise. Herr Schäfer schien sich in seiner Rolle als Gastgeber sehr wohl zu fühlen, und ein Dreiergespräch mit Mr. Peterson stellte sich als einfacher heraus als eine Konversation nur zwischen ihm und mir. Es war einerseits komplizierter als eine Plauderei zwischen drei sprechenden Menschen, weil Mr. Peterson erst mir seine Zettel zum Lesen gab und ich sie dann an Herrn Schäfer weiterreichte, aber dadurch hatte er auch mehr Zeit zum Schreiben und zum Ausruhen zwischendurch. Und Herr Schäfer, der dieses Prozedere schon gestern erlebt hatte, schien gut damit zurechtzukommen. Er benahm sich so, als sei diese Art des Kommunizierens kein bisschen bemerkenswert. Er bewies auch ein großes Maß an Geduld, wenn ich Deutsch sprach, was ich relativ häufig tat, weil ich in Übung bleiben wollte. Mit ein bisschen Unterstützung ließ ich nach kurzer Zeit die einfachen Phrasen wie »*Es schmeckt sehr gut*« hinter mir und wandte mich komplexeren Sätzen zu: »*Keinen Wein für mich, Herr Schäfer. Ich trinke keinen Alkohol. Aber ich habe große Lust auf Coca-Cola. Keine Angst – ich habe einige Dosen im Auto.*«

Während er für meine gestotterten Sätze größtes Verständnis aufwies, so zeigte er keins in Bezug auf die Anrede, die ich für ihn wählte. Sie war ihm zu formell.

»Jetzt, da wir uns besser kennen, nenn mich doch bitte Rudolf«, erklärte er.

Ich sagte Herrn Schäfer, dass mir nicht wohl dabei sei. »Es ist ein bisschen zu …« Ich suchte nach einer Erklärung, die nichts mit Rentieren zu tun hatte, aber mir fiel keine ein. Und so meinte ich zu guter Letzt: »Vielleicht könnte ich Sie Rudi nennen, wenn Sie nichts dagegen haben?«

»Das ist durchaus akzeptabel«, nickte Herr Schäfer. »So nennen mich meine beiden erwachsenen Töchter auch.«

Das fand ich seltsam, sagte aber nichts dazu. Herr Schäfer erzählte uns von seinen Töchtern, die beide in Zürich lebten, genauso wie seine Exfrau, von der er sich vor zehn Jahren einvernehmlich hatte scheiden lassen, und genau während dieser scheinbar harmlosen Konversation schlich sich die Gefahr unbemerkt von hinten an.

»Meine Frau war nicht glücklich über meinen Berufswechsel«, erzählte uns Herr Schäfer. »Oder besser gesagt, sie war nicht glücklich mit der Aufmerksamkeit der Medien, die meine neue Arbeit leider mit sich brachte. Ich würde gerne behaupten, dass sich dieses Ärgernis mit den Jahren erledigt hätte, aber wie Ihnen sicher bewusst ist, gibt es immer noch Fälle, die sehr kontrovers diskutiert werden.«

Ein Blick reichte aus, um mir zu beweisen, dass Herr Schäfer nicht länger verallgemeinerte. Ich zwinkerte ihm panisch zu und hoffte, dass Mr. Peterson nichts davon bemerken würde, was er offensichtlich auch nicht tat. Durch sein nachlassendes Sehvermögen fiel es ihm schwer, solche raschen, nonverbalen Zeichen zu erkennen.

Herr Schäfer nippte an seinem Wein, ohne den Blick abzuwenden oder seine Haltung zu verändern. »*Er weiß es nicht?*«, fragte er auf Deutsch mit ruhiger Stimme.

»*Nein*«, erwiderte ich, ebenfalls deutsch sprechend. »*Ich denke, dass es so besser ist.*«

Herr Schäfer nickte nachdenklich.

Wenn ihr beiden euch weiter auf Deutsch unterhaltet, gehe ich auf eine Zigarette nach draußen, schrieb Mr. Peterson.

Ich reichte den Zettel an Herrn Schäfer weiter und nutzte die Gelegenheit, während er ihn las, ein weiteres Mal zu zwinkern, diesmal an Mr. Peterson gerichtet. Alle Umstände in Betracht ziehend, war dies wohl kaum ein guter Moment, um »etwas zu rauchen«, aber mein Zwinkern kam entweder nicht an oder wurde komplett ignoriert.

»Ich würde die kleine Veranda auf der Rückseite des Hauses vorschlagen«, sagte Herr Schäfer. »Und währenddessen könnte mir Alex vielleicht beim Abwasch helfen, ja?«

»Ich weiß nicht, ob das eine so gute Idee ist«, sagte ich zu Mr. Peterson, nachdem ich ihn vor der Verandatür geparkt hatte. »Seien Sie wenigstens diskret. Wir haben keinen Schimmer, wie Herr Schäfer darüber denkt.«

Sterben ist sein Geschäft, bemerkte Mr. Peterson. Ich glaube nicht, dass er sich von ein bisschen Gras aus der Ruhe bringen lässt.

»Vielleicht doch, wenn er auf die Idee kommt, dass Ihr Urteilsvermögen darunter leiden könnte.«

Ich hatte den Eindruck, dass Mr. Peterson die Augen verdreht hätte, wenn er dazu in der Lage gewesen wäre. Immer mit der Ruhe, kritzelte er. Es ist Gras und kein LSD.

Ich nahm mir eine Auszeit von dreißig Sekunden und ging dann in die Küche, wo Herr Schäfer bereits heißes

Wasser ins Spülbecken eingelassen hatte und auf ein Geschirrtuch deutete, das über dem Heizkörper hing.

»Nun, Alex«, sagte er, »es sieht so aus, als hätten wir ein kleines Problem.«

»Ja«, stimmte ich zu.

»Natürlich war mir von vornherein klar, dass die Umstände dieses Falls außergewöhnlich sind. Wir haben nur selten Leute hier, die jünger sind als du – Kinder oder Enkel, die bis zum Ende bleiben und sich verabschieden möchten. Aber dann ist die ganze Familie anwesend. Deine Situation ist bislang für mich einzigartig.«

»Mr. Peterson hat keine Familie«, sagte ich. »Er hat nur mich.«

»Ja, das verstehe ich. Aber kommen wir zum Kern der Sache. Wie alt bist du, Alex?«

»Spielt das eine Rolle?«

»Das kommt darauf an.«

»Ich bin siebzehn«, gab ich zu. »Ich bin alt genug, um Auto zu fahren und Nachkommen zu zeugen, aber ich bin nicht alt genug, um zu wählen und Alkohol zu trinken.«

Herr Schäfer nickte gemessen. »Man könnte behaupten, dass man beim Autofahren und bei der Fortpflanzung größere Verantwortung übernehmen muss als beim Wählen und beim Alkoholtrinken. Aber lassen wir das.« Er schwieg und betrachtete mich. »Ich konnte dein Alter nur schwer schätzen«, sagte er dann. »In vielerlei Hinsicht kommst du mir älter als siebzehn vor, in anderer wieder viel jünger. Ich hoffe, du bist nicht böse, wenn ich das sage.«

»Nein, gar nicht. Ich habe das schon öfter gehört. Ich weiß nur nicht, wie ich mich anders geben soll.«

»Das sollst du gar nicht«, wiegelte Herr Schäfer ab. »Du

sollst genau so sein, wie du bist. Im Deutschen gibt es einen Begriff, der Menschen wie dich beschreibt: *arglos*. Aber wie man das auf Englisch ausdrücken soll, weiß ich nicht. ›Innocent‹ kommt dem nahe, trifft es aber nicht hundertprozentig. *Arglos* beschreibt eher einen Menschen, der ohne Falsch ist. Das heißt, dass du der bist, der du zu sein scheinst. Du denkst nicht daran, dich zu verstellen.«

Ich zuckte mit den Schultern. »Natürlich denke ich daran, mich zu verstellen. Aber ich bin so entsetzlich mies darin, dass ich es erst gar nicht versuche.«

Herr Schäfer nickte. »Das ist nur eine andere Art auszudrücken, dass es nicht in deiner Natur liegt.«

Ich dachte nach. »Das mag sein«, sagte ich dann, »stimmt aber nicht immer. Ich bin Mr. Peterson gegenüber im Moment nicht ganz ehrlich. Wollen Sie darauf hinaus?«

»Nein. Wir wissen beide, dass dies etwas ganz anderes ist. Hast du ihn angelogen?«

»Nein. Ich habe ihm nur einiges nicht gesagt.«

»Und zwar weil du ihn schützen willst. Damit habe ich doch recht, oder?«

»Ja«, gestand ich. »Ich glaube, wenn er wüsste, was zu Hause passiert, könnte ihn das zu einer Entscheidung treiben, die nicht gut wäre. Und er täte es, um mich zu beschützen, was aber nichts nützen würde. Es würde niemandem etwas nützen.«

Herr Schäfer nickte erneut. »Aber ich nehme an, dir sind die Konsequenzen deines Handelns bewusst? Du wirst möglicherweise unter Anklage gestellt, wenn du nach Hause kommst. Dann gilt wieder das britische Recht, nicht länger das der Schweiz.«

»Ja, ich weiß. Die Konsequenzen machen mir keine Sorgen. Ich will nur Mr. Peterson nicht damit belasten. Er sollte sich mit so was nicht herumschlagen müssen. Nicht jetzt.«

»Okay«, sagte Herr Schäfer, »dann möchte ich die Frage anders formulieren. Du weißt, dass du mit Konsequenzen rechnen musst, willst aber trotzdem hierbleiben. Ist das korrekt? Du spielst nicht mit dem Gedanken, jetzt zurückzufahren?«

»Nein. Ich will hierbleiben.«

»Weil du dich dazu verpflichtet fühlst?«

»Nein, weil ich das, was ich tue, für richtig halte.«

Ich trocknete den letzten Teller ab, und Herr Schäfer deutete zum Küchentisch. Wir setzten uns hin.

»Also, Alex«, sagte er, »wenn du alt genug bist, um hier sein zu wollen, dann bist du auch alt genug, um hier sein zu dürfen. Das ist jedenfalls meine Meinung. Die meisten Menschen würden mich wohl als liberal bezeichnen. Verstehst du, was das bedeutet?«

Ich dachte über das Wort nach. »Ich glaube, es hat etwas mit freier Marktwirtschaft zu tun«, sagte ich. »Stimmt das?«

Herr Schäfer lächelte. »Nicht in meinem Fall, nein. Es bedeutet, dass ich der Meinung bin, jedem Menschen sollte gestattet sein, seine eigenen Entscheidungen zu treffen – ohne dass ihm andere Leute vorschreiben, was er zu tun oder zu lassen hat. Die einzige Einschränkung dabei ist, dass man niemandem schaden und niemanden ausbeuten darf – und das ist etwas ganz anderes als freie Marktwirtschaft.«

Herr Schäfer schenkte sich ein Glas Wein ein, ehe er fortfuhr. »Damit will ich sagen, dass du die Freiheit haben solltest, deine eigene Entscheidung zu treffen, genauso wie dein Freund Isaac die Freiheit haben muss, seine zu treffen. Niemand sollte sich einmischen.«

Ich ließ seine Worte in mich einsinken. »Heißt das, dass Sie uns *nicht* nach Hause schicken?«

»Wenn ich es täte, würde ich gegen alles verstoßen, wofür ich in den letzten zwölf Jahren gekämpft habe. Wenn ich Menschen in diesem späten Stadium nach Hause schicke, dann nur, wenn ich oder Dr. Reinhardt zu der Überzeugung gelangen, dass sie nicht aus freien Stücken gekommen sind oder nicht begreifen, welche Entscheidung sie getroffen haben. Aber in diesem Fall haben wir keine Zweifel.«

»Was ist mit den Nachrichten? Sie werden Mr. Peterson doch nichts davon erzählen, oder?«

»Nein. Meine Pflichten liegen auf einem anderen Gebiet. Es steht mir nicht zu, ihn auf die eine oder andere Weise zu beeinflussen. Seine Entscheidung sollte unabhängig von jeder Form von Druck gefällt werden. In dieser Beziehung habe ich keinerlei Gewissensbisse. Ich werde ihm rein gar nichts sagen.« Herr Schäfer nippte an seinem Wein. »Aber du musst begreifen, dass deine Situation sich von meiner grundlegend unterscheidet. Du trägst eine ganz andere Last.«

»Meinen Sie, dass *ich* es ihm sagen soll?«

»Nein, das ist allein deine Entscheidung, nicht meine. Ich will damit nur sagen, dass du über diese Sache gründlich nachdenken solltest. Der morgige Tag wird sehr schwer für dich werden. Du musst vorbereitet sein. Du musst dir ganz sicher sein, dass du das Richtige tust.«

Ich schaute durch das angrenzende Wohnzimmer und durch die Verandatür hinaus ins Freie. »Ich tue das Richtige«, sagte ich.

Und ich wusste, dass dieser Gedanke – und nur dieser

Gedanke – die Kraft hatte, mich durch die nächsten vierundzwanzig Stunden zu bringen. Ohne ihn wäre ich zusammengebrochen.

22

DAS HAUS OHNE NAMEN

Das Haus hatte keinen Namen und keine Nummer. Niemand wohnte hier, und niemand blieb länger als ein paar Stunden, und so war ein Namensschild überflüssig. Wenn etwas angeliefert wurde – falls jemals etwas angeliefert wurde –, nannte man es vermutlich einfach »das Haus«. Es war das einzige Haus weit und breit.

Es stand in einem kleinen Gewerbegebiet etwa zwanzig Autominuten östlich von Zürich. Das Umfeld wurde vom Gesetz vorgeschrieben. Zwar hielt die Mehrheit der Schweizer Bevölkerung eine solche Einrichtung prinzipiell für wünschenswert, aber keiner wünschte sich ein solches Haus in der eigenen Nachbarschaft.

Daher war das Haus bewusst außerhalb der Stadt errichtet worden und stand nun zwischen Lagerhallen und kleinen Fabriken, die sich in die Ecken der Kreuzung zweier stark befahrener Autobahnen kauerten. Trotz der Lage hatte man versucht, dem Haus den größtmöglichen Anschein von Normalität zu geben. Davor befanden sich eine kleine Einfahrt,

Hecken und eine schmale Veranda. Das Innere verfügte über eine Küchenzeile, ein Badezimmer und über alle Bequemlichkeiten, die man von einem Wohnhaus erwartet: zwei lange Sofas, Betten, ein runder Tisch mit vier Stühlen, Kissen, Lampen. An den Wänden hingen Landschaftsgemälde, und die großen Fenster und die Terrassentüren ließen viel Tageslicht ein. Es gab eine Stereoanlage für jene, die gerne Musik hören wollten, und sogar einen kleinen Garten mit Stauden und einem kleinen plätschernden Brunnen. Der Garten war von Büschen umgeben, aber man konnte trotzdem noch den Verkehr der Autobahnen hören, der rhythmisch brauste wie die Brandung des Meeres.

Nachdem wir in die Einfahrt eingebogen waren, sagte mir Mr. Peterson, dass ich den Rollstuhl im Kofferraum lassen solle. Es ist wichtig für mich, dass ich laufe, schrieb er.

Ich nickte.

Mit der rechten Hand stützte er sich auf eine Krücke und legte den linken Arm um meine Schulter. Auf diese Weise schoben wir uns langsam den Weg hinauf. Mr. Peterson war in der vergangenen Woche nur wenig gelaufen. Wir brauchten geraume Zeit, bis wir ankamen.

Meine Sinne waren geschärft, so ähnlich wie in jener Nacht, in der wir aus dem Krankenhaus geflohen waren, obwohl ich auch diesmal nicht geschlafen hatte. Nachdem wir gestern Abend ins Hotel zurückgekehrt waren, hatte ich dagesessen und über Herrn Schäfers Worte nachgedacht. Um zwei Uhr morgens schaute ich auf die Uhr, und danach war ich einfach nicht mehr müde gewesen. Ich trank fünf Dosen Cola light und las mir eine Abhandlung über die fünfzigjährige Geschichte des CERN durch, die ich dort im Souvenirladen gekauft hatte. Um sechs Uhr morgens war ich bei der Erschaffung des Antiwasserstoffs in den 1990ern angelangt und immer noch nicht müde. Ich ging zum See, um meine Meditationsübungen zu machen, und erlebte den Sonnenaufgang. Außer mir war kaum jemand unterwegs – ein paar Jogger liefen vorbei, und auf dem See schwamm eine Schwanenfamilie samt Jährlingen. Die Promenade am See war von Fliederbäumen gesäumt, die gerade erblühten und die Luft mit ihrem unvergleichlichen Duft schwängerten.

Eine erhebliche Menge Marihuana hatte Mr. Peterson bis sieben Uhr schlafen lassen. Inzwischen war ich wieder zum Hotel zurückgekehrt und half ihm, sich zu waschen und anzukleiden. Er schrieb, dass er anständig aussehen wolle. Das war auch etwas, was ihm wichtig war.

»Wie fühlen Sie sich?«, fragte ich.

Ruhig, schrieb er. Ruhig und entschlossen. Wie steht's mit dir?

»Genauso«, sagte ich.

Ganz sicher?

»Ja.« Ich rang mir ein Lächeln ab. »Ich bin auch entschlossen.«

Und als ich mit ihm jene letzten Schritte zur Eingangstür des Hauses ohne Namen ging, war meine Entschlossenheit nur noch gewachsen. Ich hatte eine Aufgabe zu erledigen, und ich würde aushalten, so lange es nötig war. Falls ich irgendwelche Zweifel gehabt hatte, ob ich Mr. Peterson von den Ereignissen zu Hause erzählen sollte, so hatten sich diese endgültig in Luft aufgelöst. Der Kern der Sache war glasklar: Wenn ich es ihm gesagt hätte, dann hätte ihm dies Schmerzen zugefügt, egal, wie er sich entschieden hätte. Wir beide wären verletzt worden, und zwar viel mehr als nötig. Unnötige Schmerzen zu vermeiden war in meinen Augen keine Entscheidung, die eine komplexe moralische Rechtfertigung erforderte. Es war nichts als gesunder Menschenverstand.

Nachdem sie für sich selbst und Mr. Peterson Kaffee gekocht hatte, setzte sich Petra, eine der beiden Begleitpersonen, die uns im Haus erwartet hatten, zu uns an den Tisch. Linus, der andere Begleiter, hielt sich abseits. Ich sah ihn nur, als er uns an der Tür begrüßte. Den Rest der Zeit blieb er im Hintergrund, bereitete den Papierkram vor und kümmerte sich um sämtliche Formalitäten. Es würde auch Linus sein, der die Schweizer Behörden benachrichtigte, damit der Tod festgestellt und Mr. Petersons Leichnam zum Krematorium gebracht werden konnte. Petras Aufgabe bestand darin, jederzeit für uns da zu sein, uns bei jedem Schritt zu begleiten, alle Fragen zu beantworten und sich insgesamt während der ganzen Zeit um uns zu kümmern. Wenn die Zeit gekommen war, würde sie das Natrium-Pentobarbital vorbereiten und anreichen, aber nur auf Mr. Petersons ausdrücklichen Wunsch hin. Niemand sonst durfte diese Handreichung verlangen.

Mein erster Eindruck von Petra war, dass an ihr nicht viel dran zu sein schien. Sie war kaum einen Meter fünfzig groß, und sie war so hager wie Mr. Peterson, aber ohne diese drahtige Stärke, die ihn früher ausgezeichnet hatte. Das aschblonde Haar hatte sie in einen Pferdeschwanz gebunden, und ihre Haut hätte selbst im englischen Winter noch blass gewirkt. Ihre Stimme war leise und weich, und sie trug nur wenig Make-up – einen Hauch von Eyeliner, der sie noch blasser, kleiner und jünger erscheinen ließ, als sie vermutlich war. Aber trotz ihrer augenscheinlichen Zierlichkeit legte sie eine ruhige und feste Selbstsicherheit an den Tag, die mich entspannte. Es war merkwürdig, aber bis auf diese gelassene und besänftigende Art, die sie an sich hatte, erinnerte sie mich in vielem an meine Mutter.

Ich dachte lange über Petra nach und darüber, wie sie wohl zu diesem Job gekommen war – ob über eine Zeitungsannonce und ein Bewerbungsgespräch wie bei jeder anderen Anstellung. Schließlich war ich es leid und beschloss, sie einfach zu fragen.

Alex will immer wissen, was hinter den Dingen steckt, bemerkte Mr. Peterson entschuldigend.

»Sie sagte doch, wir dürften Fragen stellen«, verteidigte ich mich.

»Das stimmt«, bestätigte Petra. Sie betrachtete Mr. Petersons blind geschriebenen Zettel eine Weile – diese Art der Kommunikation war ihr neu –, und dann erzählte sie uns, dass sie eine Ausbildung zur Krankenschwester absolviert hatte. Seit sieben Jahren arbeitete sie in Herrn Schäfers Klinik. Sie hatte eine »Blindbewerbung« geschrieben, nachdem sie in der Zeitung über seine Arbeit gelesen hatte. »Ich fand das, was er macht, wichtig, und ich dachte, ich könnte dabei helfen«, schloss Petra ihre Erklärung.

So war Petra in allem: Sie war direkt und nahm kein Blatt vor den Mund. Mit ihrer federleichten Stimme legte sie Mitgefühl in die kürzesten, einfachsten Sätze. Ich vermute, dies war einer der Gründe, warum sie für diese Tätigkeit geeignet war.

Sie musste noch einmal den Fragenkatalog durchgehen, den Mr. Peterson bereits zwei- oder dreimal beantwortet hatte, aber diesmal waren die Fragen nackt und unmittelbar: »Wollen Sie heute sterben?«, fragte Petra. »Sind Sie bei klarem Verstand? Ist dies Ihre eigene Entscheidung?« Danach folgte die wiederholte Beteuerung, dass es keinen Zwang gebe weiterzumachen. Die Entscheidung könne jederzeit widerrufen werden, bis zu dem Punkt, an dem das Gift eingenommen worden sei. Petra nannte es weder Medizin noch Medikament. Jetzt gab es keinen Raum mehr für Doppeldeutigkeit.

Mr. Peterson musste die Antworten auf all diese Fragen aufschreiben und dann noch ein halbes Dutzend unterschiedlicher Dokumente unterschreiben, in denen er seine Absichten beteuerte und den Begleitpersonen das Recht übertrug, nach seinem Tod mit den Schweizer Behörden Kontakt aufzunehmen. Danach half ich ihm ins Badezimmer (Ich will nicht, dass meine letzten Gedanken meiner Blase gelten, schrieb Mr. Peterson.) Und als wir zurückkamen, sagte er Petra, dass er nun bereit sei, das Mittel gegen den Brechreiz einzunehmen. Das war eine Vorsichtsmaßnahme, um sicherzustellen, dass das Natrium-Pentobarbital, das extrem unangenehm schmeckte, im Magen blieb. Wie immer redete Petra Klartext. »Das Pentobarbital schmeckt giftig«, sagte sie zu uns. »Die natürliche Abwehrreaktion des Magens besteht darin, es zu erbrechen.« Daher wurde zunächst immer ein Mittel gegen Übelkeit verabreicht, und zwar mindestens eine halbe Stunde vor der Einnahme des Gifts, damit es seine volle Wirkung entfalten konnte.

Und dann mussten wir warten.

Und es gab eine Million Dinge, von denen ich glaubte, dass ich sie sagen müsste, aber ich konnte in meinem Kopf einfach keine Ordnung schaffen. Ich wusste nicht, wo ich anfangen sollte. Ich vermute, ich wirkte verstört, denn nach einer Weile reichte mir Mr. Peterson eine Notiz.

Ich verstehe dich. Du musst überhaupt nichts sagen. Dass du hier bist, reicht völlig aus.

Ich nickte. Er hatte recht. Manchmal waren Worte nicht nötig.

Leg doch ein bisschen Musik auf, schlug Mr. Peterson vor.

»Was würden Sie gerne hören?«

Mr. Peterson schenkte mir ein schiefes Lächeln. Viel zu viel. Die Entscheidung ist zu schwierig für mich. Such du etwas aus.

Ich dachte kurz nach. »Wie wäre es mit Mozart? Es gäbe sicher Schlimmeres.«

Mr. Peterson nickte. Einverstanden.

Ich legte Mozarts Klavierkonzert Nr. 21 in C-Dur ein. Mr. Peterson schloss die Augen und lauschte. Ich saß da und beobachtete ein paar Spatzen durch das Glas der Verandatür, wie sie zwischen den frischen grünen Trieben im Garten hin und her flatterten. Ihre Schatten flitzten wie dunkle Marionetten unter ihnen dahin. Die doppelt verglasten Türen und Fenster schotteten das Innere des Hauses von jeglichem Lärm der Straßen und der Fabriken ab. Kein Flüstern drang herein. Kein Laut war zu hören, außer den schimmernden Klängen von Mozart und dem langsamen Auf und Ab meines Atems.

Als die Musik zu Ende war, bedeutete mir Mr. Peterson, Petra zu rufen, die sich in eine Ecke auf einen Stuhl gesetzt hatte.

Ich bin jetzt bereit zu sterben, schrieb er. Ich möchte, dass Sie das Gift für mich vorbereiten.

Auf mich gestützt, ging er zu dem kleinen Ledersofa, das auf den Garten hinausblickte.

»Wollen Sie noch etwas Musik hören?«, fragte ich.

Spiel den Mozart noch einmal, schrieb Mr. Peterson. Er passt so gut.

Nach ein paar Minuten kehrte Petra mit einem kleinen Glas zurück, in dem sich das aufgelöste Natrium-Pentobarbital befand. Die Flüssigkeit war klar und farblos wie gewöhnliches Leitungswasser. Sie stellte das Glas vorsichtig auf den Tisch neben Mr. Peterson und legte den Strohhalm daneben, wie in seiner Akte vermerkt.

»Nachdem Sie das getrunken haben, dauert es zwischen zwei und fünf Minuten, bis Sie das Bewusstsein verlieren«, sagte Petra. »Danach werden Sie sterben. Haben Sie das verstanden?«

Mr. Peterson nickte.

»Ich muss Sie bitten, es aufzuschreiben«, sagte Petra.

Ich verstehe, schrieb Mr. Peterson. Nachdem er die Seite aus seinem Notizblock gerissen hatte, schrieb er einen zweiten Zettel, diesmal für mich. Liest du mir vor?, stand darauf.

»Ja«, sagte ich. Ich hatte schon *Schlachthof 5* herbeigeholt. Ich würde anfangen zu lesen, nachdem er das Gift getrunken hatte. Er hatte mich gebeten, so lange zu lesen, bis er fest eingeschlafen war. Ich glaube, er bat mich sowohl um seinetwie auch um meinetwillen darum. Er wusste genau, dass ich etwas brauchte, womit ich mich beschäftigen konnte, was meinen Geist ablenkte.

Danke, Alex, schrieb Mr. Peterson.

»Ich liebe Sie«, sagte ich. »Ich liebe Sie, und ich werde Sie vermissen.«

Ich weiß. Ich auch. Aber du wirst das schon schaffen.

»Ja.«

Pass gut auf dich auf. Sieh zu, dass du heil zu Hause ankommst. Fahr vorsichtig.

»Ich fahre immer vorsichtig«, sagte ich.

Mr. Peterson nickte. Es war eine kaum merkliche, leichte Kopfbewegung. Ich schätze, wir sehen uns auf der anderen Seite, schrieb er. Und dies war das Letzte, was er aufschrieb. Es war ein schlechter Scherz, aber ich war trotzdem froh darum.

»Ja, wir sehen uns auf der anderen Seite«, sagte ich.

Ich hielt das Glas, damit es nicht umfiel, während Mr. Peterson das Natrium-Pentobarbital durch den Strohhalm einsaugte. Ich sorgte dafür, dass alle Flüssigkeit aus dem Glas verschwunden war, ehe ich es wieder auf den Tisch stellte. Dann fing ich an zu lesen.

»›Hört‹«, las ich.

»›Billy Pilgrim hat sich von der Zeit losgelöst. Billy ist als seniler Witwer schlafen gegangen und an seinem Hochzeitstag erwacht …‹«

Mr. Peterson hörte zu. Die Musik von Mozart spielte. Ich las noch drei Seiten weiter.

»›Das Wichtigste, das ich auf Talfamadore gelernt habe, war, dass eine Person, wenn sie stirbt, nur zu sterben scheint. Sie ist noch sehr lebendig mit der Vergangenheit verknüpft, es ist daher sehr töricht von den Leuten, wenn sie bei ihrer Beerdigung weinen. Alle Augenblicke – Vergangenheit, Gegenwart und Zukunft – waren immer vorhanden, werden immer vorhanden sein. Die Tralfamadorianer vermögen alle verschiedenen Augenblicke ganz so zu betrachten, wie wir zum Beispiel einige Bergzüge der Rocky Mountains betrachten können. Sie können sehen, wie Augenblicke fortdauern, und jeden Augenblick beobachten, der sie interessiert. Es ist nur eben eine Illusion, die wir hier auf der Erde haben, dass ein Augenblick dem anderen folgt wie Perlen auf einer Schnur, und dass, wenn ein Augenblick vorbei ist, er für immer vorbei ist …«

Als ich in meiner Lesung innehielt, setzte der zweite Satz von Mozarts Klavierkonzert ein. Mr. Petersons Augen waren geschlossen. Seine Atmung hatte sich verlangsamt, wie es im Tiefschlaf üblich ist. Danach dauerte es nicht mehr lange, bis er starb.

Am nächsten Morgen holte ich die Asche ab. Man braucht nur etwa zwei Stunden, um einen Körper einzuäschern, und bei einem vorbereiteten assistierten Suizid, der anständig dokumentiert wurde, liegt der Totenschein gleich vor, gemeinsam mit einer Genehmigung zum Einäschern. Der untersuchende Arzt muss nur den Tod feststellen und überprüfen, ob die Dokumente in Ordnung sind, was bei Mr. Peterson der Fall war. Da stand alles schwarz auf weiß: die Absichtserklärung, eine Kopie des Ausweises, um seine Identität zu bestätigen, die unterzeichneten Zeugenaussagen von Linus, Petra und Dr. Reinhardt. Tod und Todesursache zu bescheinigen, war eine Sache von wenigen Minuten. Wenn ich nicht so ausgelaugt gewesen wäre, hätte ich die Asche vermutlich noch am selben Nachmittag holen können.

Stattdessen ging ich ins Hotel und schlief zwölf volle Stunden lang. Als ich aufwachte, war es draußen dunkel. Es musste so gegen drei Uhr morgens sein. Meine innere Uhr war völlig aus dem Gleichgewicht geraten, doch zu diesem Zeitpunkt hatte ich noch keine Anzeichen für einen bevorstehenden Anfall wahrgenommen. Ich befand mich immer noch in einer Art Blase. Entweder kam mir nichts komisch vor oder alles. Ich konnte mich nicht entscheiden.

Ich hatte immer noch nicht geweint, obwohl Petra darauf beharrt hatte, ich solle es tun. Sie meinte, ich solle alles herauslassen, denn es gebe keinen Grund, noch länger stark zu sein. Ich sagte ihr die Wahrheit: Ich versuchte gar nicht, stark zu sein. Mir war einfach noch nicht nach Weinen zumute.

Meine Morgenmeditation führte ich an genau derselben Stelle durch wie gestern. Dort hatte sich nichts verändert. Dieselben Schwäne schwammen auf dem See, dieselben Fliederbäume verströmten ihren Duft. Der einzige Unterschied war, dass die Meditation nicht funktionierte. Beim Meditieren muss man seinen Geist von allem Überflüssigen befreien, aber mein Geist war bereits leer. Es gab nichts, wovon ich ihn hätte befreien können.

Also ging ich nach etwa einer halben Stunde zurück ins Hotel und fing an zu packen. Ich hatte nur noch mein eigenes Gepäck. Mr. Petersons Sachen waren an das Rote Kreuz gegangen.

Ich checkte kurz vor acht Uhr morgens aus. Am Empfang stand derselbe Rezeptionist, der uns vor drei Tagen begrüßt hatte, derjenige, der sich geweigert hatte, deutsch mit mir zu sprechen.

»Where is Mr. Peterson?«, fragte er mich. Ich fand, das war eine merkwürdige Frage. Er hatte doch gewiss gesehen, dass mein Zimmer eine Nacht länger gebucht war als das von Mr. Peterson.

»*Herr Peterson hat gestern ausgecheckt*«, erwiderte ich auf Deutsch.

Ich war um neun am Krematorium, gleich als es aufmachte. Alles war im Voraus bezahlt worden, und so dauerte es nicht lange, bis mir die Überreste ausgehändigt wurden.

Ich musste nur ein Empfangsformular unterzeichnen. Zehn Minuten später war ich wieder unterwegs.

Ich hatte keinen Plan, wann oder wo ich Rast machen wollte. Ich dachte, ich fahre einfach so lange, bis ich müde wurde oder mir die Beine vertreten musste. Vorausgesetzt, ich kam über die Grenze. Mir war klar, dass es dafür keine Garantie gab, obwohl ich vermutete, dass ich größere Schwierigkeiten haben würde, in Calais eine Fahrkarte für die Fähre zu kaufen.

Ich war noch keine Stunde unterwegs, als ich gezwungen war, von der Autobahn abzufahren. Ohne Vorwarnung traf es mich, als ich gerade durch den Bözbergtunnel fuhr. Ganz plötzlich roch ich den Flieder. Ich nahm die nächste Ausfahrt und fuhr noch einen Kilometer weiter. Dann, am Rand eines stillen, verlassen wirkenden Dorfes, hielt ich an. Ich stand in der frischen Luft mit den Händen auf der Motorhaube und versuchte, meine Atemzüge zu zählen, aber als ich bei fünf oder sechs angekommen war, merkte ich, dass ich zitterte und einfach nicht mehr aufhören konnte.

Und dann weinte ich. Ich weiß nicht, wie lange ich weinte. Vielleicht eine Minute, vielleicht zehn. Ich saß auf der Schotterstraße mit dem Rücken gegen die Stoßstange gelehnt und weinte so lange, wie es nötig war, bis das Zittern aufhörte und mein Kopf wieder klar war. Dann stieg ich in den Wagen, stellte Mr. Peterson neben mich auf den Beifahrersitz und fuhr nach Norden, meinem Schicksal entgegen.

23

DAS TESTAMENT

Meine Mutter traf gegen vier Uhr morgens in der Polizeiwache von Dover ein. Sie sah so aus, als wäre sie aus einer Kanone abgefeuert worden. In der Zwischenzeit hatte ich mich mindestens zweieinhalb Stunden lang mit Chief Inspector Hearse und Deputy Inspector Cunningham im Kreis gedreht. Man führte meine Mutter ins Gesprächszimmer C, wo sie keine Zeit mit Höflichkeitsfloskeln vergeudete, sondern auf mich zustürmte und meinen Kopf gegen ihren Bauch drückte. Und so hielt sie mich geschlagene drei Minuten lang fest. Ich weiß nicht, wer von uns sich am unbehaglichsten fühlte – ich, Chief Inspector Hearse oder Deputy Inspector Cunningham. Aber nach einer Weile gab ich den Versuch auf, meinen Kopf wieder in eine aufrechte Position zu bringen, und akzeptierte die gegenwärtige erzwungene Haltung. Trotz meines verdrehten Halses war ich lieber im Schwitzkasten meiner Mutter als im Schwitzkasten der Polizei.

»Mrs. Woods«, setzte Chief Inspector Hearse an, »wenn

Sie sich bitte setzen wollen, dann können wir Sie auf den neuesten Stand bringen …«

Aber meine Mutter wollte weder auf den neusten Stand gebracht werden noch wollte sie sich setzen. »Ich möchte Alex jetzt mit nach Hause nehmen«, sagte sie.

Die Polizisten wechselten einen Blick, dann sagte Chief Inspector Hearse: »Ich verstehe, dass dies eine schwierige Situation für Sie ist, Mrs. Woods, aber wir müssen immer noch einige Fragen klären. Natürlich können Sie gerne bleiben, aber ich fürchte, das Gespräch ist noch nicht beendet.«

»Ich verstehe.« Meine Mutter ließ meinen Kopf los und stemmte die Fäuste in die Hüften. »Und wie genau lautet die Anklage?«

»Es gibt derzeit überhaupt keine Anklage«, erklärte Chief Inspector Hearse. »Im Augenblick stellen wir nur einige Fragen, und mit Ihrer Kooperation werden wir …«

»Ich verweigere die Kooperation«, unterbrach ihn meine Mutter. »Wenn Sie keine Anklage gegen meinen Sohn erhoben haben, werde ich ihn mit nach Hause nehmen.«

Nun mischte sich Deputy Inspector Cunningham ein. »Mrs. Woods, es müsste Ihnen doch klar sein, dass wir Ihren Sohn achtundvierzig Stunden lang ohne Anklage festhalten können. Aber dieser Vorgang wird …«

»Das ist empörend!«, fuhr meine Mutter auf. »Haben Sie überhaupt eine Ahnung, wie schwer die vergangene Woche für ihn gewesen sein muss? Es ist mitten in der Nacht. Er ist erst siebzehn Jahre alt. Wo bleibt denn Ihr Mitgefühl? Wenn das so weitergeht, bekommt er dank Ihnen noch einen Anfall!«

»Ich hatte bereits einen Anfall«, warf ich ein.

»Er hatte bereits einen Anfall!«

»Es war nur ein partieller Anfall«, stellte ich klar. »Nach ein paar Minuten war alles vorbei. Aber ich glaube nicht, dass ich noch selbst nach Hause fahren kann.«

»Natürlich wirst du nicht selbst nach Hause fahren! Ich werde dich heimbringen.«

»Mrs. Woods …«, setzte Chief Inspector Hearse erneut an.

»Das ist empörend!«, wiederholte meine Mutter. »Was für eine Untersuchung ist das hier eigentlich? Das ist gleichbedeutend mit Folter! Schauen Sie ihn bloß an: Er ist krank. Er leidet unter Schlafentzug. Ich vermute, Sie haben ihn weder einem Arzt vorgeführt noch ihm einen Rechtsbeistand angeboten, oder?«

Chief Inspector Hearse versuchte, die Situation wieder unter Kontrolle zu bekommen. »Mrs. Woods, ich versichere Ihnen: Ihr Sohn hat in der Zeit, in der wir mit ihm zu tun haben, keinerlei Anzeichen einer Erkrankung gezeigt. Wenn es so gewesen wäre, hätten wir selbstverständlich einen Arzt gerufen. Und der Grund, warum wir keinen Rechtsanwalt zugezogen haben, liegt darin, dass er noch nicht angeklagt wurde, wie ich bereits gesagt habe.«

»Er hatte einen Anfall!«

»Keiner von uns war bei diesem angeblichen Anfall zugegen. Und …« Jetzt hob Chief Inspector Hearse streng den Zeigefinger. »Und es gibt einige Umstände, die Ihnen nicht bekannt sein dürften.« Er gestikulierte zu Deputy Inspector Cunningham, der zum zweiten Mal den Beutel mit Cannabis hervorholte und in die Mitte des Tischs warf.

»Das ist Marihuana«, erklärte Chief Inspector Hearse in ernstem Ton.

»Ich weiß, was das ist, Inspector«, sagte meine Mutter. »Ich bin ja nicht blöd.«

»Das haben wir im Wagen Ihres Sohns gefunden. Wir glauben, dass seine ›Anfälle‹ möglicherweise damit zu tun haben.« Die Anführungszeichen waren für alle deutlich hörbar.

»Das ist absurd«, fauchte meine Mutter. »Alex nimmt keine Drogen!«

»Das gehörte Mr. Peterson«, erklärte ich.

»Das passt schon eher«, nickte meine Mutter.

»Bei allem Respekt, Mrs. Woods …«, begann Chief Inspector Hearse mit düsterer Stimme. »Bei allem Respekt, aber Eltern haben oft keine Ahnung, was ihre Kinder so treiben. Sie wollen nicht glauben, dass …«

»Ich möchte Sie an dieser Stelle unterbrechen«, sagte meine Mutter (und ihr Ton ließ keinen Zweifel daran, dass sie erwartete, ihrerseits nicht unterbrochen zu werden. Es war ein Ton, den ich nur zu gut kannte). »Erstens ist das Cannabis. Es ist vergleichsweise harmlos, und sein Vorhandensein hier macht aus meinem Sohn noch keinen Übeltäter, wie Sie unzweifelhaft andeuten möchten. Wenn Sie behaupten wollen, dass nur Übeltäter Rauschmittel konsumieren und nicht auch Politiker und Richter und – ja, auch Polizisten –, dann sind Sie ein Lügner und ein Heuchler.« Es herrschte frostige Stille. Meine Mutter mochte keine Lügner, und noch weniger mochte sie Heuchler. »Zweitens«, fuhr sie fort, »wenn Sie behaupten wollen, dass Sie sich nach den wenigen Stunden, die Sie meinen Sohn kennen, ein besseres und wahrhaftigeres Bild von ihm machen können als ich, und wenn Sie tatsächlich so weit gehen zu mutmaßen, ich habe keine Ahnung von seinem Charakter, dann, nun, dann rate ich Ihnen dringend, sich mal den Kopf untersuchen zu lassen.«

Chief Inspector Hearse war rot geworden. Sehr rot. Sein Muttermal pochte. »Mrs. Woods! Ich will damit nur sagen, dass Ihr Sohn nicht der Engel ist, den Sie offensichtlich …«

»Ich habe nie behauptet, er sei ein Engel. Ich behaupte, er ist ein Puritaner. Die Vorstellung, dass er Drogen nehmen könnte – dass er irgendeine Substanz einnehmen könnte, die ihm nicht von mindestens drei Ärzten dringend empfohlen wurde –, ist lachhaft. Er betrachtet sogar das Trinken von Alkohol als eine ernsthafte Charakterschwäche!«

Ihren Worten folgte ein unsicheres Schweigen. Chief Inspector Hearse und Deputy Inspector Cunningham reagierten überrascht auf den Ausbruch meiner Mutter, ich aber war fassungslos. Entgegen all meiner Vermutungen sah es so aus, als würde meine Mutter mich tatsächlich ziemlich gut kennen.

Es war Chief Inspector Hearse, der sich als Erster sammelte. »Mrs. Woods, ich glaube, das gehört nicht zur Sache. Hier geht es nicht um reinen Eigenbedarf. Ihr Sohn hat bereits gestanden, dass er das besagte Marihuana angebaut und geerntet hat. Und zwar über einen längeren Zeitraum.«

»Ich habe es ausschließlich für Mr. Peterson geerntet«, stellte ich klar. »Und er rauchte seit 1965 Marihuana. Es ist nicht so, dass ich ihn süchtig gemacht habe. Und ich habe es auch nicht verkauft. Ich habe ihm nur mit den Pflanzen geholfen, als er nicht mehr auf den Dachboden steigen konnte.«

»Da haben Sie es!«, rief meine Mutter. »Es ging nicht um Profit oder um persönliche Vorteile. Ich weiß genau, was Sie mich glauben machen wollen, Inspector, aber diese ganze Situation ist einfach lächerlich. Ich nehme meinen Sohn mit nach Hause. Wenn Sie noch weitere Fragen an ihn haben, werde ich ihn persönlich wieder herbringen. Aber im Augenblick reicht es. Wir gehen. Wenn Sie uns aufhalten wollen, werden Sie uns verhaften müssen, und zwar uns beide. Und seien Sie versichert, wenn ich wieder herauskomme, dann werde ich einen Beschwerdebrief schreiben, wie Sie ihn noch nie gesehen haben. Sie können von Glück sagen, wenn man Sie nicht feuert. Die Art, wie Sie sich heute Nacht verhalten haben, ist skandalös! Sie sollten sich schämen. Komm jetzt, Lex, wir gehen.«

Ich stand auf und folgte meiner Mutter durch die Tür. Keiner der beiden Beamten unternahm den Versuch, uns aufzuhalten. Chief Inspector Hearse machte Anstalten, etwas zu sagen, aber wir waren weg, bevor er irgendetwas herausbrachte. So einfach war das.

Während wir nach Westen fuhren und der Himmel hinter uns beständig heller wurde, erzählte ich meiner Mutter alles. Ich versuchte, ihr zu erklären, warum ich getan hatte, was ich getan hatte, aber das schien sie bereits zu wissen. Sie wollte einfach nur genau hören, wie alles abgelaufen war. Und als ich fertig war, tadelte sie mich nur in einem Punkt. Sie sagte, dass ich ihr das alles viel früher hätte erzählen sollen.

»Ich dachte, du würdest versuchen, mich daran zu hindern«, sagte ich.

»Ich hätte nicht versucht, dich daran zu hindern«, erwiderte sie. »Du bist ja fast erwachsen. Das sind Entscheidungen, die ich nicht mehr für dich treffen kann.«

»Auf der Wache hast du aber ganz anders geredet«, bemerkte ich. »Da hast du gesagt, ich sei *erst* siebzehn.«

»Ich bin deine Mutter«, sagte meine Mutter. »Ich wollte dich bloß da rausholen. Wie geht es dir jetzt?«

»Besser«, sagte ich. »Natürlich bin ich traurig, aber jetzt ist es eine gute Art Traurigkeit, wenn du verstehst, was ich meine.« Ich dachte kurz nach. »Ich würde alles genau so wieder machen. Es ist mir egal, was die Polizei sagt. Sie könnten mich tausend Jahre lang einsperren, und es würde nichts ändern. Ich glaube nicht, dass ich irgendetwas falsch gemacht habe.«

»Ich auch nicht«, sagte meine Mutter.

Viel mehr gibt es nicht zu erzählen. Ich könnte noch ein paar Einzelheiten aus den darauffolgenden Monaten berichten – von den verschiedenen Entwicklungen in meinem Fall, von den vielen ermutigenden Briefen, die ich bekam, sowohl von Fremden als auch von Menschen, die ich kannte (Dr. Enderby, Dr. Weir, Herr Schäfer), und den ebenso zahlreichen Briefen, die mein Handeln verurteilten und in denen mit Vehemenz für die Rettung oder die Verdammnis meiner unsterblichen Seele gebetet wurde. Ich könnte noch mehr dieser Details nennen, aber Sie wissen jetzt eigentlich alles, was wichtig ist. Meine Geschichte begann mit einem Knall und endete sang- und klanglos. Nach fast vier Monaten Befragungen und »weiterer Untersuchungen« wurde mein Fall endlich zu den Akten gelegt, lange nachdem das Geschrei in den Medien abgeklungen war. Es schien nicht im öffentlichen Interesse zu liegen, mich wegen Beihilfe zum Selbstmord anzuklagen. Wegen der Produktion und des Besitzes illegaler Betäubungsmittel mit der unterstellten Absicht, diese zu vertreiben, bekam ich eine Verwarnung. Dr. Weir versicherte mir, dass dieser Umstand kein Hindernis bei der Bewerbung an einer guten Universität sei und ich trotzdem eine Laufbahn als Wissenschaftler einschlagen könne.

Aber eigentlich hätte die Sache gar nicht so lange dauern müssen – und sie hätte sich wohl auch nach wenigen Wochen erledigt, wäre da nicht das Testament gewesen. Das war ein Faktor, der alles sehr verkomplizierte. Ich hatte es nicht vorausgesehen. Und dies ist das Letzte, was ich Ihnen erzählen möchte.

Es war mir nie in den Sinn gekommen, dass Mr. Peterson seinen letzten Willen niedergeschrieben haben könnte. Ich wusste nicht einmal, dass er einen Anwalt hatte, genauer gesagt eine Anwältin, bis ich sie am Tag meines achtzehnten Geburtstags in ihrer kleinen, ordentlichen Kanzlei in Wells aufsuchte. Vor diesem Tag war es mir nicht erlaubt gewesen, den Inhalt des Testaments zu erfahren. Ich wusste lediglich deswegen davon, weil die Polizei mich darauf hingewiesen hatte. Sie hatten sich eine Genehmigung besorgt, um Einblick nehmen zu können, weil es zunächst »potenziell« und später »extrem« bedeutsam für ihre Untersuchungen war.

Kurz gesagt, es stellte sich heraus, dass ich einer von zwei Begünstigten war, was mir ein »plausibles Motiv« gab, Mr. Peterson den Tod zu wünschen (abgesehen von all den anderen unstrittigen Motiven, über die ich in den Befragungen bereits ausführlich Zeugnis abgelegt hatte). Ich versuchte, der Polizei klarzumachen, dass dieses Motiv lediglich dann plausibel gewesen wäre, wenn ich von dem Testament gewusst hätte. Ansonsten war es nicht nur nicht plausibel, sondern brachte die Argumentationskette der Polizei gehörig durcheinander. Aber ich gewann den Eindruck, dass sie meine Worte lediglich als Ausrede werteten. Glücklicherweise, so erklärte mir mein Anwalt, musste ich der Polizei nicht beweisen, dass ich nichts von dem Testament gewusst hatte. Die Polizei musste beweisen, *dass* ich davon gewusst hatte.

»Wie wollen sie das beweisen?«, fragte ich.

Mein Anwalt zuckte mit den Schultern. »Indem du es gestehst.«

»Ich könnte alles gestehen«, sagte ich. »Ich könnte gestehen, dass der Papst mein Vater ist. Dadurch würde es noch lange nicht wahr werden.«

Mein Anwalt sah die Sache genauso, aber er riet mir nichtsdestotrotz, dass ich – zumindest bis die Sache fallen gelassen wurde – geduldig und humorlos bleiben solle. Das, so meinte er, sei grundsätzlich die beste Methode, wenn man es mit dem Gesetz zu tun habe.

Und so war der Tag, an dem ich das Testament endlich zu Gesicht bekam, wie gesagt, der Tag meines achtzehnten Geburtstags. Meine Mutter und Ellie begleiteten mich, als moralische Unterstützung. Es war ein sonniger Freitagmorgen, der Tag der Herbst-Tagundnachtgleiche, und das dritte Mal, dass meine Mutter an einem Werktag den Laden dichtmachte (jedenfalls soweit ich mich erinnern konnte).

Das Testament war in einer komplizierten Juristensprache verfasst, aber der Inhalt war ganz einfach. Alle Informationen, die ich benötigte, waren in einem Brief niedergeschrieben, den Mr. Peterson seiner Anwältin für mich übergeben hatte. Und in dem Brief stand Folgendes:

Lieber Alex,

tja, wenn du das liest, ist wohl alles nach Plan verlaufen und ich kann mich nicht mehr zu den Lebenden zählen. Es ist ein merkwürdiger Gedanke. Während ich dies schreibe, fühle ich mich sehr lebendig. Es ist ein herrlicher Frühlingstag, und abgesehen davon, dass ich leichte Schwierigkeiten habe, meine Schrift zu erkennen, habe ich seit dem Aufwachen noch keine Symptome bemerkt. Vielleicht hat mein Gehirn beschlossen, mir eine Pause zu gönnen, bis ich diesen Brief geschrieben habe. Was meinst du? Wäre das ein Schlag ins Angesicht der medizinischen Wissenschaft oder nicht?

Aber ich schweife ab.

Der Punkt ist: Ich weiß, dass ich jetzt tot bin. Was ich – logischerweise – nicht weiß, ist, wie viel Zeit mir noch blieb. Ich hoffe, es waren noch viele Monate. An einem Tag wie diesem erscheint mir alles möglich. Und die Tatsache, dass ich überhaupt auf mehr Zeit hoffen kann, die Tatsache, dass ich diesen Gedanken haben kann, verdanke ich dir. Ich will, dass du das weißt. Ich weiß nicht, wie lange mir noch bleibt, aber ich weiß, dass wir die Sache zu einem guten Ende bringen werden. Daran zweifle ich keine Sekunde. Wie du weißt, hatte ich mit Religion nie viel am Hut. Ich glaube nicht an vieles, aber an dich glaube ich.

Angesichts des großen Ganzen bezweifle ich, dass es viele Kreaturen gibt, denen das Privileg eines friedlichen und schmerzfreien Todes zuteil wird. So funktioniert das Universum einfach nicht, wie wir beide wissen. Ein schmerzloser Tod gehört nicht zur natürlichen Ordnung der Dinge, und die Tatsache, dass ich einen bekommen werde – dass ich einen bekam –, gibt mir das Gefühl, gesegnet zu sein.

Keine Sorge, ich höre schon auf mit diesem morbiden Zeug. Ich möchte dir nur versichern, dass ich zufrieden sterbe, und das war eine Vorstellung, die noch vor wenigen Jahren (ja, sogar noch vor wenigen Monaten) für mich undenkbar war. Wenn man sich das Leben so anschaut, dann denke ich, dass meins ein überwiegend gutes Leben war. Besonders die langweiligen Phasen habe ich genossen.

Aber die Zeit drängt, ich weiß. Deshalb komme ich auf den Punkt.

Ich habe meiner Anwältin Anweisungen hinterlassen, was mit meinem Vermögen geschehen soll, wenn ich sterbe. (Keine Sorge, ich werde nicht größenwahnsinnig: »Vermögen« nennt man in der Juristensprache die Sachen, die einem gehören.) Und es geht um Folgendes:

Ich habe einen Immobilienmakler in der Stadt beauftragt, der mittlerweile von meinem Ableben benachrichtigt sein sollte. Er wird den Verkauf meines Hauses in die Wege leiten, und von dem Verkaufserlös wirst du 50 000 Pfund bekommen. Der Rest (der Löwenanteil, fürchte ich) geht an Amnesty International, aber ich glaube, du wirst es ihnen gönnen.

Ich denke mir, dass man für 50 000 Pfund eine einigermaßen anständige Ausbildung bekommen kann, sogar in London. Ich hoffe es jedenfalls. Mit dem Geld ist nur eine einzige Bedingung verknüpft: Du wirst es für dein Hochschulstudium ausgeben, für nichts anderes. Tut mir leid, aber darauf muss ich bestehen. Wenn du an dieser Theorie von Allem arbeiten willst, brauchst du Zeit und Raum und kannst keine Ablenkungen oder Störungen gebrauchen. Und das erkaufst du dir mit diesem Geld.

Ich muss gestehen, dass ich nicht allzu enttäuscht bin, dieses Universum zu verlassen, bevor du die Möglichkeit hattest, die Antwort auf die große Frage zu finden. Ich vermute nämlich, dass diese Antwort aus ziemlich langweiliger Mathematik bestehen wird. Aber das ist wohl einer der Punkte, bei dem wir uns nur darauf einigen können, dass wir uneinig sind.

Und jetzt bleibt mir nur noch, dir ein weiteres Mal zu danken, Alex. Ich hoffe, deine Mutter versteht die Entscheidung, die wir getroffen haben, und verzeiht mir, dass ich dich zu einem Teil davon gemacht habe, dass ich dich dabei brauchte. Ich hoffe ebenso, dass du meinetwegen keinen Ärger mit dem Gesetz bekommen hast. Ich weiß, wir haben ausgiebig darüber gesprochen, und du hast vermutlich recht: Es gibt keinen Grund, warum es Ärger geben sollte. Wenn es kein Opfer gibt, ist auch kein Verbrechen begangen worden. Das sagt einem der gesunde Menschenverstand. Aber bitte sieh es mir nach, dass ich mir trotzdem ein wenig Sorgen mache.

In der langen Geschichte der Menschheit hat gesunder Menschenverstand nicht gerade die größte Erfolgsbilanz vorzuweisen.

Und mit diesem Gedanken verlasse ich dich.

Dein Freund

Isaac

Ich könnte mir vorstellen, dass sich Mr. Peterson prächtig amüsierte, während er den Brief schrieb. Ich gab ihn meiner Mutter, die erst anfing zu lesen und dann zu weinen. Sie reichte ihn ihrerseits an Ellie weiter. Ellie weinte nicht. Sie überflog ihn mit einem kritischen Blick und gab ihn mir dann kopfschüttelnd zurück.

»Das ist ja ein echter Tritt in die Eier«, sagte sie. Ich glaube, das bezog sich auf die Bedingung, die Mr. Peterson bezüglich der Verwendung des Geldes stellte.

Danach verließen wir die Kanzlei und gingen zum Wagen zurück, den wir nicht weit von der Kathedrale entfernt geparkt hatten. Meine Mutter hielt mich an der einen Hand und Ellie an der anderen. Ich erinnere mich nicht, ob wir noch etwas sagten. Ich erinnere mich nur, dass ich an der Kathedrale emporschaute, den Himmel darüber betrachtete und an ganz viele verschiedene Dinge dachte. Ich dachte an

Architektur und an die wunderschönen Dinge, die Menschen erschaffen hatten. Ich dachte an London und das Naturhistorische Museum, an Charles Darwin und an die Theorie von Allem. Ich dachte an die Zukunft.

All diese Gedanken zogen wie Wolken durch den virtuellen Raum an meinem inneren Auge vorbei – winzige elektrische und chemische Signale, die sich miteinander verbanden, um eine ganze Welt zu erschaffen. Aber dann, nach einer Weile, schmolz alles dahin. Und zurück blieb nur eine ruhige blaue Leere. Ich war sehr glücklich.

DANKSAGUNG

Als Erstes möchte ich mich bei Donald Farber bedanken, Verwalter des Kurt Vonnegut Copyright Trust, und bei all den guten Leuten bei Jonathan Cape Ltd Publishers, die mir erlaubt haben, die Zitate aus Kurt Vonneguts Werk zu verwenden, die in diesem Roman auftauchen. Ich muss wohl nicht betonen, dass Kurt Vonnegut für mich eine große Inspiration war und ich ihm sehr viel zu verdanken habe. Mein Dank gilt auch der Joseph Heller Estate für die Genehmigung zur Verwendung von Zitaten aus *Catch-22*.

In Kapitel 5 liest Alex – und zitiert – aus »Martin Beechs Meteoritenbuch«. Hierbei handelt es sich um ein echtes Buch, geschrieben von einem echten Schriftsteller. Der vollständige Titel lautet *Meteors and Meteorites: Origins and Observations*, und es war meine Hauptquelle für einen Schatz an Informationen über Meteoroide, Meteore und Meteoriten. Daher geht ein dickes Dankeschön an Dr. Beech, zusammen mit der erneuten Bitte um Verzeihung, dass Alex Sie, Dr. Beech, zu einem einfachen »Mr. Beech« degradiert hat.

Ich bekenne mich auch schuldig, an der einen oder anderen Stelle die Wissenschaft meinem Zweck gebeugt, sprich: verändert, zu haben. Jede Form von Fehler und jede Ungenauigkeit sind alleine mir zuzuschreiben. Weiterer Dank geht an Ken Hathaway von The Crowood Press, der mir erlaubte, wörtlich aus dem Buch zu zitieren.

Nun zu den allgemeinen Dankesworten:

Danke an Stan, meinen Agent bei JBA, der mich in eine Kneipe schleppte und mir alle möglichen Versprechungen für mein Buch machte – die er bislang alle gehalten hat.

An alle Leute bei Hodder, die mir und Alex ihre Zeit, Energie und Begeisterung gewidmet haben. Ich bin ein wenig in Sorge, dass ich irgendjemanden vergesse, wenn ich anfange, alle Namen aufzuzählen, aber es gibt doch einige Menschen, die ich besonders erwähnen möchte: Alice und Jason, die bei der Lizenzvergabe Wunder gewirkt haben; Naomie und Rosie, die mich durch den Dschungel der Marketing- und PR-Welt geführt haben, noch während ich an dem Buch schrieb; Clive, der mir nach der Geburt meiner Tochter eine nette, ermutigende E-Mail schickte, genau zu dem Zeitpunkt, an dem ich so etwas brauchte; Amber, eine sehr gründliche und feinfühlige Korrektorin; und Harriet, die für mich Genehmigungen eingeholt, Reisevorbereitungen getroffen und sich um Dutzende anderer Aufgaben gekümmert hat. Als jemand, dessen Organisationstalent einiges zu wünschen übrig lässt, bin ich darüber sehr froh.

Ein besonderes Dankeschön geht an Kate Howard, meine wunderbare Lektorin, die Alex vom ersten Tag an in ihr Herz schloss und deren unermüdlicher Enthusiasmus uns seitdem ein großes Stück des Weges vorangebracht hat.

Meine Mutter las den dritten Entwurf, fand etliche Fehler

und sprach mir dann Mut zu, wofür ich sehr dankbar bin. Ich danke auch dem Rest meiner Familie – meinem Vater, der mich niemals ermahnte, mir einen »richtigen« Job zu suchen, und meinen Geschwistern Sian, Kara und Ciaran, die mich ebenfalls auf vielfältige Weise unterstützen.

Und schließlich geht das größte Dankeschön an Alix, die drei Jahre lang meine einzige Leserin war und deren bedingungslose Liebe und Unterstützung dieses Buch möglich machten. Ohne sie gäbe es keinen, dem ich danken müsste.

QUELLENNACHWEIS

Emily Dickinson: Gedicht Nr. 632, übersetzt von Eva Hesse, zitiert nach: Englische und amerikanische Dichtung. Band 4. Hrsg. v. Eva Hesse u. Heinz Ickstadt. C. H. Beck Verlag, München 2004.

William Blake: Tiger, übersetzt von Alexander von Bernus, zitiert nach: William Blake: Gedichte. Übersetzt von Alexander von Bernus und Walter Schmiele. Lambert Schneider, Heidelberg 1958.

Extracts from *Slaughterhouse-Five* © 1969 by Kurt Vonnegut, published by Jonathan Cape. Reprinted by permission of The Random House Group Limited.

Deutsche Übersetzung zitiert nach: Kurt Vonnegut: Schlachthaus Nr. 5 oder der Kinderkreuzzug. Übersetzt von Kurt Wagenseil. Rowohlt Taschenbuch Verlag 1972.

Extracts from *Breakfast of Champions* © 1973 by Kurt Vonnegut, published by Jonathan Cape. Reprinted by permission of The Random House Group Limited.

Deutsche Übersetzung zitiert nach: Kurt Vonnegut:

Breakfast of Champions – Frühstück für Helden. Übersetzt von Kurt Heinrich Hansen. Goldmann Verlag, München 1989.
Extracts from *The Sirens of Titan* © 1959 by Kurt Vonnegut, reprinted by permission of Donald C. Farber, Trustee of the Kurt Vonnegut Copyright Trust.
Deutsche Übersetzung zitiert nach: Kurt Vonnegut: Die Sirenen des Titan. Übersetzt von Harry Rowohlt. Goldmann Verlag, München 1979.
Extracts from *Catch 22* © 1961 by Joseph Heller, reprinted by permission of The Joseph Heller Estate.
Deutsche Übersetzung zitiert nach: Joseph Heller: Catch-22. Übersetzt von Irene und Günther Danehl. Fischer Verlag, Frankfurt a.M. 1964.
Many thanks to Martin Beech for permission to feature an extract from *Meteors and Meteorites: Origins and Observations*.

LESEPROBE

aus

Libellen im Kopf

von Gavin Extence

Alles begann, wie es manchmal eben so ist, mit einem toten Mann. Er war ein Nachbar – niemand, den Abby gut kannte, dennoch: Einen Verstorbenen zu finden, wenn man sich nur gerade eine Dose Tomaten fürs Abendessen ausleihen möchte, ist schon ein bisschen schockierend. Oder sollte es jedenfalls sein. Zu ihrem eigenen Erstaunen ist Abby von dem Ereignis zunächst seltsam ungerührt, doch nach diesem Mittwochabend gerät das fragile Gleichgewicht ihres Lebens immer mehr ins Wanken, und Abby scheint nichts dagegen unternehmen zu können …

1

HINTER DEN SPIEGELN

Simons Wohnung war ein Spiegelbild unserer eigenen. Ein Schlafzimmer, ein Duschraum statt eines Badezimmers, ein Wohn-Esszimmer mit Küchenzeile, das ein Immobilienmakler in ein paar Wochen großspurig als »offen geschnitten« anbieten würde. Die Diele war eng und fensterlos, erleuchtet durch einen Deckenfluter, der konzentrische Pfützen aus Licht und Schatten auf schmucklose, gestrichene Wände warf.

Der Mangel an Dekorationsgegenständen fiel mir gleich auf, als ich über die Schwelle trat. Beck und ich waren in unserer Wohnung den entgegengesetzten Weg gegangen. Überall hingen diese kleinen Kronleuchter aus Acrylglas, die man für zehn Pfund in jedem Haushaltswarengeschäft bekam, und jeder Zentimeter Wandfläche war mit Drucken oder Fotos behängt – Landschaften und Schnappschüsse von unseren Urlaubsreisen –, außerdem mit einem halben Dutzend Spiegel in allen möglichen Formen und Größen, um Weitläufigkeit vorzutäuschen. Ich fand schon immer, dass die Art, wie jemand seine Umgebung gestaltet, Bände spricht. Die Deko bei mir würde zum Beispiel jedem auf Anhieb sagen, dass ich eine Schwäche für Kitsch habe, dass ich dazu neige, Krimskrams anzuhäufen, und dass ich von Größerem träume.

Aber was sagte Simons Wohnung über ihn aus? Oberflächlich betrachtet gar nichts. Sie war nur ein weiteres Puzzlestück in dem ganzen Rätsel. Die Diele, die vor mir lag, wies nicht ein einziges Totem auf, das einen Einblick in seine Persönlichkeit gegeben hätte. Nichts, was den skizzenhaften Eindruck, den ich von dem Mann hatte, mit Leben erfüllt hätte. Ehrlich gesagt weiß ich gar nicht, ob man das, was ich von ihm hatte, einen Eindruck nennen kann. Es war nicht so sehr Realität, sondern eher eine Fantasie, so in der Art der halbgaren Geschichten, die wir uns über die Nebenfiguren in den Daily Soaps zusammenreimen. Was Tatsachen betraf, so hätte alles, was ich über Simon wusste, auf einem Post-it Platz gehabt. Er war in den Vierzigern, lebte allein, war gepflegt, ausgesprochen höflich, hielt immer mindestens eine Armlänge Distanz, sprach ohne Akzent und hatte einen Job, bei dem er ein weißes Hemd und manchmal ein Jackett tragen musste, aber keine Krawatte. Ich hatte nie so viel Interesse an ihm gehabt, dass ich mir die Mühe gemacht hätte, herauszufinden, was für ein Job das genau war.

Ich weiß nicht, wie lange ich an der Wohnungstür stehen blieb. In meiner Erinnerung zieht sich dieser Augenblick endlos hin. Ich kam mir vor wie ein Insekt, das in Bernstein gefangen sitzt. Aber ich vermute, das ist nur der Effekt einer düsteren Vorahnung, die mich befiel. Irgendwie wusste ich, was mich erwartete. Die Tür zum Wohn-Esszimmer (mit integrierter Küchenzeile) stand einen Spalt offen, und der Fernseher plärrte laut. Das, so dachte ich mir, könnte der Grund dafür gewesen sein, dass er auf mein Klopfen nicht reagiert hatte. Ich klopfte noch einmal etwas lauter an die Innenseite der Wohnungstür, dann rief ich seinen Namen, bekam aber keine Antwort. Nur das unermüdliche Geplapper aus dem Fernseher.

Weitergehen oder umkehren? Neugier und Zurückhaltung lieferten sich eine kurze, blutige Schlacht (mehr ein Geschubse und Gerangel, um die Wahrheit zu sagen), und dann brachten mich viereinhalb Schritte zu der halb offen stehenden Wohnzimmertür, wo ich mitten in der Bewegung erstarrte, den linken Arm halb erhoben und die Hand zum Klopfen leicht gekrümmt.

Simon war tot. Ich musste keinen Schritt weitergehen, um mich von dieser Tatsache zu überzeugen. Er saß in einem Sessel auf der gegenüberliegenden Seite des Zimmers, knapp drei Meter von mir entfernt, die Augen weit offen und der Rücken unnatürlich gerade und steif. Aber im Grunde genommen lag es nicht an seiner Haltung, dass ich Bescheid wusste, es war auch nicht der leere, glasige Blick, in dem sich das Flackern des Fernsehers spiegelte. Es war viel mehr ein Gefühl von Abwesenheit – und gleichzeitig die Gewissheit, dass ich der einzige Mensch in dieser Wohnung war. Ich war ein Mensch, und Simon war eine Leiche.

Mein unmittelbarer Gedanke war, dass ich eine rauchen musste, gefolgt von der Erkenntnis, dass ich die Zigaretten in meiner Handtasche hatte. Auf dem Couchtisch lag eine

Packung Marlboro. Na ja, was machte es schon aus? Beck konnte es sowieso nicht leiden, wenn ich in unserer Wohnung rauchte, egal wie weit ich meinen Kopf aus dem Fenster steckte. Simon dagegen konnte schlecht Einwände erheben. Es war eine durchaus vernünftige Reaktion auf die Situation, in der ich mich befand. Ich ging zum Couchtisch, zog eine Zigarette aus dem Päckchen – es waren noch sieben übrig – und schaute mich nach einem Feuerzeug um. Es lag keins auf dem Tisch neben dem Aschenbecher, also war der nächste logische Schritt, in Simons Hosentasche zu suchen. Das allerdings erschien mir doch ein wenig zu pietätlos. Stattdessen zündete ich die Zigarette an dem Gasherd in der Küchenzeile an, wobei ich aufpasste, dass ich mit den Haaren nicht in die Flamme geriet. Dann lehnte ich mich an die Arbeitsplatte und dachte nach.

Ich hatte schon einmal eine Leiche aus der Nähe erlebt, bei der Beerdigung meiner Großmutter, aber das war etwas völlig anderes gewesen. Die ganze Sache hatte wie eine öffentliche Aufführung gewirkt, in der alle – ich, meine Mutter, der Vikar, der Organist – eine per Drehbuch vorgegebene Rolle spielen mussten. Hier und jetzt war ich allein mit meinen Gedanken, und das vorherrschende Gefühl war ein ruhiges Verstehen. Gleichzeitig haftete der Situation auch etwas Erregendes an. Es war immer so, dass ich mich lebendiger fühlte, wenn ich rauchte – das ist ja das wundersame Paradoxon des Rauchens –, aber hier ging es darüber hinaus noch um etwas anderes. Meine Sinne waren klar und geschärft, es war wie an einem heißen Tag eiskaltes Wasser zu trinken, und ich fühlte meinen Puls bis in die Fingerspitzen. Ich nahm mir vor, Dr. Barbara bei unserem nächsten Treffen von diesem Gefühl zu berichten. Sie würde die Einzige sein, die davon erfuhr; bei anderen Menschen war die Offenlegung solcher Gefühle nicht angebracht.

Als ich die Zigarette bis zum Filter geraucht hatte, löschte ich die Kippe unter dem Wasserhahn, rieb die Spüle trocken und ging dann mit entschlossenen Schritten zu Simons Sessel. Mein Finger verharrte nur ganz kurz in der Luft, ehe ich gegen seine Wange stupste. Sein Fleisch fühlte sich nicht organisch an, sondern eher wie Gummi oder Latex, aber es war nicht so kalt, wie ich erwartet hatte. Allerdings hatten meine Erwartungen vermutlich wenig mit der Realität zu tun. Man dachte wohl immer, dass sich der Tod eiskalt anfühlen würde, aber stattdessen ähnelte er eher abgekühltem Badewasser. Oder vielleicht fühlte sich einfach allgemein dieser Abend im Londoner Spätfrühling so an.

Natürlich war weit und breit kein Telefonbuch zu sehen, und mein Handy steckte in meiner Handtasche, zusammen mit meinen Zigaretten, aber mir war so, als gäbe es eine Nummer der Polizei, die man in einem solchen Fall – der ja kein Notfall war – anrufen konnte. Ich glaubte mich zu erinnern, dass sie mit einer 1 anfing. Beck hätte sie sofort gewusst, er kam mit Zahlen viel besser zurecht als ich, aber aus irgendeinem Grund wollte ich jetzt noch nicht in unsere Wohnung zurück und alles erklären. Ich fand es wichtig, dass ich allein mit dieser Sache zurechtkam, als wäre das hier ein Test über meine Kompetenz als verantwortlich handelndes Individuum. Für Erklärungen war später noch Zeit.

Ich nahm den Hörer ab und wählte die Kombinationen mit drei Zahlen, die mit einer 1 begannen, die mir am naheliegendsten erschienen. Davon gab es nicht viele, aber trotzdem brauchte ich vier Anläufe. 111 war die Servicenummer der Gesundheitsbehörde, 100 stellte mich zu der Telefongesellschaft durch, und bei 123 kam die automatische Zeitansage. Diese Nummer kannte ich sogar, was ich aber in diesem Moment vergessen hatte. Als ich bei 101 angekommen war, trommelten meine Finger ungeduldig gegen die Wand. Ich hätte mir eine zweite Zigarette anzünden sollen, bevor ich mich in diesen Trial-and-Error-Albtraum begab. Dann klickte es in der Leitung, und ich war mit der Polizeizentrale verbunden.

»Ich möchte eine Leiche melden«, sagte ich zu der Frau am Telefon. Eine Leiche. Das war zweifellos die korrekte Bezeichnung, die keine Fragen offen ließ. Das dachte ich zumindest.

»Eine Leiche?«, wiederholte die Beamtin.

»Eine Leiche«, bestätigte ich. »Die Leiche meines Nachbarn.«

»Okay. Können Sie mir bitte Ihren Namen sagen? Und dann erzählen Sie mir, was passiert ist.«

»Mein Name ist Abby. Abigail Williams.«

»Abby oder Abigail?«

Was für eine merkwürdige Frage.

»Spielt das eine Rolle? Entweder Abby oder Abigail. Abigail steht auf meiner Geburtsurkunde. Abby, wenn Sie sich eine Silbe sparen wollen.«

Stille.

»Okay, Abby. Erzählen Sie mir, was passiert ist?«

»Da gibt es nicht viel zu erzählen. Ich kam in seine Wohnung, und er ist tot. Er ist kalt und steif.«

»Sind sie absolut sicher, dass er tot ist?«

»Wie bitte?«

»Haben Sie seinen Puls gefühlt? Ich kann Sie über das Telefon anleiten, wenn Sie möchten.«

Ich schaute zu Simon, seinem verkrampften Hals, den schlaffen Handgelenken. Beides sah nicht gerade anziehend aus. »Er ist kalt und steif«, wiederholte ich. »Er ist offenbar schon eine ganze Weile tot.«

»Sind Sie sicher?«

»Ja doch, ich bin mir sicher!« Diese Frau war wirklich dämlich. »Er ist tot. Er hat schon seit vielen Stunden keinen Puls mehr.«

»Okay, ich weiß, dass Sie sich in einer Stresssituation befinden. Aber Sie machen das wirklich gut, Abby. Ich brauche nur noch ein paar Informationen, ehe ich jemanden zu Ihnen schicken kann. Sie sagen, der Verstorbene war Ihr Nachbar?«

»Ja, er ist mein Nachbar. War mein Nachbar. Er wohnte nebenan. Ich kam rüber, weil ich mir eine Dose Tomaten ausleihen wollte. Mein Freund kocht gerade Nudelsoße. Aber als ich reinkam, war er tot, verstorben, wie ich Ihnen bereits sagte.«

»Abby, Sie reden ziemlich schnell« – eine sehr subjektive Betrachtung –, »und ich muss Sie bitten, ein bisschen langsamer zu machen. Wie lautet der Name Ihres Nachbarn?«

»Simon …« Ich stockte und dachte nach, versuchte, mir

einen an ihn adressierten Briefumschlag vorzustellen. »Simon …« Aber da war nichts, kein Bild. »Ich kann mich nicht an seinen Nachnamen erinnern«, gestand ich. »Ich kannte ihn nicht besonders gut.«

»Wissen Sie, wie alt er war?«

»In den Vierzigern. Anfang vierzig, würde ich sagen.«

Durch die Leitung hörte ich, wie sie tippte. »Und jetzt die Adresse bitte.«

»129 Askew Road, W12.«

»Okay. Ich schicke Ihnen einen Streifenwagen. Er sollte in etwa zehn Minuten da sein.«

»Super. Es gibt eine Gegensprechanlage. Sagen Sie denen, sie sollen bei Wohnung Nr. 12 klingeln, dann lasse ich sie rein.«

»Danke, Abby.«

»Keine Ursache.«

»Es ist wi…«

In dem Moment, in dem ich auflegte, wurde mir klar, dass sie noch etwas gesagt hatte. Jetzt würde ich nie erfahren, was es war. Wichtig? Wirklich? Wirklich – was? Ich wartete noch eine halbe Zigarette, ob sie zurückrufen würde.

Sie tat es nicht.

Als ich in unsere Wohnung zurückkehrte, schwitzte Beck in der Pfanne noch immer eine einsame Zwiebel an, die mittlerweile zu einem gelblichen Brei zerfallen war. Ich stellte die Dose mit den Tomaten neben den Herd.

»Simon ist tot«, sagte ich. Anders konnte ich es nicht ausdrücken.

»Tot.« Er schaute mich an, als würde er auf die Pointe warten. »Was denn – wollte er die Dose etwa nicht kampflos aufgeben, und du hast ihn alle gemacht? Das würde zumindest erklären, wo du so lange gesteckt hast.«

Ich schmollte. »Das ist kein Scherz. Er war schon tot, als ich reinkam. Er sitzt in seinem Sessel.«

»*Tot?*«

»Tot.«

»Wie jetzt – richtig tot?«

»Herrgott noch mal! Was gibt's denn sonst noch? Fast tot? Ein bisschen tot? Er ist tot! Einfach nur tot. Kalt und steif.« Warum vertraute bloß niemand meinem Urteil in dieser Angelegenheit.

»Wow, das ist …« Er verstummte, senkte den Blick und runzelte die Stirn. »Ähm.«

»Was ist?«

»Du hast dir trotzdem die Tomaten genommen?«

Ich zuckte mit den Schultern. »Was macht das denn für einen Unterschied? Wir müssen etwas essen. Du kannst ohne Tomaten nun mal keine Tomatensoße machen.«

»Na ja … stimmt schon, da hast du recht.« Wieder eine bedeutungsschwangere Pause. »Ist alles klar bei dir?«

Aus irgendeinem Grund ärgerte mich diese Frage. »Natürlich ist alles klar. Was soll denn sein?«

»Also … ach, du weißt schon.« Er deutete vage auf die Küchenwand – oder besser gesagt durch die Wand zu Simons Wohnung, die von unserer nur durch eine etwa fünfundzwanzig Zentimeter dicke Backsteinmauer getrennt ist und durch eine dünne Schicht Fliesen an der Wand. Es war komisch, sich vorzustellen, dass er uns da drüben in seinem Sessel so nahe war.

»Mir geht's gut«, versicherte ich ihm.

Beck nickte, aber er wirkte nicht überzeugt. Der Ausdruck auf seinem Gesicht – zu bemüht neutral – verriet mir, dass er bereits über seinen nächsten Einwand nachdachte.

»Hör mal, Abby, du solltest dich ein paar Minuten hinsetzen. Du kommst mir so …«

»Wie lautet die Nummer der Polizei, die man wählen muss, wenn es kein Notfall ist?«, fragte ich.

»101«, antwortete er, wie aus der Pistole geschossen.

»Richtig.«

»Ich kann anrufen, wenn du möchtest.«

»Schon erledigt. Sie müssten gleich da sein.«

»Oh. Und warum hast du dann …?«

»Weil ich wissen wollte, ob du's weißt. Ich hab's mir aber schon gedacht. Ich glaube, die Zwiebel brennt an.«

Wie die meisten Männer ist auch Beck nicht multitaskingfähig. Er wandte sich wieder der Bratpfanne zu, und ich nutzte die Gelegenheit und verzog mich in die Diele. Kurz danach klingelte es.

Ich drückte meine Nase gegen die Glasscheibe, damit ich sehen konnte, was unten auf der Straße passierte. Mein Spiegelbild wurde unscharf. Blaulicht, das aufblitzte wie ein Stroboskop. Ein Streifenwagen und ein Krankenwagen. Ich wunderte mich über den Krankenwagen. Sollte es nicht … irgendwas anderes sein? Ein Kühlwagen oder so? Vielleicht wurde meine Diagnose immer noch angezweifelt. Man sollte eine Art Kompetenztest für die Telefonzentrale der Polizei einführen. Oder vielleicht gab es den schon: Wer ihn bestand, durfte die Notrufnummer bedienen, wer durchfiel, landete bei 101.

Es dauerte noch weitere zehn Minuten, ehe sie seine Leiche abtransportierten, in einem Sack auf einer Bahre. Kurz danach klopfte die Polizei an unsere Tür. Mittlerweile war es draußen dunkel geworden, und ich goss mir ein Glas Rotwein ein. Beck kochte Tee für die anderen, für sich selbst und die beiden Polizisten – was mich als Außenseiterin dastehen ließ. Ich war nicht nur die einzige Frau, ich war auch die einzige Person, die Alkohol trank. Die Ironie dabei war, dass es doch völlig irre ist, an einem Mittwochabend um viertel vor zehn gesüßten Tee zu trinken. Ich war immerhin die Einzige mit einem der Uhrzeit angemessenen Getränk.

Einer der Beamten nannte uns seinen und den Namen seines Kollegen, aber ich vergaß sie sofort wieder. Wachtmeister Soundso und Wachtmeister Irgendwas. Noch bevor wir uns einander fertig vorgestellt hatten, wurde ich von dem Gedanken abgelenkt, dass jede Begegnung mit der Polizei von einem fundamentalen Ungleichgewicht der Kräfte geprägt ist, angefangen damit, dass sie unsere Vornamen wussten, wir dagegen lediglich ihren Rang und ihre Nachnamen. Ich weiß noch, dass ich mich einmal mit Dr. Barbara darüber unterhielt, dass kurz nach der Jahrtausendwende die Psychiater plötzlich gemeinschaftlich entschieden, sich künftig nicht mehr mit dem Vornamen, sondern mit dem Nachnamen anreden zu lassen. Dr. Barbara behauptete, sie hätte sich diesem Trend vehement widersetzt (nicht zuletzt, weil sie keine Psychiaterin war). Sie hatte schon früh in ihrer Laufbahn begriffen, dass ihren Patienten die Gewissheit, dass sie nicht nur Ärztin, sondern auch ein Mensch war, viel bedeutete, und dass sie sich eher einer Frau Dr. Barbara anvertrauten als einer

Frau Dr. Middlebrock. Aber für die Polizei war ein derartiges Konzept wohl nicht infrage. Man konnte sich nur schwer einen Wachtmeister Peter oder Wachtmeister Timothy vorstellen – allein schon bei dem Gedanken brodelte ein unfreiwilliges Kichern in meinem Magen nach oben. Ein paar Sekunden später tauchte es aus meinem Mund auf, wo ich es rasch als Schluckauf tarnte, aber keiner der Beamten schien etwas zu bemerken.

Noch einmal musste ich in allen Einzelheiten erzählen, was vorgefallen war, woraufhin sie sich auf all die Kleinigkeiten stürzten, die ich weggelassen hatte, um die Schilderung nicht ausufern zu lassen, angefangen bei dem unerklärlichen Geruch nach Zigarettenrauch. Ob mir das aufgefallen war.

»Ach, das war ich«, stellte ich klar. »Ich habe eine Zigarette geraucht, anderthalb Zigaretten, um genau zu sein. Nachdem ich ihn gefunden hatte.«

»Das hätten Sie nicht tun sollen«, tadelte mich Wachtmeister Soundso. »Das ist ein potenzieller Tatort.«

»Oh. Na ja, ich habe eine gebraucht. Und Beck will nicht, dass ich hier in der Wohnung rauche.« Ich glaubte, einen Blickwechsel zwischen den Beamten zu bemerken, und so setzte ich hinzu: »Er ist kein Kontrollfreak, wenn Sie das denken. Es ist nur, na ja, Sie wissen schon, eine dieser Sachen, bei denen man Kompromisse machen muss. Ich meine, im Allgemeinen haben wir eine gute Beziehung.« Ich legte meine Hand auf Becks Bein und lächelte ihn an, um ihn zu ermuntern, mir Rückhalt zu geben. Stattdessen warf er mir einen ungläubigen Blick zu, der mich zu fragen schien, was zum Henker in mich gefahren sei. Im Nachhinein betrachtet war dieser Blick wohl begründet. Ich weiß auch nicht, woher dieser verbale Dünnpfiff kam, aber vermutlich hing er mit der Enge und der schlechten Luft hier im Zimmer zusammen. Unsere Wohnung war nicht für vier Insassen designt. Eigentlich nicht mal für einen. Beck und ich saßen auf dem Zweisitzer, und die Polizisten hatten sich Stühle vom Esstisch herangezogen. Wir hatten etwa so viel Platz, als würden wir zu viert auf einer Waschmaschine hocken. Da ist es doch kein Wunder, dass sich unser Gespräch eher wie ein Verhör anfühlte.

»Können wir noch einmal von vorne anfangen?«, verlangte Wachtmeister Irgendwas. »Was genau wollten Sie in seiner Wohnung?«

»Tomaten«, sagte ich. »Ich wollte mir eine Dose Tomaten ausleihen.« Ich hatte eigentlich geglaubt, dass ich diesen Punkt unmissverständlich klargemacht hätte.

Der Polizist nickte langsam. »Ja, ich begreife, was Sie *ursprünglich* wollten. Aber dann, warum sind Sie in die Wohnung hineingangen? Hatten Sie irgendeinen Grund zu glauben, dass etwas nicht stimmte?«

»Nein, natürlich nicht.«

»Warum dann? Sie sagten, die Tür sei zu gewesen.«

»Ja, das stimmt.«

»Hat er Sie erwartet?«

»Nein.«

»Und es war auch nicht üblich, dass Sie einfach so unangekündigt bei ihm vorbeischauten?«

»Nein.« Ich verschwieg den Umstand, dass dies das allererste Mal war, dass ich überhaupt Simons Wohnung betreten hatte, dass ich den Typen kaum gekannt hatte. Die ganze Sache war ohnehin schon kompliziert genug. »Ich habe aus einem momentanen Impuls die Türklinke heruntergedrückt«, sagte ich. »Ich habe nicht wirklich gedacht, dass sich die Tür öffnen würde. Ich dachte, sie wäre verschlossen.«

»Aber sie war offen, also sind sie hineingegangen.«

»Ja.«

»Noch so ein Impuls?«

»Ja. Mehr oder weniger. Nun ja, der Fernseher war sehr laut, und ich dachte, vielleicht hat er mich nicht klopfen gehört.«

»So ein Zufall«, sagte Wachtmeister Soundso, »dass Sie ausgerechnet heute hinübergegangen sind.«

»Ja, das dachte ich mir auch.«

Was hätte ich sonst sagen sollen?

Ich nippte an meinem Wein und wartete ab, ob noch etwas folgen würde.

Wenn Sie wissen möchten,
wie es weitergeht, lesen Sie

Libellen im Kopf

von Gavin Extence

ISBN 978-3-8090-2634-1 (gebundene Ausgabe)
ISBN 978-3-641-17064-6 (E-Book)